Layne Fargo
The Favourites

Layne Fargo

The Favourites

Roman

Deutsch von Susanne Keller

blanvalet

Die Originalausgabe erschien 2025 unter dem Titel
»The Favorites« bei Random House, an imprint and division of
Penguin Random House LLC, New York.

Der Verlag behält sich die Verwertung des urheberrechtlich
geschützten Inhalts dieses Werkes für Zwecke des Text- und
Data-Minings nach § 44 b UrhG ausdrücklich vor.
Jegliche unbefugte Nutzung ist hiermit ausgeschlossen.

Penguin Random House Verlagsgruppe FSC® N001967

1. Auflage 2024

Copyright der Originalausgabe © 2025 by Layne Fargo
Copyright der deutschsprachigen Ausgabe
© 2025 by Blanvalet in der Penguin Random House Verlagsgruppe GmbH,
Neumarkter Straße 28, 81673 München
produktsicherheit@penguinrandomhouse.de
(Vorstehende Angaben sind zugleich
Pflichtinformationen nach GPSR)

Redaktion: Susann Rehlein
Umschlaggestaltung: www.buerosued.de nach einem Entwurf
von Emma Roberts
Umschlagabbildungen: Getty Images/Aksonov, kampee patisena;
www.buerosued.de
DK · Herstellung: CS
Satz: Satzwerk Huber, Germering
Druck und Bindung: GGP Media GmbH, Pößneck
Printed in Germany
ISBN 978-3-7645-0949-1

www.blanvalet.de

Für Katarina, Tonya, Surya
und all die anderen krassen Frauen,
die mir vorgelebt haben,
wie man nach seinen eigenen Regeln spielt und siegt.

H eute vor zehn Jahren war der schlimmste Tag meines Lebens. Ihn zu vergessen, ist kaum möglich, wird er mir doch gerade unablässig in Erinnerung gerufen. Zweifellos habt ihr die Zeitungsberichte gelesen, die Titelseiten der Magazine, die Posts in den sozialen Medien gesehen. Sicher freut ihr euch auf einen gemütlichen Abend auf der Couch, wo ihr euch bei einer Schüssel Popcorn genüsslich alle Folgen der Dokuserie reinzieht, um den Jahrestag meines Scheiterns feierlich zu begehen. Schadenfreude fühlt sich großartig an.

Tut euch keinen Zwang an. Viel Spaß dabei. Aber denkt hinterher bloß nicht, dass ihr irgendetwas über mich wisst. Es gibt nichts, das ich noch nicht über mich gehört hätte: Katarina Shaw ist eine Bitch, eine Diva, eine schlechte Verliererin. Eine Mörderin sogar.

Nennt mich, wie ihr wollt. Inzwischen lässt mich das völlig kalt.

Meine Geschichte gehört mir allein, und ich erzähle sie so, wie ich Eistanz gelebt habe: auf meine Art, nach meinen Regeln.

Wir werden ja sehen, wer am Schluss den Sieg davonträgt.

SPRECHER: Am Anfang waren die zwei eine absolute Sensation.

Das US-amerikanische Eistanzpaar Katarina Shaw und Heath Rocha verbeugt sich bei den Olympischen Winterspielen 2014 im russischen Sotschi lächelnd vor einer Menge begeisterter Fans.

SPRECHER: Dann der Skandal ...

Shaw und Rocha, erneut von einer Menschenmenge umringt – nur sind es dieses Mal Paparazzi, die im Blitzlichtgewitter und Dauerfeuer von klickenden Auslösern ihre Namen rufen, als sie ihr Hotel in Sotschi verlassen. Mit versteinerten Mienen bahnen sich die beiden ihren Weg durch den Pulk, Heaths Arm über Katarinas Schulter.

SPRECHER: ... und schließlich die Tragödie.

Kirk Lockwood, Sportreporter der NBC, live von den Winterspielen in Sotschi: »*Ich berichte seit vielen Jahren über Eiskunstlauf*«, *beteuert er feierlich und schüttelt den Kopf,* »*aber so etwas habe ich noch nicht erlebt.*«

SPRECHER: Menschen aus dem engsten Kreis um Katarina Shaw und Heath Rocha werden erstmals ihre Geschichte erzählen und neue Einblicke darüber gewähren, was damals zu den beispiellosen Vorkommnissen bei dem schicksalhaften Kampf um das olympische Gold geführt hat.

Der ehemalige Eistänzer Ellis Dean und Olympiateilnehmer im Interview in einer Bar in West Hollywood.

ELLIS DEAN: Wir haben immer scherzhaft gesagt: Entweder werden die miteinander alt und grau, oder sie bringen einander mit bloßen Händen um.

Eiskunstlauftrainerin Nicole Bradford im Interview in ihrer Küche in einem Vorort in Illinois.

NICOLE BRADFORD: Sie waren ganz ohne Zweifel die talentiertesten Eistänzer, mit denen ich je gearbeitet habe. Aber wenn ich so zurückdenke ... ja, da waren Anzeichen, dass es Probleme geben könnte.

SPRECHER: Das war nicht vorauszusehen. Niemand hätte das voraussehen können.

In rascher Folge blitzen Bilder auf: Katarina und Heath als Kinder beim Eistanzen. Dann einige Jahre später auf einem Siegerpodest mit Goldmedaillen um den Hals. Dann im Streit, sie schreien einander an, Katarinas Make-up völlig zerlaufen, ihre Hand holt zum Schlag aus.

ELLIS DEAN: Wenn ich eines weiß, dann das: Es wird nie wieder ein Team wie Kat und Heath geben.

Langsame Überblendung zu einem Foto, das die Eisfläche in Sotschi zeigt. Auf den Olympischen Ringen sind blutrote Spritzer.

ELLIS DEAN: Und wissen Sie was? Vielleicht ist das auch gut so.

SPRECHER: Wir präsentieren ...

The Favourites
Die Shaw & Rocha Story

TEIL I

Vielversprechende Talente

KAPITEL 1

Als ich mit meinem Werk zufrieden war, übergab ich ihm das Messer. Heath kniete sich hin, und ich streckte mich auf der warmen Stelle aus, wo er eben noch gelegen hatte. Ich beobachtete ihn: sein im Mondlicht glänzendes schwarzes Haar, wie er sich auf die Unterlippe biss, als er mit der Messerspitze zum ersten Schnitt ansetzte. Er ging präziser vor als ich und zog geschwungene, anmutige Linien unter meine linkisch geritzten Kerben.

Shaw & Rocha stand da, als er mit dem Einkerben der Inschrift fertig war. Unsere Namen, wie sie in wenigen Tagen auf der Anzeigetafel bei unserer ersten US-Meisterschaft im Eiskunstlauf zu lesen sein würden. Unsere Namen, wie sie in den Zeitungen erscheinen und in die Geschichte der olympischen Rekorde eingehen würden. Gerade hatten wir die Buchstaben in die Mitte vom Kopfteil meines Bettes geschnitzt.

Wir waren sechzehn und uns unserer Sache sicher.

Unsere Taschen für die National Championships waren längst gepackt und standen an der Zimmertür. Nachdem wir so viele Jahre auf diesen Augenblick gewartet, darauf hingearbeitet und darauf hingefiebert hatten, waren die letzten Stunden davor die reinste Folter. Am liebsten wäre ich auf der Stelle abgereist.

Am liebsten wäre ich nie wieder zurückgekommen.

Heath legte das Messer auf meinen Nachttisch und streckte sich neben mir aus. »Bist du schon aufgeregt?«, flüsterte er.

Ich blickte an ihm vorbei auf die Bilder, die ich um das Fenster herum an die Wand gepinnt hatte – alle zeigten die von mir verehrte Eiskunstläuferin Sheila Lin. Zweimalige olympische Goldmedaillengewinnerin im Eistanz, eine lebende Legende. Sheila ließ sich niemals auch nur die Spur von Aufregung anmerken, egal, wie viel Druck auf ihr lastete.

»Nein«, antwortete ich.

Lächelnd strich Heath über den Rücken des ausgeleierten *Stars on Ice 1996*-Sweatshirts, das ich immer zum Schlafen trug. »Lügnerin.«

1996 war ich Sheila Lin tatsächlich einmal begegnet, beziehungsweise hatte ich sie von einem der hinteren Plätze auf dem obersten Rang aus gesehen. Mein Vater hatte mir eine Autogrammkarte als Erinnerung spendiert, die ich zu den anderen Bildern meiner Göttin an die Wand geheftet hatte. Sie war die Frau und Athletin, die ich unbedingt werden wollte – und zwar nicht erst, wenn ich erwachsen wäre, sondern so bald wie möglich.

Als Sheila und ihr Partner Kirk Lockwood ihren ersten US-Titel errungen hatten, war sie noch ein Teenager. Heath und ich hatten noch nicht mal an den Nationals teilgenommen. Zwar hatten wir uns im letzten Jahr qualifiziert, verfügten aber nicht über die Mittel, um nach Salt Lake City zu reisen. Zum Glück fanden die nationalen Meisterschaften dieses Jahr in Cleveland statt, nur eine vergleichsweise kurze Greyhound-Fahrt entfernt. Ich war davon überzeugt, dass nach diesem Wettkampf nichts mehr so sein würde wie zuvor.

Ich sollte recht behalten. Aber nicht ganz so, wie ich es mir vorgestellt hatte.

Heath küsste meine Schulter. »Ich bin jedenfalls nicht nervös. Schließlich trete ich mit Katarina Shaw an.« Er sagte meinen Namen langsam und andächtig, jede Silbe auskostend. »Und es gibt nichts, was sie nicht schafft.«

Im Halbdunkel schauten wir uns an, unsere Gesichter so dicht beieinander, dass unser Atem eins war. Das würde später unser

Markenzeichen werden – den Augenblick vor einem Kuss auszudehnen, bis die Spannung fast unerträglich wurde, bis der Puls jedes einzelnen Zuschauers im Publikum schneller ging, in unseren Augen blankes Verlangen.
Alles nur Choreografie. Das hier aber war noch echt.
Schließlich berührte Heaths Mund meine Lippen – sanft und ohne jede Hast. Wir dachten, wir hätten die ganze Nacht vor uns.
Als wir die Schritte hörten, war es bereits zu spät.

Nicole Bradford, eine blonde, stark geschminkte Frau mittleren Alters in einer silbern durchwirkten Strickjacke, sitzt an der Kochinsel in ihrer ganz in Weiß gehaltenen Vorstadt-Traumküche.

NICOLE BRADFORD (Eiskunstlauftrainerin): Das ist jedes Mal so nach den Olympischen Winterspielen – plötzlich wollen alle eislaufen. Alle Mädchen sind überzeugt davon, dass sie zum Superstar geboren sind. Obwohl kaum eine derart Feuer und Flamme ist wie Katarina Shaw damals.

Familienfotos zeigen Katarina als kleines Mädchen in verschiedenen Eiskunstlauftrikots. Auf einem Foto steht sie vor einer Wand voller Bilder von Sheila Lin und ahmt Sheilas Pose auf dem Foto in der Mitte nach.

NICOLE BRADFORD: Gleich in der ersten Trainingsstunde hat Katarina verkündet, dass sie so berühmt werden würde wie Sheila Lin. Die anderen Mädchen haben sie augenblicklich dafür gehasst.

Die vierjährige Katarina, die Haare zu Zöpfen gebunden, gleitet mit ernstem Gesichtsausdruck allein über die Eisfläche.

SPRECHER: Obwohl ihr Name zu einem Synonym für Eistanz wurde, begann Katarina Shaw ihre Laufbahn als Einzelläuferin, weil keine Jungen als Partner zur Verfügung standen.

Ellis Dean, Anfang vierzig, freundliches Lächeln, gepflegt, sitzt an der Theke einer stylishen Cocktailbar, ein Martiniglas in der Hand.

ELLIS DEAN (ehemaliger Eistänzer): Das Interesse der Männer an Eistanz ist verschwindend gering. Beim Paarlauf hat man wenigstens Sprünge, außerdem kann man hübsche Mädchen in die Luft werfen und ihnen beim Auffangen zwischen die Beine fassen. Sofern man auf so was steht.

SPRECHER: Eistanz ist vermutlich die am meisten verkannte Disziplin im Eiskunstlauf.

Archivmaterial zeigt Eiskunstläufer beim Eistanzwettbewerb während der Winterspiele 1976 in Innsbruck, Österreich – das Jahr, in dem Eistanz olympisch wurde.

SPRECHER: Eistanz orientiert sich am klassischen Tanzsport – statt auf akrobatische Hebefiguren und athletische Sprünge, wird hier großer Wert auf komplexe Schritttechnik und ein enges Zusammenspiel der Tanzpartner gelegt.

ELLIS DEAN: Einer Menge Eistänzerinnen bleibt nichts anderes übrig, als anfangs mit ihrem Bruder zu laufen, weil niemand sonst sich breitschlagen lässt. Was für Kat Shaw allerdings nicht infrage kam.

KAPITEL 2

Krachend flog die Tür auf, und der Gestank von Marlboro, Jim Beam und Schweiß strömte in mein Zimmer.

Mein großer Bruder Lee.

Heath und ich fuhren hoch. Mein Bruder wollte Heath nicht im Haus haben, schon gar nicht in meinem Zimmer. Was jedoch nur unseren Einfallsreichtum anstachelte, immer neue Wege zu finden, wie er unauffällig ins Haus gelangen konnte. Wenn Lee nüchtern war – was immer seltener der Fall war –, beschränkte er sich darauf, sein Missfallen in abfälligen Bemerkungen zu äußern oder gelegentlich den einen oder anderen Gegenstand an die Wand zu schleudern.

Doch wenn er betrunken war, kannte er kein Halten.

»Was zur Hölle treibt ihr?« Lee torkelte über die Schwelle. »Hatte ich nicht gesagt ...«

»Und ich hatte gesagt, dass du nichts in meinem Zimmer zu suchen hast.«

Früher hatte ich meine Tür immer abgeschlossen und den angelaufenen Messingschlüssel von innen stecken lassen, damit Lee uns nicht durchs Schlüsselloch beobachten konnte. Bis er einmal die Tür eingetreten und das Schloss ruiniert hatte.

»Das hier ist *mein* Haus.« Lee stieß einen Finger in Heaths Richtung. »Und der da soll sich gefälligst zum Teufel scheren.«

Mit einer geschmeidigen Bewegung stand Heath auf, schob sich vor mich und lächelte auf eine Art und Weise, von der wir beide wussten, dass sie Lee nur noch wütender machen würde. »Ich bin hier, weil Katarina das so will, genauso wie ...«

Lee stürzte auf Heath zu, packte ihn am Arm und zerrte ihn in Richtung Flur.

»Lass das!«, schrie ich.

Heath hielt sich am Türrahmen fest, die Finger in die geborstene Leiste gekrallt. Als Leistungssportler war er deutlich besser in Form, aber Lee überragte ihn und trat mit deutlich mehr Kilos an. Ein brutaler Ruck genügte, und Heath musste loslassen.

»Lee, das reicht jetzt!«

Nicht zum ersten Mal wünschte ich, wir hätten Nachbarn, die den Lärm bemerkten und die Polizei riefen. Dummerweise lag unser Haus aber weitab vom Schuss, ringsum lediglich Wald und der riesige, kalte Lake Michigan.

Weit und breit niemand, der uns zu Hilfe kommen würde.

Ich hechtete hinter den beiden her, bekam Lees Hemdkragen zu fassen, riss an seinen fettigen Haaren und gab alles, um ihn zu stoppen. Er stieß mir den Ellenbogen in die Rippen, und ich taumelte zurück.

Sie waren dem Treppenabsatz gefährlich nahe gekommen.

Grauenvolle Bilder schossen mir durch den Kopf – Heath, wie er zusammengekrümmt in einer Blutlache mit aus der Haut herausragenden Knochen unten vor den Stufen lag, sodass er nie wieder aufrecht stehen, geschweige denn Schlittschuh laufen würde.

Ich rappelte mich auf. Rannte zurück in mein Zimmer.

Bevor mir bewusst wurde, was ich tat, hielt ich auch schon das Messer in das Gesicht meines Bruders.

»Lass. Ihn. Sofort. Los.« Ich stieß die Klinge in Richtung seines mit Bartstoppeln bedeckten Kinns. Er reagierte nur mit einem müden Lächeln. Er traute mir nicht zu, dass ich ihn tatsächlich verletzen könnte.

Heath kannte mich besser.

»Katarina.« Seine Stimme klang rau und brachte die Ränder der Wörter zum Rascheln wie ein Windhauch die Blätter an den Bäumen. »Bitte. Leg das Messer weg.«

Es war nur ein einfaches Schälmesser, das wir aus der Küchenschublade geholt hatten. Scharf genug, um Buchstaben in Holz zu schnitzen, doch kaum gefährlich genug, um jemanden ernsthaft zu verletzen oder gar zu töten. Aber ich wollte Lee wehtun, wenigstens ein bisschen. Nur so viel, dass er endlich einmal Angst vor mir bekam.

Ich sah Heath an. Als stünden wir in der Mitte der Eisfläche und jeden Moment würde unsere Musik einsetzen. *Bereit?*

Er fuhr zurück und schüttelte den Kopf. Ich blickte ihm weiter tief in die Augen und griff das Messer noch fester. Ihm war anzusehen, dass er das für eine ganz schlechte Idee hielt – aber auch, dass ihm nichts Besseres einfiel.

Heaths Kinn senkte sich ganz leicht, beinahe unmerklich. *Bereit.*

Ich stürzte mich auf Lee und zog ihm das Messer über den Bizeps. Wütend jaulte er auf – und ließ Heath los, um mir eine zu knallen. Ich konnte mich rechtzeitig wegducken, aber verlor meine Waffe, als ich mich an meinem Bruder vorbeidrängte und die Treppe hinunterjagte. Heath riss die Haustür auf, durch die ein scharfer, kalter Windstoß hereinfuhr, und blieb auf der anderen Seite der Türschwelle stehen, um auf mich zu warten.

Lee stieß ein Wutgeheul von wilden Flüchen aus, als er auf der letzten Stufe das Gleichgewicht verlor und in den Vorraum stolperte. Ich rannte, so schnell ich konnte, ohne den Blickkontakt mit Heath zu verlieren. Ich hatte es fast geschafft.

Doch Lee war schneller. Mit einer Hand schlug er die Tür zu und verriegelte sie.

Mit der anderen drückte er mir die Klinge an den Hals.

NICOLE BRADFORD: Katarina und Heath haben sich an der Eisbahn kennengelernt, aber er war kein Eiskunstläufer.

SPRECHER: Heath Rocha wuchs bei Pflegeeltern auf. Als er zehn Jahre alt war, hatte er schon in sechs verschiedenen Familien gelebt.

NICOLE BRADFORD: Ich weiß nichts Genaueres über Heaths Familienleben, deshalb will ich keine falschen Mutmaßungen verbreiten. Ich will nur sagen, dass sich seine Pflegeeltern offenbar nicht besonders um ihn gekümmert haben. Eine Wohlfahrtsorganisation bot kostenlose Sportprogramme für die Kinder in der Gegend an, und so kam er eines Tages in die Eishalle.

Die Kamera richtet sich auf ein Foto mit Jungen in Hockeyausrüstung und zoomt den zehn Jahre alten Heath heran. Er ist das einzige Kind auf dem Bild, das dunkle Haut hat.

NICOLE BRADFORD: Heath hatte sich für Hockey angemeldet, und nach dem Training trieb er sich immer noch eine Weile in der Eishalle herum, als wolle er nicht nach Hause gehen. Wenn er sich unbeobachtet fühlte, sah er Kat von der Zuschauertribüne beim Eislaufen zu. Dass er in sie verknallt war, war nicht zu übersehen. Ich fand das irgendwie süß.

Ein Foto von Katarina im Alter von neun Jahren beim Training in der North Shore-Eishalle in Lake Forest, Illinois. Beim Heranzoomen ist eine verschwommene Gestalt auf der Tribüne zu erkennen: Heath.

NICOLE BRADFORD: Irgendwann haben sie sich dann angefreundet, und er fing an, zu ihr nach Hause zum Abendessen zu gehen. Und sogar dort zu übernachten. Ein paar Monate lang hatte sie ihre Träumereien vom Eistanz nicht mehr erwähnt. Ich dachte, sie hätte sich das endlich aus dem Kopf geschlagen und wäre bereit, sich voll und ganz auf den Einzellauf zu konzentrieren. Ich hätte wissen sollen, dass sie sich so leicht nicht geschlagen geben würde.

Ein Archivfoto vom Lake Michigan, es herrscht tiefer Winter, die Wellen sind festgefroren.

SPRECHER: Katarina brachte Heath heimlich Eiskunstlauf bei, auf dem See in der Nähe des Hauses der Shaw-Familie.

ELLIS DEAN: Ich habe mit sieben mit dem Eislaufen angefangen, und das war schon spät. Heath Rocha war fast elf.

Jane Currer, eine streng wirkende Frau in den Siebzigern, die leuchtend rot gefärbten Locken ein scharfer Kontrast zu dem grellgelben Seidenschal um ihren Hals, sitzt an der Eisfläche des Olympic Training Center in Colorado Springs.

JANE CURRER (US-Eiskunstlauf-Funktionärin): Es ist schon richtig, dass Eistänzer ihren sportlichen Höhepunkt eher in späteren Jahren erreichen. Doch das eiskunstläuferische Können bildet die Grundlage für den künftigen Erfolg im Eistanz, starten sie spät, sind sie im Nachteil.

NICOLE BRADFORD: Ich gebe zu, ich war mehr als skeptisch. Bis ich die beiden zusammen auf dem Eis gesehen habe.

KAPITEL 3

Ich hörte auf, mich zu wehren, als Lee mich die Treppe hoch schleifte und in mein Zimmer warf. Sobald sich seine schlurfenden Schritte im Flur entfernt hatten, rannte ich zum Fenster. Heath stand unten mit bloßen Füßen auf dem frostbedeckten Rasen. Als er mich sah, fiel ihm sichtlich ein Stein vom Herzen.

Für Januar war es vergleichsweise mild – es lag kein Schnee, und der See war noch nicht zugefroren. Heath war schon bei deutlich schlechterem Wetter aus dem Haus gejagt worden. Ich hatte ihm dann immer etwas runtergeworfen – Kleidung, Essen, eine Decke –, doch Lee war irgendwann dahintergekommen und hatte das Schiebefenster festgeschraubt.

Heath winkte, dann drehte er sich um und ging in Richtung Wald. Auch wenn Lee mich nicht mehr in meinem Zimmer einschließen konnte, hatte ich trotzdem keine Chance zu entkommen, solange er noch nicht völlig hinüber war, was schon gegen Mitternacht oder aber erst bei Sonnenaufgang passieren konnte. Ich wusste, wo Heath in solchen Nächten Unterschlupf fand, und wollte auf keinen Fall riskieren, dass mein Bruder ihm auch das noch kaputtmachte.

Ich presste die Handfläche gegen die Fensterscheibe, als könnte ich Heath so von Weitem berühren, und ließ sie dort, bis er hinter den verschlungenen Ästen der Robinien verschwand. Als ich die Hand wieder herunternahm, blieb eine rote Spur auf dem Glas zurück.

Hoffentlich blutete mein Bruder immer noch.

Seit unser Vater gestorben war, war Lee das Familienoberhaupt – obwohl er nur fünf Jahre älter war als ich und kaum in der Lage, auf sich selbst aufzupassen, war er der Meinung, dass Heath nicht der richtige Umgang für mich wäre. Ziemlich dreist angesichts dessen, dass er selbst jede Woche ein neues Opfer anschleppte. Wie viele Nächte hatte ich mit dem Kissen über dem Kopf im Bett gelegen, um nicht den armen Mädchen zuhören zu müssen, wenn sie ganz offensichtlich einen Orgasmus vortäuschten.

Die Medien stellen es immer so dar, als wären Heath und ich wie Geschwister aufgewachsen (stimmt nicht) und konnten völlig unbeaufsichtigt die unbestreitbar vorhandenen Gefühle füreinander erforschen (stimmt leider auch nicht).

Die Wahrheit ist, dass Heath und ich mit sechzehn immer noch Jungfrau waren. Sicher, wir küssten uns, fassten uns an und schoben Kleidung zur Seite, damit unsere Haut sich berührte. Wir wussten, wie wir uns gegenseitig Lust verschaffen und einander zum Seufzen, Stöhnen und Erschauern bringen konnten. Ich wusste, dass er mehr wollte. Mir ging es genauso.

In mancher Hinsicht schien es absurd, noch warten zu wollen, waren wir doch vertrauter als manches Ehepaar. Wir gingen gemeinsam zur Schule, trainierten zusammen, verbrachten praktisch den gesamten Tag miteinander – und auch die Nacht, wenn es uns gelang, meinen Bruder zu überlisten.

Aber auf der Reise zu den Nationals würden wir zum allerersten Mal richtig allein sein – nur wir zwei. Theoretisch war da auch noch unsere Trainerin, obwohl wir uns Nicole kaum leisten konnten. Mein Vater hatte in seinem Testament alles zu gleichen Teilen zwischen Lee und mir aufgeteilt, auch den Grundbesitz. Doch ich würde erst mit achtzehn Zugang zu meiner Hälfte des Vermögens erhalten.

Nicole unterstützte Heath und mich, wo sie nur konnte: Sie organisierte Teilzeitjobs in der Eishalle für uns, was uns eine Ermäßigung der Eismiete verschaffte, und half uns bei der Choreografie, weil wir keinen Profi bezahlen konnten. Aber sie zu bitten, für mehrere Tage Verdienstausfall hinzunehmen, um uns ohne Honorar zu begleiten, war definitiv zu viel verlangt. Also würden wir uns ohne sie auf den Weg machen und einige Nächte in einem schäbigen Motel verbringen, weil die offiziellen Sportler-Unterkünfte zu teuer für uns waren.

Jedes andere Mädchen im Teenageralter hätte es gar nicht erwarten können, so eine Gelegenheit zu nutzen. Aber ich war nicht wie die anderen. Ich war auf dem Weg, Olympiasiegerin zu werden, und hatte nicht vor, dieses Ziel durch irgendeine Dummheit zu gefährden. Wie etwa meinen Bruder zu erstechen, und wenn er es noch so sehr verdient hatte. Oder schwanger zu werden und unsere ohnehin schon sehr knappen Mittel einer Abtreibung zu opfern.

Alle denken immer, Heath Rocha sei meine erste große Liebe gewesen.

Meine erste große Liebe war der Eistanz.

Alles begann im Februar 1988 mit den Olympischen Winterspielen in Calgary. Ich war vier Jahre alt und hätte längst im Bett sein sollen. Stattdessen sah ich mir den letzten Wettkampfabend im Eistanz an.

Sheila Lin und Kirk Lockwood traten als Letzte an. Als sie ihren Platz in der Mitte der Eisfläche einnahmen und auf den ersten Ton ihrer Musik warteten, zoomte die Kamera vorbei an Kirk mit seinem hautengen Anzug und dem nach hinten gegelten Haar – und richtete sich ausschließlich auf Sheilas Gesicht.

Die Eistänzer vor ihnen hatten sichtlich Mühe gehabt, ihre Nervosität zu verbergen. Nicht so Sheila Lin. Ein spöttisches Lächeln umspielte ihre Lippen, die im gleichen Rubinrot geschminkt waren wie die Schmucksteine, die in ihrem schwarzen Haaren glitzerten. Ich war zwar noch ein kleines Kind, ohne die geringste Ahnung von diesem Sport, aber ich war sicher, sie würde gewinnen. Sheila wirkte, als wäre sie bereits die Siegerin – als trüge sie schon die Goldmedaille um den Hals, die Kufe ihres Schlittschuhs auf dem noch leise zuckenden Körper ihrer Konkurrenz.

Eistänzerin wurde ich nicht wegen irgendwelcher kindlichen Fantasien von paillettenbesetzten Trikots oder weil ich umherwirbeln wollte wie ein hübscher kleiner Kreisel. Ich wurde Eistänzerin, weil ich mich *genau so* fühlen wollte, wie Sheila Lin sich gefühlt hatte.

Voller Kampfgeist und Selbstvertrauen. Eine Kriegsgöttin in glitzernder Rüstung. So selbstsicher, dass ich meine Träume durch schiere Willenskraft verwirklichen konnte.

Eislaufen war meine erste große Liebe, aber im Laufe der Jahre war es noch so viel mehr geworden. Es war das Einzige, in dem ich gut war – meine Chance, zu überleben und jenem dunklen, heruntergekommenen Haus, meinem Bruder und seinen Wutausbrüchen zu entkommen. Wenn ich nur hart genug arbeitete, wenn ich nur gut genug würde ... wäre ich eines Tages so unverwundbar wie Sheila Lin.

Die Nationals waren der erste Schritt, der Anfang unserer Zukunft. Nicht mehr lange, sagte ich mir und starrte in die Dunkelheit vor meinem Fenster, nicht mehr lange, und Heath und ich könnten diesen Ort endlich hinter uns lassen.

Und was auch immer geschehen würde, es galt: Wir beide gegen den Rest der Welt.

KAPITEL 4

Die Sonne ging gerade auf, als es mir endlich gelang, mich aus dem Haus zu stehlen.

Lee lag bäuchlings auf dem Sofa im Wohnzimmer. Im Kamin lagen an die dreißig Zigarettenstummel, und die leeren Flaschen hatten Ringe auf den Dielen hinterlassen. Die Vorstellung meines Bruders von einem gemütlichen Abend zu Hause.

Draußen umfing mich ein frischer, stiller Morgen. Außer den sanften Wellen und dem Knirschen meiner Schuhe auf der kiesbestreuten Auffahrt war kein Laut zu hören. Ich fing an zu laufen und rannte an Lees schlammbespritztem Pick-up vorbei zu dem Weg, von dem ich wusste, dass Heath ihn in der Nacht genommen hatte.

Das Haus, in dem ich aufwuchs, befindet sich in einem der entlegensten Vororte von Chicago, der den Namen The Heights trägt, weil er eine Spur höher liegt als der Rest der Umgebung, die flach wie ein Pancake ist. Der größte Teil der Gegend wurde gegen Ende des neunzehnten Jahrhunderts besiedelt, als sich nach dem Großen Brand und den Arbeiteraufständen all die reichen Arschlöcher aus der City an das relativ sichere Nordufer des Lake Michigan flüchteten. Die Shaws waren da schon seit Ewigkeiten hier ansässig gewesen.

Mein Urur-und-so-weiter-Großvater kaufte ein riesiges Stück Land direkt am See. So weit das Auge reichte, bestand die Landschaft aus nichts als Sand, Ackerland und schwarzen Eichen, die ganz krumm waren von dem Wind, der beständig über das Wasser angefegt kam. Eine Generation später errichtete ein anderer Shaw unmittelbar am Ufer ein Haus und ließ so viel Baumbestand stehen wie möglich, um sich neugierige Nachbarn vom Hals zu halten.

Das Haus selbst ist nichts Besonderes: ein einfaches, gemauertes Landhaus mit ein paar neugotischen Schnörkeln. Das Wertvolle ist das Grundstück. Ungefähr alle zehn Jahre schnüffeln Bauunternehmer hier herum und bieten bündelweise Bargeld, woraufhin der jeweils gerade residierende Shaw sie regelmäßig zum Teufel jagt – mal in der für Menschen im Mittleren Westen typischen passiv-aggressiven Art und Weise, mal mit gezücktem Gewehr.

Als kleines Mädchen habe ich das Haus gehasst. Fast nur noch von Spinnweben zusammengehalten, war es bereits baufällig, als meine Eltern es erbten, und meine Mutter starb, ehe sie Gelegenheit hatte, ihre ambitionierten Renovierungspläne umzusetzen. Wenn ich nicht in der Schule oder beim Eislaufen war, tobte ich draußen durch die Wildnis – zunächst allein und später mit Heath an meiner Seite. In den wärmeren Monaten war der See unser Lieblingsort. Wir wateten durch die Wellen, kletterten auf Felsen, um die vorbeiziehenden Segelboote und Frachter zu beobachten, und entzündeten Lagerfeuer auf dem schmalen Sandstreifen, der so etwas wie unser Privatstrand war.

Bei schlechterem Wetter verzogen wir uns in den Stall, den alle immer noch so nannten, obwohl dort schon Jahrzehnte vor der Geburt meines Vaters keine Pferde mehr gestanden hatten. Aus dem gleichen grauen Stein gebaut wie unser Haus, befand er sich an der nördlichen Grundstücksgrenze, gleich neben der Grabstätte unserer Familie. Lee mied diesen Teil des Grundstücks – nie besuchte er das Grab unserer Eltern, nicht einmal zu ihren Geburtstagen oder wenn sich der Tag ihres Todes jährte.

Wir hatten unseren Vater gerade beerdigt, als Lee Heath auch schon Hausverbot erteilte. Der Stall schien uns das perfekte Versteck für ihn zu sein. Wochenlang schmuggelte ich alles Mögliche dorthin: Kerzen, Brennholz, eine alte Matratze, die ich aus dem

Keller gezerrt hatte, und sogar einen batteriebetriebenen Ghettoblaster.

Als ich an jenem Morgen in den Stall kam, sah ich sofort, dass Heath genauso wenig Schlaf bekommen hatte wie ich. Er hatte die Matratze in den am weitesten von dem zerbrochenen Dachfenster, das als provisorischer Rauchabzug diente, entfernten Stand geschleppt, wo es nicht ganz so kalt war. Der Klassiksender, den er immer hörte, wenn er nicht schlafen konnte, spielte eine Nocturne von Debussy. Das Feuer von letzter Nacht war heruntergebrannt, und obwohl die Sonne die Eiskristalle auf den von der Scheibe verbliebenen Glaszacken aufzutauen begann, war es immer noch so kalt, dass ich meinen Atem sehen konnte.

Ich hatte ihm seine wärmste Jacke mitgebracht und breitete sie über ihm aus, bevor ich mich neben ihn legte. Er blinzelte, und trotz des schummerigen Lichts konnte ich den heftigen Bluterguss um sein rechtes Auge erkennen, eine lila Blüte zwischen Wimpern und Wangenknochen.

Mit den Fingerspitzen fuhr ich sacht über die Schwellung. Wahrscheinlich tat die Berührung ihm weh, doch Heath atmete eine Dampfwolke aus und schmiegte sich in meine Hand.

»Ich bringe ihn um«, sagte ich.

»Halb so wild«, wehrte Heath mit klappernden Zähnen ab. »Kannst du das abdecken für die Nationals?«

Ich nickte, auch wenn ich mir alles andere als sicher war, ob der Drogeriemarkt-Abdeckstift aus meinem Make-up-Täschchen der Herausforderung gewachsen sein würde.

»Dass es hier draußen so arschkalt ist, hat wahrscheinlich gegen die Schwellung geholfen.« Er strich mein Haar zurück. »Ich bin nur froh, dass er dir nichts angetan hat.«

Lee hatte sehr schnell herausgefunden, dass er mir am meisten Schmerzen zufügte, indem er Heath wehtat.

Heath ertrug alles mit stoischer Ruhe, jegliche Beleidigung und Verletzung ließ er an sich abprallen. Einmal hatte Lee ihn mit so viel Wucht gegen eine Wand gestoßen, dass er einige schreckliche Sekunden lang bewusstlos dalag, doch als ich ihn wachrüttelte, zuckte er nur mit den Achseln und meinte, es hätte schlimmer kommen können.

So nah wir uns auch waren – ich wusste praktisch nichts über Heaths Leben vor mir. Laut Geburtsurkunde war er in Michigan geboren und trug den Nachnamen seiner Mutter. Wo der Name des Vaters stehen sollte, war nichts eingetragen. Der Name *Rocha* war spanischen oder vielleicht portugiesischen Ursprungs und der einzige Anhaltspunkt, den er für seine Herkunft hatte. Wenn die Leute hier im Mittleren Westen Heaths braune Haut und sein dunkles Haar sahen, hielten sie ihn prompt für einen Mexikaner oder jemanden aus dem Nahen Osten (und zogen wenig wohlwollende Schlüsse).

Heath wusste sonst nichts von seinen leiblichen Eltern und beteuerte, dass er keinen Drang verspürte, nach ihnen zu suchen. Das Haus seiner Pflegefamilie, ein vergilbter Bungalow bei den Bahngleisen, hatte ich nie betreten. Es konnte unmöglich groß genug zu sein, um all die Menschen unterzubringen, die dort wohnten. Als Heath im Sommer vor der achten Klasse zu uns zog, gab mein Vater ihm Lees altes Kinderzimmer, das er in dem Moment verlassen hatte, in dem er achtzehn geworden war, um in eine schmuddelige WG näher an der Stadt zu ziehen. Heath hatte das zugige Kabuff angestaunt, als wäre es ein Palast, und mir wurde klar, dass er vermutlich zum ersten Mal einen Raum für sich allein hatte.

Er sprach nicht gern über seine Vergangenheit, und ich wollte nicht aufdringlich sein. Aber die Tatsache, dass ein Leben mit Lee Shaw eine Verbesserung bedeutete, sagte viel darüber aus, was für grauenvolle Dinge er vorher hatte erdulden müssen.

»Deinen Bruder gleich umzubringen, kommt mir *ein wenig* übertrieben vor.« Heaths Zittern hatte nachgelassen. »Aber ich könnte mich damit anfreunden, seine Reifen zu zerstechen.«

»Ich habe eine viel bessere Idee«, erwiderte ich. »Sieh mal in deiner Jackentasche nach.«

Heath durchsuchte seine Taschen, bis er auf etwas Metallisches stieß. Ein breites Grinsen breitete sich auf seinem Gesicht aus, als er die Schlüssel zu Lees Truck hochhielt.

Ich hatte noch keinen Führerschein. Aber Heath hatte seinen im letzten Sommer gemacht.

»Dafür wird er *uns beide* umbringen«, stellte Heath fest.

»Nicht wenn wir weg sind, ehe er zu sich kommt.«

Mit den Schlüsseln in der Hand umfasste Heath mein Gesicht und küsste mich. Kaltes Metall drückte gegen meine Wange. »Was habe ich dir gesagt, Katarina Shaw?«

Ich lächelte und küsste ihn ebenfalls. »Es gibt nichts, was ich nicht schaffe.«

NICOLE BRADFORD: Anfangs hielt ich Heath für einen hoffnungslosen Fall. Im Hockeytraining hatte er gelernt, sich schnell auf dem Eis zu bewegen, aber ihm fehlte jegliche Finesse. Beim Eistanz geht es vor allem um das Ausführen von Schritten auf den Schlittschuhkanten und sehr präzise Fußarbeit.

Ein privates Video, das Ms. Bradford während einer der ersten gemeinsamen Trainingsstunden aufgenommen hat, zeigt Katarina und Heath, wie sie Hand in Hand einfaches Vorwärts-Übersetzen üben.

NICOLE BRADFORD: Doch die beiden hatten diese besondere Verbindung.

Heaths Schlittschuhe verhaken sich immer wieder ineinander, als er versucht, sich Katarinas Rhythmus anzupassen. Sie drückt seine Hand. Er hört auf, sich auf seine Füße zu konzentrieren, und achtet stattdessen auf sie. Wenig später bewegen sie sich im Takt.

NICOLE BRADFORD: Es war, als könnte der eine die Gedanken des anderen lesen. An seiner Technik musste gearbeitet werden. Aber ich habe noch nie jemanden erlebt, der so hart trainiert hat wie Heath.

ELLIS DEAN: Wie fertig muss man sein, dass man sich mal eben eine komplette olympische Disziplin draufschafft, nur um mit jemandem Zeit zu verbringen.

NICOLE BRADFORD: Als sie dreizehn waren, schloss ich nationale und internationale Wettkämpfe nicht mehr aus, nicht einmal die Olympischen Spiele. So weit habe ich selbst es nicht gebracht.

Katarina und Heath winken von der obersten Stufe eines Siegertreppchens bei einem regionalen Turnier.

NICOLE BRADFORD: Eines Nachmittags sah ich die beiden auf einer Bank außerhalb der Eisfläche sitzen. Sie umarmten sich, und für einen Moment dachte ich schon, sie … (Sie räuspert sich.) Wie auch immer, es stellte sich heraus, dass sie weinten. Sie waren so niedergeschlagen, als wäre jemand gestorben.

Ein paar Schnappschüsse aus Kindertagen zeigen Katarina und Heath in der Eishalle und im Haus der Familie Shaw: Sie planschen im See, schlagen Rad auf dem Rasen, sitzen in Decken gekuschelt auf dem Sofa und sehen fern.

NICOLE BRADFORD: Als es mir endlich gelungen war, Heath einigermaßen zu beruhigen, berichtete er mir, dass er zu einer neuen Pflegefamilie sollte, die einige Autostunden entfernt wohnte. Und das innerhalb von wenigen Tagen.

JANE CURRER: Wäre Mr. Rocha weggezogen, hätte Ms. Shaw den Eiskunstlauf höchstwahrscheinlich aufgeben müssen. Seit ihrem Wechsel zum Eistanz hatte sich ihre Figur verändert und war nicht mehr … nun ja, ganz ideal für die Sprünge im Eiskunstlauf der Damen.

NICOLE BRADFORD: Ich war auch völlig niedergeschlagen. Aber was konnte ich schon tun? Ich dachte, das war's jetzt. Doch am nächsten Tag kamen die beiden herein, Hand in Hand und über das ganze Gesicht strahlend. Und Katarina sagte, Heath müsse nun doch nicht fort.

Eine Aufnahme von 1996 zeigt Katarina und Heath im Alter von etwa zwölf Jahren, in der Mitte Katarinas Vater, vor der Rosemont Horizon

Arena nach einer Stars-on-Ice-Show mit Lin und Lockwood als Hauptakteuren. Mr. Shaw hat die Arme um die Schultern der beiden gelegt, alle drei lächeln glücklich.

NICOLE BRADFORD: Sie hatte ihren Vater überredet, Heaths gesetzlicher Vormund zu werden.

KAPITEL 5

Die Heizung in Lees Pick-up ging nicht, und eisiger Fahrtwind jagte durch die rissigen Fensterdichtungen. Dennoch wird mir warm ums Herz, wenn ich an jene Fahrt mit Heath zurückdenke.

Unsere Hände lagen in dicken Handschuhen auf dem Steuerknüppel, die Wintersonne streichelte unsere Gesichter, und wir sangen aus vollem Hals zu Savage Garden und Semisonic und allem, was im Radio lief. Wann immer Heath den Kopf drehte und mich anlächelte, strömte ein heißes Prickeln durch meine Brust und wanderte weiter nach unten.

Nach vielen Meilen endloser, brachliegender Maisfelder, Milchfarmen und Industriegebiete tauchte am Horizont endlich Cleveland auf. Mit dem Bus wären wir erst Stunden später eingetroffen – so aber kamen wir gerade pünktlich zum ersten freien Training auf der Turnier-Eisfläche.

Mit ungewaschenem Haar und dem Geschmack von verbranntem Tankstellenkaffee auf der Zunge betrat ich die Arena und fühlte mich dennoch wie ein Star – was mir im Nachhinein reichlich albern vorkommt. Eine Mehrzwecksporthalle in Cleveland, Ohio, ist nicht gerade der glanzvollste Schauplatz einer Karriere. Doch als ich an jenem Tag an den Reihen der blauen Stadionsitze emporblickte, hatte ich das Gefühl, endlich angekommen zu sein.

Während wir mit Dehnübungen die schlaflose Nacht und die vielen Stunden in dem Kühlschrank von Truck aus unseren Gliedern vertrieben, musterte ich neugierig die Konkurrenz.

Gleich zu Anfang fielen mir die Silbermedaillengewinner vom vergangenen Jahr ins Auge, Paige Reed und Zachary Branwell, beide unverkennbar aus Minnesota: sehr skandinavisch und sehr blond. Ihre Technik konnte sich sehen lassen, aber obwohl sie nicht nur auf dem Eis, sondern auch privat ein Paar waren, waren sie so aufregend wie zwei ungetoastete Weißbrotscheiben. Außerdem sah man, dass Paige wegen einer Verletzung in der Trainingsphase ihr linkes Bein bevorzugte.

Die zwei anderen Teams kannte ich nicht, entweder traten sie zum ersten Mal bei den Nationals an, oder sie waren im letzten Jahr nicht weit genug gekommen, um in der Fernsehübertragung gezeigt zu werden. Da waren ein dünnes, flachbrüstiges Mädchen und ein Junge mit Sommersprossen, die keine ernsthafte Gefahr darstellten: Ihre Kantentechnik war ganz in Ordnung, doch die Bewegungen waren nicht fließend genug. Außerdem hielten sie ständig eine Armlänge Abstand, als wären sie bei einem Tanzabend in der Unterstufe.

Das letzte Paar trug Pferdeschwanz: er in dunkel, mit einem Band darin, wie ein Edelmann aus alten Zeiten, sie platinblond und so straff, dass sie aussah wie frisch geliftet. Sie waren gar nicht übel, aber auch hier fehlte die Verbindung. Sie liefen mehr nebeneinanderher als miteinander.

Heath und ich hatten eine echte Chance, sie zu schlagen, dachte ich, und mein Herz machte einen übermütigen kleinen Hüpfer.

Genau in diesem Moment schallte ein Big-Band-Stück über den Lautsprecher, und ein neues Team betrat das Eis.

Statt der üblichen bequemen Kleidung, die alle beim Aufwärmen anhatten, waren sie bereits in voller Wettkampfmontur, sogar Make-up hatten sie schon aufgetragen. Das Retro-Kleid des Mädchens glitzerte wie eine blaue Discokugel. Ihr Partner trug passende blau glitzernde Hosenträger über einem schwarzen Hemd, das seine tadellose Haltung zur Geltung brachte. Und sie hielten sich nicht mit einfachen Aufwärmübungen auf oder spielten probeweise ihr Programm durch. Sie riefen ihre volle Leistung ab und beendeten jeden Teil des Programms mit einem Lächeln in Richtung Tribüne, als wäre die Arena bereits voll besetzt mit Bewunderern.

Das waren unsere Konkurrenten.

Nervös drehte ich an meinem Ring und versuchte, mich zu beruhigen. Der Verlobungsring meiner Mutter war Art déco und diente mir seit meinem allerersten Juniorenwettkampf als Glücksbringer. Als ich klein war, trug ich ihn an einer Goldkette um den Hals. Mit sechzehn passte er immerhin an meinen Mittelfinger, und ich war dazu übergegangen, ihn immer bei mir zu haben, weil ich wusste, wenn Lee ihn zu fassen bekäme, würde er den Diamanten versetzen und das Geld vertrinken.

»Mach dir keine Sorgen«, sagte Heath, der mich lesen konnte wie den Wetterbericht. »Wir geben unser Bestes, das ist alles, was zählt.«

Unser Bestes war mir herzlich gleichgültig, solange es nicht *das Beste* war. In der Eishalle unserer kleinen Stadt waren wir schon so lange die Besten, dass es keine Bedeutung mehr hatte. Wenn wir uns weiterentwickeln wollten – wenn wir gut genug für die Olympiade werden wollten –, brauchten wir mehr Druck, mussten richtig gefordert werden. Und die perfekte Herausforderung lief gerade in einer Wolke aus blauen Pailletten an uns vorbei.

Ich nahm Heaths Hand, und wir betraten die Eisfläche. Während wir die ersten Runden drehten, hatte das andere Team sein Programm beendet. Die Musik begann von vorn, und sie wiederholten ihre Choreografie, Schritt für Schritt, Lächeln für Lächeln. Sie schienen nicht die Spur außer Atem zu sein.

Heath zog die Augenbrauen hoch, als wollte er sagen: *Sollen wir?* Ich grinste und zog ihn in die Ausgangsposition. Seine Hand war an meiner Taille und saß damit zu tief, aber ich beließ es dabei.

Wir sprinteten los, wirbelten im Takt zur Musik über die Eisfläche. Zu Hause war das immer unser Trick, die Trainingszeit zu verlängern – wir kamen einfach früher und improvisierten zu der Musik, die gerade lief, ob das nun die *Top 40*-Popsongs während der öffentlichen Eislaufzeit waren oder lustige Lieder aus Zeichentrickfilmen, die bei Kindergeburtstagen hoch im Kurs standen.

Unsere Füße folgten zunächst dem bombastischen Bläsersatz, um dann beim peitschenden Basslauf der Streichinstrumente Geschwindigkeit aufzunehmen. Wir liefen schneller und schneller, mein Pferdeschwanz löste sich, mein Haar wirbelte in wilden Locken um mein Gesicht, jeder Gedanke an den Wettkampf war vergessen. Einige selige Augenblicke lang gab es nur ihn und mich, das Eis, unsere Kufen und den Rhythmus.

Auf einmal spürte ich Heaths Arme nicht mehr.

Ich lag bäuchlings auf dem Eis, die Hüfte in einem ungutem Winkel verdreht, und meine Handflächen brannten vor Kälte. Eis spritzte mir in die Augen, als ein Schlittschuhpaar wenige Zentimeter vor meiner Nase zum Halten kam.

»Alles in Ordnung mit dir?«, hörte ich eine Stimme über mir sagen.

Die Schlittschuhe waren unglaublich sauber und schienen brandneu zu sein – schneeweißes Leder und mit großer Sorgfalt gebundene Schnürsenkel. Ich putzte und polierte meine Schlittschuhe jeden Abend vor dem Zubettgehen, aber derart makellos bekam ich sie nie.

»Katarina.« Das war Heaths Stimme. Sein Atem an meinem Ohr. »Kannst du aufstehen?«

Ich blinzelte mir die Eissplitter aus den Augen. Vielleicht weinte ich auch, ich war nicht sicher. Ich konnte nicht aufhören, diese Schlittschuhe anzustarren und eingehend zu studieren. In die Kufen war etwas eingraviert. Worte in zart geschwungenen Linien. Ein Name.

Ihr Name. *Isabelle Lin.*

Kirk Lockwood – den wir zuvor schon in einer aufgezeichneten Nachrichtensendung von der Olympiade in Sotschi gesehen haben – nimmt an einem Erkerfenster in seinem Haus in Boston Platz.

KIRK LOCKWOOD (ehemaliger Eistänzer): Ich denke, es ist an der Zeit, über Sheila zu sprechen.

JANE CURRER: Um Katarina Shaw wirklich zu verstehen, muss man sich zunächst mit Sheila Lin befassen.

KIRK LOCKWOOD: Im Sommer 1980 fing Sheila in meiner Halle zu trainieren an. Sie hatte gerade keinen Partner. Ich schätze, dass sie vorher schon mit ein oder zwei anderen Typen gelaufen war – was an sich nicht ungewöhnlich ist. Aber sie war so unfassbar gut. Es ging mir nicht in den Kopf, wie jemand sie hatte gehen lassen können. Oder wieso sie mir noch nie vorher aufgefallen war.

Außenansicht der Eishalle Lockwood Performance Center am Rande von Boston.

SPRECHER: Während Sheila Lin scheinbar aus dem Nichts auftauchte, kann Kirk Lockwood auf einen weit zurückreichenden Stammbaum von Eistänzern zurückblicken. Seine Familie gründete das Lockwood Performance Center, das berühmt dafür ist, die erfolgreichsten Eiskunstläufer hervorzubringen – einschließlich Kirks Mutter Carol, die bei den Spielen in Cortina die Silbermedaille im Einzel der Damen gewonnen hat.

JANE CURRER: Es gab einen ziemlichen Skandal, als Kirk seine Partnerin für Sheila verlassen hat. Deborah Green und er waren beinahe zehn Jahre zusammen gelaufen und hatten gerade erst Gold in den Juniorenweltmeisterschaften gewonnen.

KIRK LOCKWOOD: Vermutlich sollte ich zerknirscht rüberkommen. Aber ich bereue nichts. Mich mit Sheila zusammenzutun, war die beste Entscheidung, die ich je getroffen habe.

JANE CURRER: Sheila hat ihn regelrecht um den Finger gewickelt. Er war der Beste, und sie wollte ihn haben.

KIRK LOCKWOOD: Sie war besser als ich, und ich wusste, mit ihr würde ich es weiter bringen als jemals mit Debbie. Ich musste mich zu ihrem Niveau hocharbeiten, denn sie würde sich niemals nach unten orientieren.

Eine alte, holperige Camcorder-Aufnahme zeigt Sheila und Kirk, wie sie synchron fortlaufende Drehungen üben, auch Twizzles genannt. Kirk verliert das Gleichgewicht und fällt hin. Sheila sieht sich nicht mal nach ihm um.

KIRK LOCKWOOD: Und wer nicht mit ihr mithalten konnte, der hatte eben Pech.

KAPITEL 6

Eine Hand kam auf mich zu, und ich ergriff sie.

Als ich aufrecht stand, sah ich, dass der Junge mit den blauen Pailletten-Hosenträgern mir aufgeholfen hatte.

Wenn das Mädchen Isabella Lin war, musste er ihr Zwillingsbruder Garrett sein. Die Ähnlichkeit mit ihrer berühmten Mutter war unverkennbar. Beide hatten Sheilas hohe Wangenknochen, die vollen Lippen und glänzendes Haar wie aus der Shampoo-Werbung. Und ganz offensichtlich hatten sie auch ihr Talent im Eiskunstlauf geerbt.

Zweimal in Folge eine Goldmedaille zu erringen, war eine außergewöhnliche Leistung, doch Sheila Lin hatte noch etwas viel Unglaublicheres vollbracht: Spitzensportlerin zu bleiben, nachdem sie Mutter geworden war. Die Zwillinge waren nach ihrer ersten Olympiateilnahme zur Welt gekommen. Bei der zweiten saßen sie in der ersten Reihe.

Ich wusste, dass Isabella und Garrett in die Fußstapfen ihrer Mutter getreten waren, aber ich stellte sie mir immer noch als die Kleinkinder vor, die ich bei den Berichten aus Calgary auf dem Schoß ihrer Mutter gesehen hatte. Sie waren jünger als Heath und ich, wenn auch nicht viel: Mit fünfzehn bestritten sie bereits hochkarätige Wettkämpfe, bei denen sie Pirouetten um Teams drehten, die zehn Jahre älter waren. Wirklich erstaunlich, was man erreichen konnte, wenn man die beste Trainerin der Welt hatte.

»Hast du dir wehgetan?«, fragte Heath und legte den Arm um mich.

Ich hielt Garretts Hand immer noch fest. Ich ließ sie los und wischte das Eis von meinen Leggings. »Alles in Ordnung. Mir ist nur kurz die Luft weggeblieben.«

Eiskunstläufer sind es gewohnt zu fallen. Ich wusste, wie ich fallen musste, um den Aufprall abzumildern und Verletzungen zu vermeiden, aber ich war so ins Laufen vertieft gewesen, dass ich schon am Boden lag, ehe ich wusste, was passierte.

»Tut mir echt leid.« Garrett schien die Sache mehr aus der Fassung zu bringen als mich. »Ich habe nicht ...«

»Hör auf, dich zu entschuldigen.«

Anders als Garrett, der fast eins achtzig groß war und noch im Wachstum, hatte seine Schwester die kleine, zierliche Statur ihrer Mutter. Isabella reichte mir kaum bis zum Kinn, und doch schaffte sie es irgendwie, auf mich herunterzusehen.

»Sie sind selbst schuld«, sagte sie.

Heaths Finger erstarrten und bohrten sich in meine Hand. Ein dumpfer Schmerz breitete sich von meiner Schulter abwärts aus.

»Ihr seid in *uns* hineingefahren«, protestierte Heath.

Isabella verschränkte die Arme. »Aber es lief *unsere* Musik.«

»Wessen Musik während des Trainings läuft, hat Vorfahrt«, erklärte Garrett freundlich, ohne eine Spur von Herablassung. »Trotzdem – wir hätten besser aufpassen sollen. Bist du sicher, dass du okay bist? Vielleicht bist du ja mit dem Kopf aufgekommen oder ...«

»Alles bestens.« Heath steuerte uns in Richtung Bande. Mit jeder Bewegung auf den Kufen wanderte der Schmerz weiter über den Rücken und bohrte sich tiefer in meine Wirbelsäule.

Ich durfte mich nicht verletzen. Das hier waren die US-Meisterschaften. Vor uns lagen drei volle Tage Wettkampf. Wir hatten so hart trainiert.

»Was habt ihr eigentlich bei den Nationals zu suchen«, rief Isabella uns hinterher, »wenn ihr nicht einmal wisst, dass ...«

»Bella.«

Die Stimme war leise und ruhig. Doch die Zwillinge nahmen augenblicklich Haltung an wie auf ein militärisches Kommando hin. Ich folgte ihrem Blick, und da stand sie.

Sheila Lin.

Live war sie genauso atemberaubend wie auf den Fotos an der Wand in meinem Zimmer. Sie trug das Haar inzwischen kürzer, in einem zackigen Bob, der die strenge Linie ihrer Wangenknochen betonte. Sie war ganz in Weiß gekleidet: eng anliegende Hose und Lederblazer, so makellos wie die Schlittschuhe ihrer Tochter.

Ich stand nur wenige Schritte entfernt von der Frau, die, seit ich denken konnte, mein Idol gewesen war. Und nun war sie Zeugin geworden, als ich wie eine blutige Anfängerin zu Boden gegangen war und dabei um ein Haar noch ihre kostbaren Königskinder zu Fall gebracht hätte.

Heath schien Sheila nicht einmal bemerkt zu haben. Er führte mich von der Eisfläche hinunter, half mir auf eine Bank und kniete sich dann hin, um die Schoner auf meine Kufen zu schieben.

»Was brauchst du?«, fragte er. »Ich kann dir einen Eisbeutel holen oder einen Sanitäter, der sich dich mal ansieht, nur um sicherzugehen ...«

»Alles in Ordnung«, wehrte ich ab. Meine Hüften fühlten sich steif an, und um die rechte Gelenkpfanne breitete sich ein pulsierender Schmerz aus. Bewegung sollte helfen. »Lass mich nur einen Moment ausruhen, dann können wir wieder raus.«

»Ich hole den Sanitäter.«

Er war verschwunden, ehe ich ihn aufhalten konnte. Ich verstand, dass es ihm besser ging, wenn er etwas tun konnte, auch wenn ich sicher war, dass mein Stolz mehr abbekommen hatte als mein Körper.

Mit gesenkten Köpfen standen die Zwillinge an der Bande und besprachen sich mit Sheila. Wahrscheinlich ging es um mich, ein ahnungsloses Ding, das nicht einmal die grundlegendsten Regeln beherrschte. Ich schloss die Augen, um die aufsteigenden Tränen zurückzuhalten.

»Sag mir bitte, dass du das mit Absicht getan hast.«

Ich blickte auf. Es war der Junge mit dem Pferdeschwanz, der mir vorhin aufgefallen war. Aus der Nähe wirkte er mager und gar nicht mehr wie ein Edelmann, sondern erinnerte an einen hoch aufgeschossenen Gassenjungen aus einem Roman von Charles Dickens.

»Na ja, dass du versucht hast, die Lin-Zwillinge außer Gefecht zu setzen.« Er ließ sich auf den Sitz neben mir fallen, ein schiefes Grinsen im Gesicht. »Bitte sag mir, das war Absicht.«

»Es war ein Unfall. Ich habe einfach nicht aufgepasst, und da ...«

»Zu schade. Ich dachte eigentlich, du bist so eine.«

»Was für eine?« Ich wurde nicht schlau aus ihm. Machte er sich lustig über mich?

»Eine, die alles tun würde, um zu gewinnen.« Er streckte die Hand aus. »Ellis Dean.«

Ich ergriff sie. »Katarina Shaw.«

»Freut mich, dich kennenzulernen, Katarina Shaw.« Er beugte sich näher zu mir und flüsterte in vertraulichem Ton: »Beim nächsten Mal musst du vorn auf die Zacke zielen. Dann ist sie diejenige, die Eis frisst.«

Als hätte sie ihn auf der entgegengesetzten Seite der Eisfläche gehört, schoss Isabelle einen finsteren Blick in unsere Richtung. Ellis schickte ein Lächeln zurück und deutete ein Winken an. Sie ignorierte beides.

»Glaub mir«, zischelte er durch die Zähne. »Sie hat es verdient.«

Isabellas durchdringender Blick ruhte nun auf mir, und ich gab mir gar nicht erst die Mühe, ein Lächeln vorzutäuschen. Ich starrte zurück und hielt ohne zu blinzeln ihrem Blick stand, bis meine Augen zu brennen begannen.

Endlich wandte sie sich als Erste ab und nahm einen Schluck aus ihrer mit Swarovski-Kristallen besetzten Wasserflasche.

Mein erster Sieg über Bella Lin. Ich gab mir das feierliche Versprechen, dass es nicht mein letzter sein würde.

Garrett Lin, inzwischen Ende dreißig, sitzt entspannt auf einem Ledersofa in seinem Haus in San Francisco.

GARRETT LIN (Sheila Lins Sohn): Wenn Sie jetzt denken, ich würde meine Mutter mit Dreck bewerfen und erzählen, wie gemein sie immer zu meiner Schwester und mir gewesen ist … vergessen Sie's, okay? Das ist nicht Grund, warum ich hier mitmache.

Einige Polaroid-Schnappschüsse zeigen Sheila während ihrer Schwangerschaft, gefolgt von einer offiziellen Geburtsanzeige. Als Babys ähneln sich die in goldene Tücher gewickelten Zwillinge mit dem pechschwarzen Haar wie ein Ei dem anderen.

KIRK LOCKWOOD: Ich habe noch nie jemanden getroffen, der so karrierebewusst und ehrgeizig war wie Sheila. Und dann wird sie mit zweiundzwanzig auf einmal schwanger? Ich habe die Welt nicht mehr verstanden.

ELLIS DEAN: Bella und Garrett wurden exakt neun Monate nach den Winterspielen in Sarajevo geboren. Sheila wollte niemandem verraten, wer der Vater war, aber es muss jemand gewesen sein, den sie im Olympischen Dorf aufgegabelt hat.

KIRK LOCKWOOD: Ich weiß nur, dass ich es nicht war. Ich bin stolz darauf, Goldmedaillengewinner und Schwuler zu sein.

GARRETT LIN: Meine Mutter hatte nicht geplant, schwanger zu werden, so viel steht fest, aber es hat fast den Anschein, nicht wahr? Wir kamen fix und fertig als Eistanzpaar auf die Welt – sobald wir stehen konnten, hatten wir auch schon Schlittschuhe an den Füßen.

SPRECHER: Nachdem sie die Öffentlichkeit von ihrer Schwangerschaft informiert hatte, verschwand Sheila Lin völlig aus dem Rampenlicht. Sie hatte zwar nie davon gesprochen, sich aus dem Sport zurückzuziehen, aber es wurde allgemein angenommen, dass sie keine Wettkämpfe mehr austragen würde.

Auf einer Reihe von Paparazzi-Fotos ist Sheila Lin zu sehen, wie sie einen Zwillingskinderwagen über die Straße schiebt.

KIRK LOCKWOOD: Wir hatten dann monatelang keinen Kontakt mehr. Als sie sich irgendwann meldete und sagte, sie wolle anfangen, für die Winterspiele 1988 zu trainieren, wollte ich schon sagen, sie solle sich verpissen. Sorry für die Direktheit, aber was stellte sie sich denn vor? Dass ich die ganze Zeit herumsitze und nur auf ihren Anruf warte? Kann schon sein, dass es so war, aber das ist nicht der springende Punkt.

Sheila schnürt sich im Lockwood Performance Center die Schlittschuhe zu und blickt mit entschlossenem Gesichtsausdruck auf die Eisfläche.

KIRK LOCKWOOD: Ich fand ja, wir sollten aufhören, solange wir noch auf der Siegerseite waren. Aber sie war sich absolut sicher, dass wir wieder gewinnen würden. Und wenn Sheila Lin sich etwas in den Kopf gesetzt hatte, war es blanker Selbstmord, sich ihr in den Weg zu stellen.

KAPITEL 7

Am nächsten Morgen war der Schmerz in meiner Hüfte schlimmer geworden. Ich schob es auf die Sprungfedern der Motelmatratze, die sich die ganze Nacht über in mich hineingebohrt hatten, während ich versuchte, trotz des Verkehrslärms vom Highway und den mit Sicherheit nicht vorgetäuschten Lustschreien aus dem Nebenzimmer Schlaf zu finden.

In der Dusche ließ ich das Wasser so heiß laufen, wie es ging, und versuchte, unter den prasselnden Strahlen mit Dehnübungen meine Muskeln zu lockern. Der erste Wettkampf begann am späten Vormittag und würde bis in den Nachmittag hinein dauern. Danach blieb noch genug vom Tag übrig, um es langsam angehen zu lassen und mich zu erholen.

Damals begannen Eistanzwettbewerbe immer mit dem Pflichttanz, bei dem für alle Teams die gleichen Schritte vorgegeben waren, und damit dem Teil des Ganzen, den ich mit Abstand am wenigsten ausstehen konnte. Dummerweise wurde er von den Entscheidern erst abgeschafft, als meine Laufbahn schon fast zu Ende war. Der Originaltanz, bei dem die Teams dem aktuell festgelegten Tanzstil immerhin ihren eigenen Stempel aufdrücken durften, war schon eher meine Sache, aber am liebsten mochte ich den Kürtanz am Schluss. Hier durften wir selbst über Musik und Choreografie entscheiden.

Dank der kochend heißen Dusche und jeder Menge Stretching zum Aufwärmen schaffte ich es ohne größere Probleme durch den Quickstep-Part des Pflichtprogramms. Ich konnte das Bein zwar nicht so weit hoch schwingen wie sonst, aber Heath passte seine Drehungen entsprechend an, sodass unsere Spuren trotzdem parallel verliefen. Wir hatten schon bessere Leistungen gezeigt, aber es reichte für den siebten Platz.

Erst als ich mich am folgenden Tag für den Originaltanz anzog, fiel mir die riesige Prellung auf. Wir konnten uns keine schicken Kostüme leisten, weshalb Heath seine unscheinbare Kombination aus schwarzem Hemd und schwarzer Hose bei allen drei Tänzen trug. Ich hatte immerhin ein zweites, etwas hübscheres Kleid, das ich mir für die Kür aufheben wollte. Mein Kostüm für Pflicht- und Originaltanz war aus tiefschwarzem Samt, mit dünnen Spaghettiträgern und Seitenschlitz. Und eben dieser Schlitz bot ungehinderte Sicht auf das riesige Hämatom, das sich in leuchtendem Dunkellila zwischen Hüfte und Knie ausbreitete.

»Das sieht übel aus«, meinte Heath.

»Jedenfalls sind wir jetzt im Partnerlook«, stellte ich fest.

Es war mir gelungen, das Gröbste von Heaths blauem Auge zu kaschieren, aber alle Abdeckstifte der Welt konnten den Bluterguss an meinem Bein nicht zum Verschwinden bringen – er war auch noch durch meine dichteste Strumpfhose einwandfrei zu sehen. Das Kleid für den Kürtanz war länger – ein Eigenentwurf, für den ich ein Abschlussballkleid aus einem Secondhandladen zu einem gefütterten Body mit einem hauchdünnen Fransenrock umfunktioniert hatte – also entschied ich mich dafür und ignorierte die brennenden Schmerzen, die mir jede Berührung des wirbelnden Rocks versetzte.

Für den Original-Durchlauf waren lateinamerikanische Tänze festgelegt worden, und unser Programm war eine Rumba zu dem Klassiker *Perhaps Perhaps Perhaps* – allerdings in einer Mischung aus der Originalaufnahme von Desi Arnaz und einer Coverversion der Band Cake, was für genau die Wechsel in Charakter und Tempo der Musik sorgte, die die Preisrichter von einer ausgewogenen Darbietung erwarteten.

Im Laufe unserer Karriere sollte Latein so etwas wie unser Markenzeichen werden, weil der Tanzstil so gut zu unserem Naturell und der Chemie zwischen uns passte (und Preisrichter oft annahmen, Heath wäre lateinamerikanischer Abstammung – solange es unserer Punktzahl half, verzichtete er gern auf eine Richtigstellung). In jenen Tagen ließ unsere Technik noch zu wünschen übrig, aber in den lateinamerikanischen Tänzen glänzten wir schon damals. Während Quickstep schnelle, präzise Bewegungen verlangte, kam es bei Rumba mehr auf eine aufrechte Haltung des Oberkörpers und extrem betonte sinnliche Bewegungen im unteren Körperbereich an.

Keine richtig gute Idee in meinem Zustand. Wir waren kaum gestartet, als Heath bereits spürte, wie schlimm meine Schmerzen waren – und ich merkte deutlich, dass er am liebsten sofort abgebrochen hätte.

Aber das kam nicht infrage. Wenn wir jetzt aufhörten, wäre alles umsonst gewesen. Ich ließ mich von der Energie der Nummer tragen, und dann hatten wir es geschafft. Auf dem Weg zur Bande legte mir Heath den Arm um die Taille und ließ ihn auch dort, als wir auf die Tränenecke zusteuerten, um auf unsere Wertung zu warten. Er wusste, ich wollte auf keinen Fall, dass jemand mein Hinken bemerkte. Vor allem nicht die Lins, die gerade zusammen mit der letzten Aufwärmgruppe die Eisfläche betraten.

Als wir an jenem Abend ins Motel zurückkehrten, hatte so heftiger Schneefall eingesetzt, dass wir um Haaresbreite an dem flackernden *Zimmer frei*-Neonzeichen vorbeigefahren wären. Und ich litt solche Qualen, dass ich ohne Heaths Hilfe nicht aus dem Auto kam. Er musste mich über die Schwelle tragen.

Während er sich durch das Schneetreiben zum nächsten Drugstore kämpfte, lag ich hilflos auf dem Bett, hörte dem Wind zu, wie er an den dünnen Fensterscheiben rüttelte, und verfiel allmählich in Panik.

Das sechstplatzierte Paar war in der Twizzle-Sequenz gestolpert, und nach Abschluss der Originaltanz-Runde fanden wir uns auf Platz fünf wieder – gleich hinter Ellis Dean und seiner Partnerin Josephine Hayworth. Noch eine Disziplin, und ein Platz auf dem Siegertreppchen war bereits zum Greifen nah. Wir mussten nur um einen Rang aufrücken, denn bei den Nationals wurde zusätzlich zu den üblichen Bronze-, Silber- und Goldmedaillen auch Zinn für den vierten Platz verliehen.

Der eigentliche Schmerz saß um mein Hüftgelenk herum, aber schon die allerkleinste Bewegung sorgte dafür, dass er durch den Rest des Körpers schoss und mich lahmlegte. Der Ring meiner Mutter saß normalerweise eher locker, doch meine Hände waren so geschwollen, dass ich ihn nicht vom Finger bekam.

Heaths Wimpern waren schneeverkrustet, als er mit Tylenol, einem Tiegel Tigerbalsam und einer Packung Eiswürfel zurückkam. Er behandelte mich abwechselnd mit der Kälte der Eiswürfel, der Wärme seiner Hände und der Salbe, die eine eigenartige Kombination aus beidem war. Nichts davon half.

Wie ich es hasste, von Heath wie ein kleines Kind bemuttert zu werden. Bisher hatte ich das nur ein einziges Mal zugelassen.

Am Tag, an dem mein Vater gestorben war.

Er holte uns immer auf dem Rückweg vom College, an dem er Geschichte unterrichtete, an der Eishalle ab. Als wir an jenem Abend vergeblich auf ihn warteten, nahm ich an, er hätte es vergessen – vermutlich hatte er sich mal wieder in Zeit und Raum verloren. Als Kinder haben Lee und ich ihn oft beobachtet, wie er stundenlang an demselben Fleck saß und die Tapete anstarrte, als hoffte er, das Gesicht unserer Mutter in dem Muster zu entdecken. Es war unsagbar traurig.

Nachdem Heath bei uns eingezogen war, wurde es besser. Mein Vater war nicht mehr so oft geistig abwesend. Manchmal kam er sogar früher zur Eishalle und saß dann auf der Tribüne, sah uns beim Schlittschuhlaufen zu und unterhielt sich mit den anderen

Eltern, von denen die allermeisten Mütter waren – Väter ließen sich kaum blicken. Diese Frauen beteten ihn förmlich an, fanden den zerstreuten Professor charmant.

Nicole erlaubte mir, das Telefon im Büro zu benutzen, um ihn anzurufen, aber unter seiner Büronummer war er nicht zu erreichen. Nach einer weiteren Stunde des Wartens fuhr sie uns selbst nach Hause. Das Haus lag ganz im Dunkeln, doch beim Näherkommen sah ich, dass ein einzelnes Licht brannte. Im Arbeitszimmer meines Vaters.

Eine eigenartige Mischung aus Verärgerung und Erleichterung durchfuhr mich. Ich hatte richtig vermutet, er hatte uns vergessen, und so rief ich beim Hereinkommen keinen Gruß wie sonst, sondern warf Heath einen Blick zu und legte den Finger auf die Lippen. Auf Zehenspitzen durchquerten wir den Flur.

Wir wollten uns anschleichen, ihn ein wenig erschrecken. Ihm einen kleinen Streich spielen, um uns zu rächen. Er würde aufschreien, dann aber lachen, und wir wären quitt. Danach würde er uns etwas zu essen machen – Waffeln aus der Tiefkühltruhe oder Makkaroni mit Käse aus der Fertigpackung, das kulinarische Repertoire meines Vaters war begrenzt – und er würde Heath bitten, aus der Plattensammlung die passende Musik fürs Abendessen auszuwählen. Dann würden wir am Tisch sitzen und uns vom Tag erzählen wie eine ganz normale Familie.

Heath beneidete mich immer darum, dass ich mit einem Vater und einem Bruder in unserem eigenen Haus aufgewachsen war, aber Tatsache war, dass sich unser Familienleben nicht das kleinste bisschen normal angefühlt hatte, bis Heath zu uns gekommen war. Vielleicht lag es an der gemeinsamen Liebe zur Musik, oder daran, wie gespannt Heath lauschte, wenn mein Vater sich zu seinen Lieblingsthemen ausließ. Oder es rührte einfach daher, dass er Heath verwöhnen konnte, ohne von Erinnerungen an seine verlorene Liebe heimgesucht zu werden. Fest stand, dass

Heaths Anwesenheit wieder das Leuchten in die Augen meines Vaters gebracht hatte, von dem ich befürchtet hatte, es wäre für immer verloschen.

Die Tür zum Arbeitszimmer stand einen Spalt offen und quietschte, als ich sie aufschob. Ich zuckte zusammen. Das wurde wohl nichts mit dem Anschleichen.

Doch mein Vater rührte sich nicht. Er saß in seinem Lieblingssessel aus zerschlissenem Leder, der zum Erkerfenster hin gedreht war. Er blickte beim Nachdenken gern hinaus auf den See. Der Schein seiner Banker-Lampe erleuchtete die Glasscheibe, in der sich sein Gesicht spiegelte.

Die Haut wachsweiß. Der Mund schlaff. Die Augen weit aufgerissen und blickleer.

Er war nicht mehr da.

Das Nächste, an das ich mich erinnere, war Heaths Hand an meinem Rücken. Er drehte mich zu sich um und drückte mich an sich, als wollten wir tanzen.

Dann, Minuten später, vielleicht auch Stunden: Heath hielt ganz fest meine Hand, als wir auf der Veranda vor dem Haus standen und dem Rettungswagen nachsahen, der ohne Blaulicht und Signalton davonfuhr. Darin auf einer Trage das Ding, das einmal mein Vater gewesen war, in einem mit Reißverschluss verschlossenen schwarzen Sack.

Heath hatte den Rettungsdienst gerufen. Er hatte auch Lee angerufen und ihm die schreckliche Nachricht überbracht, dann brachte er mich ins Bett und blieb bei mir, bis ich eingeschlafen war. Als ich nach kaum einer Stunde zitternd und schluchzend wieder aufwachte, war Lee immer noch nicht gekommen, aber Heath hatte sich nicht von der Stelle gerührt.

Ich streckte die Hand nach ihm aus, er schlüpfte unter die Bettdecke neben mich, und ich klammerte mich an ihn.

Das war das erste Mal, dass wir das Bett teilten. Seither konnte ich nicht mehr einschlafen, wenn ich seine Arme nicht um mich spürte. Heath Rocha war an meiner Seite, wenn sonst niemand für mich da war.

Irgendwann gelang es mir auch im Motel in Cleveland, in den Schlaf zu finden, den Kopf auf seine Brust gebettet, seine Hand sanft über mein Haar streichend. Als ich am nächsten Morgen aufwachte, hatte es aufgehört zu schneien, und meine Hüfte schrie Zeter und Mordio.

Heath nahm mein Gesicht in beide Hände und sagte: »Katarina, du brauchst einen Arzt.«

Wir wussten nur zu gut, dass wir uns keinen Arzt leisten konnten. Und wir wussten, dass unsere Karriere vorbei wäre, wenn wir an diesem Tag nicht antraten. Nur wenn wir uns einen Platz auf dem Siegertreppchen erkämpften, hatten wir eine Chance, potenzielle Sponsoren auf uns aufmerksam zu machen, uns einen besseren Trainer zu leisten und endlich weitermachen zu können, ohne auf die Almosen angewiesen zu sein, die uns mein Bruder gelegentlich hinwarf.

Ich stellte mir Isabella und Garrett Lin vor, wie sie nach acht Stunden Schlaf unter feinsten Daunen erfrischt in ihrem Luxusbett im Ritz-Carlton erwachten. Wie ihnen auf einem Silbertablett Eiweiß-Omelette und frisches Obst gereicht wurden. Wie sie in einer Limousine zur Eissporthalle chauffiert wurden, damit der vom See her wehende Wind ihnen auch ja kein Härchen krümmen konnte.

Menschen wie sie wussten nicht, was Kämpfen hieß. Sie mussten nie kämpfen.

Ich richtete mich im Bett auf. Ich setzte erst einen Fuß auf den schmutzigen gelbgrünen Teppichboden, dann den anderen. Als ich mir einen Ruck gab und mich von der Matratze abstieß, zuckte Heath zusammen, als wäre er es, dem der Schmerz wie ein Messer durch alle Glieder fuhr.

Aber er kannte mich zu gut, um mich aufhalten zu wollen.

ELLIS DEAN: Kat Shaw war immer schon ein stures Biest. *(Er nimmt einen Schluck von seinem Martini und hebt die Augenbrauen.)* Was denn? Das war als Kompliment gemeint. Glauben Sie mir, sie hätte das so verstanden.

GARRETT LIN: Wenn es darauf ankommt, muss man bereit sein, über die eigenen Grenzen hinauszugehen. Das macht einen Spitzensportler aus.

JANE CURRER: Es wäre niemals in unserem Sinne, einen verletzten Eiskunstläufer an einem Wettkampf teilnehmen zu lassen. Aber das liegt letztendlich im Ermessen der Athleten und ihrer Trainer. *U.S. Figure Skating* kann dafür nicht verantwortlich gemacht werden. Und schon gar nicht haftbar.

NICOLE BRADFORD: Wenn ich dabei gewesen wäre, hätte ich sie sofort aus dem Wettbewerb genommen und ins nächste Krankenhaus gefahren. *(Sie hält inne, schürzt die Lippen.)* Nun ja, jedenfalls hätte ich es versucht.

GARRETT LIN: Wenn man allerdings ständig über seine Grenzen geht, wenn das völlig normal ist für einen, dann vergisst man vielleicht, dass man überhaupt Grenzen hat.

KAPITEL 8

Ich machte es wie im Training und unterteilte alles in kleine, überschaubare Schritte.

Zuerst musste ich es irgendwie unter die Dusche schaffen. Als Nächstes musste ich mich anziehen. Dann zum Auto kommen, ohne auf dem spiegelglatten Parkplatz auszurutschen.

So schleppte ich mich durch den Tag, von einem quälenden Moment zum anderen, bis Heath und ich schließlich an der Bande standen und darauf warteten, dass die Sechstplatzierten ihr Programm beendeten und wir an die Reihe kamen.

Er stand hinter mir, eine Handfläche fest auf meinen Bauch gelegt, und wir machten langsame, tiefe Atemzüge, bis sein und mein Puls im Einklang waren. Ich spürte, wie ich trotz der bohrenden Schmerzen ruhig wurde – wie immer, wenn Heath und ich uns berührten.

Wenn dies der letzte Wettkampf sein sollte, den wir im Eistanz bestritten, wollte ich wenigstens alles geben.

Wir liefen in die Mitte der Eisfläche, und ich ließ alles von mir abfallen. Nicht nur alles, was mir wehtat, sondern einfach alles. Die Geräusche des Publikums. Das Kratzen unserer Kufen auf dem Eis. Die Stimme des Stadionsprechers, der unsere Namen verkündete. Ich blendete alles aus, bis mein Fokus ausschließlich auf Heaths Finger gerichtet war, die sich mit meinen verschränkten.

Ich kann mich kaum an Einzelheiten unserer Kür damals erinnern. Wir tanzten zu einem Medley aus Songs von Madonnas Album *Ray of Light*, mit Schwerpunkt auf *Frozen*, das zu der Zeit im Radio rauf und runter lief. Ich hatte es so oft gehört, dass Lee mehr als einmal an die Wand hämmerte und brüllte, ich solle endlich diesen Scheiß ausstellen.

Was ich noch genau weiß von der Endrunde unserer ersten Nationals: wie mein Körper beim Erklingen der vertrauten elektronischen Streicher einfach das Kommando übernahm. Heaths Atem in meinem Nacken, als wir uns in einer Pirouette ineinander verschlangen. Das Brennen in meinen Beinen in der letzten Minute unseres Programms, und wie die Schmerzen sich geradezu angenehm anfühlten.

Der Abschluss war eine Standpirouette, bei der wir uns ansahen, während Heath die Hände um meine Taille legte. Die Menge applaudierte begeistert, als der letzte Ton verklang – und jubelte noch lauter, als wir uns einen raschen, keuschen Kuss gaben. Okay, keusch im Vergleich zu den Küssen, die wir tauschten, als wir älter waren.

Als wir die Eisfläche verließen, konnte ich gar nicht mehr aufhören zu lächeln. Wir hatten es tatsächlich geschafft. Ich hatte mich von körperlichen Schmerzen nicht abhalten lassen – genau genommen spürte ich sie kaum noch. So gut waren wir noch nie gelaufen. Es musste für den vierten Platz reichen. Vielleicht sogar für mehr.

In den ersten zwei Disziplinen hatte niemand Blumen für uns geworfen, doch jetzt regneten sie förmlich auf uns herab. Heath bückte sich nach einer roten Rose und überreichte sie mir.

Wir waren das einzige Paar bei den Nationals, das ohne Trainer angereist war, deshalb saßen wir allein auf der Bank, während wir auf die Wertung warteten. Anfangs hatte es sich seltsam angefühlt, aber nun war ich eher froh darüber. Ich war mir sicher, dass Nicole versucht hätte, uns von der Teilnahme abzuhalten, und das wäre die falsche Entscheidung gewesen. Wir würden es auf das Siegerpodest der Nationals schaffen. Davon hatte ich geträumt, seit ich vier gewesen war, und dieser Wettkampf würde den Anfang für uns bedeuten, und nicht das Ende.

Unsere technischen Noten wurden zuerst gezeigt. Keine 6.0, aber mehrere Wertungen im hohen Fünfer-Bereich. In einer Hand hielt ich die Rose umklammert, mit der anderen krallte ich mich in Heaths Knie. Die höhere Punktzahl erzielten wir fast immer im künstlerischen Teil.

Die Wertung der technischen Ausführung ist eine Wissenschaft für sich – insbesondere heutzutage, nachdem die International Skating Union ein hochkomplexes und nahezu unergründliches Bewertungssystem eingeführt hat. Die künstlerische Benotung dagegen beruht auf reiner Magie, auf der Reaktion der Zuschauer. Es kommt auf dein Herzblut an, dein Einfühlungsvermögen, die Art und Weise, wie du jede einzelne Musiknote mit den dramatischsten Verrenkungen deiner Glieder und der subtilsten Bewegung deines Kinns interpretierst. Wenn es gelingt, dass jede einzelne Person im Stadion, von der ersten bis zur letzten Reihe, echte Gefühle entwickelt – dann hast du schon so gut wie gewonnen.

»Und nun die Bewertung für den künstlerischen Ausdruck.«

Mein Atem stockte. Heath legte den Arm um meine Schulter und zog mich fester an sich.

Dann erschien die erste Zahl, und ich hörte ganz auf zu atmen.

ELLIS DEAN: Sie wurden um ihre Punkte betrogen. Ich bin derjenige, den sie vom Podest gestoßen hätten, und ich gebe es gern zu.

JANE CURRER: Ihre Leistung war durchaus ansprechend. Aber wir waren bei den Nationals und nicht in irgendeiner kommerziellen Eisshow.

Ein Ausschnitt aus der Fernsehübertragung der U.S. Nationals im Jahr 2000 zeigt Katarina Shaw und Heath Rochas während ihres Frozen-Programms, Zoom auf ihre Gesichter. Selbst bei den anspruchsvollsten Figuren wenden sie keinen Moment die Augen voneinander ab.

NICOLE BRADFORD: Ich kann nachvollziehen, weshalb manche Preisrichter mit ihrer Art von Eiskunstlauf nichts anfangen konnten. Zu einem Song von Madonna zu tanzen und dann noch das Kleid, das Kat trug – das Ganze war irgendwie spezieller als das, was die anderen Paare darboten.

JANE CURRER: Das Auftreten ist wichtig, und dazu gehören Frisur, Make-up, Kostüme. Das ganze Paket.

ELLIS DEAN: Na ja, ich muss schon sagen, das war mit Abstand das gruseligste Outfit, das ich je gesehen hatte. Aber das hatte sie auch schon beim Originaltanz an, und da hat es offenbar keinen gestört.

Katarina und Heath nehmen die Punktvergabe für den künstlerischen Teil zur Kenntnis. Sie scheint kurz vor dem Ausrasten zu sein. Er drückt ihre Hand. Von der Tribüne sind vereinzelte Buhrufe zu hören.

JANE CURRER: Ich würde den Eiskunstlauf als eine durchaus konservative Sportart bezeichnen und wüsste nicht, was daran schlecht sein sollte. Die jungen Athletinnen und Athleten vertreten unser Land als Botschafter in der Welt. Wir müssen sicherstellen, dass sie angemessen auftreten. Und das nicht nur auf der Eisfläche.

ELLIS DEAN: Kat Shaw repräsentierte für die Preisrichter die weiße Unterschicht, und Heath Rocha war in ihren Augen ein Ausländer. Auch wenn er genauso Amerikaner war wie jeder einzelne dieser aufgeblasenen Wichtigtuer.

JANE CURRER: Wie ich schon sagte, ich stehe zu den von mir vergebenen Noten und meinen Entscheidungen. Das gilt für die Nationals im Jahr 2000 und alle Wettkämpfe danach.

PRODUZENT: Aber was ist mit Ihrer Entscheidung zu ...

JANE CURRER: Nächste Frage bitte.

KAPITEL 9

Wir waren so gut gelaufen wie nie zuvor, und dennoch auf Platz sechs zurückgefallen.

Die Lins gewannen die Silbermedaille, knapp hinter den amtierenden US-Meistern Elizabeth Parry und Brian Alcona. Reed und Branwell erhielten Bronze, Hayworth und Dean Zinn für den vierten Platz.

Heath fragte erst gar nicht, ob ich noch bis zur Siegerehrung bleiben wollte. Es war nur eine Frage der Zeit, bis ich die Kontrolle über meine Wut verlöre, die mich beherrschte, seit unsere katastrophalen Noten auf dem Bildschirm erschienen waren. Wir wollten beide lieber schon auf dem Weg nach Hause sein, wenn ich ausflippte. Dorthin, wo mein Bruder uns sehr wahrscheinlich umbringen würde, nachdem wir seinen Pick-up genommen hatten, ohne um Erlaubnis zu fragen. Ein Teil von mir hoffte es beinahe, dann müsste ich wenigstens nicht darüber nachdenken, wie ich mein sinnlos gewordenes, leeres Leben bis zu meinem achtzehnten Geburtstag durchstehen sollte.

Mit dieser Wertung würden wir keinen Trainer, der besser war als Nicole, gewinnen können. Kein Sponsor würde sich für uns interessieren. Niemand würde sich je an uns erinnern.

Weil es wieder angefangen hatte zu schneien, bot Heath an, den Truck zu holen, während ich in der Lobby wartete. Nach allem, was ich ihr zugemutet hatte, brüllte meine Hüfte vor Schmerz, doch das war nichts im Vergleich zu der Demütigung, die sich mit spitzen Zähnen in mein Herz fraß. Erschöpft lehnte ich mich an die Wand, vergrub die Hände in den Manteltaschen und kniff die Augen zu, um die Tränen im Zaum zu halten.

Ich war kein Champion. Ich war nichts Besonderes. Ich war ein Nichts.

Irgendwann schlug ich die Augen auf. Und da war sie wieder.

Sheila Lin.

Einen Moment lang glaubte ich an eine Sinnestäuschung. Sie war erneut ganz in Weiß gekleidet – dieses Mal trug sie ein Etuikleid –, und erstrahlte im Schein der Straßenbeleuchtung hinter den Fenstern der Lobby wie eine Göttin. Sie sah so unglaublich schön und makellos aus, dass ich sie einfach anstarren musste.

Doch zu meiner Überraschung starrte sie zurück.

Rasch rappelte ich mich auf, nahm Haltung an und ignorierte den Muskelkrampf, den ich mir dabei einhandelte. Verschwitzt und aufgelöst, wie ich war, sah ich sicher schrecklich aus. Aus meinem bauschigen Wintermantel schaute der alberne Fransenrock heraus. Außerdem stand mein Mund weit offen vor Schreck, denn Sheila Lin sah nicht nur zu mir herüber, sondern *kam auf mich zu*.

Sie blieb stehen, während das Echo ihrer Stilettos noch durch den Raum hallte. »Ms. Shaw.«

Sheila Lin wusste meinen Namen. Ich war so fassungslos, dass ich kein Wort herausbrachte.

»Sie sind doch Ms. Shaw, nicht wahr?«

Ich schluckte. »Ja. Hallo. Ich bin – Katarina. Oder Kat. Die meisten nennen mich Kat, aber ich finde das nicht so …«

Sie streckte die Hand aus. »Ich bin Sheila Lin.«

Um ein Haar hätte ich aufgelacht. Die große Sheila Lin stellt sich *mir* vor? Als ob nicht die ganze Welt wüsste, wer sie war. Mit zitternden Fingern nahm ich ihre Hand und dachte, *das ist er*, der Höhepunkt meiner Karriere. Ich habe bei den Nationals mitgemacht, und ich habe Sheila Lins Hand berührt. Von hier aus konnte es nur noch bergab gehen.

»Sie nehmen zum ersten Mal an den Nationals teil«, sagte sie.

Ich wollte schon nicken, doch dann fiel mir auf, dass das gar keine Frage gewesen war.

»Ich habe Ihren Trainer gar nicht gesehen. Wo trainieren Sie?«

»Im North-Shore-Eisstadion, außerhalb von Chicago. Mit Nicole Bradford.«

Es hatte keinen Sinn, die etwas spezielle Absprache mit Nicole zu erwähnen, geschweige denn die Geldprobleme, die dazu geführt hatten. Ihr Name würde Sheila ohnehin nichts sagen. Heath und ich waren das erste Team aus North Shore, das es jemals zu den nationalen Meisterschaften geschafft hatte.

»Das war eine gute Leistung heute«, sagte sie. »Ein junges Team mit derart ungebändigter Energie sieht man nicht alle Tage.«

Unsicher, wie ich reagieren sollte, biss ich mir auf die Unterlippe.

Sheila hob eine fachmännisch gezupfte Augenbraue. »Sie fanden sich nicht gut?«

»Ich hätte es besser gekonnt.«

»Es geht *immer* besser. Aber das sollte Sie nicht davon abhalten, wie eine Siegerin aufzutreten. Wenn Sie nicht daran glauben, dass Sie die Beste sind, wird es auch sonst niemand tun. Verstehen Sie?«

»Ja«, ich nickte und verstand kein Wort. Noch nicht.

Draußen fuhr Heath vor und sprang aus dem Truck. Ich war gedanklich schon dabei, ihn Sheila vorzustellen. Doch erst als er die Drehtür in Bewegung setzte, fiel mir sein blaues Auge ein, das inzwischen unter dem von Schweiß weggeschmolzenen Make-up wieder deutlich zu erkennen war. Er sah aus, als hätte er in einer Kneipenschlägerei verloren.

Ich schoss ihm einen scharfen Blick zu, und er blieb im Eingang stehen, während hinter ihm die Warnblinklichter rot aufleuchteten. Sheila schien nichts davon zu bemerken.

»Sagen Sie, Ms. Shaw«, begann sie. »Was sind Ihre Pläne für den Sommer?«

KAPITEL 10

Heath hielt das Steuerrad des Pick-up so fest umklammert, dass die Knöchel weiß hervortraten. Er hat alle Mühe zu verhindern, dass wir im immer dichter werdenden Schnee ins Rutschen gerieten und von der Straße abkamen. Ich wusste, dass er sich vollkommen aufs Fahren konzentrieren musste, aber ich konnte einfach nicht anders, als immerzu von meiner Begegnung mit Sheila Lin zu erzählen.

»Ihre Eislaufschule hat *zwei* Eisflächen, *beide* in Olympiagröße! Die haben für jeden einzelnen Tanzstil einen eigenen Lehrer und Trainer nur für die Technik und ...«

»Warum wir?«, fragte er.

»Warum *nicht* wir? Ich verstehe überhaupt nicht, weshalb du das nicht genauso aufregend findest!«

Während wir langsam die I-80 in Richtung Westen entlangkrochen, schmückte ich das Märchen, das sich in meinem Kopf entspann, immer weiter aus. Ja, schon, wir hatten es nur auf den sechsten Platz geschafft. Aber Sheila hatte etwas gesehen, das ihr gefallen hatte. So gut gefallen, dass sie sich meinen Namen gemerkt, mich ausfindig gemacht und eingeladen hatte – mich ganz persönlich! –, im Sommer an einem Intensivkurs an der Lin Ice Academy in Los Angeles teilzunehmen.

Bevor Sheila zurück in die Halle gegangen war, um dabei zu sein, wenn den Zwillingen ihre Silbermedaillen verliehen wurden, hatte sie mir ihre Visitenkarte überreicht. Ich krallte die Hand so fest darum, dass sie mir in die Handfläche schnitt. Der kleine Schmerz erinnerte mich daran, dass das alles hier *real* war.

»Hat sie denn gesagt, was das kostet?«, erkundigte sich Heath. Auch das war mir völlig gleichgültig. Die Chance, mit Sheila Lin zu trainieren, war nicht mit Gold aufzuwiegen.
»Das finden wir schon noch heraus.«

Lee hätte meine wunderbaren Pläne natürlich sofort zunichte gemacht.

Weshalb ich auch nicht vorhatte, ihm davon zu erzählen.

Sobald wir nach Hause kamen, warf ich mich augenblicklich vor ihm in den Staub und bat demütigst um Verzeihung, dass wir uns seinen Truck geliehen hatten. Lee war derart verblüfft – okay, dank seines Vollrauschs war er auch praktisch handlungsunfähig –, dass er schweigend die Schlüssel entgegennahm und nicht einmal Theater machte, als Heath mir die Stufen zu meinem Zimmer hinaufhalf.

Als am nächsten Tag der Katzenjammer bei ihm zuschlug, fielen Lee doch noch einige klare Worte ein, die er mit einer Ohrfeige krönte, aber nichts davon konnte mich erreichen. Auch die Schmerzen in meiner Hüfte ließen allmählich nach, und ich fühlte mich unbesiegbar. Nur noch wenige Monate, dann würde ich diesen Ort hinter mir lassen und meine Zukunft könnte endlich beginnen.

Den Brief mit den Anmeldeformularen, der von der Academy eintraf, fing ich rechtzeitig ab und fälschte Lees übliches Gekrakel auf der Unterschriftszeile für Erziehungsberechtigte. Die Behörden würden mich erst an mein Erbe lassen, wenn ich achtzehn war, aber Heath und ich hatten es geschafft, mit unseren Hilfsjobs in der Eishalle genug Geld zusammenzukratzen, um die Anzahlung für unsere Teilnahme an dem Programm leisten zu können. Dann besorgten wir uns auch noch Flugtickets – die billigsten Flüge, die wir finden konnten, mit sechsstündigem Zwischenstopp auf irgendeinem Provinzflughafen in Texas. Doch obwohl wir monatelang so viele Sonderschichten geschoben hatten, wie es nur ging, und jeden Cent unserer Einnahmen hinter einem losen Brett im Stall bunkerten, waren wir weit davon entfernt, auch nur annähernd genug Geld zu haben, um uns einen ganzen Sommer lang in Los Angeles über Wasser zu halten.

Lee hatte bereits alles verkauft, was im Haus nicht niet- und nagelfest war. Uns blieb nur noch eine Möglichkeit, und ich wusste, dass Heath versuchen würde, es mir auszureden.

Der Verlobungsring meiner Mutter war das letzte Bindeglied zu ihr, das mir geblieben war. Bei ihrem Tod war ich noch so klein gewesen, dass ich nur ganz vage Erinnerungen an sie hatte. Ihr welliges braunes Haar – genau wie meines –, das ihr als wilde Mähne über den Rücken fiel und in der Sonne golden schimmerte. Ihre weiche, dunkle Stimme, die in den blauen Himmel aufstieg, wenn ich am Ufer entlangrannte. Ihre starken Arme, die mich hielten, als ich schwimmen lernte, und losließen, als ich es konnte.

An unserem letzten Tag in Illinois sagte ich Heath, ich müsse noch einige Besorgungen machen, und nahm den Bus, um das vornehmste Juweliergeschäft von Lake Shore aufzusuchen. Der Ladenbesitzer hielt mich für ein dummes kleines Teenie-Mädchen, das keine Ahnung hatte, was es ihm da anbot, und wollte mir nur einen Bruchteil zahlen. Doch ich wusste sehr gut, was der Ring wert war. Ich verließ das Geschäft mit den Taschen voller Bargeld und hatte nicht vor, es zu bereuen.

Ich habe meine Mutter nie richtig kennengelernt, aber ich stelle mir vor, dass sie stolz auf mich gewesen wäre.

Als ich zurückkam, bereitete Heath gerade ein Lagerfeuer am Strand vor. Wir hatten beschlossen, die Nacht im Zelt am Seeufer zu verbringen, um ein letztes Mal die Sonne über den Wellen aufgehen zu sehen – und um Lee aus dem Weg zu gehen, damit er uns nicht im letzten Augenblick aufhalten konnte. Unsere Taschen lagen fertig gepackt unter meinem Bett, bis uns am Morgen ein Taxi nach O'Hare bringen würde. Ich hatte keine Ahnung, wie Lee reagieren würde, wenn er bemerkte, dass wir nicht mehr da waren. Aber ich war mir ziemlich sicher, dass er sich nicht die Mühe machen würde, uns hinterherzujagen.

Es war ein warmer, wenn auch windiger, Abend, und über dem See braute sich ein frühes Sommergewitter zusammen. Heath breitete eine Decke aus und sicherte die Ecken mit ein paar Steinen.

Ich hatte gehofft, es würde ihm nicht auffallen, aber sein Blick wanderte prompt zu meiner Hand.

»Katarina.« Er fuhr sich durch das Haar. »Was hast du getan?«

»Es war nur ein Ring«, sagte ich. »Ich kaufe mir einen noch viel schöneren, wenn ich erst reich und berühmt und Olympiasiegerin bin.«

Die Dämmerung brach bald herein, der Wind wurde stärker. Ich legte den Arm um Heaths Taille.

»Und du? Was wirst du tun, wenn wir reich und berühmt sind?«

Heath runzelte die Stirn.

»Du könntest dir die weltbeste Musikanlage kaufen«, schlug ich vor. »Oder einen völlig abgefahrenen Sportwagen.«

Er schüttelte den Kopf. »Ich brauche nichts.«

»Das war nicht die Frage. Was *wünschst* du dir?«

Er küsste mich, und genau in diesem Moment riss der erste Blitz den Himmel über dem See entzwei. Bald lagen wir ineinander verschlungen auf unserer Decke am Lagerfeuer. Mit Donnergrollen kroch das Unwetter immer näher aufs Ufer zu, doch an unserem kleinen Strand waren wir in Sicherheit.

So unvermittelt er begonnen hatte, so plötzlich hörte Heath auf mich zu küssen und rückte ein Stück von mir weg. Er nahm meine Hand, legte sie zwischen uns und betrachtete meinen nackten Finger im Schein der Flammen.

»Was ist los?«, fragte ich.

Auch wenn er sich auf alle Vorbereitungen eingelassen hatte, war er, je näher der Tag unserer Abreise rückte, zunehmend schweigsam und grüblerisch geworden. Sein Mangel an Begeisterung war mir ein Rätsel. Schließlich war ich diejenige, die dabei war, das einzige Zuhause, das sie je gekannt hatte, zurückzulassen. Er hingegen hatte seine ganze Kindheit damit verbracht, von einem Ort zum nächsten zu ziehen – welchen Unterschied machte da ein weiterer Neuanfang? Wieso verstand er nicht, dass das hier die Chance seines Lebens war, das Beste, was uns nur passieren konnte?

»Dein Ring«, sagte er.

Ich seufzte. »Heath, die Sache ist erledigt.«

»Aber er hat dir so viel bedeutet.« Er schluckte. »Und du hast ihn so einfach ...«

»Es war eine gute Investition. Wenn wir erst in Kalifornien sind, wirst du das genauso sehen.«

Im tanzenden Schein des vom Wind angefachten Feuers glühten seine Augen. Das Rauschen der Wellen war so laut, dass es fast seine nächsten Worte verschluckte.

»Ich hoffe, du hast recht, Katarina.«

Wenn ich heute zurückschaue, denke ich: Wäre ich nicht so völlig in meinen Träumereien gefangen gewesen, Sheila Lins Starschülerin zu werden, hätte ich die wahren Gründe für Heaths Zurückhaltung erkannt. Es stimmte, er war es gewohnt, dass sich ständig alles änderte. Verluste zu erleiden, war alltäglich für ihn. Er wusste auch nur zu gut, wie es sich anfühlte, wenn etwas, das zu gut schien, um wahr zu sein – eigentlich alles Gute –, ihm bei der ersten Berührung aus den Händen gerissen wurde.

Kein Wunder, dass er mich so fest an sich drückte.

»Haben Sie eine Vorstellung, wie es sich anfühlt, mit sechsundzwanzig zweifache Mutter und im Ruhestand zu sein?«

In einem Fernsehbeitrag aus den späten Neunzigerjahren sitzt Sheila Lin in einem Interview einer Journalistin gegenüber.

»Ich hatte meine Goldmedaillen«, sagt Sheila. »Meine Werbeverträge. Kirk und ich sind auch noch einige Jahre bei Stars on Ice aufgetreten. Aber das war nicht genug. Ich wollte etwas schaffen, das von Dauer sein würde.«

»Für Ihre Kinder?«, ergänzt die Interviewerin.

Sheila antwortet ohne Zögern: »Für mich.«

SPRECHER: Nach Sarajevo war Sheila ein Star. Dass sie dann aber zum zweiten Mal in Folge Gold in Calgary holte, obwohl jeder angenommen hatte, ihre Laufbahn wäre beendet, machte sie zur Legende.

Archivaufnahmen von Meet-and-Greets bei verschiedenen Stars on Ice-Tourneen zeigen Sheila, wie sie für Fotos posiert und Programmhefte signiert.

KIRK LOCKWOOD: Am Ende unserer letzten Profitour bot das Lockwood Center Sheila eine Stelle als Trainerin an. Sie lehnte ab. Als ich sie nach dem Grund fragte, meinte sie nur: »Willst du allen Ernstes in die Fußstapfen deiner Eltern treten, Kirk?«

JANE CURRER: Es gab keine erstklassigen Trainingscenter, die Sheila nicht mit Kusshand genommen hätten. Aber sie hatte ihren eigenen Kopf.

KIRK LOCKWOOD: Hätte Sheila mir nicht diese Frage gestellt, wäre ich vermutlich heute noch Trainer. Und kreuzunglücklich.

Rückblende in das Interview aus den Neunzigern: »Sehen Sie sich als Vorbild?«, fragt die Journalistin. »Schließlich sind Sie die erste Amerikanerin chinesischer Abstammung, die olympisches Gold im Eistanz gewonnen hat ...«

Sheila unterbricht sie: »Sie meinen die erste Amerikanerin.«

»Entschuldigung?«

»Ich bin die erste und bislang einzige US-Amerikanerin, die olympisches Gold im Eistanz gewonnen hat. Vor Lin und Lockwood haben Amerikaner höchstens Bronze geschafft.« Sheila lächelt. »Also ja, ich betrachte mich durchaus als Vorbild – für alle *amerikanischen Frauen.«*

KIRK LOCKWOOD: Als sie mich anrief und mir erzählte, was sie vorhatte, habe ich sie für verrückt erklärt, und sie hat gleich wieder aufgelegt. *(Lacht.)* Jedenfalls habe ich sofort zurückgerufen und erklärt, was ich eigentlich sagen wollte: Dass sie die Einzige sei, die verrückt genug wäre, so etwas durchzuziehen, und dass es ohne jeden Zweifel ein Riesenerfolg werden würde.

Archivaufnahmen zeigen das Grange-Viertel in Los Angeles vor den Sanierungsmaßnahmen: zum Abriss verurteilte Gebäude mit zerbrochenen Fensterscheiben, Gleise, die ins Nirgendwo führen.

SPRECHER: Was in den Neunzigern brachliegendes Industriegelände war, hat sich zu einem In-Viertel von Los Angeles mit kühner Architektur und teuren Immobilien gewandelt.

Im Verlauf des Interviews präsentiert Sheila ein maßstabsgetreues Modell der Academy: ein avantgardistischer Gebäudekomplex aus Stahl und Glas, der auf den Grundmauern zweier verlassener Lagerhäuser errichtet werden sollte, verbunden durch ein Atrium.

»*Die Bauarbeiten laufen. In der kommenden Saison werden wir bereits die ersten Eiskunstläufer willkommen heißen können. Außerdem werden wir ein jährliches Intensivtraining für vielversprechende Eistänzer aus der ganzen Welt ins Leben rufen.*«

»*Das klingt großartig*«, sagt die Interviewerin anerkennend. »*Aber ist es nicht doch ein sehr ehrgeiziges Projekt für eine junge Frau ohne Erfahrung? Noch dazu mit zwei kleinen Kindern?*«

»*Ich meine mich an ähnliche Bedenken zu erinnern, als ich beschloss, noch einmal in Calgary anzutreten, und das hat ganz gut funktioniert.*« Sheila lächelt. »*Oder etwa nicht?*«

KAPITEL 11

Die Sonne stand bei unserer Landung tief über Los Angeles und hüllte die Stadt unserer Träume in goldenes Licht, aber ich war viel zu erschöpft, um den Anblick würdigen zu können. Unser Taxi geriet in den dichten Verkehr auf dem Sepulveda Boulevard, und im einlullenden Brummen des Motorengeräuschs dämmerte ich an Heaths Schulter ein.

Als ich die Augen aufmachte, waren wir an unserem Zielort. Mir war klar gewesen, dass im Vergleich zu dem, was Heath und ich kannten, die Academy eine andere Liga sein würde. Das Eisstadion in North Shore war typische amerikanische Mittelklasse: fluoreszierende Lichter, kreischende Kinder und der ständige Geruch nach Würstchenwasser und Schweiß.

Die Lin Ice Academy war eine Kathedrale. Beim Betreten des Atriums verstummten wir unwillkürlich, das viele vom goldenen Licht der untergehenden Sonne angestrahlte Glas machte uns sprachlos. Die hoch aufragende Decke schien aus Eis gemeißelt, und die Stahltüren zu beiden Seiten der Eingangshalle glänzten wie Spiegel. Der Boden unter unseren Füßen, den ich erst für frisch gegossenen Beton gehalten hatte, war aus raffiniertem, kufenschonendem Gummi. Alles war elegant und modern und brandneu.

Und menschenleer. Wegen Verspätung eines Flugzeugs hatte sich unsere ohnehin schon schier endlose Anreise noch um einige Stunden verlängert. Heath versuchte sich an den Türen – beide waren verschlossen –, aber ich fühlte mich magnetisch zu einer hell beleuchteten, mit Trophäen bestückten Vitrine an der

Seite hingezogen. Darin war eine kleine Auswahl von Fotos von Sheila sowie einige ihrer Medaillen ausgestellt – allerdings nicht die olympischen Goldmedaillen.

Das Foto in der Mitte steckte in einem verzierten Glasrahmen und zeigte Sheila und Kirk Lockwood auf der obersten Stufe des Siegerpodests in Calgary. Ich kannte das Bild: beide jung und gut aussehend in ihren Team-USA-Jacken, die Hände auf ihre Herzen gelegt. Das Foto zeigte nur den Ausschnitt mit Sheila und Kirk, aber die Originalversion – die nach den Winterspielen 1988 auf allen Titelblättern und in den Nachrichten zu sehen gewesen war – zeigte Sheilas sowjetische Nemesis Veronika Volkova, wie sie wütend auf dem Silbermedaillenpodest steht und sich ihr hochtoupiertes blondes Haar wie der Nackenschild einer Kobra aufbläht.

Welchen unglaublichen Mut Sheila bewiesen hatte, als sie erneut bei der Olympiade antrat, obwohl man sie längst abgeschrieben hatte. Sie hatte es allen Skeptikern gezeigt, und zwar so nachhaltig, dass man noch Jahrzehnte später von ihrem Triumph sprach.

Eines Tages, dachte ich, als ich vor der Vitrine stand. *Eines Tages werde ich an ihrer Stelle stehen.*

Die Tür auf der linken Seite der Eingangshalle flog auf und ließ einen Schwall eisiger Luft und des scharfen, chemischen Geruchs herein, den gut gepflegte Eisflächen verströmen. Die letzte Trainingseinheit des Tages auf der Haupteisbahn war zu Ende, und ein großer Pulk Eiskunstläufer drängte hinaus. Einige von ihnen trainierten das ganze Jahr über an der Academy, aber die meisten waren wie wir nur für die Dauer des Sommers hier.

Es waren bekannte Gesichter darunter: einige Mitstreiter von den U.S. Nationals, die frisch gekürten französischen Meister im Eistanz und zwei junge Briten, die zurzeit als Thronfolger eines legendären UK-Teams gehandelt wurden, das vor einiger Zeit seine Karriere beendet hatte. Von den Lins keine Spur.

Ein paar unserer neuen Trainingskollegen warfen uns misstrauische Blicke zu, doch der Rest würdigte uns keines Blickes. Obwohl alle in völlig durchgeschwitzten Trikots vom Eis kamen, waren wir diejenigen, die in ihrer zerknitterten Kleidung ziemlich verwahrlost wirkten. Vermutlich konnte man noch das Lagerfeuer vom vorigen Abend in unseren Haaren riechen.

Wir hatten noch nicht einen Fuß auf die Eisbahn gesetzt, aber der Wettbewerb hatte bereits begonnen. Und wir waren auf der Verliererseite.

Schließlich ließ sich doch noch jemand herab, unsere Anwesenheit zur Kenntnis zu nehmen.

»Hallo, hallo, hallo. Dachte schon, dass ich dich hier treffen würde, Katarina Shaw.«

Es war Ellis Dean, der Junge, der gehofft hatte, ich wäre absichtlich mit Bella Lin kollidiert.

Ellis schlenderte auf uns zu, die Schlittschuhtasche über die Schulter geschlungen, und musterte Heath eingehend. »Willst du mir nicht deinen umwerfenden Partner vorstellen?«

»Heath, das ist Ellis Dean. Ellis, Heath Rocha.«

Ellis reichte ihm die Hand, die Heath nur zögernd nahm. Er hasste es, von Fremden berührt zu werden – und genau genommen betrachtete er jeden außer mir als Fremden.

»Gerade erst angekommen?«, erkundigte sich Ellis. Ich nickte. »Von wo?«

»Chicago.« So in etwa jedenfalls.

»Na dann – herzlich willkommen.«

Der tiefe V-Ausschnitt von Ellis' T-Shirt zeigte seine schweißglänzenden Brustmuskeln. Hier wurde offensichtlich hart trainiert – ich konnte mich nicht erinnern, wann ich zuletzt so stark geschwitzt hatte. In North Shore mussten wir ständig auf der Hut vor Rillen im Eis sein, aber auch vor den orangen Pylonen, mit denen die Stadionleitung die Schäden einfach abriegelte, anstatt sie zu beheben, sodass wir nie mit voller Geschwindigkeit laufen konnten.

»Ihr wollt bestimmt erst mal auspacken. Hey, Josie!«

Josie streckte den Zeigefinger in die Luft und fuhr fort, sich flüsternd mit Gemma Wellington zu unterhalten, der zierlichen Rothaarigen aus dem UK-Team. Mit zusammengekniffenen Augen sahen die beiden immer wieder in unsere Richtung, sodass ich mir gut denken konnte, worüber sie sich gerade so angeregt austauschten.

»Sie sieht toll aus.«

Heath warf mir einen amüsierten Blick zu, und ich registrierte erschrocken, dass ich das nicht nur in meinem Kopf gesagt hatte. Mist. Ellis schien der Einzige hier zu sein, der sich dazu herabließ, mit uns zu sprechen. Ich konnte es mir nicht leisten, ihn zu vergraulen, ehe wir auch nur ausgepackt hatten.

Ellis beugte sich vertraulich zu mir – wie damals, als er über Bella gelästert hatte.

»Josephine Hayworth ist eine hinterhältige Ziege«, raunte er. »Erzähl ihr nichts, von dem du nicht willst, dass es morgen die ganze Westküste weiß.«

Als Josie sich nur Sekunden später von Gemma verabschiedete und auf uns zukam, schenkte Ellis ihr jedoch ein strahlendes Lächeln. Ich beschloss, keinem von ihnen zu trauen.

»Josephine, Liebes, wärest du so nett, Ms. Shaw ihr Zimmer zu zeigen?«

»Aber gern«, erwiderte Josie – auch wenn ihr Gesichtsausdruck vom Gegenteil zeugte. »Zu den Zimmern der Mädchen geht es gleich hier entlang ...«

»Moment mal.« Heath nahm meine Hand. »Ich dachte, wir wären zusammen in einem Zimmer.«

Josie lachte – und hörte schlagartig wieder auf, weil sie merkte, dass er es ernst meinte. »Jungs sind im Schlaftrakt der Mädchen nicht erlaubt.«

Außer zähneknirschend die exorbitanten Gebühren für Kost und Logis zur Kenntnis zu nehmen, hatte ich mir über die Art unserer Unterbringung gar keine Gedanken gemacht. Die Aussicht, von Heath getrennt zu werden, begeisterte mich ebenso wenig wie ihn.

Andererseits war es ja nur vorübergehend, und wir würden immer noch den ganzen Tag beim Training miteinander verbringen. Erschwerend kam hinzu, dass wir keine Wahl hatten, weil niemand, der nur halbwegs bei Sinnen war, einem minderjährigen, praktisch mittellosen Pärchen eine Unterkunft vermieten würde.

»Schon in Ordnung.« Mit beschwörendem Blick gab ich Heath zu verstehen, um Himmels willen keine Szene zu machen.

Die Schlafräume befanden sich in der ersten Etage: für Jungen im nördlichen, für Mädchen im südlichen Teil des Gebäudes. Ich folgte Josie ins Treppenhaus, während Heath sich unwillig Ellis anschloss. Immer zwei Stufen auf einmal nehmend, flitzte Josie hinauf, um dann auf dem Absatz gelangweilt mit dem goldenen Kreuz an ihrer Halskette zu spielen, bis ich meinen Koffer nach oben gewuchtet hatte.

»Wecken ist um Viertel vor sechs«, informierte sie mich im Laufschritt. »Frühstück um sechs. Training fängt um sieben an.«

Die Unterkünfte in der Academy erinnerten eher an ein Luxusresort als an ein Trainingslager für Sportler. Jeder hatte ein eigenes Zimmer, und die Gemeinschaftsbäder waren mit Dampfduschen, superweichen Frotteetüchern und einer Riesenauswahl an Beauty-Produkten ausgestattet, die von Sheilas Markenpartnern gestiftet wurden.

»Die dürfen wir alle kostenlos benutzen«, bemerkte Josie und rümpfte die Nase. »Für den Fall, dass du ... dich etwas frisch machen willst.«

Sie ließ nicht den geringsten Zweifel an ihrer Überzeugung, dass ich hier nicht am rechten Platz war. Dabei war mir komplett egal, was sie von mir hielt. Das einzige Gold, das jemals an Josephine Hayworths Hals hängen würde, war das kitschige Kreuz, das ihr reicher Daddy ihr gekauft hatte.

Nicht mehr lange und ich würde ihr und allen anderen zeigen, wo genau mein Platz in dieser Welt war.

KAPITEL 12

In unserer ersten Nacht in Kalifornien war ich so erschöpft wie nie zuvor in meinem Leben.
Und dennoch konnte ich nicht einschlafen.

Nicht nur Heaths Abwesenheit hielt mich wach. Die Zimmer waren gut ausgestattet, aber es waren kahle, moderne Schuhschachteln, die nur aus grellweißen Wänden und scharfen Kanten bestanden. Sogar mit geschlossenen Augen war mir hier alles viel zu hell.

Stundenlang warf ich mich hin und her, bis ich mich vollständig in den – natürlich schneeweißen – Laken aus ägyptischer Baumwolle verheddert hatte. Außerdem klang Los Angeles auch völlig ungewohnt: Das Hupen der Autos auf dem Freeway, das konstante Summen der Klimaanlage und in der Ferne Gebell, das, wie ich später erfuhr, von Kojoten stammte, die in den Canyons umherstreiften.

Ich war das reinste Nervenbündel, als es irgendwann nach Mitternacht an meinem Fenster klopfte.

Vor meinem Fenster – im *ersten* Stockwerk – war Heath, lächelte und winkte.

»Lass mich rein«, flüsterte er.

Ich schob das Fenster auf. Ein schmales Fallrohr umklammernd, balancierte Heath auf dem Fenstersims, eine Etage unter ihm der Betonboden, auf dem er sich jeden Augenblick alle Knochen brechen konnte.

»Was *tust* du hier? Wenn dich jemand ...«

»Soll ich wieder gehen?« Heath grinste spitzbübisch und ließ das Rohr mit einer Hand los. Mein Herz schlug mir bis zum Hals.

»Nicht da lang! Mach, dass du reinkommst, ehe du dir noch das Genick brichst.«

Er kletterte über das Fensterbrett und landete leichtfüßig in der schmalen Lücke zwischen dem Bett und der minimalistischen Kommode. Ich schloss das Fenster, um die schwüle Nachtluft auszusperren, und ließ das Rollo herunter.

»Ich habe dich doch nicht etwa geweckt, oder?«, fragte er.

Ich schüttelte den Kopf. »Ich kann nicht schlafen.«

»Ich auch nicht.«

Er schlang die Arme um meine Taille, zog mich an sich und küsste mich. Ich schmiegte mich an ihn, und wir stolperten rückwärts, bis meine Beine an den Rand der Matratze stießen.

»Du kannst bleiben«, sagte ich, »aber wir müssen schlafen.«

Er küsste meinen Nacken und ließ die Hand unter den Bund meiner Schlafanzughose gleiten.

»Richtig schlafen«, stellte ich klar.

»Okay, Katarina.« Ich spürte sein glattes, frisch rasiertes Gesicht an meinem Hals. »Dann lass uns schlafen.«

Ich legte mich an die Wand. Heath legte sich mit dem Gesicht zu mir neben mich und zog das Laken über uns. Er strich mit den Fingern durch mein frisch gewaschenes Haar und atmete den Geruch ein.

Nur zu gern hatte ich mich auf die kostenlosen Pflegeprodukte gestürzt. Sie rochen himmlisch und teuer. Meine Haut hatte sich noch nie so weich angefühlt.

Heath roch wie immer – nach 2-in-1-Shampoo und dem gewohnten Aftershave mit holziger Note. Mein Vater hatte ihm gezeigt, wie man sich rasiert, und Heath war seiner alten Marke treu geblieben.

Ich war noch nie so weit weg von zu Hause gewesen. Ein Teil von mir konnte immer noch nicht glauben, dass wir es wirklich nach Los Angeles geschafft hatten. Es schien einfach zu schön, um wahr zu sein, und wenn es mir doch noch gelingen sollte einzuschlafen, würde ich womöglich in meinem Bett in Illinois aufwachen, wo Lee an meine Tür hämmerte.

Vielleicht war das der Grund, weshalb ich auch mit Heath an meiner Seite in jener Nacht nicht in den Schlaf fand. Irgendwann gegen zwei Uhr morgens gab ich auf, jagte meine eigenen Regeln zum Teufel und weckte ihn mit den Zähnen an seinem Ohrläppchen und den Nägeln in seinem Rücken.

Hinterher gelang es mir endlich, für einige Stunden in unruhigen Schlaf zu fallen. Als mein Wecker punkt 05:45 Uhr losging, war Heath bereits verschwunden.

JANE CURRER: Den ganzen Wirbel um die Lin Ice Academy habe ich nie verstanden. Das war eine ziemlich aufgetakelte Eishalle, nichts weiter.

KIRK LOCKWOOD: Es war so viel mehr als nur eine Eishalle. Die Academy ist Sheilas Vermächtnis.

Francesca Gaskell, eine freundlich lächelnde, sommersprossige Blondine, die auch mit Mitte dreißig noch sehr mädchenhaft wirkt, sitzt in einem Glaspavillon voller leuchtend roter Weihnachtssterne.

FRANCESCA GASKELL (ehemalige Eistänzerin): Als kleines Mädchen habe ich immer davon geträumt, eines Tages in der Lin Academy eistanzen zu dürfen.

GARRETT LIN: Mir ist absolut bewusst, dass meine Schwester und ich echte Glückskinder sind. Wir waren unglaublich privilegiert.

Ein Video zeigt Bella und Garrett im Alter von fünfzehn Jahren beim Einzeltraining in der Lin Ice Academy.

GARRETT LIN: Aber wir standen auch unter unglaublichem Druck.

Garrett stolpert. Bella streckt die Hand nach ihm aus – und beide knallen aufs Eis.

GARRETT LIN: Wir standen unter ständiger Beobachtung – wir mussten Vorbilder sein, Standards setzen.

KIRK LOCKWOOD: Die Zwillinge waren noch nicht mal auf der Welt, da sprach die Presse von ihnen schon als der »Lin-Dynastie«, was ... nun ja, nicht besonders sensibel war, kulturell gesehen. Aber lassen wir das.

JANE CURRER: Unser bestes Team auf nationaler Ebene war bereits Ende zwanzig, und es wurde allgemein angenommen, dass sie sich nach den Winterspielen 2002 zurückziehen würden. Isabella und Garrett waren die Zukunft des US-Eistanzes.

GARRETT LIN: Es erscheint vielleicht seltsam, ständig mit Konkurrenten zu trainieren. Aber wenn sich jeder Tag wie Wettkampf anfühlt, sind auch richtige Turniere einfach nur Routine.

KIRK LOCKWOOD: Sheila wollte ihre Kinder nach ihren eigenen Vorstellungen trainieren, nach ihren eigenen Regeln.

GARRETT LIN: Das war der Grundgedanke bei diesem ganzen Sommerintensivkurs. Meine Mutter wollte uns mit erstklassigen Eiskunstläufern und Trainern und Spezialisten umgeben – es sollte uns an nichts fehlen, damit wir die weltbesten Eistänzer werden konnten.

Sheila beobachtet, wie ihre Kinder hinfallen, dreht der Eisfläche den Rücken zu und geht weg.

GARRETT LIN: Aber sie wollte uns auch ständig vor Augen führen, wie schnell sie Ersatz für uns finden könnte.

KAPITEL 13

Alle Augen waren ständig auf uns gerichtet – Trainer, Choreografen, Tanzlehrer, Fotografen, Journalisten und allen voran unsere Mitstreiter beobachteten uns pausenlos, nur darauf wartend, dass wir scheiterten. Jede einzelne Minute hier war Wettbewerb. Jeder einzelne Tag ein Auf und Ab aus Sieg und Niederlage, Euphorie und Elend.

Endlose Stunden auf dem Eis, bis es uns völlig unnatürlich vorkam, uns auf festem Boden zu bewegen. Die Nase lief einem unaufhörlich, Lippen platzten, Fersen rissen, Zehen bluteten. Sonnenstrahlen erreichten meine Haut nur durch Fensterscheiben, denn wir begannen, ehe es dämmerte, und hörten auf, wenn die Sonne längst untergegangen war. Sobald unser Kopf das Kissen berührte, waren wir auch schon eingeschlafen.

Ununterbrochen nagte der Hunger in mir – nicht nur wegen der von Ernährungsberatern überwachten Portionen Biogemüse, der kalorienarmen und eiweißreichen Kost und der probiotischen Smoothies, sondern auch weil ich der Erfüllung meines größten Wunschs so nah war wie noch nie und mich danach sehnte, die Zähne endlich hineinzuschlagen, ihn mit jeder Faser meines Gaumens auszukosten und mich so in ihn zu verbeißen, dass er sich nie wieder verflüchtigen konnte.

Keine freien Tage. Keine Pausen. Keine Ausreden. Es gab Tage, an denen ich dachte, ich würde es nicht durchstehen.

Doch an jedem einzelnen Tag war ich glücklicher als jemals zuvor.

Nur dass es Heath leider ganz anders ging.

Er gab sich alle Mühe, es zu verbergen, aber ich kannte ihn einfach zu gut. Ich wusste, dass er all das – den knallharten Stundenplan und die ständige Kontrolle und die endlose Liste von scheinbar willkürlichen Regeln und all die unausgesprochenen Erwartungen – auf sich nahm, weil er mich liebte. Die einzige Zeit, in der er sich nicht elend fühlte, war in der Nacht, wenn es uns gelang, uns einige gemeinsame Stunden zu stehlen. Jedenfalls wenn seine Beine nicht zu müde waren, um zu meinem Fenster hochzuklettern.

Nicht dass es mir gleichgültig gewesen wäre, wie todunglücklich er war. Ich dachte aber, er würde darüber hinwegkommen. Wenn wir erst die Siegerpodeste eroberten, würde er einsehen, dass sich die langen Tage und all die harte Arbeit und unsere vielen Opfer gelohnt hatten.

Was mich betraf, so gab es nur eine Sache, die mir nicht gefiel.

Sheila Lin war so gut wie nie anwesend.

An einem Tag stand sie wenige Schritte von der Eisfläche entfernt und analysierte jede einzelne unserer Bewegungen. Am nächsten Tag ging sie über den Laufsteg einer Modenschau in Seoul oder drehte einen Werbespot für Champagner in Paris oder stand bei einer Filmpremiere in Manhattan winkend vor einem Plakat.

Es stand außer Frage, dass wir dennoch in besten Händen waren. Doch ich war nach Kalifornien gekommen, um mit Sheila zu arbeiten, und auch nach über einem Monat kam ich nur dann in ihre Nähe, wenn ich an der Vitrine mit ihren Trophäen in der Eingangshalle vorbeiging. Selbst wenn sie anwesend war, verbrachte sie die meiste Zeit damit, die Zwillinge zu trainieren. Feedback gab sie uns nur per stiller Post über die anderen Trainer.

Es gab wie gesagt keine freien Tage, aber an einem einzigen Tag in jenem Sommer hatten wir doch frei: am vierten Juli. Auch wenn am Unabhängigkeitstag keine offiziellen Übungsstunden angesetzt waren, blieb die Einrichtung geöffnet, für den Fall, dass jemand trainieren wollte. Es fühlte sich an wie ein Test. Wer von uns brannte wohl so sehr für seine Sache, um freiwillig auf das patriotische Vergnügen zu verzichten, schon tagsüber zu trinken und sich am Feuerwerk zu erfreuen, und die geschenkte Zeit stattdessen lieber auf dem Eis zu schwitzen?

Heath wollte den Tag am Strand verbringen. Er hatte schon die ganze Woche davon geredet: im Pazifik schwimmen, den Sonnenuntergang genießen. *Ein ganzer Tag, nur wir beide.*

Es klang himmlisch. Es klang aber auch nach Verschwendung unserer ohnehin knapp bemessenen Zeit hier.

Trotz unseres eher drittklassigen Trainings in Illinois gelang es uns, mit den anderen Eistänzern mitzuhalten. Heath und ich waren nicht die Besten – noch nicht –, aber auch nicht die Schlechtesten. Ein zusätzlicher Tag würde uns vielleicht keinen Vorsprung verschaffen, aber ein anderes Team konnte die Gelegenheit nutzen, um uns den Rang abzulaufen. Es gab keine offiziellen Ranglisten an der Academy, aber jeder von uns wusste ganz genau, wo er in der Hackordnung stand.

Bella und Garrett waren an der Spitze. Im letzten Training vor dem Feiertag merkte man den meisten Eistänzern an, dass sie vor lauter Vorfreude nicht ganz bei der Sache waren und schon die Minuten bis zu den kostbaren vierundzwanzig Stunden Freiheit zählten. Nicht so die Zwillinge, die das Programm bis zur letzten Sekunde mit laserscharfer Genauigkeit absolvierten.

Erst verbrachten sie eine volle Stunde damit, der Twizzle-Sequenz für ihren Originaltanz den letzten Schliff zu verpassen, dann vereinnahmten sie die Eisfläche, um mehrere strapaziöse Runden lang ihr komplettes Programm zu durchlaufen. Beide trugen weiße Lycra-Trikots, die über Kreuz liegenden Träger am Rücken von Bellas Oberteil betonten ihre durchtrainierten Schultern. Sie trug ihr Haar immer in einer komplizierten Krone aus Zöpfen, aus der sich auch nach einem langen Tag auf dem Eis nicht eine Strähne löste. Mein hochgebundenes Haar hatte sich dagegen längst von einem unordentlich-kunstvollen Messy Bun zu einer pilzförmigen wilden Wolke gewandelt, und unsere Sportsachen hatten Heath und ich schon vor Stunden durchgeschwitzt.

Während wir warteten, an die Reihe zu kommen, übten wir auf einem Crashpad neben dem Eis mit Sigrid, einer Spezialistin für Hebungen, die vom Cirque du Soleil kam. Da die Academy ihre Eisflächen nicht mit Hockeyspielern oder Eisschnellläufern teilen musste, gab es keine Bande, sondern nur eine makellose, weiße Fläche, die mit dem Horizont zu verschmelzen schien wie ein Infinity-Pool.

»Denkt an eure Mitte!«, schrie uns Sigrid zum wiederholten Male mit ihrem harten skandinavischen Akzent an, der scharf durch den Smooth Jazz schnitt, den die Lins für ihr Programm gewählt hatten. »Und noch einmal!«

Bis zu diesem Punkt in unserer Laufbahn hatten wir uns auf relativ einfache Hebefiguren beschränkt. Wenn wir jedoch auf internationaler Ebene mithalten wollten, mussten wir definitiv an unserer Technik arbeiten – was bedeutete, dass Heath deutlich mehr tun musste, als mich ohne hinzufallen in die Luft zu heben und wieder abzusetzen.

Bei der Hebefigur, die wir an jenem Tag übten, musste ich auf Heaths Oberschenkeln stehend den Rücken zur Brücke durchdrücken. Schon auf festem Boden war das eine Herausforderung, aber das Gleiche bei halsbrecherischem Tempo auf dem Eis auszuführen, schien ein Ding der Unmöglichkeit zu sein. Je öfter wir es versuchten, desto mehr rutschten Heaths Hände an meinen schweißnassen Leggings ab. Jedes Mal knallte ich runter, und Heaths heroische Versuche, mich aufzufangen, endeten damit, dass wir beide auf dem Hintern landeten.

Aber ich war finster entschlossen. Und die Lins aus dem Augenwinkel dabei zu beobachten, wie sie durch ihren Foxtrott segelten, motivierte mich umso mehr. Es war mir ein Rätsel, wie sie es schafften, alles so verdammt mühelos aussehen zu lassen. Irgendwie liefen sie schnell und langsam zugleich, ihre Kufen kratzten im Stakkato zu exakt jedem Saitenzupfen, um im nächsten Moment in fließenden Bewegungen zu dem getrageneren Gesangsteil schwerelos über das Eis zu schweben. Am Ende ihres Programms musste ich meine Hände zu Fäusten ballen, damit ich nicht zu klatschen anfing.

Die Nächsten waren wir. Einer der hauseigenen Choreografen hatte für uns ein Cole-Porter-Medley ausgewählt. Die Idee war, dass wir Stars bei einer Soiree im Hollywood der Dreißigerjahre spielen sollten. Heath fand es schrecklich – viel zu viel kleinteilige Fußarbeit und steife Körperhaltung, was wenig Raum ließ, die spezielle Chemie zwischen uns zum Vorschein zu bringen. Wir waren es gewohnt, unsere Musik selbst auszusuchen, und hörten immer auf dem Boden liegend einen Song nach dem anderen, bis ein Beat kam, bei dem wir beide aufspringen und lostanzen wollten. Aber hier galten andere Regeln.

Wann immer er sich beschwerte, sagte ich ihm, er solle Sheila vertrauen. In der Academy geschah nichts ohne ihre Zustimmung, und sie wusste, was sie tat. Wenn erst die Kostüme fertig wären, so hoffte ich, würde es sicher einfacher, unsere Rollen mit Leben zu füllen. Heath sollte einen Frack aus bewegungsfreundlichem Material tragen, während für mich ein knielanges, hochgeschlossenes Neckholder-Kleid vorgesehen war. Schon im Modell aus Musselin bei der Anprobe mit der Kostümbildnerin der Academy hatte ich mich wie ein Filmstar gefühlt – wenigstens, bis die saftige Zuzahlung mich unsanft daran erinnerte, dass ich ein einfaches, mittelloses Mädchen war.

Beim Betreten der Eisfläche versuchte ich mir vorzustellen, wie wir im Wettkampf aussehen würden: Wie das spitze Revers von Heaths Frack die scharfe Linie seiner Kinnpartie betonte, mein Lippenstift in der passenden Farbe zu den Pailletten des Kleids und die Haare zu einem ausgefallenen Knoten hochgebunden.

Wir nahmen unsere Ausgangsposition ein – einander zugewandt und meine Hand auf seiner Brust, als wollte ich ihn halb wegstoßen, halb zu mir ziehen – und sahen uns in die Augen. Hochkonzentriert, ruhig, bereit.

Kaum setzte unsere Musik ein, zerplatzte mein Fantasiegebilde wie eine Seifenblase. Wir boten ein Bild des Jammers, müde, ausgelaugt, von Anfang an aus dem Takt, und bei dem Versuch, wieder aufzuholen, uns fast gegenseitig über die Füße fallend. Die Spurenbilder im Foxtrott-Teil bewältigten wir ohne Zwischenfälle – auch wenn meine Knie viel zu steif waren und Heath ständig auf unsere Füße guckte, die sich in rasender Geschwindigkeit bewegten. Dann kam die Hebung.

In dem Moment, in dem meine Kufe Heaths Bein berührte, wusste ich, es würde schiefgehen. Er hatte mich nicht richtig zu fassen bekommen, und ich konnte mich nicht schnell genug aufrichten, um mich nach hinten zur Brücke zu biegen. Meine Knie begannen nachzugeben. Ich spannte meine Mitte an, meine Waden, biss die Zähne zusammen, versuchte alles, was mir einfiel, um die Figur zu retten. Aber es war zu spät. Ich rutschte ab.

Heath unterbrach die Hebung und kam ruckartig zum Stehen, die Hände immer noch um meine Taille geschlungen. Ich rechnete damit, dass wir beide mit dem Gesicht auf dem Eis landen würden, doch erstaunlicherweise hielten wir das Gleichgewicht und standen.

»Hast du dir wehgetan?« Sein Atem ging in flachen, heftigen Stößen. »Es tut mir total leid, ich dachte, ich …«

»Wieso habt ihr abgebrochen?«

Sheila. Sie war da. Sie stand am Rand der Eisbahn und beobachtete uns.

KAPITEL 14

Ich hatte keine Ahnung gehabt, dass Sheila auf dem Gelände war. Der unbehaglichen Stille nach zu urteilen, die sich nach Verstummen der Musik in der Halle ausbreitete, war ich nicht die Einzige.

»Ich habe Sie etwas gefragt, Mr. Rocha.«

Sie faltete die Hände und wartete auf seine Antwort. Es gibt Trainer, die ihre Schützlinge anbrüllen, aber Sheila Lins Schweigen war markerschütternder als jedes Geschrei je hätte sein können.

Heath schluckte. »Ich dachte, sie hätte sich vielleicht verletzt.«

»Mit ihr ist alles in Ordnung«, sagte Sheila trocken. »Nicht wahr, Ms. Shaw?«

Ich nickte. Heath ließ die Hand von meiner Taille sinken, doch ich konnte immer noch seinen schnellen Herzschlag im Rücken spüren.

»Ich wollte nur ganz sicher sein. Es hätte ja auch ...«

»Es hätte ja die Weltmeisterschaft sein können. Oder die Olympischen Spiele. Würden Sie sich dann auch einfach mitten in Ihrem Programm eine kleine Pause gönnen, Mr. Rocha?«

Dieses Mal war Heath klug genug, den Mund zu halten.

»Sie müssen weitermachen«, sagte Sheila. »Ganz egal, was passiert. Jedem Eiskunstläufer unterlaufen Fehler, aber die wirklich guten kämpfen sich trotz dieser Fehler weiter durch ihr Programm. Und jetzt noch einmal von vorn. Und dieses Mal« – sie sah Heath in die Augen – »ohne Unterbrechung.«

Heath zitterte förmlich vor Wut, als wir zurück auf unsere Ausgangsposition gingen. Ich presste meine Hand stärker als sonst gegen seine Brust, um ihn zu beruhigen.

»Alles okay«, flüsterte ich.

Er machte einen tiefen Atemzug und erschauerte. »Ich will dir nicht wehtun.«

»Wirst du nicht.«

Zweifelnd sah er mich an. Doch dann startete die Musik, und er war wieder ganz bei der Sache.

Wir waren beide vollkommen im Takt. Schulterzucken mit jedem der Tomtomschläge, mit denen der Song begann. Dann beim Einsetzen der Bläser ein langsamer Seitwärtsschritt, und schon flogen wir zu Ella Fitzgeralds inbrünstigem »*you are the one*« durch den Foxtrott.

Und dann die Hebung. Heath umfasste meinen Knöchel und zog meine Kufe gegen seine Leiste. Als seine Hände an meiner Kniekehle zugriffen und dann höher glitten, richtete ich mich auf, kam zum Stehen und brachte das andere Bein in Position.

Ich war oben! Meine Schlittschuhe baumelten zu beiden Seiten seiner Taille, und ich reckte mich stolz in die Höhe, eine wunderschöne Blume, die ihre Blüte der Sonne entgegenstreckt. Er ging etwas tiefer in die Knie und verstärkte den Griff um meine Oberschenkel, um für genügend Gegengewicht für die Schlusspose zu sorgen, bei der ich den Rücken ganz durchdrücken und die Arme hinter mich werfen musste, während wir eine anmutige Kurve über das Eis fuhren.

Wir hatten es. Endlich hatten wir es geschafft. Wir ...

Hatten uns zu früh gefreut.

Heaths Füße kippelten. Meine Hüften bogen sich zu weit nach vorn. Es gelang uns, nicht zu fallen, aber mein Abstieg aus der Hebung geriet zu einem ungeschickten Wirrwarr aus Armen und Beinen, das uns Zeit kostete, sodass wir einige Takte hinter der Choreografie herhinkten.

Die Musik nahm mit *Too Darn Hot* deutlich an Fahrt auf, und wir nutzten das Tempo, um die verlorene Zeit wieder einzuholen. Verbissen kämpften wir um jeden Takt und jeden Schritt. Es war nicht schön. Es war nicht gut. Aber wir zogen es durch.

Als es vorbei war, standen wir zitternd und keuchend auf dem Eis. Schweiß rann bächeweise an uns herab. Kaum war die letzte Note verklungen, ließ Heath mich los und klappte vornüber. Erst als er sich wieder aufrichtete, sah ich, dass er blutete.

Während meines dilettantischen Abgangs musste meine Kufe ihn am Oberschenkel verletzt haben. Sie hatte seine Hose aufgeschlitzt und ihm eine tiefe Schnittwunde beigebracht, aus der Blut quoll.

»Oh verdammt – ist es sehr schlimm?«

»Wir haben es durchgezogen. Alles andere ist unwichtig.« Wütend starrte er zu Sheila hinüber. »Ist doch so?«

Sie stand mit dem Rücken zur Eisfläche und war gerade dabei, dem französischen Team, Arielle Moreau und Lucien Beck, einige Anweisungen zu erteilen. Wir hatten bei unserer Vorführung alles gegeben, und sie sah nicht einmal hin.

Heath wartete weder auf die Erlaubnis, das Eis zu verlassen, noch auf mich. Als ich den Blick von Sheila abwandte, saß er bereits auf einer der Bänke, die entlang der Wand aufgestellt waren, und begutachtete seine Verletzung.

Ich lief zu ihm und überlegte, was ich sagen sollte. Doch Garrett Lin war schneller.

»Sie hat dich erwischt, hm?« Garrett hielt ihm einen Erste-Hilfe-Kasten hin. »Ist uns früher andauernd passiert. Irgendwann habe ich aufgehört, die Hosen zu zählen, die Bella mir zerfetzt hat.«

Die Lins konnten sich allerdings auch für jeden Versuch, die perfekte Hebung zu schaffen, ein neues Outfit leisten. Heath jedoch besaß nur zwei vorzeigbare Hosen fürs Training, und eine davon hatte ich nun auf dem Gewissen.

Heath machte keine Anstalten, den Verbandskasten entgegenzunehmen, also nahm ich ihn und stellte ihn behutsam neben ihm ab. Er war so besorgt gewesen, dass er mir wehtun könnte, und ich hatte nicht einmal bemerkt, dass ich ihn verletzt hatte.

»Nehmt es nicht so schwer«, meinte Garrett. »Der Trick ist, das Gewicht immer auf der Mitte der Kufe zu halten und – wahrscheinlich ist es am einfachsten, wenn ich es dir zeige. Hast du etwas dagegen?«

Ich musste gar nicht hingucken, um zu sehen, dass Heath sehr viel dagegen hatte. Aber Garrett hatte mich gefragt und nicht ihn. Ich nahm die Ausgangsposition für die Hebung ein und streckte das Bein aus.

Garretts Griff war lockerer als der von Heath. Er bewegte sich so schnell, dass ich kaum merkte, was passierte. In einem Moment stand ich auf dem Boden, im nächsten war ich auch schon in der Luft.

Als ich mich nach hinten bog, fühlte ich mich nicht wie ein zartes Blümchen im Licht. Ich war eine Göttin, eine in den Bug eines Schiffes geschnitzte Galionsfigur, und das Meer beeilte sich, sich in Ehrfurcht vor mir zu teilen. So hatte ich mich noch nie gefühlt. Leicht und mächtig zugleich. Ich hätte noch Stunden dort oben bleiben können.

Garrett leitete eine andere, kompliziertere, Art des Abgangs ein – er drehte mich so, dass ich auf dem Weg nach unten mit den Hüften über seine Schulter abrollte. Die Technik hatte ich schon bei ihm und Bella gesehen.

Ich sah zu Heath hinüber. Seine Kiefer mahlten, und er hielt den Verbandskasten so fest, dass das Plastik knackte.

»Das war super!«, rief Garrett. »Und wie du siehst – nichts kaputt.«

Meine Kufen hatten leichte Rillen auf seiner weißen Hose hinterlassen, ihn jedoch nicht verletzt. Heaths Stolz aber vielleicht schon.

»Danke«, sagte ich.

»Kein Problem«, grinste Garrett. »Ich helfe jederzeit gern.«

Er meinte es ernst. Garrett ließ sich nie in die kleinen Rivalitäten und Machtspielchen an der Academy hineinziehen – er schien sie nicht einmal zu bemerken. Jeder mochte ihn.

Oder fast jeder.

Heath hatte seine Wunde versorgt, stellte sich neben mich und legte mir besitzergreifend eine Hand auf den Rücken. Garrett lächelte unbeirrt weiter.

»Also, welche Pläne habt ihr für den Feiertag?«

»Wir hatten überlegt ...«, begann Heath, aber ich schnitt ihm das Wort ab.

»Nichts Bestimmtes, warum?«

»Meine Mom schmeißt jedes Jahr am vierten Juli eine kleine Party«, sagte Garrett. »Es macht überhaupt nichts, wenn ihr schon etwas anderes vorhabt, aber wir würden uns sehr freuen, wenn ihr kommt.«

Ich hielt es für mehr als unwahrscheinlich, dass mit »wir« auch Bella gemeint war, die auf der anderen Seite der Eisfläche gerade mit Cooldown-Dehnungen beschäftigt war und uns und ihren Bruder schon die ganze Zeit geflissentlich ignorierte.

Außerdem hatte ich nichts zum Anziehen. Im Mittleren Westen verstanden die Leute unter »Party« einen Grillabend mit Bratwurst, Bier und – bei besonderen Gelegenheiten – einer Runde S'mores, und alle kamen in abgeschnittenen Jeans und Flipflops. Was auch immer die Lins planten, es würde vermutlich etwas formeller zugehen.

Andererseits wäre das eine Gelegenheit, etwas mehr Zeit mit Sheila zu verbringen, also ...

»Wir denken mal darüber nach«, nickte Heath.

»Ich komme«, sagte ich zu Garrett.

ELLIS DEAN: Oh ja, Sheila Lins berühmte Rot-Weiß-Gold-Party. So genannt, weil da nur reinkam, wer entweder einer von Sheilas Schülern war oder mindestens eine Goldmedaille vorzuweisen hatte.

KIRK LOCKWOOD: Das stimmt nicht. Da waren auch ein paar mit Silbermedaille dabei. Ich erinnere mich an 1994, als eine gewisse sehr bekannte Eiskunstläuferin ein paar Gläser zu viel hatte und dann ins Blumenbeet kotzte.

Inez Acton, in den Dreißigern, mit einem Bleistift im locker hochgebundenen Haar, im Gespräch mit dem feministischen Blog TheKilljoy.com in Brooklyn.

INEZ ACTON (Redaktionsmitglied, The Killjoy): Ich liebe Eiskunstlauf, ich bin wirklich ein Hardcore-Fan. Aber manchmal ist, was da passiert, nur schwer mit meinen politischen Überzeugungen in Einklang zu bringen. Wer sich im Profi-Wettbewerb behaupten will, braucht mehr als vierzigtausend Dollar im Jahr. Und wer keine reichen Eltern hat, kann sehen, wo er bleibt.

ELLIS DEAN: Josies Eltern waren reich. Und die Lins quasi das Königshaus.

KIRK LOCKWOOD: Die Party war die ultimative Gelegenheit zum Netzwerken. Klar geht es beim Eistanzen darum, auf dem Eis eine super Performance hinzulegen. Aber die richtigen Leute zu kennen, kann auch nicht schaden.

ELLIS DEAN: Die Rot-Weiß-Gold-Party stand für alles, was falsch läuft im Sport. Eiskunstlauf ist so schon elitär genug.

PRODUZENT (aus dem Off): Das heißt, Sie haben nie daran teilgenommen?

ELLIS DEAN: Machen Sie Witze? Um nichts in der Welt hätte ich mir das entgehen lassen.

KAPITEL 15

Pünktlich zum Beginn der Party, als hätte Sheila mit dem Wettergott persönlich ideale Bedingungen ausgehandelt, legte sich die brütende Nachmittagshitze.

Vor dem Gebäude stand ein schneeweißes Cabrio mit dem Motor im Leerlauf. Das offene Verdeck gab das Innere preis, dessen Farbe an rohes Fleisch erinnerte. Ellis Dean stand an den Wagen gelehnt, die bloßen Knöchel übereinandergelegt, und wackelte in seinen geflochtenen Lederslippern mit den Zehen.

Bis er mich auf sich zukommen sah. Abrupt richtete er sich auf und schob die Sonnenbrille nach unten.

»Sieh mal einer an.«

Arielle aus dem französischen Team hatte mir angeboten, mich aus ihrem Kleiderschrank voller lässig-schicker Designersachen aus Frankreich zu bedienen. Alles an mir, von dem Clip, der meine Hochsteckfrisur zusammenhielt, bis zu dem Lippenstift im Farbton der Rosen auf dem Kleid, gehörte ihr.

Ich fühlte mich wie ein Filmstar, als ich mich im Spiegel sah. Aber dann kamen mir augenblicklich Zweifel. Das Kleid hatte so dünne Träger, dass es unmöglich war, einen BH darunter zu verbergen. Als ich es ohne BH versuchte, fand ich, dass es billig aussah, auch weil der Schlitz im Rockteil ohnehin schon so viel Bein zeigte.

Früher hatte ich mir kaum je Gedanken über meinen Körper gemacht, mich interessierte nur, was er konnte. Als ich zehn war, hatte ein Mädchen im North-Shore-Stadion zu mir gesagt, ich hätte Beine wie Baumstämme, was ich als Kompliment verstanden hatte. Bäume waren groß und stark und schön. Wer wollte *nicht* so aussehen?

Eistänzerinnen mussten nicht kleine, zierliche Elfen sein wie etwa Paarläuferinnen und auch nicht so mädchenhaft schlank wie im Einzellauf. Aber mit meiner kurvigeren Figur und muskulösen Beinen fiel ich doch etwas aus dem Rahmen, zumal ich fast so groß war wie mein Partner. Da ich neuerdings ständig von eher konventionellen Körperformen und Größenunterschieden umgeben war, fiel es mir schwer, keinen Minderwertigkeitskomplex zu entwickeln.

Nervös zupfte ich an den Trägern meines geliehenen Kleids. »Geht das so?«, fragte ich Ellis. »Ich war nicht sicher, wie der Dresscode ist.«

»Spinnst du? Du siehst absolut *heiß* aus. Heath wird den Verstand verlieren. Wo steckt dein Kavalier überhaupt?«

Seit dem Training am Tag zuvor hatte ich Heath nicht mehr gesehen – so lange waren wir seit Jahren nicht mehr voneinander getrennt gewesen. Trotzdem konnte ich mir nicht vorstellen, dass er mich im Stich lassen würde.

»Er müsste jeden Moment da sein«, versicherte ich Ellis.

»Gut. Je später wir loskommen, umso schlimmer wird der Verkehr auf der 10 werden.«

Und wirklich – die Glastüren öffneten sich, und Heath trat heraus.

Was immer ihn aufgehalten hatte, es konnte nicht daran gelegen haben, dass er sich noch schick gemacht hatte. Er war unrasiert und trug ein einfaches schwarzes T-Shirt über einer abgetragenen Jeans. Auch wenn wir damals beide nicht viele vorzeigbare Kleidungsstücke besaßen, wusste ich, dass er bessere Sachen als diese dabeihatte.

»Hey.« Ich streckte die Hand nach seiner aus, doch er ließ sie in der Hosentasche. »Können wir losfahren?«

Er nickte, ohne mich anzusehen, und kletterte auf die Rückbank, die eher ein Notsitz war. Seine Sneakers hatten einen Abdruck auf der Beifahrertür hinterlassen – ich wischte ihn rasch weg, bevor ich neben Ellis Platz nahm.

»Cooles Auto übrigens«, sagte ich zu Ellis. Der von der Sonne aufgeheizte Lederbezug war zwar glühend heiß, aber ich musste dennoch immer wieder die butterweiche Oberfläche streicheln.

»Ja, nicht wahr?« Ellis strich liebevoll über das Steuer. »Hat Josie bekommen, als sie *sweet sixteen* wurde. Bis sie achtzehn wurde, hatte sie die Farbe satt, also kauften ihr die Eltern einen blauen BMW und überließen mir den hier.«

»Und was bekommt sie, wenn sie einundzwanzig wird?«, murmelte Heath. »Einen Privatjet?«

»Soweit ich weiß, schenkt man in Orange County zum Einundzwanzigsten üblicherweise ein Penthouse mit Blick auf den Pazifik. Aber ich bin nur ein einfacher Junge aus dem Nordwesten von Florida, praktisch Müll also.«

Es überraschte mich, dass Ellis aus Florida war. Zum einen war seine Haut so hell, dass sie beinahe durchscheinend war. Und wie er sprach – er hatte ein unauffälliges Amerikanisch wie ich, ohne eine Spur von südlichem Dialekt. Ich brauchte erstaunlich lange, um zu erkennen, wie viel an Ellis Dean reine Show war. Wie bei allen guten Eiskunstläufern sah bei ihm alles ganz leicht aus.

Ellis suchte im Schnelldurchlauf nach passender Musik im Radio – er entschied sich für *Try Again* von Aaliyah – und setzte den Blinker.

Obwohl wir seit mehreren Wochen in Los Angeles waren, hatten wir außer dem Flughafen und der Academy noch nichts von der Stadt gesehen. Nach so langer Zeit in dieser sterilen Umgebung schien die bunte Welt, die nun an uns vorüberzog, fast zu lebendig, um wahr zu sein. Grüne Palmwedel explodierten förmlich gegen den knallblauen Himmel, das grelle Purpur der überall wuchernden Bougainvillea legte sich wie ein Teppich über die roten Felswände entlang der Straße. Je näher wir dem Ozean kamen, desto kühler wurde der Fahrtwind.

Nachdem wir einige Meilen auf dem Pacific Coast Highway zurückgelegt hatten, setzte Ellis erneut den Blinker. Für einen Moment sah es so aus, als wollte er über eine Klippe steuern – doch dann sah ich das Tor.

Ein Wachmann in Uniform notierte unsere Namen und das Autokennzeichen, dann winkte er uns durch. Jenseits des Tors schlängelte sich eine weiß gepflasterte Auffahrt eine steile Anhöhe hinauf. Erst mehrere Kurven später tauchte Sheila Lins Haus auf, das auf dem höchsten Punkt thronte.

»Willkommen am Eispalast«, sagte Ellis.

KAPITEL 16

Ich hatte moderne Architektur mit scharfen Kanten wie bei der Ice Academy erwartet. Doch Sheila Lins Anwesen war Hollywood-Glamour pur.
Die Fassade war komplett in Weiß gehalten: gestrichenes Mauerwerk, speziell glasierte Dachziegel aus Terrakotta, bogenförmige Fenster. Kannelierte Säulen zu beiden Seiten der Eingangstür, die über eine imposante Treppe zu erreichen war. Meine ganze Kindheit über hatte ich die Herrenhäuser am Nordufer von Chicago bestaunt, aber der Eispalast stellte sie in den Schatten. Diese Villa war eines Filmstars würdig. Oder einer Königin.
Ellis warf dem Angestellten, der darauf wartete, das Auto für ihn zu parken – und deutlich besser gekleidet war als Heath –, den Schlüssel zu, und wir begannen den Aufstieg zum Eingang. Ich zog im Gehen die Beine an wie ein Pferd im Trab, doch Arielles trendige Stilettos blieben trotzdem an jeder Stufe hängen. Heath legte den Arm um meine Taille, um mir Halt zu geben, und nahm ihn nicht wieder weg, als wir hineingingen.
Auch das Innere war ganz in Weiß gehalten: die Böden, die Wände, das Mobiliar, der Marmorkamin in dem hohen Wohnzimmer, das sich über zwei Etagen erstreckte. Die einzigen Farbtupfer spendeten Sheilas olympische Goldmedaillen, die wie Jagdtrophäen über dem Kamin hingen.
Sheila selbst konnte ich nirgends entdecken, aber in dem Raum drängten sich bereits jede Menge Sportkoryphäen. In der Mitte hielt Kirk Lockwood an einen skulpturartigen Sessel gelehnt Hof, mit genau der blasierten Ich-gehöre-hierher-Lässigkeit, an der He-

ath und ich uns in unserem Cole-Porter-Programm abarbeiteten. Seit seinem Rückzug aus dem aktiven Sport hatte Kirk begonnen, als Kommentator bei Eiskunstlaufturnieren zu arbeiten, und es war seltsam, seinen geschmeidigen Bariton live und höchstpersönlich zu hören und nicht über meinen Fernsehlautsprecher.

Der Rest der Gästeschar war nicht weniger eindrucksvoll. Es waren nicht nur viele Olympiasieger versammelt, sondern auch Filmstars, Rockstars, Modedesigner, Models und Politiker – einschließlich Josie Hayworths Vater, der Senator war, und seiner blond gefärbten zweiten Ehefrau.

Die drei Hayworths standen an den enormen Schiebetüren, die zum Garten führten, und sprachen mit Garrett Lin. Josie berührte ständig Garretts Arm und lachte so laut, dass sie sogar die Jazz-Combo übertönte, die auf der Terrasse spielte.

»Was meint ihr?«, sagte Ellis. »Erst was essen, oder sollen wir Garrett retten, ehe Josie ihn mit Haut und Haaren auffrisst?«

»Wieso läufst du überhaupt mit ihr?«, fragte ich. Ellis war zwar nicht der allertalentierteste Eistänzer, aber er war nicht schlecht – und Männer waren im Eistanz so gefragt, dass sogar mittelmäßige Sportler sich ihre Partnerinnen aussuchen konnten.

Er zuckte mit den Schultern. »Ihre Eltern zahlen am besten.«

»Sie *bezahlen* dich?« Heath guckte entgeistert.

»Sie zahlen alles. Training, Unterkunft, Ausrüstung, Kostüme, Reisen. Das ist die einzige Methode, jemanden zu finden, der es mit ihrer Tochter länger als eine Saison aushält. Ich bin ihr dritter Partner. Oder der vierte?«

An der Terrassentür trat Garrett inzwischen von Josie weg und stand förmlich an den Türrahmen gepresst da. Doch sie verstand nicht, rückte näher an ihn heran und befingerte seinen Bizeps.

»Sieht aus, als legte sie es darauf an, Garrett zu ihrer Nummer fünf zu machen«, grinste ich.

»Nicht in diesem Leben. Er ist zu reich, um sich kaufen zu lassen, und zu nett, um jemals seine Schwester zu verlassen.«

Garrett bemerkte, wie wir zu ihm hinübersahen, nutzte die Gelegenheit, drehte Josie und ihrer Stiefmutter den Rücken zu und durchquerte den Raum, um uns zu begrüßen. Die beiden Frauen blickten ihm wütend hinterher.

»Hey! Ihr seid tatsächlich gekommen.« Garrett beugte sich zu mir und küsste mich auf die Wange. Heaths Griff um meine Hand wurde fester. »Habt ihr Hunger? Kann ich euch etwas zu trinken bringen ...«

»Danke, wir brauchen nichts«, sagte Heath.

Garrett überging Heaths Versuch, für mich zu sprechen. »Kat?«

»Ein Wasser wäre toll«, antwortete ich. »Danke.«

»Ach komm schon, wir sind auf einer Party! Der Barmann macht unfassbar gute Granatapfel-Daiquiris.« Er grinste. »Alkoholfrei natürlich.«

»Okay, dann nehme ich so einen.« Ich konnte nicht anders, als zurückzulächeln. Auch wenn er erst fünfzehn war, Garretts Charme war einfach ansteckend.

»Für mich das Gleiche«, schloss Ellis sich an.

Garrett mimte den Kellner und notierte die Bestellung auf einem unsichtbaren Block. »Zweimal Daiquiri, kommt sofort. Soll ich dir wirklich nichts mitbringen, Rocha?«

Heath schüttelte den Kopf und presste trotzig die Lippen aufeinander. Als Garrett in Richtung Bar verschwand, beugte ich mich zu ihm und flüsterte in sein Ohr: »Er will doch nur nett sein.«

»Glaub mir, mir ist nicht entgangen, *wie* nett Garrett Lin zu dir ist.«

Er versuchte erst gar nicht, leise zu sprechen – und Ellis machte keinen Hehl aus seiner Belustigung über die offensichtlichen Spannungen zwischen uns.

Ich zog an Heaths Hand. »Komm, lass uns etwas zu essen holen.«

Während ich einen Teller mit genug Häppchen für uns beide belud, blieb er auf Abstand, die Hände in den Hosentaschen. Jeder andere hätte seinen Gesichtsausdruck als neutral bezeichnet, aber ich kannte ihn gut genug, um die Verachtung in seinem Blick zu erkennen.

So vermögend zu sein wie die Lins lag jenseits meiner Vorstellungskraft, und ich konnte nur ahnen, wie absurd dieser Reichtum erst jemandem mit Heaths Hintergrund erscheinen musste. Dieses riesengroße Haus für nur drei Personen, eine Party, die mehr kostete, als viele Leute in einem Jahr verdienten, Berge von Delikatessen, die am Ende des Abends vermutlich auf dem Müll landeten.

Aber wir waren hier zu Gast. Es gab keinen Grund, unhöflich zu sein.

»Hey.« Ich setzte den Teller ab und nahm Heaths Gesicht in beide Hände, damit er mich ansehen musste. »Sei nicht so.«

»Wie?«

»Schlecht gelaunt.« Ich gab ihm einen Kuss. Sein Mund blieb starr, die Lippen aufeinandergepresst. »Zugeknöpft.«

»Du wusstest, dass ich nicht hierher wollte, Katarina.«

Ich ließ die Hände sinken. »Dann hättest du auch nicht kommen sollen. Niemand hat dich gezwungen.«

Auf einmal war ich nicht mehr sicher, ob wir von der Party redeten oder über Los Angeles insgesamt. So oder so, seine Widerspenstigkeit ging mir allmählich auf die Nerven.

Garrett brachte einen blutroten Drink in einem Cocktailglas mit Zuckerrand. »Ein jungfräulicher Daiquiri für die Lady.« Aus der Jacketttasche zog er eine kleine Flasche und reichte sie Heath. »Ich habe dir für alle Fälle mal ein Wasser mitgebracht. Selters ist okay, hoffe ich.«

Einen Augenblick lang fürchtete ich, Heath würde die Flasche zu Boden schleudern. Stattdessen nahm er sie mit einem übertriebenen, sarkastischen Grinsen entgegen. So verhielt er sich sonst immer nur bei meinem Bruder.

»Selters ist fantastisch, ich bin dir wirklich sehr zu Dank verpflichtet.«

Garretts freundliches Lächeln schwand aus seinem Gesicht. »Okay, sag Bescheid, wenn ich dir sonst noch etwas bringen kann.«

Sobald Garrett außer Hörweite war, krallte ich meine Nägel in Heaths Handgelenk. »Was ist eigentlich los mit dir?«

»Was ist los mit *dir*? Die Katarina, die ich kenne, würde sich über diese ganzen aufgeblasenen Arschlöcher lustig machen, anstatt hineinzukriechen.«

»Du bist derjenige, der sich gerade wie ein Arschloch benimmt, nicht Garrett. Er kann genauso wenig dafür, wo er hineingeboren wurde, wie du.«

Ich wusste, dass ich damit einen empfindlichen Punkt treffen würde, aber ich sagte es trotzdem. Heath befreite sich aus meinem Griff und knallte die Seltersflasche auf den nächstgelegenen Tisch.

»Heath.«

Er drehte sich so ruckartig von mir weg, dass die Sohlen seiner Sneakers auf dem hochglänzenden Marmor quietschten. Dann stolzierte er mit schnellem Schritt in Richtung Garten.

»*Heath.*«

Meine erhobene Stimme veranlasste zwei Frauen – Schauspielerinnen, die man aus einer Serie kannte, die immer zur besten Sendezeit lief – mich mit großen Augen anzustarren. Ich neigte den Kopf über meinen Drink, um zu verbergen, dass ich knallrot anlief.

»Was ist denn in den gefahren?«

Ellis tauchte neben mir auf, ebenfalls einen Cocktail in der Hand. Ich fragte mich, ob Heath sich nur abregen und dann wiederkommen oder die Party gleich ganz verlassen wollte – doch dann entschied ich, dass mir das gleichgültig war. Von mir aus konnte er den ganzen Weg zurück zur Academy zu Fuß laufen.

»Er ... ihm geht's nicht so gut«, erklärte ich.

»Schade.« Ellis streckte mir den Ellenbogen entgegen. »Stürzen wir uns ins Gewühl?«

Ich hakte mich bei ihm ein, und wir drehten eine Stunde lang unsere Runden. So unerschrocken ich auf dem Eis war, so gekonnt bewegte sich Ellis auf diesem Parkett. Völlig mühelos begann er Gespräche mit Prominenten, die er gar nicht kannte. Ich sah zu und lernte – während ich meinen Drink fest umklammert hielt, aus Angst, die klebrige rote Mixtur auf Sheila Lins blütenweißem Interieur zu verschütten.

Erst als es allmählich dunkel wurde, bekam ich sie zu Gesicht. Sie – und Bella. Sie standen nebeneinander auf der Terrasse, aus dem Hintergrund angestrahlt von goldenem Licht. Sheila sah wie eine griechische Göttin aus in ihrem weißen Kleid, dessen Dekolleté Raffungen schmückten, während Bella ein blassblaues Kleid mit zarter weißer Spitze in einem ähnlichen schräg geschnittenen, nachthemdartigen Stil trug wie das, das Arielle mir geliehen hatte. Mit dem Unterschied, dass der Stoff nicht an ihrem Körper klebte, sondern sie regelrecht umschwebte. Wie ähnlich sie ihrer Mutter sah. Nicht nur in ihrem Äußeren, auch in ihren Gesten, ihrer Haltung, ihrem routinierten Lächeln.

Ich überlegte, ob ich vielleicht Ellis in ihre Richtung lenken sollte – mit jemandem an meiner Seite, der sich so gut auf Small Talk verstand, wäre es nicht ganz so nervenzerfetzend, sich Sheila zu nähern –, doch die beiden Lin-Frauen waren bereits mit einer älteren Dame mit sehr krausen roten Locken ins Gespräch vertieft.

»Wer ist das?«, fragte ich. Sie kam mir vage bekannt vor, aber ich konnte nicht sagen, woher.

»Jane Currer«, erwiderte Ellis.

»Die Preisrichterin?«

Jane Currer war bei den Nationals in der Jury gewesen, deren hartes Urteil bei der künstlerischen Wertung Heath und mich eine Medaille gekostet hatte. Und da stand sie nun und lachte mit den Lins, als wären sie alte Freunde.

»Jetzt erzähl mir nicht, du hättest gedacht, dass es bei diesem Sport fair zugeht«, spottete Ellis. »Du bist wirklich süß.«

Er deutete auf einige andere Gäste. »Die ist auch Preisrichterin. Und der. Und der Typ dort drüben ist der Vizepräsident des US-Eiskunstlaufverbands, aber wenn Sheila sich durchsetzt, wird er zu Beginn der nächsten Saison Chef.«

»Woher weißt du das alles?«

»Ich halte Augen und Ohren offen.« Mit dem Glas in der Hand machte er eine ausholende Bewegung. »Wenn du auf dem Eis Medaillen holen willst, musst du erst mal hier gewinnen.«

So ein Blödsinn, dachte ich. Ich war davon überzeugt, dass ich mit Talent und harter Arbeit alles erreichen konnte.

Wie jung und dumm ich doch war.

Als die Sonne endgültig untergegangen war und die Temperatur sank, zogen sich alle Partygäste, die sich auf der Terrasse aufgehalten hatten, ins Haus zurück. Um sie vor der kühlen Nachtluft zu schützen, wurden die Türen geschlossen, und aus der angenehmen Mischung von leisen Gesprächen und sanfter Musik entstand lautes, strapaziöses Stimmengewirr, das von der gewölbten Decke zurückgeworfen wurde.

Immer noch keine Spur von Heath. Hinter meinen Augen kündigten sich Kopfschmerzen an – zu viel Lärm, zu viel süßer Mocktail, zu viel Lächeln –, also überließ ich Ellis Arielles Partner Lucien, mit dem er sich über das Pariser Nachtleben austauschte, und stahl mich hinaus in den Garten.

Kaliforniern mochte die Nacht zu frisch vorkommen, doch ich fand sie wunderbar lau. Und still – trotz des entfernten Knallens der Feuerwerkskörper entlang der Küste. Ich streifte die Schuhe ab und ließ meine Füße ins Gras sinken.

Ich vermisste mein Zuhause kein bisschen. Und schon gar nicht meinen Bruder. Aber mir fehlte dieses Gefühl: Wind auf der Haut, Grashalme zwischen den Zehen, das Rauschen der Wellen im Hintergrund. Für einen Moment schloss ich die Augen, genoss die Stille und wappnete mich dafür, mich erneut ins Getümmel zu stürzen.

Als ich die Augen wieder öffnete, sah ich sie.

Bella Lin. Sie hockte auf der Steinmauer bei dem in den Boden eingelassenen Pool. Das Haar fiel ihr über die Schultern – ich hatte noch nie gesehen, dass sie es offen trug.

Sie hatte mich noch nicht entdeckt. Ich überlegte, was ich tun sollte. Wenn ich schnell genug war, konnte ich mich wieder ins Haus schleichen, bevor sie mich bemerkte.

Zu spät. Bella sah auf, und ich rechnete schon mit ihrem üblichen stechenden Blick.

Doch ich wurde enttäuscht. Ihre Augen wirkten sanfter, und anstatt ihre sonst so perfekte Primaballerina-Haltung einzunehmen, saß sie mit hängenden Schultern da. Aber nicht, weil sie müde war.

Bella Lin sah einsam aus.

Ich machte einen Schritt auf sie zu. Sie hatte ebenfalls die Schuhe ausgezogen und ließ die nackten Füße über dem Wasser baumeln. Der Glanz ihrer lackierten Fußnägel spiegelte das gespenstisch anmutende Blau der Poolbeleuchtung.

»Was machst du hier so ganz allein?«, fragte ich.

»Jetzt bin ich ja leider nicht mehr allein«, erwiderte sie tonlos.

Wie typisch: Ich versuchte nett zu sein, sie war eklig. Je länger ich mir ihre Feindseligkeit gefallen ließ, desto mehr Macht würde sie über mich erlangen. Besser den Stier gleich bei den Hörnern packen.

»Hör mal.« Ich verschränkte die Arme. »Ich weiß, du kannst mich nicht leiden. Ich bin bei den Nationals mit dir zusammengerasselt – und das war übrigens wirklich ein Unfall –, und du willst mich nicht hier haben. Weder auf der Party noch in der Academy.«

Bella starrte mich an. Es war der gleiche maskenhafte Gesichtsausdruck, den Sheila während des Trainings aufsetzte.

»Aber ich gehe hier nicht weg«, fuhr ich fort. »Also werden wir wohl oder übel lernen müssen, miteinander auszukommen, oder wenigstens ...«

»Du irrst dich.«

»Wie bitte?«

»Ich will ja, dass du hier bist.«

Ich schnaubte. »Schon klar.«

»Ja, wirklich.« Sie hob das Kinn. »Ich hab meiner Mutter gesagt, sie soll dich einladen.«

GARRETT LIN: Eiskunstlauf, insbesondere auf der Ebene der Spitzensportler, ist eine kleine Welt.

ELLIS DEAN: Eiskunstlauf ist eine inzestuöse Angelegenheit. Jeder kennt jeden, jeder weiß über jeden Bescheid.

GARRETT LIN: Niemand außerhalb dieses Sports versteht dein Leben. Und jeder in diesem Sport ist dein Teamkamerad. Oder dein Konkurrent.

ELLIS DEAN: Sie kennen doch den Spruch, dass man seinen Freunden nah sein soll, aber seinen Feinden noch näher?

FRANCESCA GASKELL: Aber natürlich kann man mit seinen Wettkampfgegnern befreundet sein!

Katarina und Bella als Teenager, wie sie bei einem Turnier hinter den Kulissen für ein Foto posen. Sie tragen Make-up für den Wettkampf und identische Aufwärmjacken der Lin Ice Academy, die Arme um die Schultern der jeweils anderen gelegt.

ELLIS DEAN: Das war Bella Lins Vorgehensweise: ihre Feinde immer in unmittelbarer Nähe behalten. Genau wie sie es von ihrer Mutter gelernt hatte.

FRANCESCA GASKELL: Wohl keine einfache Sache. Aber sicher möglich.

INEZ ACTON: Diese ganzen Katarina-gegen-Bella-Geschichten stimmen nicht. Das war der Kampf zweier Frauen um die Goldmedaille – und kein dämlicher Zickenkrieg um irgendwelchen Bullshit.

GARRETT LIN: Katarina Shaw war die beste Freundin, die meine Schwester je hatte.

Dasselbe Bild von Katarina und Bella, mit langsamem Zoom auf Katarinas Hand. Ihre Fingernägel krallen sich in Bellas Ärmel. Der Bildschirm wird allmählich dunkel, unheilverkündende Musik setzt ein.

GARRETT LIN: Jedenfalls bis … nun ja, ich nehme an, dazu kommen wir noch.

KAPITEL 17

Ich blinzelte ungläubig. »*Du* hast ihr gesagt, sie soll mich fragen? Warum?«
»Weil du gut bist.«
Ihrem Tonfall nach war das nicht als Kompliment gemeint. Es war eine nüchterne Feststellung: Gras ist grün, Wasser ist nass, und ich war eine gute Eistänzerin.
»Nicht so gut wie ich«, fügte sie hinzu. »Aber du könntest so gut werden wie ich.«
»Danke?«
»Keine Ursache.« Sie rutschte von der Mauer und ging zum Poolrand. Sogar barfuß bewegte sie sich, als glitte sie auf Kufen dahin.
»Du wolltest also, dass ich herkomme ... als Rivalin?«
Bella nickte. »Du treibst mich an, ich dich, und wir beide werden so besser.«
»Wie deine Mutter und Veronika Volkova.«
»Abgesehen davon, dass ich dich bitten würde, mir keine Rasierklingen in die Schlittschuhe zu stecken – ja, genau.«
»Ist das tatsächlich passiert?«
»Ach, das ist noch gar nichts«, winkte Bella ab. »Ich könnte dir Sachen erzählen ...«
Im Vorfeld der Olympischen Winterspiele 1988 hatte sich die Presse mit Feuereifer auf den Konkurrenzkampf Lin gegen Volkova gestürzt und daraus ein gigantisches Spektakel gemacht, in dem fieberhaft über Sabotageversuche und heimliche Liebesaffären spekuliert wurde. Ich hatte angenommen, dass es sich bei

den meisten Berichten nur um die üblichen Übertreibungen der Medien handelte, die nicht genug davon bekamen, zwei starke Frauen gegeneinander auszuspielen.

Seit ihrem Rückzug aus dem aktiven Sport trainierte Veronika für Russland, und zwar nur für Russland, Eistanzpaare. Anders als andere hochkarätige Kolleginnen hatte sie es stets abgelehnt, mit internationalen Sportlern und Sportlerinnen zu arbeiten, gleichgültig wie lukrativ die Angebote von deren Eltern waren. Ihre Starschülerin war ihre Nichte Jelena, die mit dem ältesten Sohn von Veronikas ehemaligem Partner lief. Viele konnten ein Aufeinandertreffen von Jelena und Bella bei einem Turnier kaum erwarten, in der Hoffnung, dass sich der Krieg der beiden Eiskönniginnen in der nachfolgenden Generation fortsetzen und dem Eistanz endlich wieder Melodrama (und hohe Einschaltquoten) bescheren würde.

Womöglich wollte Bella sich in Rivalität mit mir als Nebenschauplatz auf die große Schlacht vorbereiten. Von mir aus. Alles, was ich gehört hatte, war: *Du könntest so gut werden wie ich.*

Obwohl das natürlich nicht genug war. Ich musste besser werden als sie. Und besser als Jelena Volkova.

Bella ließ sich am Beckenrand nieder, und ich setzte mich neben sie.

»Also.« Sie faltete die Hände auf dem Knie, als wären wir in einer Talkshow und sie die Moderatorin. »Was ist dein Ziel?«

»Mein Ziel?«

»Das, was alles wert war, wenn du es endlich erreicht hast.«

»Tja ...« Ich kannte die Antwort, aber es war mir peinlich, sie laut auszusprechen. Allerdings hätte ich noch vor wenigen Monaten nicht im Traum daran gedacht, einmal mit Sheila Lin zu trainieren, und jetzt saß ich einfach so in ihrem Garten. »Ich würde gern an der Olympiade teilnehmen. Salt Lake ist wahrscheinlich utopisch, aber vielleicht 2006 in Turin.«

»Mehr nicht?«

Für sie und Garrett war die Qualifikation für die Olympischen Spiele kein hochfliegendes Ziel. Für sie war es das Mindeste, das von ihnen erwartet wurde.

»Doch. Ich will noch mehr. Ich will die US-Meisterschaft, ich will Weltmeisterin werden, und ich will Gold bei der Olympiade gewinnen.«

Ein ironisches Grinsen huschte über ihr Gesicht, und eine Sekunde lang dachte ich, ich wäre auf sie hereingefallen, und sie wollte nur, dass ich meine größenwahnsinnigen Traumtänzereien preisgab, damit sie mich mit einem Schlag wieder auf den Boden der Tatsachen befördern konnte.

Doch sie sagte: »Ist doch klar, dass du das willst. Sonst wärst du wohl kaum hier.«

So etwas hatte noch nie jemand zu mir gesagt. Auch wenn mein Vater mich meistens unterstützt hatte, hielt er meine Begeisterung für Eiskunstlauf doch immer für Kinderkram, den ich irgendwann hinter mir lassen würde. Aus der Sicht meines Bruders war mein sportlicher Ehrgeiz sogar ein Angriff auf seine Person.

Eingebildete blöde Ziege. Du hältst dich wohl für was Besseres? Du bist Müll. Du bist ein Nichts.

»Was ist mit dir? Welches Ziel hast du?«

»Ich? Das gleiche wie du – nur warum sollte ich mich mit *einer* Goldmedaille zufriedengeben?«

»Du willst zwei? Wie deine Mutter?«

»Meine Mutter soll höchstens als Fußnote auf meiner Seite im Buch der Rekorde erscheinen – das ist mein Ziel.«

Falls jemand auf die Idee gekommen wäre, Bella als arrogante Bitch zu bezeichnen – also wenn es ihr jemand ins Gesicht gesagt hätte, denn hinter ihrem Rücken sagten das jede Menge Leute –, dann hätte sie nur müde gelächelt und gesagt: *Da hast du verdammt recht.*

Sie wollte, dass ich sie antrieb – das konnte sie haben.

»Lust, eine Runde zu schwimmen?«

»Spinnst du?«

Ich sah sie unverwandt an, mit herausforderndem Blitzen in den Augen.

»Es ist eiskalt.«

»Das findest du kalt? Da, wo ich herkomme, halten die Leute das für Bikini-Wetter.«

Der Wind hatte aufgefrischt. Die Nähe zum Meer machte die Luft tatsächlich ziemlich kühl. Aber einen Rückzieher zu machen, kam nicht infrage.

Bella schien das genauso zu sehen. Sie stand auf, zog sich das Kleid über den Kopf und stand in einem trägerlosen BH und einem passenden eierschalenfarbenen Slip da. Dann wandte sie sich um und sprang so geschmeidig ins Wasser, dass es kaum spritzte.

Sie warf das Haar zurück wie eine Meerjungfrau. »Okay, Shaw, jetzt bist du an der Reihe.«

Ich entledigte mich meines Kleids auf umgekehrtem Weg und ließ es über die Hüften zu Boden gleiten. Bella ließ mich nicht aus den Augen, und ich schämte mich für meine wenig luxuriöse Unterwäsche: einen billigen Push-up-BH und ein vom vielen Waschen grau gewordenes Baumwollhöschen.

Wie Bella tauchte ich mit einem Kopfsprung ins Wasser, allerdings nicht annähernd so elegant.

»Das Wasser ist ja warm!«

Bella lachte. Ich schaufelte eine Ladung Wasser in ihre Richtung, doch sie tauchte unter und glitt als schimmernde Silhouette zwischen den Poolscheinwerfern umher.

Selbstverständlich war der Swimmingpool beheizt. Für die Lins nur das Beste.

Sie kam wieder an die Oberfläche, und wir ließen uns eine Weile einfach nur treiben. Das Becken war relativ flach, sodass meine Zehen den Boden berührten.

»Warum hast du nie etwas gesagt?«, fragte ich. »Vorher, meine ich?«

»Nimm's mir nicht übel, aber du lässt ja niemanden an dich heran. Seit du hier bist, hast du mit Ausnahme von Heath mit kaum jemandem ein Wort gewechselt.«

Ich wollte protestieren, aber sie hatte recht. Wir waren so sehr daran gewöhnt, nur uns zu haben.

»Seit wann seid ihr schon zusammen?«, wollte Bella wissen.

Meinte sie als Team oder als Paar? Ich war nicht sicher. Wir hatten uns kennengelernt, als wir zehn waren, und hatten kurz darauf angefangen, zusammen Schlittschuh zu laufen, aber was unsere Liebesbeziehung anging ... da gab es keine klare Abgrenzung, kein Davor und Danach. Sogar den ersten Kuss hatten wir uns auf dem Eis gegeben. Unsere Lippen hatten sich bei einem einstudierten Positionswechsel kurz gestreift, so leicht, dass ich es zunächst für ein Versehen gehalten hatte – bis wir es beim nächsten Durchgang wiederholten und so lange dabei verweilten, dass wir den Einstieg zur Längsschrittfolge verpassten. Ich hatte Heath Rocha schon geliebt, ehe ich wusste, was Liebe war.

»Wir sind jetzt seit ungefähr sechs Jahren ein Team.« Das schien mir die einfachste Antwort auf ihre Frage. Sechs Jahre. Das fühlte sich wie eine Ewigkeit an, dabei war die Zeit nur so verflogen.

Unsere Trainerin Nicole dachte, mir wäre nicht aufgefallen, als Heath begann, nach dem Hockeytraining noch zu bleiben. Dabei hatte ich vom ersten Tag an seinen Blick bemerkt und eine Anziehungskraft zwischen uns gespürt, die ich damals noch nicht hatte deuten können.

Ich dachte immer, dass er irgendwann auf mich zukommen und mich ansprechen würde – mir wenigstens ein kurzes Hallo zurufen oder so. Irgendwann verlor ich die Geduld. Eines Nachmittags wartete ich am Eingang und fing ihn ab, bevor er sich auf seinen gewohnten Platz in der hintersten Reihe der Zuschauertribüne zurückziehen konnte.

»Wieso sitzt du immer da oben und beobachtest mich?«, fragte ich forsch.

Er antwortete nicht sofort. Er schien sich ein wenig vor mir zu fürchten. Damals waren wir in etwa gleich groß, aber mit Schlittschuhen und Kufenschonern überragte ich ihn um einige Zentimeter.

»Deine Musik«, sagte er schließlich. »Die klingt wie ... wie Gewitter irgendwie.«

Ich zuckte die Achseln. »Kann schon sein.«

Das Stück war ein Satz aus dem Sommer-Teil der *Vier Jahreszeiten*. Nicole hatte ihn ausgesucht, nachdem sie meinen Vorschlag kategorisch abgelehnt hatte, zu Paula Abdul zu tanzen. Obwohl mein Vater versucht hatte, sie mir nahezubringen, klang klassische Musik für meine jungen Ohren immer gleich. Erst Heath sollte mir später offenbaren, welche unerschöpflichen Nuancen und Texturen von Emotion ein Orchester wachrufen konnte. Aber ich liebte damals schon, wie schnell ich zu Vivaldis kraftvollen Streichern über das Eis fliegen konnte.

»Außerdem«, sagte Heath, »bist du richtig gut.«

Ich warf die Zöpfe nach hinten, was ausgesprochen albern ausgesehen haben muss. Damals trug ich im Training immer Zöpfe, von denen einer immer größer war als der andere und aus denen ständig Strähnen heraushingen.

»Ja, weiß ich«, gab ich zurück. »Wenn du mir unbedingt zusehen willst, dann wenigstens von einem besseren Platz aus.«

Heath hatte nur gegrinst – und sich in die erste Reihe gesetzt.

»Ihr zwei seid wirklich supersüß miteinander«, sagte Bella. »Aber wenn ich dir einen Rat geben darf – ihr könntet ein bisschen diskreter vorgehen.«

Ich wollte gerade protestieren, doch Bella hob nur die Augenbraue.

»Dein Zimmer ist gleich neben dem von Gemma. Und Gemma ist die beste Freundin von Josie Hayworth.«

Na toll. »Das heißt, alle wissen Bescheid?«

Bella nickte.

»Auch deine Mutter?«

»Ich halte es für das Beste, davon auszugehen, dass meine Mutter jederzeit alles weiß.«

»Glaubst du ...« Ich brachte meine Befürchtung nicht über die Lippen, so schrecklich war sie.

»Ach was, keine Sorge. Sie wird dich nicht rauswerfen. Nicht wegen so etwas. Wenn es allerdings anfängt, sich auf deine Leistung auszuwirken ...«

»Wird es nicht.« Zu jener Zeit war unsere Beziehung von unserer Performance auf dem Eis nicht zu trennen.

»Macht ihr also so richtig in Liebe und so?«, fragte Bella gespielt sentimental. »Oder fickt ihr einfach nur?«

Ich war so geschockt von ihrer Direktheit, dass ich nicht wusste, was ich sagen sollte. Ich hätte einfach sagen sollen, dass Heath mein Freund war. Das stimmte ja auch. Aber der Ausdruck *mein Freund* beschrieb nur ungenügend, was uns verband. Auch wenn ich noch so sauer auf ihn war, weil er beleidigt abgehauen war, war er doch mein bester Freund, meine Familie, mein Lieblingsmensch.

»Es ist kompliziert«, sagte ich schließlich.

Bella lachte – dieses Mal jedoch nicht von oben herab, sondern prustend, was sie mir noch etwas sympathischer machte. »Ja, da sagst du was. Aber passt lieber auf.«

»Wie meinst du das?«

»Eiskunstlauf und Liebesdinge zu vermischen, kann ganz schön schiefgehen.«

»Du sprichst aus Erfahrung?«

Erst wollte diese kleine fünfzehnjährige Besserwisserin mich über meine Beziehung ausquetschen, und jetzt gab sie mir doch tatsächlich weise Ratschläge. Wahrscheinlich war sie noch ungeküsst. Jedenfalls konnte sie nicht ansatzweise ermessen, was Heath und ich einander bedeuteten. Wir waren Seelenverwandte.

»Nein. Igitt.« Endlich klang Bella einmal wie ein echter Teenager. Im Wasser löste sich allmählich ihr Make-up auf, was sie noch jünger aussehen ließ. »Ich habe keine Zeit für Jungs. Mit zweiundzwanzig werde ich mein erstes olympisches Gold gewinnen. Da bleibt kein Platz für irgendwelche Ablenkung.«

»Es hat wohl auch Vorteile, seinen Bruder als Partner zu haben.«

»Das schafft aber auch Probleme, glaub mir.«

Das konnte ich mir beim besten Willen nicht vorstellen. Ich war neidisch auf Bella – aber nicht wegen ihres Geldes oder der Villa, nicht einmal wegen ihres Talents auf dem Eis. Ich beneidete sie um ihr *Selbstvertrauen*, die feste Überzeugung, dass sie nur das Beste verdiente und dazu bestimmt war, die Beste zu sein.

Plötzlich hörten wir ein Geräusch aus dem Dunkeln neben dem Haus. Schritte. Bella und ich fuhren im Wasser herum.

»Katarina?« Es war Heath.

KAPITEL 18

Wie viel hatte Heath mitgehört? Er sah uns ziemlich perplex an, was aber an dem befremdlichen Anblick liegen konnte, der sich ihm bot: meine erklärte Erzfeindin Bella Lin und ich, wie wir einträchtig in Unterwäsche im Wasser planschten.

»Ich habe dich gesucht«, sagte er.

»Sie war die ganze Zeit hier bei mir.« Bella brachte das Kunststück fertig, auch klitschnass noch herrisch zu wirken. »So besonders gründlich kannst du also nicht gesucht haben.«

Seine Kiefer mahlten, und wenn mich nicht alles täuschte, hatte er getrunken. Ich konnte es trotz Chlordunst und dem Duft der Nachtblüher deutlich riechen. Er roch wie Lee.

»Ellis fährt gleich los«, sagte Heath. »Wenn wir also eine Mitfahrgelegenheit zurück wollen ...«

»Jetzt schon?« Ich hatte jegliches Zeitgefühl verloren. Am nächsten Morgen hatten wir wie jeden Tag in aller Herrgottsfrühe auf dem Eis anzutreten. Obwohl das Training mit einem verkaterten Partner zweifellos ein Desaster würde.

»Bleib«, meinte Bella zu mir. »Irgendjemand wird dich schon mitnehmen.«

Heath schien allen Ernstes zu glauben, ich würde augenblicklich aus dem Pool springen und ohne zu zögern mitgehen – und dass, obwohl er sich den ganzen Abend über wie ein Idiot benommen hatte.

Das gab den Ausschlag. »Ich bleibe noch. Wir sehen uns dann später.«

Heath blieb zunächst wie angewurzelt stehen. Bella winkte ihm zu und spritzte dabei Wasser auf seine Jeans.

»Gute Nacht. Danke fürs Kommen.«

Da drehte er sich um und verschwand mit hochgezogenen Schultern in der Nacht.

»Du lieber Himmel, ganz schön besitzergreifend! Ist der immer so?«

»Er braucht eine Weile bei Leuten, die er nicht kennt«, antwortete ich kraftlos.

»Jedenfalls freue ich mich, dass du geblieben bist. Ich wollte dich nämlich noch etwas fragen. Wie sehen deine Pläne für die kommende Saison aus?«

Bisher hatte ich versucht, jeden Gedanken daran, was nach Ende des Intensivkurses sein würde, zu verdrängen.

»Keine Ahnung. Ich schätze, wir fahren zurück nach Illinois. Gehen zur Schule und trainieren. Und schaffen es hoffentlich wieder zu den Nationals.«

Wir würden von Glück sagen können, wenn Lee uns wieder ins Haus ließ. Wahrscheinlicher war, dass er im Vollrausch Heath beide Beine brach, als Vergeltung dafür, dass wir abgehauen waren. Möglicherweise würde Nicole uns bei sich aufnehmen, aber auf Dauer war das auch keine Lösung. Und wir waren immer noch völlig mittellos.

»Wie wäre es, wenn ihr nicht zurück nach Illinois geht?«, schlug Bella vor. »Wie wäre es, wenn ihr hierbleibt?«

Mein Magen zog sich zusammen. Sie machte sich über mich lustig. Das konnte sie doch unmöglich ernst meinen.

»Garrett und ich suchen schon eine ganze Weile nach ernst zu nehmenden Trainingspartnern«, fuhr sie fort. »Aber bisher haben wir einfach noch nichts Passendes gefunden.«

»Und du denkst, Heath und ich ...«

»Wie ich schon sagte, du treibst mich an, ich treibe dich an. Ich weiß, dass Heath und Garrett nicht gerade BFFs sind, aber das ist nur eine Frage der Zeit. Früher oder später wickelt Garrett jeden um den Finger.«

Ich bezweifelte stark, dass das mit Heath klappen würde. Aber vielleicht spielte das auch gar keine Rolle. Sie mussten nicht miteinander auskommen, um zusammen zu trainieren. Es war nicht ausgeschlossen, dass Heaths Abneigung gegen Garrett ihn sogar erst recht zu Höchstleistungen anspornen würde.

»Ich weiß nicht, ob ...« Ich schluckte. Es war so demütigend. »Es könnte schwierig für uns werden, genügend Geld dafür zusammenzubekommen.«

Ich hatte nicht die leiseste Vorstellung, wie viel es kosten würde, eine komplette Saison lang an der Academy zu trainieren. Es würde noch über ein Jahr dauern, ehe ich mein Erbe in Anspruch nehmen konnte, und weitere Erbstücke, die ich noch hätte verkaufen können, gab es auch nicht.

Bella wedelte mit der Hand. »Ach, um Geld musst du dir keine Gedanken machen. Da fällt uns schon etwas ein.«

Da war es wieder: dieses unglaubliche Selbstvertrauen. Dass man sich um so etwas Banales wie *Geld* Sorgen machen musste, war Bella Lin völlig fremd.

Als junges Mädchen mit zerzausten Zöpfen, das verlangte, man solle es von der ersten Reihe aus bewundern, hatte ich über das gleiche unerschütterliche, leicht wahnhafte Selbstbewusstsein verfügt. Doch nach Jahren voller Verluste und Enttäuschungen, in denen ich irgendwie über die Runden zu kommen versucht und mich an Heath geklammert hatte, weil er alles war, was mir geblieben war, hatte ich dieses glückliche Kind von einst in eine kleine Truhe in meinem Innersten gesperrt und den Schlüssel weggeworfen.

An jenem Abend im Pool war es, als reichte mir Bella den Schlüssel.

»Ich spreche mit Heath«, sagte ich.

Bella blinzelte, und Wassertropfen glitzerten auf ihren Augenlidern. »Du kannst ihn bestimmt irgendwie überzeugen, da bin ich mir ganz sicher.«

Ich versuchte, mir diese Zukunft irgendwie vorzustellen: unter demselben Dach wie Sheila Lin aufzuwachen, gemeinsam mit ihr und ihren Kindern am Frühstückstisch zu sitzen, mit ihnen von ihrem Chauffeur zur Eishalle gefahren zu werden, der Ausdruck auf Josies und Gemmas Gesichtern, wenn ich aus der Limousine der Lins stieg.

Doch dann stellte ich mir Heath vor, wie er sich in seinem Einzelbett hin und her warf. Auf jeden Fall sehr viel bequemer als sein Lager zu Hause im Stall. Aber genauso allein. Genauso verlassen.

In meiner Brust brannte Bellas Angebot. Ich musste ihm dringend davon erzählen. Ich musste ihm begreiflich machen, was für eine unglaubliche Gelegenheit das war. Vielleicht war das unsere *einzige* Chance, zu Spitzensportlern zu werden. Ich wusste, dass wir das Zeug dazu hatten.

Ich leistete mir den Luxus, ein Taxi zurück zur Academy zu nehmen, aber ich ging nicht auf mein Zimmer. Stattdessen schlich ich mich zur Nordseite des Gebäudes.

An Heaths Fenster führte keine Regenrinne vorbei, aber es gab einen kleinen Baum, dessen Wurzeln unter Beton begraben waren. Mit den Schuhen in der Hand hangelte ich mich an dem Stamm empor und zuckte jedes Mal innerlich zusammen, wenn Arielles Kleid an der Rinde hängen blieb. Als ich hoch genug war, klopfte ich mit dem Absatz eines der Stilettos an die Scheibe.

Heath schob das Fenster auf. »Katarina? Was zum Teufel machst ...«

»Bei dir sieht das immer viel einfacher aus, als es ist.« Ich raffte mein Kleid, und die Blätter raschelten. »Willst du mich nicht reinlassen?«

»Es ist spät.« Er hatte geduscht und sich die Zähne geputzt. Der Geruch nach Alkohol war verflogen.

Es war wirklich spät. Aber ich konnte unmöglich bis zum nächsten Morgen damit warten, ihm alles zu erzählen.

Also wuchtete ich mich auf den Fenstersims. Heath gab sich geschlagen, griff meine Handgelenke und zog mich sicher ins Zimmer, allerdings nicht ohne halblaut vor sich hinzugrummeln.

»Ich muss dir was sagen«, begann ich, sobald ich wieder festen Boden unter den Füßen hatte. »Ich habe mit Bella gesprochen, und ...«

Er verzog den Mund. »Dann seid ihr zwei jetzt beste Freundinnen?«

»Und wenn?«

»Du kannst ihr nicht trauen.«

»Du kennst sie doch überhaupt nicht.«

»Du aber auch nicht. Erst denkst du, sie hasst dich, und von einem Moment auf den anderen ...«

»Sie will, dass wir bleiben.«

»Wie – bleiben?« Heath wich einen Schritt zurück. »Was soll das heißen?«

»Dass wir hierbleiben, hier in Los Angeles. In der Academy eistanzen. Sie will, dass wir ihre Trainingspartner werden.«

Ich musste um jeden Preis verhindern, dass er zu Wort kam. Ich musste seine Gegenargumente entkräften, ehe er dazu kam, sie auszusprechen.

»Bella sagt, dass Geld kein Problem ist, dass sich da schon eine Lösung finden wird. Wir müssten uns auch keine Gedanken wegen der Schule machen. Wir würden einige Stunden am Tag Privatunterricht bekommen wie sie und Garrett und den Rest des Tages trainieren.«

Heath öffnete den Mund. Ich holte erneut Anlauf.

»Wir müssten meinen Bruder nie wieder sehen. Wir wären frei.«

»Ich weiß nicht, Kat.«

Ich nahm seine Hand. Ich führte ihn zu seinem zerwühlten Bett. Ich zog ihn neben mich.

»Wir könnten endlich zusammen sein«, sagte ich. »Wie wir es uns immer gewünscht haben.«

Er starrte mich an.

Bellas Worte klangen in meinen Ohren. *Überzeuge ihn.*

»Es sei denn ...« Ich rückte näher an ihn heran. Einer der dünnen Spaghettiträger von Arielles Kleid rutschte mir über die Schulter. »Es sei denn, du willst das gar nicht.«

Heath fuhr unter den Träger, als wollte er ihn wieder hochschieben. Doch er wickelte ihn sich um den Finger.

»Natürlich will ich mit dir zusammen sein.« Seine Stimme klang heiser, sein Atem war unregelmäßig. »Aber ...«

Ich stieß ihn auf das Bett und setzte mich auf ihn. Überrascht riss er die Augen auf, als ich mir das Kleid über den Kopf zog und auf den Boden warf.

»Bist du sicher?«, sagte er rau. »Bist du sicher, dass ...«

»Ja.«

Ich wollte einfach alles. Kalifornien und Goldmedaillen und Bella Lins unerschütterliches Selbstvertrauen. Ich wollte genug Können und Ruhm und Geld, dass wir uns nie, nie wieder um irgendetwas Sorgen machen mussten.

Und ich wollte ihn. Ich wollte Heath schon so lange. Ich war es leid, immer nur zu warten.

Ich wollte alles, und ich würde es bekommen.

»Ich bin sicher«, verkündete ich. »In Bezug auf alles. Aber wenn du ...«

Ich wusste ganz genau, dass Heath mich wollte – aber hatte er auch die gleichen Träume wie ich? Ich musste es aus seinem Mund hören, ehe ich weitermachte.

»Ich verstehe, dass es viel verlangt ist. Für so lange Zeit in Kalifornien zu leben.«

»Katarina.«

»Es geht um viel Geld, und wir sind weit weg von zu Hause, und ...«

»*Katarina.*«

Ich verstummte. Heath setzte sich auf und zog mich an sich, so nah, dass ich nicht hätte sagen können, was sein Herzschlag war und was meiner.

»*Du* bist mein Zuhause.«

TEIL II
Die Rivalen

Katarina Shaw und Heath Rocha stehen 2001 auf der zweiten Stufe des Siegerpodests bei der Nebelhorn Trophy in Deutschland. Katarina beugt sich hinunter, um ihre Silbermedaille in Empfang zu nehmen. Ihr Pferdeschwanz verfängt sich im Band, und Heath befreit ihn vorsichtig.

KIRK LOCKWOOD: Nach einem Jahr an der Academy hatten Katarina Shaw und Heath Rocha sich enorm weiterentwickelt.

Die Lin-Geschwister lächeln von der obersten Stufe des Siegertreppchens, die Goldmedaillen um den Hals.

GARRETT LIN: Kat und Heath waren uns ganz dicht auf den Fersen. War ja auch von Anfang an der Sinn der Sache gewesen.

Katarina und Bella tauschen ein breites Grinsen, als die Nationalhymne der USA ertönt.

GARRETT LIN: Der erhöhte Druck spornte meine Schwester enorm an. Je näher die Bewertung der beiden an unsere heranrückte, desto motivierter war sie.

FRANCESCA GASKELL: Ich fand es beeindruckend zu sehen, wie Eistänzerinnen, die nur wenig älter waren als ich, es so weit bringen konnten. Wenn ich Kat und Bella zusah, dachte ich immer: Vielleicht kannst du das auch.

ELLIS DEAN: Wir anderen waren echt sauer. Uns war ja klar, dass wir es nie schaffen würden, die Lin-Zwillinge zu schlagen. Und jetzt mussten wir uns auch noch mit Shaw und Rocha um die übrigen Plätze auf dem Podest prügeln? Na toll.

KIRK LOCKWOOD: Sie hatten noch eine Menge zu lernen. Vor allem Rocha.

Aufzeichnungen von den Wettbewerben der Saison 2001/2002 zeigen Katarina und Heath, wie sie im Originaltanz-Teil einen Tango tanzen.

KIRK LOCKWOOD: Heath lief nicht kantenrein genug. Und seine Übergänge waren schluderig.

Das Video zoomt auf Heaths Schlittschuhe, um den Unterschied zwischen seiner und Katarinas Technik zu verdeutlichen, und schwenkt dann zu den Preisrichtern, wo Jane Currer streng über ihre Brille blickt.

GARRETT LIN: Heath lief immer mit unglaublicher Leidenschaft, aber mit der Ausführung der einzelnen Elemente hatte er Mühe. Ich bot ihm an, ihm ein paar Tipps zu geben, mehrmals sogar, aber er war nicht interessiert.

Erneute Einblendung der Nebelhorn-Medaillenverleihung. Katarina umarmt erst Bella, dann Garrett.

GARRETT LIN: Der Typ hat kaum jemals mit jemandem ein Wort gewechselt, außer mit Kat. Bella regte sich auf, dass er nicht gut genug für Kat sei, weder auf noch neben dem Eis. Ich dachte immer, er sei wohl einfach ... schüchtern ist nicht das richtige Wort. Stolz vielleicht? Stur?

Während Katarina die Lins umarmt, steht Heath einfach nur am Rand und starrt finster vor sich hin.

GARRETT LIN: Nach einer Weile habe ich es dann aufgegeben.

KAPITEL 19

Das erste Mal vergisst man nicht.
Bei Heath und mir war es Skate America 2001. Einen Tag bevor ich achtzehn wurde.
Eigentlich sollten wir gar nicht teilnehmen. Wir waren nur als Ersatz vorgesehen – aber weil Parry und Alcona verletzungsbedingt ausfielen und Reed und Branwell einen Rückzieher wegen Sicherheitsbedenken bei der Anreise machten, kamen wir zum Zuge. Die Anschläge vom 11. September lagen nur sechs Wochen zurück, und bei allen lagen die Nerven blank. Auf dem internationalen Flughafen von Los Angeles wurde Heath für eine angeblich zufallsgesteuerte Kontrolle herausgefischt. Nervös flackerten die misstrauischen Blicke der Sicherheitsbeamten zwischen seinem ethnisch nicht eindeutigen Äußeren und seinem Personalausweis mit Adresse in Illinois hin und her.

Während ich auf der anderen Seite der Sicherheitskontrolle zusah, wie Heath von oben bis unten abgetastet wurde, spürte ich, wie in mir der Zorn aufstieg. Er war doch ein Teenager und noch dazu amerikanischer Staatsbürger – auf Reisen, um sein Land bei einem nicht unbedeutenden Sportereignis zu vertreten. Wie konnten sie es wagen, ihn so zu behandeln? Heath ließ es stoisch über sich ergehen, doch seine Hand in meiner zitterte noch lange, nachdem sie ihn endlich hatten gehen lassen und wir ins Flugzeug gestiegen waren.

Dann waren wir endlich in Colorado Springs – einige Tage vor dem Wettkampf, sodass wir uns an den Höhenunterschied gewöhnen konnten. Am letzten Tag des Turniers lagen wir auf Platz zwei hinter Olivia Pelletier und Paul McClory aus Kanada. Sheila hatte uns vor unserem Lauf darauf eingeschworen, das italienische Team auf Distanz zu halten, um die Silbermedaille zu verteidigen.

Choreografie und Grundidee unseres Kürtanzes mit modernen Moves à la Bob Fosse zu der neu arrangierten Schnulze *Fever* schienen eher simpel – was aber täuschte. Sheila zufolge war das Programm perfekt geeignet, um die Chemie zwischen uns zu demonstrieren, auch wenn es mir irgendwie gezwungen vorkam, als ob Heath und ich etwas spielen sollten, was ganz natürlich zwischen uns vorhanden war. Die Kostüme passten ebenfalls zum Thema: schwarzer Samt und Mesh mit aufgestickten Flammen, die an uns emporzüngelten.

Doch vom ersten parallelen Hüftschwung an, als die Basslinie die Zuschauer in ihren Bann zog, wurde mir klar, dass Sheila recht gehabt hatte. Das Publikum verfolgte fasziniert jede Bewegung unserer Körper, das Knistern, wenn unsere Blicke sich begegneten. Heath und ich tanzten mit der gerade noch im Zaum gehaltenen Glut, die sich jede Sekunde zu einer Feuersbrunst auswachsen konnte, und die Leute waren völlig hingerissen. Von Nervosität keine Spur mehr, übrig blieben nur Entschlossenheit und Verlangen. Alles, wonach ich mich aus tiefstem Herzen sehnte – Gold zu erringen, die Zuschauer zu begeistern, Heath – all das verschmolz zu einer einzigen hellen Flamme, die lichterloh in mir brannte.

Sobald wir bei unserer Schlusspose angelangt waren, brach die Menge in der Broadmoor World Arena in so ohrenbetäubenden Jubel aus, dass Heath mir regelrecht ins Ohr schreien musste.

»Ich glaube, wir gewinnen.«

Unsere Wertung war mit Abstand unsere persönliche Bestleistung, aber wir mussten uns noch gedulden, bis die Kanadier ihren Durchlauf beendet hatten, ehe wir Gewissheit bekamen, ob wir Gold geholt hatten.

Ich saß backstage zwischen Sheila und Heath, und mein vor Aufregung zappelndes Knie stieß immer wieder gegen die kühle

Seide ihrer Hose. Die Zwillinge waren in Los Angeles geblieben, wo sie sich auf den Sparkassen Cup vorbereiteten, ihr erster Grand-Prix-Wettkampf in dieser Saison. Sheilas ganze Aufmerksamkeit richtete sich also ausnahmsweise nur auf uns.

Endlich erschien unser Endergebnis auf der Anzeigetafel, und Heath umarmte mich stürmisch. Sheila tätschelte mir die Schulter und sagte: »Gut gemacht, Katarina.« Es war großartig, meine erste Goldmedaille in einem hochrangigen Wettbewerb zu gewinnen, aber diese Worte aus dem Mund meines Idols fühlten sich an wie ein Ritterschlag.

Wieder in Los Angeles, als wir zu unserem ersten Training kamen, fühlte ich mich wie auf dem roten Teppich. Wir wurden überschwänglich mit Glückwünschen zu unserem Sieg, warmem Lächeln oder auch kaltem Neid empfangen. Endlich waren Leute neidisch auf *uns*.

Außer den Lins natürlich, die Neid nicht nötig hatten.

»Da ist ja unser Goldmedaillen-Geburtstagskind!«, rief Bella aus, als sie mich erblickte. Sie kam durch die Eingangshalle auf mich zu und umarmte mich, eine Hand behielt sie aber hinter ihrem Rücken.

»Glückwunsch«, sagte Garrett. »Absolut verdient, alle beide. Wie war dein Geburtstag, Kat?«

Den größten Teil des Tages nach unserem Sieg hatten Presse-Interviews, ein Auftritt bei der Gala-Vorführung und ein festliches, vom Eiskunstlaufverband ausgerichtetes Dinner ausgefüllt. Die gesamte Zeit über war Sheila nicht von unserer Seite gewichen und hatte sämtliche schmeichelhaften Kommentare mit einer ruhigen und gelassenen Selbstverständlichkeit entgegengenommen, von der ich mir am liebsten eine gehörige Dosis intravenös injiziert hätte. Noch nie hatte ich so viel Zeit in ihrer Gegenwart verbracht.

An unserem letzten Abend in Colorado Springs hatte Heath seine ihm zugeteilten Zimmergenossen dazu gebracht, sich zu verziehen, damit er und ich das Hotelzimmer für uns allein hatten. Ich berichtete den Zwillingen, wie er das Standardzimmer im Sheraton in eine romantische Kulisse verwandelt hatte: Die Spanplattenkommode war mit Kerzen gesäumt, auf der Matratze waren künstliche Rosenblütenblätter verstreut, Portishead kam aus dem CD-Player. Er hatte sogar einen Schokoladenkuchen mit Buttercreme-Glasur organisiert, wie ihn mein Vater mir früher immer zum Geburtstag gekauft hatte.

»Echt lieb von ihm«, sagte Bella. »Ich habe auch etwas für dich.«
»Du musst mir doch nichts schenken«, protestierte ich.
Bella verdrehte die Augen. »Hör schon auf mit diesem Mittlerer-Westen-Quatsch. Wenn dir jemand in Kalifornien etwas schenkt, sagst du einfach *Danke*.«

Sie überreichte mir, was sie hinter ihrem Rücken versteckt gehalten hatte: eine kleine, zauberhaft verpackte Schachtel. Heath guckte mir über die Schulter, als ich behutsam das mit Metallic-Effekt schimmernde Geschenkpapier entfernte. Zum Vorschein kam ein rotes Rechteck aus Plastik voller kleiner Tasten. Ein Handy.

»Es ist das gleiche wie meins, siehst du?« Bella hielt ihr Handy hoch – es war blau statt rot, aber ansonsten identisch. »Die gibt es in den Vereinigten Staaten noch gar nicht zu kaufen. Du kannst damit Musik abspielen und alles Mögliche machen. Ich habe die Musik von unserem Programm auf meinem, damit ich sie unterwegs hören kann.«

»Danke.« Ungläubig drehte ich das Gerät hin und her. »Ich hatte noch nie ein eigenes Telefon.«

»Eben deswegen. Ich dachte, es wird höchste Zeit, dass du auch mal im einundzwanzigsten Jahrhundert ankommst.«

Ich drückte auf eine der Tasten, und der digitale Bildschirm leuchtete auf. Bella hatte bereits ihre Nummer und die von Garrett in die Kontakte eingegeben.

»Wir sollten auch zusammen essen gehen«, schlug Bella vor. »Ich schick dir eine SMS mit den Infos. Vergiss nur ja nicht, es stumm zu schalten – wenn das Ding im Training losgeht, wird meine Mom es sofort konfiszieren.«

»Bist du dir sicher, dass essen gehen so eine gute Idee ist?«, fragte Heath, als die Zwillinge wieder gegangen waren. »Wir haben unser Preisgeld doch noch nicht und ...«

»Das geht schon in Ordnung. Ich kann ja jetzt über mein Erbe verfügen, schon vergessen?«

Die Summe, die mein Vater mir in seinem Testament vermacht hatte, würde uns alles andere als reich machen, aber doch eine Weile über Wasser halten. Im vergangenen Jahr hatten Heath und ich uns mit Jobs bei diversen Veranstaltungen durchgeschlagen, die gelegentlich abends oder am Wochenende an der Academy stattfanden. In manchen Monaten waren wir gut bei Kasse, weil wir üppige Trinkgelder von den wohlhabenden Gästen erhielten, die die Eislauf-Vorführungen, Modenschauen und Wohltätigkeitsveranstaltungen besuchten, zu denen Sheila regelmäßig einlud. Es hatte aber auch Zeiten gegeben, in denen wir für jede zerknitterte Dollarnote dankbar waren, die wir uns borgen konnten, und um Stundung unserer Trainingsgebühren bitten mussten. Ich war dankbar für die Jobs, aber wie sollten wir je schaffen, die Lins zu überflügeln, wenn wir die wenigen freien Stunden, die wir nicht auf dem Eis verbrachten, in Kellner-Livree in der Ecke standen und dabei zusahen, wie sie mit den oberen Zehntausend von Los Angeles Small Talk machten?

Die Lins bewegten sich so völlig mühelos durch die Welt und bekamen, was immer sie wollten, ohne dafür kämpfen oder arbeiten zu müssen – nicht einmal bitten mussten sie. Ich hatte das Gefühl, in ihrem Windschatten zu segeln. Ich musste mich nur direkt hinter ihnen halten, dann würde ich mein Ziel erreichen.

Solange ich nur immer einen Schritt hinter ihnen blieb.

In der Mittagspause zog ich mich mit meinem neuen Telefon in eine der Umkleidekabinen zurück und rief bei der Bank in Illinois an. Das Plastikding in meiner Hand fühlte sich eigenartig an, wie ein Kinderspielzeug – aber ich kam mir unglaublich erwachsen vor, als ich mich der Bankangestellten vorstellte und erklärte, weshalb ich anrief.

»Herzlichen Glückwunsch nachträglich, Ms. Shaw«, sagte sie. »Lassen Sie mich nachsehen.«

Ich nannte ihr die Kontonummer und lauschte den flinken Tastenanschlägen, als sie die Daten in den Computer eingab. Alles lief nach Plan. Heath und ich wurden bei Wettbewerben immer besser. Wir hatten unsere ersten Goldmedaillen errungen. Wenn wir uns bei unserem zweiten Turnier, dem Grand Prix in St. Petersburg, genauso gut schlugen, könnten wir es womöglich bis zum Grand Prix Final schaffen – was eine hervorragende Vorbereitung auf die Nationals wäre. Wenn wir so weitermachten, könnten wir uns sogar für die Weltmeisterschaften im Frühjahr qualifizieren.

Und dann würden zweifellos Angebote von Sponsoren folgen. Wer nicht gerade Olympiasieger war, konnte mit Werbeverträgen kaum reich werden. Aber in Kombination mit dem Geld aus meiner Erbschaft könnten sie uns mehr Spielraum geben. Wir hätten nicht mehr jedes Mal Angstschweiß auf der Stirn, wenn wir mal essen gingen. Vielleicht könnten wir auch aus dem Wohnheim ausziehen und uns etwas Eigenes suchen. Auch wenn das wahrscheinlich auf eine winzige Bude in einem der eher unsicheren Stadtviertel hinauslaufen würde, wären wir endlich für uns.

»Vielen Dank für Ihre Geduld, Ms. Shaw. An Ihrem achtzehnten Geburtstag haben Sie ganz richtig Zugang zu dem genannten Konto erhalten. Allerdings ist dort aktuell kein Guthaben verzeichnet.«

Mein Griff um das Telefon wurde fester. »Wie bitte?«

»Der Kontostand ist null Dollar. Das heißt, genau genommen ist die Bilanz negativ, da kürzlich mehrere Male Zinsen für einen Dispokredit angefallen sind. Möchten Sie das Konto heute gern ausgleichen?«

»Wer hat denn das Guthaben entnommen?« Ich gab mir Mühe, Haltung zu bewahren, aber meine Stimme zitterte dennoch. Sicher lag irgendein Irrtum vor. Der Anwalt meines Vaters hatte das Geld auf ein anderes Konto übertragen, oder …

»Der bisherige Hauptnutzer des Kontos«, gab die Angestellte zur Auskunft. »Leland Shaw.«

KAPITEL 20

Ich durfte Heath auf keinen Fall erzählen, was passiert war. Er wäre imstande, von unseren letzten Dollars ein Flugticket nach Illinois zu kaufen, um Lee die Zähne einzuschlagen.

Lee war mein Bruder. Also mein Problem. Ich war entschlossen, die Sache selbst in Ordnung zu bringen.

Ich tippte also die alte Telefonnummer meiner Kindheit in das nagelneue Handy. Ich ließ es lange läuten, doch niemand nahm ab.

Gerade wollte ich wieder auflegen, als sich endlich jemand meldete. »Hallo?« Eine Frauenstimme, heiser und irgendwie leicht lasziv.

»Hi.« Ich versuchte, mir meine Wut nicht anmerken zu lassen. Wer immer das war, diese ganze Geschichte war nicht ihre Schuld. »Ist Lee da?«

»Wer spricht denn da?«

Selbst durch den Dunstschleier der Substanzen, die sie zu sich genommen hatte, war ihre Eifersucht herauszuhören. Wie mein Vollidiot von Bruder es schaffte, dass sich all diese Frauen mit ihm abgaben, ja sogar um ihn wetteiferten, ging über meinen Verstand.

»Katarina«, sagte ich. »Seine Schwester.«

Rascheln, als sie das Telefon weiterreichte.

»Jaa?«, nuschelte Lee, und mehr musste ich nicht hören, um zu wissen, dass er sternhagelvoll war. Erst Jahre später erkannte ich, dass er krank gewesen war. Aber alles, was ich mit achtzehn dachte, war, dass mein älterer Bruder mir mal wieder das Leben versaute.

»Wo ist es, Lee?«

»Katie? Bist das wirklich d...«

»Was hast du mit meinem Geld gemacht?«

»*Deinem* Geld?« Sein meckerndes Lachen endete in einem heftigen Hustenanfall. »Das soll wohl ein Witz sein.«

»Dad hat mir Geld hinterlassen. Ich bin jetzt achtzehn, also ...«

»Also was? Wir wissen beide, dass du schon mehr abgekriegt hast, als dir verdammt noch mal zusteht.«

»Was soll das denn heißen?«

»Das ganze Geld, nur damit du auf dem Eis herumhüpfen kannst, und die ganzen feinen Kleidchen, die du ständig anhast, Prinzessin. Hast du eine Ahnung, was Dad *mir* hinterlassen hat? Nichts als einen Haufen Ärger.«

Ich schüttelte den Kopf. »Nein. Du lügst. Du hast alles für Drogen oder was weiß ich auf den Kopf gehauen ...«

»Er hat Kredite aufgenommen, damit du und der kleine widerliche Schmarotzer auf eure dämlichen Wettbewerbe konntet. Tut mir leid, dir das sagen zu müssen, Schwesterherz, aber die Hälfte von nichts ist nun mal nichts.«

Mir war klar, dass Eiskunstlauf ein teurer Sport war und meine Familie nicht über Reichtümer verfügte. Aber mein Vater hatte sich nie beklagt und nie eine Andeutung über Geldprobleme gemacht. Er hatte einfach immer weiter Schecks ausgestellt.

Wenn Lee tatsächlich auf mein Treuhandvermögen hatte zurückgreifen müssen, um die Schulden meines Vaters zu bezahlen, hätte er das vorher mit mir besprechen müssen. Nicht dass ich in den vergangenen zwei Jahren so ohne Weiteres zu erreichen gewesen wäre, aber meines Wissens hatte er nie auch nur den Versuch unternommen.

»Dann lass uns das Haus verkaufen, wenn du so knapp bei Kasse bist«, schlug ich vor.

»Kommt überhaupt nicht infrage«, bellte er zurück, und jedes Lallen in seiner Stimme war schlagartig verschwunden.

»Und warum nicht?«

»Unsere Vorfahren haben dieses Haus mit ihren eigenen Händen gebaut, Katie, es ist ...«

»Hör auf, mich Katie zu nennen.«

»Unsere Eltern sind hier begraben.«

»Und du warst noch nicht ein einziges Mal an ihrem Grab, *Leland*.«

»Kann dir doch egal sein. Du bist einfach abgehauen. Hast mich hier allein gelassen.«

Fehlte bloß noch, dass er behauptete, mich zu vermissen.

Die Leitung war plötzlich still.

»Lee?« Ich krallte die Fingernägel in die glatte Oberfläche des Handys. »*Lee*.«

Er hatte einfach aufgelegt.

Mit einem frustrierten Aufschrei ließ ich das Klapphandy zuknallen.

»Alles in Ordnung?«

Ich blickte auf und sah, dass die Tür offen war und Garrett Lin auf der Schwelle stand. Na großartig, das war mal wieder perfektes Timing.

Eins hatte ich an der Lin Ice Academy gelernt: Wie man vollkommen ruhig und gefasst wirkt, auch wenn es in einem nur so brodelt. Ich machte einen tiefen Atemzug, um meinen rasenden Puls zu beruhigen. Goldmedaillengewinnerinnen schrien nicht herum, sie weinten bestenfalls hübsche, fotogene Tränen.

»Ja, alles bestens«, erwiderte ich. »Hab nur gerade eine schlechte Nachricht erhalten.«

Garretts Brauen zogen sich zusammen. »Das tut mir leid. Kann ich dir irgendwie helfen?«, fragte er besorgt.

»Nein, nein. Es war eher so eine Art Missverständnis. Mein großer Bruder hat Geld ausgegeben, das eigentlich für meine Trainingsgebühren im nächsten Monat gedacht war.«

Und das Geld für übernächsten Monat und für jeden verdammten Monat bis zu den Nationals.

»Ich wusste gar nicht, dass du einen Bruder hast.« Garrett lehnte sich gegen den Türrahmen. Ich hätte schwören können, dass er jedes Mal, wenn ich ihn sah, wieder ein Stück gewachsen war. Er war inzwischen fast einen Kopf größer als Bella. »Lebt er in Illinois?«

Ich nickte. Obwohl ich mittlerweile so viel Zeit mit den Lins verbrachte, sprachen wir selten über etwas anderes als übers Eislaufen. Niemand an der Academy wusste irgendetwas über mein früheres Leben. Das Einzige, was ich von da in mein neues Leben mitgenommen hatte, war Heath.

»Wenn du willst, spreche ich mal mit meiner Mom«, schlug Garrett vor. »Ich bin sicher, es ist überhaupt kein Problem, wenn du ein bisschen später zahlst.«

Ich behielt lieber für mich, dass seine Mutter uns bereits mehrmals großzügig Aufschub gewährt hatte. Das Preisgeld aus dem Grand-Prix-Turnier würde vermutlich ausreichen, um die Lücke zu füllen, aber ohne mein Erbe müssten wir erneut Schulden machen. Die Wahrscheinlichkeit, auch den nächsten Wettkampf zu gewinnen, war verschwindend gering, da wir sowohl gegen die Lins als auch gegen ein russisches Team antreten würden.

»Schon okay, ich regle das schon irgendwie.«

»Vielleicht kann ich ja helfen«, bot Garrett an.

»Das ist wirklich nett von dir, Garrett.« Wenn er mich bemitleidet hätte, hätte ich wenigstens wütend auf ihn sein können, aber Garrett war so verflucht lieb und meinte es ernst. Ich fragte mich, wie es wohl gewesen wäre, ihn als Bruder zu haben und nicht den Vollversager, den ich am Hals hatte. »Aber ich kann mir unmöglich Geld von dir leihen.«

»Das meinte ich gar nicht.« Er trat einen Schritt auf mich zu und ließ die Tür hinter sich zufallen. »Hast du am nächsten Samstag schon was vor? Ich könnte dir eventuell einen Job vermitteln.«

Ein Fotoshooting für eine Werbekampagne eines Sportartikelherstellers, erklärte Garrett. Bella würde auch dort sein. Das Unternehmen war nicht sonderlich groß und mehr auf dem asiatischen Markt bekannt, aber sie seien immer auf der Suche nach neuen Gesichtern.

»Sie zahlen nicht besonders viel«, erklärte er. »Aber der Designer ist ein alter Bekannter meiner Mutter, und wenn du ihm gefällst, kannst du mit weiteren Buchungen rechnen.«

»Danke für das Angebot.« Ich zögerte und kaute an meiner Unterlippe.

»Aber?«

»Na ja, ich meine, ich bin nun nicht gerade der Modeltyp.«

»Spinnst du?« Er lächelte. »Du siehst fantastisch aus.«

Er will nur nett sein. Das hatte ich Heath auf der Party zum vierten Juli erklärt, und hier in der Umkleidekabine mit Garrett Lin sagte ich mir das Gleiche.

Heath würde das überhaupt nicht gefallen. Aber Heath musste ja nichts davon erfahren – weder von dem Modeljob noch von dem fehlenden Treuhandvermögen. Ich würde das alles selbst in die Hand nehmen und uns voranbringen, und wir würden bald die nächste Goldmedaille gewinnen.

»Danke«, sagte ich zu Garrett. »Ich mach's.«

GARRETT LIN: Ich will nicht leugnen, dass meiner Schwester und mir gewisse Vorteile in die Wiege gelegt worden sind. Aber wir hatten auch ständig hohe Erwartungen zu erfüllen.

KIRK LOCKWOOD: Die Lins hatten eine überragende Saison. Shaw und Rocha haben sich ebenfalls sehr ordentlich geschlagen, aber mehr als Gold bei Skate America war eben nicht drin gewesen.

Bei den U.S. National Championships 2002 in Los Angeles erringen Bella und Garrett Lin zum dritten Mal in Folge die Silbermedaille. Katarina Shaw und Heath Rocha stehen ebenfalls auf dem Siegerpodest, sie hatten es auf den vierten Platz geschafft.

GARRETT LIN: Wir waren praktisch noch Kinder, aber weil wir Sheila Lins Kinder waren, genügte es nicht, dass wir bei Wettbewerben mitmachten. Alle erwarteten von uns, dass wir gewannen.

JANE CURRER: Einige Leute hielten es für einen Fehler, dass wir die Lins für Salt Lake nur als Ersatzteam vorsahen, anstatt sie ins olympische Team aufzunehmen.

GARRETT LIN: Ich hatte überhaupt kein Problem damit, als Ersatz aufgestellt zu werden. Unsere Zeit war eben noch nicht gekommen. Meine Schwester sah das allerdings ganz anders ...

KIRK LOCKWOOD: Unmittelbar im Anschluss an die Olympiade ist genau der richtige Zeitpunkt für die nächste Generation Eiskunstläufer, einen Gang höher zu schalten und sich für die nächsten Spiele in Position zu bringen.

JANE CURRER: Die Weltmeisterschaften finden nur wenige Wochen nach den Olympischen Spielen statt, weswegen viele Athleten, die bei der Olympiade angetreten sind, die Weltmeisterschaften auslassen. Oder ihren Rückzug aus dem aktiven Sport ankündigen.

Bei den Olympischen Spielen 2002 in Salt Lake City liefert das frühere amerikanische Spitzenteam im Eistanz, Elizabeth Parry und Brian Alcona, eine enttäuschende Performance voller Patzer ab. Bei einer Pressekonferenz kurz nach der Olympiade geben sie ihren sofortigen Rückzug bekannt.

KIRK LOCKWOOD: In Jahren, in denen die Olympiade stattfindet, sind die Weltmeisterschaften eine einmalige Gelegenheit für den Nachwuchs.

JANE CURRER: Nachdem Parry und Alcona nicht mehr antreten wollten und Reed und Branwell sich entschieden, die Weltmeisterschaften zu überspringen, hatten auch weniger hochrangige Teams eine Chance.

GARRETT LIN: Das US-Team bei den Weltmeisterschaften 2002 bestand aus Bella und mir, Kat und Heath und Josie und Ellis.

ELLIS DEAN: Niemand nahm ernsthaft an, dass Josie und ich irgendjemandem gefährlich werden könnten. Okay, außer Josies Dad vielleicht, aber der dachte auch, Ronald Reagan wäre der größte Präsident aller Zeiten – also …

Im geteilten Bildschirm, Grand-Prix-Serie 2001: Katarina und Heath ganz oben auf dem Siegertreppchen bei Skate America, Bella und Garrett, wie sie ebenfalls Goldmedaillen beim Cup of Russia in Empfang nehmen.

ELLIS DEAN: Nein, es ging ausschließlich um Lin und Lin gegen Shaw und Rocha. Ein Wettstreit, der sich zu einem regelrechten Showdown entwickeln sollte. Nur nicht so, wie wir alle das erwartet hatten.

KAPITEL 21

Als ich am Morgen des Finales der Weltmeisterschaften 2002 aufwachte, war ich sicher, das würde der beste Tag meines Lebens werden.

Der Kürtanz sollte erst am Abend stattfinden, und Bella schlug vor, dass wir uns tagsüber ein Wellnessprogramm gönnen könnten. Sie hatte auch ihren Bruder und Heath dazu eingeladen. Garrett lehnte ab, weil er sich mit einer Gruppe anderer Eiskunstläufer ein paar Shinto-Schreine in der Gegend ansehen wollte. Heath lehnte aus Prinzip ab.

»Was kostet so ein Tag im Spa überhaupt?«, wollte er wissen, als ich mich im grauen Morgenlicht anzog. Er lag ausgestreckt auf dem dünnen Futon zu meinen Füßen. Um ein eigenes Zimmer in dem offiziellen Mannschaftshotel zu ergattern, hatten wir uns mit typisch japanischen Schlafarrangements abfinden müssen, die die anderen Nicht-Asiaten nicht wollten.

»Keine Ahnung. Bella zahlt ja.« Ich war spät dran, und mein Handy schnarrte schon die ganze Zeit, weil sie eine Textnachricht nach der nächsten schickte.

»War ja klar.« Er lehnte sich an die mit Buchweizenschalen gefüllten Kissen und griff nach seinem Walkman. Aus den Kopfhörern tönte Nine Inch Nails. »Du solltest dich beeilen. Du wirst doch Ihre Hoheit nicht warten lassen.«

Die Lins residierten in einem Viersternehotel einige Straßen weiter. Bella erwartete mich in der Lobby, in der es so still wie in einer Bibliothek war, und schleuste mich in den Frühstücksraum ein, damit ich mir noch einen Teller mit frischen Soba-Nudeln und Shinshu-Äpfeln füllen konnte. Anschließend brachte uns ein Privatwagen pfeilschnell zu einem von heißen Quellen gespeisten Thermalbad außerhalb von Nagano, wo wir uns stundenlang abwechselnd in kalten und dampfenden, warmen Bädern rekelten, bis meine Muskeln herrlich geschmeidig waren und meine Haut regelrecht leuchtete.

»Ihr habt echt gute Chancen auf Bronze«, sagte Bella auf dem Rückweg in die Stadt. Wir hatten es uns beide auf dem Rücksitz bequem gemacht und dufteten noch nach den natürlichen Essenzen aus handgepflückten Pflanzen, die das Markenzeichen des Spa waren und aus derselben Bergregion stammten, die gerade hinter den getönten Fensterscheiben an uns vorbeiflog.

»Meinst du?«

Sie nickte. »Vielleicht sogar Silber, wenn es die Russen weiter so vermasseln.«

Nach dem Originaltanz lagen Heath und ich auf Rang vier, einen knappen Punkt hinter dem französischen Paar und weit vor den Kanadiern, die wir bei Skate America schlagen würden. Die Russen waren in der Erwartung angetreten, das Siegertreppchen wie bei der Olympiade für sich zu beanspruchen, aber dann hatten einige Fehler dazu geführt, dass ein Team ganz ausgeschieden war und nur noch Jelena Volkova und ihr Partner – die in Salt Lake Bronze gemacht hatten und als Favoriten für den Weltmeistertitel galten – im Rennen waren und nun hinter den Lins auf dem zweiten Platz lagen.

»Arielle und Lucien haben schon die ganze Saison über Schwierigkeiten mit ihrer Hebungskombination«, konstatierte Bella. »Außerdem ist da null Chemie zwischen den beiden, und das wird erst so richtig deutlich, wenn sie gleich nach euch dran sind. Wenn ihr technisch sauber lauft, könnt ihr sie überholen.«

Damals fühlte ich mich geschmeichelt. Rückblickend verstehe ich jedoch, was sie mir eigentlich sagen wollte: Heath und ich hatten die Chance auf eine Medaille, aber Gold war für uns unerreichbar. Denn dass wir ihr und Garrett Gold streitig machen würden, war vollkommen ausgeschlossen.

Heath konnte nicht begreifen, warum ich das überhaupt wollte. Er freute sich über jeden Sieg, doch ihm fehlte dieser nagende Ehrgeiz, der, wenn ein Ziel erreicht war, sofort das nächste ins Visier nahm.

Bella musste ich das nicht erklären. Sie trug genau den gleichen Hunger in sich. Und das bedeutete, dass sie mich in gewisser Weise besser kannte, als Heath mich trotz unserer gemeinsamen Vergangenheit je kennen würde.

Für mittags hatte Bella einen Tisch in einem Restaurant reserviert, das für sein zartes Fleisch von Rindern bekannt war, die mit den gleichen süßen Äpfeln aus der Gegend um Nagano gefüttert wurden, wie wir sie zum Frühstück bekommen hatten. Heath hatte murrend zugesagt.

Heath wartete bereits mit hochgezogenen Schultern auf dem windigen Gehsteig, als der Fahrer Bella und mich in der Nähe des Zenkoji-Tempels absetzte. Ich dagegen spürte die Kälte kaum. Es war, als trüge ich eine kleine Sonne in mir, die meinen ganzen Körper mit einer sanften Glut erfüllte.

»Wir war's im Spa?«, erkundigte sich Heath und streckte die Arme nach mir aus.

»Fantastisch!« Ich küsste ihn – seine Lippen fühlten sich an wie kalter Marmor. »Die hatten viele verschiedene Becken, und in dem Wasser sind spezielle Mineralien, und ...«

»Ich bin kurz vorm Verhungern«, stöhnte Bella. »Ich könnte eine ganze Kuh verschlingen.«

Sie hakte sich bei mir unter und zog mich weiter. Heath folgte uns. Das Restaurant befand sich in einer Nebenstraße unweit des Weges, der zum Tempeleingang führte. Nagano war eine eigenartige Mischung aus alt und modern. Bürokomplexe aus Stahl und Glas und Fast-fashion-Läden wechselten sich ab mit Schreinen in

Pagodenform und sorgfältig gepflegten Meditationsgärten. Sogar hinter unserem Hotel gab es etwas versteckt einen traditionellen Zen-Garten, der von zwei lächelnden Steinlöwen bewacht wurde. Heath hatte ihn sich schon die ganze Zeit über ansehen wollen, aber ich hatte ihm gesagt, wir sollten damit bis nach dem Wettkampf warten.

Bella beschleunigte den Schritt und schlängelte sich zwischen den langsam schlendernden Touristen hindurch. Bereitwillig ließ ich mich von ihr mitziehen, doch dann blieb ich wie angewurzelt stehen. Mit offenem Mund starrte ich auf eine Reklametafel.

»Was ist?«, sagte Bella. Dann sah sie es auch.

An der Mauer des Gebäudes vor uns hing ein riesiges Foto von zwei Models, die in hautenger schwarzer Kleidung posten.

Garrett Lin. Und ich.

Als Garrett erwähnt hatte, dass es sich um eine in Asien populäre Modemarke handelte, hatte ich an Werbeanzeigen gedacht, die in südkoreanischen Hochglanzmagazinen oder an Bushaltestellen in Peking zu sehen sein würden. Aber nicht an so etwas.

»Bitch!« Bella versetzte meinem Oberarm einen spielerischen Klaps. »Du siehst scharf aus!«

Heaths Schritte hinter uns waren schneller geworden.

»Was hat das zu bedeuten?«, zischte er mit zusammengepressten Zähnen.

KAPITEL 22

Der Tag des Fotoshootings war mir nur noch verschwommen in Erinnerung. Gleißende Scheinwerfer und pulsierende elektronische Musik und ein Fotograf, der ständig Kommandos rief: *Rücken durchdrücken, Kopf zur Seite, noch etwas, ja, ja genau so, so bleiben, auf keinen Fall bewegen.* In dem Studio war es eiskalt, und nur mit äußerster Konzentration konnte ich verhindern, dass ich jedes Mal zusammenzuckte, wenn Garretts klamme Hände meine Haut streiften. Alles in allem war es eine bizarre Erfahrung, peinlich auch irgendwie. Nicht im Entferntesten sexy.

Dem fertigen Produkt war das jedoch nicht im Mindesten anzusehen. Auf der Plakatwand sah man Garrett mit bloßem Oberkörper und in einer so eng anliegenden Hose, dass es eine Ballettstrumpfhose hätte sein können, während ich knappe Shorts und ein bauchfreies Top mit schmalen Trägern anhatte, das meine Brüste nur notdürftig bedeckte. Mein Bein war um seine Hüfte geschlungen, seine Hand hielt meinen nackten Oberschenkel, und wir blickten einander tief und vermeintlich verliebt in die Augen.

Was allerdings nicht der Fall gewesen war – ich wusste noch genau, dass ich stattdessen abwechselnd auf sein Ohr oder die Haarlocke auf seiner Stirn gestarrt hatte, weil die Nähe mir unangenehm gewesen war. Trotz allem war es dem Fotografen gelungen, es so aussehen zu lassen, als blickte ich nicht in Garretts Augen, sondern tief in seine Seele.

Heath jedoch würdigte mich nun keines Blickes mehr.

»Mir ist der Appetit vergangen«, murmelte er, drehte sich auf dem Absatz um und ging den Weg zurück, den wir gekommen waren.

Ich wollte ihm schon hinterher, doch Bella hielt mich am Arm fest.

»Lass ihn. Er benimmt sich wie ein Idiot.«

»Aber wir müssen heute Abend aufs Eis.«

»Ja und, willst du ihn jetzt um Vergebung anflehen? Vergiss es. Du hast nichts falsch gemacht.«

Ich hatte ihn angelogen – ihm etwas verheimlicht, genauer gesagt. Weil ich genau wusste, wie er reagieren würde.

Mein erster Impuls war, seine verletzten Gefühle zu besänftigen, wie ich es normalerweise getan hätte. Aber als ich das Werbeplakat betrachtete, hatte ich plötzlich keine Lust, mein normales Ich zu sein. Ich wollte die toughe, selbstbewusste Frau sein, die auf dem Foto abgebildet war. Die Frau dort oben würde sich nicht entschuldigen oder wortreiche Beteuerungen abgeben.

»Du hast recht.« Ich hängte mich wieder bei Bella ein. »Lass uns essen gehen.«

Heath ließ sich erst wieder blicken, als es Zeit war, zur Eishalle loszufahren. Der Shuttlebus war brechend voll, sodass ihm nichts anderes übrig blieb, als sich neben mich zu setzen, aber es war offensichtlich, dass er immer noch sauer war. Während die anderen Eistänzer sich unterhielten, sagte Heath auf dem Weg zur M-Wave-Arena nicht ein einziges Wort.

Die gestufte Form des Stadiondachs sollte angeblich die bergige Umgebung von Nagano widerspiegeln. Auf mich wirkte es eher wie ein Gürteltier, das sich ins frostdürre Gras duckte. Doch als ich die Arena das erste Mal betrat, schlug mir allein wegen der Tatsache, dass ich mich in einer der Spielstätten der Olympiade von 1998 befand, vor Aufregung das Herz bis zum Hals. Heath und ich hatten sie im Fernsehen verfolgt, als wir vierzehn gewesen waren, und nur vier Jahre später standen wir hier und würden im Finale unserer ersten Weltmeisterschaft antreten.

Zwar traten wir zusammen an, ignorierten einander jedoch vollkommen. Unsere Aufwärmroutine absolvierten wir getrennt voneinander. Für meine Dehnübungen gaben mir die Betonwände den nötigen Halt und Widerstand anstatt wie sonst Heaths Hände.

Sobald wir auf dem Eis wären, so hoffte ich, würde uns schon das Muskelgedächtnis – oder einfach die Gewohnheit – zu Hilfe kommen. Doch Heath nahm nicht einmal beim gemeinsamen Einlaufen der Teams meine Hand. Wenn ich mit meinem Make-up fertig war, malte ich ihm üblicherweise mit dem Eyeliner eine schmale Linie entlang seiner Wimpern, damit sein Mienenspiel auch in den hinteren Reihen noch gut zu erkennen war. Doch auch das übernahm er lieber selbst. Das Ergebnis war ein viel zu breiter Strich, der ihm einen irgendwie wilden Gesichtsausdruck verlieh. Steif und ungelenk hielten wir uns mit großem Abstand zueinander am Rande der Eisfläche, während unsere Mitstreiter in perfektem Einklang an uns vorbeiwirbelten.

Von ihrem Platz hinter der Bande sahen die Coaches zu. Das kanadische Trainerteam stand zwischen Sheila und Veronika Volkova, als spürten sie instinktiv, dass ein wenig Puffer nicht schaden konnte. Veronikas gefärbte Haare waren noch blonder als zu ihren Zeiten als aktive Eistänzerin, und der effektvoll hochgestellte Kragen ihres Zobelmantels betonte ihre markanten Wangenknochen. Sie war eine der wenigen Frauen im Eistanz, die sogar noch größer waren als ich – allerdings überragte ihr Partner Michail sie mit seinen mindestens ein Meter achtzig auch ohne Schlittschuhe.

Jelena Volkova hatte ebenfalls helles Haar und die gleichen schmalen katzenartigen Augen wie ihre Tante, doch darüber hinaus hatten die beiden nichts gemein. Jelena war gerade erst sechzehn geworden, doch sie war sehr klein und wirkte so zerbrechlich, dass sie auch als jünger durchgehen konnte. Ihr Partner – Nikita

Zolotov, Michails Sohn – war bereits mindestens Mitte zwanzig, was den Eindruck, dass er mit einem kleinen Mädchen lief, noch verstärkte.

Zwei Minuten vor Ende des Aufwärmlaufs winkte Sheila Heath und mich zu sich. Ich rechnete mit dem Schlimmsten – aber wenn es ihr gelang, Heath aus seiner Schmollecke herauszuholen, sollte es mir das wert sein.

Doch Heath streifte sich nur seine Kufenschoner über und verschwand in die entgegengesetzte Richtung, sodass ich mich Sheila allein stellen musste.

»Tut mir leid.« Die Worte, die ich um keinen Preis zu Heath sagen wollte, purzelten unter dem durchdringenden Blick unserer Trainerin nur so aus mir heraus. »Heath ist sauer auf mich, weil ich ...«

Sheila hob die Hand. »Interessiert mich nicht. Sie sind in fünf Minuten dran. Vertragen Sie sich wieder mit ihm.«

»Wieso bin ich diejenige, die sich entschuldigen soll?«

Noch während die Worte aus mir herausplatzten, wollte ich sie am liebsten wieder einfangen. So sprach niemand mit Sheila Lin.

Zu meiner Überraschung erwiderte sie sanft: »Ich weiß, wie Sie sich fühlen, glauben Sie mir. Aber was ist Ihnen wichtiger, Ms. Shaw – Ihr Abschneiden im Wettbewerb oder Ihr Stolz?«

Ich sah nicht ein, weshalb ich mich entscheiden sollte. Doch dies waren die Weltmeisterschaften, und wir hatten echte Chancen auf die Bronzemedaille.

Also machte ich mich auf die Suche nach Heath, bereit, alles zu tun oder zu sagen, damit er mir verzieh – zumindest bis der Kürtanz vorüber war. Das Training an der Academy hatte mein Können als Eistänzerin enorm verbessert, aber ich hatte auch gelernt, unter großem Druck zu funktionieren. Ob man sich schlecht fühlte oder Schmerzen hatte oder so voller Wut war, dass man hätte schreien können – man trug immer ein Lächeln im Gesicht. Und es musste so glaubwürdig sein, dass jeder, der zusah – das

Publikum, die Preisrichter, sogar der Partner –, davon überzeugt war, dass es echt war.

Ich war gerade zwei Schritte in den Backstage-Bereich gekommen, als Garrett vor mir auftauchte.

»Hey, alles klar?«

»Alles bestens.« Ich versuchte, an ihm vorbeizuspähen, aber seine breiten Schultern verdeckten mir die Sicht. Er hatte noch seine oversized Team-USA-Jacke über dem hauchdünnen Kostüm an, das die Zwillinge zu ihrem düsteren Instrumentalstück zu Ehren der Opfer des 11. September trugen. Die Choreografie hatte zwar bereits Monate vor den Anschlägen festgestanden, aber ihre Mutter dachte gar nicht daran, eine perfekte Gelegenheit für gute PR auszulassen, wenn sie sich ihr bot. »Hast du zufällig H...«

»Bella hat mir von dem Plakat erzählt. Sie hat auch gesagt, dass Heath sich ziemlich aufgeregt hat.« Garrett beugte sich vor. »Willst du, dass ich mit ihm rede? Ich kann ihm gern erklären, dass da nichts ... war, oder ...«

»Danke für dein Angebot. Aber ich habe alles unter Kontrolle.«

Oder ich hätte es unter Kontrolle bekommen können, wenn ich Heath rechtzeitig fände. Die Fünftplatzierten waren bereits mit ihrem Programm gestartet, die Zeit lief also.

»Verstehe«, sagte Garrett. »Dann viel Glück da draußen. Ihr zwei habt es bis jetzt voll drauf.«

»Euch auch viel Glück.« Ich lächelte zu ihm hinauf. »Dann sehen wir uns auf dem Siegerpodest?«

»Wir sehen uns auf dem Siegerpodest.«

Garrett schlenderte davon und drückte im Gehen noch kurz meine Schulter. Das japanische Team wechselte gerade in den langsameren, gefühlvollen Teil ihrer Darbietung, was bedeutete, dass sie ihre Kür bereits zur Hälfte beendet hatten. Ich musste unbedingt Heath finden.

Doch da hatte er mich schon gefunden.

Bis vorhin hatte er mich mit kalter Missachtung gestraft. Jetzt loderte heiße Wut in ihm.

»Sorry«, sagte er. Genau das, was ich hören wollte, aber nicht so, wie ich es gern hören wollte. »Wolltet ihr lieber allein sein?«

»Hör auf damit.« Ich zog ihn hinter die aufgereihten Monitore, die die Japaner bei einer komplizierten Pirouettenkombination zeigten. »Garrett hat nur ...«

»Er hat dich angefasst.«

»Er hat *meine Schulter gedrückt*.«

»Ich sehe doch, wie er dich ansieht. Und nicht nur auf diesem Scheiß-Werbeplakat.«

»Das *Scheiß-Werbeplakat* ermöglicht uns hier zu sein.«

Heath runzelte die Stirn. »Was?«

»Ohne das Geld, das ich mit dem Fotoshooting verdient habe, hätten wir schon vor Monaten die Academy verlassen müssen.« Es hatte sich herausgestellt, dass, was in Garretts Augen *nicht besonders viel* war, eine größere Summe darstellte, als ich je auf einmal gesehen hatte, und sie unsere Kosten für den Rest der Saison auffing.

»Aber was ist mit deinem Treuhandgeld?«, fragte Heath.

»Hat Lee ausgegeben. Und zwar alles. Und hätte Garrett mir nicht diesen Job besorgt ...«

»Ich will nichts davon hören ...«

»*Und wenn Garrett nicht gewesen wäre*, hätten wir niemals an den Weltmeisterschaften teilnehmen können. Du solltest ihm dankbar sein.«

Heath verstummte, und ich erwartete, dass er jeden Moment so etwas sagen würde wie *Warum hast du mir nichts davon gesagt?*, von mir aus auch *Ich bringe ihn um* oder etwas in der Art – in Bezug auf Lee oder Garrett oder beide.

Stattdessen sagte er: »Fühlst du dich zu ihm hingezogen?«

Ich verdrehte die Augen. »Komm jetzt.«

»Antworte mir.«

Durch die Arena dröhnte der Applaus, als das japanische Team sich verbeugte. Wir hätten schon längst an der Bande bereitstehen müssen, um in dem Moment auf das Eis zu gehen, in dem sie im Kiss-and-Cry-Bereich Platz nahmen.

»Es war nur ein Fotoshooting, nichts weiter. Und jetzt müssen wir gehen, wir müssen ...«

»Es ist eine einfache Frage, Katarina. Ja oder nein.«

Eine verletzende Frage verdiente eine verletzende Antwort.

»Natürlich finde ich ihn anziehend. Er ist attraktiv.«

Heath öffnete den Mund und wollte etwas erwidern, aber ich ließ ihn nicht zu Wort kommen.

»Wenn du mir vertraust, sollte das alles keine Rolle spielen.«

»Dir vertrauen?«, schnaubte Heath. »Wie soll das gehen, wenn du mich anlügst? Du hast ständig Geheimnisse vor mir und machst hinter meinem Rücken mit ...«

»Weil ich wusste, dass du genau so reagieren würdest! Ich darf auch mit anderen Leuten befreundet sein, Heath.«

Der Applaus brandete erneut auf. Die Wertungen waren bekannt gegeben worden. Wir hatten unsere komplette Solo-Aufwärmrunde verpasst.

»Du bist so völlig anders, wenn du mit denen zusammen bist«, sagte er. »Ich erkenne dich kaum noch wieder.«

Aber das war doch der Grund, warum wir auf die Academy gehen wollten: um anders zu werden. Besser. Die bestmögliche Version unser selbst. Er hatte recht, ich hatte mich verändert.

Das Problem war, dass er sich überhaupt nicht verändert hatte. Er war immer noch derselbe Junge, den ich seit fast einem Jahrzehnt kannte, so verletzt und stur und unendlich einsam, dass ich die einzige Welt für ihn war.

Ganz egal, wie viel Liebe ich ihm schenkte, es würde nie genug sein. Er wollte alles für mich sein, so wie ich alles für ihn war.

Und ich würde immer mehr als das wollen.

»Als Nächstes treten an: Katarina Shaw und Heath Rocha für die Vereinigten Staaten von Amerika!«

»Wir sind dran.« Ich streckte die Hand aus. »Wir müssen los.«

Die Zuschauer wurden bereits unruhig, die Verzögerung sorgte für Verwirrung. Wenn wir nicht zwei Minuten nach Ankündigung unserer Namen auf dem Eis waren, würden wir disqualifiziert werden.

»Heath, bitte. Wir sind schon so weit gekommen. Das hier ist doch unser Traum, unser ...«

»Nein, Katarina.« Er seufzte und nahm meine Hand. »Das ist *dein* Traum.«

Katarina Shaw und Heath Rocha betreten die Eisfläche bei den Weltmeisterschaften 2002 in Nagano.

KIRK LOCKWOOD: Irgendetwas stimmte nicht, das konnte man vom ersten Augenblick an sehen.

Zoom-in erst auf Katarinas, dann auf Heaths Gesicht. Beide wirken versteinert, maskenhaft. Sie starren einander an. Aus der Musikanlage des Stadions ertönt Fever.

ELLIS DEAN: Was die beiden da abgezogen haben, war das Passiv-Aggressivste, das ich je gesehen habe – und, honey, ich komme aus dem Süden und weiß, wovon ich spreche.

Weitere Ausschnitte zeigen Shaws und Rochas Kür. Sie spulen einfach ihr Programm ab – ohne Verbindung, ohne einander anzusehen. Bei der Twizzle-Sequenz liegt Katarina eine volle Rotation vor Heath, der bei der letzten Drehung ins Stolpern gerät.

KIRK LOCKWOOD: Es war, als wäre die Flamme zwischen ihnen erloschen.

JANE CURRER: Wirklich bedauerlich, aber das ist der Nachteil, wenn man sich zu sehr auf ... Chemie verlässt.

Ein weiterer Moment, etwas später im Programm: Katarina streckt die Hand nach Heath aus, doch sie sind weiter auseinander, als sie sein sollten. Ihre Fingerspitzen berühren sich kurz, aber die Hände verfehlen sich.

GARRETT LIN: Ich fühlte mich elend. Schließlich hatten sie sich ja meinetwegen gestritten.

Schnitt auf Veronika Volkova, die kerzengerade auf einem roten Samtsofa in ihrer Moskauer Wohnung sitzt. Sie ist inzwischen über sechzig, ihr Haar schneeweiß.

VERONIKA VOLKOVA: Derartige kindische Seifenopern würden in Russland niemals geduldet werden.

Katarina und Heath haben ihr Programm absolviert. Sobald die Musik endet, lösen sie sich aus ihrer Schlusspose, als könnten sie es nicht ertragen, einander auch nur einen Augenblick länger zu berühren.

VERONIKA VOLKOVA: Persönliche Gefühle haben auf dem Eis nichts verloren. Es gab viele Tage, an denen Michail und ich den Anblick des anderen kaum ertragen konnten, aber ließen wir uns das anmerken? Natürlich nicht. Wir waren Profis.

GARRETT LIN: Ich hätte nicht zuschauen sollen. Sie so zu sehen, war schrecklich.

KIRK LOCKWOOD: Die Lins sind an dem Tag nicht zu ihrer üblichen Form aufgelaufen.

Bei dem Kürtanz der Lins während der Weltmeisterschaften 2002 verliert Garrett am Ende einer Hebung ganz kurz die Balance und lässt Bella um ein Haar fallen. Er fängt sich im letzten Moment, aber Bella wirft ihm einen wütenden Blick zu, ehe sie ihre Haltung wieder einnimmt.

GARRETT LIN: Es war mein Fehler. Und es fühlte sich an wie der Weltuntergang. Noch Jahre später lag ich manchmal nachts wach und dachte an diesen Tanz. Ich hatte meine Mutter, meine Schwester und mich enttäuscht, und konnte mir nichts Schlimmeres vorstellen. Schon seltsam, wie wenig Fantasie ich mit siebzehn hatte, hm?

KAPITEL 23

»*Auf dem ersten Platz der Weltmeisterschaften im Eistanz 2002...*«

Blitzlichtgewitter durchzuckt die Arena.

»*Jelena Volkova und Nikita Zolotov aus Russland!*«

Ihre geschlitzten kunstvollen Kostüme flatterten, als Jelena und Nikita Hand in Hand hinausliefen und den roten Teppich betraten, der auf dem Eis ausgerollt worden war.

»*Gewinner der Silbermedaille: Arielle Moreau und Lucien Beck aus Frankreich!*«

Die feierliche Holzblasmusik ging mir durch Mark und Bein. Lächelnd applaudierte ich ihnen, als sie ihre Plätze auf dem Siegertreppchen einnahmen. Ich wollte keine schlechte Verliererin sein.

Heath saß neben mir, die Hände im Schoß. Sein Zorn schien verraucht zu sein, er wirkte nur noch müde und niedergeschlagen. Ihm so nahe zu sein, ohne ihn zu berühren, fühlte sich eigenartig an.

Ich brachte es nicht über mich, ihn anzusehen. Sonst hätte ich schreien müssen.

»*Auf dem dritten Platz die Gewinner der Bronzemedaille: Isabella Lin und Garrett Lin aus den Vereinigten Staaten von Amerika!*«

Die Medaille, die für Heath und mich der krönende Erfolg gewesen wäre, war für Bella und Garrett nichts als ein Trostpreis. Als Bella sich vorbeugte, um sich Bronze umhängen zu lassen, wirkte sie so angespannt, als wollte man sie am Galgen aufknüpfen.

Undankbare Zicke, dachte ich und lächelte weiter.

»*Bitte erheben Sie sich für die Nationalhymnen der Sieger.*«

Wir standen auf. Heath streifte die Knöchel meiner Hand, und ich ballte unwillkürlich eine Faust. Wir hätten dort oben auf dem Podium stehen sollen, über uns hätte die amerikanische Flagge gehisst werden sollen. Stattdessen saßen wir als Zuschauer auf der Tribüne.

Er legte seine Hände um meine verkrampften Finger und beugte sich ganz nah zu mir, damit ich ihn trotz der triumphierenden Klänge der russischen Hymne hören konnte. »Nächstes Mal machen wir es besser.«

Ich riss mich von ihm los. Er zuckte zusammen, als hätte ich ihn geschlagen.

»Wie kommst du darauf, dass es ein nächstes Mal geben wird?«

Auf dem Weg zu den Weltmeisterschaften waren wir ein vielversprechendes Team gewesen, das aufmerksam beobachtet wurde. Seit diesem Tag waren wir nur noch eine Lachnummer. Seit unser erbärmlicher Punktestand über die Anzeigetafel geflimmert war, hatte Sheila nicht ein Wort an uns gerichtet – es würde an ein Wunder grenzen, wenn sie bereit wäre, uns eine weitere Saison lang zu trainieren. Oder sie würde es aus Mitleid tun, was schlimmer wäre. Mit einem weniger guten Coach – und in meinen Augen war niemand außer Sheila Lin wirklich gut – hätten wir keine Chance, uns jemals wieder aus der Bedeutungslosigkeit herauszuarbeiten.

Vielleicht war es das, worauf Heath es anlegte, bewusst oder unbewusst. Die Ice Academy zu verlassen, hieß, Kalifornien zu verlassen. Die Lins zurückzulassen. Dann hätte er mich wieder ganz für sich allein.

»*Meine Damen und Herren, und hier Ihre Medaillengewinner der Weltmeisterschaften 2002!*«

Die Gewinner drängten sich auf dem obersten Podest für die offiziellen Fotos zusammen, dann folgte die Siegerrunde um die Eisfläche herum. Ohne mich nach Heath umzusehen, ging ich die Stufen hinunter.

Als ich bei Bella und Garrett ankam, setzte ich ein so strahlendes Lächeln auf, dass mein Kiefer protestierte.

»Herzlichen Glückwunsch!«

Bella stand gleich vor mir, also umarmte ich sie zuerst. Aber ich achtete darauf, Garrett länger in die Arme zu schließen. Ich wusste, dass Heath uns beobachtete. Ich wollte ihm wehtun.

»Danke.« Bella wickelte sich das Medaillenband um das Handgelenk. »Tut mir leid wegen ...«

Ich wischte ihre Beileidsbekundung mit einer Handbewegung beiseite. »Schon in Ordnung. Wir sollten feiern.«

Bellas Augen leuchteten auf. »Lust auf Kohlenhydrate?«

»Absolut. Wo gehen wir hin?«

»Katarina.«

Heath war zu uns getreten. Ich drehte mich zu ihm, blieb aber zwischen den Zwillingen stehen – die Fronten waren abgesteckt. Garrett trat unbehaglich von einem Fuß auf den anderen.

»Können wir irgendwohin gehen und reden?«, fragte Heath.

»Wir gehen jetzt aus.« Meine Stimme war eiskalt, als hätte sich eine Frostschicht darüber gelegt.

»Dann wenn du wieder da bist.«

»Ich weiß noch nicht, wann ich zurück sein werde.«

»Katarina, bitte, ich ...«

»Warte nicht auf mich.«

KAPITEL 24

»Warum ist es bloß so verdammt kalt?«, beschwerte sich Bella auf dem kurzen Stück zwischen Auto und Restaurant. »Es ist schon fast Kirschblütenzeit, Herrgott noch mal!«
Ich widerstand dem Impuls, mit den Augen zu rollen. Seit unserem Ausflug zum Spa war die Temperatur zwar gefallen, aber es war nicht einmal kalt genug für Schnee. Feuchtigkeit hing in der Luft, die noch kein Regen, aber auch kein Nebel mehr war. Das Wetter erinnerte mich an Frühlingstage am Lake Michigan, als ich mit Heath morgens im Schneidersitz am Ufer saß und wir die Schaumkronen beobachteten.

Vermutlich war er zurück ins Hotel gegangen, um zu schmollen. Garrett wollte den Room Service kommen lassen und lieber in seinem Zimmer essen, sodass Bella und ich wieder zu zweit unterwegs waren.

Das Restaurant mit seinen bunten Papierlaternen über niedrigen Holztischen war gemütlich. Ein japanischer Eiskunstläufer hatte es empfohlen, und die meisten Gäste schienen Einheimische zu sein. Immerhin war das Lokal dennoch an Touristen gewöhnt, denn der Kellner legte mir ungefragt Gabel und Löffel neben mein Platzset. Bella bekam Stäbchen aus Ebenholz mit filigranen, ins Holz eingelegten Goldverzierungen.

Sie ließ den Mantel an und kuschelte sich an mich, während wir die Speisekarte studierten. Durch das dünne Sitzkissen konnte ich jede Unregelmäßigkeit in den Bodendielen spüren. Meine Hüften taten mir weh, und ich konnte nicht glauben, dass ich erst am Vormittag eine Massage bekommen hatte. Wie viel sich innerhalb eines Tages ändern konnte.

Heath und ich hatten uns noch nie so sehr gestritten. Ich hatte keine Ahnung, wie sich eine Trennung anfühlte – noch hatte ich keine erlebt.

Bella bestellte für uns beide auf Japanisch. Dank ihrer Kindheit als Globetrotter konnten Garrett und sie in ungefähr einem Dutzend Sprachen radebrechen.

Ich wusste nicht, was wir essen würden – doch dann kamen dampfende Teller mit Nudeln, eingelegtem Wurzelgemüse in Misobrühe und raffiniert gefaltete Teigtaschen mit frisch geriebenem Wasabi. Nach dem Wettkampf hätte ich eigentlich einen Riesenhunger haben müssen, aber mir war so flau, dass ich das Essen auf meinem Teller nur von einer Seite auf die andere schob.

Zwischen zwei Bissen sezierte Bella die Ergebnisse der Kür und stellte Vermutungen über voreingenommene Preisrichter und Absprachen hinter den Kulissen an, die sie und Garrett auf den dritten Platz geschoben hatten.

»Stimmt schon, wir haben unsere Twizzles verbockt. Aber Nikita war in der letzten Sequenz der Choreografie so knapp davor, das Gleichgewicht zu verlieren – ich meine, sind die Preisrichter denn blind?«

Als wir beim Dessert angelangt waren – glasierte Kastanientörtchen, die wie Bergspitzen im Schnee aussahen –, konnte ich es nicht länger mitanhören.

»Du bist erst siebzehn«, hielt ich ihr vor.

»Ja und?« Bella biss in ein Törtchen.

»Du bist siebzehn und die Drittbeste der *Welt*. Du weißt schon, dass das ziemlich gut ist, oder?«

»Aber wir hätten gewinnen können. Wir hätten mindestens Silber bekommen müssen.«

»Aber Heath und ich hätten einfach nur irre viel Glück gehabt, wenn wir Bronze geschafft hätten?« Ich stieß meine Gabel in die

Glasur, und eine kleine Lawine kandierter Maronen kullerte über meinen Teller.

»So habe ich es nicht gemeint.« Bella legte die Hand auf meine, bevor ich dem Kuchen noch größeren Schaden zufügen konnte. »Was war da eigentlich heute Abend los bei euch? Es kann doch nicht nur dieses doofe Werbeplakat gewesen sein.«

»Er denkt, dass zwischen mir und deinem Bruder was läuft.« Bella hob die Augenbraue. »Und – stimmt das?«

Mir war klar, dass Bella nicht gerade Heaths größter Fan war, aber ihre Frage klang doch eine Spur zu hoffnungsvoll.

»Natürlich nicht. Heath und ich ...«

»Seid schon euer halbes Leben zusammen. Wir leben aber nicht mehr im viktorianischen Zeitalter – du darfst ruhig auch mal mit anderen Jungs sprechen.« Sie nahm einen weiteren Bissen und lächelte mit Glasur zwischen den Zähnen. »Er hat aber recht. Garrett mag dich.«

»Garrett mag jeden.«

»Tut er nicht. Glaub mir.« Behutsam legte sie ihre Stäbchen an den Tellerrand. »Kann ich dir etwas erzählen?«

»Klar.«

»Du musst aber schwören, es niemandem weiterzusagen.«

Da zwischen Heath und mir gerade Funkstille herrschte, gab es ohnehin niemanden, dem ich es hätte erzählen können. »Ich schwöre.«

Bella beugte sich vor und senkte die Stimme, obwohl die Einzigen, die eventuell hätten mithören können, zwei betagte Japanerinnen mit dünnem grauem Haar und Eulenbrillen waren.

»Meine Mutter ist einverstanden, dass Garrett und ich uns in der nächsten Saison endlich neue Partner suchen dürfen.«

»Was? Wieso?«

Von Anfang an war ich auf Bella neidisch gewesen, weil sie gleich mit einem Eislaufpartner auf die Welt gekommen war. Garrett war nicht so ein Angebertyp wie manche andere Eistänzer, aber er war verlässlich und bot einen soliden Hintergrund, vor dem Bella glänzen konnte.

Aber das genügte ihr nicht. Das war der Grund, weshalb wir Freundinnen waren: Wir würden uns niemals mit dem Soliden zufriedengeben.

»Wusstest du«, begann sie, »dass noch nie ein Geschwisterpaar olympisches Gold im Eistanz gewonnen hat?«

»Ihr könntet also die Ersten sein. Ihr zwei seid ein großartiges Team.«

»Klar, ich meine, unsere Technik ist okay, aber bei der Choreografie gibt es einfach Grenzen dessen, was wir tun können, ohne dass es irgendwie schräg wirkt. Und seit er diesen abartigen Wachstumsschub hatte, haben wir mit dem Größenunterschied echt ein Problem.«

»Mit wem wirst du dann laufen?«

Männliche Athleten waren in der Welt des Eistanzes ein rares Gut. Und solche von Garretts Kaliber eine noch größere Seltenheit. Seit Ellis' Eröffnung, dass die Haywards ihn dafür bezahlten, dass er mit Josie lief, hatte ich noch weitaus verrücktere Geschichten darüber gehört, wozu Eistänzerinnen imstande waren, um geeignete Partner zu finden: Bestechung, Erpressung, klammheimliche Deals mit anderen Eiskunstlaufverbänden, die an Menschenhandel grenzten.

Bella würde wohl kaum auf derartige unschickliche Methoden zurückgreifen müssen. Bei ihr würden wie bei einer Datingshow Kandidaten Schlange stehen, die buchstäblich alles stehen und liegen lassen würden – sei es ihre Staatsangehörigkeit oder ihre aktuelle Teampartnerin –, nur um die Chance zu bekommen, mit Sheila Lins einziger Tochter eislaufen zu dürfen.

»Ich prüfe gerade die Möglichkeiten«, antwortete sie. »Zack Branwell hat Interesse signalisiert.«

»Läuft er nicht immer noch mit Paige Reed?«

Reed und Branwell waren in Salt Lake unter den zehn Besten gewesen, bei den Weltmeisterschaften waren sie jedoch wegen einer nicht näher genannten Verletzung verhindert. Alle rechneten jedoch damit, dass sie in der Olympiade wieder dabei sein und sich auf Turin 2006 vorbereiten würden.

»Du hast das nicht von mir gehört, aber ...« Bella beugte sich noch etwas näher zu mir. Ihre Augen leuchteten im Licht der Laterne. »Paige ist nicht verletzt. Sie ist *schwanger*.«

Das erklärte einiges. Ihre Eltern mussten sie an ihrem Heimatort in Minnesota offenbar sehr streng abgeschirmt haben, sonst wäre die Neuigkeit längst durchgesickert.

»Ist es von ihm?«

Bella zuckte die Achseln. »Nicht mein Problem. Aber sie ist für die ganze nächste Saison raus, mindestens. Und wenn er erst einmal mit mir gelaufen ist, wird er nicht zurückwollen. Völlig ausgeschlossen. Sie ist allerhöchstens Mittelmaß.«

Auch wenn ich mich für seinen selbstbewussten, maskulinen Laufstil nicht begeistern konnte, war Zack von den beiden immer derjenige mit Starpotenzial gewesen. Außerdem war er um einiges kleiner als Garrett und würde besser zu Bella passen. Obwohl er eher der einfache Junge aus der Provinz war, wirkte er dank seines gold schimmernden Haars, seinen markanten Gesichtszügen und den vollen, verführerischen Lippen auf dem Eis wie ein Starschnitt aus einem Teenie-Magazin. Bella war eine Schönheit – und mit Zack an ihrer Seite würde sie erstrahlen.

»Und was ist mit Garrett? Mit wem wird er sich zusammentun?«

Er hätte die freie Wahl, so viel stand fest. Es gab keine Eistänzerin auf der Welt, die nicht über zerbrochenes Glas robben würde, um mit einem Partner wie Garrett tanzen zu dürfen.

»Das ist das Beste daran.« Bella ergriff meine Hand. »*Du* kannst mit Garrett laufen.«

INEZ ACTON: Eistanz ist ein seltsamer Sport, weil es so sehr auf Optik und erzählte Geschichte ankommt. Man muss volle Leistung bringen, aber man muss auch glaubwürdig rüberkommen und eine spannende Story erzählen. Und die perfekte unerwartete Wendung ist ja wohl ein Partnertausch ...

KIRK LOCKWOOD: Eistänzer wechseln gern mal die Partner, insbesondere wenn sie schon von Kindesbeinen an mit derselben Person gelaufen sind.

Ein privat aufgenommenes Video zeigt die dreijährigen Bella und Garrett, wie sie unsicher über das Eis tapsen. Garrett trägt einen kleinen Frack und hat einen ernsten Gesichtsausdruck, während Bella strahlt und winkt und den langen Rock ihres Glitzerkleids hin und her schwingen lässt.

KIRK LOCKWOOD: Und der beste Zeitpunkt dafür ist zu Beginn eines neuen Olympia-Zyklus.

GARRETT LIN: Ich konnte verstehen, weshalb Bella einen Partnerwechsel wollte.

VERONIKA VOLKOVA: Geschwisterpaare schaffen es nur sehr selten an die Spitze. Sie können noch so talentiert sein, aber sie malen eben nur mit bestimmten Farbtönen einer Palette.

JANE CURRER: Eistanzen erfordert nicht unbedingt romantische Untertöne. Bruder-Schwester-Teams können eine ganze Bandbreite von Programmen darbieten. Die Schlussfolgerung, dass Geschwister benachteiligt sein sollen, halte ich für Quatsch.

INEZ ACTON: Von allen Eislaufdisziplinen ist Eistanz diejenige, in der am meisten an traditionellen Geschlechterrollen festgehalten wird. Sogar von eindeutig queeren Sportlern wird erwartet, so zu tun, als ob sie auf ihren Partner oder ihre Partnerin stehen – und zwar nicht nur auf dem Eis, sondern auch jenseits davon. Das Publikum will eine Lovestory sehen.

ELLIS DEAN: Aber natürlich geht es beim Eistanz nur um Sex! Wenn man sich nicht vorstellen kann, dass das Paar auf dem Eis es miteinander treibt, wo ist der Sinn des Ganzen?

VERONIKA VOLKOVA: Ich war nicht im Mindesten schockiert, als ich das von Isabella und Garrett hörte. Für Sheila war das eine klare Win-win-Situation.

KIRK LOCKWOOD: Die Zwillinge voneinander zu trennen, war wirklich schade, aber es machte wohl Sinn. Dadurch hatte Sheila eine doppelte Chance, mit ihren Kindern Gold zu gewinnen.

VERONIKA VOLKOVA: Indem sie ihre Kinder mit anderen Top-Eiskunstläufern zusammenbrachte, konnte sie die Zwillinge noch mehr anspornen, weil sie sie nun gegeneinander antreten ließ – beim Training und im Wettkampf.

GARRETT LIN: Ich wollte einfach nur, dass meine Schwester glücklich war. Ich dachte dabei nicht an mich.

VERONIKA VOLKOVA: Ich hätte an ihrer Stelle genau das Gleiche getan.

GARRETT LIN: Ehrlich gesagt wusste ich gar nicht so recht, was ich wollte. Aber Bella wusste es. Das war schon immer so gewesen.

KAPITEL 25

»Ich? Und Garrett? Das ist nicht dein Ernst.«
»Ihr zwei auf dem Plakat habt fantastisch ausgesehen. Und du bist nicht so klein wie ich. Seine Größe wäre kein Problem. Ihr wärt viel besser ausbalanciert.«

Wenn Heath und ich tanzten, waren immer Feuer und Leidenschaft im Spiel – aber wie wir in unserer erbärmlichen Kür bewiesen hatten, konnten die Flammen so schnell verlöschen, wie sie aufgelodert waren. Garrett war das komplette Gegenteil: ausgeglichen und ruhig. Manchmal zu ruhig. Ich könnte aus ihm etwas Leidenschaft herauslocken, und er könnte meine etwas im Zaum halten. Bella hatte recht, das wurde mir klar. Ihr Bruder und ich wären das perfekte Paar auf dem Eis.

Mir war aber auch klar, dass Heath mir das niemals verzeihen würde.

»Weiß deine Mutter davon?«

Nachdem ich bei den Weltmeisterschaften so kläglich versagt hatte, konnte ich mir nicht vorstellen, dass Sheila immer noch mit mir arbeiten wollte, geschweige denn mir ihren kostbaren, perfekten Sohn anvertrauen.

Bella nickte. »Sie weiß, dass du und Heath Probleme habt.«

Heath und ich hatten uns auseinanderentwickelt. Es hatte seit unserer Ankunft in L.A. angefangen und war inzwischen nicht mehr zu leugnen. Wir waren unfähig, beim Eislaufen unsere Gefühle füreinander zu verbergen, das war ein Vorteil, der sich auch zu einem Nachteil entwickeln konnte, wie wir gerade gesehen hatten. Wenn wir uns trennten, würde das auch das Ende unserer sportlichen Partnerschaft bedeuten. Heath liebte nicht den Eistanz. Er liebte mich.

Aber er konnte einfach nicht mehr mit mir mithalten. Ich passte mich seinem Niveau an, anstatt immer noch besser zu werden.

»Du kannst doch weiter mit Heath zusammenbleiben, auch wenn du mit Garrett läufst. Vielleicht ist das sogar ganz gut – den Sport und die Liebe zu trennen, was meinst du?«

Ich schüttelte den Kopf. »Er wäre am Boden zerstört.«

»Er wird schon darüber hinwegkommen.«

Würde er nicht. Heath war sein ganzes Leben lang immer wieder verlassen worden. Und jetzt hatte ich das Gleiche vor.

Doch dann sagte ich mir, dass ich ihn ja nicht wirklich verlassen würde. Wie Bella richtig festgestellt hatte, könnten wir privat weiterhin ein Paar sein. Wir könnten uns endlich eine gemeinsame Wohnung suchen, wie wir es immer vorgehabt hatten.

In einem Sport wie dem Eiskunstlauf ging man auf volles Risiko. Aber mit einem Partner wie Garrett Lin anzutreten, war praktisch eine Erfolgsgarantie. Allein das Interesse der Sponsoren würde bedeuten, dass ich mir über Geld keine Gedanken mehr machen müsste. Und Heath ebenso wenig. Ich könnte meinen Lebenstraum verwirklichen, während er genügend Zeit und Raum bekommen würde, um herauszufinden, was er wollte.

»Kann ich erst einmal darüber nachdenken?«, fragte ich.

»Klar«, erwiderte Bella. »Aber vergiss dabei nicht, darüber nachzudenken, was für *dich* das Beste ist.«

Nach dem Essen fuhr Bella mit dem Wagen zurück ins Hotel. Ich wollte lieber laufen, sagte ich.

»Wie du willst, aber hol dir nicht den Tod da in der Kälte!«

Der feuchte Dunst war in einen leichten Regen übergegangen, dessen Kälte selbst abgehärteten Menschen aus dem Mittleren Westen in die Knochen fuhr. Ich wählte nicht den direkten Weg zurück, sondern ging in Schleifen durch die stillen Straßen der Innenstadt von Nagano, die Hände tief in den Taschen vergraben.

Ich wollte darüber nachdenken, was ich selbst wollte, unabhängig von meiner Beziehung zu Heath, doch meine Gedanken fuhren Achterbahn. Wenn ich zu Hause in so einem Zustand gewesen war, hatte ich mich an den See gesetzt und so lange auf das Wasser geschaut, bis mein Kopf wieder klar war. Im von Land umschlossenen Nagano musste ich mich nach einem brauchbaren Ersatz umsehen.

Obwohl ich wusste, dass der Garten gleich beim Hotel war, benötigte ich mehrere Anläufe, bis ich im Dunkeln endlich die Steinlöwen fand. Als ich den Eingang zwischen ihnen passierte, hatte ich das Gefühl, eine andere Welt zu betreten. Auf dem vom Regen rutschigen gepflasterten Weg hinunter zu dem Teich in der Mitte spürte ich, wie sich meine Schultern entspannten. Unter einer winzigen hölzernen Brücke sprudelte Wasser hindurch, und ich schloss die Augen und genoss das Geräusch. Es war nicht der Lake Michigan, aber besser als nichts.

»Entschuldige mal bitte, aber das ist schon *mein* Schmollwinkel.«

Ich wirbelte herum. Unter einem Bogengang saß Ellis Dean im Dunkeln und rauchte.

»Ellis.« Ich ging auf ihn zu. Der Rauch seiner Zigarette brannte in meinen Augen. »Wenn Sheila dich mit so etwas erwischt …«

»Verpetzt du mich?« Er nahm einen weiteren Zug, und die aufglühende Spitze beleuchtete schwach sein Gesicht.

Nein, würde ich nicht. Wenn er sich unbedingt seine Lungenkapazität ruinieren wollte, hätte ich einen Konkurrenten weniger, um den ich mir Sorgen machen müsste.

Ich setzte mich an das andere Ende der Bank. »Tut mir leid, wie es für dich und Josie gelaufen ist.«

Hayworth und Dean hatten sich nur knapp für den Kürtanz qualifizieren können und am Schluss mit Platz zweiundzwanzig zufriedengeben müssen. So enttäuscht ich über unser Abschneiden war – es hätte also noch deutlich schlimmer kommen können.

»Ach, die nächste Saison kommt bestimmt«, winkte er ab. »Es sei denn, sie tauscht mich gegen ein neueres Modell aus. Was ist mit dir, wo ist deine bessere Hälfte? Wie ich gehört habe, sind dunkle Wolken am Liebeshimmel aufgezogen.«

»So was in der Art.«

»Willst du darüber reden?«

Ich zögerte.

»Du kannst mir vertrauen«, sagte Ellis.

Ich glaubte ihm kein Wort. Doch ich musste dringend mein Herz ausschütten, und um mit Heath zu sprechen, war es zu früh. Nicht bevor ich mir nicht über mich selbst klar geworden war, und zwar ohne dass unsere Vorgeschichte und die ganzen Gefühle zwischen uns meine Urteilskraft trübten.

»Die Lins sehen sich nach neuen Partnern um«, brach es schließlich aus mir heraus.

»Heilige Scheiße, im Ernst?« Er blies Zigarettenrauch in die Nachtluft. »Erzähl das bloß nicht Josie, sonst ölt sie sofort ihren Keuschheitsgürtel. Hast du eine Ahnung, wen sie im Auge haben?«

Ich schwieg. Ellis starrte mich an.

»Sie wollen, dass du mit Garrett läufst.« Er drückte die Zigarette aus und wandte sich mir zu. »Und was hast du jetzt vor?«

»Ich weiß nicht.«

Ellis schürzte die Lippen. »Und ob du das weißt.«

»Ich muss erst ...«

»Du müsstest von allen guten Geistern verlassen sein, um die Chance sausen zu lassen, Partnerin von Garrett Lin zu werden. Und du magst alles Mögliche sein, Kat Shaw, aber dumm bist du nicht.«

»Aber ...« Ich schluckte, und mein Herz fing an zu rasen. »Was wird aus Heath?«

»Einen neuen Freund findest du im Nullkommanichts. Aber einen Eistanzpartner wie Garrett nur einmal im Leben.«

Vor allem Frauen wie ich – mit meinem Körperbau und der überdurchschnittlichen Größe. Wenn ich die Gelegenheit nicht ergriff, stünden schon morgen früh hundert Mädchen Schlange, die mit Garrett laufen wollten. Dann gäbe es ein Spitzenteam mehr, gegen das Heath und ich ankämpfen müssten.

Wenn Heath überhaupt noch mit mir laufen wollte. Vielleicht war es völlig müßig, mir all diese Gewissensfragen zu stellen. Vielleicht würde er nachher mit mir Schluss machen.

»Hör mal, Kat.« Ellis hatte seine gewohnte Blasiertheit abgelegt und wirkte beinahe anziehend. »Ich mag dich.«

»Ist das so?«, erwiderte ich spöttisch.

»Ich mochte dich von Anfang an. Du hast so was Widerspenstiges. Die meisten Mädchen in unserem Sport sind verwöhnte kleine Biester wie Josie. Du bist vielleicht ein Biest, aber du bist kein Prinzesschen.«

»Wow, danke.« Ich verdrehte die Augen, aber aus Ellis' Mund war das ein echtes Lob, das wusste ich.

»Du willst doch zu den Besten der Besten gehören, stimmt's?«

»Natürlich. Du etwa nicht?«

Ellis zuckte die Schulter. »Anfangs schon. Aber ab einem bestimmten Punkt muss man realistisch sein. Deshalb frage ich dich: Glaubst du, dass du es bis ganz nach oben schaffen wirst, wenn du weiter mit Heath antrittst?«

Ich hätte zögern können. So tun, als müsste ich darüber nachdenken. Ich hätte lügen können.

Stattdessen sah ich Ellis in die Augen und sagte die Wahrheit.

»Nein, das glaube ich nicht.«

Was für eine unglaubliche Erleichterung, es laut auszusprechen. Ich atmete mit einem Seufzer aus, und mein Atem formte eine Wolke in der kalten Luft. Der Regen war inzwischen stärker geworden und hatte den Teich in ein Mosaik aus winzigen Wellen verwandelt.

»Er bremst mich aus«, sagte ich. »Seit Jahren schon bremst er mich aus.«

»Siehst du.« Ellis lächelte und schüttelte eine neue Zigarette aus der Packung. »Jetzt ist es raus.«

Er schaute nicht mehr mich an, sondern hinter mich, zum Eingang des Gartens hin. Ich wandte mich um, um selbst zu sehen, was dort war. Aber ein Teil von mir wusste es bereits.

Zwischen den Steinlöwen stand jemand. Es war zu dunkel, um Gesichtszüge auszumachen, aber ich konnte die Umrisse seines Körpers, seine hochgezogenen Schultern erkennen, und das war genug.

»Heath«, flüsterte ich entsetzt.

Ich schoss Ellis einen panischen Blick zu. Er führte seine Zigarette zum Mund, konnte sein süffisantes Grinsen nicht verbergen.

Er hatte die ganze Zeit über gewusst, dass Heath da stand. Er hatte es darauf angelegt, dass Heath alles mithörte.

Ich sprang auf. »Heath, warte!«

Heath hatte sich umgedreht und war hinter einem dichten Vorhang aus Regen verschwunden. Meine Schuhe gerieten auf den nassen Steinen ins Rutschen, und ich knallte hin. Kies bohrte sich in meine Knie.

Bis ich mich aufgerappelt hatte, war er nicht mehr zu sehen. Ich lief auf die Straße und rief seinen Namen, bis meine Stimme ganz heiser war. Die wenigen Menschen, die bei diesem Wetter noch unterwegs waren, warfen mir verwunderte Blicke zu, doch ich rannte unbeirrt weiter. Ich konnte nicht anders. Ich musste ihn finden. Ich musste ihm alles erklären.

Irgendwann entdeckte ich ihn endlich ein paar Straßenecken vor mir – mit gesenktem Kopf, sich gegen den Regen stemmend.

»*Heath!*«

Er erstarrte kurz. Aber er drehte sich nicht zu mir um.

Das war der Moment, in dem ich wusste, dass ich ihn verloren hatte.

GARRETT LIN: Ich wünschte, ich wüsste, was in jener Nacht los war.

ELLIS DEAN: Tja, ich weiß genau, was los war.

GARRETT LIN: Wenn ich nur irgendetwas hätte tun können, um es zu verhindern ... aber als ich davon erfuhr, war es bereits zu spät.

ELLIS DEAN: Ich hatte gedacht, dass Kat ihn schon einholen würde und die beiden sich ein schönes, romantisches Scharmützel liefern, um dann ins Hotel zurückzumarschieren und sich ein bisschen Versöhnungssex zu gönnen. Ich war ehrlich davon überzeugt, ich tue ihnen einen Gefallen, damit sie die Sache klären und weitermachen können.

GARRETT LIN: Mir ist bewusst, dass ich hier befangen bin, aber das hatte Kat nicht verdient.

ELLIS DEAN: Wie hätte ich denn wissen können, dass er so reagieren würde? Ich schwöre, dass Heath Rocha der theatralischste Hetero war, der mir je begegnet ist.

GARRETT LIN: Was Kat verdient hätte, war ... nun ja, jedenfalls etwas Besseres.

KAPITEL 26

Als wir aus Japan abreisten, wollte ich es immer noch nicht wahrhaben.

Ich weiß nicht mehr, wie lange ich noch nach Heath gesucht hatte. Jedenfalls lange genug, bis der Regen meine dünne Jacke und den Pullover durchgeweicht hatte und ich bis auf die Haut durchnässt war.

Irgendwann gab ich mich geschlagen und kehrte ins Hotel zurück, doch ich traute mich nicht zu duschen – was, wenn er gerade dann ins Zimmer kam und ich ihn verpasste? –, also zog ich nur die Bettdecke über mich und lag schlaflos und vor Kälte zitternd da, bis der Morgen anbrach.

Als ich später am Vormittag allein mein Gepäck zum Hochgeschwindigkeitszug zerrte, sagte ich mir, dass er mich am Bahnhof erwarten würde. Oder am Flughafen. Oder in Kalifornien. Ich stellte mir vor, wie ich die Arme um ihn schlingen und ihn küssen würde, bis mir die Luft wegblieb.

Niemand wusste, was er sagen sollte. Die anderen Eiskunstläufer, die auf demselben Flug waren, mieden mich, als wären Versagen und Liebeskummer ansteckend. Nachdem das Flugzeug gestartet war, bestand Garrett darauf, die Plätze zu tauschen, damit ich neben seiner Schwester sitzen konnte – ich war noch nie zuvor erste Klasse geflogen. Bella teilte ihre Kopfhörer mit mir, stellte einen furchtbaren Film auf dem Bildschirm im Vordersitz an und tat taktvoll so, als bemerkte sie nicht, wie mir die Tränen über das Gesicht liefen.

Irgendwo unterhalb der Beringstraße fiel ich endlich in unruhigen Schlaf. Ich träumte von Eis, das unter meinen Füßen zerbrach, und kaltem Wasser, das in meine Lunge eindrang, als ich zu schreien versuchte.

Als wir in Los Angeles landeten, glühte ich: Ich hatte Fieber.

Die Zwillinge boten mir an, mich mit zu ihnen zu nehmen und in einem der Gästezimmer unterzubringen. Aber ich wollte lieber allein sein und zog mich ins Wohnheim zurück. Mehrere Tage lang lag ich im Bett – schwitzend, vor Schüttelfrost zitternd. Dass Zeit verging, merkte ich nur an dem sich verändernden Licht vor meinen geschlossenen Augenlidern.

Bella versorgte mich mit Essen und Medizin – allerdings nicht mit der klassischen Hühnersuppe und Grippemitteln, sondern mit den für L.A. so typischen Allheilmitteln: gesunde, grüne Säfte, Bio-Knochenbrühe und seltsame Päckchen mit Kräutern, die mit handgeschriebenen chinesischen Schriftzeichen versehen waren.

Nichts half. So krank war ich seit meiner Kindheit nicht mehr gewesen. Und damals war Heath an meiner Seite gewesen, dem genauso elend zumute war wie mir.

Es war im Februar 1994 – als die Olympischen Winterspiele zum ersten Mal nicht im selben Jahr wie die Sommerspiele stattfanden, und das erste Jahr meiner Freundschaft mit Heath.

Alle behaupten immer, an den Great Lakes herrsche im Winter eine derart arktische Kälte, dass sie von Thanksgiving bis Ostern zugefroren seien – Tatsache ist, dass zumindest der Februar mörderisch ist. Nachdem es wochenlang bitterkalt gewesen war, hatte es über Nacht fast einen Meter hoch geschneit, eine Wetterlage, bei der sogar im Mittleren Westen die Schulen geschlossen bleiben.

Ich wusste, dass der arme Heath den ganzen Tag mit seiner Pflegefamilie in deren winzigem Haus eingesperrt sein würde, und hatte auch keine große Lust, mit meinem Bruder zusammengepfercht zu sein, während er auf seine Spielekonsole einbrüllte. Also schlug ich vor, an den See zu gehen.

Der See fror mindestens einmal im Jahr zu – allerdings durfte man sich nicht weit hinauswagen, weil die Eisfläche weiter draußen gefährlich dünn wurde. Mein Vater hatte mir beigebracht, worauf ich achten musste: durchsichtiges, leicht bläulich schimmerndes Eis war am dicksten. Wenn das Eis milchig-weiß wurde, musste man sehr vorsichtig sein. War es grau oder sulzig, durfte man nicht einmal darüber nachdenken, aufs Eis zu gehen. Und wenn es unter deinen Füßen wegbrach?

Nicht rennen. Damit macht man alles nur noch schlimmer.

Starker Wind hatte die Schneewehen entlang des Ufers davongetragen und uns eine private Eislauffläche hinterlassen, die nur vom Himmel begrenzt wurde. Aus den Tiefen des Kellers hatte ich zwei Paar alte Hockeystiefel zutage gefördert. Heath besaß noch keine eigenen Schlittschuhe, und es war völlig ausgeschlossen, dass meine teuren Kufen etwas anderes als eine makellose Eisfläche im Stadion berührten.

Anfangs stolperten wir auf den stumpfen, rostbesprenkelten Kufen ungeschickt wie Rehkitze über das Eis. Aber nach wenigen Minuten hatten wir in einen gemeinsamen Rhythmus gefunden, und kurz darauf glitten wir, die behandschuhten Hände fest ineinander verschlungen, mit übermütigem Grinsen über die Oberfläche des Sees.

Heath hatte mir zu diesem Zeitpunkt bereits einige Monate lang beim Training zugesehen, aber das war das erste Mal, dass wir zusammen auf dem Eis liefen. Er begann, sich in einem einfachen Walzerschritt um mich zu drehen, und ich schloss die Augen und stellte mir vor, wie wir vor einer jubelnden Menge den Sieg ertanzten.

Manchmal denke ich, dass meine gesamte Karriere nur der Versuch war, genau diesen euphorischen Moment wieder einzufangen, mit dem Wind im Gesicht und Heaths Hand in meiner Hand, als wir das Gefühl hatten, beinahe zu fliegen. Ich habe keinerlei Erinnerung daran, wie lange wir auf dem See gewesen und wie weit wir hinausgelaufen waren.

Bis wir das Krachen hörten.

Der Schmerz dauerte nicht länger als eine Sekunde an. Danach spürte ich nichts mehr. Meine Beine waren unter Wasser. Scharfe Eiskanten bohrten sich in meine Mitte, aber ich stand so unter Schock, dass ich nicht schreien konnte. Heath zum Glück nicht.

»Katarina!«

Als ich jung war, nannten mich alle »Kat«, so auch Heath. Bis zu diesem Moment. Er rief meinen ganzen Namen, wieder und wieder, als ob die zusätzlichen Silben irgendwie den Abstand zwischen uns verringern könnten.

»Katarina, gib mir deine Hand!«

Ich versuchte es, sank stattdessen nur noch tiefer ein, weil das eisige Wasser meine Jacke durchtränkte und mich nach unten zog. Heath warf sich nach vorn und packte mich bei den Schultern. Doch ich rutschte immer wieder zurück, schnell und immer schneller, und drohte ihn mit in das Loch zu ziehen, das wir in die Eisdecke gebrochen hatten.

»Katarina, *bitte*.«

Er zog, und ich hievte mich schließlich hinauf. Wie wir das hatten bewerkstelligen können, habe ich erst sehr viel später verstanden, als wir anfingen, Hebefiguren zu üben, und mit einer Mischung aus dem richtigen Schwerpunkt, Adrenalin und blankem Vertrauen scheinbar unmögliche Kunststücke vollbrachten. Alles, was ich wusste, war, dass ich es aus dem Eisloch geschafft hatte.

Ich fiel auf ihn. Das Eis ächzte unter unserem Gewicht.

Ich hatte meine Mütze verloren, und meine langen Haare legten sich wie ein Vorhang um unsere Gesichter. Wir mussten aufstehen, wir mussten runter vom See, mussten sehen, dass wir festen Boden unter die Füße bekamen. Doch wir waren fast buchstäblich festgefroren und starrten einander mit großen, zu Tode erschrockenen Augen an.

Irgendwann schafften wir es, uns aufzuraffen und nach Hause zu schleppen, wo wir uns vor dem Kamin aufwärmten. Bei Einbruch der Dunkelheit wurden wir beide von Schüttelfrost und Hustenanfällen geschüttelt, und Heath blieb mehrere Tage bei uns, bis wir beide wieder auf dem Weg der Besserung waren. Ich erwartete, dass seine Pflegeeltern etwas dagegen hätten, aber sie schienen eher erleichtert zu sein, sich nicht um ein krankes Kind kümmern zu müssen. So machten wir es uns unter Bergen von Decken auf dem Sofa gemütlich und sahen uns stundenlang Eiskunstlauf-Wettkämpfe an, die ich auf Video aufgenommen hatte. Ich war heilfroh über meine fiebrigen Wangen, denn so bemerkte Heath nicht, dass ich jedes Mal rot wurde, wenn er mich ansah. Jedes Mal, wenn ich daran dachte, wie nah wir uns gewesen waren.

Acht Tage nach unserem Rückflug von Nagano ging mein Fieber endlich zurück. Ich hatte immer noch nichts von Heath gehört.

Nachdem ich so viel Zeit im Bett verbracht hatte, war mein Körper angespannt und unruhig. Ich musste mich dringend bewegen.

Ich musste aufs Eis.

Es war kurz vor Mitternacht. Ich hatte keine Ahnung, ob wir so spät noch Zugang zu den Eisflächen hatten, aber ich beschloss, einfach mein Glück zu versuchen. Ich streifte eine abgewetzte Leggings und mein altes *Stars-on-Ice* Shirt über, warf meine Schlittschuhtasche über die Schulter und machte mich auf den Weg nach unten. Meine Beinmuskeln protestierten lautstark bei jedem Schritt – nach dem langen Liegen waren sie nichts mehr gewöhnt.

Die Tür zur Haupthalle war geschlossen, aber aus den Ritzen drang Licht. Es kam nicht von den grellweißen breiten Deckenflutern, sondern von den sanften, bläulichen Strahlern, die bei Eisshows und anderen Vorstellungen eingesetzt wurden. Auch

Musik war zu hören –wenn auch so leise, dass ich nicht hätte sagen können, welcher Song gerade lief, bis ich hineinging.

Wer da gerade zu den Klängen von *The Good Fight* von Dashboard Confessional im Takt zu Chris Carrabbas klagendem Gesang über die Eisfläche wirbelte, war Garrett Lin.

Statt seinem üblichen perfekt sitzenden Designer-Trikot trug er weite Sweatpants und ein Tanktop, das seine perfekt definierte Schultermuskulatur zum Vorschein brachte. An Armen und Brust glänzte Schweiß, der unter den Ausschnitt seines Shirts strömte, als er sich in einen Layback Spin zurückbeugte. Ganz offensichtlich übte er hier schon seit Stunden.

Ein neuer Song setzte ein. Ich kannte ihn nicht, doch er hatte die gleichen melancholischen Emo-Vibes. Trotz des ungezwungenen Outfits und der gefühlvollen Musik war jede von Garretts Bewegungen absolut fehlerlos, eine technische Meisterleistung.

Ich war wie hypnotisiert. Ich hätte nicht sagen können, wie lange ich dort am Rand im Dunkeln gestanden hatte wie irgendein Spanner, als Garrett mich bemerkte.

Kurz wirkte er erschrocken. Doch dann lächelte er und winkte mir zu.

»Kat.« Er war außer Atem, und mein Name klang wie ein Keuchen. »Du solltest im Bett sein.«

Über seine Brust, die sich hob und senkte, spannte sich sein schweißgetränktes Hemd, sodass jeder einzelne Muskel zu erkennen war. Jenseits des Eises machte Garrett oft den Eindruck eines unsicheren, linkischen Teenagers, der sich in seinem Körper unwohl fühlte.

Doch was für ein Unterschied, wenn er auf dem Eis war! Dann wirkte er wie ein erwachsener Mann. Wie ein wahrer Künstler. Garrett war nicht bloß eine verlässliche Kulisse, vor der Bellas Talent umso heller strahlen konnte. Er war selbst ein Star und hatte sich nur immer im Hintergrund gehalten, damit er sie nicht in den Schatten stellte.

»Es geht mir schon viel besser«, versicherte ich. Hätte ich allerdings gewusst, dass ich hier nicht allein sein würde, wäre ich noch kurz unter die Dusche gegangen oder hätte mir wenigstens die Haare gebürstet.

Er glitt zu mir an den Rand der Eisfläche und griff zu seiner Wasserflasche. »Wenn das stimmt, hast du wohl dieses ekelhafte grüne Gebräu, das Bella dir gebracht hat, gleich wieder ausgespuckt.«

»Natürlich nicht.« Ich lächelte. »Ich habe es gleich ins Waschbecken geschüttet.«

Garrett lachte. »Kluges Mädchen.«

»Hat euch das eure Mutter immer verabreicht, wenn ihr krank wart?«

»Nein. Unsere Kinderfrau.« Er legte den Kopf zurück, um den letzten Schluck aus seiner Trinkflasche zu holen. Ein Schweißtropfen glitt an seinem Adamsapfel hinunter. »Es freut mich, dass du wieder einigermaßen in Form bist, aber was tust du hier um diese Uhrzeit?«

»Das Gleiche könnte ich dich fragen.«

»Jetlag. Nach einer Reise bin ich immer zwei Wochen neben der Spur. Und kaum bin ich okay, geht es schon wieder mit dem Flieger irgendwohin.«

»Hat deine Mutter nichts dagegen, dass du mitten in der Nacht hierher kommst?«

»Nicht, solange ich trainiere.« Er stellte die Flasche ab. »Ehrlich gesagt freue ich mich, dich zu sehen. Ich wollte schon länger mit dir reden, aber ich dachte, ich warte lieber, bis du wieder fit bist.«

»Ach so? Worüber denn?«

»Über das, wovon Bella dir in Japan erzählt hat.«

Mir wurde flau. Er würde mir gleich sagen, dass das alles ein einziges großes Missverständnis war. Warum sollte jemand wie Garrett Lin auch ausgerechnet mit mir laufen wollen, wenn er praktisch jede haben konnte? Und nachdem ich meine Beziehung mit Heath in den Sand gesetzt hatte, war ich ohne Partner und würde mich nie für die Olympiade qualifizieren ...

»Ich hätte sie niemals gebeten, mit dir zu sprechen«, begann Garrett, »wenn ich gewusst hätte, was es für Fol...«

»Du hast Bella gebeten, mit mir zu sprechen?«

»Ja. Warum, was hat sie denn gesagt?«

»Nur, dass ihr getrennt voneinander weitermachen wollt. Das ihr euch für die nächste Olympiade nach neuen Partnern umseht.«

»Ich schwöre dir, das Letzte, was ich wollte, war, dich und Heath auseinanderzubringen. Aber es war ja nicht zu übersehen, dass ihr Probleme hattet. Und als wir dann das Fotoshooting zusammen gemacht haben – nun ja, da habe ich gedacht ... Ich meine, vielleicht ist es ja nur mir so gegangen.«

»Es ist nicht nur dir so gegangen.«

Zum ersten Mal gab ich zu – auch vor mir selbst –, dass ich bei dem Shooting etwas gefühlt hatte. Es war nicht, dass ich mich von ihm angezogen fühlte, so attraktiv Garrett auch war. Es war mehr eine Art Übereinstimmung. Wir waren so völlig nahtlos von einer Pose zur nächsten übergegangen, dass ich mich gefragt hatte, wie es wohl wäre, mit ihm zu arbeiten.

Von Garretts Playlist kam das nächste Stück, und wie ein Blitz schlugen bei mir Erinnerungen ein und ließen mich betäubt zurück.

I'll be your dream, I'll be your wish, I'll be your fantasy.

Heath und ich, beide sechzehn, auf dem Weg nach Cleveland, laut dieses Lied schmetternd, um das Jaulen des Motors zu übertönen. Wir dachten, unsere Liebe wäre für immer. Und nun wusste ich nicht einmal, auf welchem Kontinent er sich gerade befand oder ob ich ihn jemals wiedersehen würde.

»Alles in Ordnung mit dir?«, erkundigte sich Garrett.

»Ähm, ja, ich ...« Ich schluckte. »Ich liebe diesen Song.«

»Ich auch.« Er streckte die Hand aus. »Lust, mit mir zu tanzen?«

Ich zögerte. Wenn es schon Verrat war, mit Garrett zu modeln, was wäre dann das? Ich war noch nie mit jemand anderem auf dem Eis gelaufen als mit Heath.

»Ich verstehe, dass ihr beide ...« Garrett schüttelte den Kopf, wusste offensichtlich nicht, wie er sich ausdrücken sollte. »Okay, was ich meine, ist, dass ich euch überhaupt nicht verstehe. Aber dass es da eine lange Vorgeschichte gibt, ist mir schon klar.«

Heath kannte mich schon, als ich noch ein schlaksiges Mädchen war, mit aufgeschlagenen Knien und Seegras im Haar. Er hatte mich erlebt, wenn ich geweint hatte oder schwach war oder vor Wut gezittert hatte. Er kannte mich in- und auswendig und wusste natürlich auch genau, womit er mich provozieren konnte.

Garrett hatte mich nicht gekannt, als ich noch Kat Shaw aus Nowhere, Illinois, war. Ich könnte sie einfach hinter mir lassen, so abrupt und herzlos, wie Heath mich zurückgelassen hatte. Bei Heath konnte ich immer ich selbst sein. Doch an Garretts Seite könnte ich jemand ganz anderes werden, jemand Besseres.

Und wenn Heath mich wiedersehen wollte? Er konnte ja den Fernseher einschalten und mir dabei zusehen, wie ich diese verdammten Goldmedaillen zusammen mit Garrett Lin gewann.

TEIL III
Die Champions

Vor dem gläsernen Atrium der Lin Ice Academy posieren Katarina Shaw und Garrett Lin für Fotografen, neben ihnen Bella Lin und Zachary Branwell. Die neue Zusammenstellung der beiden Teams wurde im Frühjahr 2002 verkündet.

JANE CURRER: Wenn sich im Eiskunstlauf ein neues Paar bildet, dauert es für gewöhnlich eine gewisse Zeit, bis die Partner zusammenfinden.

GARRETT LIN: Kat und ich haben von Anfang an perfekt harmoniert.

Beide Teams halten einander bei den Händen und strahlen in die Kamera wie Highschoolkids beim Abschlussball. Katarina hat einen neuen Look: blondes Haar, professionelles Make-up, die Kleidung ist mit der von Garrett abgestimmt.

ELLIS DEAN: Von der Chaos-Queen zur Eisprinzessin. Wahnsinn, was so eine Frühjahrskur bewirken kann, nicht wahr?

JANE CURRER: Ms. Shaws Potenzial erschloss sich mir erst, als sie die Partnerschaft mit Mr. Lin einging.

Ein Ausschnitt aus dem Originaltanz von Shaw und Lin für die Saison 2002/2003: ein samtweicher Walzer zu dem Song Kiss from a Rose *von Seal. Sie laufen schwungvoll und vollkommen synchron über die Eisfläche, und Katarinas Rock, der mit mehreren Lagen an eine Rosenblüte erinnert, wirbelt bei jeder Drehung um ihre Beine.*

JANE CURRER: Katarina Shaw hat sich in jenen Jahren zu einer bezaubernden jungen Dame entwickelt.

INEZ ACTON: Sie haben aus ihr eine verdammte Eiskunstlauf-Barbie gemacht. Was für ein Schwachsinn.

GARRETT LIN: Kat und ich haben das jeweils Beste in dem anderen hervorgebracht. Alle reden immer davon, dass sie schwierig gewesen sein soll, aber das kann ich überhaupt nicht bestätigen. Für mich hat sie alles viel leichter gemacht.

KIRK LOCKWOOD: Shaw und Lin waren einfach nicht aufzuhalten. Gleich im ersten Jahr, in dem sie zusammen angetreten sind, haben sie den US-Titel geholt – damit haben sie Geschichte geschrieben.

FRANCESCA GASKELL: Die Leute haben sie immer »24 Karrett« genannt, weil sie ständig Gold gewonnen haben.

Eine Videomontage zeigt Katarina und Garrett auf einem Siegerpodium nach dem anderen: Sie erringen die Goldmedaille bei drei US-Meisterschaften in Folge und Silber bei zwei weiteren Weltmeisterschaften.

VERONIKA VOLKOVA: Zugegeben, die beiden waren ein gutes Team. Aber nicht gut genug, um Jelena und Nikita den WM-Titel zu nehmen.

FRANCESCA GASKELL: Bella und Zack hatten es allerdings noch schwerer.

Ein Filmclip von Bella Lins und Zack Branwells Kür für die Saison 2002/2003: Sie tanzen zu Auszügen aus der Filmmusik von Titanic *und tragen Kostüme im Stil von Jack und Rose.*

INEZ ACTON: Es war absolut verständlich, dass Bella mehr in die romantische Richtung gehen wollte, nachdem sie so viele Jahre mit ihrem Bruder gelaufen war. Aber es hat irgendwie nicht ... funktioniert.

Auf einer Nahaufnahme einer erotisch-aufgeheizten Choreografie des Titanic-Programms ist zu erkennen, wie viel Mühe sich Bella gibt, mit ihrem Partner in Verbindung zu treten. Zachary hingegen hält so gut wie keinen Blickkontakt.

ELLIS DEAN: Zwischen Bella und ihrem Bruder war deutlich mehr Chemie.

Paparazzi-Aufnahmen zeigen Bella und Zachary beim Ausgehen in Downtown Los Angeles im Party-Outfit und mit gelangweilten Mienen. Ein paar Schritte dahinter folgen ihnen Katarina und Garrett Arm in Arm.

ELLIS DEAN: Nach ihrer ersten gemeinsamen Saison hat Bella aufgegeben so zu tun, als wären Zack und sie auch privat ein Paar. Das hat ihnen sowieso niemand abgekauft. Jeder wusste, dass er nach wie vor nur Paige im Kopf hatte.

GARRETT LIN: Zack hat sehr darunter gelitten, von seiner Familie getrennt zu sein. Vor allem als er nach seiner Knieverletzung in die Reha musste.

ELLIS DEAN: Manchmal frage ich mich, ob er es darauf angelegt hatte, sich das Knie zu verletzen, als Exit-Strategie gewissermaßen. Die Nummer, wie die Lins alle Hebel in Bewegung gesetzt hatten, um Zacks Kind der Liebe geheim zu halten, wäre im guten alten Hollywood erstklassiger Kinostoff gewesen.

JANE CURRER: Ich schätze diesen Vergleich eigentlich nicht besonders, aber es wird oft gesagt, dass der Zyklus einer Olympiade wie politischer Wahlkampf ist.

In einer Fotomontage aus den ersten Jahren, in denen Katarina und Garrett ein Team bildeten, sind sie zu sehen, wie sie sich ihren Fans stellen, Autogramme geben und für Fotos posen.

JANE CURRER: Es erfordert jahrelange Vorbereitung, und kurz vor dem Ende muss man noch einmal alles geben. Und um erfolgreich zu sein, braucht es deutlich mehr als sportliches Können.

GARRETT LIN: Bei der Vorbereitung auf die WM 2005 lastete enormer Druck auf Kat und mir. Wir waren seit drei Jahren ein Team, und die Weltmeisterschaft war der einzige Titel, den wir noch nicht gewonnen hatten. Außerdem traten wir in Moskau an – ein Heimspiel für unsere Erzrivalen. Ganz zu schweigen von der Tatsache, dass es einer der ersten großen Wettkämpfe war, bei dem die neue Bewertung angewendet werden sollte.

KIRK LOCKWOOD: Für die Saison 2004/2005 hat die International Skating Union das Wertungssystem aufpoliert. Der Zweck des Ganzen war, den Eiskunstlauf fairer und objektiver zu beurteilen.

In einer Grafik wird die neue Benotung erläutert: Jedes Element eines Programms wird gemessen am Schwierigkeitsgrad auf einer Skala zwischen eins und vier bewertet, und dieser Grundwert kann sich dann je nach Leistung erhöhen oder verringern.

JANE CURRER: Das bedeutete natürlich für alle eine große Umstellung, aber es war notwendig. Ich persönlich habe mein Leben lang objektiv bewertet, aber das alte System hatte Tür und Tor für Korruption und geheime Absprachen geöffnet.

VERONIKA VOLKOVA: Weil die Amerikaner uns nicht besiegen konnten, haben sie die Regeln geändert.

ELLIS DEAN: Das neue Wertungssystem nervte total. Ich konnte immer gut mit dem Publikum und eine gute Show hinlegen, aber dieser ganze bürokratische Kram war nicht meine Welt. Nach unserer grottigen Darbietung in Nagano waren Josie und ich sowieso praktisch chancenlos. Sheila kassierte immer fleißig Geld von uns, aber sie zeigte nie auch nur das leiseste Interesse daran, ob wir Fortschritte machten oder nicht.

GARRETT LIN: Alle denken immer, dass meine Mom ständig Druck gemacht hat, damit wir gewinnen oder möglichst perfekt sind, aber die Wahrheit ist, dass das gar nicht nötig war. Den Druck habe ich mir selbst gemacht. Ich wusste, dass das nicht normal war. Aber wir waren nun mal nicht normal. Wir waren die Lins. Von uns wurde erwartet, dass wir außergewöhnliche Leistungen brachten. Und nachdem Bella und Zack so zu kämpfen hatten, kam es erst recht auf mich an. Ich musste einfach gewinnen.

KAPITEL 27

»*Und nun kommen wir zum letzten Paar, aus den Vereinigten Staaten: Katarina Shaw und Garrett Lin!*«

Hand in Hand glitten Garrett und ich zur Mitte der Eisfläche. Wir hatten bei Jelenas und Nikitas Kür nicht zugesehen, aber dem kollektiven Aufstöhnen des Publikums im Sportpalast Luschniki nach zu urteilen, musste unseren Rivalen nach der ersten Hälfte ihres Schwanensee-Programms mindestens ein deutlicher Patzer unterlaufen sein.

Mit unserem fehlerfreien *Midnight-Blues*-Pflichttanz hatten wir die Führung übernommen und den Vorsprung mit unserer energiegeladenen Performance zu einer Auswahl von Songs aus dem Musical *42nd Street* noch ausgeweitet. Alles, was uns von unserem ersten Weltmeisterschaftstitel trennte, waren vier Minuten Kürtanz. Wir mussten nur sauber laufen, dann würden wir in die kommende olympische Saison als amtierende Weltmeister eintreten.

Für unsere Kür hatten wir ebenfalls ein Stück von Tschaikowsky ausgewählt: die Sinfonie, zu der ihn Shakespeares Drama *Der Sturm* inspiriert hatte. Das war Sheilas Vorstellung von psychologischer Kriegsführung – unsere Konkurrenz zu blamieren, indem wir ihnen mit unserem Tanz nicht nur eine Niederlage beibrachten, sondern auch noch mit Musik desselben Komponisten (und nicht zu vergessen einer russischen Legende).

In Garretts Kostüm waren filigrane Meereswirbel eingefärbt, während meines quer über der Brust einen Blitz aus Strasssteinen trug. Wir sollten das Meer und den Sturm darstellen, die mit leidenschaftlicher, roher Naturgewalt aufeinanderprallten. Das

Konzept schien mir ein wenig abgehoben. Aber im Vergleich zu unserem wirkte die klassisch gehaltene, an Ballett angelehnte Choreografie von Volkova und Zolotov wie ein müdes Tänzchen. Beim Grand-Prix-Finale in Peking hatten wir sie bereits geschlagen.

Und unsere schärfsten Rivalen waren schon aus dem Rennen. Ich hatte mit Bella nicht mehr gesprochen, seit sie und Zack nach einem schwerfälligen Originaltanz offiziell ausgeschieden waren. Zack hatte die Eisfläche humpelnd verlassen. Sie hatten ihr Programm ohnehin schon erheblich an seine zunehmenden Knieprobleme anpassen müssen. Selbst wenn sie in der Lage gewesen wären, das Turnier bis zum Ende durchzustehen, hätten sie keine Medaillen errungen. Nach den Weltmeisterschaften stand eine Knie-OP an, und sein Arzt meinte, dass er im Herbst voraussichtlich wieder aufs Eis zurückkehren könnte. Aber eine Garantie gab es nicht.

Ich nahm meine Startposition ein: die Arme um Garrett geschlungen, mein Kopf an seine Schulter gelehnt. Wir liefen seit drei Jahren zusammen, und ich hatte immer noch das Gefühl, dass ich Garrett Lin kaum kannte. Nur eines wusste ich: Jedes Mal, wenn wir die Eisfläche betraten, hatte er panische Angst. Von Weitem wirkte er entspannt und selbstbewusst, aber aus der Nähe konnte ich seinen Schweiß riechen und seinen beschleunigten Puls an meiner Schläfe spüren. Aus irgendeinem Grund ließ mich seine Panik ruhiger werden.

Während ich einen tiefen Atemzug machte, wartete ich darauf, dass Streicher und Bläser einsetzten und die erste Note der langsamen Melodie spielten, die den Ton für unsere Eröffnungssequenz vorgab.

Und in diesem Augenblick sah ich ihn.

Er stand auf der Treppe zur Tribüne, linker Hand von dem Tisch der Jury. Er trug einen schwarzen Wollmantel, und sein dunkles Haar war so kurz geschoren, dass man die Kopfhaut sah.

Er sah so völlig anders aus als jener Heath Rocha, den ich gekannt und geliebt hatte. Und dennoch ließ sein Anblick mein Herz höherschlagen.

»Was ist?«, flüsterte Garrett, die Arme um meinen Körper gelegt. Ohne es zu merken, hatte ich den Kopf gehoben und meine Muskeln aufs Äußerste angespannt.

Doch es war zu spät für Erklärungen. Unsere Musik hatte eingesetzt, und wir liefen los – eine Spur zu spät, aber Garrett brachte uns routiniert und sicher wieder in Takt.

Mit Heath auf dem Eis war ich so von den Emotionen mitgerissen worden, dass ich immer das Gefühl gehabt hatte, jeden Moment die Kontrolle zu verlieren. Mit Garrett war alles präzise. Auf den Punkt. Kontrolliert. Bei Garrett musste ich daran denken, zu lächeln, ihm leidenschaftlich und sehnsüchtig genug in die Augen zu sehen und rechtzeitig die Hand nach ihm auszustrecken. Mit Heath passierte das alles wie von selbst. Mit Garrett war alles Teil der Choreografie, das ich mir genauso aneignen musste wie die Schritte, die Rotationen und die Hebungen.

Anfangs hatte die Künstlichkeit der Gefühle mich irritiert. Doch an jenem Tag war ich dankbar dafür. Als wir uns der ersten Twizzle-Sequenz näherten – und die Fanfarenstöße der Holzbläser das herannahende musikalische Unwetter ankündigten –, hatte das Muskelgedächtnis übernommen, und ich funktionierte mustergültig wie immer.

Doch am Ende der letzten Drehung konnte ich mich nicht beherrschen und wagte noch einmal einen Blick zur Treppe hinüber.

Er war nicht mehr da.

Ich sagte mir, dass ich mir alles nur eingebildet hatte. Sicher war die Anspannung schuld. Seit ein paar Jahren suchte ich schon nicht mehr nach Heath – nachdem die Behörden mich darüber unterrichtet hatten, dass er erwachsen war, aus eigenem Antrieb gegangen und daher nicht als vermisst gemeldet werden könnte, nachdem alle verfügbaren Kontakte der Zwillinge aus der Welt des Eiskunstlaufs nicht den kleinsten Hinweis auf seinen Aufenthaltsort erbracht hatten, nachdem Sheila mich zur Seite genommen und mir eingeschärft hatte, dass ich loslassen und mich auf die Gegenwart fokussieren müsse, weil für meine persönlichen Probleme kein Platz auf dem Eis war.

Ich hatte aufgehört zu suchen, aber nicht, mich nach ihm umzusehen. Wie oft hatte ich mich in den vergangenen drei Jahren damit verrückt gemacht, mir vorzustellen, Heath würde bei einem Wettbewerb plötzlich auf der Tribüne auftauchen? Wie oft hatte ich irgendeinen Fremden mit dunklem Haar für ihn gehalten – in der Menschenmenge beim Bummeln oder in der Schlange beim Boarding eines Flugs oder wenn ich mir einen Kaffee holte?

Und so war es zweifellos auch dieses Mal. Ein neues Phantom, heraufbeschworen von meiner Wut, meinem gebrochenen Herzen und der unsagbaren Angst, dass Heath mich wirklich für immer verlassen hatte.

Ich hatte keine Zeit für Angst. Ich hatte einen Titel zu gewinnen. Also stürzte ich mich in den Tanz und zog das Tempo an, während Tschaikowskys Unwetter im bedrohlichen Donner der Kesselpauken an Schwung aufnahm. Kurz vor dem Höhepunkt des Stücks, wenn Streichinstrumente und Becken hohe Wellen gegen die Felsen schlagen lassen, setzte Garrett zu unserer dramatischsten Hebung an. Ich balancierte mit nur einem Schlittschuh auf seinem Bein und breitete weit die Arme aus, wie eine Hexenmeisterin, die einen Fluch herausschleudert. Mein Rock flatterte wie wild hinter mir, während wir mit so viel Wucht über das Eis schossen, als hätten wir unseren eigenen Sturm entfacht, doch dann ...

Da war er wieder. Er stand direkt hinter der Bande und beobachtete uns.

Heath. Das konnte nicht sein. Aber er war es.

Mein Bein begann nachzugeben. Garrett grub seine Finger hinein, um unsere Hebefigur zu retten. Ich drohte schon abzustürzen, da improvisierte er, fing mich auf und ließ mich von seiner Hüfte abprallen, als hätten wir einen ungeschickten Lindy Hop eingelegt. Seine schnelle Reaktion hatte uns davor gerettet, aufs Eis zu krachen, aber das Ganze war plump und hatte viel zu viel Zeit gekostet.

Ich versuchte, es rasch in meinem Kopf zu überschlagen und zu schätzen, wie teuer uns mein Fehler zu stehen kommen würde. Nach den neuen Regeln würde uns die Zeitüberschreitung bei der Hebung mindestens einen Punkt kosten. Der tollpatschige Abgang sogar noch mehr. Wir hatten einen soliden Vorsprung vor den Russen, doch wenn wir uns noch einen Fehler erlaubten, konnte die Sache doch noch schiefgehen.

An den Rest des Programms habe ich kaum noch eine Erinnerung. Ich lief mit offenen Augen, aber ich sah immer nur Heath vor mir und den hasserfüllten Gesichtsausdruck unter seinem neuen soldatischen Haarschnitt. Alles, was ich noch weiß, ist, dass im nächsten Moment die Menge wie verrückt jubelte und Garrett mich umarmte.

Auf dem Weg zur Kiss-and-Cry-Bank hob Garrett eines der Plüschtiere auf, die aufs Eis geworfen worden waren – ein kleiner Hund mit goldfarbenem Wuschelfell – und überreichte ihn mir. Während wir auf die Wertung warteten, umklammerte ich seinen Hals so fest, als wollte ich ihn erdrosseln.

Die Noten auf der Anzeigetafel leuchteten auf, doch ich suchte immer noch die Tribüne nach Heath ab. Dass wir gewonnen hatten, begriff ich erst, als Garrett mich mit Triumphgeschrei in die Luft hob. Sheila umarmte uns beide gleichzeitig und strahlte, als hätte sie selbst Gold errungen.

Ich war wie betäubt. *Ich bin Weltmeisterin*, war mein erster Gedanke.

Mein zweiter: *Bella wird mich hassen*.

Garrett und ich wurden aus der Tränenecke gezerrt, um vor unzähligen Mikrofonen und Kameras ein Interview nach dem anderen zu geben. Ein vielstimmiger Chor aus verwirrend vielen Sprachen bombardierte uns mit Fragen. Ich überließ ihm zum größten Teil das Reden und hielt mich an seinem Arm fest.

Lächeln, ermahnte ich mich unaufhörlich. *Das ist der schönste Tag in deinem Leben.*

Spätestens, wenn ich die Medaille um den Hals trug, würde ich begreifen, was hier geschah. Doch auch als ich vom Siegerpodium aus der Menschenmenge zuwinkte, fühlte ich mich immer noch völlig benommen. Beim Erklingen der Nationalhymne stand ich da, eine Hand auf dem Herzen, eine an der Medaille, und versuchte, mich mithilfe von tiefen Atemzügen und dem kalten Metall an meinen Fingern wieder zu erden.

Kein echtes Gold, bloß vergoldetes Silber. Man musste nur fest genug kratzen, dann kam das echte Innenleben zum Vorschein.

In Garretts Augen schimmerten Tränen, als er zu *The Star-Spangled Banner* mitsang. Ich bewegte die Lippen, aber brachte keinen Ton heraus.

Und da war er wieder. Direkt unter der Flagge, wo ich ihn nicht übersehen konnte. Drei Jahre war Nagano erst her, doch er war kaum noch zu erkennen – nur seine Augen waren dieselben. Die schweren Lider, die langen Wimpern, die Iris so dunkel, dass sie von der Pupille kaum zu unterscheiden war. Sie starrten mich so unverwandt an, er hätte mir ebenso gut die Hand an die Kehle drücken können. Diese Augen würde ich überall wiedererkennen.

Die Sieger blieben so lange auf dem Podium, bis alle offiziellen Bilder festgehalten worden waren, danach folgte die Ehrenrunde entlang der Bande. Die Medaillen-Zeremonie war mir inzwischen in Fleisch und Blut übergegangen, ich kannte das Prozedere in- und auswendig.

Doch kaum war der letzte Ton der Nationalhymne verklungen, drückte ich Garrett meinen Blumenstrauß in die Hand. Er warf mir einen verblüfften Blick zu, aber ich war bereits vom obersten Podestplatz geklettert und auf dem Weg zum Ausgang.

Ich dachte schon, ich hätte Heath verloren. Doch als ich die Lobby erreichte, entdeckte ich den Rücken seines dunklen Mantels, als er gerade die Glastüren zum Parkplatz aufstieß. Ich war ihm, so schnell ich konnte, hinterhergelaufen und hatte immer noch die Schlittschuhe an den Füßen. Nicht einmal die Schoner hatte ich vorher übergezogen – die Kufen waren mit Sicherheit ruiniert. Ich trug inzwischen persönlich für mich angefertigte Schlittschuhe, auf denen wie bei Bella und Garrett mein Name in Schreibschrift eingeprägt war.

Schon die ganze Woche über hatte arktische Kälte geherrscht, und es schneite – weiße Flocken wirbelten über das Pflaster, Nadeln aus Eis stachen mir in die Augen. Nach all den Jahren in Los Angeles war ich empfindlicher gegen Kälte geworden, aber nun spürte ich sie nicht. Mit angehaltenem Atem suchte ich den Parkplatz ab, vom stillgelegten Springbrunnen in der Mitte bis zu den Zedern, die die Grenze bildeten. Heath war wie vom Erdboden verschluckt.

Wenn er überhaupt jemals hier gewesen war.

»Kat!« Garrett hatte mich eingeholt. »Was ist denn ...?«

»Was zum Teufel glauben Sie, was Sie hier tun?« Sheila war wenige Schritte hinter ihrem Sohn, und während er wegen meines eigenartigen Benehmens ernsthaft besorgt schien, war sie einfach nur außer sich vor Wut.

»Gib ihr einen Moment«, bat Garrett.

Sheila funkelte ihn an, und er machte prompt einen Schritt zurück. Auf einmal wirkte er wie ein eingeschüchterter Schuljunge und nicht wie ein zwanzigjähriger Weltmeister.

»Tut mir leid.« Mir schlotterten die Knie. Meine Kufen wackelten dadurch so sehr hin und her, dass ich das Gefühl hatte, auf einem schwankenden Schiff zu stehen. Ich war mir so sicher gewesen, dass er es war, doch nun überkamen mich Zweifel. »Ich ...«

»Sie sind jetzt Weltmeisterin«, fauchte Sheila. »Also benehmen Sie sich gefälligst so.«

Sie machte auf dem Absatz kehrt und stolzierte wieder in das Gebäude.

»Komm.« Garrett legte mir seine Team-USA-Jacke um die Schultern. »Die warten alle auf uns.«

Wie viel ich für diesen Augenblick geopfert hatte. Aber das war es doch wert gewesen, oder etwa nicht? Garrett und ich waren Weltmeister. Wir würden die Favoriten auf die Goldmedaille bei den nächsten Olympischen Spielen sein.

Also benimm dich auch so.

GARRETT LIN: Damals in Moskau schien es, als hätte Kat ein Gespenst gesehen.

Eine Nahaufnahme von Katarina Shaw während der Medaillenverleihung bei den Weltmeisterschaften im Eiskunstlauf 2005. Die Augen wie im Schock weit aufgerissen, während Garrett und die anderen Medaillengewinner irritiert verfolgen, wie sie vom Siegerpodium springt.

GARRETT LIN: Sie hat mir nie gesagt, was da los war. Und ich wollte nicht neugierig erscheinen.

Bei der Pressekonferenz der WM 2005 sitzen die Medaillengewinner aufgereiht an einem langen Tisch mit Namensschildern und Mikrofonen vor sich und beantworten die Fragen der Journalisten.

»Wieso sind Sie während der Medaillenverleihung so plötzlich verschwunden, Katarina?«

Katarina schenkt dem Reporter ein gezwungenes Lächeln. »Es war immer schon mein Traum, die Weltmeisterschaften zu gewinnen«, *erklärt sie.* »Dort oben zu stehen, die Nationalhymne zu hören ... Ich glaube, ich ... war einfach überwältigt.«

Die Antwort ist so aufgesetzt wie ihr Lächeln. Garrett legt den Arm um ihre Schultern und präsentiert dem ganzen Raum ein entwaffnendes Grinsen.

»Sie wollte nicht, dass jemand sie weinen sieht – ich war auch drauf und dran, da oben Rotz und Wasser zu heulen.«

Er lacht, die Presseleute ebenfalls. Katarina entspannt sich ein wenig und lehnt sich bei Garrett an.

GARRETT LIN: Wenn man einen solchen Meilenstein erreicht hat, fühlt es sich nie so an, wie man sich das vorgestellt hat. Mir war auch nicht gerade nach Feiern zumute, weil meine Schwester so aufgebracht war.

Bella Lin und Zack Branwell beobachten den Kürtanz der WM 2005 von den hinteren Reihen aus. Auf dem Schoß hat Bella eine zerknitterte US-Fahne. Sie sieht wütend aus. Als sie bemerkt, dass die Kamera auf sie gerichtet ist, lächelt sie und schwenkt die Fahne. Sie stößt Zack an, damit er ihrem Beispiel folgt.

GARRETT LIN: Bellas größter Traum war immer schon gewesen, eines Tages an der Olympiade teilzunehmen. Was mit Zack passiert ist, war wirklich ein Riesenpech, aber ich wusste, sie würde auch so einen Weg finden, in Turin dabei zu sein. Meine Schwester bekam immer alles, was sie sich in den Kopf gesetzt hatte. Koste es, was es wolle.

KAPITEL 28

An unserem letzten Tag in Russland lud Sheila uns alle zum Brunch in ein Restaurant mit weißen Tischdecken und einem atemberaubenden Blick auf den Roten Platz ein. Bella kam mit Verspätung – und allein.

Seit die Weltmeisterschaften zu Ende waren, hatte sie nicht mehr mit mir gesprochen – abgesehen von einem flüchtigen »Glückwunsch«, noch um einiges weniger überzeugend als das, was ich anlässlich der Bronzemedaille im Jahr 2002 für sie übrig gehabt hatte. Nachdem ich mich mit Garrett zusammengetan hatte, war ich bei den Lins eingezogen, wo ich ein Gästezimmer am Ende des Flurs hatte, in dem sich auch die nebeneinandergelegenen Suiten der Zwillinge befanden. In der ersten Zeit fühlte es sich an wie eine Dauer-Pyjamaparty mit der Schwester, die ich nie hatte. Doch je mehr Bella und Zack zu kämpfen hatten, desto mehr hatte sie sich zurückgezogen.

Geduldig wartete ich Blini und Kaviar ab, der in verzierten Silberschälchen serviert wurde, ehe ich sie nach Zack fragte.

»Dem geht's gut«, sagte Bella. »Er ist nur schon früher nach Hause geflogen.«

»Nach Los Angeles?«

»Nach Minnesota. Er wird eine Weile bei seinen Eltern wohnen.«

Was im Klartext hieß, dass er Zeit mit seiner Ex-Partnerin – und mutmaßlicher Ex-Freundin – Paige verbringen wollte. Ihr Kind war mittlerweile dem Säuglingsalter entwachsen, und Paige hatte seit der Geburt bei den Branwells gelebt. Zack fuhr nach

Hause, so oft er Gelegenheit dazu fand, was einer der vielen Streitpunkte zwischen ihm und Bella war, weil das von der gemeinsamen Trainingszeit abging.

Bella war sich so sicher gewesen, dass sie und Zack auserkoren waren, das goldene Team zu werden, während Garrett und ich dauerhaft in ihrem Windschatten segelten. Doch nun sah es so aus, als stünde sie kurz vor der Olympiade ganz ohne Partner da, während ihr Bruder und ich diejenigen waren, die es zu besiegen galt.

»Was hast du vor?«, wollte ich wissen.

Sie nahm einen Schluck von ihrem Tee und klackerte mit den Fingernägeln über den vergoldeten Teeglashalter. »Mach dir keine Sorgen um mich. Mir fällt schon was ein.«

Ich war erleichtert, dass sie angesichts der Umstände so ruhig blieb.

Ich hätte mich fragen sollen, warum.

Nach unserem beinahe dreizehnstündigen Rückflug von Moskau nach L.A. erlaubte uns Sheila, am nächsten Tag länger zu schlafen – allerdings nur eine Stunde. Freie Tage gab es nicht, auch nicht für Weltmeister.

Mein Zimmer bei den Lins war luxuriös, aber schlicht: weiße Wände, weiße Bettwäsche, weiß lackierte Möbel direkt aus dem Showroom eines dieser exklusiven Geschäfte, in die man nur mit Termin hineinkam. Wir waren ständig auf Reisen, sodass ich mir noch nicht die Mühe gemacht hatte, es irgendwie zu dekorieren, geschweige denn richtig auszupacken. Der Raum fühlte sich genauso wenig wie ein Zuhause an wie die endlose Zahl von Hotelzimmern, in denen wir während der Wettkampfphase abstiegen.

Im Bett fühlte ich mich jedoch wie auf Wolken, wofür dicker Memory-Schaum und das Bettzeug sorgten, das Sheilas Haushälterin jeden zweiten Tag frisch bezog. Trotzdem konnte ich nicht schlafen. Auch im Flugzeug bekam ich kein Auge zu, woran auch

Liegesitze, nach Lavendel duftende seidene Augenmasken und der ganze Komfort der ersten Klasse nichts ändern konnten.

In den Monaten, nachdem Heath verschwunden war, hatte ich ebenso an massiver Schlaflosigkeit gelitten. Nächtelang wälzte ich mich hin und her und versuchte mir vorzustellen, wo er sein mochte, was er wohl gerade tat. War er auch gerade im Bett, oder war er in irgendeiner entlegenen Zeitzone, wo der Tag eben erst anfing? War er allein? Die Vorstellung, er könnte ganz allein sein, war schrecklich, aber noch schlimmer fand ich den Gedanken, dass er mit einer anderen zusammen sein könnte.

War er es gewesen, dort in Moskau? Oder fing ich an, den Verstand zu verlieren?

Kurz nach fünf gab ich es auf, noch in den Schlaf finden zu wollen, und beschloss, einfach früher zur Eishalle zu fahren. Garrett ließ mich seinen Audi-SUV fahren, wann immer ich wollte, also brauste ich mit heruntergelassenen Scheiben den herrlich freien Pacific Coast Highway entlang und genoss die kühle Meeresbrise auf meinem Gesicht, als die Sonne über die Fächerpalmen kletterte.

Vielleicht war ein wenig Zeit für mich allein auf dem Eis alles, was ich brauchte. Ohne Zuschauer, ohne Konkurrenz, ohne Druck.

Obwohl ich niemanden bis kurz vor Trainingsbeginn um sieben erwartete, hatte ich mir die Zeit genommen, mich zu frisieren und Make-up aufzulegen. Sheila schärfte uns immer ein, wie wichtig es war, zu jedem Zeitpunkt auf sein Aussehen zu achten. Man konnte nie wissen, wer gerade zusah und sich eine Meinung bildete.

Es war kurz vor sechs, als ich die hauptsächlich fürs Training genutzte Eisfläche betrat und feststellen musste, dass ich die Halle nicht für mich allein hatte. Jemand anders war schneller gewesen und lief bereits auf dem noch jungfräulichen Eis.

In seinem hautengen schwarzen Anzug war er nur ein verwischter Schatten an den Wänden. Obwohl keine Musik lief, konnte ich einen Rhythmus heraushören – im Kratzen der Kufen auf der glatten Oberfläche, an der dezenten Bewegung seiner Hüften und sogar an der Art, wie er die Fingerkuppen streckte.

Der Typ war gut. *Richtig* gut. Wenn er die Richtung wechselte, lehnte er sich so tief in die Kurve, dass ich fürchtete, er könnte umkippen, aber er hatte sich völlig im Griff.

In der Mitte der Eisfläche kam er mit geschmeidigem Schwung zum Halt. Eiskristalle flogen glitzernd durch die Luft. Dann blickte er auf.

Ich taumelte zurück, als wäre ich geschlagen worden.

Heath Rocha öffnete leicht die Lippen. Genauso hatte er immer ausgesehen, wenn er mich stundenlang geküsst hatte.

»Hallo, Katarina«, sagte er.

KAPITEL 29

atarina.
    Heath war der Einzige, der mich je so genannt hatte, Journalisten und Kommentatoren nicht mitgerechnet. Wenn er mich früher bei meinem vollen Namen nannte, ließ er jede einzelne Silbe immer regelrecht auf der Zunge zergehen, als wäre mein Name für ihn das schönste Wort von allen.

Nun schleuderte er mir meinen Namen entgegen wie eine Beleidigung.

»Glückwunsch zum WM-Titel«, sagte er, und auch das klang aus seinem Mund wie blanker Hohn.

Es war drei Jahre her, fast auf den Tag genau, dass er im eisigen Regen in Nagano weggelaufen war, und er wirkte wie ein völlig anderer Mensch. Seine Haltung war aufrechter, seine Schultern nach unten gezogen wie bei einem Balletttänzer. Er war geradezu hager geworden – alles Weiche war aus seinen Konturen verschwunden, und seine Gesichtszüge wirkten kantig und streng. Seine üppige Lockenmähne war abrasiert. Eine kleine weiße Narbe zog sich über seinen linken Wangenknochen, was die Wirkung seines kalten, harten Blicks noch verstärkte.

Und dennoch war er in meinen Augen immer noch wunderschön. Das war vielleicht das Schlimmste daran.

Es war offensichtlich, dass er mich auf die gleiche Weise auf Veränderungen abscannte. Seit wir nicht mehr zusammen waren, war ich beständig bemüht gewesen, meinem Körper alles Widerspenstige auszutreiben: Ich hatte mein Haar heller gefärbt und ausgedünnt und mich jeder Art von Bleichen und Waxing und sonstigen Schönheitsmaßnahmen unterworfen, die Bella und ihre Mutter mir empfahlen. Ich hatte sogar abgenommen, damit mein Körper weniger kurvig wirkte.

Mit meinem neuen Look fühlte ich mich professionell und präsentabel, wie eine echte Elite-Eistänzerin, die es verdiente, an der Seite von Goldjunge Garrett Lin zu stehen. Doch unter Heaths schonungslosem Blick kam ich mir wie ein albernes, kleines Mädchen in einem schlecht sitzenden Kostüm vor.

Er sah durch die Fassade hindurch und in mein Innerstes hinein. Diese Fähigkeit hatte er immer schon gehabt.

Ich hatte so viele Fragen an ihn – *wo bist du gewesen, warum hast du mich verlassen, wie konntest du nur so gemein sein* –, doch ich brachte nur ein »Was tust du hier?« zustande.

»Man hat mich eingeladen.«

»Wer?«

Die Tür wurde aufgerissen, und Bella stürzte auf die Eisfläche zu, unmittelbar gefolgt von Garrett.

Sie hatten sich offenbar in aller Eile angezogen. Bella hatte ihr Haar nur hastig zu einem unordentlichen Pferdeschwanz hochgebunden, statt die übliche Zopfkrone zu flechten und nicht einmal ihren Lippenpflegestift benutzt.

Vermutlich hatten sie beim Aufwachen bemerkt, dass ich schon zur Academy gefahren war. Sie hatten gewusst, was mich dort erwarten würde, und hatten sich beeilt, um mich abzufangen.

Die losen Enden in meinem Kopf fingen an, sich zusammenzufügen. Heaths Auftauchen in Moskau. Bellas untypische Gelassenheit, als Zack nach Hause zurückgeflogen war. Der hektische, schuldbewusste Ausdruck in ihren Augen, als ihr Blick nun zwischen Heath und mir hin und her schoss.

Natürlich musste sie sich keinen neuen Partner suchen, denn sie hatte bereits einen gefunden.

Heath war nicht wegen mir zurückgekommen. Sondern wegen *ihr*.

»Hör mal«, begann Bella. »Ich wollte nicht, dass du es auf diese Art erfährst. Aber wir wissen doch alle, dass Zack auf lange Zeit nicht fit genug für irgendwelche Wettkämpfe sein wird, wenn überhaupt jemals wieder, und ...«

»Aber du bist *Bella Lin*! Du kannst jeden Partner haben, den du willst!«

»Du weißt, dass das nicht so einfach ist.«

»Bullshit. Deine Mutter muss doch nur ein paar Strippen ziehen, irgendeinen armen Typen von sonst woher einfliegen lassen ...«

»Dafür ist es zu spät. Wir haben kaum noch ein Jahr bis zu den Winterspielen.«

Um einen Eiskunstläufer aus einem anderen Verband zu gewinnen und die Hürden für eine Einbürgerung zu überwinden, reichte die Zeit nicht mehr. Aber auch wenn sie sich auf alle US-amerikanischen Sportler beschränken musste, auch wenn sie während ihrer Zeit mit Zack in der Rangliste zurückgefallen war, blieben Bella immer noch genug andere Optionen.

Heath stand an der Seite und verfolgte amüsiert unsere Auseinandersetzung, als fände diese Aufführung ausschließlich zu seiner Belustigung statt.

»Bella fand immer, du wärst nicht gut genug für mich«, sagte ich zu ihm. »Und auf einmal bist du gut genug für sie?«

Heath lächelte nur – aber es hatte nichts mit dem Lächeln zu tun, das er früher für mich hatte. Es war die Art von Lächeln, die er bei meinem Bruder eingesetzt hatte, um ihn zur Weißglut zu bringen.

»Kat.« Garrett legte eine Hand auf meine Schulter. »Sollen wir nicht erst mal alle tief durchatmen und ...«

Ich fuhr herum und schüttelte seine Hand ab. »Wusstest du etwa davon?«

»Erst seit heute Morgen.«

»Und wenn du davon gewusst hättest, hättest du es mir gesagt?«

Garrett zögerte und warf seiner Schwester einen raschen Blick zu. Mehr musste ich nicht wissen. Und natürlich war Sheila ebenfalls im Bilde. Ich musste an Bellas Worte denken, in jener Nacht am Pool: *Ich halte es für das Beste, davon auszugehen, dass meine Mutter jederzeit alles weiß.* Gut möglich, dass das hier Sheilas Idee gewesen war.

Zu jenem Zeitpunkt sagte ich mir, ich sei nur so außer mir, weil sie mir gegenüber nicht ehrlich gewesen waren. Mittlerweile sehe ich ein, dass das nicht die Wahrheit ist. Die Vorstellung, dass Heath und Bella Partner auf dem Eis wurden, war für mich einfach unerträglich.

Ihr Treuebruch war schmerzhaft, aber seiner war viel, viel schlimmer. Denn Heath hatte sich während seiner Abwesenheit nicht nur verbessert – er hatte sich von Grund auf gewandelt. Er war nicht länger der Eistänzer, der er gewesen war, als wir zusammen waren. Er war so geworden, wie ich mir Heath in meinen kühnsten Träumen vorgestellt hatte.

Seine Liebe zu mir war nicht genug Motivation gewesen, um das Äußerste aus sich herauszuholen. Sein Hass hingegen schien ihm Flügel zu verleihen.

ELLIS DEAN: Dieser Idiot verschwindet also für volle drei Jahre von der Bildfläche und taucht dann einfach so wieder auf? Wenn das nicht der Stoff für eine Serie ist, weiß ich auch nicht. Einfach nicht zu fassen. Ich hätte zu gern Kats Gesicht gesehen.

GARRETT LIN: Nach der Sache in Nagano war ich in Sorge, Heath hätte sich womöglich ... etwas angetan. Kat gegenüber habe ich das nie erwähnen wollen. Aber ich schätze mal, dass ihr ein ähnlicher Gedanke ebenfalls gekommen war.

Eine Videoaufnahme vom Trainingscamp in der Lin Ice Academy vom Sommer 2005. Beim Aufwärmen improvisiert Heath eine Choreografie zu einem Song, zu dem ein Team auf der anderen Seite der Eisfläche gerade übt. Mehrere Eiskunstläufer bleiben stehen, um ihm zuzusehen, aber er scheint nichts und niemanden zu bemerken.

FRANCESCA GASKELL: Künstlerischer Ausdruck und die darstellerischen Komponenten waren immer schon seine Stärke gewesen, aber jetzt beherrschte er auch noch die nötige Technik. Heath wurde regelrecht *selbst* Musik.

KIRK LOCKWOOD: Völlig ausgeschlossen ist es nicht, dass ein Eiskunstläufer sich in so einem kurzen Zeitraum derart verbessern kann. Aber es ist schon höchst unwahrscheinlich.

ELLIS DEAN: Ich meine, der muss doch voll auf Anabolika gewesen sein oder so.

GARRETT LIN: Er hat nichts genommen. Doping spielt keine besonders große Rolle im Eistanz – zumal es nicht viel bringt. Klar, man könnte sein Durchhaltevermögen verbessern, aber im Eistanz geht es hauptsächlich um künstlerisches Können. Und dafür gibt es keine Wunderpillen.

JANE CURRER: Die U.S. Figure Skating Association vertritt bezüglich leistungssteigernder Substanzen eine Null-Toleranz-Politik. Mehr habe ich zu diesem Thema nicht zu sagen.

ELLIS DEAN: Der Junge war immer schon irgendwie voll süß, aber *diese Muskeln* hatte er vorher nicht.

GARRETT LIN: Meine Mutter ließ alle in der Academy wöchentlich auf Drogen testen – ihre eigenen Kinder eingeschlossen. Hätte Heath irgendwas genommen, hätte sie es herausgefunden und ihn rausgeworfen.

ELLIS DEAN: Kat hat sich garantiert in den Arsch gebissen, dass sie ihn hatte gehen lassen. Überall war die Sache Thema Nummer eins – von Kanada bis China hatten Eistänzer Wetten laufen, wie lange es wohl noch dauerte, bis Kat Shaw und Bella Lin sich gegenseitig die Augen auskratzten.

GARRETT LIN: Glauben Sie im Ernst, meine Mutter hätte solche kleinkarierten Streitereien in ihren Teams toleriert? Wir hatten alle dasselbe Ziel: die Olympischen Spiele. Für alles andere blieb keine Zeit.

Sheila coacht Katarina und Garrett, während im Hintergrund Bella und Heath über die Eisfläche laufen.

GARRETT LIN: Ehrlich gesagt gingen Bella und Kat sich die meiste Zeit aus dem Weg. Das war schade, nachdem sie so lange beste Freundinnen gewesen waren. Aber jeder wusste, dass Bella im Zweifel den Eistanz immer über alles andere – und jeden anderen – stellen würde. Und wenn es andersherum gewesen wäre? Ich bin mir sicher, Kat hätte genauso gehandelt.

KAPITEL 30

Ich hatte beschlossen, Heath und Bella einfach zu ignorieren. Ich konnte es mir nicht leisten, Energie an sie zu verschwenden – nicht, wenn ich bei der Olympiade Gold holen wollte.

Doch sie machten es mir nicht leicht. Wohin ich mich auch wendete, sie waren ständig da: entweder irgendwie ineinander verschlungen auf dem Eis oder Schulter an Schulter auf der Tribüne. Wenn Heath bemerkte, dass ich hinsah, rückte er noch näher an sie heran und fand einen Vorwand, um sie zu berühren – und Bella ließ ihn offenbar gern gewähren.

Ich gab es ungern zu, aber die beiden waren ein richtig gutes Team. Heath war so viel besser geworden, dass bei ihm von der Polka bis zum Mambo jeder Tanz kinderleicht aussah. Dank der Kombination aus Bellas kleiner, zierlicher Statur und den Muskeln, die Heath während seiner rätselhaften Abwesenheit entwickelt hatte, konnten sie Hebungen und Einlagen ausführen, die für die meisten Eistanzpaare schlicht nicht machbar waren.

Unzählige Gerüchte, wo Heath trainiert hatte, schwirrten umher – schließlich gab es nur eine begrenzte Zahl von erstklassigen Trainern, die Eistänzer ausbildeten, und noch viel weniger, die es mit Meistern ihres Fachs wie Sheila Lin aufnehmen konnten. Ein oder zwei Trainer hatten versucht, die Lorbeeren für sich zu beanspruchen, doch Heath weigerte sich, dazu Stellung zu beziehen. Fest stand nur, dass er es auf unergründliche Weise innerhalb weniger Jahre von einem brauchbaren Eistänzer zu einem Sportler der Spitzenklasse gebracht hatte.

Garrett und ich hingegen hatten unsere Schwierigkeiten. In unserer Kür in jener Saison tanzten wir zu einem Medley aus R&B-Songs. Die Choreografie verlangte eine sich langsam steigernde erotische Spannung mit jeder Menge sich vor Leidenschaft verzehrender Blicke und Klammerfiguren, bei denen ich meine Beine um Garretts Taille zu schlingen hatte. Es war nicht unser erstes romantisches Programm, doch so offenkundig sexy hatten wir noch nie getanzt. Wir beherrschten alle technischen Voraussetzungen, aber das Ganze fühlte sich seltsam verkrampft und aufgesetzt an – und dass der einzige Mann, den ich je geliebt hatte, von der anderen Seite der Eisfläche dabei zusah, machte alles nur noch schlimmer.

Heath an der Academy zu begegnen, konnte ich nicht verhindern. Also verlegte ich mein Fitnesstraining an einen anderen Ort.

Mein Lieblings-Trainingsort war in einem Canyon in der Nähe der Lins: viele Hundert Betonstufen, die eine steile Anhöhe hinaufführten. Bei mildem Wetter war es ein anspruchsvolles Workout, in der brütenden Sommerhitze von Los Angeles jedoch reine Folter – und damit genau das richtige Maß an Quälerei, um mich von meinem Kummer abzulenken.

Als es Herbst wurde, rettete ich mich dreimal pro Woche in den Canyon, wenn ich es zwischen Training auf dem Eis, den Tanzstunden und Promo-Terminen noch unterbringen konnte, sogar noch öfter. Da draußen war es still, nichts war zu hören außer dem Gesang der Vögel, dem Geräusch meiner Schuhe auf dem Beton und meinem Atem, erst ruhig, dann immer keuchender, je näher ich der obersten Stufe kam.

Bis zu einem Nachmittag im Oktober, als meine Ruhe von Schritten gestört wurde, die sich mir in hohem Tempo von unten näherten.

Gelegentlich traf ich auf Wanderer, aber die meisten nahmen lieber den Weg von oben nach unten. Es war sehr ungewöhnlich, dass jemand außer mir die Stufen hochlief, noch dazu schnell genug, um mich einzuholen.

Die Schritte wurden immer schneller, der Abstand geringer, bis der andere Jogger mich von rechts überholte und mich dabei beinahe gegen das rostige Geländer drückte.

Verärgert wollte ich mich gerade beschweren, doch dann sah ich, wer es war.

Heath. In Laufshorts, die es schwer machten, nicht auf seine durchtrainierten Oberschenkel zu starren.

Ich blieb stehen. »Was soll das, verfolgst du mich jetzt?«, blaffte ich ihn genervt an.

Ein paar Stufen über mir hielt Heath kurz inne, um zu mir herunterzusehen. Sein Haar glänzte in der Sonne – er hatte es wieder etwas wachsen lassen, gerade genug, dass sich die Locken andeuteten.

»Sieht eher so aus, als ob du mir folgst«, gab er zurück.

Er rannte weiter, immer zwei Stufen auf einmal nehmend, um den Vorsprung zu vergrößern. Der Mistkerl geriet nicht mal außer Atem.

Bei unseren Wettrennen entlang des Seeufers hatte ich ihn früher nie gewinnen lassen, und ich hatte nicht die Absicht, damit anzufangen. Also gab ich Gas und jagte ihm nach.

Je höher wir kamen, desto weniger Schatten gab es. Der Schweiß lief mir in Strömen den Rücken hinunter, und meine Beinmuskeln brannten wie in den letzten Takten eines Kürtanzes, aber es gelang mir, den Abstand zu verkürzen.

Die Treppe näherte sich einer Spitzkehre, einem ausgebrannten Baumstumpf, der quer über dem Weg lag, und ich sah die Gelegenheit gekommen, ihn zu überholen. Ich holte das Letzte aus mir heraus und sprintete so nah an ihm vorbei, dass sich unsere Hüften streiften, und dann hatte ich es geschafft: Ich war vor ihm, und nur wenige Stufen trennten mich von dem höchsten Punkt. Ich spürte Heaths Atem in meinem Nacken ...

Bis die Spitze meines Sneakers an einem Riss in der Kante der obersten Stufe hängen blieb, und ich auf die ausgedörrte Erde knallte. Meine Schienbeine jaulten auf vor Schmerz.

Ehe ich wusste, wie mir geschah, hatte Heath mich schon bei den Schultern gepackt und wieder auf die Füße gestellt. Das erste Mal, dass er mich seit Nagano berührte. Allerdings ließ er augenblicklich wieder los und schnellte zurück, als hätte er sich verbrannt. Ich hätte mich dafür ohrfeigen können, wie ich so vor ihm stand: wie eine Blume, die sich nach Licht sehnt.

Mit verschränkten Armen sah er zu, wie ich zu einem Graffitibeschmierten Felsbrocken humpelte. Tiefe Schrammen färbten meine Beine vom Knie bis zum Knöchel rot, und Schottersteinchen hatten sich in meine brennende Haut gegraben. Ich wollte sie abwischen, doch meine Handflächen waren ebenfalls aufgeschürft und voller Schmutz.

Heath seufzte. »Lass das. Du machst es nur schlimmer.«

Er löste eine kleine Trinkflasche von seinem Gürtel und kniete sich vor mir hin. Er war so nah, dass ich die Wärme spüren konnte, die von ihm ausging. Die Narbe unter seinem Auge war kaum noch zu sehen. Es war, als könnte ich die Hand ausstrecken und sie wegstreichen.

Ich hielt mich an dem Steinblock fest. Meine Fingernägel bohrten sich in die raue Oberfläche. An klaren Tagen bot sich hier ein atemberaubender Blick von den Santa Monica Mountains bis zum Pazifik, aber an jenem Nachmittag verwandelte der Smog die Aussicht in ein verschwommenes Aquarell. Während Heath meine Wunden mit sonnenwarmem Wasser ausspülte und seine Fingerspitzen – vielleicht ganz zufällig – meine Waden berührten, konzentrierte ich mich krampfhaft auf den grauen Dunst am Horizont. Alles war besser, als ihn anzusehen.

Kein Wunder, dass es mir so schwerfiel, zu Garrett auf dem Eis eine Verbindung herzustellen. Heaths Rückkehr erinnerte mich daran, wie sich echtes Verlangen anfühlte.

Heath erhob sich und zog den Saum seines Shirts hoch, um sich den Schweiß von der Stirn zu wischen. Ich wappnete mich vor dem Anblick seiner Bauchmuskeln, seiner schmalen Taille, doch was ich sah, waren ...

Seine Narben. Der gesamte Rücken war übersät mit Narben, die sehr viel erhabener waren als die auf seiner Wange. Ich atmete scharf ein.

»Was ist da passiert?«

Heath zog sein Hemd wieder zurecht. »Nichts.«

Die Narben waren in Größe und Form ganz unterschiedlich und wie zufällig verteilt, jedenfalls konnte ich keine Symmetrie entdecken. Sie waren schon seit Längerem abgeheilt, aber ich konnte mir gut vorstellen, wie die frischen Verletzungen ausgesehen haben mussten, wie weh sie getan haben mussten.

Ich hätte ihn am liebsten in die Arme genommen und dafür gesorgt, dass ihm nie wieder Schmerz zugefügt würde. Wer auch immer dafür verantwortlich war – ich hätte ihn am liebsten in Stücke gerissen.

Ich streckte die Hand nach ihm aus, aber er wich zurück.

»Heath«, sagte ich und registrierte mit Schaudern, wie viel Zärtlichkeit in meiner Stimme lag.

»Ach, auf einmal interessierst du dich für mich.«

»Natürlich interessiere ich mich für dich.«

»Du willst wissen, was mir passiert ist?«, schäumte er. »*Du* bist mir passiert. Du hast mich verlassen, und ...«

»*Ich* habe *dich* verlassen?« Hatte er sich das allen Ernstes diese ganzen Jahre eingeredet? Ich war diejenige, die ihm durch ganz Nagano nachgelaufen war und seinen Namen durch alle Straßen gerufen hatte. »Du hast *mich* verlassen.«

»Komm. Ich habe jedes Wort gehört, das du zu Ellis gesagt hast.«

»Das war doch nur Gerede. Ich hatte überhaupt noch nichts entschieden.«

»Du hast gesagt, ich würde dich ausbremsen. Dass ich nicht gut genug bin für dich. Dass du mit mir nicht gewinnen kannst. Und wir wissen beide nur zu gut, dass es dir immer nur darum geht.«

»Und deshalb hast du dann einfach für uns beide entschieden? Jetzt werden wir es nicht mehr herausfinden.«

»Nein, wohl kaum.« Er ging auf die Stufen zu. Die Fürsorglichkeit, die er eben noch gezeigt hatte, war verflogen, und zurück geblieben war nichts als kalte Verachtung. »Noch viel Spaß beim Laufen. Brich dir auf dem Rückweg nicht die Knochen.«

Dann rannte er so schnell die Treppe hinunter, dass ich ihn niemals hätte einholen können, selbst wenn ich gewollt hätte.

Ich stand auf dem Gipfel und schäumte vor Wut. Schweiß brannte in den Schrammen an meinen Beinen. Ich hatte Glück gehabt, aber das hätte übel ausgehen können. Ich hätte mir etwas brechen oder mir die Handgelenke verstauchen können, als ich meinen Sturz abfangen wollte.

Ich hatte so viele Jahre so hart trainiert, und dann hatte ich beinahe alles riskiert, nur um Heath einen Berg hinauf zu jagen, als wären wir immer noch zwei kleine Halbwilde.

Das hier war *mein* Jahr. *Meine* Olympiade. Ich würde mir das von niemandem ruinieren lassen.

Nicht einmal von Heath Rocha.

KIRK LOCKWOOD: Die ganze Welt ging davon aus, dass es in Turin zu einem erneuten Showdown zwischen den Amerikanern und den Russen kommen würde – darauf warteten alle, seit Sheila und ich Volkova / Zolotov in die Knie gezwungen hatten.

Bei der Medaillenverleihung der Winterspiele 1988 lächeln Sheila Lin und Kirk Lockwood vom obersten Treppchen, während Veronika Volkova und Michail Zolotov eine Stufe tiefer finster vor sich hinstarren.

KIRK LOCKWOOD: Aber wie man weiß, laufen die Dinge nicht immer nach Wunsch.

In einem Beitrag des russischen Staatsfernsehens verliest ein Nachrichtensprecher eine Eilmeldung, die englische Übersetzung wird darübergelegt.

»Nikita Zolotov, der Sohn des Eistänzers und Olympiasiegers Michail Zolotov, hat heute seinen Rückzug aus dem aktiven Sport bekannt gegeben. Seit den Weltmeisterschaften zu Beginn des Jahres in Moskau, bei denen er und seine Partnerin Jelena Volkova eine Niederlage gegen die Amerikaner Katarina Shaw und Garrett Lin hinnehmen mussten, hatte der junge Zolotov mit Verletzungsproblemen gekämpft.«

»Volkova und Zolotov galten allgemein als vielversprechende Favoriten für den Sieg im Eistanz bei der zwanzigsten Winterolympiade im italienischen Turin, doch nun hat Volkova nur wenige Monate vor den Spielen ihren Partner verloren.«

VERONIKA VOLKOVA: Jelena war am Boden zerstört.

ELLIS DEAN: Jelena ist vermutlich ein Stein vom Herzen gefallen. Ich kenne sie nicht, aber ich hatte immer den Eindruck, dass sie vor Nikita Angst hatte. Und vor ihrer Tante erst recht.

VERONIKA VOLKOVA: Sie war noch jung. Das habe ich ihr auch gesagt. Dann würde sie eben vier Jahre später an der Olympiade teilnehmen, mit einem neuen Partner. Einem besseren Partner. Vier Jahre später würde ohnehin niemand mehr wissen, wer Katarina Shaw war, da war ich sicher.

KIRK LOCKWOOD: Nachdem Volkova und Zolotov aus dem Rennen waren, lag es auf der Hand, dass Shaw und Lin die absoluten Favoriten waren. Den WM-Titel zu erringen, verleiht einem Team doch in aller Regel einen enormen Auftrieb. Das gibt ein ganz anderes Selbstbewusstsein. Da laufen dann nicht irgendwelche Eistänzer, sondern die Weltmeister.

Katarina Shaw und Garrett Lin zeigen ihren Kürtanz für die Saison 2005/2006. Sie tanzen zu einem Song der britischen R&B-Sängerin Sade Adu. Katarinas Kostüm ist schneeweiß, mit einem luftigen Rock aus hauchdünnem Stoff und einem strassbesetzten Oberteil. Garrett tritt ganz in Schwarz an, die Schultern ebenfalls mit Strass verziert.

KIRK LOCKWOOD: Wir gingen damals alle davon aus, dass Kat und Garrett sämtliche Medaillen der Saison abräumen und sich zur Krönung noch Gold in Turin holen würden. Aber der Eiskunstlauf ist immer für Überraschungen gut. Und für die Überraschung in jenem Jahr sorgten Lin und Rocha.

Bei der Nebelhorn Trophy 2005 treten Bella und Heath in ihrem allerersten gemeinsamen Wettkampf zu einer Musikauswahl aus dem Soundtrack zu dem Film Große Erwartungen *aus dem Jahr 1998 an. Bella trägt ein grünes Kleid mit einem fließenden Rockteil, Heath einen Frack aus Satin.*

Von seiner Kabine aus bemerkt der Sportkommentator Kirk Lockwood: »Kaum zu glauben, dass diese beiden erst seit wenigen Monaten ein Team sind. Wenn sie so weitermachen, gehört die Goldmedaille ihnen.«

GARRETT LIN: Kat und ich haben zu Beginn der Saison noch nicht an Wettkämpfen teilgenommen, und wir waren anderen Grand-Prix-Turnieren zugeteilt als Bella und Heath. Wenn wir uns beide für das Grand Prix Final im Dezember qualifizierten, würden wir erst dort zum ersten Mal gegeneinander angetreten.

ELLIS DEAN: Es sah fast so aus, als würde Sheila sie absichtlich voneinander fernhalten, um so richtig Spannung für den großen Showdown aufzubauen.

GARRETT LIN: Ich war ziemlich erleichtert darüber, nicht so sehr meinetwegen, sondern wegen Kat. Ich wusste, dass sie immer noch zu kämpfen hatte, vor allem mit unserer Kür. Aber wir haben trotzdem unsere beiden Grand Prix gewonnen.

Katarina und Garrett winken vom obersten Siegerpodest, erst bei Skate America in Atlantic City, dann bei der Trophée Éric Bompard *in Paris.*

KIRK LOCKWOOD: Obwohl es ja wirklich fantastisch für die beiden lief, war es ein regelrechter Schock, als Lin und Rocha bei *Skate Canada* die Silbermedaille erkämpften – es war erst das zweite Turnier, das sie gemeinsam bestritten, und das erste mit harter internationaler Konkurrenz. In Japan haben sie dann Gold geholt.

Bella Lin und Heath Rocha blicken gespannt auf die Anzeigetafel bei der NHK Trophy in Osaka. Als ihre Wertung erscheint, lächeln sie und umarmen sich.

»*Da habt ihr's, Leute*«, *verkündet Kirk Lockwood.* »*Lin und Rocha nehmen am* Grand Prix Final *teil.*«

GARRETT LIN: Uns war völlig klar, dass Bella und Heath uns nichts schenken würden.

KIRK LOCKWOOD: Dass es knapp werden könnte, dachte ich mir schon. Aber alle waren sicher, dass Kat und Garrett gewinnen würden. Sie hatten ja viel mehr Erfahrung. Und sie waren die amtierenden Weltmeister.

Beim Grand Prix Final *2005 in Tokio sitzen Katarina und Garrett mit Sheila im Kiss-and-Cry-Bereich und warten auf ihre Noten. Mit dem Originaltanz waren sie in Führung gegangen und hatten am Schluss als Letzte getanzt. Die Zahlen werden angezeigt, und Katarinas Gesichtszüge erstarren.*

»*Unglaublich!*«, *hört man Kirks Stimme aus seiner Kabine.* »*In ihrer allerersten Saison als Team gewinnen Isabella Lin und Heath Rocha die Goldmedaille beim* Grand Prix*!*«

Schnitt zu Bella und Heath hinter die Kulissen – sie feiern ihren Sieg. Bella küsst Heath auf die Wange und hinterlässt einen pinkfarbenen Lippenstiftfleck. Schnitt zurück zu Katarina und Garrett. Katarinas Gesicht ist wutverzerrt. Garrett tätschelt ihr Knie und lächelt, wohl um sie daran zu erinnern, dass sie sich nicht als schlechte Verliererin zeigen darf, doch es ist zu spät: Das Fernsehen hat ihre Reaktion aufgezeichnet, und die ganze Welt hat zugesehen.

ELLIS DEAN: Ist doch klar. Sie hatte gerade von ihrem Ex und der ehemaligen besten Freundin einen Tritt in den Hintern bekommen. Da wäre ja wohl jeder total angefressen.

Katarina und Garrett verlassen die Tränenecke. Ihre Miene ist jetzt neutral, aber sie geht wortlos an den Mikrofonen der Pressevertreter vorbei.

ELLIS DEAN: Wenn Heath und Bella doch nur an dem Punkt aufgehört hätten.

KAPITEL 31

Nach unserer Niederlage in Tokio hätte ich am liebsten im Schnellvorlauf auf die Nationals im Januar vorgespult, wo Garrett und ich Gelegenheit haben würden, uns zu rehabilitieren.

Unglücklicherweise hatte Sheila andere Pläne: Sie hatte die Teilnahme aller erfahrenen Eistanzteams der Academy bei einer Wohltätigkeitsgala am Silvesterabend zugesagt. Wofür Geld gesammelt wurde, ist mir entfallen, jedenfalls für jemanden, der ständig gerettet werden musste – Wale oder Kinder oder etwas in der Art. Tatsache ist, dass wir für die Unterhaltungsshow an dem Abend gebucht waren und unser Können auf einer Eisfläche am Strand vor dem Coronado-Hotel unter Beweis stellen sollten.

Wie ein gestrandeter Ozeanriese aus den Goldenen Zwanzigern lag das Hotel an einem makellosen Sandstrand auf einer Insel unmittelbar vor San Diego. Als wir am Silvestermorgen dort eintrafen, war das Haus noch für die Feiertage dekoriert: Lichterketten auf den Dächern zeichneten die Form der Türmchen nach, und in der Lobby prangte noch ein riesiger Weihnachtsbaum, der bis hinauf zur auf Hochglanz polierten Holzkassettendecke reichte.

Die Eisbahn ließ allerdings zu wünschen übrig. Sie war keine Dauereinrichtung, sondern wurde jeden Winter für die Touristen aufgebaut, damit sie in geliehenen Schlittschuhen herumstolpern und dabei heiße Schokolade mit Schuss schlürfen konnten. Die Eisfläche war ungeschützt der kalifornischen Sonne ausgesetzt, sodass die Oberfläche so weich war, dass man förmlich durch Matsch watete.

Nach der Probe nutzten die meisten der anderen die Gelegenheit, am Strand zu entspannen oder das Hotelgelände zu erkunden, aber ich war erschöpft und zog mich auf mein Zimmer zurück. Wir waren in der Dämmerung in L.A. losgefahren, und mein Platz in dem gecharterten Reisebus hatte mir ein bisschen zu freie Sicht auf Bella gewährt, die sich an Heaths Schulter anlehnte. Er hörte Musik auf dem iPod, den sie ihm zu Weihnachten geschenkt hatte. Nach der NHK Trophy waren sie nicht nach Hause geflogen, sondern die wenigen Wochen bis zum Final in Japan geblieben, um Sightseeing und wer weiß was noch zusammen zu machen. Ich wollte gar nicht darüber nachdenken. Aber ich konnte einfach nicht anders.

Der Aufzug in der Hotellobby war eines dieser altmodischen Käfigmodelle und wurde von einem gebeugten, grauhaarigen Mann in Uniform und Käppi bedient. Als er das eiserne Ziehharmonika-Gitter zuzog, pfiff er eine vergnügte Version von *Auld Lang Syne*.

»Sie gehören wohl zu den Eiskunstläufern?«, fragte er.

Ich nickte. Prompt pfiff er die olympische Fanfare.

»Sind Sie dann auch bei der Olympiade dabei?«

»Ich hoffe es.«

Das war die höfliche, bescheidene Antwort, die mir für die Interviews antrainiert worden war, damit ich nicht als blöde geltungsdürftige Ziege rüberkam. Aber ich war mir verdammt sicher, dass ich bei der Olympiade dabei sein würde.

Auch wenn Bella und Heath überraschend den Grand Prix gewonnen hatten, waren Garrett und ich immer noch die besten Eistänzer der Vereinigten Staaten. Die U.S. National Championships dienten als die eigentliche Probe für die Olympischen Spiele, aber für uns waren sie nur eine Formalie. In Turin würden im Eistanz zwei amerikanische Teams antreten, und wir würden eines davon sein. Mein Kindheitstraum ging endlich in Erfüllung.

Nur dass mir das nicht mehr reichte.

Ich hatte mich jahrelang danach gesehnt, mich regelrecht danach verzehrt, einmal bei den Olympischen Spielen mitmachen zu dürfen. Endlich war der Moment zum Greifen nah, und es genügte mir nicht mehr, mich einfach nur dafür zu qualifizieren. Ich wollte als amtierender US-Champion an den Winterspielen teilnehmen. Ich wollte nie wieder als Silbermedaillengewinnerin auf dem Siegerpodest stehen.

Der Aufzug war in meiner Etage angekommen. Der Fahrstuhlführer schlurfte einen Schritt vor, um die Tür zu öffnen. Und dort im Hotelflur stand Bella mit erhobener Faust vor meiner Tür, an die sie gerade klopfen wollte.

»Hey«, sagte sie. »Da bist du ja.«

»Wolltest du zu mir?«

Das war die längste Unterhaltung, die wir geführt hatten, seit ich erfahren hatte, dass sie mit Heath ein Team bilden würde.

»Äh, ja. Ich wollte fragen, ob ...«

Sie verstummte, knetete ihre Finger. Ich konnte mich nicht erinnern, sie jemals so befangen erlebt zu haben. Ich gebe zu, dass ich es genoss.

»Ein paar von den Mädels wollten sich in meiner Suite treffen, um sich für heute Abend fertig zu machen. Du kannst gern dazukommen. Nur wenn du willst, meine ich.«

Wie fast alles bei Bella Lin konnte diese Einladung ein Versöhnungsangebot sein – oder aber eine Falle, die zuschnappte, wenn ich nicht auf der Hut war.

Ich beschloss, es zu riskieren. Ich wusste mich zu wehren.

»Wie viel Uhr?«, fragte ich.

Man hörte sie schon vom anderen Ende des Flurs – Stimmengewirr, schrilles Gekicher und der rhythmische Bass eines Songs von Beyoncé.

Ich blieb an der Tür stehen und drückte meinen Kosmetikkoffer fest an mich. Einen Moment lang überlegte ich abzuhauen. Ich wusste nicht, was hinter Bellas unerwartetem Angebot steckte. Aber wenn ich jetzt einen Rückzieher machte, hätte sie gewonnen. Mal wieder.

Ich sortierte mein Gesicht zu einem freundlichen Ausdruck und betrat den Raum.

»Kat!« Bella lächelte mich freudig an, und ich hoffte, dass sie es ernst meinte. »Komm rein.«

Als Garretts Partnerin waren die Tage, in denen ich in schäbigen Billighotels abstieg, lange vorbei. Doch ich musste feststellen, dass zwischen meinem Standardzimmer und der Deluxe-Suite der Lins ein himmelweiter Unterschied lag. Bodentiefe Fenster mit weißen Fensterläden gewährten einen ungehinderten Blick auf die Sonne, die gerade im Pazifik versank.

Alle hatten sich im Wohnbereich niedergelassen. Josie Hayworth war im Begriff, rosa Lipgloss aus einer Lancôme-Tube auf ihren geschürzten Lippen zu verteilen. Sie und Ellis waren nicht eingeladen worden, bei der Show mitzumachen, aber zweifellos stand ihr Vater, der Senator, auf der Gästeliste, was bedeutete, dass sie das kostenlose Essen und die Freigetränke genießen konnten.

Die anderen drei – Amber, Chelsea und Francesca, die von allen Frannie genannt wurde – kannte ich nur flüchtig. Ich verbrachte nur so viel Zeit wie unbedingt nötig an der Academy, um Bella und Heath aus dem Weg zu gehen und mich auch sonst durch nichts von meinen Zielen ablenken zu lassen. Die Mädchen waren durch die Bank junge Senkrechtstarterinnen und hatten ihre Zukunft noch vor sich – doch nachdem ich einige Jahre lang das Kommen und Gehen an der Academy verfolgt hatte, wusste ich, dass die meisten von ihnen sich nicht bis zur nächsten Saison halten würden.

Ich hockte mich auf einen der dick gepolsterten Hocker und begann, mein Make-up aufzutragen, während ich mich von dem Geschnatter berieseln ließ. Sie tauschten Tipps für perfekte French

Nails aus, kommentierten den aktuellen Harry-Potter-Film und sangen mit, als *Naughty Girl* lief, wobei Frannie es besonders witzig fand, eine Dose Glitzer-Haarspray als Mikro zu verwenden.

Verbrachten normale junge Frauen so ihre Samstagabende? Ich war erst einundzwanzig und fühlte mich unsagbar alt. Ich hatte nichts zu ihrer Unterhaltung beizutragen, außer Eistanz interessierte mich nichts. Ich fand es leichter, mit einem Reporter für einen Beitrag zu sprechen, der dann millionenfach über die Fernsehbildschirme flimmerte, als einfachen Small Talk mit Menschen in meinem Alter zu machen.

Bella sagte auch nicht viel, sondern konzentrierte sich darauf, mit einem schwarzen Eyeliner einen Lidstrich zu ziehen, der beinahe bis zu ihren Schläfen reichte. Ich vermutete, dass sie und Heath ihre Kür vorführen würden, doch sie schien an diesem Abend einen dramatischeren Effekt als bei den Grand-Prix-Turnieren erzeugen zu wollen.

Ich trug gerade eine Schicht Puder auf, um das Make-up zu fixieren, als Bella zu mir herübersah. »Was hast du mit deinem Haar vor?«

»Keine Ahnung.« In der laufenden Saison hatte ich es mir so einfach wie möglich gemacht: halbhoher Pferdeschwanz, damit die Haare aus dem Gesicht waren, den ich dann mit einer Haarklammer sicherte, die zu meinem Kleid passend mit Glitzersteinen besetzt war.

»Soll ich es dir flechten?«, bot sie an.

Als ich anfing, mit Garrett zu laufen, hatte Bella mir fast vor jedem Wettkampf die Haare gemacht. Das waren meine liebsten Erinnerungen: Wir hockten auf dem Boden im Hotelzimmer, und Bella brachte mit geübten Fingern meine Haare in Form und steckte sie fest.

»Gern«, sagte ich.

Sie winkte mich zu sich, und ich setzte mich vor sie hin und lehnte mich gegen das Sofa. Damit war ich mitten im Geschehen, meine Knie stießen an die Metallbeine des Couchtischs. Bella fuhr mit den Händen durch mein Haar und bürstete die Knoten aus. Ein warmes, wohliges Gefühl lief mir über den Rücken. Das hatte mir gefehlt. Bella hatte mir gefehlt.

Jemand hatte die Beyoncé-CD gegen *Confessions on a Dance Floor* von Madonna ausgetauscht, und im Nu drehte sich das Gespräch nur noch um eines: coole Jungs.

Frannie hatte sich in einen südkoreanischen Paarläufer verknallt und entwarf Strategien, wie sie ihn am besten ansprechen sollte, wenn sie anlässlich der Vier-Kontinente-Meisterschaften in derselben Stadt waren.

»Zeig mal ein Foto«, verlangte Josie.

Frannie zog ihr Klapphandy hervor, und alle scharten sich um sie.

»Oh, mein Gott, ist der süß«, quietschte Amber.

Chelsea kniff die Augen zusammen. »Sieht ein bisschen aus wie Garrett Lin in jung.«

»Stimmt«, seufzte Frannie.

»Zu allererst einmal sehen nicht alle Asiaten gleich aus«, tadelte Bella sie. Frannie wollte sich schon entschuldigen, doch Bella fiel ihr ins Wort. »Und wenn du schon scharf auf meinen Bruder bist, könntest du bitte die Klappe halten, solange ich dabei bin?«

»Sorry.« Amber zuckte mit den Schultern. »Aber Garrett ist nun mal heiß.«

Ich verlagerte das Gewicht und zog die Knie unter das Kinn.

»Stillhalten«, befahl Bella.

Frannie rutschte näher an uns heran. Sie hatte fast kein Make-up aufgetragen, nur ein paar Striche Mascara und einen Hauch getönte Feuchtigkeitscreme, die ihre Sommersprossen eher betonte als verdeckte. Mit sechzehn hatte man einfach noch Narrenfreiheit. Ihre Mutter war CEO bei irgendeinem internationalen Pharmakonzern, was bedeutete, dass ihre Familie sogar noch reicher war als die von Josie. Aber sie schien kein verwöhntes Gör, sondern ein echter Schatz zu sein. Vielleicht nicht die beste Voraussetzung, um in dem mörderischen Verdrängungswettbewerb, der in unserem Sport herrschte, zu überleben.

»Sag mal, was ich mich schon immer gefragt habe«, begann Frannie. »Seid ihr, also du und Garrett, eigentlich ...«

»Wir sind nur Freunde«, sagte ich.

Sie runzelte die Stirn. »Echt jetzt? Aber ihr zwei seid einfach perfekt zusammen.«

»Er ist ein toller Partner.«

Die Antwort, die ich immer in Interviews gab – aber es war auch die Wahrheit. Wir hatten von Beginn an harmoniert, und ich wusste, dass viele dachten, wir wären auch privat ein Paar. Wir leugneten anfangs immer, aber Sheila war dagegen. *Lasst sie denken, was sie wollen,* war ihre Devise.

Also ließen wir den Gerüchten ihren Lauf. Manchmal spielten wir das Spiel mit – zufällig oder absichtlich – und gingen Arm in Arm herum, wie Menschen das tun, die einander jeden Tag stundenlang anfassen, bedienten uns bei Banketten nach einem Wettkampf vom Teller des anderen oder schwärmten Reportern vor, dass wir es *himmlisch* fanden, zusammen zu arbeiten.

Ein Teil von mir wartete immer darauf, dass Garrett einen Versuch machte. Damals in Nagano hatte Bella gesagt, dass er mich mochte – und es war offensichtlich, dass er gern mit mir zusammen war. Er hatte noch kein Mädchen gedatet, das nichts mit Eiskunstlauf zu tun hatte, und uns blieb kaum Zeit, um Leute außerhalb unserer Blase kennenzulernen.

Ich hätte enttäuscht oder sogar gekränkt sein können. Stattdessen war ich irgendwie erleichtert. Ich war nicht sicher, wie ich reagieren würde, sollte Garrett einen Move machen. Es war besser, alles zu lassen, wie es war, und Freunde und Kollegen zu bleiben. Ich wusste nur zu gut, wie kläglich eine Liebe zwischen Eislaufpartnern scheitern konnte.

Da ich als Quelle für Klatsch und Tratsch jämmerlich versagt hatte, wandten sich die Mädchen Bella zu. Sie war fast fertig mit ihrem Werk und musste nur noch die Zöpfe aufrollen und in meinem Nacken feststecken.

»Und was ist mit dir, Bella?«, wollte Amber wissen.

»Ja, genau, was ist mit dir?« Chelsea zog die frisch gezupften Augenbrauen hoch.

Bella erstarrte, dann zog sie so fest an dem geflochtenen Zopf, dass meine Kopfhaut brannte.

»Komm schon, raus mit der Sprache«, drängte Frannie. »Du kannst doch niemandem erzählen, dass du und Heath Rocha bloß gute Freunde seid ...«

KAPITEL 32

»Heath und ich sind Partner auf dem Eis«, sagte Bella. »Das ist alles.«
Ihre Stimme hatte den gleichen ruhigen und sachlichen Tonfall angenommen, den Sheila bei unangenehmen Fragen einsetzte.
»Erzähl keinen Scheiß«, protestierte Amber. »Wir sehen doch, wie er dich anguckt.«
Frannie nickte. »Und diese Bilder von euch in Japan! Die sind voll süß.«
»Wir waren bloß auf Sightseeingtour.«
»Schon klar.« Chelsea zwinkerte, und ihr blauer Glitzer-Lidschatten blitzte auf. »Sightseeing.«
Die Fotos kannte ich. Jeder kannte sie. Heath und Bella vor dem Sensō-ji-Tempel, sein Arm um ihre Taille gelegt. Im inneren Garten des Meiji Jingu, wie sie lächeln und an Matcha-Schalen nippen. Wange an Wange tanzend im Schein der Neonlichter des Harajuku-Viertels, wo Straßenmusiker auf handbemalten Gitarren klimpern.
Ich weigerte mich zu glauben, dass es sich dabei um so etwas Banales wie *Dating* handelte. Nein, das war das Werk der PR-Maschinerie von Sheila Lin. Bella betonte immer wieder, keine Zeit für Liebe zu haben. Mit achtzehn war sie noch Jungfrau, woraufhin sie nach einem schonungslos analytischen Vergleich möglicher Kandidaten bei den Weltmeisterschaften 2003 einen One-Night-Stand mit einem französischen Eiskunstläufer hatte. Für Bella war Sex nichts als ein weiterer Punkt auf der Liste,

eine Pflichtübung, die zu erledigen war, damit sie sich wieder voll und ganz auf ihre eigentlichen Prioritäten konzentrieren konnte.

»Die Fotos von euch waren absoluter Wahnsinn«, meinte Josie und warf einen gezielten Blick in meine Richtung. »Vor allem das, auf dem Heath so hinter dir steht, und ...«

»Das reicht«, fauchte Bella.

Josie klappte der Mund zu. Auch die anderen verstummten. Im Hintergrund sang Madonna zu wummerndem Discobeat *I'm sorry* in mehreren Sprachen.

»Es wird langsam Zeit.« Bella steckte die letzte Haarnadel fest. »Wir sollten uns umziehen gehen.«

Die anderen verschwanden in ihren Zimmern, um in ihre Kostüme zu schlüpfen. Ich blieb noch einen Augenblick und gab vor, meine raffiniert geflochtene Frisur im Spiegel bei der Tür zu bewundern. Bella hatte mir ein Versöhnungsangebot gemacht, und ich hatte das Gefühl, dass ich nun an der Reihe war.

»Wir müssen reden«, sagte ich, sobald Bella und ich allein waren.

»Worüber?« Sie hatte eine Puderdose zur Hand genommen, um ihren Lidstrich zu überprüfen.

»Über Heath.«

So wie sich Heath in Bellas Nähe zeigte – nett, freundlich, immer ein wenig im Flirtmodus –, hatte nichts damit zu tun, wie er sich verhalten würde, wenn er tatsächlich etwas für sie empfunden hätte. Das war Show, und ich war das Publikum.

»Hör mal«, begann ich. »Ich weiß nicht, was zwischen euch läuft, und ich will es auch gar nicht wissen.« Ich holte tief Luft. »Aber wo auch immer Heath in all den Jahren war, was auch immer er da getan hat, er wäre nicht einfach nur für den Eistanz zurückgekommen. Wenn er erst bekommen hat, was er will ...«

»Und das wäre was genau? Du etwa?«

»Nein, das habe ich nicht gem...«

»Es geht nicht immer nur um dich, Kat.« Sie ließ die Puderdose zuschnappen. »Abgesehen davon, dass Heath dir sowieso völlig gleichgültig ist.«

»Wie bitte?«

»Du wolltest ihn nicht. Du hast ihn für meinen Bruder fallen gelassen.«

»Weil *du* mir dazu geraten hast!«

»Als ob irgendjemand *Katarina Shaw* dazu bringen könnte, etwas zu tun, das sie nicht will.«

Das hätte auch von Heath kommen können. Wahrscheinlich hatte er es irgendwann auch genau so zu ihr gesagt, wenn sie nach dem Training einen Moment für sich allein hatten. Oder aneinandergekuschelt auf einem Langstreckenflug.

Oder im Bett in einem Hotelzimmer in Tokio, im Dunkeln miteinander flüsternd.

»Unsere Freundschaft hat dir nie wirklich etwas bedeutet, stimmt's?«, sagte ich. »Dir geht es nur darum zu gewinnen.«

»Es geht uns beiden um nichts anderes.« Bella wandte sich ab und sortierte Pinsel und Paletten in ihren eigens für sie angefertigten und mit Monogramm versehenen Kosmetikkoffer ein. »Deshalb sind wir ja Freundinnen.«

Ich riss die Tür auf. »Jetzt nicht mehr.«

Als ich mich nach Einbruch der Dunkelheit auf den Weg zur Eisfläche machte, war ich immer noch völlig außer mir. Ein Jammer, dass die Veranstaltung an diesem Abend kein Wettbewerb war. Dann hätte ich meine Wut darauf richten können, Heath und Bella zu besiegen.

Aber es war nur eine belanglose Party, bei der typisch südkalifornische Geschäftsmänner sich mit überteuertem Champagner volllaufen ließen, während ihnen ihre schicken Ehefrauen als Trophäen an den Ärmeln ihrer Designer-Jacketts hingen. Es würde keine Sieger geben, keine Medaillen. Nicht die Spur von Genugtuung.

Garrett wartete bereits am Eis auf mich. Im Schein der Feuerstelle neben ihm schimmerte der Strass auf seinen Schultern wie frisch gefallener Schnee. Die Flammen tanzten über künstlichem Steingranulat, sodass es statt des tröstlichen Geruchs von brennendem Holz nur den Gestank von Propangas gab.

Er musterte mich und fragte: »Geht's dir gut?«

Meine Kopfhaut brannte unter den geflochtenen Zöpfen – so langsam vermutete ich, dass Bella sie absichtlich zu straff gezogen hatte. Mein Make-up zerfloss allmählich in der milden Abendluft. Die Strasssteine auf meinem Trikot scheuerten wie Stahlwolle auf meiner Haut. Meine ehemalige beste Freundin schlief wahrscheinlich mit dem einzigen Mann, den ich je geliebt hatte, und ich hätte am liebsten den Mund weit aufgerissen und so laut geschrien, bis jedes reiche Arschloch auf Coronado Island sich nach mir umdrehte und mich entsetzt anstarrte.

»Könnte nicht besser sein«, erwiderte ich. »Wann geht es los?«

»Müsste jeden Moment so weit sein. Wir sind als Zweite dran.«

»Als Zweite? Wer läuft vor uns?«

Garrett zuckte mit den Schultern. Bei Wettkämpfen galt: Je höher man in der Rangfolge stand, desto später war man an der Reihe. Bei einer Veranstaltung wie dieser, wo die Aufmerksamkeit im Verlauf des Abends ab- und der Alkoholkonsum zunahm, hatte das Paar, das zuerst lief, den Spitzenplatz. Ich wollte unsere Show endlich hinter mir haben, damit ich mich wieder zu hundert Prozent auf die Nationals konzentrieren konnte.

Die Scheinwerfer begannen zu tanzen und warfen wirbelnde Schneeflocken über das Eis. »*Sehr verehrte Damen und Herren*«, ertönte eine männliche Stimme über die Lautsprecher. »*Wir bitten Sie nun, sich für die außergewöhnlichen Darbietungen der Lin Ice Academy um unsere Eisbahn zu versammeln!*«

Ein einzelner Strahler beleuchtete die gegenüberliegende Seite der Fläche, dann setzte Musik ein. Trompeten schmetterten eine triumphierende Fanfare.

Ich kannte die Melodie. Aber nicht von irgendeinem Training.

Heath betrat das Eis, ganz in Schwarz gekleidet, die Arme nackt bis auf ein Lederband um seinen linken Bizeps. Er streckte die Hand aus. Der Scheinwerfer traf auf seine Partnerin, die in einem Glorienschein aus gleißendem Gold erstrahlte. Die Menge keuchte vor Entzücken auf.

Ich auch, allerdings nicht vor Entzücken. Ich konnte kaum atmen. Denn da stand Bella im Kleopatra-Kostüm ihrer Mutter und präsentierte das gleiche Lächeln wie Sheila bei den Olympischen Spielen in Calgary.

Als hätte sie bereits gewonnen.

INEZ ACTON: Selbst Leute, die überhaupt nichts von Eistanz verstehen, haben schon vom Antonius-und-Kleopatra-Programm gehört, das Lin und Lockwood berühmt gemacht hat.

Sheila Lin und Kirk Lockwood betreten die Eisfläche für ihren Kürtanz bei den Winterspielen 1988 in Calgary, kostümiert als Königin Kleopatra und Marcus Antonius, das tragische Liebespaar. Kirks Kostüm ahmt eine Lederrüstung um seine Brust nach. Sheilas Kleid ist von oben bis unten in Gold gehalten, dazu trägt sie einen schlangenförmigen Kopfschmuck mit roten Schmucksteinen.

FRANCESCA GASKELL: Ich bin erst 1989 geboren, aber natürlich kenne ich das Programm.

INEZ ACTON: Ihr Auftritt bei den 88er-Spielen ist legendär: Es wurde millionenfach auf YouTube angesehen.

JANE CURRER: Atemberaubend.

ELLIS DEAN: Eine gottverdammte Legende.

KIRK LOCKWOOD: Goldstandard gewissermaßen. *(Er lacht.)*

Zu den dröhnenden Becken und synkopischen Kriegstrommeln aus der Filmmusik zu Cleopatra *mit Elizabeth Taylor aus dem Jahr 1963 absolvieren Sheila und Kirk eine rasante Schrittsequenz. Die Musik geht in die ergreifende Melodie zur Liebesszene über, und beide setzen tänzerisch eine innige Umarmung um.*

KIRK LOCKWOOD: Interessanterweise hatten auch unsere russischen Rivalen für die Saison 1987/1988 königliche Herrscher als Thema gewählt.

Für ihren Kürtanz bei den Winterspielen 1988 haben sich Veronika Volkova und Michail Zolotov von der Vermählung Katharinas der Großen mit Zar Peter III. inspirieren lassen. Veronika trägt ein rotes Samtkleid mit glitzernden Goldapplikationen. Michail ist ebenfalls in Rot gekleidet, mit einer Schärpe im Militärstil.

VERONIKA VOLKOVA: Uns ging es um mehr als das sinnlose Nachahmen irgendeines albernen Films. Mein Kostüm war von der Zarenkrone inspiriert, die Katharina auf ihrem Krönungsporträt trägt. Unsere Musik stammte von Katharinas Lieblingshofkomponisten, und das Russische Nationalorchester hat sie extra für uns eingespielt. Bei der Choreografie haben wir uns von Solotänzern des Bolschoi-Balletts beraten lassen. Alles zu Ehren unseres Kulturerbes. Zu Ehren Russlands.

JANE CURRER: Im Vorfeld von Calgary war das vorherrschende Thema, dass es zu einer Revanche zwischen Lin und Volkova kommen würde. Die Medien nannten es den »Krieg der Eisköniginnen«.

ELLIS DEAN: Damals muss ich ungefähr sechs gewesen sein – aber klar, ich erinnere mich daran. Alle zwei Minuten kam auf Channel 6 »Lassen Sie sich den Krieg der Eisköniginnen nicht entgehen, diesen Dienstag live im Fernsehen!«

VERONIKA VOLKOVA: Katharina war keine Königin. Sie war Zarin.

KIRK LOCKWOOD: Dieses ganze Gerede von Krieg war ziemlich überzogen. Meiner Meinung nach konnte man die beiden gar nicht miteinander vergleichen.

Im späteren Verlauf des Kleopatra-Programms nimmt Kirk Sheilas Gesicht in beide Hände, als wollte er sie leidenschaftlich küssen. Kurz bevor ihre Lippen sich berühren, wirbelt Sheila davon und übernimmt die Führung.

KIRK LOCKWOOD: Sheila dagegen spielte nicht, sie *war* wirklich eine Königin. Und sie hatte nicht vor, den Wettkampf ohne ihre Krone zu verlassen.

INEZ ACTON: Diese Frau hatte Eier in der Hose – in einem Finale bei den Olympischen Spielen ein goldenes Kleid zu tragen! Vor allem, wenn alle denken, dass du deine beste Zeit hinter dir hast und nicht den Hauch einer Chance auf eine Goldmedaille.

Am Ende ihrer Darbietung sinken Sheila und Kirk dramatisch auf dem Eis nieder, um anzudeuten, dass sie in den Armen des anderen sterben. Die Musik wird immer leiser, bis völlige Stille herrscht. Einen Moment später tobt das Publikum und überschüttet sie mit Jubel.

INEZ ACTON: Wie ich schon sagte: legendär. Kein Wunder, dass Katarina Shaw Sheila derart vergöttert hat.

Sheila und Kirk verbeugen sich und winken in die Menge. Die Kamera zoomt auf Bella und Garrett Lin. Die kleinen Zwillinge sitzen mit ihren Nannys in der ersten Reihe.

Die Ohren der Zwillinge werden von schalldämpfenden Kopfhörern in Miniaturgröße geschützt. Garrett blickt sich um, verblüfft über den allgemeinen Tumult. Bella wendet nicht für eine Sekunde den Blick von ihrer Mutter ab.

GARRETT LIN: Meine Schwester und ich waren an jenem Tag dabei. Aber wir erinnern uns an nichts. Wir waren erst drei Jahre alt.

Im Kiss-and-Cry-Bereich sitzt Garrett bei Kirk auf dem Schoß, Bella bei ihrer Mutter. Auf der Anzeigetafel erscheint die Wertung, die die Goldmedaille bedeutet, und die Arena explodiert erneut in tausendfachem Applaus. Garrett verzieht das Gesicht. Er fängt an zu weinen und versucht, sich von Kirk und den vielen Kameras wegzudrehen, aber Bella klatscht in ihre winzigen Hände und strahlt über das ganze Gesicht. Sheila gibt ihrer Tochter einen Kuss auf die Wange.

GARRETT LIN: Die Erwartungen, die auf uns lasteten, waren immens. Bella und ich hatten gar keine andere Wahl. Wir würden für immer im Schatten unserer legendären Mutter festhängen. Aber Kat ... sie wollte das von sich aus. Sie wollte wirklich ihr ganzes Leben dafür opfern, so gut wie die große Sheila Lin zu werden.

KAPITEL 33

Wie oft hatte ich mir vorgestellt, dieses Programm zu tanzen, in diesem Kleid. In Heaths Armen.
Ich kannte jeden einzelnen Schritt, jede Geste, jede Note auswendig. Wenn sie auch nur für den Bruchteil einer Sekunde einen Fehler machten, selbst wenn sie es für das Publikum gekonnt überspielten – ich hätte es sofort bemerkt.

Doch sie waren absolut perfekt.

Bellas Hüften im Takt zu den Trommelschlägen. Heaths Hand an ihrem unteren Rücken. Die magnetische Anziehungskraft zwischen ihnen, als sie sich fast küssen, wieder auseinanderschnellen und sich erneut nahekommen. Die Lippen geöffnet, einander einatmend.

Ich hasste sie. Ich wollte sie sein. Ich konnte keine Sekunde lang den Blick von ihnen wenden.

Jede Mimik, jeder Winkel der Schlittschuhe waren exakt wie bei Sheila und Kirk vor siebzehn Jahren.

Bis zum Ende des Programms.

Wie Sheila und Kirk warfen sie sich am Schluss aufs Eis, Eiskristalle funkelten in den Falten von Bellas goldenem Rock, während sie und Heath sich aneinanderklammerten und zum letzten Crescendo der Musik ihren Todeskampf spielten.

Ich wusste, was als Nächstes passieren würde. Erst starb er, dann hauchte sie in seinen Armen ihr Leben aus.

Doch Heath sank nicht in sich zusammen, erstarrte nicht. Er umfasste Bellas Gesicht mit beiden Händen und strich ihr Haar zurück.

Dann presste er seine Lippen auf ihre.

GARRETT LIN: Da war nichts zwischen Heath und meiner Schwester.

FRANCESCA GASKELL: Wir wussten alle, dass da was lief zwischen den beiden.

Eine Aufnahme der Schlussszene von Bella Lins und Heath Rochas Interpretation des Programms Marcus Antonius und Kleopatra. Als er sie küsst, zoomt die Kamera ganz nah heran.

ELLIS DEAN: Was glaubt ihr wohl, weshalb er sie geküsst hat? Ach, kommt schon. Ihr wisst genau, warum.

Heath und Bella verbeugen sich. Ihre Wangen sind gerötet. Anstatt ins Publikum zu sehen, wenden sie den Blick nicht voneinander.

GARRETT LIN: Wir hatten damals nichts anderes als Olympia im Kopf. Selbst wenn Bella in ihn verliebt gewesen wäre ... Sie hätte nichts riskiert. Völlig ausgeschlossen. Das war alles nur Show.

Die Kamera schwenkt auf Katarina Shaw in der ersten Reihe. Sie ist die Einzige, die nicht klatscht. Als Bella sich zum letzten Mal verbeugt, treffen sich Katarinas und Heaths Blicke. Während Heath immer noch lächelt, liegt in Katarinas Augen pure Mordlust.

INEZ ACTON: Ich will erst gar nicht so tun, als wüsste ich, was damals zwischen Heath und Bella gelaufen ist. Aber was er da abzog, war mies und manipulativ. Typische Fuckboy-Macker-Faxen.

ELLIS DEAN: Es hat schon seinen Grund, weshalb so viele Eislaufpaare früher oder später miteinander in die Kiste gehen.

Das ist wie bei Filmstars am Set – die ganze Zeit arbeitet man zusammen, befummelt sich, spielt die große Liebe. Vollkommen logisch, dass sich da Gefühle entwickeln, sei es Liebe oder Hass.

VERONIKA VOLKOVA: Manche Männer haben dieses besondere Talent – sie sehen dir tief in die Augen, und du hast das Gefühl, du bist die schönste Frau auf der ganzen Welt. Solchen Männern ist nicht zu trauen. Denn wenn sie das bei dir können, können sie es auch bei jeder anderen Frau.

ELLIS DEAN: Es war ein Spiel – nicht nur für Heath, für alle. Sie wussten ganz genau, was sie da miteinander machten. Und sie würden nicht aufhören, bis einer gewann.

KAPITEL 34

Heath hatte sie geküsst, um mir wehzutun. Das war die einzige Erklärung.
Es geht nicht immer nur um dich, Kat. Ich hatte Bellas Worte noch im Ohr.

Sie wollten mich fertigmachen. Aber das würde ich nicht zulassen.

Heath und Bella verließen die Eisfläche. Garrett und ich waren als Nächste an der Reihe. Der Ansager rief unsere Namen aus. Das Publikum klatschte in Vorfreude.

Etwas streifte meine Hand. Ich nahm an, dass es Garrett war, der mich auf die Eisbahn führen wollte.

Ich blinzelte. Garrett war bereits jenseits der Bande und nahm gerade seine Kufenschoner ab. Heath war es, der neben mir stand. Heath war es, der mich berührt hatte. Er betrachtete mich, wie ein Raubtier seinem verwundeten Opfer dabei zusieht, wie es sich vor Schmerzen krümmt.

Einige Schritte entfernt beobachtete Ellis Dean uns über seinen Teller mit Hors d'œuvres hinweg und steckte sich die Blätterteigtäschchen wie Popcorn in den Mund.

Ich schob mich an Heath vorbei und ging zu Garrett, ohne mich noch einmal umzusehen. Showtime.

Anfangspose: Blicke in entgegengesetzte Richtungen, der einzige Kontakt zwischen uns ist Garretts nach hinten gestreckte Hand an meiner Hüfte. Die Musik setzte ein: Der in Dauerschleife groovende Basslauf von Sades *Turn My Back on You*. Mit einer raschen Bewegung seines Handgelenks wirbelte Garrett mich herum, sodass mein hauchdünner Rock wie ein Spinnennetz aufflog, und schon jagten wir über das Eis.

Ich befahl mir, nicht an Heath zu denken. Ich befahl mir, ganz in diesem Moment zu sein, in meinem Körper. Zu spüren, wie der hauchdünne Stoff über meine Schenkel glitt, wie vom Ozean her kühle Brise herüberwehte, wie Garretts Schulter unter meiner Handfläche glühte. Mich auf den Kontrast zwischen dem weichen Samt und den spitzen Strasssteinen zu konzentrieren.

Aber ich bekam ihn einfach nicht aus dem Kopf. Den Kuss. Die kurze Berührung unserer Fingerknöchel. Den selbstzufriedenen, triumphierenden Ausdruck in seinem Gesicht.

Obwohl ich nicht ganz bei der Sache war, konnte ich mit Garrett mithalten. Der erste Teil des Programms – mit seinem Hip-Hop-artigen Muskelspiel, der dynamischen Fußarbeit und dem spielerischen Flirten – war für uns beide ein Kinderspiel, trotz der eingeschränkten Bewegungsfreiheit auf der kleinen Fläche.

Schwieriger wurde die Sache für uns in der zweiten Hälfte, wo wir zu den sehnsuchtsvollen Klängen einer Konzertgitarre und den sanften Klaviertönen von *Haunt Me* wechselten. Wie oft wir auch übten, es ging uns jedes Mal gegen den Strich – erst mit viel Energie eine solche Wucht aufzubauen, nur um dann voll auf die Bremse zu treten und eine ruhige, zurückgenommene Schrittfolge entlang der Mittellinie auszuführen, damit es zu der langsamen Musik passte.

Wir waren kurz vor dem Übergang. Eine Pause in der Mitte der Eisfläche, ein kurzes Atemholen in Garretts Armen und mit meinem Kopf an seiner Schulter. Normalerweise schloss ich dann immer die Augen, um mich zu sammeln. Doch nicht an jenem Abend.

Und da stand Heath, in der ersten Reihe im Publikum. Unsere Blicke trafen sich. Meine Hände verkrampften sich und bohrten sich in Garretts Hinterkopf. Er schnappte überrascht nach Luft und zuckte zusammen.

Heath lächelte.

Wir hatten das Programm monatelang einstudiert und es wieder und wieder geprobt – und doch war der Kern des Ganzen völlig an mir vorbeigegangen. Es war überhaupt kein Widerspruch, im ersten Teil diese ungeheure Energie aufzubauen, um dann langsam zu werden. Das war im Gegenteil der Sinn der Sache. *Turn My Back on You* war pure Verführung – ein Hin und Her widerstreitender Begierden, wo ich in einem Moment Garretts Werben scheinbar nachgab, damit er mir im nächsten wie ein liebeskrankes Hündchen hinterherlief.

Als wir also zu *Haunt Me* kamen, war die erotische Spannung fast mit Händen zu greifen. Bisher hatte ich den Fehler begangen, zu versuchen, das Feuer in mir zu bekämpfen, anstatt es so lange wie möglich am Lodern zu halten. Alles, was an jenem Abend in mir vorging – Wut, Eifersucht, Enttäuschung, Verlangen – diente nun als Brandbeschleuniger für das Inferno.

Garrett ging sofort auf meine plötzliche Intensität ein, Funke für Funke. Unsere Kombinationspirouette hatte sich von Anfang an etwas steif und mechanisch angefühlt – doch auf einmal schlangen sich unsere Körper umeinander wie züngelnde Flammen. Er berührte mein Gesicht, ich konnte das Sehnen in jeder seiner ausgestreckten Fingerspitzen spüren. Als sich das laszive Saxofonsolo näherte, zu dem wir unsere dramatische Hebung, den Höhepunkt unserer Show, durchführten, warf ich mich in seine Arme. Kein Zögern, keine Zurückhaltung. Wir wirbelten über das Eis, während ich mich weit nach hinten beugte, dabei mit der Hand nach meinem Schlittschuh griff, und nur Garretts mit meinen verschränkten Finger mich in der Luft hielten.

Es fühlte sich an wie Fliegen. Es fühlte sich an wie ein Sieg.

Tosender Applaus. Ich versuchte gar nicht erst, in der Menge nach Heath Ausschau zu halten. Stattdessen suchte ich nach Sheila. Sie stand neben einer Feuerschale und trug ein Cocktailkleid mit schillernden Pailletten, die die Flammen reflektierten, sodass sie aussah wie eine Göttin, die gerade den Flammen entstieg.

Sie klatschte nicht. Doch sie lächelte uns zu und neigte ganz leicht das Kinn, ein beinahe unmerkliches Zeichen der Anerkennung. Garrett und ich tauschten einen Blick. Wir wussten beide, was das bedeutete.

Wir waren so weit.

KAPITEL 35

Als ich von dem Eislaufkostüm in mein Party-Outfit wechselte – ein langes Samtkleid mit einem tiefen V-Ausschnitt vorn und hinten und Schlangenlederstilettos, die mir ein Designer nach einem Fotoshooting für eine Zeitschrift überlassen hatte, raste immer noch das Adrenalin durch meine Adern.

Garrett und ich hatten unsere Bestform zum richtigen Zeitpunkt erreicht. Endlich fühlte sich unser Kürtanz wie ein in sich stimmiges Programm an und nicht mehr wie beliebig aneinandergereihte Elemente. Wir mussten nichts weiter tun, als bei den Nationals genauso zu laufen wie an diesem Abend, und schon wäre uns der Titel sicher – und wir hätten unsere Fahrkarte nach Turin in der Tasche.

Welche Rolle spielte es also, dass Bella das alte Kostüm ihrer Mutter getragen und eine Nostalgie-Show abgeliefert hatte, um eine Handvoll Leute zu beeindrucken, die einen Twizzle nicht von einer einbeinigen Pirouette unterscheiden konnten? Es hatte sie und Heath bestimmt Wochen gekostet, die Choreografie einzuüben – Zeit, die sie besser dafür genutzt hätten, an ihrem Programm für die anstehenden Wettkämpfe zu feilen. Sheila hätte es besser wissen müssen. Doch wenn ich recht überlegte, wusste sie wahrscheinlich sehr genau, was sie tat. Sie hatte vielleicht Bella und Heath ins Scheinwerferlicht gerückt, aber dennoch mussten sie Garrett und mich erst einmal schlagen.

Der Aufzug war leer, als er auf meiner Etage ankam. Der pfeifende Fahrstuhlführer war offenbar schon nach Hause gegangen.

Ich stieg ein und studierte das Bedienfeld, das außer den Knöpfen für jedes Stockwerk auch Richtungspfeile hatte.

Es gab einen kleinen Ruck, als jemand einstieg.

»Nach unten?«, fragte Heath.

Er hatte sich ebenfalls umgezogen und trug einen schmal geschnittenen schwarzen Anzug. Interessant, wie bereitwillig er sich von Bella verkleiden ließ, wenn man bedachte, wie hartnäckig er bei mir an seinen abgelaufenen Turnschuhen und zerrissenen Jeans festgehalten hatte.

Ich drückte auf verschiedene Knöpfe. Der Aufzug rührte sich nicht vom Fleck. Heath trat einen Schritt näher.

»Hier, du musst nur ...«

»Ich hab's schon.« Ich schubste ihn mit der Hüfte zur Seite und versuchte eine andere Reihenfolge.

Der Fahrstuhl begann, sich abwärts zu bewegen, und ich schloss rasch das Scherengitter.

Heath stand unmittelbar hinter mir. Entlang der Wirbelsäule konnte ich die Wärme spüren, die er ausstrahlte. Wir standen da, als warteten wir darauf, dass die Musik einsetzte, doch das einzige Geräusch war das Surren des Aufzugs.

Ich drehte mich zu ihm um. Machte einen Schritt zurück. Meine Schultern stießen gegen die Kabinenwand. Die kalten Metallstäbe ließen mich erschauern.

Es gab kein Entkommen. Schlimmer noch, ich *wollte* überhaupt nicht entkommen. Heath kam näher, seine Hände ergriffen die Stäbe seitlich von mir, unsere Hüften aneinander, sein Atem an meinem Mund, und es fühlte sich an wie das Natürlichste der Welt – was bei Garrett nie der Fall war.

Mein Körper erinnerte sich augenblicklich an alles, was ich so dringend hatte vergessen wollen.

Der Fahrstuhl hielt. Wir rührten uns nicht. Niemand wartete draußen. Niemand konnte durch das Gitter sehen, wie wir aneinandergedrängt dastanden.

Unser Atem war fast im gleichen Rhythmus, er hatte begonnen, schneller zu atmen, um sich anzupassen, so wie wir es immer getan hatten, bevor wir aufs Eis gingen. Seine Fingerspitzen streiften meine Ohrmuschel, nicht um eine widerspenstige Strähne zu bändigen, sondern um mein Haar um seinen Finger zu wickeln und es noch übermütiger zu machen.

Ich hätte nur meine Hand nach dem Bedienfeld ausstrecken und die Nummer für meine Etage drücken müssen. Ich hätte ihn in mein Zimmer, in mein Bett mitnehmen und so tun können, als wären die vergangenen dreieinhalb Jahre nur ein böser Traum gewesen.

Das war es, was er wollte. Dass ich mich vergesse. Dass ich alles vergesse, wofür ich so hart gearbeitet hatte.

Ich schob ihn weg. Ich kämpfte mit der Gittertür und brach mir einen Nagel ab, weil ich so schnell wie möglich wegwollte.

Heath sagte meinen Namen. Wie ein Gebet, wie ein Versprechen. Wie früher.

Als ob er mich immer noch liebte.

Ich umklammerte das Gitter. Nein. Ich würde mich *nicht* umdrehen. Das hier war nur ein weiterer Akt derselben Show. Und ich dachte gar nicht daran, bis zur Zugabe zu bleiben.

Ich stolperte aus dem Aufzug, rannte auf die Glastür zu und hinaus in die Nacht. Ich blieb nur so lange auf der Party, wie ich brauchte, um dem Maul einer halb aufgetauten Skulptur, die wohl eine Art Meeresungeheuer darstellen sollte, eine Flasche Champagner zu entreißen. Dann lief ich weiter, bis ich Sand unter meinen Sohlen spürte.

Das Hotel lag auf der Westseite der Insel, mit Blick auf das offene Meer statt auf die Lichter der Innenstadt von San Diego. Tagsüber hatte sich das Meer als wunderschöner, lang gezogener kobaltfarbener Bogen gezeigt, der den klaren Winterhimmel reflektierte.

Doch nun herrschte vollkommene Dunkelheit. Der Mond war nur als hauchdünne Sichel am Himmel zu erkennen und spendete gerade so viel Licht, dass ich die gezackte Linie der Mole am Ende des Strands ausmachen konnte. Ich ließ meine Stilettos neben einem Liegestuhl stehen und folgte, die Champagnerflasche in der Hand, dem Rauschen der Wellen. Als das kalte Wasser meine Füße traf und den Saum meines Kleids durchnässte, schloss ich die Augen und versuchte, mir vorzustellen, ich wäre zu Hause am See.

Vergeblich. Der Sand war zu weich, der Wind zu warm. Die Gischt schmeckte nach Salz.

Ich machte die Augen wieder auf. In der Dunkelheit konnte ich sehen, wie das Wasser auf die Mole traf.

Meine Augen hatten sich so gut an die Dunkelheit gewöhnt, dass ich auch die beiden Gestalten in der kleinen Bucht nicht länger übersehen konnte, die dort eng umschlungen lagen.

Garrett. Und Ellis Dean.

KIRK LOCKWOOD: Eiskunstlauf hat den Ruf, ein Sammelbecken für Schwule zu sein.

ELLIS DEAN: Es gibt viele Sportarten, die tausendmal schwuler sind als Eiskunstlauf.

KIRK LOCKWOOD: Tatsache ist, dass Eiskunstlauf stock-heteronormativ ist.

ELLIS DEAN: Doppelsitzer im Rennrodeln? American Football? Beachvolleyball? *Ringen*, hallo?

KIRK LOCKWOOD: Zu meiner Zeit war der Druck enorm, seine Homosexualität für sich zu behalten. Nach dem Motto: *Du kannst tun und lassen, was du willst, aber sprich bloß nicht in der Öffentlichkeit darüber.* Glücklicherweise hat sich das gewandelt, und der Sport ist viel offener und toleranter geworden.

ELLIS DEAN: Es gibt immer noch eine Menge Eiskunstläufer – mehr als Sie wahrscheinlich für möglich halten, ich könnte da einige Namen nennen, wenn ich nicht so ein Gentleman wäre –, die lieber kein Coming-out wollen. Das kam für mich nie infrage. Ich hätte mir genauso gut einen dicken fetten Regenbogen auf den Hintern tackern können.

GARRETT LIN: Meine Mutter hat nie explizit von mir verlangt, meine sexuelle Neigung zu verbergen. So was war einfach kein Thema. Ich bin nicht mal sicher, ob sie wusste, dass ich schwul war.

KIRK LOCKWOOD: Natürlich wusste Sheila über Garrett Bescheid. Eine Mutter weiß so etwas immer.

GARRETT LIN: Ich hatte immer so ein ... Gefühl. Dass ich mich in einer bestimmten Art und Weise zu benehmen hätte. Eine bestimmte Art von Mann zu sein, ob nun auf dem Eis oder sonst im Leben. Ich wollte perfekt sein.

ELLIS DEAN: Wenn ich an den ganzen Scheiß denke, den ich mir damals gefallen lassen musste, weil ich offen schwul war. Ich will nicht sagen, dass Garrett ein Feigling war. Aber mal im Ernst – wenn er sich dazu bekannt hätte, mit dem Status, den er in seinem Sport hatte, und den Vorteilen, die er als heißer Typ hatte, der problemlos als Hetero durchging? Es hätte die Sache für viele deutlich erleichtert.

GARRETT LIN: Wenn ich die Zeit zurückdrehen könnte, würde ich vieles anders machen. Aber in dem Alter war ich nicht mal ehrlich zu mir selbst, wie hätte ich also den Leuten die Wahrheit sagen können?

ELLIS DEAN: Ich bin froh, dass der Sport langsam in der Neuzeit ankommt. Andererseits – ohne den lächerlichen Selbsthass unserer Altvorderen wäre ich kaum da, wo ich heute bin. Wie ich immer sage: Lutsch einem Mann den Schwanz, und er ist eine Nacht lang glücklich. Lass ihn in einer Hotelsuite bei den Weltmeisterschaften im Eiskunstlauf *deinen* Schwanz lutschen, und du kannst ihn für den Rest deines Lebens erpressen.

GARRETT LIN: Ein Teil von mir, glaube ich, wollte, dass es herauskommt, wollte mit dem konfrontiert werden, was ich war. Ehrlich gesagt bin ich überrascht, dass es so lange gedauert hat.

KAPITEL 36

Ellis entdeckte mich als Erster. Garrett war zu sehr damit beschäftigt, Ellis' Haut unter seinem aufgeknöpften Kragen zu küssen.

Ich stolperte rückwärts durch den nassen Sand. »Oh sorry, entschuldigt ...«

Garrett drehte sich zu mir um.

»Scheiße«, sagte er. Ich hatte ihn noch nie vorher fluchen gehört.

»Ich bin schon weg.«

»Nein.« Ellis setzte sich auf und stopfte sein Hemd in die Hose zurück. »Ich gehe. Ihr zwei solltet mal reden.« Er warf Garrett einen vielsagenden Blick zu. »Dringend.«

Er schlenderte in Richtung Hotel und ließ Garrett und mich allein am Strand zurück.

Ich hatte keine Ahnung, was ich sagen sollte. Dass Garrett sich für Jungs interessierte, war kein besonders großer Schock. Das erklärte so einiges. Aber dass er so ein guter Lügner war, haute mich um.

»So, so.« Ich sah Ellis nach, der nur noch als schlaksiger Schatten vor den in der Ferne schimmernden Partylichtern zu erkennen war. »Du und Ellis Dean.«

»Hör zu, Kat.« Garrett schluckte. »Es ist nicht so, wie es ...«

»Ich werde es für mich behalten. Falls es das ist, wovor du Angst hast.«

Er seufzte und ließ die Schultern sinken. »Danke.«

»Ich wüsste allerdings zu gern, warum du mir nie etwas gesagt hast. Die ganze Zeit über habe ich gedacht, ich bin einfach nicht dein Typ.«

Ich sagte das halb im Scherz und lächelte dazu. Aber Garrett nahm meine Hand und sah mir tief und aufrichtig in die Augen.

»Ich wünschte, du wärst mein Typ, Kat. Ich kann dir gar nicht sagen, wie sehr.«

»Es macht für mich überhaupt keinen Unterschied«, sagte ich. »Ich hoffe, du weißt das.«

In mancher Hinsicht machte es die Dinge einfacher. Wenn ich es nur schon gewusst hätte, als Heath und ich noch zusammen waren – er hätte sich seine ständige Eifersucht auf Garrett sparen können, weil es überhaupt keinen Grund dafür gegeben hatte.

»Wer weiß es sonst noch?«

»Niemand.«

»Nicht einmal ...«

»Nein.«

»Warum nicht?«

Bella wäre es vollkommen gleichgültig gewesen. Bei Sheila war ich mir nicht so sicher. Sie hatte nichts gegen Homosexuelle. Sie und Kirk waren nach ihrem Rückzug aus dem aktiven Sport gute Freunde geblieben, und sie hatte in den Achtzigern und Neunzigern massenweise Spenden für Aids-Patienten gesammelt. Andererseits hatte sie Jahrzehnte damit verbracht, das Familienunternehmen Lin als Marke zu etablieren und Garrett als den schönen Prinzen zu verkaufen, damit alle jungen Verehrerinnen etwas zum Schwärmen hatten. Schwulsein war im Businessplan nicht vorgesehen.

»Am Anfang hat es mir Angst gemacht«, begann er. »Ich hatte das Gefühl, ich müsste erst einmal selbst damit klarkommen, ehe ich es anderen sage. Aber jetzt ...« Er fuhr sich mit der Hand über den Nacken. »Vielleicht finde ich es ganz schön, dass es einen Teil von mir gibt, der nicht in der Öffentlichkeit steht.«

»Dein Geheimnis ist bei mir jedenfalls sicher. Und wenn du möchtest, dass mich alle für deine Freundin halten, ist das völlig in Ordnung.«

Er lächelte. »Willst du allen Ernstes heiße Liebe vortäuschen?«

»Tue ich das nicht schon die ganze Zeit?«

»So, wie wir heute Abend getanzt haben, wird die Gerüchteküche brodeln.«

»Das glaube ich auch.«

Garrett deutete auf die Flasche in meiner Hand. »Sollen wir darauf trinken?«

»Ich hab sie nicht aufgekriegt«, gestand ich.

»Darf ich?«

Garrett entkorkte die Flasche mit geübtem Griff, und die schäumende Flüssigkeit ergoss sich in den Sand. Er nahm einen Schluck und reichte die Flasche an mich weiter. Der Champagner war lauwarm, und auch wenn ich sicher war, dass der Tropfen garantiert nicht billig war, fand ich ihn viel zu herb und verzog das Gesicht. Ich nahm einen zweiten Schluck. Ich hatte es nötig.

Wir setzten uns auf den Rand der Mole mit Blick auf das Hotel. Die Party war noch in vollem Gang. Ein DJ legte Remixes von Popsongs auf. Der Nachtwind trug den mitreißenden Refrain von *Somewhere Only We Know* zu uns herüber.

Garrett legte mir sein Jackett über die Schultern, und eine ganze Weile lang wurde nur schweigend der geraubte Dom Pérignon hin- und hergereicht.

»Möchtest du wieder zurück zur Party?«, erkundigte er sich.

»Damit irgendein alter Knabe, der mein Großvater sein könnte, mir an den Hintern fassen kann, wenn seine dritte Frau gerade nicht guckt? Nein danke.« Ich nahm noch einen Schluck Champagner. »Außerdem habe ich keine Lust ...«

»Heath über den Weg zu laufen?«

Für einen Moment war ich in Versuchung, ihm von der Sache im Fahrstuhl zu erzählen. Wie ich um ein Haar alles kaputtgemacht hätte.

»Das ist bestimmt nicht leicht für ihn«, meinte Garrett. »Dich mit mir zu sehen.«

Typisch Garrett Lin: Immer bereit, sich in andere hineinzuversetzen, Mitgefühl zu haben, auch wenn der andere es nicht verdient hatte.

»Er hat das alles früher so gehasst. Die Partys, das Herumscharwenzeln um die Schönen und die Reichen. Und jetzt hat er das besser drauf als ich. Ich schwöre dir, die können das riechen.«

»Was denn?«

»Dass ich Bodensatz aus dem Mittleren Westen bin.«

Nachdem ich Garretts großes Geheimnis kannte, erschien mir meins vergleichsweise trivial.

Er runzelte die Stirn. »Ich dachte, du bist aus Chicago.«

»Nördlich von Chicago – aus einer winzigen Vorstadt namens *The Heights*. Ganz andere Liga.«

In den letzten drei Jahren hatte ich, wenn ich nicht gerade schlief, praktisch meine ganze Zeit mit Garrett verbracht, aber wir hatten uns kaum jemals über etwas anderes als Eiskunstlauf unterhalten. An jenem Abend am Strand hatte ich das Gefühl, dass wir uns eben erst kennenlernten.

»Glaub mir«, sagte er, »die sind alle genauso unsicher wie du. Jeder ist doch andauernd so damit beschäftigt, wie er auf andere wirkt, die haben gar keine Zeit, dich zu analysieren.«

»Du hast leicht reden. Du bist reich.«

»Meine Mutter ist reich.«

»Kommt doch auf das Gleiche heraus. Du bist in dieser Welt aufgewachsen.«

»Das stimmt. Aber meine Mutter nicht.«

Ich sah ihn ungläubig an. »Echt?«

»Sie ist in Sugar Land, Texas, aufgewachsen. Ihre Familie hatte ein Geschäft für Büroausstattung.«

»*Echt?*«

»Sie wohnten in einer winzigen Wohnung über dem Laden. *Sheila* ist auch gar nicht ihr richtiger Name.«

»Und wie heißt sie wirklich?«

»Lin Li-Mei. Ich vermute, dass sie ihren Namen geändert hat, als sie von zu Hause fort ist. Ihre Eltern sind beide in den Neunzigern gestorben, in den Todesanzeigen stand ... *hinterlässt eine Tochter, Lin Li-Mei.*«

Garrett trank und reichte die Flasche an mich weiter. Es waren nur wenige Schlucke übrig. In meinem Kopf drehte sich alles, aber ich wusste nicht, ob es am Alkohol lag oder an dem, was er mir erzählt hatte.

»Bella hat nie etwas davon erwähnt.«

»Sie weiß es nicht. Jedenfalls nehme ich das an.«

Noch ein Geheimnis zwischen den Zwillingen. Und ich hatte gedacht, dass sie einander alles erzählten.

»Ich hatte schon immer den Eindruck, dass sie uns etwas über ihre Vergangenheit verheimlicht. Ich dachte, es müsse irgendetwas Skandalöses oder Schockierendes sein. Aber ihre Eltern scheinen ganz normale Leute gewesen zu sein.«

Genau das war der Grund, weswegen sie sie verheimlicht hatte. Ihre Normalität passte nicht zu der Legende, die sie für sich erschaffen wollte. Der Mythos der Sheila Lin.

Bella hatte mir einmal erzählt, wie sie und Garrett als Kinder stundenlang sämtliche Zeitungsausschnitte über alle männlichen Goldmedaillengewinner bei den Winterspielen in Sarajevo durchgesehen hatten, auf der Suche nach irgendwelchen Familienähnlichkeiten. *Wieso nur Goldmedaillengewinner?*, hatte ich gefragt.

Wer immer unser Vater war, er muss außergewöhnlich gewesen sein. Sonst hätte sie uns sicher nicht behalten.

Inzwischen kenne ich Garrett besser und verstehe endlich, was er mir damals klarmachen wollte: Dass die Sheila Lin, die ich so verehrte, nicht real war. Sie war eine sorgfältig erschaffene Figur, eine wunderschöne Maske, hinter die nicht einmal ihre Kinder blicken konnten. Aber an jenem Abend blubberten teurer Champagner und Träume von Olympia durcheinander, und ich verstand etwas ganz anderes.

Die Tatsache, dass Sheila aus einfachsten Verhältnissen stammte, ernüchterte mich kein bisschen. Im Gegenteil – es machte mir Hoffnung, dass ich mich genauso verwandeln konnte wie sie.

Die Champagnerflasche war leer. Als ich aufstand, schwankte ich ein wenig – der Nachteil, wenn man nur selten trank und den Körperfettanteil einer Elitesportlerin hatte. Garrett stemmte sich ebenfalls hoch und suchte an einem Felsen Halt, um sein Gleichgewicht zu finden.

»Wir sollten etwas essen«, meinte er. »Vielleicht ist bei der Party noch was übrig?«

»Oder wir bleiben ungesellig und bestellen uns etwas beim Room Service.«

Die Partygäste waren vermutlich selbst schon in einem fortgeschrittenen Zustand der Trunkenheit und würden uns kaum große Beachtung zu schenken, aber ich wollte lieber nichts riskieren.

Garrett hakte mich bei sich ein, und wir stolperten den Strand entlang, um unsere Schuhe wieder einzusammeln. Als ich mich nach meinen Stilettos bückte, glitt mir sein Sakko von den Schultern und plumpste in den Sand. Er legte es mir wieder um und achtete darauf, dass es nicht wieder so leicht rutschte. Ich genoss seine liebevolle Fürsorglichkeit. Hätte ich ihn nicht kurz zuvor mit Ellis gesehen, wäre ich ernstlich in Versuchung gewesen, Garrett auf der Schwelle zum neuen Jahr zu küssen.

»Was sollen wir bestellen?«, fragte er auf dem Weg zurück zum Hotel.

»Irgendwas mit *Käse*.«

Garrett lachte und versetzte mir einen leichten Stoß in die Seite. Sein Arm schlüpfte unter sein Jackett und umschlang meine Taille. »Man kann ein Mädchen aus dem Mittleren Westen herausbekommen, aber man kann nicht den Mittleren Westen aus dem ...«

Er hielt inne. Jemand stand vor uns und versperrte den Weg.

Heath.

KAPITEL 37

»Rocha.« Garrett ließ meine Taille los. »Wir wollten gerade ...«

»Zu zweit am Strand«, sagte Heath. »Strand war schon immer dein Ding, stimmt's, Katarina? Davon konntest du gar nicht genug bekommen, als wir noch jünger waren. Nächtelang am See ...«

Ich funkelte ihn an. »War's das dann?«

»Schätze schon.« Heath trat zur Seite und machte eine übertriebene Geste. »Sie gehört ganz dir.«

Garrett schüttelte den Kopf. »Nein, nicht. Es ist alles ganz anders.«

Ich konnte den Widerstreit der Gefühle sehen, der in ihm tobte, sah, wie er die verschiedenen Optionen abwog. Ich wusste, was er vorhatte – und konnte es nicht zulassen. Nicht um meinetwillen.

Also entschied ich mich erneut für Garrett. Ich stellte mich neben ihn, nahm seine Hand. Zu Heath gewandt fauchte ich: »Welches Recht hast du eigentlich, eifersüchtig zu sein? Du bedeutest mir gar nichts.«

»Kat«, sagte Garrett beschwichtigend und zog mich an der Hand. »Lass uns gehen.«

Aber ich kam gerade erst in Fahrt. Der Champagner verlieh mir den Mut, den ich vor einigen Stunden nicht gefunden hatte. Wie konnte Heath es wagen, mich derart an den Pranger zu stellen? Wie konnte er es wagen, so zu tun, als wäre ich sein Eigentum, als träte er großmütig die Rechte an mir an Garrett ab? Ich gehörte niemandem.

»Hast du wirklich geglaubt«, zischte ich mit zusammengebissenen Zähnen, »du könntest drei volle Jahre wer-weiß-wohin verschwinden, wo du wer-weiß-was getan hast, und dann einfach da weitermachen, wo wir aufgehört haben?«

»Wir können nie wieder dahin zurück, wo wir aufgehört haben.« Heath sprach leise und bedrohlich, seine Augen voll kalter Wut. »Dafür hast du schließlich gesorgt, nicht wahr?«

»Du bist einfach verschwunden!« Ich schrie nun, und meine Stimme wurde von der eleganten Fassade des Hotels zurückgeworfen. »Du hättest genauso gut tot sein können, was weiß denn ich. Wo *warst* du?«

»Da seid ihr drei ja.«

Bella. Sie war auf der Party gewesen und trug ein schimmerndes, goldfarbenes Bandagenkleid, das wie die sexy Version ihres Kleopatra-Kostüms wirkte.

»Alle Eiskunstläufer sollen zur Eisbahn kommen – für den Champagnerumtrunk um Mitternacht.«

Keiner von uns reagierte. Die Luft knisterte vor Anspannung. Bella stemmte die Hände in die Hüften.

»Okay, was zum Teufel geht hier vor?« Sie verdrehte die Augen. »Wenn es um den Kuss geht, ich ...«

»Es geht nicht immer nur um *dich*, Bella.«

Meine Worte ließen sie zusammenzucken, sie schienen sie tatsächlich getroffen zu haben, obwohl ich lediglich wiederholte, was sie noch vor wenigen Stunden zu mir gesagt hatte.

»Sprich nicht so mit ihr«, sagte Heath.

»Du hast schon ganz andere Sachen über sie gesagt.« Ich sah Bella an. »Früher hat er dich nämlich gehasst, wusstest du das? Und ich habe dich immer in Schutz genommen.«

»Ich habe Bella nie gehasst«, widersprach Heath. »Ich habe gehasst, wie du dich verhalten hast, wenn du mit ihr zusammen warst.«

Der Countdown ins neue Jahr hatte begonnen. Die Partygäste erhoben ihre Champagnerflöten und zählten.

Zehn, neun, acht ...

Ich ließ Garretts Hand los und ging auf Heath zu. Ganz nah, bis meine Lippen an seinem Ohr waren.

Sieben, sechs, fünf ...

»Du hast gehasst, dass ich besser war als du«, flüsterte ich. »Du hast gehasst, dass ich dich nicht brauchte.«

Heaths Nasenflügel bebten, er ballte die Hände zu Fäusten.

Vier, drei, zwei ...

»Du hast dich selbst gehasst, weil du wusstest, dass du nicht gut genug für mich warst. Und das bist du immer noch nicht.«

Ich trat einen Schritt zurück. Heath starrte mir in die Augen. Bella und Garrett standen links und rechts von uns wie Sekundanten bei einem Duell, doch Heath und ich nahmen niemanden wahr.

Eins.

Frohes neues Jahr!

Feuerwerkskörper flogen in den Himmel. Im Konfettiregen jubelten die Leute und prosteten einander zu und küssten sich. Das Streichquartett stimmte *Auld Lang Syne* an.

Zweitausendsechs, das Jahr der Olympischen Spiele in Turin. Das Jahr, in dem all meine Träume wahr werden würden.

Das Jahr, in dem Heath Rocha noch bereuen würde, was er mir angetan hatte.

GARRETT LIN: Nach Silvester war nichts mehr wie zuvor.

Bei einem Training wenige Tage vor den U.S. National Championships 2006 in St. Louis, Missouri, arbeiten die junge Eistänzerin Frannie Gaskell und ihr Partner Evan Kovalenko an ihrem Ravensburger Walzer, als Katarina Shaw und Garrett Lin ihren Weg kreuzen.

FRANCESCA GASKELL: Das war das erste Mal, dass ich bei den Nationals als Senior angetreten bin. Ich machte mir keine Hoffnung auf eine Medaille, ich hatte mich nur riesig gefreut, die Eisfläche mit all den Eiskunstläufern zu teilen, die ich so bewunderte. Kat zum Beispiel.

Katarina behält ihr Tempo bei. Frannie und Evan müssen sich an die Bande drücken, um nicht mit ihr zusammenzustoßen. Garrett wirft ihnen über die Schulter einen entschuldigenden Blick zu. Katarina läuft ungerührt weiter.

ELLIS DEAN: Kat war immer schon megazielstrebig, aber das hatte eine völlig neue Qualität. Sie war wie ein Haifisch, und das Eis war ihr Becken. *(Zum Scherz summt er die Melodie von* Der weiße Hai.*)* Wer sich ihr in den Weg stellte, wurde plattgemacht.

JANE CURRER: Die Vergabe der Plätze im olympischen Team richtet sich danach, wie das jeweilige Land bei den vorangegangenen Weltmeisterschaften abgeschnitten hatte. Ms. Shaw und Mr. Lin hatten zwar den Weltmeistertitel errungen, aber weil kein anderes amerikanisches Team eine höhere Platzierung erreicht hatte, konnten die Vereinigten Staaten in jenem Jahr nur zwei Eistanzpaare zu den Winterspielen schicken.

ELLIS DEAN: Über den olympischen Kader wurde erst nach den Meisterschaften entschieden. Aber alle wussten, dass, wenn ihnen nicht höhere Gewalt ein Schnippchen schlug, der eine Platz für die Olympiade an Shaw und Lin und der andere an Lin und Rocha gehen würde.

KIRK LOCKWOOD: Die ersten zwei Wettkämpfe fanden am selben Tag statt. Shaw und Lin gewannen im Pflichttanz, und es sah ganz danach aus, als könnten sie ihren Vorsprung im Originaltanz noch ausbauen. Zumindest bis kurz vor Ende ihres Programms.

Katarina und Garrett absolvieren ihr Originaltanz-Programm – eine schnelle Kombination zu Musik von Shakira – bei den Nationals 2006. Etwa in der Hälfte kommt Katarina bei einer komplizierten Schritt-Sequenz zu dem Song Ojos Así *kurz durcheinander und ist nicht mehr im Takt mit Garrett.*

GARRETT LIN: Idealerweise sollte man es vor größeren Wettkämpfen mit dem Training langsamer angehen lassen, damit man noch genug Kraft im Tank hat, um am Tag des Wettbewerbs sein Bestes geben zu können.

ELLIS DEAN: Kat hat ohne Pause Gas gegeben. Es war klar, dass sich das irgendwann rächen würde.

Bella Lin und Heath Rocha laufen ihre lateinamerikanische Kombination im Originaltanz bei den Nationals: eine langsamere, sinnlichere Nummer zu einer Rap-artigen Version von Bésame Mucho.

GARRETT LIN: Wir haben gut abgeschnitten, aber Bella und Heath waren besser.

KIRK LOCKWOOD: Lin und Rocha lagen einen Punkt vorn.

Nach dem Originaltanz geben Katarina und Garrett ein Interview am Rande der Eisfläche. Sie tragen beide ihre Tanzkostüme, die Gesichter glänzen schweißnass.

»Ich freue mich für meine Schwester«, sagt Garrett. »Und für Heath. Sie haben so hart trainiert und waren heute einfach großartig da draußen.«

»Ist es schwierig, gegen die eigenen ehemaligen Team-Partner anzutreten? Vor allem, wenn man bedenkt, da...«

Garrett unterbricht den Reporter mit einem gutmütigen Grinsen. »Oh, Bella und ich waren schon im Bauch unserer Mutter Konkurrenten. Anders hätte unsere Mutter das auch nicht gewollt.«

Die Leute lachen. Garrett legt den Arm um Katarina. In kerzengerader Haltung blickt sie starr und mit ausdrucksloser Miene vor sich hin.

Der Journalist wendet sich an sie und hält ihr das Mikrofon vors Gesicht. »Also, Kat, erzählen Sie mal: Wie ist Ihr Plan für den Kürtanz morgen?«

Katarina sieht ihn verständnislos an. »Mein Plan?«

Garrett tritt unbehaglich von einem Fuß auf den anderen und verstärkt seinen Griff um ihre Schultern.

»Mein Plan«, *sagt sie dann,* »ist zu gewinnen.«

KAPITEL 38

Das Schlimmste an Eistanzwettkämpfen ist nicht der Erfolgsdruck, sondern dieses endlose Herumsitzen und Warten. Bei den U.S. National Championships 2006 war es besonders nervenzerfetzend. Am ersten Tag der Meisterschaften mussten wir das Letzte aus uns rausholen, weil ein Wettkampf den nächsten jagte, und dann hatten wir vor dem Finale im Eistanz volle zwei Tage frei. Einige Eistänzer nahmen in der Zeit an anderen Events teil. Einige nutzten das ungewöhnlich warme Wetter, um sich St. Louis anzusehen, und fuhren auf den Gateway Arch hinauf oder besuchten die Pferdeställe der Anheuser-Busch-Brauerei. Hinterher hingen alle, die alt genug für Alkohol waren (und auch einige, die es nicht waren), an der Bar im offiziellen Mannschaftshotel ab.

All das fand ohne mich statt. Sheila hatte uns Zimmer im Chase Park Plaza gebucht, einem Luxushotel etwas abseits des Trubels rund um den Austragungsort, und außer zu den angesetzten Trainings setzte ich keinen Fuß vor die Tür.

Ich machte Dehnübungen, um meine Muskeln elastisch zu halten. Ich bestellte beim Room Service Essen mit perfekt ausbalancierten Proteinen. Vor allem aber war ich mit Visualisieren beschäftigt: nicht nur jedes kleine Detail unseres Kürprogramms, sondern auch alles, was auf unseren Sieg folgen würde. Mit geschlossenen Augen, Arme und Beine von mir gestreckt, lag ich auf meinem Kingsize-Bett und ließ diesen Film vor meinem inneren Auge wieder und wieder ablaufen.

Als wir dann endlich am Savvis Center ankamen, um den Kürtanz zu absolvieren, fühlten sich meine Fantasiebilder so real an, als hätte sich bereits alles genau so zugetragen. Im Umkleideraum machten alle anderen einen Bogen um mich, als wäre ich von einem Kraftfeld umgeben. Nichts konnte mich mehr aus dem Konzept bringen.

Nicht einmal Heath und Bella. Als ich in Kostüm und Make-up aus der Umkleide kam, waren sie noch in ihren Aufwärmsachen und bekamen gerade von Sheila letzte anspornende Worte mit auf den Weg.

Ich brauchte kein Motivationsgespräch. Ich brauchte überhaupt nichts, außer endlich aufs Eis zu gehen und zu gewinnen. Der technische Schwierigkeitsgrad bei uns war höher als bei ihnen – wenn wir unsere Kür also so fehlerfrei ablieferten, wie ich es seit Tagen in Gedanken durchgespielt hatte, konnte uns niemand den Sieg nehmen.

Irgendwann kam endlich die letzte Gruppe an die Reihe, die besten fünf Paare des Turniers. Gaskell und Kovalenko. Hayworth und Dean. Fischer und Chan, ein Paar mit solider Leistung, das in der Nähe von Detroit trainierte, aber ansonsten nicht weiter erwähnenswert war. Garrett und ich. Heath und Bella.

Was spielte es schon für eine Rolle, dass die beiden das Los mit dem begehrten letzten Starttermin gezogen hatten? Auf diese Weise würden sich alle Augen auf sie richten, wenn sie in der Tränenecke ihre Punkte erhielten und ihnen klar wurde, dass sie verloren hatten.

Die Zeit für das Einlaufen in der Gruppe startete, und ich war so schnell auf dem Eis, dass Garrett enorm aufs Tempo drücken musste, um mich einzuholen.

»Alles okay?«, fragte er, als er endlich meine Hand erwischt hatte.

»Klar doch.«

Ich sah ihn nicht einmal an. Unsere Aufwärm-Routine hatte sich zu einer Wissenschaft für sich entwickelt: erst zwei ganze Runden Seite an Seite, Rebe vorwärts und rückwärts mit Wechsel zwischen verschiedenen Tanzhaltungen, dann ein Durchgang einiger der kniffligeren Programmelemente, um sicherzugehen, dass wir auch wirklich synchron liefen.

»Du wirkst irgendwie ...« Garrett beugte sich zu mir herab.

»Nicht ganz bei der Sache.«

Nicht ganz bei der Sache? Was für ein Blödsinn. Ich war in meinem ganzen Leben nie fokussierter gewesen. Als ich mich noch von Heaths Spielchen hatte beeindrucken lassen, war ich tatsächlich abgelenkt gewesen, aber das war vorbei. Ich hatte schon an der Olympiade teilnehmen wollen, als ich nicht mal wusste, dass Heath Rocha überhaupt *existierte*.

Aus dem Augenwinkel sah ich, wie ein Wirbel aus smaragdgrüner Seide – Bella und Heath – so eng an uns vorbeisauste, dass ihr flatternder Rock mein Bein streifte.

Garrett zog mich näher an sich heran, um einen Zusammenstoß zu vermeiden. Ich spürte kalte Wut in mir aufflackern. *Sie* waren diejenigen, die uns lieber nicht in die Quere kommen sollten.

Uns blieben noch zwei Minuten Einlaufzeit. Wir gingen unsere Schrittfolge für die Mittellinie noch einmal durch und machten uns dann an die Twizzles. Ich spulte die Details meines Sieges vor meinem geistigen Auge noch einmal im Schnelldurchlauf ab. Zuerst jeder einzelne Schritt unseres Kürprogramms, absolut fehlerfrei, sogar noch besser als in San Diego.

Garrett und ich auf der obersten Stufe des Siegertreppchens, während die Nationalhymne unseren vierten US-Titel in Folge verkündet. Heath und Bella belanglose Schattengestalten mit Silber unter uns.

Dann die Nominierung des olympischen Teams. Der Flug nach Italien. Unsere Ankunft in Turin. Wir bei der Eröffnungsfeier, wie wir in USA-Trikots ins Stadion einmarschieren. Ich sah alles bis ins kleinste Detail vor mir, bis wir endlich Gold um den Hals trugen. Shaw und Lin, die ersten Amerikaner, die seit Lin und Lockwood 1988 eine olympische Medaille im Eistanz gewannen.

In der letzten Drehung unserer Twizzle-Sequenz musste ich lächeln. Ich war so nah dran. Bald würde alles mir gehören. Das Gold, der Ruhm, die Sicherheit. Alles, wonach ich mich gesehnt hatte, seit ich vier Jahre alt gewesen war, und noch viel mehr.

Ich streckte die Hand nach Garrett aus. Er streckte seine nach mir aus. Hinter ihm ein Blitz aus Grün und Schwarz.

Danach nichts als gleißendes Weiß, das auf mich zustürzte.

GARRETT LIN: Aber natürlich war das ein Unfall.

ELLIS DEAN: Das hat die Bitch mit Absicht gemacht.

Während des Einlaufens für den Kürtanz bei den U.S. Nationals 2006 prallen Katarina Shaw und Bella Lin zusammen. Katarina versucht sich noch mit den Händen abzufangen, aber reagiert zu spät. Ihr Kopf schlägt auf dem Eis auf.

JANE CURRER: Ms. Shaw hätte besser aufpassen sollen, wo sie lief. Sie neigte dazu, zu vergessen, dass sie nicht die Einzige auf dem Eis war.

Garrett kniet sich neben sie. Katarina kann ohne Hilfe aufstehen. Sie schwankt, und Garrett fasst ihren Arm, damit sie ihr Gleichgewicht findet. Es gibt keine Tonspur, aber Bella kommt dazu und scheint sich zu erkundigen, ob mit Katarina alles in Ordnung ist. Heath beobachtet die Szene aus einiger Entfernung. Sein Gesichtsausdruck ist schwer zu deuten.

VERONIKA VOLKOVA: Ich möchte mich da jeder Spekulation enthalten. Ich habe dieser kleinen Meisterschaft der Amerikaner nie besondere Beachtung geschenkt.

Auf dem Weg zur Bande schiebt sich Katarina an Bella vorbei und rempelt sie mit der Schulter an. Garrett folgt Katarina. Heath starrt ihnen hinterher, bis Bella nach seiner Hand greift.

ELLIS DEAN: Ich sag's euch, guckt euch einfach nur das Video an.

In Zeitlupe wird noch einmal die Kollision gezeigt: Bella und Heath laufen auf Katarina und Garrett zu. Beide Paare scheinen genug Platz zu haben, um aneinander vorbeizukommen, doch in der letzten Sekunde stoßen Bella und Katarina zusammen.

ELLIS DEAN: Bella schaut erst über die Schulter und dann hebt sie die Ferse an! Das ist doch so was von offensichtlich!

Die Zeitlupe wird wiederholt, dieses Mal wird Bellas Gesicht in Nahaufnahme gezeigt. Im Moment des Zusammenpralls ist ihr Blick direkt auf Katarina gerichtet, ihre entschlossene Miene ist deutlich zu sehen.

GARRETT LIN: Sie und Heath führten ja bereits. Außerdem hätte sie sich dabei selbst verletzen können.

Sanitäter fangen Katarina ab, um sie zu untersuchen. Sie winkt zunächst ab, ohne Erfolg. Die Kamera folgt ihr, bis ein Sanitäter sie in ein Hinterzimmer führt und die Tür hinter ihnen schließt.

GARRETT LIN: Jeder von uns wollte gewinnen. Aber nicht auf diese Weise.

Sheila Lin betritt den Raum, in den Katarina gebracht worden ist. Garrett geht vor der Tür unruhig auf und ab. Das Einlaufen ist inzwischen beendet. Bella und Heath verlassen ebenfalls die Eisfläche und bleiben am Rand stehen. Heath sieht immer wieder zu der geschlossenen Tür hinüber.

VERONIKA VOLKOVA: Ich sage nur so viel: Diese Art von Aktion wäre damals auch Sheila Lin zuzutrauen gewesen.

KAPITEL 39

Ms. Shaw, können Sie mir sagen, wo wir gerade sind?«

»Ich blinzelte in den Lichtstrahl der Taschenlampe, mit der der Sanitäter prüfte, ob meine Pupillen erweitert waren. Hinter ihm stand Sheila in ihrer Motorradjacke aus weißem Leder, die Arme verschränkt.

»St. Louis, Missouri«, antwortete ich. »Savvis Center.«

Der wichtigste Wettkampf meines Lebens. Aber ganz entspannt, lassen Sie sich ruhig Zeit.

Frannie und Evan hatten soeben ihr Programm zur Filmmusik von *Der Herr der Ringe* beendet, und die ersten Töne von Lou Begas *Mambo No. 5* dröhnten durch die Arena, was bedeutete, dass Josie und Ellis jetzt auf dem Eis waren. Ich hatte bereits Bericht über mein Befinden erstattet (dumpfer Schmerz, keine Übelkeit, kein verschwommenes Sehen) und die Monate eines Jahres in umgekehrter Reihenfolge aufgezählt, um zu beweisen, dass ich bei klarem Verstand war. Aber dieser verdammte Typ hörte und hörte nicht auf, mir dämliche Fragen zu stellen und mir in die Augen zu leuchten.

»Und welchen Tag haben wir heute, bitte?«

Ich seufzte. »Freitag, den dreizehnten Januar zweitausendundsechs.«

Ich hatte mitbekommen, wie einige der anderen Eiskunstläufer sich über das Datum lustig gemacht hatten, dass es Unglück brächte, an einem Freitag, den dreizehnten, ins Finale zu gehen. Eiskunstläufer sind ein abergläubisches Völkchen – schnüren ihre Schuhbänder auf bestimmte Weise, gehen zu keinem Wettbewerb ohne ihre Glücksbringer und murmeln Gebete oder Beschwörungen vor sich hin, wenn sie das Eis betreten.

Ich hielt das für Bullshit. Ich brauchte kein Glück, ich hatte das Können, die nötige Entschlossenheit und einen bedingungslosen Siegeswillen.

Der Sanitäter ließ sich zurück in die Hocke sinken und knipste die Taschenlampe aus.

»Und?«, fragte Sheila.

»Es könnte eine leichte Gehirnerschütterung vorliegen.«

»Also kann ich antreten«, stellte ich fest. »Oder etwa nicht?«

Mein Schädel brummte, aber das schob ich auf den Ohrwurm, zu dem Josie und Ellis tanzten.

Der Sanitäter zögerte. »Sie sollten sich in einer medizinischen Einrichtung untersuchen lassen, wo man Scans durchführen kann. Für eine umfassendere Diagnose.«

»Das kann ich ja nach dem Wettkampf machen.«

Ich stand auf. Mir wurde kurz schwindelig, aber das gab sich sofort wieder.

Vier Minuten. Mehr Zeit brauchte ich nicht, danach konnten sie mich von mir aus mit jedem verfügbaren Gerät im Krankenhaus unter die Lupe nehmen.

Garrett wartete direkt vor der Tür. Er war leichenblass, gerade so, als wäre er aufs Eis geknallt und nicht ich. Mit ausgestreckten Armen stürzte er auf mich zu und zuckte gleich wieder zurück, als hätte er Angst etwas kaputtzumachen.

»Alles in Ordnung mit dir? Dein Kopf, bist du …«

»Alles bestens.«

Auf den Monitoren sah man, wie Josie und Ellis im Kiss-and-Cry-Bereich Platz nahmen. Tanja Fischer und Danny Chan hatten soeben das Eis für ihr zweiminütiges Einlaufen betreten. Danach kam unser Auftritt.

»Bist du dir sicher?«, fragte er. »Du bist ziemlich heftig aufgekommen.«

Ich zuckte die Achseln. »Vielleicht eine leichte Gehirnerschütterung, aber nichts, was ich nicht ...«

»Gehirnerschütterung? Das solltest du nicht auf die leichte Schulter nehmen, Kat.«

Er sah seine Mutter an. Sie schwieg.

Bella hatte weniger Skrupel, sich in die Diskussion einzumischen.

»Wenn du eine Gehirnerschütterung hast, darfst du nicht aufs Eis.«

Ich fuhr herum. »Ja, das hättest du wohl gern, nicht wahr? Hast du es darauf angelegt?«

Als wir bei dem Aufwärmtraining während unserer ersten Nationals in Cleveland zusammengestoßen waren, war das schlicht und einfach ein Unfall gewesen. Aber dieses Mal war ich mir nicht so sicher. Bella wirkte zumindest nicht sonderlich zerknirscht.

»Das reicht jetzt.« Sheilas Stimme war schneidend. »Ich muss euch doch sicher nicht daran erinnern, wo wir uns hier befinden.«

Hinter den Kulissen bei einem bedeutenden Wettkampf, was bedeutete, dass man auf Schritt und Tritt von anderen beobachtet wurde: Sportler, Trainer, Funktionäre und Journalisten ließen einen nicht aus den Augen. Die Kameraleute wahrten zwar immer respektvollen Abstand, hielten aber zweifellos ihre Zoomobjektive auf uns gerichtet.

Heath hielt ebenfalls Abstand und stand ein paar Meter weiter an die Wand gelehnt. Doch er hatte mich die ganze Zeit keine Sekunde aus den Augen gelassen.

»Lass uns gehen.« Ich nahm Garretts Hand. »Es ist jeden Moment so weit.«

Ich ging auf den mit einem Vorhang versehenen Tunnel zu, der den Backstage-Bereich von der Eisbahn trennte, wo wir darauf warten würden, bis unsere Namen ausgerufen wurden.

Doch Heath blockierte den Zugang. »Was zum Teufel hast du vor?«

Ich blitzte ihn wütend an. »Geh mir aus dem Weg.«

Der letzte Satz der Chopin-Sonate, zu der Fischer und Chan tanzten, hatte soeben begonnen. Garrett und ich hätten längst bereitstehen müssen.

Heath wandte sich an Garrett. »Und du stehst einfach nur da und lässt zu, dass sie ...«

»Er lässt gar nichts zu«, fauchte ich. »Das ist allein *meine* Entscheidung.«

»Es ist ihre Entscheidung«, wiederholte Garrett matt.

»Ihr habt das Ding jetzt dreimal hintereinander gewonnen«, sagte Heath. »Selbst wenn ihr jetzt absagt, schicken sie euch trotzdem nach Turin. Ihr könnt doch so eine, wie heißt das noch, so eine ...«

»Petition«, ergänzte Bella. »Heath hat recht, ihr könnt beantragen, dass ihr ins Team aufgenommen werdet, egal, was heute passiert.«

Garrett sah Sheila an. »Glaubst du, dass die uns trotzdem aufstellen würden?«

Sheila hob die Schultern. »Kann sein, kann auch nicht sein. Das weiß man nie so genau.«

Ich erwog kurz, Sheila zu fragen, was sie an meiner Stelle tun würde, aber ich kannte die Antwort bereits. Sheila Lin würde nur von einem Wettkampf zurücktreten, wenn sie tot und begraben wäre.

Auch wenn mir der Kopf dröhnte, war das doch nichts im Vergleich zu den Strapazen, die ich durchgestanden hatte, um an diesen Punkt zu gelangen. Nicht nur die physischen Schmerzen, die der Tribut waren, wenn man den Körper an seine Grenzen brachte, sondern auch all der Kummer, all die Anstrengungen. Das gebrochene Herz.

Ich konnte unmöglich aufhören. Nicht jetzt, da mein Ziel endlich zum Greifen nah war. Ich hatte alles so deutlich vor Augen – wie der Rest meiner Laufbahn sich vor mir entrollte wie ein roter

Teppich. Garrett und ich würden die US-Meisterschaften auch zum vierten Mal gewinnen, und wir würden Turin als Olympiasieger verlassen.

»Ich schaffe das«, sagte ich und war mir in meinem ganzen Leben noch nicht so sicher gewesen.

Sheila nickte. »In Ordnung.«

Bella schürzte die Lippen und drehte sich weg. Garrett starrte auf seine Schlittschuhe und machte langsame, tiefe Atemzüge.

Heath packte mich bei den Schultern, als wollte er mich am liebsten schütteln. »Katarina, du bist *verletzt*. Du kannst doch nicht ernsthaft ...«

»Fass mich nicht an.«

Ich versuchte, mich aus seinem Griff zu befreien, doch er ließ nicht locker. Vor mir verschwamm alles, und ein stechender Schmerz bohrte sich mir zwischen die Augen.

»Bitte.« Heath flüsterte jetzt, damit nur ich ihn hören konnte. »Tu das bitte nicht. Wenn dir etwas passiert ...«

Erleichtert nahm ich zur Kenntnis, dass er den Satz nicht beendete. Auf diese Weise konnte ich mir immer noch einreden, dass das nur eine weitere Finte war, die aktuelle Phase seines Rachefeldzuges. Er meinte nichts davon. Ihm war gleichgültig, was aus mir wurde.

Ich konnte seinen Blick noch in meinem Rücken spüren, als Garrett und ich aufs Eis zusteuerten. Wie damals, als wir noch Kinder waren und er von der Tribüne aus stundenlang zusah, wie ich auf dem Eis herumsprang und mich drehte.

Sieh nur zu, dachte ich. *Sich nur zu, wie ich gewinne.*
Ohne dich.

Shaw und Lin betreten das Eis bei den US-Meisterschaften 2006. Aus der Menge auf der Tribüne kommen aufmunternde Rufe, die Leute wollen wegen Katarinas Sturz beim Einlaufen ihre Anteilnahme zeigen.

Garrett lächelt und winkt ins Publikum. Katarina ist ernst und konzentriert.

INEZ ACTON: Ich weiß noch, wie ich Katarina sah und dabei dachte: Wow, was für eine toughe Frau.

ELLIS DEAN: Josie und ich waren auf Platz zwei, hinter Fischer und Chan, aber uns war klar, dass wir auf den vierten rutschen würden, nachdem die Top-Teams gelaufen waren. Immerhin lagen wir vor Gaskell und Kovalenko, diesen Blindgängern.

Katarina und Garrett nehmen ihre Startpose ein. Der Applaus verklingt. Ihre Musik setzt ein.

FRANCESCA GASKELL: Ich habe überhaupt nicht mehr an Punkte oder Medaillen gedacht. Wir alle machten uns Sorgen um Kat. Sie war wirklich heftig auf dem Kopf aufgekommen. Aber es schien ihr wieder gut zu gehen – jedenfalls zu Beginn.

Die beiden beginnen ihre choreografische Anfangssequenz. Katarina stürzt sich regelrecht auf jeden einzelnen Schritt, Garrett läuft zögerlicher und liegt schließlich zurück.

KIRK LOCKWOOD: Garrett hat versucht, ganz auf Sicherheit zu fahren – was immer tödlich ist, insbesondere bei einem Finale.

GARRETT LIN: Ich hatte Angst. Ich wollte ihr nicht wehtun.

INEZ ACTON: Je zurückhaltender Garrett lief, desto mehr gab Kat Gas.

GARRETT LIN: Es war nicht unser bester Auftritt, so viel steht fest. Aber wir haben es durchgestanden, und das mit großem Punkteabstand zu Fischer und Chan. Ich dachte, na gut, dann holen wir eben Silber. Kat wird am Boden zerstört sein, dass wir nicht die Meisterschaft gewonnen haben, aber Turin wäre uns auf jeden Fall sicher.

Es folgt der Übergang zum langsameren Teil des Programms. Garrett fühlt sich bei dem schleppenden Tempo von Haunt Me *nun sichtlich wohler. Katarina agiert immer noch mit hoher Intensität. Am Ende ihrer Kombinationspirouette verliert sie die Balance, aber fängt sich sofort wieder.*

KIRK LOCKWOOD: Als sie in die Hebung gingen, wusste ich Bescheid.

Katarina und Garrett beginnen ihre Rotationshebung. Sie lehnt sich zurück und greift nach der Kufe ihres Schlittschuhs.

GARRETT LIN: Der Start war ein wenig wackeliger als sonst, aber ich dachte, ich hätte sie.

Sie drehen sich schneller und schneller. Garretts Arme fangen an zu zittern. Katarinas Körper verkrampft sich.

KIRK LOCKWOOD: Er hatte sie nicht.

ELLIS DEAN: Sie haben wirklich alles gegeben, das muss man ihnen lassen.

KIRK LOCKWOOD: Es war schon ein Wunder, dass sie überhaupt da hoch gekommen ist. Wäre vielleicht besser gewesen, sie hätte es nicht geschafft.

Katarina macht eine ruckartige Bewegung und lässt ihren Schlittschuh los. Garrett stolpert, sie verlieren an Schwung. Katarina greift wieder nach der Kufe. Sie schlitzt sich die Hand auf, Blut spritzt.

GARRETT LIN: Ich dachte, ich könnte sie auffangen. Ich dachte, ich könnte sie noch auffangen.

Sie rutscht ihm weg. Sie drehen sich immer noch. Katarina stürzt mit dem Hinterkopf auf das Eis. Das Krachen ihres Schädels ist über die Musik hinweg zu hören.

KIRK LOCKWOOD: Alles war voller Blut. Es war unmöglich zu sagen, wo es herkam.

ELLIS DEAN: Die ganze Halle ist völlig ausgeflippt. Und dazu lief noch die ganze Zeit dieser sexy R&B-Sound. Zum Schreien komisch, wenn es nicht so tragisch gewesen wäre.

FRANCESCA GASKELL: Es war der blanke Horror! Der absolute Albtraum jedes Eiskunstläufers.

KIRK LOCKWOOD: Irgendwann haben sie endlich die Musik ausgestellt. Und im ganzen Stadion war es mucksmäuschenstill. Kat muss unglaubliche Schmerzen gehabt haben, aber sie gab keinen Ton von sich. Vielleicht war sie im Schock.

GARRETT LIN: Ich kniete neben ihr auf dem Eis, aber sie schien unendlich weit weg. Sie bewegte sich nicht. Für einen kurzen

Moment habe ich gedacht, sie sei tot. Ich dachte, ich hätte sie umgebracht.

Das Publikum steht stumm auf der Tribüne und starrt auf die Eisfläche. Dann zoomt die Kamera auf Katarina und die Blutflecken auf ihrem weißen Kleid.

»Stürze wie dieser sind immer ein schrecklicher Anblick«, kommentiert Kirk von seiner Kabine aus. »Aber das medizinische Personal müsste jeden Moment da sein und – Moment mal, wer ist das denn?«

Die Aufnahme geht wieder in die Totale. Die Sanitäter laufen mit einer Trage auf die Bande zu, doch ehe sie bei Katarina ankommen, springt jemand anderes über die Abgrenzung und rennt über das Eis.

GARRETT LIN: Und auf einmal ... war er da.

KAPITEL 40

Das Erste, was ich fühlte, als ich aufwachte, war Heaths Hand, die meine hielt.
Dann die Infusionsnadel in meinem Arm, der Sensorclip an meinem Finger. Die Schmerzen waren so stark und diffus, dass ich dachte, mein ganzer Körper wäre eine einzige offene Wunde.

Heaths Kopf war nach vorne geneigt, als betete er. Er wippte mit dem Fuß, wie er es früher vor unseren ersten Wettkämpfen getan hatte.

Ich schlang meine Finger zwischen seine. Er erstarrte, dann hob er den Kopf und sah mich an.

Er sah mich an, als hätte er jahrelang in der Dunkelheit verbracht, und ich wäre der Sonnenaufgang.

»Was ist passiert?«, fragte ich.

»Alles gut«, sagte er. »Du bist im Uni-Krankenhaus von St. Louis.«

Er trug immer noch sein Kostüm für den Kürtanz. Sein Hemd war voller Blut.

Über einem Stuhl am Fenster lag mein weißes Kleid. Selbst in dem schummerigen Licht konnte ich erkennen, dass es ruiniert war. Der zarte Stoff war völlig verkrustet. Von meinem Blut.

Mir fiel wieder ein, dass Heath mich gewarnt hatte, zum Kürtanz anzutreten. Mir fiel wieder ein, dass ich dennoch aufs Eis gegangen war. Der Rest waren verschwommene Erinnerungen. Ein Gefühl, als ob sich im Innern alles dreht, und dann wie ein Fall aus großer Höhe.

»Was ist bei den Nationals geschehen?«, fragte ich.

»Du bist gefallen. Du hast dich verletzt.«

»Nein, ich meine ...« Ich versuchte, mich aufzusetzen. Heath sprang augenblicklich auf und wollte mich davon abhalten – aber da hatte ich den scharfen Schmerz schon gespürt und mich wieder aufs Kissen sinken lassen. »Was war danach? Wurde verkündet, wer ins olympische Team kommt?«

»Ich weiß es nicht. Ist mir auch egal.«

Weitere Bruchstücke in meiner Erinnerung: Gleißende Lichter blenden mich. Satin streichelt meine Wange. Man hebt mich vom Eis – hoch und immer höher, als würde ich zur Decke der Arena schweben.

Bellas Stimme, direkt neben mir. Nur schien sie überhaupt nicht Bella zu gehören, weil sie ganz kläglich und flehend klang. Verzweifelt.

Das kannst du nicht machen. Bitte, Heath, tu das nicht, wir müssen ...

»Heath, was hast du getan?«

»Das spielt keine Rolle.« Er setzte sich auf die Bettkante und drückte meine Hand. »Das Einzige, was zählt, ist, dass du wieder gesund wirst, Katarina.«

ELLIS DEAN: Alles ist so schnell gegangen.

GARRETT LIN: Es war, als wäre die Zeit stehen geblieben.

Katarina liegt reglos auf dem Eis. Heath kniet neben ihr. Während der benommen wirkende Garrett versucht, wieder auf die Füße zu kommen, hebt Heath Katarina auf.

GARRETT LIN: Ich habe meine Partnerin noch nie fallen gelassen. Nicht seit Bella und ich klein waren und wir auf Matten geübt haben. Und da habe ich dann mehr geweint als Bella.

Heath trägt Katarina vom Eis. Sie scheint noch halbwegs bei Bewusstsein zu sein, ihr Kopf sinkt an seine Schulter, doch sie hält sich am Revers seines Fracks fest.

GARRETT LIN: Ich habe sie fallen lassen. Ich dachte, ich hätte sie sicher, aber dann ist sie mir doch weggerutscht.

Garrett sieht hilflos zu, wie Heath und Katarina die Eisfläche verlassen. Bella rennt zu Heath und packt ihn am Revers. Er schüttelt sie ab und geht weiter.

KIRK LOCKWOOD: Ich habe ja einige Überraschungen im Laufe meiner Karriere erlebt, aber das hat alles in den Schatten gestellt.

ELLIS DEAN: Ich hatte gedacht, dass Josie und ich allenfalls mit Zinn nach Hause gehen. Und dann sind wir plötzlich für die verdammte Olympiade nominiert?

Am Finaltag der U.S. National Championships 2006 wird der olympische Kader im Eiskunstlauf für die Spiele in Turin verkündet. Fischer und Chan und Hayworth und Dean werden ausgewählt, die Vereinigten Staaten im Eistanz zu vertreten. Gaskell und Kovalenko werden zum Ersatzteam bestimmt.

FRANCESCA GASKELL: Natürlich habe ich mich total gefreut, im olympischen Team zu sein.

Die Athleten wirken alle völlig perplex und unbehaglich – mit Ausnahme von Frannie, die begeistert winkt und ins Publikum grinst.

FRANCESCA GASKELL: Aber ich konnte das dann gar nicht richtig feiern, verstehen Sie? Der Grund, weshalb ich es ins Team geschafft hatte, war zu furchtbar.

JANE CURRER: Sheila hat tatsächlich eine Eingabe gemacht, um zu erreichen, dass Isabella und Heath für das Team nominiert werden. Was das Komitee angesichts der mangelnden internationalen Wettkampferfahrung seitens Mr. Rocha – ganz zu schweigen von der Tatsache, dass er seine Partnerin mitten im Finale der nationalen Meisterschaften einfach stehen gelassen hat – nicht weiter beeindruckt hat.

Als die Lins vor dem Chase Park Plaza in eine Limousine steigen, werden sie von Reportern umringt, die sie mit Fragen bombardieren. Die Scheiben des Fahrzeugs sind getönt, doch einem Fotografen gelingt es, durch das dunkle Glas eine Nahaufnahme von Bellas verweintem und verquollenem Gesicht zu schießen, ehe sie wegfahren.

GARRETT LIN: Erst die hohen Erwartungen, die viele harte Arbeit. Und dann war auf einmal einfach alles vorbei.

KAPITEL 41

Wir warteten die ganze Nacht darauf, dass ich entlassen wurde. Heath hatte sich zu mir in das schmale Bett gelegt, und es fühlte sich wie damals an, als wir sechzehn waren und uns in meinem Kinderzimmer aneinanderkuschelten.
Die Ärzte hatten mich ermahnt, nicht einzuschlafen, aber das wäre mir ohnehin nicht gelungen. Jede Faser meines Körpers tat weh. Ich hatte eine Gehirnerschütterung – ob von dem ersten oder zweiten Sturz, ließ sich nicht mehr feststellen. Der Schnitt an meiner Handfläche hatte mit zehn, die Wunde an meinem Bein sogar mit mehr Stichen genäht werden müssen. Ich würde Narben davontragen.
Irgendwann bei Tagesanbruch ließen sie mich gehen.
Ich musste das Krankenhaus im Rollstuhl verlassen. Als Heath mich durch die Lobby schob, blitzte es. Dann noch einmal. Dann brach ein ganzes Gewitter los.
Reporter hatten sich vor dem Krankenhauseingang versammelt. Sie pressten sich am Glas die Nasen platt wie Zoobesucher. Ich brauchte einen Moment, um zu begreifen, dass sie wegen uns gekommen waren.
Heath fluchte leise und steuerte den Rollstuhl in die Richtung zurück, aus der wir gekommen waren. »Es muss noch einen anderen Ausgang geben«, sagte er. »Ich bin gleich zurück.«
Er ließ mich vor den Aufzügen stehen, und ich starrte auf mein verzerrtes Spiegelbild in den verbeulten Edelstahltüren. Mein Haar war ein absolutes Fiasko – auf einer Seite standen meine Locken wirr ab, auf der Seite, mit der ich stundenlang auf Heaths

Brust gelegen hatte, waren sie völlig platt gedrückt. Lidschatten und Mascara hatten sich um meine Augen herum zu gräulichen Schlieren vermischt. Mit herunterhängenden Schultern, über die meine zerknitterte Trainingsjacke gebreitet war, hing ich schlaff und kraftlos in meinem Rollstuhl.

Ich sah furchtbar aus. Aber zum ersten Mal seit langer Zeit sah ich auch aus wie ich selbst – wild und unverfälscht statt hübsch und gestylt. Ich erkannte das unerschrockene Mädchen wieder, das früher am Seeufer mit Heath herumgetobt hatte, mit zerschrammten Knien, vom Wind zerzaustem Haar und Schmutz unter den Nägeln.

Ich hatte alles gegeben, um die perfekte Eiskunstläuferin zu werden, die perfekte Partnerin für Garrett. Die nächste Sheila Lin. Und wo waren die Lins jetzt? Soweit ich wusste, war keiner von ihnen zu mir ins Krankenhaus gekommen, um nach mir zu sehen. Wenn ich sie wirklich brauchte, waren sie nicht da. Sie waren nicht meine Familie.

Heath war meine Familie.

Er kam schon wieder zurück. »Wir dürfen den Eingang für die Notaufnahme auf der Rückseite des Gebäudes benutzen«, berichtete er. »Ich hab uns ein Taxi gerufen.«

»Ich will nach Hause.«

»Ja, sicher.« Er drehte den Rollstuhl auf unseren Fluchtweg zu. »Wenn wir kurz am Hotel halten, um das Gepäck zu holen, ruf ich bei der Fluglinie an, und ...«

»Nein.« Mühsam drehte ich mich zu ihm um und sah ihn an. »*Nach Hause.*«

KAPITEL 42

Der leichte Regenschleier, der über St. Louis gehangen hatte, als Heath aus der Stadt herausfuhr, verwandelte sich, je nördlicher wir kamen, in aggressiven Schneeregen.

Ich weiß bis heute nicht, wie er es geschafft hatte, ein Auto zu organisieren – einen grauen Kia mit eingedrücktem Stoßdämpfer und Krümeln auf den Sitzen. Laut Gesetz waren wir alt genug, um unser Land bei den Olympischen Spielen zu vertreten, aber noch zu jung, um uns einen Mietwagen zu nehmen.

Wir ließen das Radio aus und redeten kaum. Aber wir hielten Händchen auf dem Schalthebel, so wie damals, als wir Teenager waren und nach Cleveland fuhren. Heath drückte immer wieder meine Hand, um sicherzugehen, dass ich nicht einschlief.

Erst als wir nur noch etwa eine Stunde zu fahren hatten, dämmerte es mir in meinem durchgeschüttelten Gehirn, dass Nachhausekommen auch bedeutete, mich mit meinem Bruder auseinanderzusetzen. Andererseits gehörte das Haus genauso mir wie ihm. Es war mein gutes Recht, dort zu sein.

Als wir auf das Haus zufuhren, wirkte es unbewohnt: Hinter den Fenstern war es dunkel, die Regenrinnen waren voll totem Laub. Lees Pick-up stand nicht an der gewohnten Stelle, und auf der verschneiten Auffahrt waren nur unsere Reifenspuren zu sehen.

»Warte hier.« Heath stieg aus, ließ den Motor aber an und die Heizung auf höchster Stufe.

Nachdem ich so lange in der Villa der Lins zugebracht hatte, erschien mir das Haus, in dem ich meine Kindheit verbracht hatte, klein und einsam wie ein streunendes Tier, das sich an einem schroffen Ufer duckt. So sehr es mir davor graute, Lee wiederzusehen, so dankbar war ich, dass er sich geweigert hatte, das Anwesen zu verkaufen. Obwohl ich das Haus noch gar nicht betreten hatte, spürte ich bereits, wie sich etwas in mir löste, das ich viel zu lange wie einen harten Klumpen mit mir herumgetragen hatte.

Die Ärzte hatten mir versichert, dass ich mich wieder vollständig erholen würde, wenn ich mir ausreichend Ruhe und Zeit gönnte. Aber ich würde mehrere Monate lang nicht eislaufen können. Es konnte bis zu einem Jahr dauern, ehe ich mit vollem Einsatz trainieren dürfte – wenn überhaupt jemals wieder. Und all das wegen eines dummen Fehlers. In diesem Sport genügt ein einziger Fehler, und nichts ist mehr, wie es war.

Ich weiß nicht mehr, wie lange es dauerte, bis Heath zurückkam. Die Wirkung der Schmerzmittel, die sie mir mitgegeben hatten, ließ allmählich nach, und mein Kopf war so wattig wie der Nebel um mich herum.

»Lee ist nicht da«, sagte er. »Sieht aus, als wäre er schon eine ganze Weile nicht mehr hier gewesen.«

Ich war so erleichtert, dass ich weder darüber nachdachte, wo er abgeblieben war, noch wann er wiederkommen würde.

»Der Strom ist abgestellt, und es ist ziemlich kalt da drin«, meinte Heath. »Wir sollten uns lieber ein Hotel suchen.«

Ich schüttelte den Kopf. Ein scharfer Schmerz schoss von meinem Schädel aus die Wirbelsäule entlang.

»Wenigstens für heute Nacht«, drängte Heath.

»Es kann nicht schlimmer sein als deine Nächte im Stall damals. Ich will lieber hierbleiben.«

Er half mir aus dem Auto. Als ich auf Heath gestützt zur Tür humpelte, fuhr eine sanfte Brise durch die Luft und strich mir über das Gesicht. Ein Willkommensgruß vom See.

Im Haus war es eigenartigerweise noch kälter, als hätte das Gebäude bis zu unserer Ankunft die Luft angehalten. Staub bedeckte jede Oberfläche wie ein Leichentuch.

Mir ging plötzlich auf, dass Lee ja auch gestorben sein konnte, dass seine Leiche vielleicht in seinem Bett vor sich hin faulte oder zertrümmert am Fuße der Kellertreppe lag oder aufgedunsen im See schwamm.

»Ich habe in allen Zimmern nachgesehen«, sagte Heath, als hätte er meine Gedanken gelesen. »Auch im Stall und am Ufer. Wir sind die Einzigen hier, versprochen.«

Er führte mich ins Wohnzimmer, legte mir seinen Mantel um die Schulter und drückte mir eine weitere Dosis Schmerzmittel in die Hand, ehe er sich daranmachte, ein Feuer im Kamin anzuzünden. Nach kurzer Zeit war es schon so warm, dass ich seinen Mantel nicht mehr brauchte, nicht mal meine Jacke.

»Komm her«, sagte ich.

Ganz behutsam, um mich nicht anzustoßen, legte Heath sich neben mich auf das Sofa. Ich war so lange Zeit wütend auf ihn gewesen. Doch in diesem Augenblick konnte ich mich nicht mehr daran erinnern, warum.

Wir lehnten uns zurück in die Kissen, und ich legte meinen Kopf auf seine Brust. Am Tag zuvor waren wir noch beide in einem Luxushotel aufgewacht und hatten nichts anderes im Sinn gehabt, als auszukämpfen, wer die US-Meisterschaft gewinnen und einen Platz im olympischen Team erobern würde. Und nun waren wir in dem Haus, in dem wir groß geworden waren. Zusammen.

»Wie geht es dir?« Heath hob sachte mein Kinn an und sah mir in die Augen. Er wollte nur prüfen, ob meine Pupillen erweitert waren, wie der Arzt es ihm aufgetragen hatte, aber mir stockte dennoch der Atem.

»Besser«, antwortete ich. Die Tabletten begannen zu wirken und legten sich über meine Schmerzen wie eine flauschige Decke aus Ruhe.

Ich berührte sein Gesicht, fuhr seine Narbe mit dem Finger nach. Ich wusste immer noch nicht, woher sie stammte. Es gab so vieles, das ich nicht wusste.

»Katarina«, sagte er.

Ich hatte nicht die leiseste Ahnung, was er sagen wollte, doch ich war mir sicher, dass es den Moment kaputtmachen würde. Uns blieb noch genügend Zeit, um zu analysieren, wie und warum wir einander so wehtun konnten. Und uns zu überlegen, was zum Teufel wir nun tun sollten.

Ich ließ meinen Kopf nach hinten sinken und schloss die Augen. Heath legte seinen Arm um meinen Bauch. Draußen heulte der eisige Wind, aber hier im Haus wärmten uns das Feuer und die Haut des jeweils anderen, und ich hätte nicht sagen können, wo ich anfing und er aufhörte.

»Du darfst noch nicht einschlafen«, flüsterte er. »Der Arzt hat doch gesagt ...«

Ich drehte sein Kinn so, dass sein Mund auf meinen traf, und auch das fühlte sich an wie Nachhausekommen.

»Dann musst du mich eben wachhalten«, murmelte ich.

GARRETT LIN: Damals hätte ich das niemals zugegeben. Und schon gar nicht Bella oder meiner Mutter gegenüber, aber heute kann ich es offen sagen: Ich war erleichtert, dass wir es nicht zur Olympiade geschafft haben.

VERONIKA VOLKOVA: Diese ganze Hysterie um Sheila Lin und ihre Elite-Akademie für Eiskunstlauf und ihre kleinen Superstars mit ihrem mit Goldmedaillen gespickten Stammbaum – und dann wurden die große Hoffnung auf Olympia im Bruchteil einer Sekunde zunichtegemacht. Von zwei No-Names, irgendwelchen Waisenkindern, die unter irgendeinem Stein hervorgekrochen sind.

GARRETT LIN: Meine Schuldgefühle haben mich buchstäblich aufgefressen, und trotzdem fühlte sich das Ganze am Ende an wie eine Atempause von all dem Druck, der auf mir gelastet hatte. Wie krank ist denn so etwas bitte schön?

VERONIKA VOLKOVA: Wäre ich nicht durch und durch Profi, fände ich die Sache ganz amüsant.

GARRETT LIN: Aber dermaßen neben der Spur hatte ich meine Schwester noch nie erlebt. Bella hat mindestens eine Woche lang ihr Zimmer nicht verlassen, und es durfte auch niemand hinein. Nicht mal ich.

ELLIS DEAN: Karma ist eine Bitch, genau wie Isabella Lin. Sie hat gedacht, sie schaltet ihre Konkurrenten aus, stattdessen hat sie sich um die Teilnahme an den Olympischen Spielen gebracht und obendrein auch noch ihren Partner verloren.

GARRETT LIN: Ich hatte eigentlich damit gerechnet, dass meine Mutter ... na ja, ich weiß auch nicht ... Aber sie hat uns im Großen und Ganzen in Ruhe gelassen. Schätze, sie hat gesehen, dass wir mit uns selbst härter ins Gericht gingen, als sie das je gekonnt hätte.

ELLIS DEAN: Josie und ich waren diejenigen, die es am Ende ins olympische Team geschafft hatten, aber kein Mensch hat sich für uns interessiert. Alles drehte sich andauernd nur um Shaw und Rocha.

GARRETT LIN: Mir war ein Rätsel, wieso die Leute sich derart für Kat und Heath interessiert haben. Aber die Story wurde überall gebracht. Und auch diese ganzen furchtbaren Bilder.

Eine Bildmontage aus Schlagzeilen der Boulevardblätter dokumentiert den aufsehenerregenden Vorfall. Zu sehen sind Fotos von Katarina auf dem blutbefleckten Eis und bei Verlassen des Krankenhauses in St. Louis.

GARRETT LIN: Ich war heilfroh, dass nicht ich im Fokus der Presse war. Ich wollte nur noch in Ruhe gelassen werden.

ELLIS DEAN: Die Olympiade ist sowieso völlig überbewertet.

FRANCESCA GASKELL: Oh, das Ersatzteam nimmt gar nicht an den Olympischen Spielen teil – schön wär's! Das ist ein häufiges Missverständnis. Trotzdem ist es eine Riesen-Ehre.

ELLIS DEAN: Als ob dieser eine Wettbewerb, der gerade mal alle vier Jahre stattfindet, etwas darüber aussagen könnte, wer man ist? Das ist völlig absurd.

Bei den Olympischen Winterspielen 2006 in Turin treten Josie Hayworth und Ellis Dean mit ihrem Kürtanz zu Lou Begas Mambo No. 5

an. Sie laufen nicht synchron, sind immer ein paar Takte zu langsam und stolpern nur so über das Eis. Als sie die Abschlusspose einnehmen wollen, verlieren beide das Gleichgewicht und beenden das Programm in einem kläglichen Gewirr aus Armen und Beinen.

ELLIS DEAN: Von der ganzen Korruption hinter den Kulissen, den immensen Kosten und dem Schaden, der den Gastgeberstädten entsteht, gar nicht zu reden. Man kann sich wirklich fragen, warum diese völlig antiquierte Tradition immer noch weitergeführt wird.

In der Tränenecke vermeiden Josie und Ellis jeglichen Blickkontakt. Auf der Anzeigetafel erscheint ihre Wertung, die sie von den 24 Teams auf den letzten Platz katapultiert.

ELLIS DEAN: Jedenfalls habe ich nach Turin entschieden, dass es an der Zeit war, zu neuen Horizonten aufzubrechen. Meine Karriere im Wettkampf war vielleicht zu Ende, aber ich hatte diesem Sport immer noch eine Menge zu bieten. Ob das den Leuten nun gefiel oder nicht.

KAPITEL 43

Im Mittleren Westen nennen wir die ersten warmen Tage im Jahr *fool's spring*, weil wir nur zu gut wissen, dass dieser falsche Frühling nicht von Dauer sein wird. Der nächste Kälteschub liegt bereits auf der Lauer, um genau dann zuzuschlagen, wenn wir unsere Winterjacken weggeräumt haben.

Was nicht bedeutet, dass wir nicht jeden Moment des kurzen Frühlingseinbruchs in vollen Zügen genießen.

Ende März kletterte das Thermometer auf fünfzehn Grad, und ich hatte die Zehnwochenmarke meiner Rekonvaleszenz erreicht, was bedeutete, dass ich wieder richtig Sport treiben konnte. Heath und ich liefen im Dauerlauf durch den Wald zum Stall und im Sprint zurück.

Wir hatten das Haus immer noch ganz für uns. Die Flut von Rechnungen einer Anwaltskanzlei in Lake County gab uns Auskunft darüber, wo mein Bruder abgeblieben war. Wegen Drogenbesitz zum Zwecke des Handels saß er im Gefängnis. Es war offenbar schon sein zweites Mal hinter Gittern, nachdem er ein paar Jahre zuvor wegen Trunkenheit am Steuer verurteilt worden war. Dass Lee im Gefängnis gelandet war, schockierte mich nicht, aber ich war doch überrascht, dass er tatsächlich versucht hatte, ein Geschäft aufzuziehen, wie illegal und unklug das auch gewesen sein mochte.

Während wir zwischen den Ahornbäumen hindurchliefen, die schon erste stachelige rote Knospen zeigten, blieb Heath immer an meiner Seite. Rotflügelstärlinge, die gerade erst aus ihrem Winterquartier im Süden zurückgekehrt waren, trillerten lautstark über uns, als wollten sie uns anfeuern. Ich machte größere Schritte und überholte ihn.

Es tat so gut, mich wieder zu verausgaben, zu fühlen, wie die Muskeln reagierten und sich ein angenehmes Brennen in meinen Beinen ausbreitete. Als Sportler lernt man mit der Zeit die unterschiedlichsten Arten von Schmerz kennen. Manche sind kaum auszuhalten, andere fast wohltuend.

Wir näherten uns wieder dem Haus, dessen Glimmerschiefer uns entgegenglitzerte. Heath hatte mich wieder eingeholt, und wir rannten Schulter an Schulter. Aber ich musste mir unbedingt etwas beweisen.

Mit letzter Kraft sprintete ich los und legte einen filmreifen Zieleinlauf hin. Erschöpft und nach Atem ringend ließen wir uns auf den braunen Winterrasen fallen.

»Wehe, du hast mich gewinnen lassen«, drohte ich.

Heath grinste. »Würde ich nie tun.«

Ich fühlte mich so voller Energie, so lebendig, das Adrenalin schoss nur so durch meine Adern. An meine Verletzungen erinnerte ich mich wie an einen länger zurückliegenden Albtraum – auch wenn die rosaglänzenden Narben an Handfläche und Wade mein Gedächtnis ständig neu auffrischten. Die ersten Wochen nach den Nationals waren grauenvoll gewesen: Kopfschmerzen, Watte im Kopf, das ständige Ziehen und Kribbeln meiner Haut, die wieder zusammenwuchs, Gehumpel.

Danach war es schnell gegangen: Bald konnte ich erste Spaziergänge am Seeufer wagen, und nun waren wir gesprintet. Heath und ich hatten ebenfalls Fortschritte gemacht – von vorsichtigen Zärtlichkeiten zu dem leidenschaftlichen Sex mit vollem Körpereinsatz, den wir bei unseren verbotenen Treffen in unseren Zimmern in der Academy oder hektischen Zusammenkünften in Hotelzimmern zwischen Flügen und ganztägigen Wettkämpfen, wenn wir eigentlich sterbensmüde waren, nie ganz hatten ausleben können.

Heath hielt sich nicht mehr zurück, wenn er mich berührte. Er wusste inzwischen, was ich aushielt.

Aber wann immer ich davon sprach, wieder aufs Eis zurückzukehren, reagierte er zögerlich. *Die nächste Saison fängt doch erst in ein paar Monaten an,* sagte er dann immer. *Wir müssen das nicht jetzt entscheiden.* Und wann immer ich auf die Zeit anspielte, in der wir getrennt gewesen waren, wechselte er das Thema oder er lenkte mich ab, und ich ließ ihn gewähren. Er drückte mich zurück auf den Boden, und sein Haar fiel ihm über die Stirn, als er sich über mich beugte, um mich zu küssen. Seine Locken waren nachgewachsen und gebärdeten sich wilder als zuvor. Unsere Lippen waren kurz davor sich zu berühren, als ich innehielt und zum Haus hinübersah.

Auf der Veranda stand jemand. Aus der Entfernung konnte ich zwei Personen ausmachen, eine groß, eine klein.

Heath stand auf und klopfte sich das Gras von der Kleidung. »Das hier ist Privatbesitz«, rief er.

Der ungebetene Besuch wandte sich um – mit einer einzigen, so völlig perfekten und graziösen Bewegung, dass ich wusste, wer es war, eher ich ihre Gesichter erkannte.

Bella und Garrett Lin.

KAPITEL 44

»Deine Haare.« Das war das Erste, was Bella zu mir sagte, als sie mich sah.

Ein paar Wochen zuvor hatte ich mir das letzte Blond mit der stumpfen Küchenschere herausgeschnitten und dabei ein solches Desaster angerichtet, dass Heath darauf bestand, mit mir in die Stadt zu einem Friseur zu fahren – abgesehen von Arztbesuchen das einzige Mal, dass ich in der Zeit unseres Rückzugs unser Grundstück verlassen hatte. Die Friseurin hatte das Gestrüpp auf meinem Kopf in meinen allerersten Kurzhaarschnitt verwandeln können.

»Steht dir«, fügte Bella hinzu. Mir war nicht klar, ob sie es als Kompliment oder Beleidigung meinte.

»Was tut ihr hier?«, fragte ich.

»Wir haben versucht anzurufen«, sagte sie. Garrett blieb stumm und trat unbehaglich von einem Fuß auf den anderen, und die von Wind und Wetter ramponierten Holzdielen knarrten unter seinen auf Hochglanz polierten Schuhen. »Wir haben uns Sorgen um euch gemacht.«

Heath hatte nicht nur Strom und Wasser wieder instand setzen lassen, sondern auch das Telefon angemeldet. Aber nachdem Journalisten uns eine Woche lang pausenlos mit Anrufen traktiert hatten, hatten wir es rausgezogen. Mein Handy lag mit leerem Akku in irgendeiner Schublade, und Heath besaß nach wie vor kein eigenes.

»Uns geht es gut.« Heath hatte den Arm beschützend vor mir ausgestreckt.

Ich schob mich an ihm vorbei und ging auf die Zwillinge zu. »So, so, ihr habt euch also Sorgen gemacht? So sehr, dass keiner von euch sich die Mühe gemacht hat, im Krankenhaus nach mir zu sehen?«

»Wir waren bei dir im Krankenhaus«, sagte Garrett heiser.

»Was?« Ich sah Heath an. Er presste den Kiefer zusammen.

»Wir waren beide da«, sagte Bella. »Wir haben Blumen und alles Mögliche gebracht.« Sie deutete mit dem Kopf in Heaths Richtung. »*Er* hat gesagt, dass du uns nicht sehen willst.«

»Das stimmt. Ich wollte euch nicht sehen.«

Heath hätte mir die Entscheidung überlassen müssen. Das Allermindeste wäre es gewesen, mir später zu erzählen, dass sie da gewesen waren.

Ich fragte mich, wie ich wohl reagiert hätte, wenn ich Bella an jenem Abend gesehen hätte. Vielleicht hätte ich sie angeschrien und die Blumen in den Papierkorb geschmissen. Vielleicht hätte ich ihr auch verziehen.

Mein Bauchgefühl sagte mir, dass sie nicht absichtlich mit mir zusammengestoßen war.

»Können wir reden?«, fragte Bella.

»Wir reden doch gerade.«

Sie warf Heath einen scharfen Blick zu. »Allein?«

Ich schlug ihr vor, einen Spaziergang zu machen. Heath und Garrett blieben auf der Veranda zurück. »Sei nett zu ihm«, flüsterte ich Heath ins Ohr, ehe wir in Richtung See losgingen. Er antwortete mit einem Brummen, das nicht unbedingt als Zustimmung zu verstehen war.

Bella hatte Mühe, mit mir Schritt zu halten. Mit ihren hohen Absätzen sank sie in den weichen Boden ein. Ihre Pumps würden hinterher ruiniert sein, jedenfalls hoffte ich das.

Am Ende der Wiese kletterte ich auf einen der flachen Kalksteinfelsen oberhalb des Ufers. Bella ließ sich vorsichtig neben mir auf der äußersten Kante nieder und legte das Gewicht auf eine Hüfte, um so wenig Berührung mit dem Stein zu haben wie möglich.

Wir starrten beide auf den Horizont. Der Wind hatte Schichtwolken über die Sonne geweht, und die Luft war gleich viel winterlicher geworden. Das silbern glänzende Wasser war spiegelglatt.

»Es tut mir wirklich sehr leid, Kat«, sagte Bella schließlich.

Ich sah sie an. »Also hast du es tatsächlich mit Absicht getan.«

»Das habe ich nicht gesagt.« Sie wandte sich mir zu. Die feuchte Felsplatte hatte einen Fleck auf ihrem Designermantel hinterlassen. »Mir tut leid, dass das alles passiert ist. Mir tut leid, dass du dich verletzt hast.«

»Und vor allem tut dir leid, dass du es nicht zu den Winterspielen geschafft hast.«

»Hast du sie dir angesehen?«

Ich schüttelte den Kopf. Heath und ich hatten kein Wort darüber verloren. Ich wusste nicht einmal, wer Gold geholt hatte.

Bella zog den Mantel enger um sich. »Mom hat uns gezwungen.«

Sie hatte ihre Kinder mit der Nase in ihr Versagen gedrückt, wie man es mit Welpen machte, die auf den Teppich gepinkelt hatten. Das klang ganz nach Sheila Lin.

»Wie haben Ellis und Josie sich geschlagen?«

»Das willst du nicht wissen.«

Ich zuckte zusammen. »Und die Russen?«

»Gold für Yakovlevna und Yakovlev«, berichtete sie. »Letzte Woche haben sie auch die Weltmeisterschaft gewonnen, obwohl Polinas Twizzles eine Katastrophe waren.«

Garrett und ich waren unzählige Male gegen das mittelmäßige Paar aus Russland angetreten, und sie hatten uns nie schlagen können. Sie hatten nur gewinnen können, weil wir nicht dabei waren.

Aber das spielte nun keine Rolle mehr. Sie gingen als Sieger in die Geschichte ein, und wir waren nur noch ein abschreckendes Beispiel, eine Randnotiz.

Der Wind hatte zugenommen und trieb das Wasser gegen die Felsen unter uns. Als Bella weitersprach, wurde ihre Stimme von den Wellen fast übertönt.

»Die Freundschaft mit dir ist mir wirklich wichtig, Kat.«

»Wichtiger, als zu gewinnen?«

Ich wollte sehen, ob sie lügen würde.

Es kam wie aus der Pistole geschossen: »Natürlich nicht. Willst du wissen, weshalb ich hier bin? Weil es verdammt noch mal Zeit wird, dass du endlich aufhörst, Vater-Mutter-Kind zu spielen und dich selbst zu bemitleiden.«

Da war sie wieder – meine gnadenlose, von Ehrgeiz besessene beste Freundin.

»Wann kommst du zurück?«, wollte sie wissen.

»Wer sagt, dass ich zurückkomme?«

Sie verdrehte die Augen. »Lass mich raten. Heath ist dagegen.«

So deutlich hatte er es nicht gesagt. Noch nicht. Aber er wirkte völlig zufrieden und glücklich in unserem kleinen Steinhaus am See. So unbeschwert hatte ich ihn noch nie erlebt.

Es gab Tage, da ging es mir genauso. An anderen fühlte ich mich, als säße ich in einem Gefängnis fest. Ein Tag glich dem anderen, es gab nichts, worauf ich hinarbeiten, was ich verbessern, wofür ich mich anstrengen konnte. Ich existierte einfach. Heath mochte imstande sein so zu leben, ich konnte es nicht.

»Wir haben noch nicht darüber gesprochen«, erwiderte ich.

»Im Ernst? Was treibt ihr eigentlich die ganze Zeit hier draußen im Niemandsland?«

Ich zog vielsagend die Augenbrauen hoch.

Bella schnitt eine Grimasse. »So genau will ich es gar nicht wissen. Und falls du befürchtest, dass ich mich wieder zwischen euch dränge, entspann dich. Du hattest recht, was ihn betrifft.« Sie lachte auf, aber die Zornesfalte auf ihrer Stirn blieb. »Schätze, es ging dann doch die ganze Zeit nur um dich, hm?«

Ich wusste nicht, was ich darauf antworten sollte. Bella hatte jedes Recht, wütend zu sein. Heath hatte ihre Zeit vergeudet, mit ihren Gefühlen gespielt – und das Schlimmste von allem: Er hatte ihre Karriere in dem Moment aufs Spiel gesetzt, in dem es um alles oder nichts ging.

»Wie auch immer«, sagte sie mit herrischer Miene. »Er gehört ganz dir. Jedenfalls wird es jetzt ein Kinderspiel für dich sein, Sponsoren zu finden.«

»Wie meinst du das?«

»Na ja, weil alle andauernd nur über dich reden.« Bella klimperte mit den Wimpern. »Shaw und Rocha, Liebespaar seit Kindertagen und tragische Figuren des amerikanischen Eiskunstlaufs.«

Als ich sie verständnislos anstarrte, riss sie die Augen auf.

»Ich dachte, du wüsstest es. Hast du es wirklich nicht gesehen?«

»*Was* soll ich gesehen haben, Bella?«

Sie biss sich auf die Lippe. »Lass uns reingehen. Heath sollte es auch erfahren.«

ELLIS DEAN: Alle sind völlig durchgedreht wegen des verdammten Fotos.

Das Bild, um das es geht: Eine Nahaufnahme von Katarina Shaw und Heath Rocha, wie er sie bei den U.S. National Championships 2006 von der Eisfläche trägt.

INEZ ACTON: Sie sahen aus wie verunglückte Figuren auf einer Hochzeitstorte. Er im Frack, sie in einem Kleid aus hauchdünnem Stoff, und alles voller Blut.

JANE CURRER: Eine reichlich groteske Szene.

FRANCESCA GASKELL: Also, ich meine, in dem Moment war das natürlich alles schrecklich angsteinflößend. Aber dann das Foto? *(Sie seufzt.)* Ich habe noch nie etwas so Romantisches gesehen!

INEZ ACTON: Es war romantisch, aber es war auch krass. Das ganze Blut überall, und dann dieser Blick in seinem Gesicht.

GARRETT LIN: Ich wollte am liebsten nie wieder an diesen Tag denken müssen, aber dann habe ich dieses Bild gesehen und ... na ja, es hat mich gar nicht mehr losgelassen. Ich dachte nur: natürlich. Natürlich mussten die beiden am Schluss wieder zusammenfinden.

ELLIS DEAN: Als die beiden nach den Nationals dann auch noch wie vom Erdboden verschluckt waren, waren alle erst recht heiß auf Informationen. Also dachte ich mir, warum soll ich den Leuten nicht geben, wonach es sie dürstet?

KIRK LOCKWOOD: Anfang März 2006, kurz nach Bekanntgabe seines Rückzugs aus dem aktiven Eistanzsport, hat Ellis Dean einen Blog namens *Kiss&Cry* gestartet, auf dem er Klatsch und Tratsch aus der Welt des Eiskunstlaufs verbreitete.

ELLIS DEAN: Es hat als eine miese Seite bei WordPress angefangen. Aber die ist sofort eingeschlagen – und nicht nur bei Hardcore-Fans. Wann immer ich etwas über Kat und Heath gepostet habe, wurde der Link sofort wie verrückt geteilt, es war der Wahnsinn.

Screenshots von Storys über Katarina Shaw und Heath Rocha aus den Anfängen von Kiss&Cry: »Kinder des Waldes – die Wahrheit über Kats und Heaths Kindheit in Armut«, »›Sie konnten die Finger nicht voneinander lassen‹: Was die Teamkollegen über Shaw und Rocha berichten«, »Harte Fakten über das heißeste Paar auf dem Eis«.

JANE CURRER: Diese Webseite ist in keinster Weise repräsentativ für unseren Sport. Der Fokus sollte auf die Leistungen unserer Athleten auf dem Eis gerichtet werden und nicht auf frivole Details aus deren Privatleben.

ELLIS DEAN: Die Verbände und Funktionäre haben regelrecht Schnappatmung bekommen.

FRANCESCA GASKELL: Klar habe ich das gelesen. Alle haben es gelesen – auch wenn sie es nicht zugeben wollten.

ELLIS DEAN: Ich habe nichts weiter gemacht, als den Schleier zu lüften und zu zeigen, wie die vermeintlich heile Welt des Eiskunstlaufs in Wirklichkeit ist.

GARRETT LIN: Zu dem Zeitpunkt hatten Ellis und ich keinen Kontakt mehr.

ELLIS DEAN: Ich habe den verklemmten Blödmann in die Wüste geschickt.

GARRETT LIN: Er hätte mich auf seiner Seite outen können, aber er hat es nicht getan. Dafür bin ich dankbar.

INEZ ACTON: Wenn man Kiss&Cry eine Klatschseite nennt, macht man es sich zu einfach. Klatsch ist ein mächtiges Instrument, das Außenseiter gegen das Establishment einsetzen können. Manchmal ist es das einzige Mittel, das uns bleibt.

ELLIS DEAN: Es ist ja nicht so, dass es andauernd nur darum gegangen wäre, welcher Eiskunstläufer gerade mit wem fickt und/ oder Stress hat. Ich habe auch über ernsthafte Themen berichtet – fragwürdige Trainingsmethoden, voreingenommene Bewertungen, Essstörungen, Sexuelles.

Screenshots einiger bei Kiss&Cry *veröffentlicher Storys, die Ellis erwähnt:* »10 Anzeichen dafür, dass dein Trainer dich nicht verdient«, »Schockierend: Eiskunstlauf verabscheut immer noch normale Frauenkörper«, »Olympiateilnehmerin bricht Schweigen über Missbrauch durch Paarlauf-Partner – und hochrangige Funktionäre, die ihn jahrelang geschützt haben«.

ELLIS DEAN: Aber stimmt schon, in der Anfangszeit war die Shaw-und-Rocha-Story der beste Clickbait. Mit diesem Foto sind sie zu Brad und Angelina des Eiskunstlaufs geworden, und von da gab es kein Zurück.

Ein Ausschnitt aus einem Fernsehinterview mit Katarinas Bruder Lee Shaw. Er ist Ende zwanzig, wirkt aber mindestens zehn Jahre älter. Er sitzt vor einer undefinierbaren grauen Wand.

»Ja, das Foto habe ich gesehen«, sagt er. »Das war das erste Mal seit Jahren, dass ich meine kleine Schwester wiedergesehen hatte. Das erste Mal, seit sie von zu Hause abgehauen ist.«

KAPITEL 45

Als Bella mir das Foto zeigte, habe ich mich selbst kaum wiedererkannt. Ich sah so zierlich aus. So zerbrechlich. Das viele Blut auf meinen weißen Schlittschuhen und dem weißen Kleid ließ mich irgendwie jungfräulich und feminin aussehen.

Und Heaths Blick war zum Fürchten: Als würde er jeden umbringen, der versuchte, uns zu trennen.

Nachdem die Zwillinge weggefahren waren – zu einer exklusiven Dinnerparty mit einem Sponsor in Chicago, die ihnen als Ausrede gedient hatte, unbeaufsichtigt in den Mittleren Westen zu fliegen –, begab ich mich auf vermintes Gelände. Ich las jede einzelne Geschichte, jeden einzelnen Post auf Ellis' abscheulichem Blog.

Der Hype schockierte mich. Normalerweise interessieren sich Amerikaner für Eiskunstlauf nur alle vier Jahre zwei Wochen lang, während der Olympischen Winterspiele. Und selbst dann richtet sich die Aufmerksamkeit auf Einzel- und Paarlauf – wir Eistänzer sind eher Beiwerk. Aber Liebesgeschichten stehen wohl immer hoch im Kurs.

Als ich stark und selbstbewusst war, waren alle vor mir zurückgeschreckt. Mir wurde gesagt, ich sei zu ambitioniert, zu ehrgeizig, überhaupt zu viel. Aber als ich dann am Boden lag, verletzt und blutend, die Prinzessin, die gerettet werden musste, und nicht die mächtige Königin, da liebten sie mich plötzlich.

Es war schon nach Mitternacht, als ich endlich ins Bett ging. Ich sah ganz verschwommen, weil ich so lange auf den Computerbildschirm gestarrt hatte. Heath war noch wach. Er nahm seine Kopfhörer ab – ich schnappte noch einige Töne Sigur Rós auf, ehe er auf Stopp drückte – und schlug die Bettdecke für mich auf.

Seit den Nationals hatte Heath alles getan, damit ich mich sicher und geborgen fühlte. Es wäre so leicht gewesen zu bleiben, mich nach der ganzen Quälerei und den Fehlschlägen beim Eislaufen für ein ruhiges Leben mit ihm zu entscheiden. So leicht wie in einer Schneewehe einzuschlafen, in dem Gefühl von Wärme, das einen einlullt, ehe man erfriert.

Ich streckte die Hände aus. Er schloss die Augen und erwartete meine Berührung. Aber meine Finger streckten sich noch weiter, bis sie über die ins Kopfteil meines Betts eingeritzten Worte strichen.

»Weißt du noch?«

Shaw & Rocha. Mit dem Finger fuhr ich die Buchstaben nach. Dass wir unsere Namen eingeritzt hatten, war erst sechs Jahre her, doch es fühlte sich wie ein ganzes Leben an.

Heath nickte, aber in seinem Blick lag Wachsamkeit. »Du willst zurück«, stellte er fest. »Stimmt's?«

»Es fehlt mir«, gab ich zu, obwohl das Wort viel zu schwach war für die unbändige, brennende Sehnsucht, wieder auf das Eis zu gehen. »Mir fehlt ...«

»Er.« Heath legte seinen iPod auf den Nachttisch und verschränkte die Arme.

»Nein ... Ich meine, natürlich vermisse ich Garrett und auch Bella, aber ...«

»Ich will dich nicht noch einmal verlieren, Katarina. Nicht an ihn, und nicht an ...«

»Ich will gar nicht zu ihm zurück.« Ich seufzte und kniete mich neben ihn, nahm Heaths Gesicht in meine Hände. »Ich will mit *dir* zurückgehen.«

Heaths Mundwinkel bewegten sich leicht nach oben, doch sein Blick verriet, dass er immer noch auf der Hut war. »Bist du sicher?«

Mein Daumen zeichnete die kleine Sichel unter seinem Auge nach. Ich hatte die Topografie seines Körpers aufs Neue kennengelernt, seine Narben waren inzwischen für mich vertrautes Terrain. Wir hatten aber immer noch nicht über sie gesprochen, überhaupt hatten wir über die drei Jahre seiner Abwesenheit noch kein Wort verloren. Allmählich war ich zu der Erkenntnis gekommen, dass es so besser war. Die Vergangenheit war vergangen. Wir konnten sie nicht ändern.

Aber die Zukunft – die Zukunft lag ganz in unserer Hand.

»Ich liebe dich. Und ich will mit keinem anderen als dir jemals wieder eislaufen.«

Heaths Lächeln strahlte hell wie eine Fackel in der Nacht. »Ich liebe dich auch, Katarina.«

Shaw & Rocha, Olympiasieger. Wir konnten es immer noch schaffen, es war nicht zu spät. Wir hatten noch vier Jahre bis Vancouver.

Er küsste mich und zog mich neben sich, und während wir einander umschlangen, sagte ich mir, dass dieses Mal alles anders werden würde.

Im April 2006 landen Katarina Shaw und Heath Rocha auf dem Flughafen von Los Angeles und werden augenblicklich von einer Schar von Paparazzi umringt.

ELLIS DEAN: Sie waren kaum gelandet, da ging der ganze Zirkus auch schon los.

Sowohl Katarina als auch Heath scheinen auf die große Anzahl von Menschen, die sie sehen wollen, nicht vorbereitet zu sein. Es sind auch Fans darunter, die selbst gebastelte Schilder voller Glitzerherzchen hochhalten.

»Katarina, wie geht es Ihnen?«, erkundigt sich ein Reporter.

»Viel besser«, antwortet sie. »Ich bin zu allen Schandtaten bereit.«

»Wo haben Sie die ganze Zeit über gesteckt?«

Heath legt den Arm um Katarina. »Zu Hause«, sagt er und steuert auf den Ausgang zu.

Eine Montage von Paparazzi-Fotos zeigt Shaws und Rochas ersten Sommer zurück in Los Angeles: Katarina und Heath beim Verlassen ihres Apartmenthauses, Heath trägt beide Schlittschuhtaschen. Undeutliche Bilder, durch die Fenster aufgenommen, zeigen, wie sie gemeinsam an der Academy trainieren. Katarina fällt hin, Heath hilft ihr auf. Sie schlägt die Hände vors Gesicht, und Heath nimmt sie am Rand der Eisfläche in den Arm.

FRANCESCA GASKELL: Ich weiß, dass sie für dieses ganze Trara nichts konnten. Aber trotzdem hat es in der Academy für ganz schön viel Unruhe gesorgt.

INEZ ACTON: Sie hätten sich keinen schlechteren Zeitpunkt für ihr Comeback aussuchen können. Damals ging es zu wie im Wilden Westen. Das Internet brachte die Öffentlichkeit auf die Idee, sie hätte das Recht, das Privatleben ihrer Lieblingsstars hautnah mitzuerleben – gleichzeitig steckten die sozialen Medien noch in den Kinderschuhen, sodass die Prominenten die Berichterstattung über sich noch nicht selbst in die Hand nehmen konnten, wie sie das heutzutage tun.

Katarina und Heath fahren nach einem Training nach Hause zurück. Sie sind in ein anderes Gebäude gezogen, vor dem ein bulliger Pförtner mit strenger Miene die Leute verscheucht. Die Fotografen bekommen aber trotzdem, was sie wollten: Katarina wirkt völlig erschöpft, Heath legt beschützend den Arm um sie, als wäre er ihr Bodyguard.

ELLIS DEAN: Bevor Kat und Heath viral gegangen sind, hatte die breite Öffentlichkeit keinen blassen Dunst von *Eistanz*.

JANE CURRER: Wir hatten uns mehr öffentliches Interesse für diesen Sport gewünscht. Aber doch nicht *diese* Art von Interesse.

ELLIS DEAN: Der Eiskunstlaufverband schuldete mir verdammt noch mal einen schönen großen Präsentkorb als Dankeschön. Stattdessen haben sie versucht, meine Seite sperren zu lassen – das hätten sie sich sparen können.

Screenshot einer Schlagzeile auf Kiss&Cry: *»Schon mal was von freier Rede gehört, ihr Arschgeigen? (Und mit Arschgeigen meine ich den US-Eiskunstlaufverband).« Die schlichte WordPress-Optik der Website ist einem professionelleren Design mit funkelndem, animiertem Logo gewichen.*

ELLIS DEAN: Vielleicht schulde auch ich denen einen Präsentkorb für die viele kostenlose Werbung. Der Anzeigenverkauf schoss so rasant in die Höhe, dass ich eine Assistentin einstellen musste.

GARRETT LIN: Als Kat sich entschieden hatte, wieder mit Heath ein Team zu bilden, habe ich darüber nachgedacht aufzuhören. Vielleicht aufs College zu gehen. Aber Bella sprach ständig von 2010, den nächsten Olympischen Spielen in Vancouver. Sie hat gar nicht gefragt, ob wir wieder zusammen antreten würden. Sie ist ganz selbstverständlich davon ausgegangen.

Ein Video zeigt die Lins beim Einstudieren ihrer Choreografie für die Saison 2006/2007. Sie üben eine Sequenz aus Drehungen auf einem Fuß, aber sie sind nicht synchron. Garrett ist einige Noten vor Bella, und sie muss sich beeilen, um aufzuholen.

GARRETT LIN: Ich hatte angenommen, dass es keine große Sache wäre, wieder mit meiner Schwester zu laufen. Aber nach vier Saisons mit Kat war die Umstellung extrem schwer. Immerhin taten wir uns leichter als sie und Heath.

Kirk Lockwood berichtet von Skate America 2006 in Hartford, Connecticut. »An diesem Wochenende hatten wir uns auf einen Showdown zwischen Shaw/Rocha und Lin/Lin gefreut, doch bedauerlicherweise haben Shaw und Rocha ihre Teilnahme nach einer schwierigen Trainingseinheit am heutigen Vormittag kurzfristig zurückgezogen.«

ELLIS DEAN: Der ganze Wirbel, der um sie gemacht wurde! Dabei hatten sie noch an keinem einzigen Wettkampf teilgenommen.

FRANCESCA GASKELL: Soweit man das beurteilen konnte, war sie körperlich wieder auf der Höhe. Aber nach solchen Verletzungen kann einem der Kopf ziemliche Streiche spielen.

GARRETT LIN: Kat und Heath sind aber in Hartford geblieben und haben uns von der Tribüne aus angefeuert. Das sagt einiges aus.

Katarina und Heath sitzen in der ersten Reihe des Hartford Civic Center, als Bella und Garrett den Westminsterwalzer innerhalb der Pflichttanz-Komponente des Wettbewerbs tanzen.

Als die Lins fertig sind, springen Katarina und Heath von ihren Plätzen auf und applaudieren lächelnd – bis auf eine Millisekunde, in der Katarina an sich herabschaut und etwas von ihrem Jackenärmel wischt.

Schnitt zu einem Screenshot der Website von Kiss&Cry, auf dem exakt dieser Moment ohne Lächeln eingefangen wurde. »Wer solche Feinde, äh, Freunde hat, sollte sich in Acht nehmen«, lautet die Überschrift.

ELLIS DEAN: Also Meldungen über Frauen, die andere Frauen unterstützen, bringen mir keine Klicks. Ich habe Frauenhass ja nicht erfunden, ich habe mich darauf beschränkt, schamlos davon zu profitieren.

Zurück zu Kirk in die Kommentatoren-Kabine: »Skate America ist schon das zweite Turnier, das das wiedervereinte Team Shaw und Rocha abgesagt hat. Ihre Teilnahme war auch für die Nebelhorn Trophy im September vorgesehen. Wir sind gespannt, ob sie nächsten Monat bei ihrem zweiten Grand Prix in Paris antreten werden.«

»Bis dahin wünschen wir Katarina Shaw weiterhin gute Besserung. Und verpassen Sie nicht mein Exklusiv-Interview mit ihrem Bruder Lee am kommenden Mittwoch um 19 Uhr Eastern Time!«

KAPITEL 46

Einfach ignorieren, lautete Sheilas weiser Rat.
Wenn Paparazzi vor der Eishalle, vor unserem Apartment, vor der Praxis meines Physiotherapeuten und vor dem Drugstore, in dem ich mir einfach nur eine verdammte Packung Tampons kaufen wollte, ihr Lager aufschlugen, sollten wir einfach so tun, als wären sie nicht da.

Wenn Reporter und Sportagenten und sogar Promoter uns zu allen Tages- und Nachtzeiten anriefen und Interviews und Reportagen und Sponsorenverträge in Höhe von mehr als dem Preisgeld für eine komplette Olympiade anboten, sollten wir es einfach klingeln lassen.

Lassen Sie sich nicht ablenken. Sie haben zu tun.

Und als Lee auf Bewährung freigelassen wurde und anfing, durch Talkshows zu touren, wo er Fotoalben aus unserer Kindheit herumzeigte und ein von Mal zu Mal blumiger ausgeschmücktes Rührstück darüber präsentierte, wie ich das glückliche Familienleben zerstört hätte, um in Kalifornien meinem Glück hinterherzujagen, meinte Sheila, wenn ich darauf reagierte, würde ihn das nur noch mehr anspornen.

Konzentrieren Sie sich auf das Training. Das ist das Einzige, worüber Sie die Kontrolle haben. Das läuft sich tot, und Sie geraten in Vergessenheit.

Ich wollte aber nicht in Vergessenheit geraten.

Ich wollte, dass man sich aus dem richtigen Grund an mich erinnerte: Weil ich eine herausragende Sportlerin war. Nicht weil ich für die Leute unwiderstehlich war, wenn ich blutend auf dem Eis lag, oder weil mein Bruder ein asoziales Großmaul war.

Aber ich befolgte Sheilas Rat, und Heath schloss sich mir an. Wir blieben in Deckung und trainierten härter als je zuvor. An den meisten Morgen waren meine Muskeln so steif, dass Heath meine Beine zwanzig Minuten lang massieren musste, ehe ich den Weg zur Dusche schaffte. Ich jammerte nicht, sondern stellte den Wecker eher, damit wir trotzdem um sieben auf dem Eis standen.

Manchmal spielte mein Körper auch mit, und dann konnte ich wieder wie früher laufen. Oft jedoch fühlte es sich an, als wäre die Verbindung zwischen meinem Kopf und meinem Körper gekappt worden. Ich musste wieder lernen, Vertrauen zu mir selbst und zu Heath zu haben – und ich fing bei null an.

Wie früher waren wir die meiste Zeit in den Händen der Co-Trainer, während Sheila ihre ganze Energie darin investierte, die Zwillinge zu Höchstleistungen anzutreiben. Es tat weh, auf einmal Nebendarsteller zu sein, aber ich konnte ihr schlecht einen Vorwurf machen. Beim Auf und Ab unserer Leistungen konnten wir von Glück sagen, dass Sheila überhaupt bereit war, mit uns zu arbeiten.

Nachdem wir von den ersten zwei Wettkämpfen zurücktreten mussten, war ich umso entschlossener, an dem französischen Grand Prix teilzunehmen. Weil wir bei Skate America einen Rückzieher gemacht hatten, würden wir nicht beim Grand Prix Final im Dezember zugelassen werden, aber ich konnte nicht den ganzen Herbst ohne einen einzigen Wettbewerb vorbeigehen lassen. Das hätte bedeutet, dass wir bei den nächsten nationalen Meisterschaften ohne Wettkampferfahrung antreten und damit sehr wahrscheinlich von vornherein den Titel Garrett und Lin überlassen würden.

Wenige Tage vor dem Turnier in Frankreich nahmen sie am Cup of China teil. Erst am Abend, bevor sie nach Nanjing abreisten, eröffnete uns Sheila, dass sie wegen Verpflichtungen bei Werbeveranstaltungen verschiedener Sponsoren in Asien und Australien nicht rechtzeitig nach Paris kommen könne und auch alle Co-Trainer Terminkonflikte hätten. Heath und ich würden also auf uns allein gestellt sein.

Das Turnier begann vielversprechend mit unserem Pflichttanz, doch beim letzten Durchgang durch den Spurenbildtanz erwischte eine meiner Kufen eine Rille im Eis und brachte uns aus dem Gleichgewicht. Wir landeten auf dem zweiten Platz hinter Jelena Volkova und ihrem neuen Partner. Dmitri Kiprijanov entstammte der Verbindung eines Bolschoitänzers und – wie man munkelte – einer russischen Mafia-Prinzessin. Mit seinen welligen Haaren und den vollen rosa Lippen war Dmitri sogar noch hübscher als Jelena. Unglücklicherweise war er auch noch ein erstaunlich guter Eistänzer.

Der Originaltanz war für den Nachmittag desselben Tages angesetzt, sodass uns kaum genug Zeit für einen Powernap in unserem Hotel im Quartier Latin blieb. Als wir wieder das Eis betraten, versuchte ich ein Gähnen zu unterdrücken und schmierte mir dabei den ganzen Lippenstift auf meinen Handrücken.

In unserer Zeit in Illinois hatten Heath und ich uns durch die alte Plattensammlung meiner Eltern gearbeitet, und er hatte die Idee gehabt, unseren Originaltanz zu Kate Bush zu entwickeln. Wir hatten die Möbel zur Seite geschoben, um die Tangoschritte auszuprobieren, und er hatte recht gehabt: Die Musik passte erstaunlich gut zu unserem unkonventionellen Stil. Für dieses Turnier war es den Teilnehmerinnen erlaubt worden, eine Hose zu tragen, und ich sah uns bereits in androgynen Kostümen, die uns – zusammen mit meinem Kurzhaarschnitt – auf dem Eis identisch aussehen lassen würden.

Doch Sheila hatte ihre eigenen Vorstellungen. Sie ordnete einen traditionellen Tango – *La Cumparsita* – an, einen schwarzen Anzug für Heath und ein rotes Kleid einschließlich Rose hinter dem Ohr für mich. Wir würden uns also äußerlich nicht weiter von den anderen Teams unterscheiden, was bedeutete, dass wir umso besser tanzen mussten, um uns von ihnen abzuheben.

Wir waren alles andere als perfekt an jenem Abend. Heath kam bei den Diagonalschritten durcheinander und stellte mir fast ein Bein, dann riss ich ihm mit der Kufe ein Loch in die Hose, als ich mein Bein um seines hakte. Bei der Wertung rutschten wir auf Platz drei, hinter die Franzosen Moreau und Emanuel – nicht Arielle Moreau, die vor einigen Jahren mit dem Eistanz aufgehört hatte, sondern ihre kleine Schwester Geneviève.

Vielleicht hätten wir besser abgeschnitten, wenn Sheila da gewesen wäre, um uns zu coachen. Aber ich war froh, dass sie nicht da war. Als wir die Tränenecke verließen, wollte ich mit niemandem sprechen. Nicht einmal mit Heath.

»Das ist unser erster Wettkampf, seit wir zurück sind«, erinnerte er mich, als wir in der Garderobe unsere Schlittschuhe gegen Sneakers tauschten. Jelena und Dmitri waren gerade auf der Eisfläche und brachten das Publikum mit ihrem dramatischen Tanz zur Musik des russischen Tangosängers Pjotr Leschenko wieder in Schwung. »Niemand erwartet Perfektion von uns.«

In der vorangegangenen Saison hatten Garrett und ich diesen Preis mit beträchtlichem Abstand vor den anderen gewonnen. Und nun war ich auf einem Bronze-Platz hinter ein paar Teenagern, die *très excités* waren, bei ihrer ersten Grand-Prix-Serie als Senioren anzutreten. Perfektion mochte jenseits unserer Möglichkeiten liegen, deshalb war ich aber noch lange nicht bereit, mich mit dieser Demütigung abzufinden.

Heath zog mich in seine Arme. »Wir haben immer noch unsere Kür morgen. Noch ist nichts entschieden.«

Unser Kürtanz ging auch ganz und gar auf Sheilas Konto – ein klassisches, von Ballett inspiriertes Stück zu einer Mozart-Serenade, die so ruhig dahinplätscherte, dass ich beinahe eingeschlafen wäre, als ich sie zum ersten Mal hörte. Das Programm passte einfach nicht zu uns, und je länger wir es einstudierten, desto schlimmer wurde es. Aber Sheila war nicht davon abzubringen. *Ich weiß, was die Preisrichter sehen wollen*, sagte sie immer, wenn wir zaghaft protestierten. *Ihr müsst ihnen eure andere Seite zeigen.* Ich schob meine Zweifel beiseite und beschloss, ihr zu vertrauen. Schließlich hatte sie bisher immer noch recht behalten.

»Ich glaube, ich brauche noch einen Moment«, sagte ich zu Heath. »Vor der Pressekonferenz.«

»Klar.« Heath ging los und zog mich mit sich. »Ich habe hier eine Lounge gesehen, da können wir ...«

»Allein.«

Er blieb stehen. Er ließ die Hand sinken, die an meinem Rücken lag. »Was immer du brauchst.«

Ich gab ihm einen Kuss und ließ die Augen zu, als ich mich wegdrehte, um die Enttäuschung in seinem Gesicht nicht sehen zu müssen. Die Russen hatten ihr Programm beendet, und der Applaus war so heftig, dass die ganze Arena zu beben schien.

Ich ging weiter, bis ich den Lärm ausblenden konnte. Ich war irgendwo im Bauch des Gebäudes, auf einem langen Gang mit identisch aussehenden Türen zu beiden Seiten und Rohrleitungen an der Decke.

Seit Heath mich in St. Louis vom Eis getragen hatte, war ich nicht mehr so weit von ihm entfernt gewesen.

Ich lehnte den Kopf an die Betonwand, wobei ich die künstliche Rose quetschte. Die hatte ich ganz vergessen. Mein Haar war noch nicht lang genug, um es hinten zusammenzubinden, weshalb ich die Blume mit einer komplexen Anordnung von Haarklammern hatte befestigen müssen. Sie scheuerten auf meiner Kopfhaut und zogen bei jeder zu schnellen Bewegung an den Haarwurzeln.

Mit einem entnervten Fauchen packte ich die Rose, riss sie aus den Klammern und schmiss sie zu Boden. Dann trat ich drauf – einmal, zweimal, dreimal. Ich spürte die Erschütterung in meinem Knie. Hätte ich doch noch die Schlittschuhe angehabt, dann hätte ich die Blütenblätter in ...

»Was tun Sie da?«

Mein Wutanfall wurde von der Stimme einer Frau unterbrochen, die rau und leicht heiser klang.

Mit russischem Akzent.

KAPITEL 47

Veronika Volkova betrachtete amüsiert die zertrampelte Blume zu meinen Füßen. »Die ist erledigt, glaube ich. Aber lassen Sie sich nicht stören.«

Ich war der Volkova noch nie persönlich begegnet. Sie war ganz anders, als ich sie mir vorgestellt hatte. Aus der Nähe war ein spitzbübisches Blitzen zu erkennen, das ihren berühmten eisblauen Augen etwas Warmes verlieh.

Was nicht bedeutete, dass sie in dem Zobelmantel, der ihr Markenzeichen war, nicht trotzdem furchteinflößend wirkte. Jede andere Frau hätte darin wie eine verwöhnte Dame aus besseren Kreisen gewirkt. Veronika aber trug den Pelz, als hätte sie den Tieren eigenhändig das Fell abgezogen.

»Wenn Sie dann hier fertig sind – die Pressekonferenz beginnt jeden Moment. Jelena und Dmitri sind natürlich nach wie vor auf Platz eins.«

»Danke für das Update«, sagte ich und wollte an ihr vorbeigehen.

Veronika blieb ungerührt in der Mitte des Gangs stehen. »Obwohl ich sicher bin, dass die Journalisten jede Menge Fragen an Sie und Mr. Rocha haben werden.« Sie schnaubte. »Den Franzosen geht es ja immer mehr um Sex als um Substanz.«

Ich funkelte sie an. »Wir haben uns das alles nicht ausgesucht.«

Sie winkte ab. Ihr Nagellack hatte einen subtilen Nude-Ton, doch die Fingernägel waren zu spitzen Krallen gefeilt. »Sparen Sie sich das für Ihre Fangemeinde auf. Ich weiß, wie Sheila arbeitet.«

»Was wollen Sie damit sagen?«

»Ich will damit sagen, dass Sheila Lin die private Telefonnummer von jedem Fotografen zwischen Hollywood und Hongkong kennt.« Veronika beugte sich weit genug vor, dass mich ein Hauch ihres Parfüms anwehte – intensiv und blumig, mit einer Note von winterlichen Gewürzen. »Und sie heben immer ab.«

Ich glaubte ihr kein Wort. Sie wollte mich nur verunsichern, mich gegen meine Trainerin ausspielen.

Meine abwesende Trainerin. Die uns für diese Saison glanzlose Programme aufgezwungen hatte, die nicht zu uns passten, die uns eingeschärft hatte, die Paparazzi zu ignorieren, egal wie zudringlich sie wurden. Die Paparazzi spürten uns immer mit Leichtigkeit auf, obwohl wir unsere Trainingszeiten geändert hatten, obwohl wir in eine neue Wohnung gezogen waren. Sie wussten immer ganz genau, wo wir zu finden waren.

»Gucken Sie nicht so schockiert.« Veronika polierte ihre Krallen am Revers ihres Zobels. »Sie sollten die Spielregeln mittlerweile kennen.«

Das hatte ich zumindest bisher gedacht. Aber Sheila spielte auf einem völlig anderen Level.

»Wenn Sie irgendwann niemand mehr fotografiert oder sich für Ihr Liebesleben interessiert – *das* ist der Moment, in dem Sie sich wirklich Sorgen machen sollten.«

Mit schwingenden Hüften schritt sie davon. Als Heath auf der Suche nach mir an ihr vorbeikam, warf sie ihm ein Lächeln zu. Er zuckte zusammen, als befürchtete er, sie könnte ihn anfallen.

»Alles in Ordnung mit dir?« Er blickte auf die zertretenen Blütenblätter und dann den Gang entlang. Veronika war bereits um die Ecke gebogen, auf dem Weg zum Presseraum. »Wieso sprichst du mit i...«

»Vertraust du mir?«

Meine Frage schien ihn zu erschrecken. Aber er antwortete ohne Zögern.

»Natürlich vertraue ich dir.«

»Gut.« Ich grinste und nahm seine Hand. »Weil wir das Ding hier immer noch gewinnen können.«

VERONIKA VOLKOVA: Ich weiß nicht, was da passiert ist.

ELLIS DEAN: Irgendetwas muss passiert sein. Im Kürtanz waren sie wie ausgewechselt.

Katarina Shaw und Heath Rocha stehen beim Grand Prix 2006 in Paris an der Bande, als ihre Namen ausgerufen werden. Hand in Hand betreten sie die Eisfläche, dabei sehen sie einander tief in die Augen.

KIRK LOCKWOOD: Sie waren noch gar nicht gestartet, aber die Elektrizität war bereits spürbar.

Katarina und Heath nehmen ihre Startpose ein. Katarina richtet den Blick nach oben und hebt die Hände über den Kopf wie eine Ballerina in der fünften Position. Heath streckt die Hände nach ihr aus, als wollte er sie zu sich winken. Obwohl sie einander weder berühren noch ansehen, sind sie immer noch verbunden – wie durch ein unsichtbares Band. Ihre Musik setzt ein: der fünfte Satz von Mozarts Serenade Nr. 10 in B-Dur.

KIRK LOCKWOOD: Ich weiß noch, wie überrascht ich war, als ich hörte, dass sie sich für Klassik entschieden hatten. Ich dachte damals, dass Sheila dieses Stück vielleicht schon ausgesucht hatte, bevor Kat und ihr Sohn getrennte Wege gingen.

FRANCESCA GASKELL: Bis dahin hatte niemand das Programm außerhalb des Trainings gesehen. Ich war zigmal an der Academy dabei, wenn sie es einstudierten, aber glauben Sie mir: Das hatte nichts mit dem zu tun, was sie dann wirklich tanzten.

Weiteres Filmmaterial zeigt den Kürtanz: Die Choreografie ist eher steif, doch wie Katarina und Heath sie interpretieren, verwandeln sich auch die am stärksten ballettlastigen Bewegungen in pure Sinnlich-

keit. Immer wenn sie einander ganz nah sind, sieht es aus, als würden sie sich jeden Moment küssen. Jedes Mal, wenn sie sich voneinander entfernen, wirkt es, als sehnten sie sich nach einer Umarmung. Jeder Blick, jede Berührung, jeder Schritt drücken Sehnsucht und tiefes Begehren aus.

JANE CURRER: Es ist richtig, dass Eistanz eine gewisse sinnliche Qualität beinhalten kann. Viele Programme bringen die Liebe zwischen Mann und Frau zum Ausdruck. Aber was Ms. Shaw und Mr. Rocha da taten, grenzte an vulgäre Erotik. Man konnte es sich buchstäblich nicht ansehen, ohne sich vorzustellen, wie sie ...

PRODUZENT (aus dem Off): Wie sie was?

JANE CURRER: Na, Sie wissen schon.

Ein weiteres Interview mit Lee Shaw, dieses Mal in einem grell ausgeleuchteten Fernsehstudio. »Also echt jetzt, Mann«, *sagt er mit vor Ekel verzogenem Gesicht.* »Das ist schließlich meine kleine Schwester.«

ELLIS DEAN: Was sie da in ihrem Programm abzogen, war kein Eiskunstlauf, sondern Vorspiel. Nur Shaw und Rocha brachten es fertig, aus Mozart so eine Ferkelei zu machen.

GARRETT LIN: Ich glaube nicht, dass sie das so geplant hatten. Das war eine ganz spontane Sache.

ELLIS DEAN: Kann schon sein, dass sich Heath da hat mitreißen lassen. Aber Kat? Die Bitch wusste ganz genau, was sie tat. Und es hat ja auch funktioniert.

Sie erstarren in ihrer finalen Pose, die eigentlich genau wie beim Start ist, nur dass sie jetzt ganz nah beieinander in der Mitte der Eisfläche stehen und er seine Arme um sie gelegt hat. Das Publikum jubelt vor Begeisterung, Katarina vollführt eine Drehung in Heaths Armen und küsst ihn auf den Mund. Die Menge tobt.

JANE CURRER: Das französische Publikum scheint an dieser Art des Exhibitionismus Gefallen zu finden.

KIRK LOCKWOOD: Ja, sie haben sehr viel Erotik ins Spiel gebracht. Aber sie waren eben auch technisch brillant. Sie haben jedes einzelne Element mit absoluter Präzision absolviert. Perfektes Timing, alles kantenrein gelaufen. Nur ein einziger Fehler ist ihnen unterlaufen – ihre Drehhebung war zu lang. Alles über zwölf Sekunden muss zu einem Punktabzug führen, so sind die Regeln.

Eine Slow-motion-Einspielung der mit Punktabzug geahndeten Hebung: Katarina schwingt sich in eine elegante Pose auf Heaths Schulter und lässt sich dann sinken, bis er sie hält und dabei mit einer Hand im Nacken stützt. Sie streckt die Beine und bildet während der Drehung einen anmutigen Bogen nach hinten, wobei sie sich nur mit der Rumpfmuskulatur stabilisiert.

KIRK LOCKWOOD: Es sah nicht einmal wie ein Fehler aus. Eher so, als könnten sie es nicht ertragen, sich wieder trennen zu müssen.

Katarina und Heath sitzen nebeneinander und warten auf ihre Wertung. Als die Punkte auf der Anzeigetafel erscheinen, umarmen sie sich erneut, sogar noch leidenschaftlicher. Sie scheinen die Kameras gar nicht zu bemerken.

»Für diese zwei besteht kein Grund für Tränen in der Tränenecke!«, ruft Kirk Lockwood aus der Kommentatorenkabine. »Wir werden sehen, was das französische und das russische Team noch für uns bereithalten, aber diese Zahlen werden schwer zu toppen sein. Hiermit ist es offiziell: Shaw und Rocha sind zurück.«

KAPITEL 48

»Was für ein bemerkenswertes Comeback«, sagte die Journalistin und hielt ihr Aufzeichnungsgerät in die Höhe. »Wie ist es Ihnen gelungen, mit Ihrer Kür noch mal alles zu drehen?«

Heath und ich saßen im Presseraum des Palais Omnisports de Paris-Bercy auf dem Podium, und zwar genau in der Mitte, als Gewinner der Goldmedaille.

»Ich weiß auch nicht«, antwortete Heath. Seine Hand lag auf meinem Oberschenkel, verdeckt von der Tischdecke. »Ich denke mal, die Chemie zwischen uns stimmt.«

Volkova und Kiprijanov hatten sich mit Silber zufriedengeben müssen, Moreau und Emanuel hatten Bronze geholt und Geneviève war völlig aus dem Häuschen deswegen. Ich konnte mich gar nicht mehr daran erinnern, wie es war, sich aufrichtig über einen dritten Platz zu freuen.

»Wir waren nicht ganz sicher, ob wir zu so einem klassischen Thema laufen sollten«, ergänzte ich. »Aber dann haben wir doch noch einen Weg gefunden, etwas Eigenes daraus zu machen.«

Die Reporter hingen an unseren Lippen, als wären die anderen Eiskunstläufer gar nicht anwesend. Jahrelang war ich immer starr vor Angst gewesen, wenn ich mit den Medien sprechen sollte, aber das hier machte fast Spaß.

»Haben Sie schon mit Ihrer Trainerin sprechen können?«, erkundigte sich ein anderer Journalist. »Sie muss hocherfreut sein, nachdem Sie in letzter Zeit so zu kämpfen hatten.«

»Noch nicht. Aber ich bin sicher, dass Sheila stolz auf uns sein wird.«

Was nicht ganz stimmte. Wäre sie hier gewesen, hätte sie uns angewiesen, bei der einstudierten Linie zu bleiben und den Preisrichtern zu zeigen, wie subtil und elegant wir sein konnten.

Aber Sheila war Tausende Meilen weit entfernt. Und die Leute wollten überhaupt nicht, dass Heath und ich »subtil« oder »elegant« auftraten. Sie wollten eine herzergreifende, grandiose Love-Story. Sie wollten ungezügelte, verzehrende Leidenschaft. Sie wollten nicht nur, dass wir uns liebten – sie wollten miterleben, dass wir durchs Feuer gingen, nur um zusammen zu sein.

Indem wir die Verbindung zwischen uns sprechen ließen, konnten wir uns auch endlich mit der Musik verbinden. Wir hatten noch nie so gut getanzt, und unsere Goldmedaille war der Beweis.

Ich lächelte in die riesige Schar von Journalisten. Heaths Hand rutschte höher.

»Die nächste Frage bitte.«

Nach zwei strapaziösen Wettkampftagen, einer Pressekonferenz, der Medaillenzeremonie und endlosem Posen für Fotos hätte ich eigentlich vollkommen erschöpft sein müssen. Stattdessen war ich so voller Energie, dass ich mir am liebsten die Schlittschuhe angezogen und alles noch einmal gemacht hätte.

Es war schon lange dunkel, als wir endlich die Arena verließen. Als ich in den dunklen Himmel über der Seine blickte, zuckten vor meinen Augen immer noch die Blitzlichter der Kameras.

»Lass uns ausgehen«, schlug ich vor.

»Wohin?«, fragte Heath.

»Irgendwohin.«

Wir waren jung, wir waren verliebt, wir waren in Paris. Wir hatten soeben Gold geholt und nicht zu vergessen mehrere Tausend Dollar Preisgeld. Wir hatten es verdient, uns etwas zu gönnen.

Im Hotel schlüpfte ich in das trägerlose Minikleid, das ich für das Gala-Bankett nach der Veranstaltung mitgenommen hatte.

Normalerweise trug ich dazu immer eine brave Strickjacke und eine blickdichte Strumpfhose, die meine Narbe verdeckte.

Doch nicht an diesem Abend. Heath riss die Augen auf, als er mich sah, und hörte auf die gesamte Dauer unseres romantischen Dinners nicht auf, mich anzustarren. Der Kellner gab uns einen Zweiertisch mit Kerzen am Fenster zur Straße, und wir bestellten eine riesige Platte mit französischen Wurst- und Käsespezialitäten, die kaum Platz für unsere mit Bordeaux gefüllten Gläser ließ. Während wir wunderbar cremigen Brie und Trüffelchips von der Schieferplatte aßen, schlang ich mein Bein um Heaths, ohne mich darum zu kümmern, ob jemand hersah.

Nach dem Essen beschlossen wir, tanzen zu gehen – *richtiges* Tanzen, ohne Juroren und ohne Choreografie. Wir schlenderten durch verschiedene Arrondissements, bis uns ein flackerndes Neonschild eine dunkle Treppe hinab in einen Club lockte. An der rauen Oberfläche des unverputzten Ziegelgewölbes waren Stroboskoplichter und Discokugeln angebracht.

Heath und ich arbeiteten uns in die Mitte der überfüllten Tanzfläche vor, und die nächsten Stunden taten wir nichts anderes als uns zur Musik zu bewegen. Der Elektrobeat pulsierte durch meinen Körper. Heath tanzte hinter mir, die Hände auf meinen Hüften, und küsste meinen Nacken. Ich nahm nichts wahr als Hitze und Schemen und Sound und *ihn*.

Ich hatte keine Ahnung, wie spät es war, als wir wieder in die reale Welt hinausstolperten. Es hatte zu regnen begonnen, aber wir waren ohnehin schon schweißnass. Mein Kleid klebte an mir wie eine zweite Haut, und Heath hatte sich seines Hemds entledigt, das immer noch irgendwo auf der Tanzfläche lag. Ich streifte die Pumps ab, rannte den ganzen Weg zurück ins Hotel barfuß und ausgelassen durch den strömenden Regen und sprang lachend durch die Pfützen.

Die Tür zu unserer Suite hatte sich noch nicht ganz hinter uns geschlossen, als wir schon übereinander herfielen, uns die durchweichte Kleidung vom Leib rissen und nass und dampfig vom Regen auf den mit rotem Samt bezogenen Loveseat taumelten, weil wir es unmöglich noch ins Bett schaffen konnten.

Heath schlief hinterher ein und sah, so wie er in den Kissen lehnte, wie eine klassische Statue aus. Ich sehnte mich auch nach Schlaf, doch durch meine Adern jagte ein Gewitter.

Ich löste mich aus seiner Umarmung und holte mein Handy vom Nachttisch. Das Display leuchtete auf und warf Schatten an die Damasttapete.

Zwei verpasste Anrufe, gefolgt von einer Textnachricht, alle von derselben Nummer. Gesendet vor einigen Stunden, als wir noch beim Tanzen waren – mitten in der Nacht in Paris, früher Morgen in China. Als ich die Nachricht las, krampfte sich mein Magen panisch zusammen.

Ruf mich sofort an.

KAPITEL 49

Ich wollte Heath nicht wecken, also wickelte ich mich in den Hotelbademantel und ging mit meinem Telefon auf den kleinen Balkon mit Blick auf den Place du Panthéon. Der Platz lag still und ruhig da, der Duft von frischgebackenem Brot wehte durch die kopfsteingepflasterten Straßen.

Sheila nahm beim ersten Klingelton ab.

»Wie ich sehe, hattet ihr Spaß in Paris«, sagte sie kalt.

Mein Herz schlug schneller.

»Ja.« Ich versuchte zu schlucken, aber mein Mund war staubtrocken. »Wir ...«

»Ihr habt euch vollkommen lächerlich gemacht.«

»Wir haben gewonnen.«

Im Gegensatz zu Bella und Garrett, die beim Cup of China gerade mal Bronze geholt hatten.

»Ich spreche nicht nur davon, wie ihr gelaufen seid. Was habt ihr euch dabei gedacht, die ganze Stadt mit euren Peinlichkeiten zu unterhalten?«

Als es hell wurde über Paris, war das Internet gepflastert mit Fotos unserer durchfeierten Nacht. Bei der Landung wurden wir an allen Zeitungsständen von Hochglanzbildern der Regenbogenpresse empfangen. Ein Blatt widmete unserer »Liebesnacht in Paris« sogar eine komplette Coverstory, abgerundet von angeblichen Aussagen anderer Hotelgäste, die sich darüber beschweren, von »lauten Lustschreien« und »zerberstendem Mobiliar« geweckt worden zu sein. Zuerst war es mir sehr unangenehm, dass unsere private Feier zu einer öffentlichen Show ausgeartet war – doch die

Leute fanden es toll, genau wie unser aufpoliertes Mozart-Programm. Die Leidenschaft, die wir jenseits der Eisbahn zeigten, war Teil dieser Fantasie.

Doch noch war nichts davon passiert. Es gab nur eine Erklärung, wie Sheila das von der anderen Seite der Welt so schnell hatte herausfinden können.

Ich hatte noch Veronika Volkovas Stimme im Ohr. *Sie sollten die Spielregeln mittlerweile kennen.*

»Sie können mir gern Feedback zu meiner Leistung auf dem Eis geben, kein Problem«, sagte ich. »Aber was ich in meiner Freizeit tue, geht Sie nichts an. Das ist mein Leben, und ...«

»Wenn Sie Spitzensportlerin sein wollen, sollte Eiskunstlauf ihr Leben sein. Und als Ihre Trainerin geht mich alles an, das Sie tun oder lassen. Es steht Ihnen und Mr. Rocha natürlich jederzeit frei, sich einen anderen Coach zu suchen, wenn Sie mit meinen Methoden nicht einverstanden sind.«

Wahrscheinlich hätten wir nicht zur Academy zurückkehren sollen. Es war naiv zu denken, Sheila würde Heath und mich zu großen Erfolgen führen, nachdem wir ihre Zwillinge um ihr Geburtsrecht gebracht hatten, bei der Olympiade zu gewinnen. Sie hätte uns auflaufen lassen und sagen können, wir sollten anderswo weitertrainieren – doch solange sie die Kontrolle über uns behielt, konnten wir ihr weniger gefährlich werden.

Sheila würde nicht zögern, uns im Schatten zu halten, damit ihre Kinder umso heller strahlen konnten. So wütend ich auf sie war, ein kleiner, gemeiner Teil von mir bewunderte sie für ihre Skrupellosigkeit und warf mir vor, dass ich das nicht früher erkannt hatte. Als Sheila uns angewiesen hatte, die Medien zu ignorieren, hatte ich das für einen weisen Rat nach jahrzehntelanger Erfahrung im Rampenlicht gehalten. Aber Sheila selbst hatte der Presse ihr ganzes Leben lang höchste Aufmerksamkeit geschenkt. Sie spielte mit ihr, um zu bekommen, was sie wollte – genauso, wie sie mit Heath und mir spielte, um uns vom Sieg abzuhalten.

»Ich denke, wir sind an dem Punkt, an dem die Lin Ice Academy uns nichts Neues mehr beibringen kann.«

In meinem Kopf klangen die Worte heftig und böse. Doch als ich sie laut aussprach, kam ich mir wie ein hilfloses, kleines Kind vor. Sheila schwieg. Der Wind frischte auf, die französische Flagge auf dem Dach des Panthéon flatterte. Ich zog den Bademantel enger um mich. Tränen stiegen mir in die Augen.

»Ganz, wie Sie meinen, Ms. Shaw.« Ihre Stimme war völlig ausdruckslos, aber ich hätte schwören können, dass ein Hauch von Bedauern darin mitschwang. Vielleicht war das aber auch nur Wunschdenken. »Es ist Ihr Leben.«

Sie legte auf. Ich klappte gerade mein Telefon zu, als sich die Balkontür öffnete. Heath stand auf der Schwelle. Er hatte sich Shorts übergezogen, schien aber noch im Halbschlaf zu sein.

»Sheila hat angerufen«, sagte ich.

Mehr war nicht nötig. Er konnte alles in meinem Gesicht lesen. Er streckte die Hand nach mir aus. »Komm ins Bett.«

Ich streifte den Bademantel ab, und wir schlüpften beide unter die Laken. Heath küsste mich auf die Stirn.

»Wir brauchen sie nicht, Katarina. Wir brauchen nur uns.«

Ich schloss die Augen, lauschte seinem Herzschlag und erlaubte mir, ihm zumindest für diesen Moment zu glauben.

TEIL IV

Das Spiel

GARRETT LIN: Kats und Heaths Karriere nach Paris? Wie soll ich die beschreiben?

KIRK LOCKWOOD: Heute hier, morgen da. Innerhalb von zwei Jahren hatten sie sicher zehn verschiedene Trainer in fünf verschiedenen Ländern.

JANE CURRER: Es war haarsträubend. Sich von Sheila Lin zu trennen, war wahrscheinlich der größte Fehler, den sie je gemacht haben, und das will wirklich etwas heißen.

ELLIS DEAN: Sie waren das Beste, was mir passieren konnte. Die beiden Drama Queens haben dermaßen viel Content produziert, dass ich kaum nachkam.

FRANCESCA GASKELL: Shaw und Rocha schienen damals überall gleichzeitig zu sein.

Katarina und Heath posen bei einer Kinopremiere auf dem Roten Teppich. Sie lassen Champagnerkorken knallen bei der Eröffnung eines neuen Clubs. Sie sitzen lachend auf dem Sofa in einer Talkshow. Katarina trägt ihr Haar jetzt in einem kinnlangen Bob, und es ist offensichtlich, dass sie von professionellen Stylisten eingekleidet werden.

INEZ ACTON: Ihr Nacktfoto war Material für alle Bisexuellen.

Filmmaterial, das hinter den Kulissen bei einem Fotoshooting für die jährliche »Body«-Ausgabe von ESPN The Magazine aufgenommen wurde. Bei ihrer Pose legt er den Arm über ihre Brust, während ihr Oberschenkel den Blick auf sein Becken versperrt.

YouTube-Clips aller besonders erotischen Momente aus Programmen von Shaw und Rocha, Promiscuous von Nelly Furtado druntergelegt.

INEZ ACTON: Ich habe gehört, dass der Eislaufverband versucht hat, diese Videos zu löschen – irgendwas mit Streaming-Rechten oder so? Großer Fehler, wenn Sie mich fragen. Das war die erfolgreichste Werbung für den Eistanz *ever*.

JANE CURRER: Man darf nicht vergessen, dass Shaw und Rocha nach wie vor keinen der ganz großen Titel gewonnen hatten. Aber die breite Öffentlichkeit interessierte sich nicht wegen ihrer sportlichen Leistungen für sie. Katarina und Heath waren in erster Linie *Promis*.

GARRETT LIN: Das Verrückteste, was ich gehört habe, waren diese ... Ich glaube, man nennt das »Fan Fiction«?

ELLIS DEAN: Oh, mein Gott, ja, erotische Fiction. Stellen Sie sich das mal vor: Irgendwelche Unbekannte schreiben mehrteilige Folgen darüber, wie Sie ficken.

GARRETT LIN: Nein, natürlich habe ich nichts davon gelesen. Ich sage nur, was ich gehört habe.

ELLIS DEAN: *(Er räuspert sich und liest dann vom Display seines Handys ab.)* Heath stieß in ihre heiße, feuchte Spalte. ›Gott, Katarina‹, stöhnte er, als sie auf seinem harten Penis ritt. ›Du tanzt nicht nur wie eine Weltmeisterin, du fickst auch so.‹ Und Sie können mir glauben, das ist noch eines von den besseren. Auf *Kiss&Cry* hatten wir anlässlich der National Championships 2008 eine kleine, feine Auswahl zusammengestellt.

GARRETT LIN: Doch, Bella und ich waren mit Kat und Heath in Kontakt geblieben. Allerdings haben wir uns immer nur bei Wettkämpfen gesehen.

FRANCESCA GASKELL: Ich sage das wirklich nicht gern, aber es war irgendwie richtig angenehm, als Kat und Heath die Academy verlassen hatten. Alle waren gleich viel entspannter und konnten sich endlich wieder auf den Sport konzentrieren.

KIRK LOCKWOOD: Shaw und Rocha waren zweifellos das bekannteste Eistanz-Team. Und sie waren eines der besten. Sie liefen so synchron, dass sie manchmal sogar gleichzeitig dieselben Fehler machten!

Im Originaltanz-Teil ihres Programms bei den U.S. Nationals 2007 in Spokane stolpern Katarina und Heath bei den Twizzles – gleichzeitig und irgendwie immer noch im Takt des Songs – Under Ice von Kate Bush, statt Tangomusik.

GARRETT LIN: Wenn ich ehrlich bin, fand ich es schrecklich. Diese ständige Aufmerksamkeit. Meine Schwester und ich sind ja unter den Augen der Öffentlichkeit aufgewachsen, aber das war vergleichsweise harmlos.

ELLIS DEAN: Oh, sie haben es *geliebt*, so viel Aufmerksamkeit zu bekommen! Na ja, zumindest Kat. Und Heath liebte alles, was Kat liebte, oder tat wenigstens so.

JANE CURRER: Wenn sie weniger Zeit mit dem Posen für Fotografen und mehr für ihr Training aufgewendet hätten, wären sie vielleicht zufriedener mit ihren Ergebnissen gewesen. Wir wussten nie, ob sie zu einem Wettkampf wieder mit einem neuen Coach anreisen würden – oder gleich ganz ohne.

KIRK LOCKWOOD: Die fehlende Konsistenz eines ständigen Trainers war ein Problem. Gemessen an dem ständigen Spektakel und der vielen Ablenkung zeigten sie erstaunlich gute Leistungen.

Katarinas Bruder Lee gibt ein weiteres Enthüllungs-Interview: »Unser Vater hat ihr nie etwas verboten. Sie hatte die Augen von unserer Mom. Katie konnte sie wie eine Pistole auf ihn richten, bis er endlich nachgegeben hat.«

INEZ ACTON: Katarina und Heath hatten beide diese rebellischen, sexy Scheißegal-Vibes. Das war es, was die Leute an ihnen so liebten – oder auch hassten. Wir wissen doch alle, wie »böse Jungs« und »böse Mädchen« in unserer Gesellschaft polarisieren ...

JANE CURRER: Spitzensportler sollten Vorbildfunktion haben. Vielleicht ist es altmodisch von mir, das zu sagen, aber das gilt vor allem für die Damen. Sie werden von so vielen jungen Mädchen bewundert.

Videomaterial von den Weltmeisterschaften 2008 in Göteborg unmittelbar nach dem Kürtanz. Ellis Dean fängt Katarina und Heath ab, als sie beide die Tränenecke verlassen wollen. Mittlerweile ist er offiziell akkreditierter Journalist mit professionellem Aufnahmegerät.

»Wie geht es euch mit der Silbermedaille?«, erkundigt er sich. »Denn wenn ihr mich fragt, haben sie euch ganz schön beschissen.«

Heath legt die Hand an Katarinas Ellenbogen, als wollte er sie bremsen. Doch sie schäumt vor Wut. »Die Wertung ist Bullshit. Kiprijanov ist fast mit dem Gesicht aufs Eis geknallt, als er aus der Kombinationspirouette kam. Die Preisrichter wollten nicht, dass wir Gold holen.«

JANE CURRER: Bei dem Gedanken, was für einen Einfluss Katarina Shaw auf die jüngere Generation im Eistanz hat, läuft es mir kalt den Rücken hinunter. Dieser Einfluss besteht unverändert, bis zum heutigen Tag.

KAPITEL 50

Im Jahr 2009 fanden die National Championships erneut in Cleveland statt.
Wie schon neun Jahre zuvor betraten wir die Eingangshalle der Arena Hand in Hand. Doch sonst war nichts wie damals.

Anstatt stundenlang die I-90 in einem rostigen Pick-up-Truck mit kaputter Heizung in Richtung Osten zu fahren, waren wir von einem Resort in St. Lucia aus mit dem Flugzeug angereist, und zwar First Class. Statt in einem von Kakerlaken befallenen Motel an der Straße wohnten wir in einem Fünfsternehotel und hatten uns von einem privaten Chauffeurdienst pünktlich zu unserem Einlaufen direkt vor die Tür des Veranstaltungsorts fahren lassen. Bei unserer ersten Teilnahme an den Nationals waren wir Unbekannte gewesen. Dieses Mal wurden wir von einer Menschenmenge empfangen, die unsere Namen rief.

Auch oben auf der Tribüne waren unsere Namen zu lesen: in riesigen Lettern mit Glitzerfarbe auf Banner gemalt, auf Schildern waren sie als Collagen von Schokoriegelverpackungen (*Kit Kat* und *Heath*), auf selbst gemachten T-Shirts über aufgedruckten Fotos, auf denen wir uns küssten, und sogar auf Gesichter geschrieben mit dem Lippenstift namens *Bold Medal Favorite*, der mein Markenzeichen geworden war – leuchtend rot mit einem Goldschimmer, eine von vielen lukrativen Markenkampagnen, die unsere Agentur für uns ausgehandelt hatte.

Alles, was wir an uns trugen, von den Schlittschuhen über unsere Aufwärmsachen bis hin zur Unterwäsche, wurde von irgendeinem Werbepartner zur Verfügung gestellt. Kaum hatten wir endlich genug Geld, um uns zu kaufen, was wir wollten, überschlugen sich alle, um uns alles Mögliche kostenlos aufzudrängen. Auch unser zweiwöchiger Aufenthalt in St. Lucia war uns spendiert worden, weil ein paar Fotos, auf denen Heath mir vor einem der Bungalows im Resort den Rücken mit Sonnenmilch eincremte, dafür sorgten, dass die Buchungen wie verrückt in die Höhe schnellten.

Wir hatten alles erreicht. Bis auf den US-Meistertitel.

Bisher waren wir in dieser Saison noch ungeschlagen. Gold bei Skate America. Gold bei der NHK Trophy. Gold beim Grand Prix in Goyang, wo wir auf der obersten Stufe des Siegerpodests über unseren wichtigsten Konkurrenten gestanden hatten: Volkova und Kiprijanov auf der Silberstufe, Bella und Garrett auf Bronze. Was ein gutes Vorzeichen für die kommenden Weltmeisterschaften war, wie ich hoffte. In diesem Jahr würden sie in Los Angeles stattfinden, und ich konnte es kaum erwarten, die Zwillinge in ihrem eigenen Revier zu schlagen.

Doch zuerst mussten wir die Nationals gewinnen. Nach dem Pflichttanz und dem Originaltanz lagen wir mit fünf Punkten Vorsprung vor den Lins auf Platz eins. Wir hatten bei Bellas und Garretts Kür nicht zugesehen, aber ich hatte einen schnellen Blick auf den Großbildschirm geworfen, als sie auf ihre Wertung warteten. Die Zwillinge wirkten erschöpft, und Sheila presste die Lippen zu dem gezwungenen Lächeln zusammen, mit dem sie tiefe Missbilligung ausdrückte. Sie hatten sie enttäuscht.

Frannie Gaskell wartete auf Bella, als sie den Kiss-and-Cry-Bereich verließ, und drückte sie zum Trost – was Bella mit durchgedrücktem Rücken und an den Körper gepressten Armen über sich ergehen ließ. Frannie und ihr Partner waren auf dem dritten Platz, wenige Zehntelpunkte hinter Bella und Garrett.

Als Heath und ich die Eisfläche umrundeten, während wir darauf warteten, dass unsere Namen ausgerufen wurden, war er nicht ganz bei der Sache. Immer wieder ließ er meine Hand los und beugte sich vor, um seine Schnürsenkel neu zu binden. Mir wurde ganz flau im Magen. Wir lagen zwar vorn, aber wir mussten fehlerfrei laufen, um sicherzugehen, dass die Preisrichter nicht anders konnten, als uns Gold zuzugestehen.

Doch als die Musik einsetzte, stellte ich erleichtert fest, dass ich mir keine Sorgen machen musste. Heath und ich waren wie immer perfekt aufeinander eingespielt. Unsere Kür wich vollkommen von den übrigen Darbietungen ab. Wir tanzten zu einem vielschichtigen Mix aus melancholischer Klaviermusik und Industrial Rock, den Heath selbst arrangiert hatte. Wir trugen eng anliegende schwarze Kostüme, die nur mit kantigen Mesh-Einsätzen verziert waren, und mit der sehr kraftvollen, beinahe aggressiven Choreografie konnten wir unsere Stärke beweisen.

Sheila Lin fand es sehr wahrscheinlich grauenvoll. Wie gut, dass sie nicht mehr unsere Trainerin war.

Zu diesem Zeitpunkt hatten wir gar keinen offiziellen Coach. Wir reisten um den Globus von einem Trainingscenter zum anderen, wo wir uns jeweils ein Team aus technischen Spezialisten, Choreografen und Trainern zusammenstellten und so viel mitnahmen, wie wir konnten, um dann zum nächsten weiterzuziehen. Unser Vorgehen war unkonventionell, aber für uns funktionierte es gut. Wir hatten die Kontrolle über unsere Karriere. Wir hatten die Kontrolle über unser Schicksal.

Manchmal hatte es den Anschein, wir hätten bereits mit jeder Eistanz-Koryphäe der Welt gearbeitet, doch eine fehlte in unserer Sammlung: Wer auch immer Heaths Technik während seiner dreijährigen Abwesenheit so enorm verbessert hatte, ich wollte ihn oder sie kennenlernen. Heath hatte mir immer noch nicht verraten, wo er gewesen war und wie er so schnell einen solchen Fortschritt erzielt hatte. Sein hartnäckiges Schweigen zu diesem Thema machte mir zu schaffen, doch wann immer ich versuchte, die Sprache darauf zu bringen, brachte er mich mit einem gequälten, abwesenden Blick zum Schweigen, den ich noch sehr gut von früher kannte, wenn ich ihm irgendeine harmlose Frage über seine Vergangenheit stellte. Ich verstand nur so viel: Was immer er durchgemacht hatte, wollte er kein zweites Mal erleben. Geschweige denn mich mit hineinziehen.

Ich versuchte mir einzureden, dass es keine Rolle spielte. Heath liebte mich. Er ließ mich mehr an seinem Innenleben teilhaben als irgendjemand sonst auf der Welt. Vielleicht würde er mir eines Tages seine Geheimnisse anvertrauen, vielleicht auch nicht. In der Zwischenzeit waren wir mit Siegen beschäftigt.

Unser Stück endete mit einem Klavier-Glissando und einem zischenden Elektro-Beat. Wir hielten die Schlusspose und keuchten im gleichen Rhythmus. Wir hatten es geschafft, das sagte mir mein Bauchgefühl. Wir würden die US-Meisterschaft gewinnen. Den Titel hatte ich dreimal mit Garrett geholt. Aber US-Meister mit Heath zu werden und so zu laufen, wie ich es wollte, ohne mich dem Willen anderer zu unterwerfen, bedeutete mir unendlich viel mehr.

Ich begann mich zu verbeugen. Da bemerkte ich, dass Heath nicht mehr neben mir stand. Ohne meine Hand loszulassen, kniete er auf dem Eis.

Mein erster Gedanke war, dass irgendetwas passiert sein musste – ein gerissener Schnürsenkel, ein Muskelkrampf. Oder schlimmer noch – dass er sich verletzt hatte. Doch als ich mich zu ihm drehte, sah er zu mir auf und hielt einen Gegenstand zwischen Daumen und Zeigefinger.

Einen Diamantring.

ELLIS DEAN: Ich bin ein alter Zyniker, aber sogar ich muss zugeben, das war verdammt romantisch.

Bei den U.S. National Championships sinkt Heath Rocha auf die Knie, um Katarina Shaw einen Heiratsantrag zu machen. Es ist zu spüren, wie die Zuschauer den Atem anhalten, ein paar Sekunden, ehe Katarina selbst begreift, was los ist.

INEZ ACTON: Heiratsanträge in aller Öffentlichkeit sind megamanipulativ. Ich konnte nicht fassen, dass er sie in eine solche Situation brachte.

GARRETT LIN: Ich war wirklich überrascht. Ehrlich gesagt war ich gar nicht so sicher, dass Kat überhaupt heiraten wollte, auch wenn sie Heath noch so sehr liebte. Aber ich dachte, dass er sie sicher besser kannte als ich.

Auf allen Bildschirmen in der Arena ist die Nahaufnahme von Katarinas geschocktem Gesichtsausdruck zu sehen. Sie starrt Heath mit weit aufgerissenen Augen an und schlägt die Hand vor den Mund.

FRANCESCA GASKELL: Eine Goldmedaille und ein Verlobungsring, und alles an einem Abend! Was will man mehr?

GARRETT LIN: Vor den Meisterschaften hatten sie zwei Wochen in einem Resort in der Karibik verbracht, und ich hatte mich schon gefragt, ob er ihr dort vielleicht einen Antrag machen würde. Mir ging auch durch den Kopf, ob sie sich womöglich längst in aller Stille verlobt hatten und der Rest nur Show war.

INEZ ACTON: Katarina war im Begriff, zum vierten Mal US-Meisterin zu werden. Und plötzlich interessieren sich alle nur noch dafür, dass sie Ehefrau wird.

Ein Reporter spricht Lee Shaw an einer Tankstelle im ländlichen Illinois an.

»Hey, Lee! Was sagen Sie zur Verlobung Ihrer Schwester?«

Lee dreht sich um. Es ist offensichtlich, dass er noch nichts davon gehört hat, aber er versucht es zu überspielen.

»Ich freu mich natürlich für sie. Und für Heath. Frage mich nur, warum das so lange gedauert hat.«

Er nähert sich der Kamera und blickt direkt ins Objektiv. Seine Augen sind trübe, und seine Haut ist von krankhafter Blässe.

»Wenn du jemanden brauchst, der dich zum Altar führt, Katie«, sagt er, »weißt du ja, wo du mich findest.«

KAPITEL 51

Jetzt bloß nicht kotzen.

Das war mein erster Gedanke, als ich begriff, was Heath da gerade tat.

Dann dachte ich: *Oh nein. Bitte nicht. Nicht so.*

Doch weil die Blicke so vieler Menschen auf uns gerichtet waren, wir im Blitzlichtgewitter standen und mein Gesicht auf einem sechs Meter hohen Bildschirm prangte, blieb mir nichts anderes übrig, als *Ja* zu sagen.

Ich nahm den Ring entgegen, und wir küssten uns, und er wirbelte mich herum, und das Publikum jubelte. Als wir die Tränenecke erreichten, hielt ich den Ring immer noch fest in meiner Hand. Heath musste meine Faust mühsam öffnen, um ihn mir an den Finger zu stecken.

Erneuter Jubel. Unmengen von Kameras waren auf uns gerichtet, unmöglich, sie zu zählen.

Meine Hand brannte. Ich hatte sie so fest zusammengeballt, dass sich die Fassung des goldenen Rings tief in meine Handfläche gebohrt hatte.

Dann wurden endlich unsere Punkte angezeigt, und wir wurden offiziell zu den Gewinnern der US-Meisterschaft erklärt.

Wir küssten uns kurz, standen auf und winkten und lächelten, bis mir das Gesicht wehtat.

Als wir uns für die Medaillenverleihung aufreihten, packte Frannie Gaskell meine Hand und quietschte vor Begeisterung über den Diamanten, der in den Flutlichtern der Arena funkelte.

Bei der anschließenden Pressekonferenz war die erste Frage eigentlich keine richtige Frage: »Zeigen Sie uns den Ring, Katarina.« Ich folgte der Aufforderung und spreizte die Finger, damit der Facettenschliff auch zur Geltung kam.

Der Ring war wunderschön. Er sah aus wie der Ring meiner Mutter – das Art-déco-Erbstück, das ich verkauft hatte, um unsere erste Reise nach Los Angeles zu finanzieren. Heath hatte ihn extra anfertigen lassen, wie er ihn in Erinnerung gehabt hatte. Erzählte er den Journalisten. Er hatte schon vor Beginn der Saison geplant, um meine Hand anzuhalten, wenn – nicht falls – wir die Meisterschaft gewannen. Der Kostümschneider hatte eine eigens dafür vorgesehene Tasche in seine Hose eingenäht. Er hatte so sehr Angst, er könnte den Ring auf dem Eis verlieren, dass er dauernd danach getastet hat, um sicherzugehen, dass er noch an Ort und Stelle war.

Ich lächelte und lachte, wie man es von mir erwartete, und versuchte, nicht daran zu denken, dass Heaths Zerstreutheit uns Punkte, wenn nicht sogar den Sieg hätte kosten können. Ich ließ meine Hand die ganze Zeit auf seinem Ellenbogen, damit der Ring auch auf jedem Foto gut zur Geltung kam. Ich beantwortete eine Frage nach der anderen. Nicht eine hatte mit unserer Darbietung zu tun.

Später kam Bella auf mich zu. Sie umarmte mich – etwas, das sie selten tat, auch als wir uns noch nähergestanden hatten. Ich hatte ihr nie die wahren Gründe genannt, weshalb wir der Academy den Rücken gekehrt hatten, und dass ich den Verdacht hatte, dass ihre Mutter uns sabotieren wollte. Bella und ich waren immer noch freundliche Rivalinnen, aber ich hätte uns nicht mehr als beste Freundinnen bezeichnet.

Sie löste die Umarmung nicht. Sie musste sich auf die Zehenspitzen stellen, um meinen Hals zu erreichen.

»Alles okay?«, fragte sie.

Ich erstarrte und ließ mich dann erleichtert in ihre Umarmung sinken. Während alle anderen mich mit Glückwünschen überschütteten, durchschaute Bella Lin meine vorgetäuschte Freude.

»Glückwunsch«, sagte Bella. »Zu deiner Leistung heute und nur dazu. Jede Bitch kann heiraten, aber ...«

»Aber nur eine ganz besondere Bitch kann nationaler Champion werden?«

»Genau.« Wir mussten lachen und umarmten uns erneut. »Die Weltmeisterschaft überlasse ich dir aber nicht.«

Ich lächelte. »Brauchst du nicht, die nehme ich mir selbst.«

»Und wenn du mich darum bitten solltest, für dich einen Junggesellinnenabschied oder eine Brautparty oder irgend so einen Mist zu organisieren, dann engagiere ich einen Typen, der dir aufs Knie haut.«

»Wäre nur gerecht.«

Sie drückte meine Schulter. »Bis gleich auf dem Podium, Shaw.«

»Magst du ausgehen und feiern?«, wollte Heath wissen, sobald wir es uns in der Limousine bequem gemacht hatten, die uns zurück ins Ritz-Carlton fuhr. »Oder lieber im Zimmer bleiben und feiern?«

Mit einem so feurigen Blick, dass ich froh war, dass eine Trennscheibe zwischen uns und dem Fahrer war, küsste er meine Fingerknöchel oberhalb des Rings. Meine Hand krallte sich erneut zusammen.

Heath wich zurück. »Was ist los?«

»Ich weiß nicht.« Ich wusste es wirklich nicht. Ich liebte ihn. Ich wollte für immer mit ihm zusammen sein, soweit ich *für immer* in dem reifen Alter von fünfundzwanzig abschätzen konnte. Aber wann immer ich den Diamanten an meinem Finger sah, durchfuhr mich ein scharfer Schmerz.

»Mist, du fandest es überhaupt nicht gut, oder?«

»Ich ... es ist nur ... Warum ausgerechnet jetzt?«

»Weil wir wieder in Cleveland angetreten sind, weil wir den Titel geholt haben – ein Kreis hat sich geschlossen.« Er seufzte und fuhr sich mit den Händen durchs Haar. »Ich dachte, es wäre romantisch.«

Ich streckte meine Hand über den Ledersitz hinweg nach ihm aus. »Das *war* es auch.«

»Tut mir leid. Ich dachte wirklich, dass es das ist, was du willst.«

Unsere Beziehung war so sehr zu einem öffentlichen Schauspiel geworden – kein Wunder, dass er dachte, ich würde mir einen Heiratsantrag auf offener Bühne wünschen. Mir war überhaupt nicht bewusst gewesen, dass das ein Thema war, ehe er den Sprung gewagt hatte.

»Wenn du mich nicht heiraten willst«, sagte er, »dann ist das ...«

Ich wandte mich ihm zu, und der Sicherheitsgurt schnitt mir ins Schlüsselbein. »*Natürlich* will ich dich heiraten, Heath. Ich hatte nur überhaupt nicht damit gerechnet, dass der Antrag jetzt kommt, das ist alles.«

Der Wagen verlangsamte die Fahrt und fuhr vor dem Hotel vor.

»Erst mal konzentrieren wir uns ganz darauf, die Weltmeisterschaften zu gewinnen. Danach können wir uns um die Hochzeit kümmern.«

Nur dass wir nach den Weltmeisterschaften auf die Stars-on-Ice-Tournee gehen würden und es danach schon wieder an der Zeit war, uns auf die kommende Saison vorzubereiten. Die Olympiade.

»Keine Eile«, sagte Heath. »Wir haben noch den Rest unseres Lebens Zeit.«

Bunte Lichter tanzen dramatisch durch eine abgedunkelte Eisarena.

»Und nun, meine Damen und Herren«, dröhnt eine Stimme, »heißen Sie mit mir bitte die aktuellen US-amerikanischen Meister und Gewinner der Weltmeisterschaften 2009 im Eistanz willkommen – Katarina Shaw und Heath Rocha!«

Katarina und Heath laufen auf die Eisfläche, beleuchtet von einem Verfolger-Scheinwerfer. Die Halle ist ausverkauft, und von der Tribüne brandet der Applaus herab.

KIRK LOCKWOOD: Es ist eine große Ehre, zu einer so bedeutenden Eiskunstlaufshow eingeladen zu werden. Sheila und ich waren zu unserer Zeit einige Male Stargäste – diese Rolle ist in der Regel Eiskunstläufern vorbehalten, die olympisches Gold geholt haben. Aber Shaw und Rocha waren beim Publikum so beliebt, dass die Veranstalter eine Ausnahme gemacht haben.

ELLIS DEAN: Es ist nicht so, dass sie auf das Geld oder noch mehr Ruhm angewiesen waren. Aber sie wollten ja als absolute Favoriten der Fans in die Olympia-Saison starten, also war *Stars on Ice* ein guter Anfang.

Katarinas und Heaths Musikprogramm setzt ein: eine Coverversion von Chris Isaaks Ballade Wicked Game, *gesungen von einer Sängerin mit rauchiger Stimme. Die Choreografie ist sinnlich und intim, und ihre knappen Kostüme lassen wenig Raum für Fantasie.*

JANE CURRER: Dieses Programm war völlig unangemessen. Stars on Ice ist eine Show für die ganze Familie.

Passend zur erotisch aufgeladenen Basslinie des Songs knöpft Katarina Heaths Hemd auf. Er neigt sie nach hinten, seine Lippen berüh-

ren die nackte Haut zwischen ihren Satinshorts und dem strassbesetzten Croptop.

JANE CURRER: Die Produzenten der Tournee hätten sie auffordern sollen, sich etwas zurückzuhalten.

ELLIS DEAN: Je länger die Tournee der beiden andauerte, desto berüchtigter wurde sie – und die Verkaufszahlen schossen in die Höhe. Die Leute kauften Tickets für Stars on Ice, aber eigentlich wollten sie nur die *Shaw & Rocha*-Show sehen.

Filmmaterial von Sicherheitskameras der Allstate Arena in Rosemont, Illinois, zeigt Lee Shaw, wie er mit einem Strauß welker Rosen aus dem Supermarkt vor dem Künstlereingang steht. Es gibt keine Tonspur, aber es sieht aus, als diskutiere er mit einem bulligen Wachmann.

Schließlich nimmt der Ordner die Rosen und bedeutet Lee, sich von der Tür zu entfernen. Sobald Lee ihm den Rücken zudreht, wirft der Mann die Blumen in den ein paar Schritte entfernten Müllcontainer.

KIRK LOCKWOOD: Solche Tourneen ziehen die durchgeknalltesten Typen an.

Katarina und Heath beenden ihren Auftritt mit einem Dance Spin. Am Schluss stehen sie einander ganz nah gegenüber, die Lippen nur einen Atemhauch entfernt. Für einen kurzen Moment keuchen sie synchron und sehen einander tief in die Augen.

Und dann küssen sie sich tatsächlich. Die ganze Arena tobt.

KIRK LOCKWOOD: Man kann über Kat und Heath sagen, was man will. Aber man kann ihnen nicht absprechen, dass sie echte Stars waren.

KAPITEL 52

Beim ersten Mal hatte sich das mit dem Kuss ganz spontan ergeben.

Heath und ich hatten die Choreografie für das gesamte *Wicked-Game*-Programm selbst entwickelt und daran gearbeitet, wann immer wir etwas Trainingszeit auf dem Eis übrig hatten oder eine kurze Pause in einer Hotelsuite. Manchmal steigerten wir uns derart in die langsamen, lasziven Bewegungen hinein, dass die Übungsstunde im Bett endete und der Song im Hintergrund in Endlosschleife weiterlief, bis wir miteinander fertig waren.

Auf dem ersten Abschnitt der Tour bauten wir den Kuss nicht jedes Mal ein. Und wenn, dann war es jedes Mal anders – manchmal streiften sich unsere Lippen nur ganz kurz, manchmal verschlangen wir einander regelrecht. Nach einer besonders intensiven Performance in San José stand ich derart unter Hochspannung, dass nicht viel gefehlt hatte und ich hätte Heath augenblicklich in die Umkleide gezerrt und mich über ihn hergemacht.

Je länger die Tournee jedoch lief, desto mehr erwartete das Publikum diesen Kuss von uns. Wenn wir endeten, ohne dass unsere Lippen sich berührten, gab es einen allgemeinen Aufschrei, Gesänge und sogar Buhrufe. Also fügten wir uns und gaben den Zuschauern, wonach sie verlangten.

Bei der Abschluss-Matinee in Portland, Maine, war der Kuss nur noch reine Choreografie. Ich zählte die Sekunden, bis er vorüber war, genauso wie ich Schritte oder die Drehungen bei einem Spin zählte.

Das Publikum merkte den Unterschied nicht. Wir entfachten damit den gleichen Beifallssturm wie in Tulsa und Tampa und all den anderen gefühlt identischen Arenen, in denen wir aufgetreten waren. Sie konnten nicht wissen, dass unser einst so heißes Sexleben in den aufreibenden Monaten, die wir auf Tour gewesen waren, rein mechanisch ablief.

Heath nahm meine Hand. Wir verneigten uns. Jenseits des auf uns gerichteten Scheinwerfers war es in der Arena dunkel wie die Nacht, die blitzenden Kameras und Handy-Displays bildeten Sternbilder in den Sitzreihen.

Dem Himmel sei gedankt, dass wir das nie wieder tun müssen, dachte ich.

Die Tournee war zwar vorbei, aber wir hatten noch eine Vorstellung vor uns. Am Abend darauf waren Heath und ich Ehrengäste bei einer Spendengala für Team USA.

Die Veranstaltung fand in einem historischen Hotel in New York City statt. Der Ballsaal im Penthouse bot einen Panoramablick über den Central Park. Nach Sonnenuntergang sollte es noch ein Gewitter geben, und der Wind fegte bereits durch den dichten Baldachin, den die Baumkronen der Ulmen bildeten. Das drohende Unwetter sorgte für einen scharfen Kontrast zu der Decke des Saals, auf die ein blauer Himmel mit federigen Kumuluswolken gemalt war.

Wie es sich gehörte, kamen Heath und ich erst spät, und der Raum platzte bereits aus allen Nähten vor potenziellen Wohltätern sowie ehemaligen und angehenden Olympiateilnehmern, die so taten, als wären sie ganz wild darauf, den Abend mit ihnen zu verbringen. Es würden noch Monate vergehen, ehe feststand, wer sich für Vancouver qualifizierte und wer nicht, aber das war Teil des Spiels: Wir alle präsentierten uns als Champions.

Wir mischten uns unter die Menge, und ich achtete darauf, dass mein Lächeln nicht erlosch. Heath wurde ein mürrischer Moment schon mal nachgesehen, aber wenn ich nicht jeden einzelnen Augenblick *absolut entzückt* darüber war, hier sein zu dürfen, würde ich als eingebildete Zicke abgestempelt werden.

Die Lins saßen an einem Tisch mit dem Präsidenten des Olympischen Komitees der USA, aber auch mit Kirk Lockwood, Frannie Gaskell und einer älteren Dame im Maßanzug, bei der es sich vermutlich um Frannies CEO-Mutter handelte, die irgendein irre bedeutendes Pharma-Unternehmen leitete. Auch wenn Mrs. Gaskell sich kaum jemals die Zeit nahm, die Wettkämpfe ihrer Tochter zu besuchen, so gehörte sie doch zu den großzügigsten Unterstützern des Eiskunstlaufs in den USA.

Ich entdeckte auch Ellis Dean, der sich neben einem massiven Blumenarrangement postiert hatte, das die olympischen Ringe darstellte. Während alle anderen männlichen Gäste auf Nummer sicher gegangen und im klassischen Anzug erschienen waren, trug Ellis ein weißes Satinjackett, in dessen Ärmeln Marabufedern steckten. Er wirkte wie eine gewöhnungsbedürftige Kreuzung aus Sahneschnittchen und Schwan, aber ich musste ihm widerwillig zugestehen, dass er irgendwie scharf aussah.

Alle zwei Schritte wurden Heath und ich von Unbekannten aufgehalten, die Small Talk mit uns machen wollten – hauptsächlich über unsere Verlobung, die immer noch ständig in den Medien war. Immerhin hatten wir inzwischen unsere perfekt einstudierten Antworten parat.

»Oh, wir waren viel zu beschäftigt, um die Hochzeit zu planen.« Das war mein Text, den ich mit einer wohldosierten Spur von Bedauern aufsagte – als ob ich mir als Spitzensportlerin nichts mehr wünschen würde, als Hochzeitstorten zu testen und Prinzessinenkleidchen anzuprobieren. »Vielleicht nach der Olympiade!«

Dann war Heath an der Reihe, zu lächeln und den Arm um meine Taille zu legen. »Ich finde, eine Goldmedaille wäre doch ein perfektes Accessoire für ein Brautkleid, meinen Sie nicht?«

Höfliches Gelächter. Alles Gute noch. Und der Nächste bitte.

Außerdem wollten alle unbedingt, dass wir tanzten. »Oh bitte, nur ein Lied! Sie würden uns eine riesige Freude machen!«

Die ersten Male hatten wir noch abgewunken. Aber schließlich näherten wir uns der Bühne so weit, dass uns das Streichquartett entdeckte und begann, *Wicked Game* zu intonieren. Der ganze Saal schien sich erwartungsvoll zu uns umzudrehen.

»Sollen wir?«, fragte Heath.

Das Gewitter ließ noch auf sich warten, aber einige erste Regentropfen spritzten als Vorboten gegen die Fensterscheiben. Ich stellte mir vor, wie es wäre, wenn wir einfach abhauten, die Treppen hinunter, durch die Lobby und hinaus auf die Fifth Avenue. Wie wir im Park in den Schutz der Ulmen tauchen und wie damals in Paris den frisch gefallenen Regen auf den Lippen des anderen schmecken würden, während das Unwetter über uns wütete.

Die Tanzfläche leerte sich. Heath nahm Tangohaltung ein und zog mich eng an seine Brust – Applaus brandete auf, obwohl wir noch gar nichts geboten hatten. Ich drehte mich so, dass sich der Schlitz meines schwarzen Kleids öffnete und den Blick auf das rote Charmeusefutter und meine durchtrainierten Oberschenkel freilegte.

Auch wenn ich erst nur widerwillig mitgemacht hatte, fand ich es inzwischen beruhigend, ohne einstudierte Choreografie zu tanzen. Ich musste nicht denken, sondern konnte mich einfach meinem Körper überlassen, während Heath führte. Tango fühlt sich immer an, als führe man ein Gespräch unter vier Augen in aller Öffentlichkeit, jede Gewichtsverlagerung und jedes Lenken eine Veränderung der Machtverhältnisse. Alles, was ich an jenem Abend wollte, als ich mein Bein hinter Heaths Knie legte und über seine Schulter hinweg in die Gewitterwolken über dem Park starrte, war, mich einfach nur fallen zu lassen.

Der Song endete, und alle klatschten.

Alle außer Ellis Dean. Er stand immer noch wie festgenagelt an seinem Platz bei den albernen Blumen, allerdings war er mittlerweile im Gespräch mit einem Typen in einem schlecht sitzenden grauen Anzug, der offenbar zudem am Geld für einen Friseur sparte. Der Mann wirkte in dem Saal wie ein falscher Ton, wie ein verstimmtes Instrument.

Das Quartett war wieder zu klassischer Tanzmusik übergegangen. Die Tanzfläche um uns herum füllte sich. Ich sah wieder zu Ellis und dessen Freund hinüber. Er erinnerte mich an jemanden.

Der Mann drehte sich um und sah mich an. Ich schnappte nach Luft und machte einen Schritt nach hinten. Heath griff mich am Ellenbogen, um einen Zusammenstoß mit einem Paar, das um die Siebzig sein musste, zu verhindern.

»Was ist denn?«

»Mein Bruder ist hier.«

KAPITEL 53

Es war fast ein Jahrzehnt her, dass Lee und ich im selben Raum gewesen waren.

Gesehen hatte ich ihn allerdings oft genug. Im Fernsehen. Auf den Titelseiten von Boulevardblättern. Wo er gegen Bezahlung irgendwelchen Blödsinn über mich erzählte und wie sehr er mich liebte und vermisste und alles wieder in Ordnung bringen wollte.

Ich hatte schon wieder den Impuls, die Party zu verlassen, in den Park zu flüchten und mich zwischen den Bäumen unsichtbar zu machen. Aber ich war schon dabei, auf Lee zuzugehen – langsam und auf der Hut, als ginge echte Gefahr von ihm aus.

»Katie.« Lee lächelte und zeigte seine nikotingelben Zähne. »Wie schön, dich zu sehen.«

Er war viel dünner, als ich ihn in Erinnerung hatte. Und älter – obwohl Lee nur etwas über dreißig war, sah er mit seiner bleichen Haut und den eingefallenen Wangen wie unser Vater aus.

»Was zum Teufel hast du hier zu suchen?«, sagte Heath.

Er war mir durch den Ballsaal gefolgt. Eigentlich hätte ich für seinen Beistand dankbar müssen, aber ich konnte spüren, wie sich seine Muskeln anspannten, wie sie sich kampfbereit machten.

»Man hat mich eingeladen«, erwiderte Lee.

Heath schnaubte. »Blödsinn.«

Ich sah Ellis an. »Du hast ihn eingeladen, stimmt's?«

Ehe Ellis bestätigen oder leugnen konnte, sich in Familiendinge eingemischt zu haben, drehte Lee sich zu ihm um: »Du hast gesagt, sie will mich sehen. Du hast gesagt, sie will mit mir reden.«

»Da habe ich wohl übertrieben. Ein kleines bisschen.« Ellis zuckte die Achseln und brachte die Marabu-Verzierung an seinem Jackett zum Erzittern. »Aber jetzt, wo ihr zwei schon mal beide hier seid, ist das doch die perfekte Gelegenheit, euch auszusprechen.«

»Damit du das exklusiv auf deinem beschissenen Blog posten kannst?« Ich schüttelte den Kopf. »Ich wusste schon immer, dass du ein Arschloch bist, Ellis, aber das hier übertrifft alles.«

»Ich schwöre dir, ich wusste nicht, dass das ein abgekartetes Spiel ist«, beteuerte Lee. »Aber vielleicht hat er ja recht, Katie. Wir sind doch schließlich Familie.«

Das Letzte sagte er mit gezieltem Blick in Heaths Richtung. Jedenfalls so gezielt, wie er konnte. Lees Augen waren glasig, seine Pupillen riesig.

Ein Detail, das in all den Storys über meinen Bruder und mich nie erwähnt wird: Als Lee auf seiner Tour durch sämtliche Talkshows war, hatte ich über einen Anwalt Kontakt zu ihm aufgenommen und ihm angeboten, die kompletten Kosten für den Aufenthalt in einer Entzugsklinik zu übernehmen, wenn er sich zu einer Entgiftung bereit erklärte. Ich hatte nie eine Antwort erhalten.

»Du musst gehen«, sagte ich zu ihm. »Wenn du reden willst, gebe ich dir meine Nummer und ...«

»Katarina«, unterbrach Heath mich. Ich beachtete ihn nicht.

»... dann können wir uns von mir aus unterhalten«, fuhr ich fort. »Aber nicht hier. Nicht vor all den Leuten.«

Lee nahm mich beim Arm. »Du glaubst wohl immer noch, dass du was Besseres bist als ich?«

Er war schwach und zittrig von welcher Substanz auch immer, und ich war amtierende Weltmeisterin im Eistanz. Ich musste nur den Arm leicht drehen und hätte ihn schon abgeschüttelt.

Deutlich schwerer war es, Heath zu beruhigen.

»Wie kannst du es wagen, sie anzufassen.« Heath packte Lee am Revers seines billigen Anzugs. »Wie kannst du es verdammt noch mal wagen. Nach allem, was du ...«

»Jetzt mal alle ganz ruhig«, ging Ellis dazwischen. »Kein Grund, hier eine Szene zu machen.«

»Ich dachte, das ist genau das, was du wolltest, Ellis«, spottete ich. »Eine Szene.«

Die Leute sahen bereits zu uns her. Einige gingen auf Abstand, andere rückten näher. Bella hatte sich erhoben und kam direkt auf uns zu.

Ich sah vor meinem geistigen Auge schon die Schlagzeilen, die Polizeifotos. Zeugenaussagen von entsetzten Partygästen. Bilder von der blutverschmierten Tanzfläche. Heath würde sich durch nichts beruhigen lassen, und ich war nicht stark genug, ihn zurückzuhalten.

Also tat ich das Einzige, was mir einfiel: Ich drehte mich zu Ellis Dean um und verpasste ihm mit aller Kraft eine Ohrfeige.

ELLIS DEAN: Okay, ich hatte es verdient.

Ein körniges Handy-Video, aufgenommen von einem Gast bei der Spendengala, zeigt, wie Katarina Shaw Ellis Dean ins Gesicht schlägt. Das Bild wackelt und kippt seitwärts, als die filmende Person näher eilt, um besser sehen zu können.

JANE CURRER: Es war haarsträubend. So ein Verhalten ist durch nichts zu entschuldigen.

Ellis taumelt, aus seiner Nase schießt Blut und spritzt auf die Federn an seinem Jackett.

INEZ ACTON: Wenn eine Frau einen Mann ins Gesicht schlägt, hat sie für gewöhnlich verdammt gute Gründe dafür.

Lee Shaw macht einen unsicheren Schritt auf seine Schwester zu. Katarina weicht ihm aus, und er gerät ins Stolpern. Er landet kopfüber in dem Blumenarrangement neben ihnen, das die olympischen Ringe darstellen soll.

PRODUZENT (aus dem Off): Was haben Sie sich davon erhofft, Katarina Shaws Bruder – mit dem sie ja zerstritten war – nach New York einzuladen?

ELLIS DEAN: Na ja, sicher kein herzerwärmendes Familientreffen. Ein Blinder mit Krückstock konnte sehen, dass der Typ für Schwierigkeiten sorgen würde. Aber ich hätte nicht gedacht, dass es dermaßen ausarten könnte.

Die Party endet im Chaos. Die Band hört auf zu spielen, Gäste strömen zu den Türen, wo sie den Sicherheitsleuten den Weg versperren, die versuchen, in den Saal zu gelangen.

Bella kämpft sich zu Katarina durch, Garrett folgt wenige Schritte hinter ihr. Lee liegt in einem Haufen zerdrückter Rosen und wirkt benommen.

Heath legt tröstend einen Arm um Katarina. Sie beachtet ihn nicht, sondern starrt nur mit einer Mischung aus Wut und Verachtung auf ihren Bruder hinunter.

ELLIS DEAN: Nein, ich habe nicht gehört, was sie gesagt hat. Ich war dummerweise mit meiner scheißgebrochenen Nase beschäftigt, die mir den maßgeschneiderten Cavalli vollgeblutet hat.

Weiteres Videomaterial von einem Mobiltelefon, das Katarinas Gesicht in Nahaufnahme zeigt. Sie sagt etwas zu Lee, aber in dem ganzen Tumult ist ihre Stimme kaum zu hören.

GARRETT LIN: Ich werde nie vergessen, was sie zu ihm gesagt hat.

PRODUZENT (aus dem Off): Was hat sie denn gesagt?

Katarina wendet sich zum Gehen. Heath und die Lins folgen ihr – da bemerkt Bella, dass jemand filmt. Sie geht entschlossen auf die Kamera zu. »Löschen Sie das sofort, oder Sie hören von unseren Anwälten.«

Ein dumpfer Fluch, dann gerät das Bild ins Trudeln, als die Person hektisch versucht, die Aufnahme zu stoppen. Das Letzte, was zu erkennen ist, bevor der Bildschirm schwarz wird, sind die Wachmänner, die Lee wieder auf die Füße stellen. Mit Tränen in den blutunterlaufenen Augen starrt er seiner Schwester nach.

GARRETT LIN: Ich werde das nicht öffentlich wiederholen. Aber angesichts dessen, was danach passierte ... Man kann sich denken, was sie in dem Moment empfand.

KAPITEL 54

Heath und ich verließen die Party, ehe sie uns hinauswerfen konnten. Wir waren allein im Aufzug, aber Heath bedrängte mich auf dem Weg nach unten, fragte, ob es mir gut ginge, untersuchte meine gerötete Handfläche, wollte wissen, warum ich Ellis geohrfeigt hatte.

Hinter der hell beleuchteten Markise vor dem Hoteleingang verdeckte dichter Regen den Blick. Die Temperatur war um mindestens zehn Grad gefallen, und Gänsehaut überzog meine nackten Arme. Heath zog sein Jackett aus und machte Anstalten, es mir umzulegen.

»Nicht«, wehrte ich ab.

»Du zitterst aber doch, ich wollte nur ...«

»Du versuchst schon die ganze Zeit, mich zu bemuttern, und ich möchte das nicht. Also hör bitte auf damit.«

Heath ließ die Schultern sinken, die Ärmel seines Jacketts schleiften über den Gehweg. »Es war ein langer Tag. Vielleicht sollten wir zurück ins Hotel und uns ausruhen.«

»Geh schon mal vor.« Ich verschränkte die Arme – um mich vor der Kälte zu schützen. Und ihn von mir fernzuhalten. »Ich brauche noch einen Moment.«

»Und wenn dein Bruder wieder auftaucht?«

»Dann komme ich klar.«

Heath hatte sich womöglich eingeredet, dass er Lee nur um meinetwillen angegangen war, aber ich wusste, dass mehr dahintersteckte. Ich hatte sein wutverzerrtes Gesicht gesehen. Während ich die letzten zehn Jahre alles dafür getan hatte, nicht an meinen Bruder zu denken, hatte Heath auf der Lauer gelegen, in der Hoffnung, dass er eines Tages die Gelegenheit bekäme, sich zu rächen.

»Okay«, sagte Heath. »Nimm dir alle Zeit, die du brauchst.«

Er ging so schnell weg, dass ich fast nicht gehört hätte, was er murmelte.

»*Das tust du ja immer.*«

Ich starrte ihm hinterher. Er steuerte im strömenden Regen geradewegs auf den Central Park zu.

»Sag nicht, ihr habt euch schon wieder gestritten.« Bella stand neben mir unter dem Baldachin vor der Eingangstür. »Du musst diesen Quatsch lassen, Kat.«

Ich wirbelte herum. »Woher hätte ich denn bitte schön wissen sollen, dass mein Bruder ...«

»Ich rede nicht nur von heute Abend. Ich meine den ganzen Mist, den du und Heath seit Jahren veranstaltet. Die berühmten nuttigen Fotoaufnahmen, das andauernde von Trainer-zu-Trainer-Springen. Streit, Sex und endloses Drama. Ihr seid keine Reality-Stars, ihr seid Athleten der Spitzenklasse. Ihr seid amtierende Weltmeister, verdammt noch mal.«

Ich hörte noch die Worte, die Sheila vor Jahren zu mir gesagt hatte: *Sie sind jetzt Weltmeisterin. Also benehmen Sie sich gefälligst so.* Aber in Bellas Stimme lag nichts von dem harschen Tonfall ihrer Mutter. Sie klang eher traurig, beinahe müde – was viel, viel schlimmer war.

»Wir haben nur noch eine Saison«, sagte Bella eindringlich. »Jetzt geht es um alles. Das ist unsere letzte Chance, an der Olympiade teilzunehmen. Du musst dich endlich zusammenreißen und dich voll auf die Spiele konzentrieren, ehe es zu spät ist.«

»Wir haben in dieser Saison jeden einzelnen Wettkampf gewonnen«, wandte ich ein.

»Klar, toll, aber verliert irgendjemand ein Wort darüber?«

Sie hatte recht. Alle redeten unentwegt über unsere Verlobung, unsere aufreizende Choreografie, unsere Skandalgeschichten – denen nach dieser Gala noch eine weitere hinzugefügt werden würde. Unser Können und unsere Erfolge spielten nur eine Nebenrolle, sofern sie überhaupt erwähnt wurden.

»Warum sagst du mir das alles?«, fragte ich.

»Weil ich deine Freundin bin.«

»Und meine Konkurrentin.«

»Und genau deshalb will ich, dass du in Bestform antrittst.« Bella lächelte und versetzte mir mit ihrer Schulter einen kleinen Stoß. »Wenn ich dir vorher ordentlich in den Hintern trete, weiß ich wenigstens, dass ich die Goldmedaille wirklich verdient habe.«

Wir standen eine Weile schweigend unter dem Baldachin und sahen in den Regen. Schließlich seufzte Bella und nickte in Richtung Eingang. »Ich sollte wahrscheinlich wieder reingehen. Kommst du mit?«

»Ich bezweifle, dass ich da oben noch sehr willkommen bin.«

»Also bitte, die sollten dich mit stehenden Ovationen empfangen. Mindestens die Hälfte aller Leute da oben hat schon davon geträumt, diesem Mistkerl Ellis Dean eine zu verpassen.«

Sie umarmte mich, und der vertraute Duft ihres Parfüms – weiße Pfingstrosen – mischte sich mit dem sanften Geruch, der im Sommerregen vom Boden aufstieg.

»Du bist die beste Rivalin, die ich mir wünschen kann, Katarina Shaw. Wehe, du lässt dich gehen.«

Ich überlegte, ob ich Heath in den Park folgen sollte. Aber er hatte schon zu viel Vorsprung, und es war dunkel, also hielt ich lieber ein Taxi an und fuhr allein zurück ins Hotel.

In der Hoffnung, unerkannt zu bleiben, hatten wir unter falschen Namen in einem Boutique-Hotel an der Lower East Side eingecheckt. Die Zimmer waren auf grauenvolle Art stylish, alles monochrom mit geraden Linien und Mobiliar, das einer Kunstgalerie entsprungen schien. Doch der Blick aus den bodentiefen Fenstern, die die Ecke gegenüber vom Bett bildeten, war eindrucksvoll.

Ich schaltete kein Licht an, um das Unwetter besser beobachten zu können. Die Blitze kamen nah und näher und schleuderten grelle Lichtpfeile gegen die Glas-und-Stahl-Oberflächen der Wolkenkratzer.

Heath hatte sich sicher längst ins Trockene geflüchtet. Jeden Augenblick würde ich seine Schlüsselkarte in der Tür hören, und dann stünde er im Zimmer, nass bis auf die Haut und mit betretener Miene.

Aber eine ganze Stunde verging ohne ein Zeichen von ihm. Die Gewitterwolken zogen sich zurück, und der peitschende Regen war einem sanften Nieseln gewichen. Vielleicht war er noch woandershin gegangen. Auf einen Drink irgendwo, entweder allein oder mit ein paar von den anderen Eiskunstläufern.

Oder er war auf der Suche nach Lee.

Ich nahm mein Handy und schlüpfte unter die Bettdecke, als wollte ich vor mir selbst verbergen, was ich vorhatte. Eine erste Suche ergab, dass keine der größeren Seiten bisher von unserem Zusammenstoß auf der Gala berichtete, aber Ellis hatte natürlich postwendend einen längeren Post für Kiss&Cry veröffentlicht, einschließlich Video, das irgendein Gast aufgenommen hatte.

Eiskönigin fällt aus der Rolle lautete die Überschrift eines Standbilds von mir, auf dem ich leicht labil wirkte. Ellis' atemloser Bericht aus erster Hand erwähnte Heath so gut wie gar nicht, sondern richtete sein ganzes Augenmerk auf meine problembeladene Familiengeschichte und wie ich »aus heiterem Himmel und völlig grundlos« Ellis selbst attackiert hatte.

Ich scrollte weiter nach unten, zu den Kommentaren.

Kat Shaw ist eine voll verrückte Bitch! Weiß nicht warum Heath das alles mitmacht tbh

Wahrscheinlich hat er Angst vor ihr, sie hat ihn ja schon seit sie klein waren in ihren Klauen, weißt du.

Ihr armer Bruder ... hat einer von euch dieses Interview mit ihm gesehen, wo er erzählt hat, dass sein Dad Heath mehr geliebt hat als ihn? Das hat mir echt das Herz gebrochen.

Jedes Wort, das ich las, schmerzte. Als ich alle Kommentare zu dem Post gelesen hatte, klickte ich mich durch das Archiv.

Mir geht gerade auf, an wen KS mich erinnert. meine Ex, das war auch so ein narzisstisches Geschoss, das ständig nur auf Drama war.

Sie macht nur deshalb so auf supersexy damit keiner merkt dass sie auf dem Eis Scheiße ist!

Jemand sollte der Fotze zeigen wos lang geht

Ich scrollte weiter und weiter, bis mir der Daumen wehtat und meine Augen sich wie Sandpapier anfühlten. Als endlich die Zimmertür sich mit einem Klicken öffnete, fiel mir vor Schreck das Telefon auf die schneeweiße Bettdecke.
Heath war wieder da.

KAPITEL 55

»Wo bist du gewesen?«

Heath zuckte die Achseln. »Bin rumgelaufen.« Sein Anzug war klatschnass und tropfte auf den Boden, und eine Locke klebte an seiner Stirn.

»Du zitterst ja.« Das Gleiche hatte er auch zu mir gesagt, bevor ich ihn angeblafft und ihm gesagt hatte, er solle mich in Ruhe lassen, aufhören, sich dauernd um mich zu kümmern.

Er musste den ganzen Weg vom Central Park bis hierher gelaufen sein.

Ich führte ihn ins Badezimmer und drehte die Dusche an. Während das Wasser warm wurde, befreite ich ihn von seinen nassen Sachen – langsam und sanft, nicht mit der wilden Leidenschaft, die wir auf dem Eis präsentierten.

Heath mied meinen Blick. Als ich ihn ausgezogen hatte, stand er mit gesenktem Kopf da, kalte Tropfen fielen wie Nadeln auf meine nackten Füße.

Ich zog mich ebenfalls aus und stellte mich zu ihm in die Duschkabine. Wasserdampf hüllte uns ein und ließ die Glaswände beschlagen. Mit ein bisschen Fantasie konnte ich so tun, als wären wir wieder am See und sähen dem Dunst zu, wie er mit steigender Flut auf uns zurollte.

Dann drückte er mich gegen die Wand, packte mich hart um die Hüften, und ich schlang meine Beine um seine Mitte. Meine Nägel bohrten sich in seine Schultern und hinterließen neue Spuren auf seinem Rücken, und ich dachte: *endlich*. Nach endlosen Monaten purer Choreografie passierte etwas Echtes, vertrieb richtige Hitze den kalten Wind, der sich durch die Haarrisse unserer Beziehung eingeschlichen hatte.

Wir registrierten beide den Moment, in dem es kippte. Wir glitten wieder in den Vorstellungs-Modus ab, obwohl kein Publikum anwesend war.

Heath rückte von mir ab. Das Wasser wurde langsam kühler.

»Ich bin ziemlich müde«, sagte er.

»Natürlich. Wir sollten schlafen gehen.«

Ich trat aus der Dusche und kniete mich hin, um meine Kleider aufzuheben.

Alles würde gut werden, ganz sicher, redete ich mir gut zu. Wir waren einfach nur gestresst, von der Saison, von der Tournee, von der Begegnung mit meinem Bruder. Wir brauchten etwas Zeit, um uns wieder zu finden, wir brauchten etwas Zeit zu Hause.

Das Problem war nur, dass wir kein Zuhause mehr hatten. Seit der idyllischen Zeit am Rand von Chicago im Jahr 2006, als ich mich von meinem Unfall erholte, hatte ich das Haus meiner Kindheit nur noch als Hintergrund bei Lees zahllosen Medienauftritten gesehen – jedenfalls für die wenigen Sekunden, die ich brauchte, um hektisch das Gerät auszustellen oder die Zeitschrift angeekelt in die Ecke zu werfen. Wir konnten nicht dorthin zurück, nicht, solange er dort wohnte.

In den letzten paar Jahren hatten Heath und ich entweder in Hotels oder zur Kurzzeitmiete in irgendwelchen Wohnungen auf den verschiedenen Kontinenten gewohnt. Bis zu den Olympischen Spielen war es kaum mehr ein Jahr, und wir hatten weder einen Coach noch einen festen Ort zum Trainieren. Wir hatten nicht einmal eine Adresse.

Die Dusche ging aus. Ich griff nach meinem Handy, um zu sehen, wie spät es war – wenige Minuten nach Mitternacht, früher, als ich gedacht hatte, aber spät, um jemanden anzurufen, doch das Display zeigte mehrere verpasste Anrufe innerhalb weniger

Minuten von einer New Yorker Nummer an, die nicht in meinen Kontakten gespeichert war.

Lee, dachte ich. Wahrscheinlich hatte er sternhagelvoll aus irgendeiner Spelunke oder der von Kakerlaken bevölkerten Absteige angerufen, in die er sich verkrochen hatte. Von mir hatte er meine Nummer nicht, aber Ellis konnte sie ihm gegeben haben.

Das Telefon in meiner Hand begann zu vibrieren. Dieselbe Nummer. Ich wusste, ich sollte den Anruf ablehnen, aber ich hatte noch so viel unverbrauchte Energie in mir, dass ich mir fast *wünschte*, mit meinem Bruder zu streiten.

Ich nahm den Anruf an.

»Kat.«

Es war nicht Lee. Es war Ellis Dean. Unter einer anderen als der bekannten Nummer, damit ich ihn nicht wegdrückte.

»Verpiss dich, Ellis«, zischte ich und wollte schon auflegen.

»Warte! Ich muss – ich muss es dir sagen, bevor jemand anderes ...«

»Was musst du mir sagen?«

So hatte ich Ellis noch nie gehört – er klang panisch, unsicher, verzweifelt.

Und einhundert Prozent aufrichtig.

»Es tut mir so leid, Kat«, sagte er. »Das ist alles meine Schuld.«

Videomaterial einer Nachrichtensendung: »In der vergangenen Nacht«, *sagt die Nachrichtensprecherin,* »kam es bei einer Wohltätigkeitsgala im Hotel St. Regis in Manhattan zu einer Auseinandersetzung zwischen dem umstrittenen Eislaufstar Katarina Shaw und ihrem älteren Bruder Lee Shaw, mit dem sie seit Längerem zerstritten war.«

»*Einige Stunden später wurde Lee Shaw tot aufgefunden.*«

ELLIS DEAN: Lee hatte einen Haufen Probleme.

Am nächsten Morgen durchqueren Katarina und Heath, beide mit Sonnenbrille, den Terminal von LaGuardia Airport. Reporter umringen sie und bestürmen sie mit Fragen zu Lee.

»*Katarina, Sie müssen am Boden zerstört sein!*«

»*Was ist zwischen Ihnen und Ihrem Bruder vorgefallen, Katarina?*«

»*Sie wirken nicht übermäßig traurig, sind Sie froh, dass er tot ist?*«

Die letzte Frage lässt Katarina zusammenzucken, aber sie bleibt nicht stehen.

GARRETT LIN: Lees Tod war tragisch, aber sie konnte nichts dafür.

ELLIS DEAN: Niemand konnte etwas dafür. Er war ein Junkie. Er hat eine Überdosis erwischt.

INEZ ACTON: Nach allem, was man gehört hat, war Kats Bruder ein manipulatives Arschloch. Wieso erwarteten die Leute von ihr, dass sie von Trauer gebeugt herumläuft?

FRANCESCA GASKELL: Es stimmt schon, dass sie ziemlich schnell wieder zur Tagesordnung übergegangen ist. Aber ich vermute mal, dass jeder auf seine eigene Weise trauert, nicht wahr? Außerdem stand die Olympiade vor der Tür, und sie hatte keine Zeit zu verlieren.

Eine Luftaufnahme aus dem Archiv zeigt eine schneebedeckte Bergkette.

JANE CURRER: Im Sommer 2009 haben Katarina und Heath ihr Lager in Deutschland aufgeschlagen, um mit Lena Müller zu trainieren, einer ehemaligen Medaillengewinnerin im Einzellauf der Damen, die bereits in den Neunzigerjahren einige Olympiateilnehmer gecoacht hatte.

Fotos von Müller, zunächst aus ihren aktiven Jahren als Eiskunstläuferin, dann während ihrer Laufbahn als Trainerin, zeigen eine streng wirkende Frau mit einer ausgeprägten Kieferpartie und dichtem weißen Haar.

KIRK LOCKWOOD: Als ich hörte, dass sie anfingen, mit Lena zu arbeiten, wusste ich, dass sie es ernst meinten. Sie war keine Spezialistin für Eistanz, aber ihre tänzerischen Fähigkeiten mussten sie auch nicht entwickeln. Sie brauchten jemanden, der ihnen Tag für Tag in den Hintern trat und sich nichts vormachen ließ. Da waren sie bei Frau Müller genau richtig. Sie wurde nicht ohne Grund die Walküre von Bayern genannt!

GARRETT LIN: Das Trainingscenter von dieser Müller war perfekt für sie geeignet: ruhig, abgelegen, keinerlei Ablenkung. Wir haben Kat und Heath erst wieder beim Grand-Prix-Finale gesehen, aber man sah sofort den Unterschied. Sie liefen viel fokussierter. Auch wenn sie möglichen Kontroversen nach wie vor nicht *völlig* aus dem Weg gingen ...

Filmaufnahmen von Katarina und Heath beim Einstudieren ihrer Kür: Beide in auffälligen Kostümen in Rot und Schwarz. Katarina trägt einen Halsreif mit Perlen, der den Eindruck vermittelt, dass ihr Blut aus der Kehle tropft. Sie tanzen zu Filmmusik aus Dracula von Bram Stoker aus dem Jahr 1992.

KIRK LOCKWOOD: Oh ja, das Vampir-Programm. Ja, das ist unvergesslich, das muss man ihnen schon lassen.

JANE CURRER: Für eine Show – warum nicht. Aber für die Olympiade?

ELLIS DEAN: Ich persönlich fand es großartig. Und schließlich sind die Olympischen Spiele doch nichts anderes als eine gigantische Theaterproduktion, bei der die ganze Welt zwei Wochen lang so tut, als würden sich alle prächtig verstehen.

GARRETT LIN: Die Fans waren begeistert – und das technische Niveau war so hoch, dass selbst wenn die etwas altmodischeren Preisrichter ein paar Punkte für die Präsentation abzogen, Kat und Heath immer noch kaum zu schlagen waren.

Bei einer Zeremonie im Anschluss an die US-Meisterschaften 2010 in Spokane werden die Teams Shaw/Rocha und Lin/Lin in das olympische Team aufgenommen. Die Träger der Bronzemedaille, Frannie Gaskell und Evan Kovalenko, werden erneut als Ersatzteam eingeteilt, zugunsten der erfahreneren Eistänzer Tanja Fischer und Danny Chan, die Platz vier erreicht hatten.

FRANCESCA GASKELL: Ich will nicht leugnen, dass wir enttäuscht waren. Aber für die anderen Teams war es nun mal die letzte Gelegenheit, jemals an den Spielen teilzunehmen.

KIRK LOCKWOOD: Es war lange her, dass die USA sich bei der Olympiade berechtigte Hoffnungen auf eine Medaille machen konnten. Und nun hatten wir gleich zwei Paare, die ernst zu nehmende Kandidaten waren. Das mussten wir ausnutzen.

Ein Werbespot für die Winterspiele 2010: »Shaw und Rocha. Lin und Lin. Zwei Teams, aber nur eine Goldmedaille. Versäumen Sie nicht den ultimativen Showdown der amerikanischen Superstars im Eistanz!«

GARRETT LIN: Sie schürten eine Hysterie, als würden wir zu einem Boxkampf antreten.

ELLIS DEAN: Dieses Kopf-an-Kopf-Rennen war schlichtweg *grandios*. Ich habe sogar T-Shirts drucken lassen: *Team Katarina* oder *Team Bella*. Die Bella-Shirts verkauften sich besser, aber ich habe den Verdacht, dass ein paar *Twilight*-Fans die Zahlen verfälscht haben könnten.

GARRETT LIN: Mir war überhaupt nicht wohl dabei. Wir bekamen schon genug Druck von den Russen.

Rückblende auf die Medaillenzeremonie bei den Weltmeisterschaften 2009 in Los Angeles. Shaw und Rocha gewinnen Gold, Volkova und Kiprijanov Silber und die Kanadier Pelletier und McClory Bronze.

VERONIKA VOLKOVA: Jelena hatte vor dem Kürtanz mit der Grippe zu kämpfen.

Nahaufnahme von Jelena auf dem Siegerpodium bei den Weltmeisterschaften: Sie hat glasige Augen und eine schweißbedeckte Stirn.

VERONIKA VOLKOVA: Sie ist mit hohem Fieber angetreten, und sie und Dmitri haben trotzdem nur um zwei Punkte Gold verfehlt. Wäre sie gesund gewesen, hätten sie die Amerikaner geschlagen.

KIRK LOCKWOOD: Pelletier und McClory waren ebenfalls ernst zu nehmende Gegner. Sie hatten gerade erst ihren fünften kanadischen Meistertitel gewonnen und noch dazu einen Heimvorteil, weil die Spiele in Vancouver stattfinden würden. Aber ich hatte überhaupt keinen Zweifel daran, dass Shaw und Rocha die Favoriten auf die Goldmedaille waren.

VERONIKA VOLKOVA: Vielleicht war es für alle Beteiligten besser anzunehmen, dass Shaw und Rocha Gold holen würden. Denn wenn man ganz oben ist, gibt es nur noch einen Weg – nämlich nach unten.

KAPITEL 56

Seit ich denken konnte, waren die Olympischen Spiele mein Traum gewesen – doch in den ersten Tagen in Vancouver war ich gar nicht richtig präsent. Wir liefen bei der Eröffnungszeremonie mit, schwitzten in unseren von Ralph Lauren entworfenen Rentierpullovern und Skihosen und winkten in die Menge, bis wir unsere Arme nicht mehr spürten. Wir bestaunten den Kunstschnee, der auf uns herabrieselte, den riesigen, leuchtenden Bären, die Ahornblätter aus Papier, die vom Stadionhimmel fielen, das Feuerwerk. Wir posten lächelnd in unseren identischen Outfits von Team USA vor der olympischen Flagge, den olympischen Ringen und dem umzäunten, mit Milchglasscheiben verkleideten olympischen Feuer. Heaths Arm lag immer um meine Taille.

Ich wollte jeden einzelnen Augenblick in tiefen Zügen genießen. Stattdessen war ich ständig damit beschäftigt, mich selbst zu beobachten. Sah ich glücklich aus? Sah ich zuversichtlich aus? Sah ich wie eine Olympionikin aus? Sahen Heath und ich aus, als wären wir immer noch im siebten Himmel, auch wenn wir seit Monaten nicht mehr miteinander geschlafen hatten?

Unser Zimmer im Olympischen Dorf war mit zwei Einzelbetten ausgestattet, aber auch auf der Kingsize-Matratze in der gemütlichen Hütte, die wir in Deutschland gemietet hatten, waren wir nachts meist auf die jeweils äußere Kante gerollt – wie zwei sich abstoßende Magneten.

Nach so vielen Jahren, in denen wir unser Innerstes nach außen gekehrt hatten, damit die ganze Welt daran teilhaben konnte, war das Feuer zwischen uns erloschen. Und ich hatte nicht die leiseste Idee, wie es wieder zu entfachen wäre.

Niemand, der uns bei unserem Pflichttanz beobachtete, hätte allerdings etwas von der wachsenden Entfremdung zwischen uns erahnt. Im Takt zum feurigen Rhythmus der Snare Drum, die das Bandoneon unterstützte, absolvierten wir den *Tango Romantica* mit scharfen Bewegungen und fesselnden Blickkontakten und setzten uns damit sofort an die Spitze. Jelena Volkovas Kufe blieb im zweiten Durchlauf in einer Rille hängen, und die Russen fielen hinter die Kanadier auf den dritten Platz zurück.

Bella und Garrett waren auf Platz vier, weil sie wegen ein paar kleinerer Fehler Punkte verloren hatten. Bis dahin waren wir einander aus dem Weg gegangen, was die Legende von den erbitterten Rivalen lebendig hielt und die Einschaltquoten der Eistanzübertragungen befeuerte.

Trotz der sich überschlagenden Medien wusste ich, dass die Lins keine echte Bedrohung für uns darstellten. Sie hatten uns die gesamte Saison über noch nicht geschlagen. Bella war zwar ehrgeizig wie eh und je, aber nachdem beide eine Zeit lang andere Partner gehabt hatten, waren die Zwillinge als Team nie wieder richtig zusammengewachsen. Falls wir die Goldmedaille nicht holen sollten, würden wir sie jedenfalls nicht an sie verlieren.

Bella und mir war es gelungen, uns unserer Freundschaft zu versichern, als wir ganz sicher sein konnten, dass keine Kamera auf uns gerichtet war: ein rasches, behandschuhtes Händedrücken, bevor wir als *die US-Delegation* in das Stadion einmarschierten, und Blicke, die sagten: *Wir haben es geschafft, wir sind wirklich hier.* In diesem einen Augenblick fühlte ich es: Ich war eine Olympiateilnehmerin.

Zwischen Pflichttanz und Originaltanz hatten wir einen Tag frei, und unsere Agentin – eine beängstigend selbstbewusste Frau, die ausschließlich berühmte Filmschauspieler und Popstars vertreten hatte, bis sie Heath und mich in ihr Portfolio aufnahm – hatte uns für eine Morgenshow im Fernsehen gebucht.

Morgen an der Ostküste, was bedeutete, dass wir in Vancouver mitten der Nacht in die Maske mussten. Unsere Coachin kam nicht mit. »Ich bin eine alte Frau, ich brauche meinen Schlaf«, war ihre Ausrede, obwohl Lena Müller die wahrscheinlich energiegeladenste Person war, der ich je begegnet war.

Kirk Lockwood sollte uns interviewen, aber während wir gestylt und mit Mikros ausgestattet wurden, informierte uns ein Produktionsassistent, dass Kirk Anzeichen einer beginnenden Erkältung spüre und alle öffentlichen Termine abgesagt habe, um rechtzeitig zu den Eiskunstlaufwettkämpfen wieder einsatzbereit zu sein. Als dann seine Vertretung auf uns zukam, hielt ich die Frau erst für eine weitere Produktionsassistentin. Sie war jung – eventuell sogar noch jünger als wir –, hatte krause Locken und trug eine klobige Brille.

»Inez Acton«, sagte sie. »Ich freue mich total, heute mit euch plaudern zu dürfen!«

Es war noch nicht ganz fünf Uhr, und diese Inez Acton wirkte, als hätte sie bereits sechs Espresso intus. Als Heath und ich auf dem schmalen Studiosofa Platz nahmen, ruckelten ihre Füße in den schlichten schwarzen Pumps aufgeregt hin und her.

Das Set stellte eine Skihütte der gehobenen Klasse dar, komplett mit Feuerstelle und einem Kamin aus grauem Stein, der mich an zu Hause erinnert hätte, wäre er nicht so makellos und ebenmäßig gewesen. Durch eine Plexiglaswand hinter den Kameras konnte man auf die Plaza sehen, wo sich selbst zu dieser nachtschlafenden Zeit Fans hinter der Absperrung drängten, um die Aufzeichnung zu sehen.

Das heißt, nicht alle waren Fans. In der Mitte der Menschentraube entdeckte ich eine Frau mittleren Alters, die ein Plakat schwenkte, auf dem eine Zeichnung von mir mit Teufelshörnern und einem blutgetränkten Eispickel zu sehen war. Nicht nett, aber Extrapunkte für Kreativität wollte ich ihr zugestehen.

Der Aufnahmeleiter zählte die Sekunden bis zum Start herunter. Heath wartete bis zum letzten Moment, bevor wir auf Sendung gingen – erst dann rückte er an mich heran und legte den Arm um meine Schultern.

Inez fing mit dem Interview an und las von einem Stapel Karteikarten ab, die sie so fest umklammerte, dass ihre Knöchel weiß hervortraten. Sie verhaspelte sich, spickte ihre Sätze mit *Äh* und *Mhm* und sagte *Originelltanz* statt Originaltanz. Hatte der Sender in Kirks Abwesenheit wirklich niemand Erfahreneres aufzubieten?

»Letztes Jahr bei den US-Meisterschaften habt ihr euch verlobt, nicht wahr?«

»Das ist korrekt«, nickte Heath.

»Lasst uns das ansehen.«

Inez wandte sich zu einem Monitor, der ein Foto zeigte, auf dem Heath in Cleveland auf dem Eis kniete. Die Menge draußen gab ein verzücktes *Ohhh* von sich. Genau aufs Stichwort drückte Heath meine Schulter und lächelte mich an. Ich lächelte zurück und fühlte nichts. Es war reiner Reflex, Muskeln, die sich zusammenzogen, um meinem Gesicht einen freundlichen Ausdruck zu verleihen.

Der Monitor wechselte zu einem anderen Bild von uns: zehn Jahre alt, am Ufer des Lake Michigan. Das Foto hatte mein Vater mit der alten Polaroidkamera meiner Mutter gemacht. Die Medien hatten es, weil Lee unsere Familienfotos ohne meine Zustimmung an die Presse verhökert hatte.

»Wie süß!«, rief Inez aus. »Erst Jugendliebe, dann vielleicht Olympiasieger. Ihr zwei seid wirklich ein Pärchen mit beeindruckenden Meilensteinen. Wann ist denn der große Tag?«

»Der große Tag?«, fragte ich verwundert.

Inez kicherte nervös. »Eure Hochzeit! Hast du schon das Kleid ausgesucht? Die Leute brennen förmlich darauf, es zu sehen.«

Unsere Hochzeit war irgendeine dämliche Party. Der 22. Februar, an dem bei den Olympischen Spielen die finale Entscheidung im Eistanz fiel – *das* war unser großer Tag.

»Noch nicht«, sprang Heath ein, als ich nicht antwortete. »Wir konzentrieren uns erst einmal auf die Olympiade. Danach haben wir sicher mehr zu berichten.«

»Und wenn die Spiele vorüber sind?«, wollte Inez wissen. »Nehmt ihr euch dann eine Auszeit vom Eis, um eine Familie zu gründen?«

Heath lächelte betreten. »Das werden wir dann sehen ...«

»Was soll die bescheuerte Frage?«

Katarina Shaw und Heath Rocha im Interview mit Inez Acton, die als Berufsanfängerin für die NBC von den Olympischen Winterspielen 2010 berichtet. Als es um die Liebesbeziehung der beiden geht, reagiert Katarina zunehmend gereizt, bis sie die Geduld verliert.

»*Was soll die bescheuerte Frage?*«*, faucht sie.*

Inez wird blass. Das Publikum erstarrt und lauscht atemlos.

INEZ ACTON: Das war mein allererstes Live-Interview. Und auch mein letztes.

»*Ich trete als Athletin bei den Olympischen Spielen an*«*, fährt Katarina fort,* »*und alles, was Sie interessiert, ist mein Hochzeitskleid und wann ich endlich Babys produziere?*«

»*Ich ...*« *Inez zupft hektisch an ihren Karteikärtchen herum.* »*Es tut mir leid, ich ...*«

KIRK LOCKWOOD: Ich habe die Sendung live von meinem Hotelzimmer aus verfolgt. Hätte man mir nicht strengste Stimmruhe verordnet, ich wäre vor dem Fernseher hochgegangen wir eine Rakete.

FRANCESCA GASKELL: Ja schon, die Fragen waren hauptsächlich privater Natur. Aber Kat hätte trotzdem nicht gleich in die Luft gehen müssen. Die arme Journalistin tat mir richtig leid.

»*Und ich will überhaupt keine Kinder*«*, fügt Katarina hinzu. Heath erstarrt, seine Finger krallen sich in die eingenähte US-Flagge an Katarinas Jackenärmel.* »*Nicht, dass Sie das irgendetwas angeht, aber so ist es.*«

INEZ ACTON: Von Olympiateilnehmern, insbesondere den Frauen, wird erwartet, dass sie gewisse Verhaltensregeln beachten. Sie sollen respektvoll und bescheiden und dankbar sein, dass sie ihr Land repräsentieren dürfen.

»Ich bin keine hübsche kleine Eisprinzessin und auch keine niedlich errötende Braut.« Katarina beugt sich vor – weg von Heath, der kein Wort gesagt hat. »Und das will ich auch nicht sein. Ich will siegen.«

INEZ ACTON: Kat Shaw hat gewissermaßen mein Skript in der Luft zerrissen und die Schnipsel in die Flammen geworfen. Ich sah sie nur an und dachte: Das ist genau die Art Frau, die ich auch gern wäre. Und ich weiß, dass ich damit nicht allein war.

KAPITEL 57

Nach dem Interview blieben Heath und mir knapp zwei Stunden bis zu unserem morgendlichen Training. Nicht genug Zeit, um uns noch mal hinzulegen, aber, wie sich herausstellte, mehr als genug, um ausführlich zu streiten.

»Tja.« Ich ließ mich auf mein Bett sinken. Der Metallrahmen protestierte quietschend. »Das war ...«

»Du willst keine Kinder?«, sagte Heath.

Ich lachte. Nicht besonders sensibel, aber ich konnte nicht fassen, dass das sein Resümee dieses Fiaskos von einem TV-Interview sein sollte.

»Du *willst* welche?«, fragte ich.

Heath runzelte die Stirn und drehte sich zum Fenster. Weil wir so früh aufgebrochen waren, hatten wir die Jalousien noch nicht hochgezogen, aber an den Rändern drang erstes Sonnenlicht ins Zimmer.

»Ich weiß es nicht. Ich finde nur, wir hätten erst untereinander darüber sprechen sollen, ehe du es live im Fernsehen verkündest.«

Mir war nicht bewusst gewesen, dass wir dazu Gesprächsbedarf hatten. Heath kannte mich besser als irgendjemand, also sollte er wissen, dass ich kein Gramm Mütterlichkeit in mir hatte.

Wir hatten darüber diskutiert, ob wir zurück nach Illinois sollten. Nach Lees Tod gehörte das Haus mir allein, und wir hatten die Mittel, es so herzurichten, wie es uns gefiel. Ich hatte mir vorgestellt, wie unsere Goldmedaillen über dem Kamin im Wohnzimmer hingen. Ich hatte mir vorgestellt, Lees toxische Müllhalde von einem Zimmer völlig zu entkernen und in einen 1A-Fitnessraum zu verwandeln. Ich hatte mir nicht vorgestellt, dass irgendjemand außer uns dort wohnen könnte – und schon gar nicht ein schreiender Säugling.

Heath ließ sich auf das andere Bett fallen, den Kopf in den Händen. »Ich weiß nicht, ob ich das alles noch kann.«

»Es sind nur noch ein paar Tage.«

»Ein paar Tage, und dann kommt der nächste Wettkampf, dann der nächste und wieder der nächste. Wann hört das auf, Katarina?«

»Wenn es dir um die Hochzeit geht, dann ...«

»Ich scheiße auf die Hochzeit!« Heath sprang auf und begann, hastig auf und ab zu gehen. »Von mir aus könnten wir hier und jetzt abhauen. Ich will einfach nur wissen, ob wir für immer zusammen sein werden, auch wenn ...«

Er brachte den Satz nicht zu Ende, aber wir wussten beide, was er hatte sagen wollen: Wenn ich ihn nicht länger als Eistanzpartner brauchte.

»Ich liebe dich«, sagte ich. »Das weißt du doch.«

»Du bist so gut darin geworden, so zu tun als ob. Ich weiß schon gar nicht mehr ...«

Ich sprang ebenfalls auf. »Du glaubst, ich *tue* nur so, als ob ich dich liebe?«

»Das habe ich nicht gesagt.«

»Was willst du eigentlich, Heath? Dass ich unecht bin oder ehrlich? Denn als ich in dem Interview heute die Wahrheit gesagt habe, war dir das auch nicht recht.«

»Das Problem ist, dass ich den Unterschied nicht mehr erkenne. Erkennst du ihn noch, Katarina?«

In seinen Augen lag Mitleid. Verachtung wäre mir lieber gewesen.

»Du hast nicht geweint, als Lee gestorben ist«, fuhr Heath fort. »Du wolltest nicht einmal darüber sprechen.«

»Wenn jemand verstehen sollte, dass ich bei seinem Tod nicht vor Kummer zusammengebrochen bin, dann doch wohl du.«

Du bist nicht meine Familie, Lee. Du bedeutest mir nichts. Früher habe ich mir gewünscht, du wärst anstelle unseres Vaters gestorben, aber jetzt bin ich froh, dass er dich nicht mehr so erleben muss.

Ich war heilfroh, dass keines der Videos, die von der Gala kursierten, zeigte, was ich in unseren letzten gemeinsamen Sekunden zu ihm gesagt hatte. Auch ohne solches Beweismaterial waren jede Menge Leute davon überzeugt, dass ich eine eiskalte Bitch war, an deren Händen das Blut ihres armen Bruders klebte.

Heath war der Erste gewesen, der mir versichert hatte, dass mich keine Schuld traf. Wie hätte ich ihm beichten können, dass, als ich von Lees plötzlichem Ableben gehört hatte, *mein* erster Gedanke gewesen war, wo Heath sich wohl all die Stunden nach der Gala herumgetrieben haben mochte und ob er ein Alibi hatte?

Als wir erfuhren, dass Lee ohne Zeichen von Fremdeinwirkung an einer Überdosis gestorben war, war ich erst nur erleichtert – und dann traurig und wütend über mich selbst, weil ich um jemanden trauerte, der mir das Leben zur Hölle gemacht hatte, und schließlich plagten mich Gewissensbisse, weil ich den Menschen, den ich liebte, verdächtigt hatte. In mir herrschte ein riesiges Gefühlswirrwarr, zu widersprüchlich, um sie zu händeln, zu gefährlich, um sie offen auszusprechen. Also packte ich sie weg und begrub sie im dunkelsten Winkel in meinem Inneren. Noch etwas, mit dem ich mich immer noch auseinandersetzen konnte, wenn ich erst Olympiasiegerin war.

»Öffne dich für mich, Katarina.« Heath sah mich zärtlich an und berührte mein Gesicht. »Mehr will ich nicht.«

Öffne dich für mich? Ich wusste nicht, ob ich lachen oder ihn anschreien sollte. Lees Tod war das *wenigste*, über das wir Stillschweigen bewahrten. Warum sollte ich diejenige sein, die sich öffnete und verletzlich machte, wenn Heaths Vergangenheit nach wie vor geheime Verschlusssache war?

Wir waren weniger als zweiundsiebzig Stunden von unserem Sieg entfernt. Ich durfte jetzt nicht die Kontrolle verlieren. Ich musste an jene Nacht zurückdenken, als wir sechzehn waren und ich durch sein Zimmerfenster geklettert war.

Überzeuge ihn. Das konnte ich. Alles andere konnten wir später regeln.

Ich gab ihm einen stürmischen Kuss. Er küsste mich genauso wild zurück. Ich zog an seinen Haaren, er rang mich zu Boden. Wir kämpften miteinander und täuschten vor, es wäre Leidenschaft.

Was wir taten, machte mir Angst, aber die Körper ringen zu lassen, war für den Moment sicherer als zu diskutieren und uns auszusprechen.

Hinterher lagen wir schweißnass und aufgerieben in der schmalen Lücke zwischen unseren Betten, und helles Morgenlicht drang durch die Jalousie. Es war uns gelungen, den Start unserer Trainingszeit zu verpassen. Ich war mir nicht sicher, ob ich Heath hatte überzeugen können.

Aber irgendwie meinte ich gewonnen zu haben.

INEZ ACTON: Alle Welt sprach nur über das Interview.

ELLIS DEAN: Nicht nur weil Kat ausgeflippt war und voll die Bitch gegeben hat. Es war auch die Art, wie Heath sie angesehen hatte – und wie sie ihn *nicht* angesehen hat. Für eine Sekunde haben sie die Masken abgelegt.

KIRK LOCKWOOD: Was auch immer hinter verschlossenen Türen passiert ist, sie haben es beim Originaltanz nicht mit auf die Eisfläche genommen. Nach dem Programm hat niemand mehr über das Interview gesprochen.

JANE CURRER: Für den Originaltanz war Volkstanz vorgeschrieben. Die International Skating Union war davon ausgegangen, dass die meisten Teams traditionelle Tänze aus ihrem jeweiligen Land wählen und ihre Kultur auf der olympischen Bühne feiern würden.

INEZ ACTON: Wie nicht anders zu erwarten auf der weißen Projektionsfläche des Eises, wurde daraus ein Karneval der kulturellen Aneignung.

ELLIS DEAN: Die Ungarn tanzten Hula und die Briten Bhangra, die Deutschen kreuzten gar im Geisha-Look auf. Und das im Jahr des Herrn 2010!

INEZ ACTON: Heutzutage könnte man sich so einen Schwachsinn nicht mehr erlauben, jedenfalls hoffe ich das. Erstaunlicherweise hatten alle US-Paare relativ unverfängliche Themen gewählt.

GARRETT LIN: Bella und ich hatten uns für eine moderne Interpretation des chinesischen Schwerttanzes entschieden. Es war das erste Mal, dass wir uns für eine Darbietung von unserer Herkunft haben inspirieren lassen. Wir haben sogar einige Wochen bei einem Jian-Wu-Meister in Tianjin verbracht. Ich fand das Programm wahnsinnig toll, aber es war deutlich avantgardistischer als unser üblicher Stil. Die Preisrichter haben es nicht verstanden.

ELLIS DEAN: Fischer und Chan haben einen Line Dance im Western-Stil aufs Eis gelegt, mit Cowboyhüten, Karokleid und allem Drum und Dran. Ich kann nicht sagen, dass mich das besonders stolz gemacht hat, Amerikaner zu sein.

Katarina Shaw und Heath Rocha betreten die Eisfläche für den Originaltanz-Wettbewerb bei den Olympischen Winterspielen 2010 in Vancouver. Sie trägt ein schwarzes Kleid mit einer paillettenbesetzten Schärpe in Schottenmuster. Er hat ein Hemd mit geschnürtem Kragen und statt einer Hose einen Faltenrock aus Leder an. Ihre Musik setzt temperamentvoll mit Akkordeon und Geige ein, dem traditionsreichen schottischen Tanzlied Strip the Willow.

KIRK LOCKWOOD: Der schottische Cèilidh-Stil brachte ihre Stärken perfekt zur Geltung. Energiegeladen, technisch anspruchsvoll, aber auch mit ganz viel Haltung.

Katarina und Heath schnellen von einem Ende der Eisbahn zum anderen und absolvieren dabei eine komplexe Schrittsequenz mit vielfachen Richtungswechseln. Die Musik geht in eine ungestüme Punkrock-Version desselben Liedes über. Sie verschränken die Hände und wirbeln einander im Kreis umher. Heaths Kilt fliegt hoch und offenbart die hautengen Shorts, die er darunter trägt.

ELLIS DEAN: Verstehen Sie mich nicht falsch, das war eine klasse Performance. Ich war nur enttäuscht, dass Heath seinem inneren Schotten nicht völlig freien Lauf gelassen hat, wenn Sie wissen, was ich meine.

FRANCESCA GASKELL: Das Programm war richtig ansteckend. Man wollte am liebsten sofort aufspringen und mittanzen.

Als sie zu einer Kombination ansetzen, die allen Regeln der Schwerkraft zu widersprechen scheint, schwenkt die Kamera zur Tribüne, um das Publikum im Pacific Coliseum zu zeigen. Die Zuschauer sind aufgestanden und klatschen im Takt mit.

KIRK LOCKWOOD: Shaw und Rocha mussten nichts weiter tun, als ihren Vorsprung vom Pflichttanz zu halten, und die ideale Ausgangsposition für die Kür wäre ihnen sicher gewesen.

Anstatt gegen Ende ihres Programms allmählich den Schwung herauszunehmen, ziehen Katarina und Heath das Tempo eher noch mehr an. Dann verklingt der letzte Ton, und sie reißen triumphierend die Arme in die Höhe.

FRANCESCA GASKELL: Sie haben den Vorsprung nicht nur gehalten, sondern sogar noch ausgebaut.

KIRK LOCKWOOD: Nach dem Originaltanz lagen Volkova und Kiprijanov mit großem Punkteabstand auf dem zweiten Platz, und die Lins teilten sich Rang drei mit Pelletier und McClory.

Heath lässt die Arme bald sinken, aber Katarina steht weiter in Siegespose da und genießt sichtlich den stürmischen Applaus des Publikums. Sie streckt das Kinn hoch und wirkt überaus selbstbewusst – oder angeberisch.

FRANCESCA GASKELL: Ob sie Gold holen würden oder nicht, lag jetzt allein in ihrer Hand.

KAPITEL 58

»Gebt euch Mühe und macht mir keine Schande.«
So viel zum Thema Pep-Talk von unserer durch und durch deutschen Trainerin.

Lena gab uns jeweils einen ermunternden Klaps auf die Schulter und überließ uns unserer Aufwärm-Routine. Der Kürtanz war für den späten Abend vorgesehen, und wir würden als letztes Team antreten, sodass uns jede Menge Zeit für die Vorbereitung blieb. Während die Gruppe mit der niedrigsten Punktzahl zuerst aufs Eis ging, widmete ich mich meiner gewohnten Abfolge von Dehnübungen und atmete tief in meine schmerzenden Beine und Hüften.

Beim Originaltanz am Tag zuvor hatten meine Innenschenkel sich angefühlt, als hätte ich mir dort Prellungen zugezogen – aber offenbar hatte ich es gut genug verbergen können, um das beste Ergebnis der gesamten Saison zu erzielen und die Russen blass aussehen zu lassen. Nun standen nur noch vier Minuten Eislaufen zwischen mir und allem, was ich je gewollt hatte, und ich war felsenfest davon überzeugt, dass es nichts gab, was mich noch ablenken konnte.

Nach dem Stretching gingen wir in die Umkleiden, um die Kostüme anzuziehen. Ich legte Make-up auf – eine leichte Grundierung, die ich so auftrug, dass sie meine Wangenknochen betonte, blutroten Lippenstift und großzügig verteilten dunklen Lidschatten mit etwas dunklem Rot an den Rändern – und zog mein Kleid über. Heath musste mir das Halsband zumachen, das einen Kontrast zu dem herzförmigen Ausschnitt bildete, also nahm ich es mit hinaus, die Hand schützend über die empfindliche Perlenstickerei gelegt.

Der Halsschmuck war eine Sonderanfertigung und sollte meinen Hals aussehen lassen, als wäre er aufgeschlitzt und als würden von dort Blutstropfen in mein Dekolleté laufen. Wir setzten zwar Musik aus *Dracula* ein, aber die Geschichte, die unser Programm erzählte, hatte nichts mit dem Klassiker der irischen Literatur zu tun. Ich stellte die mächtige Urgestalt des Vampirs dar, und Heath spielte den jungen Mann, den ich in meinen Bann gezogen hatte. Über große Strecken der Choreografie hinweg war ich der Aggressor: Ich verführte ihn, quälte ihn und brachte ihn schließlich dazu, von meinem Blut zu kosten, damit wir für alle Ewigkeit vereint sein würden.

Heaths Anzug und Make-up waren um einiges simpler – Hose und ein rotgefütterter Frack, eine Spur Grau um die Augen, die ihn aschfahl und übernächtigt aussehen ließ –, sodass er meistens schon auf mich wartete, wenn ich endlich fertig war. Doch als ich aus der Umkleide kam, war er nirgendwo zu sehen.

Ich lief durch den Backstage-Bereich und betastete nervös die roten Perlen meines Halsbands. Jeder, an dem ich vorbeikam – Eiskunstläufer, Trainer, Angestellte – schienen meinen Blick zu meiden. Geneviève Moreau, die mit der ersten Gruppe gelaufen war, sah kurz zu mir her, aber wandte dann den Blick rasch ab und flüsterte dem tschechischen Mädchen neben ihr etwas zu.

Redeten die Leute ernstlich *immer noch* über dieses verdammte Interview? Nun, Heath und ich würden bald Olympiasieger sein, und dann hätten sie ein Thema, über das es sich wirklich zu sprechen lohnte.

Bella kam aus der Damentoilette. Sie war schon geschminkt, aber noch in ihren Aufwärmsachen, und auch ihr Haar musste noch fertig gestylt werden. Sie hatte noch Zeit, aber deutlich weniger als Heath und ich, denn sie und Garrett waren vor uns an der Reihe.

Sie beschleunigte den Schritt, als sie mich entdeckte.

»Hey«, sagte ich. »Hast du Heath irgendwo gesehen?«

»Nein. Nicht seit ...«

Ich hielt ihr das Halsband hin. »Könntest du mir vielleicht damit helfen?«

»Kat, ich muss dir etwas sagen.«

Bellas Augen irrlichterten fieberhaft hin und her. Sie hielt ihr Handy an die Brust gepresst und wirkte angespannt. Bella Lin wirkte sonst niemals angespannt. Und schon gar nicht, wenn Kameras und Publikum in Sichtweite waren.

»Was ist los?«, fragte ich.

»Es tut mir leid.« Bella hielt mir ihr Telefon hin. »Aber du musst dir das hier ansehen.«

KAPITEL 59

Bellas Display zeigte einen Post von Kiss&Cry mit einem Bild von Heath als Aufmacher – kein aktuelles Foto, sondern aus den Jahren, in denen er einen Bürstenhaarschnitt getragen hatte. So wie er aussah, als er nach dreijähriger Abwesenheit plötzlich wieder in meinem Leben auftauchte.

Ich nahm das Telefon und scrollte zum Artikel unter dem Bild. So oft ich die Worte auch las, mein Hirn weigerte sich beharrlich, sie zu verstehen.

»Nein.« Ich schüttelte den Kopf und gab ihr das Handy zurück. »Das ist nicht wahr.«

»Ich wollte es auch erst nicht glauben. Aber ...«

»Das ist nicht wahr.« Ich schüttelte immer noch den Kopf. »Auf gar keinen Fall.«

Aus dem Augenwinkel sah ich einen roten Fleck: Heath, wie er mit fliegenden Rockschößen um die Ecke gerannt kam.

Er hatte diese unverschämten Lügen ebenfalls gelesen und wollte mir versichern, dass nichts davon stimmte, denn wenn es so wäre, hätte er es mir ja erzählt.

Es hatte so viele Gelegenheiten gegeben, es mir zu erzählen.

Als wir auf den Canyon von Los Angeles geschaut hatten und ich ihn zum ersten Mal gefragt hatte, was ihm während seiner Abwesenheit zugestoßen war. In all den langen Monaten in Illinois. In all den Jahren, die wir seitdem gemeinsam verbracht hatten, in denen wir zusammen auf dem Eis gelaufen waren, nebeneinander in einem Bett geschlafen hatten, Partner in jeder Beziehung gewesen waren.

Heath würde das Missverständnis aufklären, und dann würden wir Gold gewinnen und darüber lachen. Ich wusste es, weil ich ihn so gut kannte wie mich selbst.

Dann sah ich seinen Gesichtsausdruck, und ich begriff: Ich wusste nichts über Heath Rocha.

»Katarina«, flehte er. »Lass es mich erklären.«

»Nein.« Ich wandte mich ab. Das Halsband fiel mir aus der Hand. Ich hörte, wie Heath es aufhob, das Scharren der Perlen auf dem Boden. Seine Schritte, die mir folgten, als ich den Gang hinunter flüchtete. »Nein.«

In dem Artikel wurde behauptet, dass Heath, nachdem er mich in Nagano verlassen hatte, nach Moskau gereist sei und Veronika Volkova gebeten hatte, ihn zu trainieren. Er würde alles tun, was man von ihm verlangte. Alles. Trainingsmethoden erdulden, bei denen er bis aufs Blut geschliffen wurde. Mit Veronikas Nichte Jelena laufen, die russische Staatsbürgerschaft annehmen, damit er ihr offizieller Partner werden konnte, wenn Nikita Zolotov aufhörte. Und das Schlimmste von allem, den Russen im Detail über mich, über die Lins, über die Academy berichten, damit sie uns schlagen konnten.

Den Wunsch, mit Konkurrenten zu trainieren, konnte ich nachvollziehen. Wir hatten jahrelang die Eisfläche mit erklärten Rivalen geteilt. Aber sich mit den Volkovas regelrecht zu verschwören und meine Geheimnisse, meine Schwächen, meine Unsicherheiten weiterzugeben? Unsere gemeinsamen Jahre, unsere Vergangenheit und unser gegenseitiges Vertrauen regelrecht zu verkaufen? Das war unverzeihlicher Verrat.

»Ich hätte es dir sagen sollen«, meinte Heath. »Ich hätte es dir wirklich sagen sollen, aber siehst du denn nicht, was hier vor sich geht? Das wurde *heute* veröffentlicht, genau vor dem Finale. Wer immer das getan hat, will uns gegeneinander ausspielen. Das dürfen wir nicht zulassen.«

Er ergriff meine Hände, und unsere Handflächen umklammerten das Halsband wie einen Rosenkranz.

»Bitte, Katarina. Du musst das verstehen, das war nur für dich. Ich habe das alles nur für dich getan, um ...« Er blinzelte, um die Tränen zurückzuhalten, aber es war zu spät, sein Make-up verlief bereits. »Bitte. Ich liebe dich. Ich habe nie aufgehört, dich zu lieben, nicht für eine Sekunde.«

Heath war verletzt gewesen. Er war verzweifelt gewesen. Auf seine schräge Art hatte er all das aus Liebe getan. Das hätte ich ihm verzeihen können.

Ich konnte ihm jedoch nicht verzeihen, dass er seine Geheimnisse unter dem Deckel gehalten hatte und andere sie deshalb gegen ihn – gegen *uns* – verwenden konnten, und das zum denkbar schlechtesten Zeitpunkt. Mich flehte er ständig an, ihn näher an mich heranzulassen, mich ihm zu öffnen und aufrichtig zu sein, während er mich jahrelang über sich im Dunkeln gelassen hatte. Heath hatte mir *noch nie* irgendetwas anvertraut. Als wir noch jünger waren, war das verständlich – er war ein traumatisierter Junge gewesen, der nicht in Worte fassen konnte, was ihm zugestoßen war. Aber wir waren keine Kinder mehr.

»Ich kann mich jetzt nicht damit befassen.« Ich zog meine Hände weg und nahm auch das Halsband wieder an mich. Meine Finger zitterten, aber nach einigen Versuchen gelang es mir, es ohne Hilfe zuzuhaken. »Wir können später darüber sprechen.«

»Katarina, du kannst doch nicht einfach ...«

Doch ich hatte mich schon abgewandt. Es waren nur noch einige Minuten, bis die letzte Gruppe vorgestellt wurde. Wir mussten uns konzentrieren. Wir mussten gewinnen.

Ich erinnere mich nicht mehr, wie ich meine Schlittschuhe zugeschnürt, die Kufenschoner entfernt und das Eis betreten hatte. Ich erinnere mich nicht mehr an das Einlaufen in der Gruppe oder die Wartezeit danach, als die anderen Paare ihre Programme darboten. Ich erinnere mich nicht einmal mehr daran, wie wir auf die Eisbahn gelaufen sind, um unseren Kürtanz zu beginnen. In meiner Erinnerung habe ich Heath in jenem Gang stehen gelassen und im nächsten Moment tanzte ich mit ihm im Finale der Olympischen Spiele.

Was ich jedoch noch ganz genau weiß: Wie unfassbar wütend ich war.

ELLIS DEAN: Ein Journalist gibt grundsätzlich nicht seine Quellen preis.

KIRK LOCKWOOD: Unter gar keinen Umständen hätte ich zu Gerüchten Stellung genommen, die irgend so ein Schmalspur-Klatschblog in die Welt gesetzt hatte. Nicht bevor die Behauptungen bestätigt worden waren.

Ehe Shaw und Rocha die Eisfläche betreten, sieht man, wie die Zuschauer auf der Tribüne auf ihre Handys starren und flüsternd untereinander den schockierenden Inhalt des Blogposts kommentieren.

KIRK LOCKWOOD: Nicht, dass es einen Unterschied gemacht hätte. Zu meinen Zeiten musste man die Abendnachrichten oder die Zeitung am nächsten Morgen abwarten. Heutzutage trägt jeder die allerneuesten Nachrichten mit sich in der Hosentasche herum.

FRANCESCA GASKELL: Kiss&Cry konnte ganz unterhaltsam sein, aber auch richtigen Schaden verursachen. Ellis Dean schien das nicht zu kümmern, solange er nur gut Geld damit verdiente.

VERONIKA VOLKOVA: Ich hatte damit nichts zu tun. Das hatte ich schon damals gesagt.

Vor dem Kürtanz von Volkova und Kiprijanov sieht man backstage Jelena und Veronika heftig im Flüsterton diskutieren.

PRODUZENT (aus dem Off): Hatte Ihr Streit mit Jelena zu tun mit ...

VERONIKA VOLKOVA: Ich kann mich an keinen Streit erinnern.

Mit tränenüberströmtem Gesicht deutet Jelena vorwurfsvoll mit dem Zeigefinger auf ihre Tante. Die Untertitel übersetzen das Gesagte: »... alles deine Schuld. Du hast mich angelogen!«

VERONIKA VOLKOVA: Jelena ist ein sehr sensibles Mädchen. Das hat sie von meiner Schwester.

ELLIS DEAN: Hinter der Geschichte steckte garantiert noch mehr. Eine ganze Menge mehr.

VERONIKA VOLKOVA: Das ist doch lächerlich. Die Vorstellung, dass ich oder irgendjemand Katarina Shaw und Heath Rocha auseinanderbringen könnte. Nein, nein, das erledigen die zwei schon ganz allein.

KAPITEL 60

Anfangs sagte ich mir, dass ich einfach nur in meine Rolle eintauchte.
Zu den düsteren Tönen der Streicher, die über das Lautsprechersystem erklangen, glitt ich um Heath herum und krallte mich in sein Kostüm, als wollte ich ihn mit bloßen Händen in Stücke reißen. Ich war ein Geschöpf der Nacht. Ich wollte ihn gefügig machen. Ich würde nicht ruhen, bis ich ihn verschlungen hatte – seinen Körper und seine Seele.

Unsere erste Twizzle-Sequenz wurde von einem klagenden Chor begleitet, und wir wirbelten synchron um unsere Achse. Unsere ausgestreckten linken Beine durchschnitten die Luft wie Schwerter. Je geringer der Abstand, desto anspruchsvoller wird es, und wir waren einander so nahe gekommen, dass meine Kufe an seinem Frackschoß hängen blieb.

Er wankte kurz, doch konnte sich wieder fangen und warf sich mit so viel Verve in unsere nächste Pose, als könnte er sich nicht entscheiden, ob er mir die Kleider vom Leib reißen oder mich lieber erwürgen wollte. Er war genauso wütend wie ich.

Gut, dachte ich. Wir konnten uns die Wut zunutze machen – all unseren Zorn, unsere Liebe, unseren Hass konnten wir hier auf dem Eis herauslassen und dann einen Strich darunter ziehen.

Als er mich so gewaltsam drehte, dass ich meine Wirbelsäule knacken hörte, und ich meine Nägel so tief in sein Kinn schlug, dass ich Abdrücke hinterließ, sagte ich mir, dass es dazugehörte, wenn man Champion werden wollte. Man musste bereit sein, anderen Schmerzen zuzufügen und selbst Blessuren einzustecken, alles auf dem Altar des großen Ziels zu opfern.

Erst hinterher wurde mir klar, was wir in Wahrheit getan hatten. Uns waren die Sicherungen durchgebrannt – reine Emotion, null Präzision. Ich war mir nicht einmal sicher, ob wir alle vorgeschriebenen Elemente umgesetzt hatten. Heath und ich hatten in dieser Kür nicht zusammen um den Sieg gekämpft, wir hatten vor den Augen der ganzen Welt einen Krieg gegeneinander ausgefochten.

In der Schlusspose hielt er mich so tief in den Armen, dass meine Haare das Eis berührten, und vergrub sein Gesicht an meinem Hals, als tränke er mein Blut. Bei allen anderen Wettkämpfen gab er mir unter tosendem Applaus immer einen sanften Kuss auf mein Ohrläppchen, bevor er mir wieder auf die Beine half, damit wir uns verbeugen konnten.

Am zweiundzwanzigsten Februar 2010 waren über fünfzehntausend Zuschauer auf den Rängen des Pacific Coliseum, und wir hörten keinen Ton. Irgendwann setzte hier und da zögerlicher, unbehaglicher Beifall ein.

Ich hielt es keine Sekunde länger aus. Heaths Hand in meinem Nacken. Sein Atem auf meiner Haut. Die unzähligen Augen, die uns anstarrten, während alle rätselten, was zum Teufel sie da eben gesehen hatten.

Also richtete ich mich auf und schubste ihn von mir weg. Er hielt mich immer noch im Nacken, seine Finger verfingen sich in meinem Haar und streiften den Verschluss des Halsbands. Rote Perlen lösten sich daraus, sprangen über die olympischen Ringe und tröpfelten zu Boden. Ganz kurz hatte ich den Impuls, mich zu bücken und sie einzusammeln.

Stattdessen ließ ich das Halsband, wo es war, und wir verließen die Eisfläche ohne Verbeugung.

Lena wartete schon an der Bande. »Was war das?«, sagte sie entgeistert, und ihr harter deutscher Akzent verlieh ihrer Frage noch mehr Schärfe.

Ich sagte nichts. Heath sagte nichts. Was hätte es schon zu sagen gegeben? Noch vor vier Minuten waren wir die Favoriten auf die Goldmedaille gewesen. Und nun hatten wir uns mit hoher Wahrscheinlichkeit ganz vom Siegerpodest katapultiert.

Eine Flut unverständlicher Worte ausstoßend, bei denen es sich vermutlich um deutsche Schimpfwörter handelte, marschierte Lena weg. Sie lehnte es ab, sich zu uns in den Kiss & Cry-Bereich zu setzen, und ich konnte es ihr nicht verübeln. Mir war genauso wenig danach, unsere Wertung zu sehen. Bis die Zahlen angezeigt wurden, konnte ich noch so tun, als hätte ich nur schlecht geträumt und ich würde jeden Moment in meinem unbequemen Bett im Olympischen Dorf aufwachen und die Chance bekommen, alles noch einmal zu machen.

Heath und ich saßen an entgegengesetzten Enden der Bank. Ich hatte mir nicht die Mühe gemacht, meine Team-USA-Jacke überzuziehen, und der abgekühlte Schweiß ließ meine Arme frösteln. Ich biss die Zähne zusammen, um nicht zu zittern. Heath starrte den Boden an. Ein paar Schritte entfernt standen Veronika Volkova, Jelena und Dmitri zusammen und warteten darauf zu sehen, welche Farbe ihre Medaille wohl haben würde.

»*Wir bitten nun um die Wertung für Katarina Shaw und Heath Rocha aus den Vereinigten Staaten von Amerika.*«

GARRETT LIN: Ihr Kürtanz war etwas ... ungestüm.

KIRK LOCKWOOD: Er war zweifellos unvergesslich, so viel steht fest.

ELLIS DEAN: Es sah aus, als wollten sie einander umbringen.

In der Mitte der Eisfläche des Pacific Coliseum steht das leere Siegerpodest, bereit für die Medaillenzeremonie im Eistanz bei den Olympischen Winterspielen 2010.

GARRETT LIN: Alle Athleten bei der Olympiade träumen von der Goldmedaille, aber es kann nun mal nur einer gewinnen.

KIRK LOCKWOOD: Shaw und Rocha sind mit enormem Vorsprung zum Kürtanz angetreten und waren die ganze Saison über in großartiger Form gewesen, sodass alle dachten, sie haben die Goldmedaille in der Tasche.

Über die Lautsprecher ertönt eine Ansage, zuerst in Französisch und dann in Englisch: »Die Bronzemedaille geht an die Vertreter der Vereinigten Staaten ...«

KIRK LOCKWOOD: Aber das ist es ja, was wir an diesem verrückten Sport so lieben, nicht wahr?

»Katarina Shaw und Heath Rocha!« Die Musik ihres Kürprogramms ertönt, als sie auf die Eisfläche laufen. Sie postieren sich auf der untersten Stufe des Podiums, ohne einander zu berühren oder anzusehen.

VERONIKA VOLKOVA: Nach dieser Kür war es eine absolute Farce, dass Shaw und Rocha überhaupt auf das Siegerpodest sollten.

FRANCESCA GASKELL: Ob *ich* finde, dass die beiden eine Medaille verdient hatten? Das ist ja wohl kaum meine Aufgabe. Dafür haben wir schließlich Preisrichter.

VERONIKA VOLKOVA: Schlimmer noch: Das ganze Drama, das die beiden an dem Tag veranstalteten, hat die anderen Athleten daran gehindert, ihre Bestleistung abzurufen.

Der Stadionsprecher verkündet die Gewinner der Silbermedaille: »Als Vertreter der Russischen Föderation: Jelena Volkova und Dmitri Kiprijanov!« Jelena wirkt bedrückt, Augen und Nase sind gerötet vom Weinen.

GARRETT LIN: Niemand hätte einen solchen Ausgang vorhersagen können.

»Gewinner der Goldmedaille sind«, beginnt der Sprecher, aber die Namen der Athleten gehen im frenetischen Jubel unter.

GARRETT LIN: Bella und ich ... nun ja, wir waren fassungslos. Es fühlte sich vollkommen surreal an.

Die Kanadier Olivia Pelletier und Paul McClory laufen aufs Eis und winken den Fans in ihrer Heimatstadt zu. Dank der Fehler der Amerikaner und Russen konnten sie einen Überraschungserfolg erzielen und Gold holen.

GARRETT LIN: Wir landeten auf Platz vier. Uns trennte weniger als ein Punkt in der Gesamtwertung von Kat und Heath. Weniger als ein Punkt trennte uns von einer Olympiamedaille.

Katarina und Heath werden die Bronzemedaillen und Blumensträuße überreicht. Katarina hält die Blumen vor ihre Medaille, als wollte sie nicht, dass man sie sieht.

JANE CURRER: Man hätte meinen können, jemand wäre gestorben – bei den Trauermienen, die sie zur Schau stellten. Die meisten Athleten wären überglücklich, eine olympische Medaille zu erringen, egal welche Farbe.

KIRK LOCKWOOD: Stimmt schon, Shaw und Rocha hätten sich wirklich etwas freundlicher geben können.

JANE CURRER: Offen gestanden hatten sie Bronze nicht verdient. Sie schafften es nur deshalb auf das Podium, weil sie in den ersten zwei Disziplinen überragend abgeschnitten hatten.

Katarina und Heath blicken starr nach vorn, als die kanadische, die russische und die amerikanische Flagge gehisst werden.

KIRK LOCKWOOD: Man weiß nur, wie sich das anfühlt, wenn man das selbst erlebt hat. Das meine ich im übertragenen Sinne – ich persönlich habe ja nie auf dem Bronze-Treppchen gestanden.

GARRETT LIN: Wenn die Erwartungen so himmelhoch sind, fühlt sich alles außer dem höchsten Sieg wie eine Niederlage an.

KAPITEL 61

Feiern war so ziemlich das Letzte, wonach mir zumute war.

Doch bei unserer Rückkehr ins Olympische Dorf war die Party bereits in vollem Gang. Das US-Eishockeyteam der Frauen hatte Schweden im Halbfinale vernichtend geschlagen und schien die Hälfte aller Athleten bei den Spielen eingeladen zu haben, um auf ihren Sieg anzustoßen.

Heath und ich schoben uns durch den Pulk muskelbepackter Frauen in Rot-Weiß-Blau, um zu unserem Zimmer zu gelangen. Nicht zum ersten Mal wünschte ich, wir hätten wie die Lins eine Unterkunft außerhalb des Olympiageländes gebucht. Sie waren in einem Hotel direkt am Wasser, mehrere Kilometer vom Trubel der Spiele entfernt.

Auch wenn die offiziellen Unterkünfte der Sportler alles andere als luxuriös waren, boten sie doch einen nicht zu unterschätzenden Vorteil: Pressevertretern war der Zugang auf das Gelände verboten. Ich fühlte mich außerstande, auch nur eine einzige weitere Frage im Stil von *Was ist da schiefgelaufen?* oder *Wie geht es Ihnen?* zu beantworten.

Ich war am Boden zerstört. Ich war die größte Versagerin ever. Ich hatte mein Leben vergeudet und in den Sand gesetzt, ich war sechsundzwanzig, und alles war vorbei.

Heath nahm seine Medaille ab und legte sie behutsam auf den Nachttisch. Ich behielt meine um. Das blaue Band hing wie ein Galgenstrick um meinen Hals.

»Können wir reden?«, bat er.

Die Blumen, die wir auf dem Siegertreppchen entgegengenommen hatten, waren scheußlich, mit ihren vielen Blättern erinnerten sie eher an Salat. Ich zupfte sie ab und warf sie auf den extrastrapazierfähigen grauen Teppichboden.

Als ich nicht antwortete, machte Heath einen neuen Versuch.

»Ich hätte es dir sagen sollen. Ich wollte es dir so oft sagen, aber ...«

»Nein, du hättest verdammt noch mal *sofort* mit mir reden sollen, anstatt abzuhauen!«

Ich schleuderte den Blumenstrauß an die Wand. Heath zuckte zusammen.

»Und wie kannst du es wagen zu behaupten, du hättest das alles für mich getan. Ich habe dich nie darum gebeten.«

»Alles, worum es dir geht, ist zu gewinnen.« Heath sprach ruhig und bedächtig. »Also habe ich mich in jemanden verwandelt, der gewinnen kann. Jemanden, der deiner würdig ist. Aber wie es scheint, war auch das nicht genug. Du bekommst nie genug.«

»Denkst du wirklich so über mich?«

»So bist du immer schon gewesen, Katarina. Und ich habe dich trotzdem immer geliebt.«

In seinem Tonfall lag keine Verärgerung. Kein Wunsch zu verletzen. Da waren nur Erschöpfung und Resignation.

Und das tat erst so richtig weh.

»Sorry, dass du wegen mir so leiden musstest.« Meine Stimme klirrte vor Kälte.

Das brachte ihn endlich in Rage. »Genau das meine ich! Ich sage dir, dass ich dich liebe, und du knallst mir so was ins Gesicht. Ich quäle mich *jahrelang*, nur um wieder zu dir zurückzukommen, und ...«

»Alles, was du wolltest, war zurückzu*schlagen*. Du wolltest, dass es mir auch schlecht geht. Das hat nichts mit Liebe zu tun, Heath.«

»Meine Liebe ist also auch nicht gut genug für dich. Verstehe.«

»Das habe ich so nicht gemeint, und das weißt du.«

»Dann erklär's mir, Katarina.« Er sank vor mir auf die Knie. »Sag mir, was du von mir willst. Sag mir, was ich tun soll, und ich tu's.«

So reumütig seine Haltung auch wirkte, in seinem Gesichtsausdruck lag nichts als Trotz. Ich vergrub die Hände in seinen Locken.

»Du kannst nichts tun«, erwiderte ich.

Heath wollte aufstehen, doch ich hielt ihn an den Haaren fest. Er griff nach der Medaille an meinem Hals, um mich zu sich herunterzuziehen.

Also riss ich mir die Medaille vom Hals und schmiss sie auf den Boden. Dann zerrte ich mir den Verlobungsring vom Finger und warf ihn hinterher. Der Diamant prallte an der Bronzemünze ab und flog unter das Bett.

Dieses Mal war ich diejenige, die abhaute. Heath folgte mir nicht.

Im Gemeinschaftsraum griff ich nach der erstbesten Flasche, an der ich vorbeikam, und leerte sie in einem Zug. Eine der Hockeyspielerinnen, eine rotwangige Brünette mit geflochtenen Zöpfen, stieß einen langgezogenen Pfiff aus.

»Harten Tag gehabt, Eiskönigin?«

Ich wischte mir über den Mund, was auch den restlichen Lippenstift beseitigte. »Nenn mich ja nicht Eiskönigin.«

KAPITEL 62

Die nächste Stunde verflog wie im Nebel. Ich leerte einen Plastikbecher mit Molson-Bier nach dem anderen und tanzte ekstatisch zu Lady-Gaga-Songs, bis ich bloß noch ein schwitzender Körper von vielen anderen war, die sich zur Musik bewegten.

Fast mein ganzes Leben lang hatte ich nur ein Ziel im Kopf gehabt: Gold bei der Olympiade zu holen. Das war der Leitstern, der jeden meiner Atemzüge, jede meiner Entscheidungen bestimmt hat. Und nun? Welche Zukunft blieb mir noch? Ich hatte das Gefühl, in schlammiger, trüber Panik zu versinken.

Nur nicht aufhören zu tanzen.

Gegen Mitternacht tauchten die Lins auf. Garrett ließ den Blick suchend über das Gewühl schweifen. Bella entdeckte mich sofort.

»Was machst du hier?«, rief sie über die Bobfahrer hinweg, die *Bad Romance* grölten.

»Was machst *du* hier?«, schrie ich zurück. »Dachte, du bist in deinem schicken Hotel, damit du dich nicht unter das gemeine Volk mischen musst.«

»Die haben uns eingeladen«, sagte Garrett. »Alles in Ordnung mit dir, Kat?«

Ich gab zweifellos ein Bild des Jammers ab: Das Haar klebte mir im Nacken, mein Atem stank nach Bier, und ich tanzte in Sport-BH und Jeans mit irgendwelchen Fremden. Von Heath weit und breit keine Spur.

»Ich dachte, Alkohol ist im Dorf nicht erlaubt«, meinte Bella.

Theoretisch hatte sie recht – die US-Delegation hatte jeglichen Alkoholkonsum untersagt. Andere Länder waren da allerdings weniger streng, und für einen entfesselten Haufen Hochleistungssportler und Adrenalin-Junkies waren solche Regeln im besten Fall freundliche Empfehlungen. Die Party war noch nicht zu der ausschweifenden Orgie ausgeartet, von der ich gerüchteweise von anderen Olympiaden gehört hatte, aber mit fortschreitender Stunde wurde es allmählich wilder. Es wurde nicht nur viel in den dunkleren Ecken entlang der Wände und auf Sofakanten geknutscht und gefummelt, ich hatte auch einige Pärchen – und größere Gruppen – hinter Türen verschwinden sehen.

»Was hältst du von ein paar Kohlenhydraten?«, schlug Bella vor. »Ich habe von einem Lokal gehört, wo sie irre gute Poutine haben, in der Nähe ...«

»Ach, auf einmal bist du um mein Wohl besorgt.« Ich rollte mit den Augen und nahm einen großen Schluck zimmerwarmes Bier.

»Wie meinst du das denn?«

»Warum hast du mir den Artikel gezeigt?«

Sie sah mich überrascht an. »Was?«

»Warum hast du ihn mir gezeigt«, wiederholte ich, »und zwar genau vor unserer Kür?«

Bella blickte zu ihrem Bruder, doch der war damit beschäftigt, die Tanzenden zu betrachten.

»Ich fand, dass du das wissen solltest.«

»Du hättest damit bis danach warten können.«

»Alle redeten schon darüber. Es war nur eine Frage der Zeit, dass du es herausgefunden hättest, und ich dachte, es ist besser, du hörst es von deiner besten Freundin als von ...«

Ich lachte auf. »Meine *beste Freundin*? Wir haben in den letzten Jahren kaum ein Wort gewechselt, Bella.«

Mir war klar, wie boshaft ich klang. Ich merkte, wie sie vor mir zurückwich. Es war mir gleichgültig.

Inzwischen hatte Garrett seine Aufmerksamkeit auf uns gerichtet – unschlüssig, ob er sich einmischen sollte.

»Du hattest nicht den Hauch einer Chance, auf das Siegerpodest zu kommen«, sagte ich, »es sei denn, du hättest eine Möglichkeit gefunden, mich aus dem Weg zu räumen. Aber was für ein Pech, es hat trotzdem nicht gereicht.«

Bellas Augen funkelten zornig. »Wenn du *wirklich* hättest gewinnen wollen, hätte dich auch diese Story nicht daran gehindert. Nichts hätte dich daran hindern können.«

In meinen Ohren klang das eindeutig nach einem Geständnis. Ich war nicht überrascht. Wir waren einmal wirklich befreundet gewesen, aber ich hatte immer gewusst, dass diese Freundschaft da aufhörte, wo die Konkurrenz begann.

»Ich brauch was zu trinken«, murmelte Bella. »Komm, Garrett.«

»Gleich«, sagte er. Bella stolzierte ohne ihn weg.

»Ist das zu fassen?«, fragte ich. »Sie bringt mich mit voller Absicht durcheinander, kurz vor dem wichtigsten Wettkampf meines Lebens, und besitzt dann auch noch die Frechheit, so zu tun, als ...«

»Du weißt schon, dass du heute eine Olympiamedaille gewonnen hast, oder?«

Ich blinzelte, sprachlos über den scharfen Ton in seiner Stimme. So hatte er noch nie zuvor mit mir gesprochen. Genau genommen hatte ich ihn noch mit niemandem so sprechen hören.

»Und ja, okay, Heath hat da eine ziemlich schräge Nummer abgezogen. Aber er liebt dich über alles. Wenn man euch zusieht, wie ihr euch gegenseitig quält ...« Garrett beendete den Satz nicht, sondern schüttelte nur den Kopf. »Weißt du, was ich dafür geben würde, auch nur für einen Tag das zu haben, was euch beiden gegeben ist?«

Ich riss die Hände nach oben, wobei der Rest von meinem Bier auf den Boden klatschte. »Du lieber Himmel, Garrett, *kein Mensch* interessiert sich dafür, dass du schwul bist!«

Einige der Partygäste in unserer Nähe drehten sich zu uns um und starrten uns an. Mit Panik im Blick sah Garrett sich nach allen Seiten um.

»Scheiße.« Ich setzte den Becher ab und streckte die Hand nach ihm aus. »Es tut mir leid, das wollte ich n...«

»Natürlich wolltest du das nicht, Kat. Dazu hättest du ja ausnahmsweise mal eine verdammte Sekunde lang an jemand anders denken müssen als an dich selbst.«

Er drehte sich auf dem Absatz um und ging in die Richtung, in die Bella verschwunden war.

Garretts Worte hatten wie eine kalte Dusche gewirkt, ich war augenblicklich wieder nüchtern. Die laute Musik, das schrille Durcheinander der Stimmen, der Gestank nach verschüttetem Bier und schwitzenden Leibern – auf einmal fand ich das alles unerträglich.

Ich schnappte mir mein Sweatshirt – oder jedenfalls das, das ich dafür hielt, denn wir alle trugen identische Kleidung, damit wir uns vereint und wie Patrioten fühlten, und flüchtete auf die Terrasse.

Ein frischer Wind wehte vom False Creek herüber. Die amerikanischen Athleten waren fast auf der obersten Etage des Gebäudes untergebracht, sodass wir einen Panoramablick über die Innenstadt von Vancouver und die dahinterliegende Bergkette hatten. Die North Shore Mountains. Was für ein eigenartiger Zufall, dass sie den gleichen Namen trugen wie die Gegend, in der Heath und ich aufgewachsen waren, wo wir mit dem Eislaufen angefangen hatten. Ich blickte auf die gewaltigen Gipfel, die hinter der Skyline mit dem Nachthimmel verschwammen. In meinem ganzen Leben hatte ich mich noch sie so weit weg von zu Hause gefühlt.

Die Tür ging auf, und Ellis Dean erschien auf der Terrasse. Er hatte untrügliches Gespür dafür, im denkbar unpassendsten Moment aufzukreuzen, so viel musste man ihm lassen.

»Hallo, hallo, wenn das nicht Katarina Shaw ist, Trägerin der olympischen Bronzemedaille 2010.«

»Ich bin nicht in Stimmung für dein Gequatsche, Ellis.«

Er schlenderte an mir vorbei und lehnte sich gegen das Geländer, das die Terrasse umschloss. Wie alle anderen war er in Rot, Weiß und Blau gekleidet, allerdings beinhaltete Ellis' Vorstellung von patriotischer Kleidung Streifen aus Kunstpelz, die aussahen, als hätte er etlichen Muppets das Fell abgezogen.

»Falls das ein Trost für dich ist«, begann er, »diese Performance wird in das kollektive Gedächtnis eingehen. Vielleicht nicht aus den Gründen, die ihr euch vorgestellt hattet, aber ...«

»Wie bist du hier überhaupt reingekommen? Journalisten ist der Zutritt im Olympischen Dorf verboten.«

»Streng genommen bin ich ja ein ehemaliger Olympiateilnehmer.« Sein Blick fiel auf die leere Stelle an meinem Ringfinger. »Sag nicht, ihr habt Schluss gemacht.«

Hatten wir? Ich war nicht sicher.

»Ach, und übrigens – auch wenn ich weiß, dass es jetzt auch nichts mehr ändert: Ich war ganz ehrlich davon überzeugt, dass du es längst weißt. Redet ihr Turteltäubchen denn nicht miteinander?«

»Offenbar nicht. Aber wo zum Teufel hast *du* das denn alles her?«

»Ein Journalist verrät nie seine ...«

»Hör schon auf, Ellis. Du bist ein Tratschmaul mit Blog und kein Investigativreporter für die *New York Times*, verdammt.«

Ich krallte die Finger um das Geländer neben Ellis, und das eiskalte Metall brannte unter meinen Handflächen. Trotz der späten Stunde wimmelte es auf dem Platz unterhalb des Gebäudes noch von Menschen.

Am Ende des Tages spielte es keine Rolle, wer wie oder wann Heaths Geheimnisse aufgedeckt hatte. Der entscheidende Punkt war, dass er sich mir nicht anvertraut hatte. Und nun hatte ich ihn und die Goldmedaille an ein und demselben beschissenen Tag verloren.

Nein, nicht verloren. Ich hatte ihn weggeworfen.

»So sollte es sich eigentlich nicht anfühlen, oder?« Ich wusste nicht, ob ich über das Eislaufen oder die Olympischen Spiele oder meine Beziehung zu Heath sprach. »Wie kann etwas nur so wehtun?«

»Du bist Eiskunstläuferin, du liebst Qualen«, spottete er. Dann wurde er ernst. »Willst du einen Rat von mir?«

»Nicht wirklich.«

»So ein Pech aber auch, du bekommst ihn trotzdem.« Er legte seine Hand auf meine. »Lass nicht zu, dass Heath ein zweites Mal spurlos verschwindet. Nicht bevor ihr wenigstens versucht habt, alles zu klären. Ihr zwei seid zwar eine wandelnde Katastrophe, aber ein Blinder mit Krückstock kann sehen, wie verrückt ihr nacheinander seid.«

»Danke, Ellis. Das war fast schon nett.«

Er drehte sich weg. Der Moment war vorbei. »Versteh mich nicht falsch, das *verrückt* meine ich wörtlich. Du und Heath Rocha habt euch absolut verdient. Vielleicht könnt ihr zu eurer Hochzeit ja in Zwangsjacken im Partnerlook erscheinen.«

Ich verdrehte die Augen und musste lachen.

»Zeit, sich ins Gewühl zu stürzen«, verkündete Ellis und bot mir den Arm – genau wie vor vielen Jahren auf Sheila Lins Rot-Weiß-Gold-Party.

»Ich komm dann nach«, sagte ich und schickte ihn rein.

Ich verbrachte noch eine Weile allein auf der Terrasse und genoss die kühle Luft auf meiner Haut. So ungern ich es zugab, Ellis hatte recht: Heath und ich trieben einander manchmal in den Wahnsinn, aber ich konnte mir beim besten Willen keine Zukunft für mich vorstellen, in der er nicht vorkam. Ich konnte ihn nicht gehen lassen, ohne ihm das wenigstens vorher gesagt zu haben.

Drinnen war die Party etwas abgeflaut, auch wenn auf dem Mobiliar immer noch jede Menge Leute ineinander verschlungen waren. Einschließlich Garrett.

Er lag der Länge nach auf einem der Sofas und war gerade mit Scott Stanton zugange, einem Eiskunstläufer, der im Einzel der Herren lief und die Stars-on-Ice-Tournee mit uns absolviert hatte – und dem die Horden weiblicher Fans, die ihn nach jeder Show bedrängt hatten, bemerkenswert gleichgültig gewesen waren. Ich hatte immer noch ein furchtbar schlechtes Gewissen, dass mir Garretts Geheimnis herausgerutscht war, aber es sah ganz danach aus, als wäre die so lange verriegelte Tür nun ohnehin aus den Angeln gerissen worden. Richtig so.

Als ich vor unserem Zimmer stand, öffnete ich die Tür so geräuschlos, wie ich konnte, für den Fall, dass Heath bereits schlief. Das Licht war aus, aber er hatte die Jalousien offen gelassen, sodass ich seine Umrisse unter der Bettdecke erkennen konnte. Der Blumenstrauß, den ich an die Wand geworfen hatte, war verschwunden. Heath musste ihn weggeräumt haben. Er hatte auch meine Medaille und den Ring aufgehoben und auf meinen Nachttisch gelegt.

Ich kämpfte gerade mit mir, ob ich in mein eigenes Bett gehen oder das Eis brechen und zu ihm unter die Decke schlüpfen sollte, als ich sie hörte.

Heath war im Bett. Aber er war nicht allein.

Ein verwackeltes Video mit geringer Auflösung, aufgenommen von einem der Sportler bei der Party im Olympischen Dorf zeigt Katarina Shaw, wie sie quer durch den Raum rennt, in dem die Party stattfand.

GARRETT LIN: Kat war außer sich. Aber wer wäre das nicht gewesen?

Heath Rocha, nur notdürftig bekleidet, folgt ihr und versucht, sich im Laufen sein Hemd überzuziehen. Einige Schritte hinter ihm ist Bella Lin zu sehen, ebenfalls hektisch bemüht, ihre Kleidung überzustreifen.

Heath sagt etwas zu Katarina, was auf dem Video nicht zu hören ist, und sie schreit ihn an.

ELLIS DEAN: Sie ist komplett ausgerastet. Sogar einen verdammten Stuhl hat sie nach ihm geworfen.

GARRETT LIN: Nein, Kat hat keinen Stuhl geworfen.

Ein dunkler Gegenstand fliegt vorbei und trifft Heath. Im Hintergrund hört man eine Stimme sagen: »Ach du Scheiße!«

GARRETT LIN: Es war ein Hocker. Glaube ich jedenfalls. Ich war gerade ... abgelenkt.

ELLIS DEAN: Ich habe mich da lieber rausgehalten. Aus der Gala habe ich Lehren gezogen.

Katarina und Heath stehen mitten im Aufenthaltsraum und schreien sich an. Im allgemeinen Stimmengewirr und der Musik im Hintergrund sind ihre Worte nicht zu verstehen, aber sie scheinen kurz davor, handgreiflich zu werden.

JANE CURRER: Mir ist kein Zwischenfall bekannt, aber Gewalt oder jede andere Art von unangemessenem Verhalten zwischen den Team-USA-Athleten hätte selbstverständlich umgehend geahndet werden müssen.

Katarina wendet sich zu Bella um. Heath stellt sich zwischen sie – was beide Frauen erst recht wütend zu machen scheint.

GARRETT LIN: Ich wünschte, ich könnte sagen, dass meine Schwester so etwas niemals täte. Aber ich kenne sie zu gut. Egal ob auf dem Eis oder sonst im Leben – sie würde alles tun, um zu gewinnen.

ELLIS DEAN: Hätte es auch Goldmedaillen für Rache gegeben, Bella Lin und Heath Rocha wären an dem Abend die unangefochtenen Gewinner gewesen.

Heath macht einen Schritt auf Katarina zu. Sie stößt ihn weg und krallt ihre Fingernägel in die nackte Haut unter seinem noch offenen Hemd.

GARRETT LIN: Vielleicht hätte ich eingreifen sollen. Aber ich war es so leid, andauernd den Friedensstifter zu spielen, den Vernünftigen. Ich dachte, sie würden das schon irgendwie ohne mich klären.

»Zum Teufel mit euch beiden«, sagt Katarina, laut genug, dass sie trotz der Hintergrundgeräusche zu hören ist. »Wir sind fertig miteinander.« Sie stürmt hinaus und knallt die Tür hinter sich zu.

GARRETT LIN: Und damit war Katarina Shaw für die nächsten Jahre aus unserem Leben verschwunden.

KAPITEL 63

Ich hatte sie nicht richtig gesehen. Es war dunkel. Sobald sie mich bemerkt hatten, hatten sie innegehalten. Sobald ich begriffen hatte, was sie da tun, war ich geflohen.

Doch meine Fantasie hörte nicht auf, akribisch die Lücken zu füllen. Es genügte ein Wimpernschlag, und schon hatte ich Bilder im Kopf: Bella, wie sie rittlings auf Heath sitzt, das lange dunkle Haar über ihren bloßen Rücken fallend. Heath, wie er die Hände um ihre schmale Taille legt und sie zu sich zieht, näher und immer näher.

Ich weiß nur noch, dass ich plötzlich draußen über den Platz rannte. Tränen brannten in meinen Augen, meine Kehle war heiser vom Schreien. Ich konnte mich nicht mehr erinnern, was ich gesagt hatte, nur an meine letzten Worte, die sich sowohl an meinen Verlobten als auch an meine Freundin richteten: *Wir sind fertig miteinander.*

Ich hatte keine Ahnung, wohin ich sollte. Hauptsache weg. Ich hatte keine Jacke, kein Bargeld, keinen Ausweis, nichts. Nicht einmal die Zugangskarte für Sportler, was bedeutete, dass ich einiges zu erklären hätte, wenn ich zurück ins Olympische Dorf wollte.

Es spielte keine Rolle. Ich wollte gar nicht wieder zurück. Ich wollte weder Heath noch Bella jemals wiedersehen.

Also ging ich weiter, immer am Wasser entlang. Niemand beachtete mich. Mein Make-up hatte sich mittlerweile aufgelöst, und mit der Kapuze meines Team-USA-Hoodies über dem Kopf war ich auch nicht mehr als die berühmt-berüchtigte Katarina Shaw zu erkennen. Ein Gesicht unter vielen.

Die Uferlinie fiel leicht ab und gab die Sicht auf eine stählerne Brücke frei, die sich über das ruhige, dunkle Wasser spannte. Auf der gegenüberliegenden Seite des Meeresarms leuchtete das Stadion, in dem die Eröffnungszeremonie stattgefunden hatte. Seitdem waren nur zehn Tage vergangen, und doch fühlte es sich an wie eine Ewigkeit.

Irgendwann merkte ich, dass ich ein Ziel hatte. Auf einmal wusste ich, wohin ich wollte.

Das Hotel, in dem die Lins abgestiegen waren, war ein markantes, modernes Gebäude, das in der Nähe des Hafens von Vancouver in die Höhe ragte. Ich durchquerte die Lobby und ging zielstrebig auf die Aufzüge zu. Nach einer Zimmernummer zu fragen, erübrigte sich. Sheila buchte immer die beste verfügbare Suite: Zweifellos würde ich sie auf der obersten Etage finden, und zwar an der Nordostseite, wo sie einen Panoramablick auf das Wasser und die Berge hatte.

Ich klopfte leise an die Tür. Keine Antwort. Also schlug ich in bester Polizeimanier gegen die Tür und rief ihren Namen, bis sie mir öffnete.

Sheila war zwar in Nachtwäsche – einem eleganten weißen Satin-Schlafanzug mit passendem Kimono –, aber sie wirkte hellwach. Wenn wir in den vergangenen Jahren gegen die Zwillinge angetreten waren, war ich ihr immer wieder flüchtig begegnet, hatte sie jedoch seit unserem Zerwürfnis im Jahr 2006 nicht mehr richtig *angesehen*.

Sie war schmaler, als ich sie in Erinnerung hatte, mit eingefallenen Wangen und Schatten unter den Augen. Sheila war in meinen Augen immer alterslos und perfekt gewesen, für immer eingefroren im Moment ihres Triumphs in Calgary. Zum allerersten Mal kam sie mir vor wie ein lebendiger Mensch.

»Ms. Shaw«, sagte sie, als ob sie mich erwartet hätte. »Kommen Sie herein.«

Ich folgte ihr in den mit cremefarbenen Möbeln ausgestatteten Wohnbereich, von dem aus man die beleuchteten Segel von Canada Place sehen konnte. Auf einem Beistelltisch standen mehrere leere Fläschchen. Ich hatte Sheila nie mehr als ein Glas Weißwein trinken sehen, und auch das nur beim Abendessen.

»Bitte.« Sie nahm zwei weitere Flaschen aus der Minibar und bot mir eine davon an. »Setzen Sie sich.«

Noch mehr Alkohol war das Letzte, was ich in diesem Moment brauchte, aber ich nahm dennoch einen Schluck. Es war irgendein ekelhaft süßer Likör, der an Ahornsirup erinnerte, gemischt mit einer leichteren Flüssigkeit. Ich hustete und stellte die Flasche zu den leeren auf dem Tischchen.

Eine Weile sahen wir nur aus dem Fenster. Ich überlegte fieberhaft, wo ich anfangen sollte.

Sheila machte den Anfang. »Ihr hattet so viel Potenzial, alle vier.« Ohne mit der Wimper zu zucken, nahm sie einen großen Schluck aus ihrer Flasche. »Vergebliche Liebesmüh.«

Ich schnellte herum. »Ich wollte immer nur so sein wie Sie, wissen Sie das?«

Sheila wandte sich mir ebenfalls zu – langsam und beherrscht, doch in ihren Augen lag das gleiche Funkeln wie bei Bella.

»Dann hätten Sie auf mich hören sollen«, sagte sie.

»Also ist alles meine Schuld? Sie waren meine Trainerin.«

Und du wolltest, dass ich scheitere. Nach all der Zeit nagte immer noch der Verdacht in mir, dass Sheila Heath und mich über die Klinge hatte springen lassen, damit wir weniger gefährlich für ihre Kinder waren.

»Nein. Es ist mein Fehler – ich hätte Sie gar nicht erst in der Academy aufnehmen dürfen. Meine Kinder hatten auf mich eingeredet, dass es sie zu größerer Leistung anspornen würde, wenn sie mit Ihnen und Mr. Rocha trainierten. Stattdessen haben Sie sie auf ihr Niveau heruntergezogen.«

»Ich bedaure wirklich zutiefst, dass ich eine solche Enttäuschung war«, fauchte ich.

»Ja, ich auch.« Sie starrte wieder aus dem Fenster, und ihr Blick war zwar in die Ferne gerichtet, doch sie nahm die Aussicht nicht wahr. »Das hier war meine letzte Chance.«

Selbst wenn es den Zwillingen gelang, sich für die nächsten Olympischen Spiele zu qualifizieren, war es unwahrscheinlich, dass sie als Medaillenanwärter teilnehmen würden. Und in Sheilas Augen war ein Wettkampf sinnlos, wenn man nicht gewinnen konnte.

»Wenigstens habe ich alles für die beiden getan, was in meiner Macht stand.« Sheila sagte das so leise, dass ich dachte, sie spricht mit sich selbst. »Ich hoffe, sie wissen das zu schätzen.«

Da verstand ich. Ich konnte fast hören, wie es in meinem Kopf klick machte.

All die Jahre hatte ich mir eingebildet, ich würde verstehen, wozu sie fähig, wie skrupellos sie war, wie weit sie gehen würde, um zu gewinnen. Ich hatte ja keine Ahnung gehabt.

»Sie waren das«, sagte ich.

Auf Sheilas Gesicht lag der Hauch eines Lächelns.

Einen Enthüllungsbericht genau vor dem Finale der Olympischen Spiele zu lancieren, klang nach einem typischen Schachzug von Sheila. Aber es gab nur eine Möglichkeit, wie sie so viel über Heaths fehlende Jahre wissen konnte. Es gab nur eine Möglichkeit, warum sie ihren mit renommierten Journalisten prall gefüllten Rolodex zugunsten von Ellis Dean verschmäht hatte. Ellis Dean, der nur allzu bereit war, sofort etwas zu posten und dann erst Fragen zu stellen.

Sie war es, die Heath nach Russland geschickt hatte.

KAPITEL 64

»An jenem Abend in Nagano ist Heath zu Ihnen gekommen, nicht wahr?«

Ich sah förmlich vor mir, wie er völlig durchnässt vor ihr stand und den Boden ihrer schicken Hotelsuite nass tropfte, nachdem er durch den eiskalten Regen gelaufen war, zitternd, verloren, verzweifelt. Nachdem ich gesagt hatte, dass er mich ausbremste. Nachdem ich ihm das Herz gebrochen hatte.

»Er war völlig außer sich«, sagte Sheila. »Er meinte, er wolle so gut werden, dass er Ihnen gerecht würde, und dass er alles dafür tun würde. Ich sagte, persönlich könne ich nichts für ihn tun, aber dass ich jemanden kenne, der ihm vielleicht helfen könnte.«

»Aber warum?«, fragte ich mit erstickter Stimme.

»Nun, ich dachte, er würde nach einigen Tagen Training mit Veronikas mittelalterlichen Methoden endgültig aufgeben. Doch es stellte sich heraus, dass Heath der härteste Wettkämpfer von euch allen war. Wenn er doch nur so sehr hätte gewinnen wollen, wie er Sie wollte.«

Heath hatte mich nicht verlassen. Sheila hatte ihn mir *weggenommen*. Er hatte sich in jener Nacht an sie gewandt, um sie um Rat zu bitten, und sie hatte die Gelegenheit genutzt, ihm Hirngespinste in den Kopf zu setzen. Und natürlich hatte er auf sie gehört – wie viele Male hatte ich ihn beschworen, *vertraue Sheila, sie weiß, was sie tut*.

Sie wusste tatsächlich, was sie tat. Es war unheimlich, wie leicht es mir fiel, Sheilas Logik nachzuvollziehen: Heath loswerden, Bella mit Zack Branwell zusammenbringen und Garrett mit mir, und schon hatte sie gewissermaßen über Nacht die gefährlichsten Rivalen ihrer Kinder ausgeschaltet und sich die Kontrolle über die beiden besten Teams des Landes gesichert.

»Sie waren unsere *Trainerin*. Ihre Aufgabe war es, uns zu helfen, uns ...«

Sheila knallte die Flasche auf den Tisch. »Ich habe Sie in meinem Haus aufgenommen, mit meinem Sohn laufen lassen, Sie durften sich bei meiner Tochter anbiedern. Alles, was ich mir mühsamst erarbeiten und selbst verdienen musste, habe ich Ihnen auf einem Silbertablett serviert, und Sie haben es mir einfach so vor die Füße geworfen. Aus *Liebe*.«

Sie spuckte das Wort angewidert aus.

»Was wissen Sie denn schon von Liebe?«, schoss ich zurück.

»Alles, was ich je getan habe, habe ich aus Liebe getan. Für meine Kinder, für ...«

»*Ihre Kinder* sind fest davon überzeugt, dass ihr Vater eine Goldmedaille geholt haben muss, weil Sie sie sonst garantiert abgetrieben hätten.«

Sheila stand auf und ging zum Fenster. Sie zog den Kimono enger um sich.

»Er *war* Goldmedaillengewinner. Im Abfahrtslauf, sowohl in Lake Placid als auch in Sarajevo.«

»Aber weshalb haben Sie es ihnen nie gesagt? Verdienen sie es nicht, das zu wissen?«

»Wir haben eine Nacht miteinander verbracht und uns danach nie wieder gesehen. Ich kann mich nicht einmal mehr an seinen Namen erinnern. Obwohl ich vermutlich nachsehen könnte.«

Sie konnte sich nicht daran erinnern, wie der Vater ihrer Kinder hieß, aber sie wusste noch ganz genau, wie viele Goldmedaillen er gewonnen hatte.

Für Sheila war er nur Mittel zum Zweck gewesen. Und genauso verhielt es sich auch mit den Zwillingen – sie waren dazu da, ihr Vermächtnis weiterzuführen, für sie Siege zu erringen, wenn sie selbst nicht mehr bei Wettkämpfen antreten konnte. Und was hatte sie damit erreicht? Garrett verleugnete sich selbst, um die Marke der Familie Lin zu schützen. Bella scheute keinen Verrat, solange sie die Oberhand behielt, ganz egal, welchen Schaden sie verursachte.

Heaths Worte hallten in meinem Kopf. *Alles, worum es dir geht, ist zu gewinnen.*

Er hatte recht: Das war es, was mich ausmachte. Aber ich war nicht immer so gewesen.

Ich war erst so geworden, nachdem ich begonnen hatte, Sheila Lin nachzueifern. Genau wie sie hatte ich meine Vergangenheit, mein Zuhause, meine Familie weggeworfen. Ich hatte mir weisgemacht, dass es keine Rolle spielte, wem ich wehtat, solange ich am Schluss die Beste war, weil nur das Ergebnis zählte. Selbst wenn ich diejenige war, die ich am meisten dabei verletzte.

In all den Jahren, in denen ich von Sheila besessen war – zunächst staunend vor dem Fernseher, später, als ich für sie wie verrückt trainierte, um hier und da einen seltenen Krümel des Lobes aufzupicken –, hatte ich sie nie wirklich gesehen, wie sie war. Nicht bis zu dieser Nacht, in der sie im Dunkeln in einem Hotelzimmer in Vancouver die Minibar leerte.

Und was ich sah, war blankes Elend.

Es geht immer besser, hatte sie bei unserer ersten Begegnung zu mir gesagt. Aber worin lag der Sinn, wenn man alles erreicht hatte und es nicht zu schätzen wusste? Sheilas ganzes Leben hatte nur darin bestanden, immer noch mehr zu wollen – mehr Medaillen, mehr Geld, mehr Macht –, und es würde nie genug sein.

Du bekommst nie genug, hatte Heath gesagt. In diesem Punkt hatte er sich geirrt.

Ich hatte endgültig genug, von dem ewigen Kampf, der Quälerei und dem Herzschmerz. Ich wollte nicht mehr sein wie Sheila Lin. Aber ich wollte auch nicht mehr Katarina Shaw sein.

Ich wollte am liebsten weg sein.

TEIL V
Das letzte Mal

GARRETT LIN: Nach der Olympiade kursierten die wildesten Gerüchte.

INEZ ACTON: Es hieß, Kat hätte einen Nervenzusammenbruch erlitten und wäre in eine psychiatrische Klinik eingewiesen worden. Das ist so typisch – eine Frau, die ihre Wut in der Öffentlichkeit zeigt, muss halt verrückt sein.

FRANCESCA GASKELL: Sie hat sich einer Sekte angeschlossen, sie hat ihren Namen geändert und angefangen, Pornos zu drehen, oder sie hat einen reichen Börsenmakler geheiratet und ist nach Connecticut gezogen.

ELLIS DEAN: Stimmt, das mit dem Finanztypen habe ich auch gehört. Aber wenn Sie mich fragen, fand ich die Geschichte mit den Pornos am glaubwürdigsten.

GARRETT LIN: Soweit ich weiß, ist sie einfach nach Hause zurück.

Unscharfe Fotos zeigen Katarina an der Zufahrt zu ihrem Haus am Rand von Chicago, wie sie eine Lebensmittellieferung entgegennimmt. Sie trägt ein Flanellhemd, zerrissene Jeans und schmutzige Arbeitsstiefel. Sie wirft einen finsteren Blick in die Richtung des Fotografen, als wollte sie die Presseleute davor warnen, ihr Grundstück zu betreten, dann dreht sie sich um und verschwindet auf der von Bäumen gesäumten Auffahrt.

NICOLE BRADFORD: Als ich hörte, dass sie wieder in der Gegend war, habe ich geschrieben, dass sie im Eisstadion in North Shore jederzeit willkommen ist. Aber sie hat nie geantwortet.

GARRETT LIN: Ich denke, sie brauchte einfach Ruhe und Frieden und Zeit, um all das zu verarbeiten, was passiert war. Was ich sehr gut verstehen konnte.

Die Kamera ist auf eine gepflegte Rasenanlage gerichtet, die Sonne scheint. Nur die Grashalme bewegen sich leicht im Wind. Alles ist still. Bis ein Taxi vorfährt und sich die Tür zum Fond öffnet.

PRODUZENT (aus dem Off): Wann haben Sie Katarina danach zum ersten Mal wiedergesehen?

ELLIS DEAN: An dem Tag, an dem der Rest der Welt sie auch wiedergesehen hat.

Aus dem Wagen steigt Katarina. Sie trägt ein schwarzes Kleid. Ihr Haar ist wieder lang und im Nacken zu einem Pferdeschwanz gebunden.

FRANCESCA GASKELL: Das war drei Jahre später – im Januar 2013.

Blitzlichter zucken und spiegeln sich in den Gläsern ihrer Sonnenbrille. Sie ignoriert sie und geht vorbei.

GARRETT LIN: Zur Beerdigung meiner Mutter.

KAPITEL 65

Ich hatte vergessen, wie hell die Sonne in Los Angeles schien. Alle hier trugen leichte Jacken gegen die kühle Luft Mitte Januar, aber ich kam aus dem Mittleren Westen und fand es drückend heiß. Als ich den Hollywood Forever Cemetery betrat, brannte die Sonne auf meiner Haut wie ein Verfolgerscheinwerfer, und hinter meinem Rücken hörte ich Getuschel.
Ist das nicht ... oh, mein Gott, sie ist es.
Was macht sie hier?
Ich dachte, sie ist tot.
»Kat!«
Ich drehte mich um und sah Garrett Lin über die perfekt maniküre Grasfläche auf mich zukommen, die Hand zu einem freundlichen Winken gehoben. Also gab es wenigstens eine Person, die sich freute, mich zu sehen.

Kaum war er bei mir angekommen, umarmte er mich auch schon herzlich. Das erste Mal, das mich jemand berührte, seit ... Ich schob den Gedanken beiseite. Er hatte etwas zugenommen, und sein Gesicht wirkte voller – es stand ihm gut.

»Das ist Andre«, sagte Garrett und deutete auf den Mann neben ihm. »Mein Freund.«

»Freut mich, dich kennenzulernen, Kat.« Andre schien ein paar Jahre älter zu sein als wir, ein gut aussehender Mann mit dunkler Haut, einer ausgefallenen Brille und einer tiefen, sanften Stimme. Er schüttelte mir die Hand, dann griff er nach Garretts.

»Mein aufrichtiges Beileid«, sagte ich. »Ich wusste nicht, dass sie krank war.«

»Keiner wusste es«, antwortete Garrett.

Krebs, hatte in den Zeitungen gestanden, doch welche Art, wurde nicht erwähnt. Offenbar hatte Sheila im Geheimen schon mehrere Jahre lang mit der Krankheit gekämpft. Also war Vancouver tatsächlich ihre letzte Chance auf die Olympiade gewesen – und die letzten Worte, die ich zu ihr gesagt hatte, hatte ich im Zorn gesprochen.

Die Zeremonie sollte in wenigen Minuten beginnen, und die Trauergäste hatten begonnen, sich in Richtung der weißen Stühle zu bewegen, die auf beiden Seiten eines rechteckigen, in der Sonne schillernden Wasserbeckens aufgereiht standen. Ich bekam neugierige Blicke zugeworfen – unter anderem von Frannie Gaskell, die inzwischen erwachsen war und ihren vollen Namen, Francesca, bevorzugte. Sie und ihr Partner hatten keine Zeit vergeudet und sehr schnell die Lücke gefüllt, die Heath und ich als beste US-Eistänzer hinterlassen hatten.

Ellis Dean lungerte am Rand herum und bat Vorübergehende um eine Stellungnahme, indem er ihnen ein Mikro entgegenhielt, das passend zu seiner Krawatte mit Strass verziert war. Als er Garrett und mich zu sich winkte, taten wir so, als hätten wir ihn nicht gesehen.

»Ich hoffe, es ist in Ordnung, dass ich gekommen bin«, sagte ich.

»Aber natürlich!«, rief Garrett aus. »Ich wollte dich anrufen, aber es war alles so hektisch und dann – Moment mal, woher wusstest du überhaupt, wann die Trauerfeier ist?«

»Von Heath.«

Garrett sah mich mit großen Augen an, dann wechselte er einen vielsagenden Blick mit Andre.

Mein wenig glamouröser Lebensstil in den letzten Jahren hatte die Medien so gelangweilt, dass sie mich schließlich meistens in Ruhe ließen – mein Telefon klingelte nur noch selten, und dann waren es irgendwelche Werbeanrufe. Als am Abend des Tages, an dem

Sheila gestorben war, das Handy geklingelt hatte, habe ich nicht mal hingesehen. Erst am nächsten Tag, als ich eine Playlist für meinen Morgenlauf auswählen wollte, bemerkte ich die Voicemail.

Ich weiß, ich bin der Letzte, von dem du hören willst. Aber ich dachte, jemand sollte es dir sagen.

Für einen Moment hatte ich das Gefühl, einen Schlag in die Magengrube bekommen zu haben, und ich hätte nicht sagen können, ob es daran lag, Heaths Stimme zu hören oder an den schockierenden Neuigkeiten, die er überbracht hatte.

Ich weinte nicht. Ich überlegte nicht. Ich wischte den Staub von meinem alten Handkoffer und begann zu packen. Zwei Stunden später stand ich am O'Hare-Flughafen und stieg ins nächste Flugzeug, das nach L.A. ging.

»Wie sieht's aus, Kat«, wechselte Andre das Thema, »stehst du gelegentlich noch auf Schlittschuhen?«

Garrett erstarrte. »Schatz, lass uns nicht ...«

»Schon okay.« Ich lächelte. »Ja, aber nur noch zum Spaß. Was ist mit dir, Garrett?«

»Seit Jahren nicht mehr«, sagte er. »Nach Vancouver, da ... Tja, ich hatte einen Unfall.«

»Bist du gestürzt?« Ich meinte, vorher ein leichtes Hinken bemerkt zu haben, als er auf mich zukam.

»Einmal war ich bis spät nachts in der Academy, weil ich unbedingt ...« Er schüttelte den Kopf. »Ach, egal. Jedenfalls bin ich auf der Autobahn am Steuer eingeschlafen, über den Mittelstreifen gekommen und habe mich überschlagen.«

Ich keuchte auf. Andre drückte Garrett ermutigend die Hand.

»Du lieber Himmel«, stieß ich aus. »Bist du – ich meine, geht es dir gut? Das tut mir schrecklich leid, ich wusste das nicht, sonst hätte ich doch ...«

»Alles in Ordnung«, beschwichtigte Garrett mich. »Mittlerweile jedenfalls. Aber ja, ich dachte, dass das wohl ein Zeichen war, dass meine Zeit auf dem Eis ein Ende gefunden hatte.«

Auch wenn es bei einer Beerdigung eher unangebracht war, so etwas zu denken, aber Garrett hatte noch nie so einen glücklichen und gesunden Eindruck gemacht – wobei mir klar wurde, wie angespannt und unglücklich er früher immer gewesen sein musste.

»Übrigens drücke ich jetzt wieder die Schulbank«, fuhr er fort. »Besser gesagt, ich besuche überhaupt zum ersten Mal regulär eine Bildungseinrichtung.«

»Er studiert Psychologie an der Stanford.« Andre schlang den Arm um Garretts Taille und strahlte ihn voller Stolz an. »Als Jahrgangsbester.«

»Das ist einfach großartig, Garrett. Herzlichen Glückwunsch.«

Die Trauerrednerin, eine grauhaarige Frau in einem Hosenanzug, nahm ihren Platz auf dem Podium ein. Es gab keinen Sarg, nur ein Porträt von Sheila aus ihren Glanzzeiten – das goldene Kleid, die Goldmedaille um den Hals – und ein Meer von weißen Orchideen und Lilien, passend zu den kleineren Blumenarrangements in Pflanzschalen, die am Rand des eleganten, steingesäumten Wasserbeckens aufgestellt waren.

»Setz dich doch zu uns«, lud Garrett mich ein und zeigte auf den Bereich, der für die Familie reserviert war. Bella saß allein in der ersten Reihe, unverwechselbar mit ihrem kompliziert geflochtenen Haarknoten und der kerzengeraden Haltung.

»Ach nein, schon in Ordnung. Wir sehen uns dann nach der Trauerfeier.«

Ich setzte mich ganz nach hinten, in eine noch unbesetzte Stuhlreihe, um die alle, die später kamen, einen Bogen machten, als sie mich entdeckten. Während die Reihen sich allmählich füllten, glitt mein Blick über die Menge, und ich redete mir ein, nicht nach Heath Ausschau zu halten.

Sekunden später sah ich ihn die Treppe neben der Aufbahrungshalle herunterkommen. Er trug einen Vollbart, und mit der rhythmischen Anmut eines professionellen Tänzers nahm er immer zwei Stufen auf einmal. Ich hielt den Atem an und hoffte einerseits, er würde den Kopf nicht in meine Richtung drehen, und wäre andererseits am liebsten von meinem Sitz gesprungen und zu ihm gerannt.

Meine Sorge erwies sich als grundlos. Heath bemerkte mich nicht und setzte sich in die erste Reihe.

Auf den Platz neben Bella.

Die Feier begann mit einer kurzen, nicht religiösen Ansprache, dann bat die Trauerrednerin Kirk Lockwood ans Pult, wo er die Versammlung mit Anekdoten aus Sheilas Eistanzkarriere aufmunterte. Danach betrat Garrett das Podium und erzählte in einer bewegenden Rede, wie sehr er seine Mutter immer bewundert hatte und wie froh er war, dass sie vor ihrem Tod noch Gelegenheit hatte, sein wahres Ich – und den Mann, den er liebte – kennenzulernen.

»Und zum Schluss«, sagte die Trauerrednerin, »möchte Sheilas Tochter Isabella noch ein paar Worte sagen.«

Erneut hielt ich die Luft an und wappnete mich, zum ersten Mal seit jener Nacht des Verrats in Bellas Gesicht zu blicken. Aber sie rührte sich nicht von der Stelle.

Garrett beugte sich zu ihr hinüber und sagte etwas zu ihr. Bella schüttelte den Kopf, ihre Schultern bebten. Sie weinte oder versuchte, mit aller Macht dagegen anzukämpfen.

Heath legte den Arm um sie, und sie wurde ruhiger, machte aber keine Anstalten aufzustehen. Sie lehnte sich nur an ihn und legte den Kopf an seine Schulter.

Die Rednerin bemühte sich, einen eleganten Übergang zu finden. »Lassen Sie uns nun ...«

»Ich würde gern noch etwas sagen.«

KIRK LOCKWOOD: Ich konnte immer noch nicht glauben, dass Sheila nicht mehr da war.

Nahaufnahmen von den Blumen und ihrem Porträt bei der Beerdigung auf dem Hollywood Forever Cemetery, dann fährt die Kamera langsam zurück und gibt den Blick auf die Trauergemeinde frei, die um den Fairbanks Reflecting Pool verteilt sitzt.

FRANCESCA GASKELL: Beim Grand-Prix-Finale hat sie mich und Evan noch begleitet und war so streng und energisch wie immer. Und nur ein paar Wochen später ...

GARRETT LIN: Es ging alles sehr schnell, aber ich glaube, dass es so ganz im Sinne meiner Mutter war.

VERONIKA VOLKOVA: Ich soll etwas Nettes über Sheila sagen, nur weil sie tot ist? Ich bitte Sie. Was glauben Sie, würde sie über mich sagen, wenn ich diejenige wäre, die unter der Erde liegt, und sie säße hier an meiner Stelle?

ELLIS DEAN: Eine ganz wundervolle Trauerfeier. Und dann tauchte auf einmal Katarina Shaw auf.

Hinter der Kamera ist Katarinas Stimme zu hören: »Ich würde gern noch etwas sagen.«

Das Objektiv schwenkt herum, wo sie in einer der letzten Reihen steht, dann folgt es ihr, als sie zum Podium geht. Die überraschte Trauerrednerin tritt aus dem Bild und überlässt ihr das Wort.

Katarina nimmt ihre Sonnenbrille ab und hält sie fest umklammert.

»Als ich Sheila Lin zum ersten Mal gesehen habe«, beginnt sie, »war ich vier Jahre alt. Und meine Mutter war gerade gestorben.«

Schnitt zu einer anderen Kameraeinstellung, die sich auf Bella Lin fokussiert, die zwischen ihrem Bruder und Heath Rocha in der vordersten Reihe sitzt. Die verspiegelten Gläser ihrer Sonnenbrille reflektieren den blauen Himmel.

Katarina fährt fort: »Sie war lange krank gewesen – so lange, dass ich mich nicht an sie als gesunde Frau erinnern kann. Auch an ihr Begräbnis erinnere ich mich nicht. Aber wissen Sie, was ich nie vergessen werde?«

Sie hält inne und blickt über die schwarz gekleidete Menge. Niemand rührt sich.

»Nach der Trauerfeier konnte ich nicht einschlafen, also habe ich mich aus meinem Zimmer gestohlen, um fernzusehen – ich hatte den Apparat ganz leise gestellt, um meinen Vater und meinen Bruder nicht zu wecken. Und es lief gerade das Finale im Eistanz in Calgary.«

Katarina schaut auf das Foto von Sheila, das neben ihr aufgestellt ist.

»Ich sah Sheila dabei zu, wie sie ihre zweite Goldmedaille gewann, und sie war so stark, so selbstbewusst, so absolut perfekt. Ich konnte meine Augen nicht von ihr abwenden. Ihre Stärke verlieh mir Stärke, als ich sie am allermeisten nötig hatte. Am nächsten Morgen sagte ich meinem Vater, dass ich gern Schlittschuhlaufen lernen wollte.«

Erneuter Schnitt zu den Lins. Garrett weint. Bellas Gesichtsausdruck ist nicht zu deuten. Von Heath ist nur eine Hand zu sehen, die langsame Kreise auf Bellas Schulter malt.

»Als ich dann älter war, hatte ich das Glück, einige Jahre mit Sheila Lin zu trainieren. Ich dachte immer, dass ich genauso werden wollte wie sie. Aber die Wahrheit ist ...«

Katarinas Stimme bricht, und sie blinzelt, um die Tränen zurückzuhalten. Schnitt zu einer Nahaufnahme von Heath, der sie mit ausdrucksloser Miene gebannt ansieht.

»Ich glaube nicht, dass ich sie wirklich kannte«, sagte Katarina. »Vielleicht kannte niemand sie richtig. Was ich über Sheila weiß, ist Folgendes: Sie war Goldmedaillengewinnerin und eine hingebungsvolle Mutter und eine erfolgreiche Geschäftsfrau. Und sie war der skrupelloseste, berechnendste Mensch, den ich je getroffen habe.«

Kopfschütteln und empörtes Raunen bei den Trauergästen. Doch Katarina lässt sich nicht beirren.

»Sie hat mein Leben besser gemacht, aber sie hat auch mehrmals versucht, es zu zerstören. Sie war eine starke Frau – das musste sie sein, wenn sie in diesem verfluchten Sport überleben wollte –, aber das war nicht alles, was sie ausmachte. Sie konnte auch schwach sein. Sie konnte grausam sein. Sie konnte menschlich sein, auch wenn sie sich noch so viel Mühe gegeben hat, das zu verbergen.«

Ein weiterer Zoom auf Bella, der ihr Gesicht in Großaufnahme zeigt. Eine einzelne Träne rinnt ihr über die Wange. Sie wischt sie rasch mit den Fingerspitzen weg.

»Sheila Lin war nicht perfekt«, sagte Katarina. »Aber sie war ein echter Champion.«

KAPITEL 66

Entgegen aller Vermutungen war meine Rede bei Sheila Lins Beerdigung nicht geplant gewesen.
Erst als die Trauergäste sich nach mir umdrehten und mich anstarrten, wurde mir bewusst, dass ich aufgestanden war und um das Wort gebeten hatte. Ich hatte keine Vorstellung davon, was ich sagen wollte. Ich kann mich kaum an das erinnern, was ich dann schließlich sagte.

Ich weiß noch, wie ich in die Sonne blinzelte und die Sonnenbrille mit festem Griff umklammerte, damit meine Hände nicht so zitterten, und wie mir unter dem schwarzen Kleid der Schweiß die Wirbelsäule entlanglief.

Ich erinnere mich, wie Bella und Heath mich ansahen. Zu Anfang wirkte sie feindselig – angespannt, in der Erwartung der Szene, die ich sicher gleich machen würde –, doch als ich anfing zu sprechen, entspannte sie sich langsam. Als ich das Podium verließ, nickte sie mir anerkennend zu, mit einer so unmerklichen Bewegung des Kopfes, dass ich dachte, ich hätte es mir eingebildet.

Heath jedoch – er verharrte so vollkommen unbeweglich, dass man ihn für eine der Statuen auf dem Friedhof hätte halten können. Ich spürte, dass er mir mit seinem Blick folgte, doch ich konnte mich nicht überwinden, ihm in die Augen zu sehen. Ich hatte zu viel Angst davor, was ich dort sehen könnte – puren Hass, Selbstgefälligkeit und Genugtuung. Oder, und das wäre das Schlimmste von allem: völlige Gleichgültigkeit.

Ich verließ den Friedhof, ohne ein weiteres Wort mit jemandem zu wechseln, und buchte meinen Flug um, damit ich L.A.

so rasch wie möglich hinter mir lassen konnte. Kaum hob das Flugzeug von der Startbahn ab, fühlte sich mein Besuch in Kalifornien bereits wie ein eigenartiger Traum an. Das war es dann, dachte ich. Ich würde weder Heath noch die Lins jemals wiedersehen.

Ich kehrte zu meinem einsamen Leben am Rand von Chicago zurück. Wochen vergingen, ein Tag war wie der andere – bis ein Schneesturm eines Nachts über das Land fegte und alles in einen Mantel aus glitzerndem Weiß hüllte.

Als ich am nächsten Morgen aus der Haustür kam, stand Bella Lin vor mir im Schnee.

Bella war ganz in Weiß gekleidet und sah ihrer Mutter so ähnlich, dass ich für einen Augenblick glaubte, ein Gespenst zu sehen.

»Hi«, sagte sie. Der Kleinwagen hinter ihr war ebenfalls weiß und war in den Schneewehen und unter dem verhangenen, bleichen Himmel gut getarnt.

Ich ging die vereiste Treppe hinunter und blieb auf der untersten Stufe stehen. »Was machst du hier?«

»Ich war gerade in der Gegend.«

Sie war bei den U.S. National Championships gewesen, die in jenem Jahr in Omaha stattfanden – mindestens sechs Autostunden entfernt. Selbst jemand aus dem Mittleren Westen würde das kaum als *in der Gegend* bezeichnen.

»Was willst du wirklich, Bella?«

»Ich wollte dich sehen.«

»Du hast mich doch erst bei der Beerdigung gesehen.«

»Ja, und du bist weg, ohne Auf Wiedersehen zu sagen.« Sie verschränkte die Arme. »Ohne überhaupt etwas zu sagen, außer deiner großen Rede darüber, was für ein Miststück meine Mutter war.«

Ich verlagerte das Gewicht auf das andere Bein. »Tut mir leid, ich wollte nicht ...«

»Du musst dich nicht entschuldigen. Deine Rede war das Ehrlichste, was ich an dem Tag gehört habe.«

Sie musterte mich von oben bis unten und bemerkte die verschiedenen Schichten Trainingskleidung und die Tasche in meiner Hand.

»Gehst du aufs Eis?«

Ich nickte und drückte die Tasche enger an meine Fleecejacke.

»Was dagegen, wenn ich mitkomme? Meine Schlittschuhe sind im Auto.«

Ich bedachte ihre Wildlederstiefeletten, auf denen der Schneematsch bereits dunkle Flecken hinterlassen hatte, mit einem zweifelnden Blick. »Hast du auch noch andere Schuhe dabei? Es ist ein ganzes Stück zu laufen.«

»Mach dir mal keine Sorgen«, sagte Bella mit wohlbekanntem Grinsen. *Herausforderung angenommen.* »Geh du vor.«

Auf dem Weg durch den Wald hielt sie mit mir Schritt, nur gelegentlich deutete ein etwas schwereres Atmen darauf hin, dass sie ein paar Schwierigkeiten mit dem unebenen Gelände hatte. Ich wartete darauf, dass sie fragen würde, wohin wir gingen, doch sie sagte kein Wort – bis wir am Ziel angelangt waren.

»Heilige Scheiße«, rief Bella aus. »Du hast deine eigene *Eishalle*?«

Etwa ein Jahr nach Beginn meines selbst auferlegten Exils hatte ich den alten Stall, in dem Heath sich früher immer versteckt hatte, in eine private Schlittschuhbahn umbauen lassen. Die Eisfläche war klein, und ich verbrachte jeden Tag eine gute Stunde damit, mit einem Eisschieber die Oberfläche glatt genug zu ziehen, um darauf laufen zu können, aber sie gehörte nur mir.

Ich schob die Schiebetüren des ehemaligen Stalls auf und knipste die Lichterketten an, die unterhalb der Dachsparren quer über den Raum gespannt waren. Die ostwärts gerichtete Wand bestand nur aus Fenstern, durch die man auf den Wald und das Seeufer dahinter hinaussehen konnte. Die Glasscheiben ließen sich aufziehen, sodass ich bei besserem Wetter gewissermaßen im Freien skaten konnte. Ein Kühlsystem sorgte dafür, dass das Eis auch bei Sommerhitze gefroren blieb.

Bella fuhr herum und sah mich ungläubig staunend an.

»Ich wusste es«, sagte sie. »Ich wusste, du kannst ohne nicht leben.«

Ich hatte es wirklich versucht. In den ersten Wochen nach Vancouver hatte ich nichts anderes getan, als zu schlafen, zu essen und wütend zu sein. Dann merkte ich, dass ich ein Projekt brauchte, und beschloss, das Haus in Ordnung zu bringen.

Monatelang entfernte ich alte Farbe, bearbeitete Tapeten mit Dampf, um sie von den Wänden zu bekommen, und schliff Holzflächen ab. Ich türmte Müll am Seeufer auf und entzündete ein gewaltiges Lagerfeuer. Ich räumte das Zimmer meines Bruders aus und konnte endlich seinen Tod – und sein Leben – beweinen. Schluchzend und keuchend stand ich in Staub und abgestandenem Rauch, bis meine Lunge brannte.

Womit auch immer ich mich beschäftigte, mein Körper war dennoch ständig ruhelos vor unverbrauchter Energie. War es draußen warm, lief ich durch den Wald, bis ich Blasen an den Füßen hatte. Wenn das Wetter schlecht war und die Stille unerträglich wurde, spielte ich die Platten meiner Eltern – *Hounds of Love* und *Private Dancer* und *Rumours* – so laut, wie es ging –, aber das verstärkte nur noch mehr das Bedürfnis in mir, mich zu bewegen, zu tanzen.

Auf dem Eis zu tanzen.

Geld allein macht nicht glücklich, aber ein kleines Stück vom Glück konnte ich mir damit leisten. Ich machte einen Bauunternehmer ausfindig, der sich auf Eishockeybahnen spezialisiert hatte – und der, dem Himmel sei Dank, noch nie von der Eistänzerin Katarina Shaw gehört hatte. Kaum waren einige Monate vergangen und mein Konto um eine beträchtliche Summe leichter, hatte sich der Stall in eine Eishalle verwandelt.

Anfangs stolperte ich auf meinen Schlittschuhen nur ungeschickt umher, ich war so lange nicht gelaufen, dass mein Körper unfassbar unkoordiniert war. Ich fiel so oft auf den Hintern, dass er ein einziger großer blau-lila Bluterguss war. Aber es war niemand da, der zuguckte, niemand, der sich darüber auslassen konnte. Zum ersten Mal in meinem Leben lief ich nur für mich selbst.

»Wir brauchen Musik«, verkündete Bella, nachdem sie ihre Schlittschuhe geschnürt hatte.

»Es gibt keine Lautsprecher.«

»Du hast dir eine komplette Eisbahn gebaut und dabei nicht an eine Musikanlage gedacht?«

»Meistens bin ich ja allein.«

An manchen Tagen hatte ich meine Earpods im Ohr und ließ meine Playlist in voller Lautstärke laufen, aber die meiste Zeit über war das meditative Kratzen meiner Kufen meine einzige Begleitung.

Bella holte ihr iPhone hervor, startete einen Popsong mit einem kraftvollen Beat und lehnte das Gerät gegen die Bande, um das Beste aus den blechernen Lautsprechern herauszuholen.

Im Takt zur Musik lief sie sich mit ein paar Grundübungen und Fußarbeit ein und sang dazu mit – irgendetwas mit *traffic lights* und *busy streets*. Sie sah mein verblüfftes Gesicht und musste lachen.

»Oh, mein Gott, du hast dich wirklich zur Eremitin entwickelt, was? Das läuft seit Monaten überall rauf und runter. Eines meiner Junioren-Teams will damit nächstes Jahr antreten.«

Ich begann ebenfalls zu laufen, wir umkreisten einander und fuhren sich kreuzende Ellipsen.

»Weißt du, dass die jungen Eiskunstläuferinnen immer noch von dir sprechen?«, sagte Bella.

»Als abschreckendes Beispiel wahrscheinlich?« *Katarina Shaw, die böse Eiskönigin, die ihre Karriere an einem einzigen Tag zerstört hat.*

»Nein. Sie reden von dir so, wie du über meine Mutter gesprochen hast.«

»Sie halten mich also für ein Miststück?«

»Mm-hmm. Und sie wollen so werden wie du, wenn sie erwachsen sind.« Sie hob die Arme über den Kopf und vollführte eine anmutige Pirouette. »Das ist fantastisch. Ich will auch eine Eisbahn in meinem Garten.«

»Das war früher mal ein Stall. Er war schon ewig kurz davor einzustürzen, aber ...«

»Moment.« Bella blieb abrupt stehen, um ihre Kufen spritzten Eiskristalle auf. »Ist *das hier*, wo er wegen deines Bruders schlafen musste? Mitten im Winter?«

Heath hatte ihr also von Lees Grausamkeiten erzählt. Ich fragte mich, was er noch alles gesagt hatte.

Meine Wut darüber, Heath und Bella zusammen zu ertappen, war schon seit langer Zeit längst verraucht, doch die Vorstellung, dass er ihr sein Kindheitstrauma anvertraut hatte, das uns beide so sehr zusammengeschweißt hatte, brannte wie loderndes Feuer..

»Aha.« Ich hatte das Thema so lange hinausgeschoben, wie es ging. »Du und Heath.«

»Es ist nicht so, wie du denkst«, beeilte sich Bella zu sagen – eine Spur zu schnell.

»Wie ist es denn dann?«

»Na ja, zuerst war es einfach aus Rache.«

Ich war fast erleichtert, das zu hören.

Ich hatte beide an jenem Abend zur Weißglut gebracht, und sie hätten keinen besseren Weg finden können, mich zu verletzen, als miteinander ins Bett zu gehen.

»Nach Vancouver habe ich bei meiner Mutter als Assistentin angefangen, und Heath hat auch einen Job angenommen, er hat mit einigen jungen, vielversprechenden Teams an der Academy Choreografien einstudiert.«

»Wirklich?« Ich hatte angenommen, dass Heath nichts mehr mit der Welt des Eiskunstlaufs zu tun haben wollte.

»Er kann großartig mit den jüngeren Kids umgehen. Vor allem mit Jungs – die himmeln ihn regelrecht an. Na ja, jedenfalls ist Garrett dann weggezogen, und meine Mutter ...« Bella schüttelte den Kopf. »Keine Ahnung, weshalb ich mir eingebildet habe, dass mit ihr zusammenzuarbeiten unsere Beziehung verbessern könnte. Sie hat mich wie jeden anderen Nachwuchstrainer behandelt. Auf diese Weise haben Heath und ich dann eben viel Zeit miteinander verbracht.«

Ich musste daran denken, wie sie bei Sheilas Beerdigung den Kopf an Heaths Schulter gelehnt und bei ihm anstatt bei ihrem Zwillingsbruder Trost gesucht hatte. Ein Teil von mir – der Teil, der beide liebte, trotz allem – war froh, dass sie einander hatten, in welcher Rolle auch immer.

Der Rest von mir wollte nichts lieber, als Bella jedes einzelne Haar samt Wurzel auszureißen, um damit das Gebäude abzufackeln, natürlich mit ihr drin – gefesselt und geknebelt.

Sie hatte mir zumindest einen Teil von dem, was in mir vorging, angesehen, denn sie fügte rasch hinzu: »Wir sind nur Freunde.«

»Freunde mit Benefits.«

»*Freunde*«, betonte sie. »Bis ... auf die eine Nacht. Ich hatte ein Ticket für Adele übrig, die im Palladium auftrat, und Heath bot an mitzugehen.«

Ich war nicht sicher, was ich schockierender fand: Dass Heath freiwillig zu einem Adele-Konzert ging, oder dass Bella sich einen Abend freigenommen hatte, um ausnahmsweise einmal Spaß zu haben.

»Ich schwöre dir, wir haben uns nur aneinander abreagiert. Es hatte überhaupt nichts zu bedeuten.«

»Und das war alles?« Ich gab mir Mühe, meinen Gesichtsausdruck neutral zu halten und meine Stimme nicht zu hoffnungsvoll klingen zu lassen. »Dieses eine Mal und danach ...«

»Willst du vielleicht noch exakte Zahlen?« Bellas Augen blitzten. »Du bist abgehauen, dann ist Garrett abgehauen, und übrig waren Heath und ich. Wir hatten nur noch uns.«

Und ich hatte niemanden. Aber das war schließlich auch meine eigene Schuld, nicht wahr?

Während der letzten Songs auf dem Album – von dem ich später, nachdem ich offiziell wieder Teil der Gesellschaft geworden war, erfuhr, dass es sich um *Red* von Taylor Swift handelte – liefen wir stumm über das Eis und improvisierten zur Musik. Später fassten wir einander bei den Händen, nahmen Tanzhaltung ein und wechselten zwischen Führen und Folgen.

Am Ende von *We Are Never Ever Getting Back Together* klappte Bella vornüber und japste, während ich noch kaum ins Schwitzen gekommen war.

»Oh mein Gott«, stöhnte sie. »Und ich dachte, du sitzt nur auf dem Sofa und guckst Serien – dabei hast du die ganze Zeit heimlich für Sotschi trainiert.«

Ich lachte und umkreiste sie mit ein paar einbeinigen Drehungen, um ein bisschen anzugeben. »Genau. Ich und mein eingebildeter Partner. Kannst uns schon mal anmelden, Coach!«

»Wenn du einen richtigen Partner willst, hätte ich da eine Idee.«

Ich lachte wieder. Bella blieb ernst.

»Heath hasst mich«, sagte ich. Okay, er hatte mich angerufen, um mich über Sheilas Beerdigung zu informieren, aber das war nicht mehr als eine kurze Nachricht gewesen.

»Es gibt unzählige Paare im Eiskunstlauf, die einander hassen«, sagte Bella. »Heath ist aber mit ziemlicher Sicherheit außerstande, dich zu hassen. Du fehlst ihm.«

»Hat er das gesagt?«

»Vielleicht nicht in dieser Ausführlichkeit. Wie du sicher weißt, hat er's nicht so mit Worten. Aber ich weiß es einfach.«

Wenn Heath mich tatsächlich so sehr vermisste, hätte er mich schon kontaktiert, bevor Sheilas Tod ihm einen Anlass geliefert hatte. Andererseits hatte ich auch keinen Versuch unternommen, mit ihm in Verbindung zu treten, und die Trauerfeier hatte kaum geendet, als ich auch schon davongerannt war, als wäre mir eine Horde tollwütiger Kojoten auf den Fersen.

»Warum tut ihr euch nicht für Sotschi zusammen?«, fragte ich. »Wo ihr doch so gute *Freunde* seid.«

»Weil ich als Trainerin sogar noch besser bin – und ich war eine verdammt gute Eiskunstläuferin.« Sie verstummte. »Hat Garrett dir erzählt, dass er ...«

»Ja, hat er.« Es war mir immer und immer wieder durch den Kopf gegangen: Garrett hatte so viel Druck und solche Schuldgefühle und inneren Vorwürfe mit sich herumgeschleppt, dass er um ein Haar daran zerbrochen wäre. Er wäre beinahe *gestorben*, und ich wusste nichts davon.

»Es hätte mir auffallen müssen«, sagte Bella. »Der ständige Druck hat ihn förmlich aufgefressen. Ich hatte mir eingeredet, dass er wie wir daran wachsen würde.«

»Meinst du wirklich, wir sind daran gewachsen?«

»Wahrscheinlich nicht.« Sie schüttelte den Kopf. »Ist es nicht verrückt, dass ich meinen Zwillingsbruder erst im Streckverband sehen musste, bevor ich endlich mal nachgedacht habe, was ich mit meinem Leben anstellen will?«

Ich wollte es nicht zugeben, aber ich hatte kurz in die Übertragung der Nationals in Omaha hineingesehen. Während Gaskell und Kovalenko ihren Kürtanz vorgeführt hatten, für den sie die Goldmedaille gewinnen sollten, wurde immer wieder Bella eingeblendet, die hinter der Bande stand. Sheila hatte ihre Schützlinge auf dem Eis stets bewegungslos und stoisch beobachtet – Bella war das vollkommene Gegenteil. Sie ging mit und hüpfte und lächelte und ruderte mit den Armen. Ich musste wider Willen lächeln, als ich sie so lebendig und fröhlich sah.

»Ich bin sicher, dass du eine ganz großartige Trainerin bist. Aber dass Heath und ich es noch einmal zur Olympiade schaffen könnten, kannst du nicht ernstlich glauben. Wir stehen praktisch kurz vor der Rente.«

»Ihr seid *erfahren*. Seit ihr auseinandergegangen seid, hat die Nationalmannschaft ein Riesenproblem. Außer Francesca und Evan gibt es nur einen Haufen Nachwuchstänzer, die keine Chance auf einen internationalen Erfolg haben.«

Damals, 2010, war ich überzeugt gewesen, dass die Olympischen Spiele der Höhepunkt meines Lebens sein würden. Es war, als hätte ich den Berg schon so gut wie bezwungen, um dann kurz vor dem Gipfel abzurutschen. Und nun stand ich wieder am Fuß des Berges und sah erneut zu derselben hoch aufragenden Spitze empor. War ich wirklich so wahnsinnig, einen neuen Aufstieg zu wagen?

»Meine Mutter hat die Academy mir hinterlassen«, sagte Bella. »Aber der Name Lin ist auf Dauer keine Erfolgsgarantie. Die Nationals sind gerade vorbei, und die Läufer überlegen bereits, ob sie lieber mit erfahreneren Coaches arbeiten wollen. Hätten wir Shaw und Rocha in der Aufstellung – vor allem, wenn ihr es ins Olympiateam schaffen würdet –, tja, dann sähe die Sache anders aus.«

»Hast du mit Heath gesprochen?« Mir war klar, dass ich mit der Frage schon ein erstes Interesse bekundete. Und *natürlich* hatte ich Interesse. So wohltuend die Zeit auch gewesen war, in der ich mein privates Ihr-könnt-mich-alle-mal-Programm auf dem Eis durchgezogen hatte – ich vermisste den Wettbewerb. Und ich vermisste, mit einem Partner zu laufen.

Und ja, okay, ich vermisste Heath. Er fehlte mir, wie einem Soldaten sein Bein fehlt, das er in der Schlacht verloren hat. Ihn mit Bella zusammen zu sehen, hatte wehgetan, aber das war nichts gegen den Phantomschmerz seiner Abwesenheit.

»Ich habe ihn noch nicht gefragt. Ich wollte nicht, dass er sich zu große Hoffnungen macht, für den unwahrscheinlichen Fall, dass du mich abweist. Also, wie sieht's aus: Weist du mich ab?«

Aus den Lautsprechern ihres iPhones wehte eine sanfte Ballade herüber, das Album war fast zu Ende. Die Sonne ging allmählich hinter den Wellen unter, und über uns funkelten die Lichterketten wie goldene Sterne.

Ich hätte Bella bitten können zu gehen. Sie hätte ihren Mietwagen angelassen, wäre zu dem Boutique-Hotel gefahren, das sie für die Nacht gebucht hatte, hätte den Room Service kommen lassen und wäre am Morgen zurück nach Kalifornien geflogen. Wir hätten einfach unserer Wege gehen können, immer weiter und weiter, bis wir die Entfernung irgendwann nicht mehr überbrücken könnten.

Aber sie hatte recht. Ich würde das Eistanzen nie aufgeben können, so sehr ich es auch versuchte.

»Ich sterbe vor Hunger«, sagte ich. »Wie denkst du über ein paar Kohlenhydrate?«

Bella grinste. »Ich dachte schon, du fragst gar nicht mehr.«

ELLIS DEAN: Als ich hörte, dass Kat und Heath ein Comeback nicht ausschlossen, dachte ich, die sind verrückt. Und genau deshalb wusste ich, dass da etwas dran sein musste.

JANE CURRER: Ich war nicht mehr in das Tagesgeschäft des US-Eiskunstlaufverbandes involviert, weil ich inzwischen eine Position beim Internationalen Olympischen Komitee innehatte. Doch die Nachricht ihrer Wiedervereinigung war auf jeden Fall ein Schock für die gesamte Sportgemeinschaft.

ELLIS DEAN: Und dann mit Bella als Coach! Da blickte doch keiner mehr durch.

GARRETT LIN: Ich habe meine Meinung für mich behalten. Schließlich war das alles nicht mehr meine Welt. Wenn meine Schwester die beiden trainieren wollte, war das ihre Entscheidung. Wenn sie und Rocha weiterhin ... Wie gesagt, es ging mich nichts an.

PRODUZENT (aus dem Off): Sie und Evan sind in der Saison dann in ein anderes Trainingszentrum gewechselt, stimmt das?

FRANCESCA GASKELL: Das ist korrekt. Und bevor Sie fragen, nein, es hatte nichts mit Kat und Heath zu tun. Wir brauchten einfach eine Veränderung.

PRODUZENT (aus dem Off): Ja sicher, aber Sie müssen zugeben, das Timing war ...

FRANCESCA GASKELL: Wir hatten unsere Trainerin verloren. Wir waren in Trauer, okay?

ELLIS DEAN: *Selbstverständlich* haben Gaskell und Kovalenko der Lin-Academy den Rücken gekehrt. Sotschi sollten endlich *ihre* Spiele werden, nachdem sie zweimal nacheinander nur als Ersatz aufgestellt worden waren.

FRANCESCA GASKELL: Und ob Sie es nun glauben oder nicht, wir konnten es kaum erwarten, wieder gegen Kat und Heath anzutreten. Trotz ihres Alters und ihrer mangelnden Praxis – bitte nicht übel nehmen – fanden wir, dass es uns zu Höchstleistungen anspornen würde, sie mit im Team zu haben.

ELLIS DEAN: An der Academy zu bleiben, hätte bedeutet, im Schatten von Kat und Heath zu laufen. Und Frannie wollte endlich ins Scheinwerferlicht.

KAPITEL 67

Vor meinem offiziellen Wiedersehen mit Heath Rocha hatte ich tausend verschiedene Bilder im Kopf, wie es sein würde. Er würde mir im Flughafen-Terminal wie ein drittklassiger RomCom-Held entgegenlaufen. Er würde mir ein freundliches Lächeln schenken, und wir würden uns mit einem festen Händedruck begrüßen, wie rivalisierende CEOs, die eine Unternehmensfusion aushandeln wollen. Er würde mich entsetzt anstarren und sich dann weigern, mit mir zu laufen, weil das alles nur Bellas raffinierter Plan gewesen war und er mich hasste.

Die Wirklichkeit erwies sich als deutlich weniger dramatisch. An einem Dienstagnachmittag Anfang Februar lieferte mich ein Taxi vor der Lin Ice Academy ab. Heath und Bella waren gerade dabei, eine Trainingseinheit mit einem der Junior-Teams zu beenden, die wie Kinder aussahen, aber vermutlich um die vierzehn oder fünfzehn waren.

Das Mädchen entdeckte mich zuerst. Sie riss die Augen auf wie ein Cartoon-Kätzchen und gab ein eigenartig ersticktes Geräusch der Überraschung von sich. Heath wandte sich um.

»Hallo, Katarina«, sagte er.

Es schien ihm weder besonders angenehm noch unangenehm zu sein, mich zu sehen. Seine Miene war wie der See in einer windstillen Nacht: spiegelglatte Oberfläche, darunter Dunkelheit.

»Auf die Sekunde pünktlich«, sagte Bella. »Lasst uns anfangen.«

Die zwei Kids verließen das Eis, aber das Mädchen starrte mich immer noch an. Ich lächelte ihr zu, und sie stolperte fast über ihre Schlittschuhe.

Ich hatte mich so an meine kompakte private Eisbahn gewöhnt, dass mir die Fläche mit regelkonformem Standardmaß auf einmal riesig vorkam. Bella blieb am Rand stehen, während Heath und ich erste Runden drehten und mit jeder Umrundung an Fahrt aufnahmen. Im vierten Durchgang nahm er meine Hand.

Seine Handflächen waren rutschig vom Schweiß. Er war also auch nervös.

Sobald unsere Finger sich verschränkt hatten, fanden erst unsere Kufen in einen gleichmäßigen Rhythmus, dann unser Atem. Heath zog mich in eine Tanzhaltung, und wir führten unsere gewohnte Einlauf-Sequenz ohne einen falschen Tritt durch, als wäre das unsere tägliche Routine.

Bella startete ein zurückhaltend bluesiges Instrumentalstück, und wir fingen an zu improvisieren, wobei sich neue Elemente nahtlos in alte Choreografien einfügten. Ich hatte mir ausgemalt, wieder mit ihm zu tanzen wäre vielleicht unangenehm, verkrampft, schwierig. Stattdessen war es kinderleicht. So leicht, dass mir das Angst machte.

Als Bella begann, von der Seite aus einige Anweisungen zu geben, fühlte sich auch das völlig natürlich an. Heath reagierte auf ihr Feedback schon, ehe sie den Satz zu Ende gebracht hatte, und durch seine Erfahrung als Choreograf konnte er noch besser führen als vorher. Ein leichter Druck seiner Hand genügte, und ich wusste genau, wie ich mich bewegen sollte.

Irgendwann stoppte die Musik, und wir mit ihr. Mitte der Eisfläche, Oberkörper gegeneinander gepresst, nah genug für einen Kuss. Wir sahen einander tief in die Augen, und jenseits seiner tiefbraunen Iris hörte die Welt auf zu existieren.

»Ich denke, das reicht für heute«, rief Bella.

Ich hätte geschätzt, dass Heath und ich allerhöchstens zehn Minuten auf dem Eis verbracht hatten, aber es war über eine Stunde gewesen. Uns klebte die Kleidung am Leib, sowohl von unserem eigenen als auch vom Schweiß des jeweils anderen. Während wir die Schuhbänder unserer Schlittschuhe lösten und große Schlucke aus unseren Trinkflaschen nahmen, vermieden wir angestrengt jeden Blickkontakt, als wären wir nach einem peinlichen One-Night-Stand nebeneinander aufgewacht. *Das* war der Augenblick, in dem es unangenehm wurde.

Bella hatte noch zu tun, also verließen Heath und ich die Academy gemeinsam. Keiner sagte ein Wort. Er hielt mir die Tür auf, und wir traten in das goldene Abendlicht hinaus.

»Dann sehen wir uns m...«, begann ich, als er in derselben Sekunde sagte: »Katarina, ich ...«

Jemand unterbrach uns. »Ms. Shaw?«

Das junge Mädchen, das mit ihm und Bella vorhin trainiert hatte, wartete an der Straße.

»Ja?«

»Ob Sie – ich meine, nur wenn es keine Umstände macht ... würden Sie mir hier ein Autogramm geben?«

Sie drückte mir etwas in die Hand. Ein Programm von der Stars-on-Ice-Tournee 2009, mit Heath und mir auf dem Titelblatt.

»Gern«, sagte ich. »Hast du was zu schreiben dabei?«

»Oh! Nein, leider nicht, tut mir leid, ich ...«

»Hier.« Heath zog einen Stift aus seiner Tasche und reichte ihn mir.

»Wie heißt du?«, fragte ich das Mädchen.

»Madison. Madison Castro. Meine große Schwester hatte mir Karten für die Tournee zum Geburtstag geschenkt. Für Dallas, wo ich herkomme. Na ja, so zwanzig Meilen außerhalb.«

Nachdem Madison ihre Scheu verloren hatte, mit mir zu sprechen, konnte sie gar nicht mehr aufhören. Heath grinste belustigt, aber sie war zu sehr mit Schwärmen beschäftigt, um es zu bemerken.

»Als ich Sie auf dem Eis gesehen habe, wusste ich, dass ich auch Eistänzerin werden will. Und eines Tages werde ich an den Olympischen Spielen teilnehmen und ...« Sie stockte. »Ich meine, ich hoffe es jedenfalls.«

»Das wirst du ganz sicher. Und du wirst dich hoffentlich besser schlagen als ich.« Ich gab ihr das Programmheft mit dem Autogramm zurück. »Viel Glück für diese Saison, Madison.«

»Danke schön!« Sie sprang davon, das Programm fest an ihre Brust gedrückt.

»Sieh an, sieh an«, sagte Heath. »Du bist ja dann doch noch zu einem Vorbild geworden, Katarina Shaw.«

Ich verdrehte die Augen, aber ich musste lächeln. Madison und ihr Enthusiasmus hatten es geschafft, das unbehagliche Schweigen zwischen uns zu durchbrechen.

»Wo bist du untergekommen?«, erkundigte sich Heath. »Irgendwo in der Nähe?«

»Ich habe ein Airbnb unten am Meer.«

»Marina del Rey?«

Ich schüttelte den Kopf. »Playa.«

»Gott sei Dank.«

»Sieh mal an, Heath Rocha hat sich vom erklärten Los-Angeles-Feind zum intimen Kenner aller Stadtviertel gemausert.«

»Na, hör mal, ich bin nur um Sicherheit und Wohlergehen meiner Partnerin besorgt«, verteidigte er sich. »Wir wollen doch nicht, dass du von einem Zwillingskinderwagen überrollt wirst. MDR ist ein gefährliches Pflaster.«

»Fehlt nur noch, dass du inzwischen Hot Yoga und Saftkuren für dich entdeckt hast.«

»Hot Yoga ist *so* gestern. Der heiße Scheiß gerade ist Soul-Cycle«, sagte Heath lächelnd. Eine widerspenstige Haarlocke, die ihm über die Stirn fiel, glänzte im letzten Sonnenlicht. »Also wie ist es, soll ich dich nach Hause bringen?«

»Sag nicht, du fährst inzwischen einen dieser verabscheuungswürdigen Sportwagen.«

»Schlimmer.«

Er deutete auf ein kleines Motorrad, das seitlich zum Gehweg geparkt war. Vom Lenker hing ein schwarzer Helm mit goldenen Rennstreifen.

»Echt jetzt? Du bist zum Biker mutiert?«

»Soll ich dich mitnehmen oder nicht?«

Ich zögerte. Aber wieso eigentlich nicht? Wir waren Kollegen. Unter Kollegen frotzelte man ein bisschen. Unter Kollegen bot man einander Mitfahrgelegenheiten an.

Heath gab mir den Helm und stieg auf das Motorrad. Ich schwang mich auf den Sitz hinter ihm und legte die Arme um seine Taille. Während des Trainings waren wir uns körperlich sehr viel näher gekommen, aber das war Job gewesen. Das hier war ... Ich wusste nicht, was es war.

Er fuhr die Panoramastrecke, Vista del Mar. Es war ein ruhiger, wolkenloser Tag gewesen, und die untergehende Sonne legte sich über den Ozean wie flüssiges Metall. Auf einmal hatte ich es gar nicht mehr eilig, in meine kleine, spärlich möblierte Wohnung zu kommen.

Ich zupfte Heath am Ärmel und zeigte, wo ich hinwollte. Er nickte und bog Richtung Strand ab.

Für kalifornische Verhältnisse war es kühl. Außer einer Frau, die etwas weiter weg für ihren pummeligen Pitbull ein Frisbee in die Luft warf, hatten wir den Strand für uns allein.

»Wo wohnst du inzwischen?«, fragte ich, als wir mit den Schuhen in der Hand zum Wasser hinuntergingen. »Hoffentlich nicht mehr in so einem schäbigen Studio wie damals auf der Higuera Street. Kannst du dich noch an diese üble Absteige erinnern?«

»Wie könnte ich die je vergessen?« Heath blickte zu Boden. »Nein, ich bin jetzt drüben in Palisades.«

»Hast du da eine Wohnung? Oder ...«

Heaths Kiefer mahlten. Natürlich, was hatte ich denn gedacht?

»Jeder hat seinen eigenen Bereich«, wiegelte er ab. »Aber Bella war ganz allein in dem riesigen Haus, und wir sind ...«

»Nur Freunde. Ja, hat sie mir erzählt.«

An der Academy hatte ich heimlich darauf gelauert, ob ich irgendeine Spur von Anziehung zwischen ihnen entdecken würde. Was ich stattdessen mitbekam, war vielleicht schmerzhafter: Heath und Bella gingen so entspannt und in einer so innigen Vertrautheit miteinander um, dass unübersehbar war, wie eng ihre Freundschaft mittlerweile geworden war.

Heath hob den Kopf. Das goldene Licht spiegelte sich in seinen Augen.

»Was hat Bella dir gesagt?«

Ich blickte ihm direkt ins Gesicht. »Dass du jetzt als Choreograf arbeitest. Und dass ich dir fehle.«

»Natürlich fehlst du mir, Katarina.« Er kam einen Schritt auf mich zu und geriet im Sand ins Stolpern. Ich musste zurückweichen, sonst wären wir zusammengeprallt. »Und die Sache in Vancouver tut mir wirklich leid. Könnte ich die Zeit zurückdrehen, würde ich ...«

Klick.

Wir erstarrten, als über das Wellenrauschen und die Schreie der Möwen hinweg das altvertraute Geräusch eines Kameraverschlusses zu hören war.

»Hinter dir«, sagte Heath. »Auf dem Fahrradweg.«

»Wie in alten Zeiten.«

»Was meinst du?« Er lächelte und beugte sich zu mir. »Sollen wir ihnen eine kleine Show bieten?«

KAPITEL 68

Wenn Heath und ich eins perfekt beherrschten, dann eine gute Show abzuliefern.

Wir taten so, als ahnten wir nichts von der Anwesenheit des Paparazzo, wie früher, als sie uns noch auf Schritt und Tritt gefolgt waren. Wir hielten Händchen. Wir lächelten und lachten. Ich stieß Heath zum Spaß von mir weg, nur um mich wieder an ihn ziehen zu lassen und ihm mit den Händen durchs Haar zu fahren.

Als die Sonne hinter dem Horizont versank, sahen wir einander tief in die Augen, und Heath neigte leicht das Kinn und kam langsam immer näher, bis er mir so nah war, dass ich sicher war, er würde mich küssen.

Im allerletzten Moment wich er auf meine Wange aus, und ich spürte seinen kratzigen Bart an meinem Kiefer. Ich war erleichtert. Ich war enttäuscht. Ich war verwirrter als je zuvor.

»Ich glaube, der Typ ist weg«, flüsterte er mir ins Ohr. Ich war mir schmerzhaft jeder Stelle bewusst, an denen unsere Körper sich berührten – von der Hand, die er an meinen Hinterkopf gelegt hatte, bis zu meinen nackten Zehen, die im Sand seine streiften. »Möchtest du ...«

»Ich finde, wir sollten die Dinge professionell handhaben«, stieß ich hervor.

Heath fuhr zurück. »Okay.«

»Mir tut es auch leid.« Ich schluckte. »Das in Vancouver, meine ich. Aber du weißt selbst, dass die Probleme, die wir hatten, nicht erst in Vancouver angefangen haben, unsere persönlichen Gefühle sind uns doch immer wieder in die Quere gekommen, und wenn wir jetzt einen neuen Versuch unternehmen wollen ...«

»Willst du das wirklich?«, fragte er. »Willst du es noch mal versuchen?«

»Und du? Bella sagt ...«

»Ich will jetzt nicht über Bella reden. Hier geht es um dich und mich, Katarina.«

»Ich gebe ja zu, dass die Wahrscheinlichkeit nicht besonders hoch ist«, erwiderte ich. »Dass wir es nach Sotschi schaffen, geschweige denn gewinnen.«

»Du weißt, dass mir Medaillen nie so wichtig waren wie dir und Bella.«

»Und trotzdem hast du mit dem Eistanz nicht aufgehört. Ich muss sagen, dass mich das ziemlich überrascht hat.«

»Echt?« Heath vergrub die Hände in den Hosentaschen. »Mich auch. Hat Bella erwähnt, dass ich eine Weile in einem Plattenladen in West Hollywood gejobbt habe?«

Hatte sie nicht. »Lass mich raten: Der tägliche Umgang mit irgendwelchen Hipstern hat dich in die eisigen Arme des Eistanzes zurückgetrieben?«

»Das mag mit hineingespielt haben. Aber vor allem habe ich dieses *Gefühl* vermisst – Teil der Musik zu werden, anstatt sie immer nur zu hören. Es gibt nichts Vergleichbares, findest du nicht?«

Ich dachte an unsere Trainingsstunde am Nachmittag, wie es war, in seinen Armen fast schwerelos über das Eis zu wirbeln. »Nein. Es gibt nichts Besseres. Und wenn wir uns dagegen entscheiden, wenn wir es nicht wenigstens versuchen ...«

Heath lächelte, aber es lag auch eine Spur von Traurigkeit in seinen Augen. »Dann werden wir es nie wissen.«

Die Dämmerung hatte eingesetzt und warf Schatten auf unsere Gesichter. Heath hatte sich so sehr verändert, seit er ein Junge gewesen war – und das lag nicht nur an seinem Bart, sondern auch an den Fältchen um die Augen herum und an der Stirn. Im Juli würde er dreißig werden, ich im Oktober. Im normalen Leben galt das als jung, aber in unserem Sport erreichten wir allmählich ein biblisches Alter. So geschmeidig unsere Übungs-Session heute gelaufen war, spürte ich doch Knie und Rücken und wusste, dass ich am nächsten Morgen wie eine alte Frau herumhumpeln würde.

»Dann sehen wir uns morgen?«, sagte ich.

Er nickte. »Bis morgen, Katarina.«

Auch wenn wir uns geeinigt hatten, alles professionell zu handhaben und Ablenkung durch persönliche Gefühle zu vermeiden, kostete es mich nach unserem Abstecher an den Strand immense Überwindung, ihn nicht reinzubitten, als er mich an meinem Airbnb absetzte.

Mein vorübergehendes Zuhause war ein kleines Häuschen, das praktisch nur aus Spitzdach bestand, auf einer der Straßen, die sich über den Hügel östlich vom Strand schlängelten. Es verfügte über eine Alarmanlage und war von einer hohen Hecke umgeben – was nach meinem Gefühl ausreichte, nachdem ich nicht mehr im Fokus der Öffentlichkeit stand, auch wenn es nicht das beste Omen war, gleich am ersten Tag von einem Paparazzo erwischt zu werden.

Die Glühbirne neben der Haustür war kaputt, also kramte ich im Dunkeln die Schlüssel heraus. Auf der Vortreppe stieß mein Fuß gegen einen Widerstand.

Blumen. Ein Dutzend gelbe Rosen in einer Keramikvase.

Ich nahm sie mit hinein und stellte sie auf die Konsole im Flur, ein billiges Imitat aus den Fünfzigern. Mir fiel niemand ein, der mir Blumen schicken könnte – außer Heath und Bella kannte niemand die Adresse, und warum sollte jemand sie versenden lassen, wenn man sie mir auch einfach in der Eishalle geben könnte?

Da entdeckte ich zwischen den Stielen eine Karte. Beim Herausziehen stach ich mir in den Finger, und es begann zu bluten. Ich steckte den Finger in den Mund und las die Nachricht.

Zwei Worte. Keine Unterschrift.
Willkommen zurück.

ELLIS DEAN: Sie hatten wieder was miteinander, ganz klarer Fall. Haben Sie die Bilder vom Strand gesehen?

Eine Montage von Paparazzi-Fotos, die Katarina Shaw und Heath Rocha am Strand von Playa del Rey in Los Angeles zeigen. Sie wirken wie ein verliebtes Paar, das kaum die Finger voneinander lassen kann.

ELLIS DEAN: Der weitaus beste Coup, den ich seit der Sache mit dem Stühlewerfen im Olympischen Dorf gelandet hatte.

GARRETT LIN: Ich finde es schön, dass sie nach allem, was passiert ist, noch freundlich miteinander umgehen können.

INEZ ACTON: Wen interessiert das schon, ob sie nun miteinander in die Kiste gehen oder nicht? Sie wollten sich noch einmal an eine große sportliche Leistung heranwagen, noch einmal für die Olympischen Spiele trainieren, nachdem sie jahrelang pausiert hatten. Das ist doch tausendmal interessanter als ihr Sexleben. Jedenfalls in meinen Augen.

FRANCESCA GASKELL: Ich habe das gar nicht mitbekommen. Ich hatte ehrlich gesagt keine Zeit für so etwas. Bis zu den Spielen blieb nur noch ein Jahr, und ich hatte jede Menge Arbeit vor mir.

ELLIS DEAN: Am Strand rumknutschen ist ja gut und schön. Aber wenn sie das mit ihrem Comeback ernst meinten, mussten sie auf dem Eis was zeigen.

KIRK LOCKWOOD: Sie starteten mit einem eher untergeordneten Wettkampf in die Saison, gewissermaßen als Probelauf.

Bei den U.S. International Classic in Salt Lake City führen Katarina und Heath ihren Kürtanz zu einem furiosen Klavierstück von Philip Glass vor, mit dem oft Filmtrailer unterlegt werden.

KIRK LOCKWOOD: Sie haben nur knapp gewonnen, obwohl die Konkurrenz eher schwach war. Das alte Team Shaw und Rocha hätte die anderen plattgemacht.

ELLIS DEAN: Die Feuerprobe war Skate America, wo sie sich zum ersten Mal Gaskell und Kovalenko stellen mussten.

Beim Einlaufen für die Kür bei Skate America 2013 in Detroit taxieren Katarina Shaw und Francesca Gaskell einander von entgegengesetzten Seiten der Eisfläche aus.

ELLIS DEAN: Kat und Heath gingen mit Punktevorsprung in den Kürtanz, doch dann zogen Francesca und Evan an ihnen vorbei und holten Gold.

JANE CURRER: Die Kür von Shaw und Rocha machte einen etwas unfertigen Eindruck. Das hat sich in der Bewertung niedergeschlagen.

FRANCESCA GASKELL: Vielleicht hätten sie wie alle anderen auch auf die Ratschläge der Fachleute aus der Vorsaison hören sollen, anstatt zu meinen, dass sie alles besser wüssten. Jedenfalls war das die allgemeine Meinung. Wie ich schon sagte, ich hatte Wichtigeres im Kopf.

Katarina und Heath lächeln und winken vom Siegertreppchen und verbergen ihre Enttäuschung, es nur auf den zweiten Platz geschafft zu haben.

JANE CURRER: Dennoch war ich angenehm überrascht über das Niveau ihrer Leistung – und ihres Benehmens, sowohl auf dem Eis als auch davor und danach. Ich hatte gehofft, dass sie reifer geworden waren und die wilde Zeit mit ihren romantischen Scharmützeln hinter sich gelassen hatten. Dann gingen sie nach Russland.

KAPITEL 69

Heath und ich hatten Russland seit 2005 nicht mehr betreten – als ich meinen ersten Weltmeistertitel errungen und ihn wie ein Gespenst auf der Tribüne entdeckt hatte. Wir waren beide überrascht gewesen, vom russischen Eislaufverband eine Einladung zu seinem jährlichen Grand Prix, dem Rostelecom Cup, zu erhalten – obwohl wir genau wussten, dass keine freundliche Absicht dahintersteckte. Volkova und Kiprijanov waren die Hauptakteure des Wettkampfs und wollten sich zweifellos ein wenig für Sotschi warmlaufen, indem sie uns in ihrem eigenen Land demütigten.

Moskau war noch kälter und düsterer, als ich es in Erinnerung hatte. Ich fand es schwer vorstellbar, dass Heath hier gelebt hatte, auch wenn er mühelos zwischen Russisch und Englisch hin und her wechselte, während er mit Hotelangestellten oder Taxifahrern sprach und mir »seine« Stadt zeigte. Er deutete auf einen schmucklosen Wohnblock, in dem er gehaust hatte, und auf eine alte Kirche, die in der Sowjetzeit in eine Eishalle umgewandelt worden war und in der er trainiert hatte. Sein munterer Tonfall ließ kaum die Torturen durchscheinen, die er dort ausgestanden haben musste. Immerhin gab er mehr von jener Zeit preis als je zuvor, zumindest mir gegenüber. Es kostete mich meine ganze Willenskraft, ihn nicht bei jedem Detail, das er wie nebenher fallen ließ, mit Fragen zu überschütten.

Der Rostelecom Cup wurde in einer kleineren Halle innerhalb derselben Anlage ausgetragen, in der acht Jahre zuvor die Weltmeisterschaften abgehalten worden waren. In Kontrast zum frostigen Wetter war die Heizung in der Arena so hoch aufgedreht worden, dass von der Eisfläche weißer Dampf aufstieg, und ehe ich noch die Schlittschuhe geschnürt hatte, spürte ich schon, wie mir der Schweiß den Rücken hinablief. In dem Gebäude herrschte eine klaustrophobische Atmosphäre – glatte Betonwände und starrende Blicke, wohin man auch sah. Als die Teams vorgestellt wurden, tobte das Moskauer Publikum völlig entfesselt auf den Rängen und jubelte den jungen Russen vor uns lautstark zu, nur um abrupt in bleiernes Schweigen zu verfallen, als unsere Namen genannt wurden.

»Lasst euch davon nicht beeindrucken«, hatte Bella Heath und mir nach dem Einlaufen gesagt. »Nehmt es als gutes Zeichen. Ihr seid jahrelang nicht im Spiel gewesen, und sie empfinden euch immer noch als Bedrohung.«

Nach Vancouver hatten Jelena und Dmitri sich im In- und Ausland mehreren ernsthaften Konkurrenten gestellt. Sie waren zu einem brandneuen, eigens errichteten Trainingszentrum gewechselt, das Gerüchten zufolge durch mafiöse Geschäfte der Familie Kiprijanov subventioniert worden war. Nachdem sie während unserer Abwesenheit vom Eistanz viermal in Folge Weltmeister geworden waren und unzählige Medaillen angehäuft hatten, ging man allgemein davon aus, dass sie auch die nächste Olympische Goldmedaille erringen würden.

Doch wenn man so lange auf der Siegerstraße unterwegs war, ist das Risiko groß, dass man sich auf seinen Lorbeeren ausruht und sich nicht genügend fordert. Heath und ich hingegen hatten uns in den vergangenen Monaten regelrecht geschunden. Mit Bella zu arbeiten, war weniger ein Trainieren unter einem Coach als ein Kooperieren unter Gleichberechtigten – obwohl ich mich mitunter als das unwichtigste Mitglied im Team fühlte. Bella hatte das Sagen, Heath wählte die Musik aus und sorgte für die gesamte Choreografie. Alles, was mir noch zu tun blieb, war Tanzen.

Ob Sieg oder Niederlage, wir zogen alle an einem Strang. Selbst wenn es uns nicht gelänge, unsere Rivalen dieses Mal zu schlagen, konnten wir ihnen doch wenigstens gehörig Kopfschmerzen bereiten.

Die International Skating Union hatte endlich den Pflichttanz mit seinen ewigen Wiederholungen abgeschafft und außerdem den Originaltanz in Kurztanz umbenannt. Für die olympische Saison war Finnstep vorgeschrieben – ein schneller, komplizierter Tanzstil, der präzise Fußarbeit und rasche Richtungswechsel forderte, die auch die erfahrensten Tänzer aus dem Tritt bringen konnten. Ein falscher Schritt, und es war nahezu unmöglich, die verlorene Zeit wieder hereinzuholen. Zu schnell werden durfte man aber auch nicht, sonst war die komplette Choreografie im Eimer.

Genau das passierte dem jungen russischen Paar, das zuerst lief: Sie hetzten wie verrückt durch ihr Programm, als wollten sie es so schnell wie möglich hinter sich bringen, und prompt gingen alle Nuancen verloren. Am Schluss rangen beide nach Luft, und das Gesicht des jungen Mannes war so knallrot, dass die Aknenarben auf seinen Wangen gar nicht mehr auffielen. Er klappte vornüber und stützte sich mit einer Hand auf dem Eis ab, um wieder zu Atem zu kommen, während seine Partnerin – ein junges Mädchen, deren dick aufgetragener blauer Eyeliner sie noch jünger wirken ließ – schon mal ohne ihn das Eis verließ.

Während Heath und ich auf unseren Auftritt warteten, strich ich immer wieder meinen Rock glatt, bis meine Hand von den kratzigen Pailletten fast wund war. Als ich den ersten Entwurf des Kostüms gesehen hatte, war ich völlig hingerissen von dem silber-weißen Ombré-Effekt. Bei dem fertigen Kleid musste ich jedoch an schmutzigen Schnee in der Großstadt denken, und der Stoff fühlte sich einfach zu schwer für den leichtfüßigen Charakter des Finnstep an.

Wir waren als Zweite an der Reihe – angeblich, weil wir in der Weltrangliste der vergangenen Saison nicht auftauchten, doch alle wussten, dass es schlicht als Schlag ins Gesicht gemeint war. Kurz bevor unsere Musik einsetzte – eine Coverversion von *Crazy in Love* mit viel Schwung und Pep –, hörte ich Heath scharf die Luft einziehen. Wir waren schon mitten in der Anfangspromenade, als ich begriff, was ihn so erschreckt hatte.

Obwohl Jelena und Dmitri erst ganz am Ende des Wettkampfs an der Reihe waren, stand Veronika Volkova hinter der Bande und beobachtete uns. Sie hatte sich unmittelbar neben Bella postiert, sodass wir mit jedem Hilfe oder Bestätigung suchenden Blick auf unsere Trainerin zwangsläufig auch *sie* wahrnehmen würden.

»Sieh nur mich an«, sagte ich leise.

Er nickte und fasste sich wieder, und dann vollführten wir eine schwindelerregende Abfolge von Drehungen mit einer solchen Perfektion, dass wir dem ungnädigen Publikum sogar verhaltenen Beifall abtrotzten.

Im nächsten Teil des Tanzes war allen Paaren vorgeschrieben, auf dem exakt selben Punkt stehen zu bleiben und auf dieser einen Stelle eine übertrieben intensive Fußarbeit zu präsentieren, bei der man die Beine vor- und zurückschwang, als würde man Glocken läuten, gefolgt von raschen, hopsenden Schritten auf den Schlittschuhzacken. Wobei wir natürlich nicht vergessen durften, strahlend zu lächeln, während der Schweiß uns sturzbachartig in die Augen lief.

Wir tanzten eng aneinander, sodass ich augenblicklich bemerkte, dass Heath zu fallen begann. Sein rechtes Bein schien wegzurutschen, als ob seine Kufe an etwas hängen geblieben wäre. Dann glitt ihm sein Fuß endgültig weg.

Ich versuchte instinktiv, ihn bei der Schulter zu packen und wieder ins Gleichgewicht zu bringen, doch er konnte sich nicht mehr halten. Schlimmer noch, er drehte sich von mir weg, damit er mich nicht mit seiner Kufe traf, und landete im schrägen Winkel und mit verdrehtem Rücken auf dem Eis.

Unsere quirlige Musik dröhnte weiter, als ich mich im aufsteigenden Dampf neben ihn kniete. Er hatte nicht aufgeschrien, sondern nur ein leises Stöhnen von sich gegeben, das nur ich hatte hören können. Aber ich wusste, wie viel Schmerz Heath aushalten konnte, ohne sich etwas anmerken zu lassen. Er hatte sich ernsthaft wehgetan.

»Meine Kufe«, sagte er mit zusammengepressten Zähnen. »Sie hat irgendetwas erwischt.«

Fieberhaft suchte ich den Bereich ab, wo wir auf der Stelle getanzt hatten. Wäre der Wettkampf schon weiter fortgeschritten gewesen, hätte ich eine Rille vermutet, aber wir waren erst als zweites Paar gelaufen.

Zuerst konnte ich vor lauter Dampfschwaden nichts erkennen. Aber dann sah ich genauer hin. Kleine Pünktchen, kaum von der Eisfläche zu unterscheiden, glitzerten im Licht der Arenabeleuchtung. Ich berührte eines davon mit dem Finger, und es blieb an meiner Haut kleben.

Eine Paillette.

ELLIS DEAN: Oh ja … GlitterGate.

Während des Kurztanzes beim in Russland ausgetragenen Teil des Grand Prix in Moskau 2013, erleidet Heath Rocha beim Ausführen einer komplizierten, auf einer Stelle auszuführenden Fußtechnik einen schweren Sturz.

ELLIS DEAN: Den Begriff habe ich selbst erfunden. Auf Twitter lief der Hashtag tagelang heiß.

VERONIKA VOLKOVA: *GlitterGate.* Was soll das überhaupt bedeuten?

ELLIS DEAN: Diese ganze GlitterGate-Geschichte war der lukrativste Post der gesamten Saison. Bis … nun ja, Sie wissen schon.

Sanitäter hasten zur Eisbahn, um Heath zu untersuchen. Bella Lin winkt Katarina zu sich, und Katarina streckt die Hand hoch, um ihr etwas zu zeigen.

VERONIKA VOLKOVA: Shaw und Rocha hatten nicht den Hauch einer Chance gegen mein Team. Also haben sie sich etwas einfallen lassen.

Während die Sanitäter sich um Heath kümmern, sprechen Bella und Katarina mit den Preisrichtern. Veronika Volkova steht in ihrem Pelzmantel mit verschränkten Armen abseits und wirkt verärgert.

VERONIKA VOLKOVA: Sie haben eine Szene gemacht. Wegen einer Paillette.

KIRK LOCKWOOD: Ich weiß, das wirkt alles ganz harmlos, aber schon der kleinste Gegenstand auf dem Eis kann gefährlich sein. Die Kufe kann nicht darüber hinweggleiten, also bleibt man einfach stehen.

JANE CURRER: Die Vorschriften bezüglich Punktabzug bei Unterbrechung eines Programms richten sich danach, ob die Läufer aufgrund eines Problems mit ihrer Ausrüstung oder wegen eines Umstands unterbrechen, den sie nicht zu verantworten haben.

Die Diskussion unter den Preisrichtern entwickelt sich zu einem hitzigen Wortgefecht.

JANE CURRER: In beiden Fällen bleibt dem Team ein Maximum von drei Minuten zur Wiederaufnahme ihres Programms, andernfalls werden sie vom Wettbewerb ausgeschlossen.

VERONIKA VOLKOVA: Die Pailletten stammten von Katarinas Kleid.

ELLIS DEAN: Diese Pailletten lagen schon da, bevor Shaw und Rocha auf die Eisfläche kamen.

Am Ende ihres Kurztanzes wenige Minuten zuvor war der junge russische Läufer Ilya Alekhin hinter seiner Partnerin zurückgeblieben. Er beugt sich vor und streicht mit der Hand über die Eisfläche.

ELLIS DEAN: Er hat exakt die Stelle berührt, an der Heath danach gestolpert war. Dieselbe Stelle, an der jedes Team die stationäre Fußarbeit im Finnstep ausführen musste. Halten Sie das etwa für einen Zufall?

VERONIKA VOLKOVA: Sicher war es unglücklich, dass ihr Partner gestolpert ist, aber das haben sie allein sich selbst zuzuschreiben – und vielleicht ihrem geschmacklosen Kostüm-Designer in Hollywood.

ELLIS DEAN: Levitskaya und Alekhin waren ein ganz neues Team und hatten erst vor Kurzem angefangen, in Moskau zu trainieren. Und jetzt raten Sie mal, wer ihr Coach war?

VERONIKA VOLKOVA: Galina und Ilja hatten ihrem ersten großen Grand-Prix-Wettkampf so sehr entgegengefiebert. Es macht mich traurig, dass dieses Erlebnis für sie von dem schamlosen Versuch verdorben wurde, sie zu verleumden und einen Skandal zu provozieren.

Immer mehr Leute umringen Katarina und Bella, und Kameraleute drängen sich eilig dazwischen, um einen besseren Winkel zu erwischen. Katarina blickt mit finsterer Miene direkt in die Objektive. Eine Kamera geht dennoch näher heran. »Hauen Sie ab!«, faucht sie scharf.

VERONIKA VOLKOVA: Die ganze Geschichte war ein lächerliches Manöver, um Mitleid zu erregen. Eine klassische Lin-Strategie.

ELLIS DEAN: Das war ganz offenkundig Sabotage. Typisch Veronika Volkova.

Bella versucht, mit dem russischen Schiedsrichter zu diskutieren. Er schüttelt den Kopf.

VERONIKA VOLKOVA: Die Bestimmungen sind glasklar, ganz egal, wie groß das Theater ist, das man abzieht: drei Minuten, und man ist raus.

»Katarina Shaw und Heath Rocha aus den Vereinigten Staaten von Amerika sind ausgeschieden«, ertönt die offizielle Bekanntgabe und wird danach auf Russisch wiederholt.

Die Sanitäter helfen Heath von der Eisfläche. Er lehnt eine Trage ab und stützt sich stattdessen auf Katarina und Bella, die Arme um ihre Schultern gelegt. Die drei bewegen sich mühsam in Richtung Backstage-Bereich.

KAPITEL 70

Als Heath und ich uns entschieden, ein Comeback zu versuchen, war ich mir darüber im Klaren, dass sich uns einige Hindernisse in den Weg stellen würden: bessere Teams, parteiische Preisrichter, schlechte Presse, die vielen ungeklärten Spannungen zwischen ihm und Bella und mir.

Aber ich hätte nie für möglich gehalten, dass uns ein paar gottverdammte Pailletten zu Fall bringen würden.

In der Suite unseres Moskauer Hotels überprüfte ich mindestens zehnmal jeden einzelnen Quadratzentimeter meines Kostüms. Nicht eine Paillette fehlte. Außerdem sahen die, die ich auf dem Eis gefunden hatte, etwas anders aus als die auf meinem Kleid: das Weiß strahlender, die Kanten schärfer.

Ich *wusste*, wir waren Opfer von Sabotage geworden. Und ich wusste auch, dass wir nur unseren Ruf als Drama Queens verfestigen würden, wenn wir auf unser Recht pochten. Ellis Deans Klatschblatt machte die Sache als GlitterGate zur großen Story, während die angesehenen Berichterstatter das Ganze als schlechten Witz abtaten.

Zurück in Los Angeles begann meine gemietete Unterkunft die Paparazzi anzuziehen wie vergammeltes Fleisch die Fliegen, sodass ich mich in den Eispalast rettete. Auch wenn stimmte, was Heath mir gesagt hatte – er und Bella schliefen in getrennten Zimmern und benahmen sich mehr wie Mitbewohner einer WG als wie ein Paar –, fühlte es sich dennoch eigenartig an, dass wir drei nach allem, was wir durchgemacht hatten, nun unter einem Dach lebten. Das Haus war fast tausend Quadratmeter groß, und schien trotzdem zu eng für unser konfliktbeladenes Dreiecksverhältnis.

Heaths Ärzte waren optimistisch, dass sich sein Rücken bis zu den U.S. National Championships wieder vollständig erholen würde. Doch für die Zwischenzeit war ihm ein striktes Programm aus Schonung, Physiotherapie und von der Welt-Anti-Doping-Agentur zugelassenen Schmerzmitteln verordnet worden. So gut ich konnte, trainierte ich ohne ihn und tanzte die Choreografie wie mit einem Gespenst, indem ich meine Arme um Luft legte.

Beim Grand-Prix-Finale im Dezember stellten wir uns alle den Wecker auf halb eins in der Nacht, damit wir die Live-Übertragung aus Fukuoka in Japan verfolgen konnten. Volkova und Kiprijanov mussten sich mit Silber zufriedengeben, während Gaskell und Kovalenko einen Überraschungserfolg erzielten und Gold holten. Diese zwei Teams würden als Favoriten bei den Olympischen Spielen antreten. Heath und ich würden uns glücklich schätzen können, wenn wir es überhaupt zu den Spielen schafften.

Gegen vier Uhr morgens fiel ich wieder ins Bett, aber ich konnte nicht in den Schlaf finden. Immer wenn ich die Augen schloss, sah ich Francesca Gaskells Disney-Prinzessin-Gesicht vor mir, wie sie zur amerikanischen Flagge aufblickte. Vielleicht war es ein Fehler gewesen, noch einmal mit dabei sein zu wollen. Vielleicht waren wir zu alt, zu müde. Sogar Bella machte in letzter Zeit einen ausgelaugten Eindruck – sie hatte dunkle Ringe unter den Augen und schob bei Mahlzeiten lustlos ihr Essen auf dem Teller hin und her.

Ich hörte, wie sich Heaths Tür öffnete. Ich verfolgte seine Schritte entlang des Gangs.

Vorbei an meiner Tür. Bis zu Bellas Zimmer. Sie schlief immer noch in ihrem alten Zimmer, die große Suite ihrer Mutter blieb unbewohnt. Holz strich über Teppichboden, als die Tür sich öffnete und wieder schloss.

Dann war nichts mehr zu hören.

Was immer sie taten, es ging mich nichts an, ermahnte ich mich. Ich machte die Augen zu und versuchte einzuschlafen.

Was ich ungefähr zehn Minuten durchhielt, ehe ich aufstand und mich über den Gang schlich, um völlig unverfroren an der Tür zu horchen. Ich hielt den Atem an, drückte mein Ohr an das Holz und wappnete mich für eine Neuauflage dessen, wobei ich sie in Vancouver gestört hatte.

Aber es waren nur ihre Stimmen zu hören, gedämpft und vertraut. Zu leise, um etwas zu verstehen. Sie klangen so entspannt, so unverkrampft, dass mir der Neid einen Stich versetzte.

Ich ging zurück in mein Zimmer. Heath blieb bis zum Morgen bei Bella.

Eine Woche vor Weihnachten durfte Heath endlich aufs Eis. Allerdings sollte er bis zum neuen Jahr keine Hebungen mit mir üben – sodass uns dann nur wenige Tage bis zu den Nationals blieben.

Die ersten Versuche, die wir vorsichtshalber auf Matten außerhalb der Eisfläche unternahmen, waren katastrophal. Seine Arme zitterten, sein Rücken krampfte und sein Gesicht verzog sich vor Schmerzen. Aber er hielt durch. Wir waren schon zu weit gekommen, um aufzugeben.

Als wir schließlich nach Boston flogen, konnte er mich heben, ohne dass mir das Herz vor Angst bis zum Hals schlug, und wir konnten wieder unser komplettes Programm durchproben. Unserem Kürtanz fehlte immer noch das gewisse Etwas, unsere Bewegungen waren noch nicht richtig im Einklang mit der Musik, aber uns fehlte die Zeit, um noch tiefgreifende Änderungen vorzunehmen. Was ich auf jeden Fall änderte, war mein Kleid für den Kurztanz: Es war ein aufregender lila Plisseerock mit hellgrünen Akzenten – und ohne eine einzige Paillette.

Unser Finnstep war alles andere als perfekt, aber dank einiger untypischen Fehler von Gaskell und Kovalenko gingen Heath und ich in Führung. Unser nächster US-Meistertitel war zum Greifen nah.

Vier Jahre zuvor war die Goldmedaille für mich eine Frage von Leben und Tod gewesen. Inzwischen wusste ich aus Erfahrung, dass man so schnell nicht starb. Selbst wenn wir Zweite würden, hatten wir eine solide Chance, ein Ticket zur Olympiade zu ergattern. Und dennoch wollte ich gewinnen und Frannie, Evan und all den anderen beweisen, dass sie noch mit uns rechnen mussten. Heath und ich waren nicht ohne Grund zurückgekommen, und wir würden um jeden Punkt kämpfen.

Der Kürtanz begann am späten Nachmittag. Als wir am TD Garden ankamen, war der Himmel bereits dunkelschwarz, Schneegestöber wirbelte über den zugefrorenen Charles River. Bella trug einen Daunenmantel, der wie ein Schlafsack aussah, und auch als wir die Halle betraten, ließ sie den Reißverschluss hochgezogen bis zum Kinn.

Ellis Dean hatte einen speziellen Backstage-Pass erhalten, um vor Beginn des Turniers Interviews mit den Wettkämpfern aufzuzeichnen. Bevor ich mit meinen Dehnübungen startete, steckte ich mir Earpods in die Ohren, in der Hoffnung, dass er den Wink mit dem Zaunpfahl verstand. Doch kaum kam ich aus meinem ersten Vorbeugen wieder hoch, hielt er mir auch schon sein albernes Glitzer-Mikrofon vor die Nase.

»Glückwunsch zur Führung – ihr geht als Favoriten ins heutige Finale«, brüllte er, um sicherzugehen, dass ich ihn über die Musik hinweg hörte.

Ich nahm einen Kopfhörer aus dem Ohr, während der andere in voller Lautstärke die Playlist zum Aufwärmen abspulte, die Heath mir zusammengestellt hatte. *Damned if she do, damned if she don't* stöhnte Alison Mosshart gerade.

»Obwohl«, fuhr Ellis fort, »es natürlich einfach ist, Erwartungen zu übertreffen, die wahnsinnig niedrig sind. Mit welchem Gefühl gehst du in den Kürtanz?«

»Mit einem ganz *fantastischen* Gefühl. Wie aufmerksam von dir, dich danach zu erkundigen.«

»Wo steckt eigentlich die reizende Ms. Lin? Es wäre einfach großartig, auch ihre Sicht auf eure Darbietung zu hören.«

»Ich habe sie nicht gesehen.«

Jedenfalls nicht seit unserer Ankunft – was seltsam war. Normalerweise blieb Bella während unseres Stretchings immer in unserer Nähe und gab uns schon aufmunternde Worte mit auf den Weg, ehe das Gruppen-Einlaufen losging. Genau genommen hatte sie sich schon rargemacht, seit wir in Boston gelandet waren. Am ersten Tag hatte sie eine Trainingseinheit am frühen Morgen verschlafen und war auch danach nicht erschienen. Wenn ich sie nicht besser gekannt hätte, hätte der Verdacht nahegelegen, dass sie sich mit einem heimlichen Liebhaber herumtrieb.

Ellis ließ mich stehen und pirschte sich an Francesca heran, die ihn mit wippendem Pferdeschwanz angrinste und nur zu gern bereit war, ihm ein paar leere Floskeln zu servieren. Ich ging zu Heath hinüber, der auf einer Bodenmatte mit Rücken-Übungen aus der Physiotherapie beschäftigt war.

»Hast du Bella irgendwo gesehen?«, fragte ich ihn.

Er schüttelte den Kopf. Selbst diese kleine Bewegung schien wehzutun – er zuckte zusammen.

Ich bückte mich zu ihm hinunter. »Dein Rücken?«

»Das liegt nur am kalten Wetter. Kalifornien hat aus mir ein Weichei gemacht.«

Er brauchte mehr Ruhe, mehr Zeit, mehr Behandlungen, aber dafür hatten wir keinen Spielraum.

»Bella müsste noch Sportgel in ihrer Tasche haben.« Ich richtete mich wieder auf. »Ich gehe sie suchen.«

Ich vermutete sie in der Damentoilette, überprüfte jede Kabine – sie war nicht da. Vielleicht holte sie sich etwas zu essen? Mir fiel ein, dass ich sie in den letzten achtundvierzig Stunden nichts essen gesehen hatte – außer einem Granola-Riegel, den Heath ihr in die Hand gedrückt hatte.

In einem Gang hatte ich Automaten mit Getränken und Snacks gesehen, also versuchte ich da mein Glück. Und tatsächlich lehnte sie an der Wand, immer noch in ihren Wintermantel eingepackt.

»Hey«, rief ich. »Heaths Rücken macht ein bisschen Ärger, und er dachte, du hättest viell...«

Bella schien mich nicht zu hören. Sie drehte sich nicht zu mir um.

Mit Schrecken sah ich, wie sie in sich zusammensackte und zu Boden sank.

KAPITEL 71

Ich rannte zu Bella und kniete mich neben sie.
Sie war bei Bewusstsein, schien aber jeden Moment ohnmächtig zu werden – ihr Kopf lehnte kraftlos an der Wand, die Augen waren zusammengekniffen, als könnte sie das grelle Neonlicht nicht ertragen.
»Bella?« Ich legte den Handrücken an ihre Stirn. »Was ist los?«
»Oh Scheiße, alles in Ordnung mit ihr?«
Ellis. Er war mir gefolgt.
»Wehe, wenn du auch nur ein Wort darüber schreibst«, fuhr ich ihn an.
Er presste die Hand auf seine extrabreite Krawatte aus Goldlamé. »Hältst du mich für so ein Monster?«
»Die Antwort darauf möchtest du nicht hören. Mach dich gefälligst nützlich und hol die Sanitäter.«
Bella wimmerte leise und griff sich an die Unterseite ihres Brustkorbs. Der Reißverschluss ihres Daunenmantels war bis zur Hälfte geöffnet, als hätte sie versucht, den Mantel auszuziehen, und dann aufgegeben.
»Hol auch Heath«, rief ich Ellis hinterher. Er nickte und rannte los.
Ich hatte Bella noch nie so schwach gesehen. Seit ich sie kannte, hatte sie nicht einmal eine Erkältung gehabt, und auf einmal sah sie aus, als könnte sie jeden Augenblick sterben. Vor einer Stunde war ihr noch nichts anzumerken gewesen.
Oder doch? Vor meinem geistigen Auge ließ ich die vergangenen Wochen vorüberziehen – sie hatte verschlafen, apathisch

gewirkt, kaum etwas gegessen. Ich hatte diese Symptome auf den Stress und die Ungewissheit geschoben, ob Heath sich wieder rechtzeitig erholen würde. Mehr als einmal hatte ich den boshaften Gedanken, dass sie kein Recht hatte, so erschöpft auszusehen, wenn wir diejenigen waren, die Knochenarbeit machten.

Heath kam um die Ecke. Als er uns sah, rannte er die letzten Meter.

»Was ist passiert?«

»Ich weiß es nicht, ich habe sie eben so gefunden.«

Er kniete sich neben mich, und an den Knien seiner schwarzen Hose blieb der Staub hängen.

»Alles gut«, murmelte er und legte die Hand um ihre Wange. »Alles wird wieder gut.«

»*Heath.*«

Bellas Stimme brach, und es klang so verletzlich, so innig, dass ich das Gefühl hatte, ich hätte hier gerade nichts zu suchen.

Ich blickte den Gang entlang. Wo zum Teufel blieben die Sanitäter? Warum brauchten die so lange, verdammt noch mal?

Als ich mich wieder umdrehte, hielt Heath Bella in den Armen und vergrub sein Gesicht in ihrem Haar.

Die Hand hatte er auf ihren Bauch gelegt.

Endlich traf Hilfe ein.

»Ihr Blutdruck ist extrem hoch«, stellte der leitende Sanitäter nach einigen Minuten der Untersuchung fest. »Sie muss sofort in die Notaufnahme.«

Das schien Bella wieder zu sich zu bringen. »Nein, nein, sie müssen gleich aufs Eis. Kann das nicht warten?«

Wir hatten das Vorstellen und das Einlaufen verpasst. Die ersten Läufer der letzten Gruppe waren bereits auf dem Eis, und die gedämpften Töne ihres One-Direction-Programms bildeten einen merkwürdig heiteren Gegensatz zu dem Drama, das sich backstage abspielte.

»Ich fürchte nein, meine Liebe. Der Krankenwagen ist schon unterwegs.«

Ich sah zu Heath hinüber. Er starrte nach wie vor gebannt auf Bella.

Wie hatte ich das in all den Monaten übersehen können? Die Verbindung zwischen den beiden. Die Liebe. Vielleicht nicht die gleiche Liebe, wie wir sie füreinander empfunden hatten, aber definitiv Liebe.

»Fahr mit ihr mit«, sagte ich.

Er sah mich an. Aber Bella war es, die sprach.

»Ich komme schon klar. Ihr müsst laufen. Das ist eure letzte Chance.«

Applaus brandete auf – das Team hatte seinen Kürtanz beendet. Dann Stille, und im nächsten Moment war das Heulen der herannahenden Sirenen zu hören.

Ich wusste: Wir alle dachten gerade an einen anderen Krankenwagen, der vor acht Jahren in St. Louis auf eine andere Arena zugerast war. Wieder standen wir vor einer schwierigen Entscheidung, aber eigentlich hatten wir gar keine Wahl.

Vielleicht hatte Bella recht. Vielleicht war das wirklich unsere letzte Chance. Ich wusste nur, dass ich Heath dieses Mal nicht bitten konnte, sich für mich zu entscheiden.

»Geh«, sagte ich zu ihm. »Ich komme auch.«

KIRK LOCKWOOD: Ich hatte angenommen, dass sie sich wegen Heaths Verletzung aus dem Wettkampf zurückgezogen hatten. Sie hatten sich nicht weiter dazu geäußert, aber dass er Probleme hatte, war offensichtlich.

Während der Übertragung der U.S. National Championships 2014 blendet NBC die Eisfläche aus und zeigt einen Krankenwagen, der gerade vor dem TD Garden in Boston vorfährt.

KIRK LOCKWOOD: Dann erhielt ich die Nachricht, dass Bella Lin mit Blaulicht ins Mass General eingeliefert wird.

Bella wird auf einer Trage zum Krankenwagen gerollt und hineingehoben. Heath klettert hinterher.

ELLIS DEAN: Ich hatte ja gesagt, dass ich nichts darüber im Blog schreiben würde, und das habe ich auch nicht getan. Jedenfalls nicht sofort.

Der Krankenwagen fährt los. Katarina bleibt zurück und steht allein am Bordstein, Schneeflocken wirbeln um sie herum.

GARRETT LIN: Andre und ich haben die Übertragung zu Hause in San Francisco angesehen. In dem Moment, in dem ich kapierte, dass etwas mit Bella war, habe ich angefangen zu packen, und Andre hat sich ans Telefon gehängt und Flugtickets besorgt.

FRANCESCA GASKELL: Ich habe das alles erst mitbekommen, als Evan und ich mit unserem Auftritt schon fertig waren. Was wohl das Beste war. Das mag herzlos klingen, aber ich kenne Bella, und sie hätte auf jeden Fall gewollt, dass ich mich auf den Wettkampf konzentriere, anstatt mir Sorgen um sie zu machen.

JANE CURRER: Die Auswahl des olympischen Teams sollte unmittelbar nach dem Turnier stattfinden. Und Katarina Shaw und Heath Rocha war es wieder einmal gelungen, in der allerletzten Sekunde alles infrage zu stellen.

Katarina verlässt die Umkleidekabine in Freizeitkleidung, das Haar zu einem unordentlichen Knoten gebunden. Sie hat sich nicht abgeschminkt und trägt noch das Make-up für ihren Kürtanz. Eine Horde von Reportern lauert vor der Tür.

»Katarina! Was ist da heute Abend passiert?«

»Wieso hat Heath eure Trainerin im Krankenwagen begleitet?«

»Haben Sie vor, die Aufnahme ins Olympiateam zu beantragen? Oder bedeutet das das Aus für Shaw und Rocha?«

Katarina reagiert auf keine der Fragen und versucht, sich an der Menge vorbeizudrängen. Sie hat sichtlich mit dem Gewicht der Sporttaschen – ihrer eigenen und der von Heath – zu kämpfen, sodass sie nicht so schnell vorankommt. Da meldet sich eine weitere Stimme zu Wort.

»Hey, Kat.«

Es ist Ellis Dean. Katarina bleibt stehen.

»Ich habe nur eine Frage: Wieso verdient ihr es, noch einmal an den Winterspielen teilzunehmen?«

KAPITEL 72

»Wieso verdient ihr es, noch einmal an den Winterspielen teilzunehmen?«

Alle verstummten, und die Kameraleute brachten ihre Objektive in Position, gespannt meine Antwort erwartend.

Die Frage schien pure Provokation zu sein – ein Köder, den er vor meiner Nase baumeln ließ, um mich zu einer großkotzigen Ansprache zu verleiten, die nichts als verbrannte Erde hinterlassen und in der ich verkünden würde, dass Shaw und Rocha die Besten von allen seien und nur Idioten uns nicht ins olympische Team aufnehmen würden, dass wir die Konkurrenten in Sotschi ohne jeden Zweifel an die Wand tanzen würden.

Aber Ellis hatte weder Mikrofon noch Kamera in der Hand. Es war gar nicht seine Absicht, mich zu irgendetwas zu verleiten. Er wollte mir eine Chance geben – eine Chance, die Welt daran zu erinnern, welche Leistungen wir in der Vergangenheit vollbracht hatten, um Verständnis für die gesundheitlichen Probleme unserer Trainerin zu werben und einen aufrichtigen Appell an die Verantwortlichen zu richten, uns trotz allem nach Sotschi zu entsenden.

Er bot mir die perfekte Gelegenheit, mich zu verteidigen, und mir fiel nicht ein einziger Punkt ein, den ich zu meinen Gunsten hätte vorbringen können. Alles, woran ich denken konnte, war, wie es meiner besten Freundin wohl gehen mochte.

»Wir verdienen gar nichts«, sagte ich schließlich.

Ellis zog die Brauen hoch. »Wie bitte?«

»Heath und ich verdienen Sotschi nicht. Zumindest nicht mehr als alle anderen Paare, die hier heute Abend antreten.«

Kameras klickten, Blitzlichter zuckten, ein Feuerwerk an Fragen wurde entzündet. Ellis verzog das Gesicht zu einem süffisanten Grinsen. Dann trat er einen Schritt zurück, machte eine ausladende Bewegung mit dem Arm und öffnete mir eine Lücke, durch die ich weggehen konnte.

Das Klinikpersonal starrte mich an. Ich war nicht sicher, ob sie mich erkannten oder von meinem dick aufgetragenen Make-up verunsichert waren.

Bella hatte ein Einzelzimmer bekommen. Sie saß aufrecht in ihrem Bett und wirkte schon etwas munterer und wohler, trotz der Unmenge an Drähten und Schläuchen, die an ihr befestigt waren.

»Hey, wie geht es dir?«
»Ich werde überleben.«
»Freut mich zu hören.«
»Aber du nicht. Warum zur Hölle bist du nicht aufs Eis?«
O ja, Bella ging es ganz eindeutig besser. »Weil Heath ...«
»Heath wäre geblieben, wenn du ihn darum gebeten hättest.«
Da war ich nicht so sicher.
»Wo ist er?«
»Er wollte sehen, ob er etwas anderes zu essen findet als Wackelpudding mit Wassermelonengeschmack.« Sie zog eine Grimasse, wurde aber gleich wieder ernst. »Hör zu, ich wollte nicht, dass du es auf diese Weise erfährst, aber ...«
»Du bist schwanger.«
Bella zog scharf die Luft ein. »Woher weißt du das?«
»Ich wusste es nicht, jedenfalls nicht bis eben.«
»Dann weißt du vermutlich auch, dass Heath der Vater ist.«
Ich nickte, aber mir wurde ganz flau. Mir war nicht bewusst gewesen, wie gern ich mich geirrt hätte.
»Bist du mir böse?«

In mir schwirrte so ein Wirrwarr aus Gefühlen umher, dass ich außerstande war, irgendeines davon mit Etiketten wie *stinksauer* oder *gebrochenes Herz* zu versehen.

»Ich habe überhaupt kein Recht, dir böse zu sein«, erwiderte ich. »Heath und ich sind nur noch auf dem Eis Partner.«

»Ich bitte dich. Ihr beide werdet immer und überall Partner sein.«

»Ist das der Grund, warum du mir lieber nichts davon erzählen wolltest?«

»Es ist erst im Mai so weit. Ich dachte, ich hätte noch jede Menge Zeit.« Bella legte die Hand auf die kleine Wölbung unter der Decke. »Und es war alles andere als geplant.«

Ich versuchte, im Kopf zu überschlagen, wann es passiert sein musste. Vielleicht während des Team-USA-Trainingscamps im vergangenen August? Sie und Heath waren in jener Woche an einigen Abenden verschwunden, aber ich hatte gedacht, dass sie nur keine Lust auf die Kennenlernspiele und das übrige Spaßprogramm hatten.

»Du behältst es also?«

»Am Anfang war ich nicht sicher«, sagte Bella. »Ich hatte sogar schon einen Termin für die Abtreibung, aber den habe ich dann im letzten Moment abgesagt. Und jetzt ...«

Ich ließ mich auf den unbequemen Stuhl neben ihrem Bett sinken. »Was haben die Ärzte gesagt?«

»Ich zeige wohl Anzeichen für eine schwere Präeklampsie. Sie verordnen mir Bettruhe bis zur Entbindung.«

»Mist.« Für eine Frau wie Bella, die daran gewöhnt war, jeden Tag unermüdlich zu arbeiten, war Bettruhe eine Katastrophe. »Erzähl mir davon.«

Sie fuhr sich in langsamen Kreisen über den Bauch. »Heath sagt, dass er auf jeden Fall für mich da sein wird. Aber ich weiß nicht, ob ihn das nicht überfordert. Zumal wir beide ja nicht wirklich ...«

»Nicht wirklich was?«

»Zusammen sind«, ergänzte sie. »Ich meine, ich liebe ihn ja nicht oder so.«

»Bella.«

»Nein, tue ich nicht! Jedenfalls nicht so, wie du ihn liebst. Oder geliebt hast.«

»Du kannst mich von mir aus so viel verarschen, wie du willst. Aber verarsch dich nicht selbst.«

Sie schenkte mir ein schiefes Lächeln. »Du weißt, wie sehr ich es hasse, auf Platz zwei zu sein.«

»Das hier ist kein Wettbewerb.« Ich nahm ihre Hand. »Es gibt viele verschiedene Arten von Liebe.«

Liebe ist wie ein beständiges, wärmendes Lagerfeuer, das dich in kalten Nächten am Leben hält. Liebe ist wie eine wilde Feuersbrunst, die alles niederbrennt, was sich ihr in den Weg stellt, bis nur noch Asche übrig ist.

»Glaubst du ...« Bella zupfte am Zipfel ihrer Bettdecke. »Glaubst du, dass ich eine gute Mutter sein werde?«

»Spinnst du? Du wirst eine ganz wundervolle Mutter sein. Die beste.«

Ein Lächeln flog über Bellas aufgesprungene Lippen. »Du meinst, ich werde als Mutter ganz oben auf dem Siegertreppchen stehen.«

»Und ob. Und die ganzen anderen Mütter werden sich wünschen, nur halb so gut zu sein wie du.« Ich drückte ihre Hand. »Du hast mir heute eine Scheißangst eingejagt.«

»Ja, ja. Trotzdem finde ich, ihr hättet euch davon nicht abhalten lassen sollen zu laufen. Ihr hättet gewinnen können.«

»Vielleicht. Oder Heath hätte mich vor lauter Sorge um dich mit dem Kopf aufs Eis knallen lassen, und dann läge ich jetzt auch im Krankenhaus.«

Wir mussten beide lachen, und genau in diesem Moment kam Heath durch die Tür. Er hatte den Arm voll Süßigkeiten aus dem Automaten und sah uns mit großen Augen an.

Ich stand auf und umarmte ihn. Die Plastikverpackungen knisterten zwischen uns. »Herzlichen Glückwunsch«, sagte ich und flüsterte ihm ins Ohr: »Du wirst ein toller Vater sein.«

Heath ließ die angespannten Schultern sinken. »Danke«, flüsterte er zurück.

Das war mein voller Ernst. Sein Mangel an elterlichen Vorbildern würde dafür sorgen, dass er sich umso mehr Mühe gab, seinem eigenen Kind die Liebe und Sicherheit zu geben, die er nie gehabt hatte.

Sein *Kind*. Wie seltsam das klang. Doch irgendwie klang es auch richtig. Und es war etwas, auf das er hätte verzichten müssen, wenn er bei mir geblieben wäre.

Heath drapierte die Knabbereien zur besseren Auswahl auf dem Bett. Bella entschied sich für eine Packung Oreos. Ich nahm mir eine Tüte Brezeln.

»Weißt du, wer gewonnen hat?«, fragte Heath.

»Francesca und Evan, vermute ich.« Ich brach eine Brezel in der Mitte durch und bot ihm die Hälfte an. »Ich bin gegangen, bevor sie an der Reihe waren.«

Inzwischen war der Wettkampf vorüber. Höchstwahrscheinlich hatte sich das Komitee bereits zurückgezogen, um über unser Schicksal zu entscheiden. Ich hatte einen Antrag auf Nominierung in den Olympiakader gestellt, aber die Chancen waren gering. Heath und ich hatten mehrmals die nationale Meisterschaft gewonnen, waren Weltmeister gewesen und ehemalige Olympiateilnehmer. Wir hatten mehr Wettkampferfahrung als alle anderen amerikanischen Spitzen-Teams zusammen. Aber diese langjährige Erfahrung brachte auch Nachteile mit sich. Möglicherweise gab es zu viel, das gegen uns sprach.

Fürs Erste konnten wir nichts anderes tun als warten. Bella sollte so bald wie möglich von einem Perinatal-Spezialisten untersucht werden, aber wann immer wir uns danach erkundigten, erhielten wir nur Antworten in der Art von *müsste jeden Moment kommen, Schätzchen.* In dem Fernseher, der in der Zimmerecke festgeschraubt war, fanden wir eine Show, bei der es um das Renovieren von Häusern ging und die hirnlos genug war, dass wir uns entspannen konnten, während wir uns durch den Berg von Knabberzeug arbeiteten.

Schließlich tauchte doch noch jemand auf, aber es war kein Arzt. Ellis Dean stand mit einem Luftballon in der Tür, auf dem ein Cartoon-Gesicht mit einer eigenartigen Grimasse gute Besserung wünschte.

»Bella«, sagte Ellis. »Wie geht es dir?«

Sie bedachte ihn mit einem grimmigen Blick. »Kein Kommentar.«

Ellis hob die Hände, und der Ballon ploppte gegen die Zimmerdecke. »Ich komme in friedlicher Absicht. Und um euch zu sagen, dass ihr vielleicht mal eure gottverdammten Handys checken solltet.«

Heath und ich kramten unsere iPhones heraus, ohne jedoch Ellis aus den Augen zu lassen. Mein Telefon war noch stumm geschaltet, aber das Display zeigte mehrere Nachrichten an.

»Das glaube ich jetzt nicht«, sagte ich.

»Was?«, fragte Bella. Heath reichte ihr sein Handy.

Zusammen mit Gaskell und Kovalenko waren wir für das olympische Team nominiert worden. Die Gewinner der Silber- und Bronzemedaillen bei den US-Meisterschaften 2014 waren auf der Ersatzliste gelandet.

Wir hatten es tatsächlich geschafft. Shaw und Rocha würden erneut bei den Olympischen Spielen antreten.

»Daraus wird nichts.« Heath setzte sich auf die Bettkante. »Kommt überhaupt nicht infrage, dass wir dich alleinlassen, nicht solange ...«

»Oh, mein Gott, *hör schon auf.*« Bellas Überwachungsmonitor piepte hektisch. Sie ließ sich in die hinter ihr aufgetürmten Kissen fallen und warf mir einen entnervten Blick zu.

»Ellis, könntest du uns einen Moment allein lassen?«, fragte ich. Er nickte, verließ den Raum und zog die Tür hinter sich zu. Der verfluchte Ballon blieb zurück und grinste bösartig auf uns herunter.

»Du willst, dass wir nach Sotschi fahren«, sagte ich zu Bella.

»Selbstverständlich. Und wagt es ja nicht, die verdammten *Olympischen Spiele* sausen zu lassen, nur um hierzubleiben und bei mir Krankenschwester zu spielen. Ich bin eine Lin, ich kann es mir leisten, richtiges medizinisches Personal zu engagieren. Außerdem wird Garrett in ein paar Stunden in Logan landen, und er ist tausendmal fürsorglicher als ihr beide zusammen.«

Da hatte sie nicht unrecht. Heath und ich wechselten einen Blick. Ihm war anzusehen, dass er hin- und hergerissen war. Was bedeutete, dass ihm einerseits viel an Bella und ihrem gemeinsamen Kind lag, er andererseits jedoch die Teilnahme an Olympia auch durchziehen wollte. Mit mir.

Früher hätte ich alles getan, um ihn davon zu überzeugen, hätte versucht, ihm meinen Willen aufzuzwingen. Natürlich wollte ich an den Spielen teilnehmen. Ich spürte den dringenden Wunsch danach in mir aufflammen – noch eine weitere Form von Liebe, das Feuer, das mich mein Leben lang angetrieben hatte.

Aber diese Entscheidung mussten wir gemeinsam treffen.

»Ich bin dabei«, sagte ich zu Heath. »Aber nur, wenn du auch willst.«

Er nahm Bellas Hand. »Bist du dir sicher?«

Sie lächelte und streckte die andere Hand nach mir aus.

»Ich bin sicher. Vergesst die Babypartys und den ganzen Quatsch. Alles, was ich will, ist Gold.«

JANE CURRER: Ich hatte Bedenken, Shaw und Rocha als Vertreter der Vereinigten Staaten zu den Olympischen Spielen zu entsenden, angesichts ihres ... Rufs. Aber ich hatte das nicht zu entscheiden.

Bei der offiziellen Bekanntgabe der Eiskunstlaufteams für die Olympiade in Sotschi während der National Championships 2014 winken und lächeln Katarina Shaw, Heath Rocha, Francesca Gaskell und Evan Kovalenko vor dem Hintergrund des Logos des US-Olympiateams.

ELLIS DEAN: Kann schon sein, dass ich bei einigen Freunden beim Auswahlkomitee ein gutes Wort für sie eingelegt habe. Ob sie es nun auf das Siegertreppchen schafften oder nicht, Kats und Heaths Teilnahme in Sotschi bedeutete pures Gold für Kiss&Cry.

FRANCESCA GASKELL: Ich war nur einfach überglücklich, endlich – *endlich* – bei den Olympischen Spielen dabei zu sein.

GARRETT LIN: Bellas Ärzte hatten ihr davon abgeraten zu fliegen, also waren wir alle in Boston geblieben.

KIRK LOCKWOOD: Sobald die Nationals vorüber waren, habe ich mich um sie gekümmert.

GARRETT LIN: Kirk war unglaublich hilfsbereit. Er hat dafür gesorgt, dass Kat und Heath in der Eishalle seiner Familie trainieren konnten, und hat Bella und mich in seinem Gästehaus untergebracht.

KIRK LOCKWOOD: Das war das Mindeste, das ich für Sheilas Kinder tun konnte.

GARRETT LIN: Ich hatte immer gedacht, die schlimmste Zeit in meinem Leben waren die Wettbewerbe bei den Olympischen Spielen. Bis ich versuchte, meine Schwester dazu zu bringen, strikte Bettruhe einzuhalten.

Ein Handyvideo zeigt Bella Lin in einem teuren Relaxsessel neben der Eisfläche im Lockwood Performance Center, während Katarina und Heath ihren Kurztanz trainieren. Bella hat ein Mikrofon, mit dem sie ihnen Anweisungen geben kann, ohne die Stimme zu heben.

»Die Kantenwechsel eben waren unfassbar schluderig«, sagt sie. »Noch mal von vorn.«

»Sollen wir nicht mal eine Pause einlegen?«, fragt Garrett hinter der Kamera.

Bella streckt ihm die Zunge raus, dann spricht sie ins Mikro: »Und noch mal.«

ELLIS DEAN: Sie hatten eine totale Mediensperre verhängt. Keine Fotoshootings, keine Interviews, keine herzerwärmenden Beiträge für NBC Sports.

KIRK LOCKWOOD: Meine Chefs beim Sender waren stinksauer, aber ich musste das respektieren.

INEZ ACTON: Soweit ich weiß, war ich die einzige Journalistin, mit der sie in der Zeit gesprochen haben, und dabei ging es nur um ein Zitat für eine Story, die ich über die russische Gesetzgebung gegen die LGBT-Bewegung geschrieben habe.

Auf einem Screenshot des feministischen Blogs The Killjoy *sind Katarina und Heath zu sehen, darüber die Schlagzeile »Shaw und Rocha sagen offen, Russland sollte sich für ›rückschrittliche‹ Anti-Homosexuellen-Gesetze ›schämen‹ –warum geben sich ihre Teamkollegen so wortkarg?«*

ELLIS DEAN: Homophobie zu verurteilen, war buchstäblich das Mindeste, was sie tun konnten, doch die meisten der amerikanischen Eiskunstläufer und Eiskunstläuferinnen waren selbst dazu nicht bereit.

Francesca Gaskell und Evan Kovalenko werden von NBC interviewt. Auf die Debatte angesprochen sagt Francesca: »Wir glauben nicht, dass es uns als Athleten zusteht, zu politischen Themen Stellung zu beziehen.« Evan nickt und fügt hinzu: »Wir freuen uns einfach nur darauf, an den Wettkämpfen in Sotschi teilzunehmen.«

FRANCESCA GASKELL: Ich will das jetzt ein für alle Mal klarstellen: Ich habe jede Menge schwule Freunde.

GARRETT LIN: Normalerweise reisen die Sportler mindestens eine Woche vor Beginn der Spiele an, damit sie sich akklimatisieren und vom Jetlag erholen können. Aber Kat und Heath wollten so viel Zeit wie möglich mit Bella trainieren, also haben sie ihren Abflug immer weiter hinausgezögert.

KIRK LOCKWOOD: Sie haben die ganze erste Woche verpasst, einschließlich Eröffnungszeremonie. Bis zu dem Tag vor ihrer Abreise haben sie immer wieder etwas geändert – hauptsächlich bei der Kür. Sie müssen zwanzig verschiedene Musikstücke für das Programm ausprobiert haben.

Ein weiteres Handyvideo. Katarina und Heath nehmen die Anfangsposition für ihren Kürtanz ein.

GARRETT LIN: Kat war es, die irgendwann den richtigen Song gefunden hatte. Obwohl sie den wohl zum ersten Mal von Bella gehört hatte, fast ein Jahr zuvor.

Leise Klaviertöne erklingen: der Anfang von The Last Time *von Taylor Swift und Gary Lightbody.*

GARRETT LIN: Mit dieser Musik stimmte auf einmal alles – die Choreografie, die Emotion, die Verbindung zwischen den beiden. Aber an den Olympischen Spielen mit einem Programm teilzunehmen, mit dem sie noch nie zuvor bei einem anderen Wettbewerb gewesen waren ... Das war ein hohes Risiko.

Das Tempo nimmt Fahrt auf, die Instrumente setzen ein und begleiten den Gesang. Als die Musik an Lautstärke und Intensität zunimmt, zieht Heath Katarina auf seine Schulter und führt eine eindrucksvolle Rotationshebung aus, in einer einzigen fließenden Bewegung, scheinbar mühelos.

Das Videobild fängt an zu wackeln, und es sind begeisterte Rufe und Applaus zu hören.

GARRETT LIN: Ich denke, sie haben sich gesagt: Warum sollen wir es nicht probieren? Weil wir ja alle wussten, ganz egal, wie es mit den Spielen ausgeht ... das wird das letzte Mal sein.

KAPITEL 73

»Der Name ist *Lin*«, wiederholte ich, während der unfreundliche Rezeptionist die Zimmerliste durchging. »L-I-N.«
Heath und ich waren seit vierundzwanzig Stunden unterwegs gewesen – zwei Flüge, eine Zugfahrt und, endlich in Sotschi angekommen, ein überraschender Besuch von der Doping-Kontrolle, die uns in ein Gebäude eskortiert und uns so lange verdünnten Orangensaft eingeflößt hatte, bis wir wieder ausreichend rehydriert waren, um Proben abgeben zu können, auch wenn wir bereits in Boston mehrmals auf verbotene Substanzen getestet worden waren.

Es war schon später Abend, als wir endlich am Hotel ankamen, und unsere Zimmer waren offenbar nicht mehr verfügbar, obwohl Bella sie Monate vorher reserviert hatte, als der verdammte Kasten noch nicht einmal fertig gebaut war, und sich die Reservierung vor unserer Abreise noch einmal hatte bestätigen lassen. Zweifach.

Die Baumaßnahmen schienen immer noch nicht abgeschlossen zu sein – das Mobiliar in der Lobby war von Sägemehl bedeckt, lose Kabel hingen an Lampen herunter, und der Mann an der Rezeption trug ein handgeschriebenes Schild an seiner Jacke, das uns in krakeliger Edding-Schrift wissen ließ, dass er *BORIS* hieß.

»Kein Lin«, sagte Boris. »Kein Zimmer.«

Heath schaltete sich ein und sprach den Mann auf Russisch an. So oft ich ihn inzwischen in dieser Sprache hatte reden hören, es wirkte auf mich immer noch sexy und unheimlich zugleich.

Aber Boris ließ sich nicht beeindrucken. Er wiederholte eine Reihe von gutturalen Lauten, die in meinen Ohren klangen wie die russische Version von *Haut ab, ihr blöden Amerikaner, wir sind ausgebucht.*

Nach weiterem Hin und Her meinte Heath schließlich: »Sie haben nur noch ein Zimmer. Aber er sagt, das ist ziemlich klein.«

»Hauptsache, es hat ein Bett, alles andere ist mir egal.«

Wir waren uns einig gewesen, dass wir mittlerweile zu alt für die lärmende Party-Szene im Olympischen Dorf waren, aber ich wäre überglücklich gewesen, in diesem Augenblick auf eine dieser unbequemen, extra langen Pritschen zu sinken, solange ich mich nur endlich hinlegen konnte.

Es gab niemanden, der uns mit unseren Sachen half, oder wenigstens einen Gepäckwagen, also trotteten wir den schummerigen Flur entlang und zogen alles wie Packesel hinter uns her. Die Ausstattung der Lobby und der Service ließen sehr zu wünschen übrig, aber das Zimmer würde sicher besser sein, dachte ich.

Ich hatte mich geirrt. Der Raum war ein Schuhkarton, an dem wie eine bösartige Wucherung ein Badezimmer klebte. Der Schrank war ein Garderobenständer. Die Wände dünsteten einen penetranten Geruch nach frischer Farbe aus, obwohl einige Flächen noch schmuddelig wirkten. Immerhin gab es ein Bett, allerdings nur eines – ein Doppelbett, das im Halbdunkel aber deutlich schmaler aussah.

Vorsichtig hängte ich die Kleidersäcke an den Garderobenständer, wobei ich mich bemühte, das Gewicht so auszubalancieren, dass er nicht umfiel oder gleich durchbrach. Heaths Kostüme waren hauptsächlich schwarz, aber mein Kleid für den Kürtanz war aus hochempfindlichem meerschaumgrünem Satin, und ich wollte um jeden Preis vermeiden, dass es mit *irgendetwas* in diesem Zimmer in Berührung kam.

Den Rest unseres Gepäcks ließ Heath auf den grau-beigen Teppichboden fallen. »Geht es nur mir so, oder ist das hier noch schlimmer als das Motel damals in Cleveland?«

»Ach komm«, erwiderte ich. »Das hier hat jede Menge Extras, die das Motel in Cleveland nicht zu bieten hatte.« Ich deutete mit dem Kopf auf die einzige Dekoration an der Wand. »Das hier zum Beispiel, ein eindrucksvolles Porträt von Präsident Wladimir Putin, der es sich zur besonderen Aufgabe gemacht hat, unseren Schlaf zu bewachen.«

Heath kicherte. »Und dann diese Leuchte, in der sich nicht eine, sondern gleich *zwei* tote Fliegen befinden. Hat man ja auch nicht überall.«

Wir lachten uns schlapp vor lauter Müdigkeit, waren auf der Grenze zur Hysterie. Dann brannte die Deckenlampe mit einem lauten Knall durch, und es war endgültig um uns geschehen – wir fielen aufs Bett, hielten uns die Bäuche, und Lachtränen liefen uns über das Gesicht.

Nach einigen Augenblicken wurde mir bewusst, wie nah wir uns waren. Unsere Hände auf dem dünnen Oberbett berührten einander leicht, und eines meiner Beine lag quer über seinem. Ihm schien es genauso zu gehen, und wir versuchten, wieder Abstand voneinander zu gewinnen – was nur dazu führte, dass wir noch näher aneinanderrutschten. Unsere in der Dunkelheit glänzenden Augen nur wenige Zentimeter voneinander entfernt.

Ein dumpfer Schlag gegen die Tür schreckte uns auf. Wir fuhren hoch.

»Was war das?«, fragte ich.

Heath knipste die Stehlampe neben dem Bett an. »Keine Ahnung.«

Ich glitt von der Matratze. Die Tür hatte keinen Spion, also öffnete ich sie einen Spalt und spähte hinaus.

Eine Vase mit roten Rosen stand auf dem Boden vor unserem Zimmer. Ich blickte links und rechts den Flur entlang, aber wer immer die Blumen dort hingestellt hatte, war schon wieder weg.

Ich nahm die Blumen und schloss die Tür. »Sind die von dir?«, fragte ich.

Benommen vom Jetlag, hatte ich völlig vergessen, dass es der vierzehnte Februar war – doch auch als wir noch ein Paar gewesen waren, hatten wir dem Valentinstag nie besondere Beachtung geschenkt. Vielleicht hatte er die Rosen im Voraus für Bella in Auftrag gegeben und dann vergessen, sie abzubestellen?

»Nein, von mir nicht.« Heath sah an mir herunter. »Katarina, deine Schuhe.«

Aus der Vase tropfte rote Flüssigkeit, war mir über die Hände geronnen und verteilte sich nun auf meinen Sneakers.

Ich ließ die Vase fallen. Das Glas zersprang, und tausend blutrote Splitter bedeckten den Boden. Inmitten der ganzen Bescherung leuchtete etwas Weißes hervor.

»Sei vorsichtig!«, rief Heath warnend, als ich mich danach bückte.

Ein kleines Rechteck aus dickem Papier, auf dem einige Wörter auf Kyrillisch aufgedruckt waren.

с возвращением Катарина

Mit zitternden Händen reichte ich Heath die Botschaft. »Was heißt das?«

Er studierte das Kärtchen. »Also das letzte Wort ist dein Name.«

An den Ecken war das Stück Papier blutrot getränkt, und die Farbe zog sich allmählich zur Mitte hin. Farbe, sagte ich mir, oder irgendeine Art von Färbemittel. Nur dass es diesen kupferartigen Geruch von echtem Blut ausströmte.

»Der erste Teil«, meinte Heath, »heißt: *willkommen zurück.*«

KAPITEL 74

Willkommen zurück, Katarina.

Die gleiche Botschaft, die auch in dem Strauß gelber Rosen verborgen gewesen war, den ich bei meiner Rückkehr nach Los Angeles vorgefunden hatte und von dem ich damals weder Heath noch sonst jemandem erzählt hatte. Die Blumen waren nach ein oder zwei Tagen verwelkt, und ich hatte sie zusammen mit der kryptischen Karte weggeworfen.

Heath klärte mich darüber auf, dass es in der russischen Kultur eine ganz andere Bedeutung hatte, wenn man ein Dutzend roter Rosen erhielt. Arrangements mit einer geraden Anzahl an Blumen wurden nur bei Beerdigungen verwendet. Und gelbe Blüten standen nicht für Liebe oder Freundschaft, sondern symbolisierten Verrat und Trennung.

Und eine Vase, die randvoll mit Blut war? Dafür war keine Übersetzung nötig.

Unser erster Tag in Sotschi verlief ohne Zwischenfälle. Wir probten unser Programm in mehreren Durchläufen in der uns zugewiesenen Trainingszeit, danach kehrten wir ohne Umwege in unser Zimmer zurück und versuchten, etwas Schlaf zu bekommen – was sich dank der papierdünnen Wände und der quietschenden Bettfedern als gar nicht so einfach erwies.

Bella war entsetzt gewesen, als wir ihr bei der Skype-Nachbesprechung zu unserer Trainingseinheit von unserer Unterkunft berichteten. Aber alle Hotels in der Gegend waren entweder vollkommen ausgebucht oder noch schäbiger, also blieben wir, wo wir waren.

Der Wettkampf in der Eistanz-Disziplin war für Sonntagabend im Eisberg-Eislaufpalast angesetzt, eine funkelnagelneue Eishalle in unmittelbarer Nähe zu dem Platz, auf dem die olympische Fackel brannte. Als wir uns auf den Weg dorthin aufmachten, war ich sogar noch übernächtigter als bei unserer Ankunft in Sotschi. Doch als wir hineingingen, siegten Aufregung und Vorfreude.

Das gesamte Gebäude vibrierte förmlich vor Energie – die erwartungsvolle Unruhe der Zuschauer, die flatternden Nerven der anderen Wettkämpfer, die alles durchdringende Mischung aus Stolz und Ehrfurcht, wie es sie nur bei den Olympischen Spielen gab.

Ehe wir auf der Trainingsfläche mit unseren Aufwärmübungen begannen, machten wir einen raschen Abstecher in die Arena, um ein Selfie zu machen und es an die Zwillinge zu schicken. Es war noch früher Morgen in Boston, doch beide waren bereits wach und bereiteten sich darauf vor, den Livestream zu verfolgen. Garrett schrieb *Viel Glück euch beiden!!*, gefolgt von jeder Menge US-Flaggen-Emojis, während Bellas Antwort seltsam unheilvoll ausfiel: »Passt auf euch auf.«

Wir konnten nicht beweisen, dass die Russen für meine besonderen Blumengeschenke oder für Heaths Unfall beim Rostelecom Cup verantwortlich waren. Aber ich war finster entschlossen, überaus wachsam zu sein für den Fall, dass sie eine weitere Attacke versuchten.

Ich begegnete niemandem aus dem Volkova-Clan, bis Heath und ich getrennter Wege gingen, um uns umzuziehen. Als ich den Umkleideraum betrat, war Jelena schon damit beschäftigt, Glitzersteine entlang ihres Lidstrichs festzukleben, passend zum strassüberzogenen Oberteil ihres Kleids. Unsere Blicke trafen sich im Spiegel, und eines der Steinchen fiel ihr vom Finger. Während sie den Boden danach abtastete, rauschte ich an ihr vorbei, ohne sie eines weiteren Blickes zu würdigen.

Sie wirkte so unschuldig wie immer – flatterig und elfenhaft, aber davon ließ ich mich nicht täuschen. Jelena war eine Wölfin im Glitzerpelz, genau wie ihre Tante. Sonst hätte sie sich in diesem Sport nicht so lange halten können.

Als ich fertig angezogen aus der Kabine kam, war Jelena nicht mehr da, und zwei deutsche Mädchen wetteiferten um ihren Platz vor dem Spiegel. Ich fand eine leere Bank und setzte mich, um meine Schlittschuhe zu schnüren.

Nach der Trainingseinheit am Morgen hatte ich eine volle Stunde damit verbracht, sie zu putzen und auf Hochglanz zu polieren, bis das Leder strahlend weiß war und die Stahlkufen nur so glänzten. Ich strich mit dem Daumen über die eingeprägten Buchstaben meines Namens und musste daran denken, wie Heath und ich vor vielen Jahren unsere Namen in das Kopfteil meines Betts geschnitzt hatten.

Shaw & Rocha. Unsere Namen, wie sie in die Geschichtsbücher eingehen sollten.

Manche Eiskunstläufer ziehen aus Aberglauben immer einen bestimmten Schlittschuh zuerst an. Tun sie es nicht, meinen sie, Unglück für ihre Darbietung heraufzubeschwören. Ich hatte noch nie darauf geachtet und immer irgendeinen Schuh angezogen, egal, ob links oder rechts.

Vor dem Kurztanz in Sotschi war es der linke. Ich schlüpfte hinein und genoss das Gefühl, wie das maßangefertigte Leder sich um meinen Knöchel schmiegte und meinen Spann liebkoste.

Im nächsten Augenblick spürte ich einen scharfen Schnitt bis tief in meine Fußsohle hinein und konnte nur noch schreien.

VERONIKA VOLKOVA: Natürlich habe ich den Schrei gehört. Wer nicht?

Vor dem Kurztanz-Wettbewerb bei den Olympischen Winterspielen 2014 stürzt Katarina Shaw aus dem Umkleideraum. Sie hat beide Schlittschuhe in den Händen und ist außer sich vor Wut.

Andere Athleten, einschließlich die Team-Kollegin Francesca Gaskell, laufen zu ihr, um zu sehen, was passiert ist. Katarina beachtet sie nicht und blickt wie wild um sich – bis sie Heath Rocha erblickt, der ein paar Meter weiter auf einer Bank sitzt und sich gerade die Schlittschuhe anziehen will.

»STOP!«, brüllt Katarina.

ELLIS DEAN: Ich war backstage und habe nichts Böses ahnend ein paar Interviews geführt, als plötzlich die Hölle losbrach. Zum Glück lief meine Kamera sowieso gerade.

Heath sieht verwirrt auf. Katarina rennt an ihm vorbei – und hinterlässt eine Spur blutiger Fußabdrücke.

VERONIKA VOLKOVA: Sie hatte sich wohl ein bisschen am Fuß geschnitten, weiter nichts.

ELLIS DEAN: Kat war von oben bis unten voller Blut. Es war wie im Krimi.

FRANCESCA GASKELL: Ich bin ihr lieber aus dem Weg gegangen. Sie wissen ja, wie sie sein konnte. *(Sie schüttelt den Kopf.)* Immer so *aufbrausend*.

Veronika Volkova steht in der Nähe und ist gerade im Gespräch mit Jelena Volkova und Dmitri Kiprijanov. Katarina stakst auf sie zu und dreht ihre Schlittschuhe auf den Kopf. Mehrere kleine Objekte fallen heraus.

ELLIS DEAN: Sie hatte *Dornen* in ihren Schlittschuhen.

Katarina schleudert der russischen Trainerin und ihren Schützlingen Anschuldigungen entgegen. Auf dem Video sind nur einige wenige Worte zu verstehen – »Blumen«, »Blut« und »Sabotage«.

VERONIKA VOLKOVA: Ich hatte keine Ahnung, was sie von uns wollte.

ELLIS DEAN: Und nicht etwa kleine hübsche Stacheln. Das waren richtig fette Zacken.

Heath sieht sich seine Schlittschuhe genauer an. Und tatsächlich, als er sie umdreht, fallen Dornen heraus.

ELLIS DEAN: Erst GlitterGate und dann das. Ihr Fuß war regelrecht aufgerissen, und wenn sie ihn nicht gewarnt hätte, wäre es ihm genauso ergangen.

Die Kamera rückt näher an Katarina heran, die weiter lauthals schimpft. Jelena schleicht sich davon, während Veronika ungerührt stehen bleibt und sich eher über die Situation zu amüsieren scheint. Dmitri steht wie vom Donner gerührt etwas abseits – bis Heath an Katarinas Seite erscheint.

»Das ist allerunterstes Niveau«, sagt Heath. »Sogar für Ihre Verhältnisse.«

Dmitri stellt sich Heath entgegen und knurrt etwas auf Russisch. Katarina schiebt sich zwischen die beiden, aber nicht, um sie zu besänftigen. Sie versetzt Dmitri einen so heftigen Stoß, dass er rückwärts auf den Zementboden knallt.

VERONIKA VOLKOVA: Man hätte sie auf der Stelle disqualifizieren müssen. Aber die Amerikaner lassen ihren Athleten wirklich alles durchgehen.

ELLIS DEAN: Ausnahmsweise hatten Kat und Heath allen Grund, sich aufzuregen. Jemand hatte sie nach allen Regeln der Kunst sabotiert. Und seien wir ehrlich: Jeder wusste, wer die Schuldigen waren.

Sanitäter treffen ein, um Katarinas Schnittwunden zu versorgen – und anschließend Dmitris geprelltes Steißbein.

Heath nimmt einiges an Material aus dem Erste-Hilfe-Koffer und gibt den Sanitätern zu verstehen, dass er sich selbst um Katarinas Fuß kümmert. Während er sich vor sie hinkniet und Desinfektionsmittel auf die Wunden tupft, die die Dornen verursacht haben, wirft Katarina den Russen weiterhin bitterböse Blicke zu.

ELLIS DEAN: Eins steht fest: Als sie danach aufs Eis gingen, wollten sie definitiv Blut sehen.

KAPITEL 75

Den Kurztanz habe ich dank Adrenalin, einer Mordswut im Bauch und einer trocken geschluckten Ibuprofen überstanden.

Als der Abend vorüber war, lagen wir mit vollen zwei Punkten Führung vor den Russen auf dem ersten Platz, und mein Fuß war so geschwollen, dass ich ihn kaum aus dem Schuh bekam. Heath bot mir zur Linderung etwas von seinen verschreibungspflichtigen Schmerztabletten an, doch dann fiel ihm ein, dass er das Fläschchen im Hotel gelassen hatte – wohin wir erst zurückkehren konnten, wenn uns die Funktionäre des Veranstalters endlich gehen ließen. Zunächst jedoch bombardierten sie uns mit tausend Fragen zu dem »Zwischenfall«, wie sie es beharrlich nannten.

Warum hatte ich den Schlittschuh nicht überprüft, ehe ich ihn angezogen hatte? Warum hatten wir die blutgetränkten Blumen nicht sofort gemeldet, wenn sie uns tatsächlich so verstört hatten? Waren unsere Taschen zu irgendeinem Zeitpunkt unbeaufsichtigt gewesen? Wenn ja, wo? Und für wie lange?

Als ob die Angelegenheit unsere eigene Schuld war. Als ob wir es nicht besser wüssten, als unsere Schlittschuhe herumliegen zu lassen, wo es vor Rivalen nur so wimmelte.

Zwischen Training und Kurztanz war unsere Ausrüstung immer in unserer Sichtweite gewesen – außer in den zehn Minuten, während der ich geduscht und Heath uns etwas zu essen besorgt hatte. Er war sich hundertprozentig sicher, dass er die Tür hinter sich abgeschlossen hatte. Was bedeutete, dass, wer auch immer es war, Zugang zu unserem Zimmer hatte oder das Hotelpersonal bestochen hatte. Die Verbindungen der Familie Kiprijanov zur Mafia machten es möglich. Doch dem russischen Team nachzuweisen, dass sie hinter der Sabotage steckten, würde sehr viel schwieriger werden.

Die Offiziellen setzten mitfühlende Mienen auf und beteuerten, eine »gründliche Untersuchung« der Vorkommnisse zu veranlassen. Aber das Kind war bereits in den Brunnen gefallen. In weniger als vierundzwanzig Stunden würde der wichtigste Wettkampf meines Lebens stattfinden, und mein Fuß war übersät mit winzigen Stichwunden.

Im Hotel waren wir nicht sicher, aber es gab keinen Ort, an den wir ausweichen konnten. Wir würden die Tür verbarrikadieren müssen und das Beste hoffen. Auf dem Weg zurück ins Hotel durfte ich mich auf Heath stützen, obwohl er schon alle Taschen allein trug, damit ich meinen verletzten Fuß so wenig wie möglich belastete. Doch so langsam und vorsichtig ich mich auch vorwärtsbewegte, war jeder Schritt dennoch eine Qual.

Die Hotellobby war menschenleer. Die Beleuchtung flackerte, als wir die Eingangshalle durchquerten, was die Atmosphäre noch gespenstischer machte.

Wir kamen zu unserem Zimmer. Heath kramte in seiner Hosentasche nach dem Schlüssel.

»Warte«, sagte ich.

Die Tür stand offen, zwischen Türblatt und Rahmen war ein dunkler Spalt zu sehen.

Erneut schoss Adrenalin durch meine Adern, und meine Müdigkeit war mit einem Mal wie weggeblasen. Wir hatten die Tür abgeschlossen, ehe wir zur Arena losgegangen waren. Jemand hatte sich erneut Zugang verschafft, und dieses Mal wollten sie, dass wir es wussten.

»Bleib hier«, sagte Heath, aber ich hatte mich schon an ihm vorbeigeschoben und die Tür ganz aufgestoßen. Ich betätigte den

Lichtschalter, aber die ausgebrannte Glühbirne war noch nicht ersetzt worden.

Das Licht, das vom Flur hereinfiel, reichte aus, um den Fleck auf dem Teppichboden zu erkennen, den die zerbrochene Vase hinterlassen hatte, die Umrisse unseres Gepäcks neben dem Garderobenständer in der Ecke, der schiefe Ständer der Stehlampe – und noch etwas anderes.

Ein starrer, dunkler Schatten lag ausgebreitet auf unserem Bett. Wie ein lebloser Körper.

KAPITEL 76

Rote und blaue Lichter blinkten auf dem Pflaster. Ich hockte mit angezogenen Beinen und dem Kopf auf den Knien auf dem kalten Bordstein und versuchte, nicht über das Geschehene nachzudenken.

Doch der Geruch haftete hartnäckig an mir. Ein starker, metallischer Gestank, in den sich der Duft von Rosen mischte.

Nur dass es dieses Mal keine Blumen gegeben hatte. Keine Dornen. Nur Blütenblätter – ausgerissen und wie in einer Hochzeitssuite verteilt. Mein Kleid für den Kürtanz war auf das Bett drapiert und mit Rosenblüten bedeckt worden.

Und mit Blut durchtränkt.

Tierblut, wie die städtische Polizei vermutete. Vielleicht Rinder- oder Schweineblut, aus einer Metzgerei. Zweifellos ein geschmackloser Streich, aber es war ja niemand verletzt worden. Und es war auch nichts gestohlen worden. Zwei Polizeibeamte standen da und beobachteten, wie Heath und ich jede Ecke und jedes Fach in jedem unserer Gepäckstücke durchsuchten: Alle unsere Habseligkeiten waren noch da, unbeschädigt, einschließlich Heaths Kostüm für den Kürtanz. Es sei ja wirklich schade um mein hübsches Kleid, aber ich könnte doch sicher auch etwas anderes anziehen?

Wir versuchten, ihnen die ganze Geschichte zu erzählen, das Muster begreiflich zu machen, wie die Sache von seltsamen Blumensträußen über die Wunden an meinem Fuß bis hin zu dieser Horrorshow in unserem Hotelzimmer eskaliert war. Ich war sehr schnell am Ende meiner Geduld, doch Heath appellierte in

Russisch weiter an die Polizisten, den Rezeptionisten, der Nachtschicht hatte, den Sicherheitsmann des Hotels und sogar einige andere Gäste, die sich aus ihren Zimmern gewagt hatten, um zu sehen, was da für ein Aufruhr herrschte. Niemand hatte irgendetwas Verdächtiges bemerkt.

»Im Ernst?«, sagte ich, als er mir Bericht erstattete.

»Das sagen sie jedenfalls.«

»Und die Polizei, was werden die jetzt ...?«

»Dreimal darfst du raten.«

Sie würde nichts anderes tun als das Olympia-Organisationskomitee. Ein paar Fragen stellen, einen Bericht verfassen und uns dann wieder uns selbst überlassen.

Heath reichte mir die Hand, um mir aufzuhelfen. Die wunden Stellen an meinem Fuß pochten, und der Schmerz strahlte über meine gesamte linke Seite aus. Ein ruiniertes Kleid war mein geringstes Problem. Wie um alles in der Welt sollte ich so die Kür durchstehen?

»Du solltest den Fuß lieber kühlen«, meinte eine Stimme hinter unserem Rücken.

Ellis Dean stand in einem schwarzen Wollmantel unter einer Straßenlaterne und wirkte ungewöhnlich kleinlaut. Er schlenderte auf uns zu, die Hände in den Taschen und so lässig wie möglich.

»Wie geht es euch?«, erkundigte er sich. »Ich habe gehört, was passiert ist.«

Die Olympischen Spiele waren ein Dorf, und es gab niemanden, den Ellis nicht kannte. Ich war nur überrascht, dass er es so schnell hierhergeschafft hatte und den anderen Medienkanälen zuvorgekommen war.

»Ellis«, stöhnte Heath. »Wir hatten einen langen Tag.«

»Ich wollte euch nur ...«

»Was? Für deinen blöden Blog fotografieren?«, fuhr ich ihn an. »Warum nicht gleich ein Video? Und sorry, dass ich nicht überall Blut im Gesicht habe, ich wette, das würde erst so *richtig* einschlagen.«

Ellis seufzte und zog etwas aus seiner Manteltasche: eine kleine schwarze Plastikkarte. Heath und ich starrten sie an wie Kaninchen auf die Schlange.

»Der Schlüssel zu meinem Hotelzimmer«, erklärte Ellis. »Die haben dort echtes Sicherheitspersonal. Und funktionierende Türriegel. Und ein ziemlich bombastisches Frühstücksbuffet.«

Misstrauisch kniff ich die Augen zusammen. »Wo ist der Haken?«

»Kein Haken. Ich schlafe heute sowieso woanders, und es wäre doch schade, so ein tadelloses Zimmer ungenutzt zu lassen.«

»Hast du etwa ein heißes Date?«

»Hatte ich schon das Buffet erwähnt?« Ellis wedelte mit der Karte in der Luft. »Nicht eine, nicht zwei, sondern *drei* verschiedene Sorten Blini.«

Ich starrte ihn mit großen Augen an, bis er aufstöhnend den Kopf in den Nacken warf.

»Ja, okay, ich habe ein Date. Es könnte sein, dass ein gewisser Silberrücken mich zu einem Wodka Martini eingeladen hat.«

Ich schnitt eine Grimasse. »Du und *Kirk*?«

»Er ist alt genug, um dein Vater zu sein«, bemerkte Heath.

»Deshalb ist er ja im perfekten Alter, um mein *Daddy* zu sein.« Ellis ließ seine fachmännisch gezupften Augenbrauen tanzen. »Und ich will ihn auf gar keinen Fall warten lassen, also könntet ihr zwei jetzt *bitte* euren Stolz herunterschlucken und diese Geste reiner Menschlichkeit annehmen, ehe ich es mir anders überlege?«

Ich sah Heath an. Seine Haltung war angespannt, aber er protestierte nicht. Wo auch immer Ellis abgestiegen war, es war in jedem Fall besser als der blutige Tatort, der hier auf uns wartete.

»Weißt du was, Ellis«, sagte ich. »Wenn du willst, bist du gar nicht so übel.«

»Schon klar.« Er klatschte mir die Karte in die Hand. »Behalt das bloß für dich, du Krawallnudel.«

ELLIS DEAN: So hatte ich Kat noch nie erlebt. Sie wirkte regelrecht verängstigt.

VERONIKA VOLKOVA: Wie oft muss ich es noch wiederholen? Ich hatte nichts damit zu tun.

KIRK LOCKWOOD: Die Russen versuchten, die Sache zu vertuschen. Die Spiele in Sotschi hatten, wegen der Korruptionsskandale und weil man mit dem Bauen nicht fertig geworden war, auch so schon genug schlechte Presse. Ganz zu schweigen von der himmelschreienden Homophobie der russischen Regierung.

VERONIKA VOLKOVA: Wilde Anschuldigungen, aber keine Beweise. Bis heute ist nichts davon bewiesen, und trotzdem hören Sie nicht auf, mich danach zu fragen. Eine Unverschämtheit. Ich sollte einfach aufstehen und gehen.

ELLIS DEAN: Als ich in der Nacht vor dem Kürtanz Kat und Heath mein Hotelzimmer überließ, hatte ich allen Ernstes geglaubt, das würde reichen. Ich dachte, dass die Sache damit beendet wäre.

Vor dem Radisson Blu Resort Hotel in Sotschi, Russland: Katarina Shaw und Heath Rocha steigen aus dem Taxi. Während Heath den Taxifahrer bezahlt, entdeckt Katarina die Kamera, die sie von der gegenüberliegenden Seite der Straße filmt, aber sie scheint zu erschöpft, um das mit einem finsteren Blick zu quittieren.

ELLIS DEAN: Doch leider war das erst der Anfang.

KAPITEL 77

Ellis' Zimmer im Radisson war nichts Besonderes, und es war absolut himmlisch. Ich gönnte mir die erste heiße Dusche seit Tagen und angelte mir dann für meinen geschwollenen Fuß den Plastikbeutel mit Eiswürfeln aus dem Sektkübel, während Heath herauszufinden versuchte, wie er sein Handy mit dem Bluetooth-Lautsprecher auf dem Nachttisch verbinden konnte. Wir bedienten uns beide an seinen Schmerztabletten, und dann sprang er ebenfalls unter die Dusche. Er hatte das gleiche Mittel bekommen, das mir 2006 nach meinem Sturz bei den Nationals verschrieben worden war, und ich war schon voller Vorfreude auf seine wohltuende Wirkung – ein Gefühl wie ein warmes Bad.

Von seinem Rücken perlten noch einige Tropfen, als er, ein Handtuch um die Hüften geschlungen, aus dem Bad kam. Das heiße Wasser ließ seine Narben dunkelrot hervortreten.

»Wie geht's deinem Fuß?«

»Besser. Mit dem Eis geht die Schwellung langsam zurück.«

Ich rückte ein Stück auf der Memory-Schaum-Matratze zur Seite, um ihm Platz zu machen, und er ließ sich auf die Kissen sinken. Unsere Schultern berührten sich. Seine melancholische Folk-Rock-Playlist hüllte uns in eine entspannende Decke aus Musik ein, aber die Wirkung des Schmerzmittels ließ noch auf sich warten.

»Lass mich mal sehen«, meinte Heath.

»Sieht nicht schön aus.«

»Katarina.«

Ich seufzte und drehte mich so, dass ich den Fuß in seinen Schoß legen konnte. Ich versuchte, den Bademantel zuzuhalten, denn ich trug nichts darunter. Nicht dass er das alles nicht schon mal gesehen hätte.

Heath untersuchte die Wunden, und seine warmen Hände streiften meine Haut. Ich zuckte zusammen.

»Entschuldige. Hat das wehgetan?«

»Nein.« Doch, aber ich wollte nicht, dass er aufhörte.

»Soll ich dir wieder einen Verband machen?«

»Wahrscheinlich besser erst mal Luft dranlassen.«

Heath nickte und setzte meinen Fuß behutsam auf der Bettdecke ab, dann schob er seine Kissen zurecht, um besser zu liegen.

»Dein Rücken?«

Er nickte wieder. Ich kniete mich hin und gab ihm zu verstehen, dass er sich aufsetzen sollte.

»Du musst nicht ...«, wehrte er ab.

»Ich will aber.« Ich legte die Handfläche auf seinen Trapezmuskel und schob den Daumen unter sein Schulterblatt. »Es sei denn, du hast Angst?«

Heath lächelte. »Nur keine Zurückhaltung.«

Die nächsten zwanzig Minuten lang arbeitete ich mich Muskel um Muskel seinen Rücken entlang. Nach und nach entspannte er sich und legte sich flach auf den Bauch, damit ich besser Kraft anwenden konnte. Ich saß rittlings auf seinen Beinen und grub meine Knöchel in seine Wirbelsäule, bis er aufstöhnte.

»Du bist eine Hexe«, murmelte er in die Kissen.

»Stell dich nicht so an, du hast schon Schlimmeres erlebt.«

Das war scherzhaft gemeint. Aber da meine Finger gleichzeitig über seine vernarbte Haut strichen, erschien es auf einmal überhaupt nicht witzig.

»Tut mir leid«, sagte ich.

Heath drehte sich unter mir um. »Was tut dir leid?«

»Dass du das durchmachen musstest ... alles, was du durchmachen musstest. Dass ich nicht ...«

»Wie du schon sagtest.« Ich spürte die Vibration seiner Stimme an meinen Oberschenkeln. »Ich habe schon Schlimmeres erlebt.«

»Trotzdem.« Der Gürtel meines Bademantels begann sich allmählich zu lösen. Auch Heaths Handtuch war verrutscht, und seine Hüften waren entblößt. »Niemand verdient es – na ja, was immer zum Teufel Veronika dir angetan hat.«

»Das war nicht Veronika.«

Ich erstarrte.

»Sie hat mich nie angefasst«, fuhr er fort. »Obwohl sie andauernd herumgeschrien hat, wenn wir im Training etwas falsch gemacht haben. Damit wir den gleichen Fehler nicht zweimal machen, sagte sie immer.«

Meine Hände lagen nun auf Heaths Brust. Seine Fingerspitzen tasteten am Saum meines Bademantels entlang.

»Aber wenn es nicht Veronika war«, sagte ich. »Wer hat dann ...«

Mein Handy schnarrte auf dem Nachttisch. Wir drehten uns beide danach um.

Auf dem Display erschien eine lächelnde Bella Lin.

KAPITEL 78

»Alles okay bei euch?«, legte Bella in dem Moment los, in dem ich ihren Skype-Anruf annahm. »Ihr habt euch nach dem Kurztanz gar nicht bei mir gemeldet, und ich ...«

Sie hielt inne und verarbeitete den Anblick, der sich ihr bot: meine hochroten Wangen und mein wirres Haar, Heaths nackte Brust, die andere Umgebung. Und im Hintergrund The Civil Wars, die gefühlvoll von *The One That Got Away* sangen.

»Wo seid ihr zwei?«

»Ellis hat uns für heute Nacht sein Hotelzimmer überlassen«, erklärte ich.

»Ellis *Dean*?«

Wir gaben ihr eine Kurzfassung unseres ereignisreichen Abends. Dass sich jemand an unseren Schlittschuhen zu schaffen gemacht hatte, war inzwischen durch die Presse gegangen, zusammen mit Bildmaterial meines Ausrasters gegenüber dem russischen Team – obwohl Kirk sich in seinem Bericht nicht dazu hatte durchringen können, es öffentlich Sabotage zu nennen. Aber Bella hatte noch nichts von den Einbrüchen in unser Hotelzimmer, meinem ruinierten Kleid und dem Desinteresse der russischen Gesetzeshüter gehört. Vermutlich war Ellis noch zu sehr mit seinem Schlummertrunk beschäftigt, um seinen Kiss&Cry-Blog zu aktualisieren.

»Was wirst du dann morgen anziehen?«, wollte Bella wissen.

»Wahrscheinlich das Kostüm vom Kurztanz.« Die grellen Farben passten zwar nicht zum Thema unserer Kür, aber ich hatte wohl keine andere Wahl, wenn ich nicht das Olympia-Finale in meinen Trainingssachen absolvieren wollte.

Bella stellte nicht für einen Moment infrage, *ob* wir zum Kürtanz antreten würden. Schließlich waren wir Shaw und Rocha. Geschwollene Füße, schmerzende Rücken und blutige Kleider reichten nicht annähernd aus, um uns abzuschrecken.

»Wie geht es dir?«, fragte Heath. Ich wollte ihm gerade antworten, als ich merkte, dass er mit Bella sprach.

»Mir geht's gut«, sagte sie. »Garrett passt gut auf mich auf.«

Garrett erschien im Bild hinter ihr, eine Rührschüssel in der Hand. Er winkte uns mit einem Teigschaber zu, von dem Pancake-Teig tropfte.

Bella bedachte ihren Bruder mit einem vielsagenden Blick. »Vielleicht ein bisschen zu gut.«

»Das tue ich doch gern.« Garrett gab ihr einen Kuss auf den Scheitel und blickte dann auf sein Handy. »Viel Glück für morgen, Leute! Zeigt den Russen, wer die wahren Champions sind!«

»Versucht euch auszuruhen«, meinte Bella. »Und bis wir wissen, wer hinter alldem steckt: Traut niemandem.«

Heath und ich nickten. Der Bildschirm wurde dunkel. Wir saßen wieder allein auf dem Bett, inzwischen noch etwas näher als vorher, weil wir beide im Video hatten zu sehen sein wollen.

Ich rückte ein Stück von ihm ab und räusperte mich. »Sie hat recht. Wir sollten versuchen zu schlafen.«

Wir gingen beide noch einmal nacheinander ins Badezimmer, um unsere Schlafanzüge anzuziehen und die Zähne zu putzen.

»Willst du noch eine von denen hier, bevor wir ins Bett gehen?« Heath hielt das Fläschchen mit den Schmerztabletten hoch. »Irgendwie wirken die verdammten Dinger kaum noch bei mir. Ich habe jetzt drei genommen und merke überhaupt nichts.«

»Ich komme klar.« Die Pillen hatten meine Schmerzen auch noch nicht gelindert, und mein selbst gebasteltes Kühlpack war fast geschmolzen. Ich tupfte ein bisschen Desinfektionsmittel auf die Stellen und schlüpfte ins Bett.

Heath schaltete das Licht aus und legte sich ebenfalls hin. Dieses Mal hielt er respektvoll Abstand. Ich brauchte eine Weile, bis ich die Kissen so arrangiert hatte, dass mein Fuß erhöht lag, und ließ mich wieder neben ihn plumpsen.

»Wir sind schon ein schräges Paar, nicht?«

»Zwei alternde Stars, die am seidenen Faden hängen.«

»Also hör mal, mit uns wäre alles in Ordnung, wenn diese verfluchten Volkovas nicht wären.«

Heath antwortete nicht sofort. »Meinst du wirklich, dass sie es sind?«

»Natürlich sind sie es.« Ich drehte mich zu ihm um. »Wer sollte es denn sonst sein?«

»Ich weiß nicht. Veronika kann wirklich angsteinflößend sein, aber normalerweise lässt sie das nur an ihren eigenen Athleten aus. Und Jelena ...«

Er sprach ihren Namen beinahe zärtlich aus, und ich versuchte, nicht höhnisch zu schnauben.

»Sie ist nicht, wie du denkst«, sagte er. »In meiner Zeit in Moskau war sie die Einzige, die nett zu mir war.«

»Weil sie wollte, dass du ihr Partner wirst.«

»Auch vorher schon, als sie noch mit Nikita tanzte. Sie hat mir geholfen, die Sprache zu lernen. Sie ist oft länger geblieben, um mir Tipps zu geben, wie ich meine Technik verbessern konnte.«

»Sie wollte mit dir schlafen.«

»Kann schon sein.« Heath drehte sich auch zu mir. »Oder vielleicht brauchte sie einfach dringend einen Freund, so wie ich. Obwohl ich ihr am Schluss kein guter Freund gewesen bin.«

»Wie meinst du das?«

»Gerade als wir anfangen sollten, zusammen zu trainieren, bin ich gegangen, ohne mich zu verabschieden. So wie ich Veronika kenne, hat sie die Schuld dafür Jelena zugeschoben, ihr wahrscheinlich eingeredet, sie hätte mich irgendwie vertrieben.«

»Vorhin hast du gesagt ...« Ich schluckte. Als Bella anrief, war er kurz davor gewesen, mir das Geheimnis zu verraten, das er all die Jahre unter Verschluss gehalten hatte. »Wenn nicht Veronika dir wehgetan hat, wer war es dann, Heath?«

Er schwieg so lange, dass ich schon dachte, er wäre eingeschlafen. Dann begann er zu flüstern, wie damals, als wir noch Teenager waren und uns unter der Bettdecke aneinanderkuschelten.

»Ich habe eine Menge Dinge getan, auf die ich nicht stolz bin, Katarina. Um zu dir zurückzukehren.«

Irgendwie waren wir wieder näher aneinander gerutscht. Seine Hand lag in mein feuchtes Haar vergraben auf meinem Kissen. Ich tastete nach seinem Kinn und dann weiter zu der Narbe unter seinem Auge.

»Ich auch«, sagte ich.

»Aber ich habe mein ganzes Leben immer nur von dir abhängig gemacht – viel zu lange.« Die Worte kamen in einem Schwall aus seinem Mund, als hätte er sie seit Ewigkeiten dort aufbewahrt. »Ich bin ohne eigene Familie, ohne eigene Kultur, ohne irgendetwas Eigenes aufgewachsen, und als ich dann dich traf ... Es war für uns beide nicht fair. Ich musste herausfinden, was mich wirklich antreibt, was ich wirklich von meinem Leben will.«

Ich würde die Antworten, die ich wollte, nicht bekommen. Nicht in dieser Nacht. Vielleicht auch nie.

»Und? Hast du herausgefunden, was du vom Leben willst?«

»Ich arbeite daran.«

In Los Angeles. Mit Bella und ihrem Baby. Ob sie nun ein Liebespaar waren oder nicht, Heath und Bella würden bald auf eine Art und Weise eine Familie sein, wie wir es nie gewesen waren.

Seine Lippen berührten meine Hand. »Wir haben so viel Zeit verloren.«

Er hatte recht. So viele Jahre, die wir nicht zurückholen konnten. Wenn wir die Goldmedaille gewannen, war es das alles dann wert gewesen? Es war noch nicht lange her, da hätte ich die Frage ohne zu zögern mit Ja beantwortet.

»Jetzt sind wir hier«, sagte ich zu ihm. »Lass uns nicht noch mehr Zeit verlieren.«

KIRK LOCKWOOD: Am nächsten Morgen hatte sich die jüngste Attacke auf Shaw und Rocha herumgesprochen. Mein Produzent hatte mir untersagt, auf irgendjemanden mit dem Finger zu zeigen, aber ich hatte so meinen Verdacht.

VERONIKA VOLKOVA: Ich bin es wirklich leid, darüber zu sprechen. Entweder wir wechseln das Thema, oder wir sind hier fertig.

ELLIS DEAN: Es wurde darüber spekuliert, dass Kat und Heath womöglich nicht zum Kürtanz antreten würden.

FRANCESCA GASKELL: Ich habe das alles einfach völlig ausgeblendet. Ich habe mich ausschließlich auf das Finale fokussiert. Auf die Goldmedaille.

ELLIS DEAN: Was wiederum zu Spekulationen über diese Spekulationen führte – die Leute munkelten, dass die beide die ganze Geschichte selbst inszeniert hatten, um das Gesicht zu wahren und eine Ausrede zu haben, sich aus dem Wettbewerb zurückzuziehen, weil sie wussten, dass sie keine Chance hatten.

GARRETT LIN: Niemand, der sie wirklich kannte, hätte diesen Schwachsinn auch nur für einen Moment geglaubt. Es gab nichts, was sie an dem Tag davon hätte abhalten können, sich dem Wettbewerb zu stellen.

VERONIKA VOLKOVA: Wir sind doch wohl nicht hier, um diese vollkommen grundlosen Spekulationen wieder aufzuwärmen, oder? Nein. Wir sind hier, um darüber zu sprechen, was danach geschah.

KAPITEL 79

Ausgerechnet am Tag des Olympia-Finales verschlief ich – das war mir seit Jahren nicht passiert.

Es war schon Vormittag, als mich ein Klopfen an der Tür weckte. Ich setzte mich auf, und Heaths Arm, der im Laufe der Nacht auf meiner Taille gelandet war, rutschte in die zerwühlten Bettlaken zurück. Vor unserem Fenster glitzerte das Schwarze Meer in der Sonne, und ich fühlte mich ausgeruht, beweglich, bereit.

Jedenfalls bis ich meinen Fuß auf dem Teppichboden aufsetzte und Schmerz explosionsartig bis in meine Zehen schoss.

Es klopfte erneut. »Ich geh schon«, murmelte Heath.

Auf dem Weg zur Tür ließ er den Kopf kreisen, was eine Reihe von knackenden Geräuschen verursachte, als würden nacheinander die Glieder einer Kette reißen. Sein Rücken machte ihm morgens immer am meisten zu schaffen, aber normalerweise nicht *so* schlimm. Vielleicht hatte sich sein Körper schon zu sehr an die Medikamente gewöhnt.

Wir mussten nur noch die vier Minuten unseres Kürprogramms überstehen. Wenn der Tag vorüber war, würde unsere Karriere als Leistungssportler beendet sein – so oder so.

Ich checkte mein Handy und fand zwei Nachrichten von Ellis. In der ersten ließ er uns wissen, dass er mit Kirk zum Brunch ging, sodass wir das Zimmer bis zum Nachmittag nutzen könnten – gefolgt von einem zweideutigen Zwinker-Smiley. Er wäre sicher enttäuscht, wenn er gewusst hätte, dass wir nichts getan hatten außer zu schlafen.

In der zweiten teilte er mit, dass die Presse inzwischen Wind von unserem Umzug ins Radisson bekommen hatte und vor dem Hotel Reporter auf uns warteten. Großartig.

Heath kam mit einem großen weißen Karton zurück. Ich schrak unwillkürlich zurück – ich war misstrauisch geworden.

»Was ist das?«

»Keine Ahnung. Auf der Karte steht ...« Seine Augenbrauen schossen nach oben. »Jelena.«

Er stellte den Karton auf das Bett und zeigte mir die Karte, die in schöner Handschrift in Kyrillisch verfasst war.

»Lies vor.«

»Da steht, dass sie es per Overnight-Kurier für dich aus Moskau hat kommen lassen.«

Zögerlich strich ich über den glatten Rand der Schachtel. Ich schloss nicht aus, dass ich jeden Moment eine Art Falle auslösen könnte und sich unzählige spitze Metallzähne in meine Hand schlügen.

»Wir sind Konkurrenten, aber deshalb müssen wir keine Feinde sein«, las Heath vor. »Ich freue mich darauf, heute gegen euch anzutreten. Möge das bessere Team gewinnen.«

»Bist du dir sicher, dass du ihr vertraust?«, fragte ich.

»Jedenfalls mehr als den anderen.« Er legte die Karte zur Seite. »Willst du aufmachen, oder soll ich?«

»Ich mach schon.« Ich fuhr mit dem Fingernagel unter das Klebeband, das den Karton geschlossen hielt. »Aber wenn da Blut drin ist, nehme ich es heute Abend mit zum Palace und veranstalte ein Massaker – *Carrie* gegen Jelena.«

Heath sah mir über die Schulter, als ich den Deckel öffnete und das Seidenpapier zur Seite schob.

In der Schachtel lag ein Eistanzkostüm – das vermutlich mein unbrauchbares ersetzen sollte. Eine sehr nette Geste, aber nie im Leben würde ich in ein Kleidungsstück von Jelena Volkova passen.

Heath hielt das Kleid in die Höhe, um es genauer zu betrachten. Sonnenlicht fiel auf den Goldbesatz, und ich stieß einen kleinen Schrei aus.

»Was ist?«, sagte er.

Ich nahm ihm das Kleid aus der Hand und hielt es mir an. Ich strich über den feinen Stoff. Erstaunlicherweise sah es aus, als könnte es perfekt passen.

»Wie nett von ihr.«

Und trotzdem würde ich unter allen Umständen das Futter gründlich auf Dornen oder Giftstacheln oder irgendeine andere Form von Heimtücke untersuchen, ehe ich das Ding anzog – ich hatte meine Lektion gelernt.

»Ich finde es unerträglich, dass sie mit diesem Psycho laufen muss«, meinte Heath.

»Dmitri?« Ich legte das Kostüm auf das ungemachte Bett. »Er ist ziemlich von sich eingenommen, aber ...«

»Glaub mir. Das Einzige, was ich daran bereue, Russland verlassen zu haben, ist, dass Jelena danach keine andere Wahl hatte, als ihn zum Partner zu nehmen. Der Typ ist ein Freak, und selbst Veronika kann ihn nicht bändigen.«

»Weil sein Großvater eine große Nummer in der Mafia ist, oder wieso?«

»Nicht nur sein Großvater. Die ganze Familie. Das sind sehr üble Leute.«

»Deine Narben«, sagte ich. »Hat Dmitri irgendetwas damit zu tun?«

Heath sah mich nur stumm an. Ich beobachtete die widerstreitenden Gefühle in seinem Gesicht. Ein Teil von ihm sehnte sich danach, meiner Neugier nachzugeben. Ein anderer Teil wollte die Barrieren aufrecht halten, die er zu seinem Schutz um sich errichtet hatte. Ich konnte ihn nicht zwingen. Er musste die Mauern selbst einreißen, in seinem eigenen Tempo, Stein für Stein – und wann immer er so weit war, würde ich auf der anderen Seite auf ihn warten.

Mit langen Schritten ging er zum Fenster und starrte auf das Wasser. Dann endlich begann er zu erzählen.

»Etwa in der Zeit, als Nikita sich aus dem Sport zurückzog, hatte Dmitris frühere Partnerin aufgehört. Also lud Veronika ihn ein, versuchsweise mit Jelena zu laufen. Dieses alte Kirchengebäude ließ sich kaum heizen, und Dmitri kam an einem der kältesten Tage des Jahres.«

Ich versuchte, ihn mir dort vorzustellen, doch ich sah immer nur Heath, wie er frierend auf der Tribüne hockte – nur dass ich ihm keine Decken bringen, mich nicht an ihn schmiegen und seine vor Kälte fast abgestorbenen Hände wärmen konnte.

»Jelena machte immer wieder Fehler, und Dmitri hörte nicht auf, sie deswegen zu beschimpfen. Veronika stand einfach nur da und ließ ihn gewähren. Also nahm ich ihn zur Seite und sagte ihm, er solle damit aufhören.« Endlich drehte sich Heath um und sah mich an, neu entfachter Zorn loderte in seinen Augen. »Und dann hat er mich durch eins der Kirchenfenster gestoßen.«

»Oh mein Gott!«

»Der Apostel Andreas, wenn ich mich recht erinnere.«

»Sehr witzig.« Ich boxte ihm gegen den Arm. Er zog eine Grimasse. »Mist, entschuldige bitte.«

»Mach dir keine Sorgen. Die Tracht Prügel, die du mir gestern Abend versetzt hast, hat geholfen.«

»Jederzeit gern.« Ich dachte über das nach, was er erzählt hatte. »Und wenn Dmitri hinter alldem steckt? Vielleicht ist *er* derjenige, der für die ganzen Angriffe auf uns gesorgt hat, und die Volkovas haben überhaupt nichts damit zu tun.«

Dornen in Schlittschuhen und Schweineblut im Bett waren schon sehr drastische Methoden, den Gegner aus dem Gleichgewicht zu bringen, selbst für eine Sportart wie den Eiskunstlauf, der für dramatische Szenen berüchtigt war.

Heath schüttelte den Kopf. »Dmitri ist nicht clever genug, um so etwas durchzuziehen. Jedenfalls nicht allein. Ehrlich gesagt erinnert er mich immer an deinen Bruder – die gleiche dumpfe Brutalität und null Impulskontrolle.«

Er griff nach dem Fläschchen mit den Schmerztabletten und schüttelte zwei heraus.

»Möchtest du auch?«

Ich winkte ab. »Die von gestern haben irgendwie nicht geholfen. Ich schätze, ich muss das ohne durchstehen.«

»Und wenn du etwas perfekt beherrschst, Katarina Shaw, dann alles irgendwie durchzustehen.«

Wieder berührte ich seinen Arm, dieses Mal jedoch ganz vorsichtig.

»Es tut mir leid, was dir passiert ist«, sagte ich. »Und dass ich nicht für dich da war.«

»Mir auch.« Er legte seine Hand auf meine. »Weil du dem hübschen Jüngelchen ordentlich den Arsch versohlt hättest, und das hätte ich zu gern gesehen.«

Ich dachte daran, wie Dmitri vor dem Kurzprogramm auf uns losgegangen war, an seinen eiskalten, drohenden Blick. Als ich ihn zu Boden gestoßen hatte, hatte er jeden, der ihm zu nahe kam, wie ein tollwütiger Hund angeknurrt – die Sanitäter, seine Trainerin, seine Partnerin, sogar die süße kleine Francesca Gaskell.

Als er Heath die Narben zugefügt hatte, war ich nicht zur Stelle gewesen. Aber meine beste Rache war, Dmitri heute völlig zu vernichten – und dank Jelena würde ich dabei sogar verdammt gut aussehen.

»Auf geht's«, sagte ich. »Wir müssen Goldmedaillen gewinnen gehen.«

Bei den Olympischen Winterspielen 2014 wird die letzte Gruppe im Eistanz angekündigt.

ELLIS DEAN: Was für ein Auftritt.

»Für die Vereinigten Staaten von Amerika: Katarina Shaw und Heath Rocha!«

KIRK LOCKWOOD: Ich traute meinen Augen nicht.

Katarina und Heath laufen Hand in Hand aufs Eis. Sie wirken energiegeladen und in Bestform, gänzlich unbelastet von den Turbulenzen der letzten vierundzwanzig Stunden. Katarina streckt die Arme nach oben und vollführt eine Drehung, um ihr neues Kleid zur Geltung zu bringen. Es ist aus rotem Samt und mit goldenen Stickereien verziert.

Sie trägt das Kostüm, in dem Veronika Volkova bei den Winterspielen in Calgary Katharina die Große dargestellt hatte.

VERONIKA VOLKOVA: Es hatte eine gewisse Ähnlichkeit, aus der Entfernung jedenfalls. Aber *mein* Katharina-Kostüm hatte doch deutlich mehr Klasse.

Nach dem Einlaufen kommt es backstage zu einem heftigen Streit zwischen Veronika und Jelena Volkova. Doch dieses Mal fließen bei Jelena keine Tränen. Sie zeigt ihrer Tante nur ein triumphierendes Grinsen und lässt sie stehen.

GARRETT LIN: Ich habe das Kleid erst gar nicht erkannt, aber Bella wusste sofort, was es ist.

VERONIKA VOLKOVA: Es saß viel zu eng. Sie sah aus wie eine polnische Brühwurst.

GARRETT LIN: Kat sah wunderschön aus, nicht nur wegen des Kleids. Es lag an ihrer Haltung, ihrem Gesichtsausdruck.

Die Kamera holt mit dem Zoom Katarinas Gesicht heran, wie damals auch bei Sheila Lin, bevor sie 1988 Gold holte. Wie Sheila wirkt auch Katarina vollkommen sicher, als hätte sie bereits den Sieg errungen.

ELLIS DEAN: Katarina Shaw war in der Arena – die Teufelin war gekommen, um zu gewinnen.

KAPITEL 80

Noch dreißig Minuten.
Wir hatten uns bereits eingelaufen und jeden einzelnen Bestandteil unserer Ausrüstung nicht zweimal, sondern dreimal überprüft, von den Kufen unserer Schlittschuhe bis zu den Klammern in meinem Haar. Wir konnten nichts mehr tun – außer darauf zu warten, bis wir an die Reihe kamen.

Heaths Rücken quälte ihn nach wie vor, und meine Fußsohle pochte immer noch, doch ich wusste, dass wir mit den Schmerzen umgehen konnten. Wir waren stark wie nie – jeder für sich und als Team. Wir konnten gewinnen.

Ich ließ meine Schlittschuhe in Heaths Obhut zurück und ging noch einmal in den Kabinenbereich, um meinem Make-up den letzten Schliff zu geben. Als ich zur Damen-Umkleide kam, ging gerade die Tür auf. Ich trat zur Seite und hielt den Blick auf den gefliesten Boden gerichtet, um Blickkontakt zu vermeiden. Ich hatte nicht die Absicht, meine Konkurrenten mit irgendwelchen Psychotricks zu beeinflussen. Hier ging es nur um Heath und mich und niemand anderen.

Da sah ich die schwarzen Schlittschuhe. Bei Wettkämpfen trugen nur Männer schwarze Schuhe.

Ich sah auf. Direkt in die haselnussbraunen Augen von Dmitri Kiprijanov.

Überrascht blieb er stehen – mit offenem Mund, rosa leuchtenden Lippen – und ging dann rasch weiter. Die Tür schwang noch ein paar Mal hin und her. Wahrscheinlich war Jelena dort drin. Sie hatte noch irgendetwas gebraucht, und er hatte es ihr gebracht. Das war die einzige Erklärung.

Doch die Einzige, die sich im Umkleideraum aufhielt, war Francesca Gaskell.

Sie stand vor dem Spiegel und trug eine frische Schicht Rosa auf die Lippen auf. Die gleiche Farbe, die ich an Dmitris Mund gesehen hatte. Sie lächelte, als sie mich bemerkte.

»Dein Kleid ist einfach toll«, sagte Francesca. »Wie bist du bloß so schnell an ein neues gekommen?«

»Das ist eine lange Geschichte.« Ich trat einen Schritt näher. »Ich habe Dmitri hier rauskommen sehen.«

Sie drehte den Verschluss auf den Lippenstift und wandte sich zu mir um.

»Ich weiß ja nicht, was da zwischen euch läuft«, sagte ich. »Aber pass auf dich auf.«

Francesca blinzelte mich mit weit aufgerissenen Augen an, ein Bild der Unschuld.

»Vielleicht benimmt er sich bei dir ja anders, aber sollte er dir je wehtun oder ...«

»Ich weiß deine Besorgnis wirklich zu schätzen. Aber um mich musst du dir keine Gedanken machen.«

Ihr Tonfall war freundlich. Doch in ihren Augen lag Kälte.

»Dmitri würde mir nie etwas antun.«

Dmitri ist nicht clever genug ... Jedenfalls nicht allein.

Aber Francesca war clever. Clever genug, um hinter meinem Rücken ein Komplott zu schmieden und mich dabei anzulächeln. Raffiniert genug, um das süße kleine Mädchen zu spielen, das kein Wässerchen trüben konnte.

Traut niemandem.

»Gerade du müsstest mich doch verstehen.«

»*Ich?*« Ich machte einen Schritt rückwärts. »Wieso?«

»Weil du eben *Katarina Shaw* bist. Du würdest alles tun, um zu gewinnen.«

»Das ist nicht ...«

»Es ist *so* offensichtlich, dass du und Heath Gift füreinander seid. Trotzdem fängst du ihn immer wieder ein, damit du ihn für deine Ziele benutzen kannst.«

Sie zog den Reißverschluss ihres Schminktäschchens zu. Bei dem metallischen Geräusch stellten sich mir die Nackenhaare auf.

»Nicht, dass ich dir das irgendwie vorwerfen würde. Du bist ein Quell der Inspiration, ehrlich. Ich bewundere, wie du ihn immer um den Finger wickelst.«

»Du weißt nichts über Heath und mich.«

»Kann schon sein.« Sie zuckte mit den Schultern. »Aber dein Gold hole ich mir heute. Ihr könnt nicht gewinnen, Kat. Euer Comeback war von Anfang an zum Scheitern verurteilt.«

Was sie mir da an den Kopf warf, hätte mich eigentlich wütend machen und mich dazu bringen sollen, ihr mit gleicher Münze zu antworten.

Stattdessen taten mir ihre Worte weh und machten mich tieftraurig.

Francesca hatte seit ihrer Jugend zu mir aufgeschaut, so wie ich immer zu Sheila aufgesehen hatte. Sie hatte von Inspiration gesprochen, aber wozu hatte ich sie inspiriert? Ihre Freude und ihr Strahlen waren erloschen. Ihr Lächeln war nur eine Maske, hinter der sich grenzenloser Ehrgeiz verbarg.

Am liebsten hätte ich sie bei den Schultern gepackt und geschüttelt und ihr gesagt, dass es noch nicht zu spät war. Sie konnte noch aufwachen, konnte begreifen, dass es mehr im Leben gab, als zu gewinnen.

Glück konnte man nicht gewinnen. Es wurde einem nicht um den Hals gehängt, während Tausende Zuschauer jubelten. Es war kein Preis, für den wir uns nur lange genug quälen und anstrengen mussten. Glück mussten wir in uns selbst erschaffen. Nicht in dem einen glorreichen Augenblick auf dem Siegertreppchen, sondern an jedem einzelnen Tag, wieder und wieder.

Das alles hätte ich Francesca sagen können, aber es wäre vergeblich gewesen. Sie würde die Erfahrung selbst machen müssen, so wie ich.

Stattdessen umarmte ich sie.

Sie erstarrte – wahrscheinlich fürchtete sie, dass ich ihr ein Messer in den Rücken rammen wollte. Ich drückte sie ganz fest.

»Viel Glück heute, Frannie«, flüsterte ich.

Als ich die Umkleide verließ, starrte Francesca mir verwirrt hinterher.

Ich war ebenfalls verwirrt. Ich fragte mich, weshalb eine so vielversprechende junge Eiskunstläuferin ihre Karriere mit derart kleinlichen Sabotageakten gefährden würde.

Sie und Dmitri konnten doch nicht ernsthaft glauben, dass sie Heath und mich damit stoppen konnten, nicht nach all dem, was wir durchgemacht hatten. Andererseits waren sie nicht wir. Beide waren aus reichem Elternhaus und sicher von klein auf verhätschelt worden. Bisher war alles in ihrem Leben nach Plan gelaufen, warum also nicht auch das?

Ihr könnt nicht gewinnen, hatte sie gesagt. Aber das hatte nicht wie eine Drohung geklungen – und das war es, was mir wirklich Bauchschmerzen verursachte. Francesca hatte die Worte mit einer solchen überheblichen, eiskalten Selbstverständlichkeit ausgesprochen, als hätte sie ein alles schlagendes Blatt in der Hand und müsste nur noch ihre Karten auf den Tisch legen.

Heath stand an eine Säule im Backstage-Bereich gelehnt, unsere Schlittschuhtaschen zu seinen Füßen. Als ich auf ihn zuging, nahm er einen Schluck aus seiner Wasserflasche.

Noch mehr Schmerztabletten. Er hatte am Morgen welche genommen. Und noch einmal, bevor wir zur Arena losgefahren waren.

»Hast du immer noch solche Rückenschmerzen?«

»Ja. Ich hab das Gefühl, diese Pillen machen es eher schlimmer statt besser.« Er stöhnte leise, als er sich bückte, um die Flasche zu verstauen. »Aber mach dir keine Sorgen: Ich habe nur eine genommen. Ich bin immer noch unter dem täglichen Maximum, das wir ...«

»Zeig mal her.«

»Was?«

»Das Medikament.«

Er reichte mir das Fläschchen. Ich schraubte den Verschluss ab und nahm eine der weißen Tabletten heraus. Francesca und Evan betraten in diesem Augenblick die Eisfläche. Danach waren Jelena und Dmitri an der Reihe. Und danach wir.

»Was ist?«, wollte Heath wissen.

Ich sah mir die Tablette gründlich an, fuhr mit dem Daumen über die kreideartige Oberfläche. Ich dachte an die Pailletten, die ich beim Grand Prix in Moskau auf dem Eis gefunden hatte – winzige weiße Scheiben, die den Pailletten an meinem Kleid sehr ähnlich sahen. Aber nicht die gleichen waren.

Nicht ganz die richtigen.

»Wir haben ein Problem.«

KAPITEL 81

Heath und ich gingen nach draußen, damit uns niemand hören konnte. Zwischen dem Eislaufpalast und dem Fischt-Olympiastadion mit seinem stählernen Panzer lag ein Flecken braunes Gras mit immergrünen Sträuchern, umrandet von einer Gruppe Eiben. Ich war während dieser Woche oft daran vorbeigekommen und hatte es für eine Art Park gehalten – obwohl er im Vergleich zum übrigen sehr gepflegten Olympiagelände eher struppig aussah und offenbar nie jemand hineinging.

Als wir im Dunkeln darauf zueilten, um ein paar Minuten ungestört zu sein, fiel mir auf, dass es gar kein Park war.

Es war ein Friedhof. Wie Wachposten standen einige Reihen von Grabsteinen unter den Bäumen.

»Francesca und Dmitri«, raunte ich ihm zu. »Sie machen gemeinsame Sache.«

»*Was?*«, rief Heath aus. Dann leiser: »Aber was hat das mit ...«

»Ich glaube ...« Ich holte tief Luft, die kühle Luft wirkte belebend. »Ich glaube, dass sie vielleicht deine Tabletten manipuliert haben.«

Francesca war reich, verwöhnt – und Erbin eines pharmazeutischen Großkonzerns mit Laboren und Lagern auf jedem Kontinent.

»Du meinst, sie haben sie gegen Placebos oder so ausgetauscht? Und das ist der Grund, warum sie nicht wirken?«

An dem Abend des Kurzprogramms hatte er das Fläschchen im Hotel gelassen. Wer auch immer Francescas und Dmitris Komplize gewesen war, es wäre ein Kinderspiel gewesen, Heaths Tabletten zu ersetzen.

Wir waren so entsetzt gewesen über das Blut, das Kleid, den Einbruch. Aber vielleicht war das alles nur ein Ablenkungsversuch, damit wir den eigentlichen Verrat nicht bemerkten.

»Ich kann mir nicht vorstellen, dass sie so viel Aufwand betreiben würden, um uns Zuckerpillen unterzuschieben«, überlegte ich. »Ich fürchte eher, dass sie uns etwas hineingetan haben, das ...«

»... eine verbotene Substanz ist.« Heath schlug die Hände vors Gesicht. »Scheiße.«

Ihr könnt nicht gewinnen, hatte Francesca gesagt. Wenn wir Gold holten oder einen anderen Platz auf dem Siegerpodium erreichten, müssten wir uns auf Doping testen lassen. Man würde die Substanz entdecken, und wir müssten unsere Medaillen abgeben. Wir konnten versuchen, es anzufechten, versichern, dass wir nicht gewusst hätten, was wir nehmen, und Francesca und Dmitri ganz offen beschuldigen. Aber sie würden es leugnen, und wer würde uns schon Glauben schenken? Bei dem Ruf, den wir hatten?

Heath lief fieberhaft auf und ab und versuchte, das alles zu verarbeiten. Francesca und Evan mussten ihr Programm inzwischen beendet haben. Jeden Augenblick würde das russische Paar mit seinem Kürtanz starten. Wir mussten dringend zurück. Wir mussten eine Entscheidung treffen.

»Fühlst du dich irgendwie komisch?«, fragte ich ihn. »Hast du irgendwelche anderen Symptome oder ...?«

»Nein. Nichts außer Rückenschmerzen. Du?«

Ich schüttelte den Kopf. Außer den wunden Stellen an meiner Fußsohle ging es mir gut. Alles wie immer. Aber ich hatte auch nur gestern Abend zwei Tabletten genommen, und danach keine mehr. Was auch immer sie enthielten, Heath hatte davon jede Menge mehr im Körper als ich.

»Wir sollten vom Wettbewerb zurücktreten, nicht wahr?«, sagte er. »Selbst wenn wir gewinnen, werden wir verlieren. Also wozu erst antreten?«

Zurückzutreten, war zweifellos das Vernünftigste. Aber das bedeutete auch, dass ein ganzes Jahr harter Arbeit umsonst gewesen wäre. Unsere Karriere würde nicht triumphal, sondern jämmerlich enden, und wir würden nie wissen, ob wir hätten gewinnen können oder nicht. Und was, wenn ich mich irrte? Die Pillen konnten ja tatsächlich Placebos sein. Oder ich hatte einen Anfall von Verfolgungswahn und mich einfach nur in irgendetwas hineingesteigert.

Ich blickte mich auf dem Friedhof um. Er erinnerte mich so sehr an die Grabstätte meiner Familie – ein kleines Stück raue, vergessene Natur inmitten all des glänzenden Neuen um uns herum. Ein heiliger Ort, den nicht einmal die allmächtige Maschinerie der Olympischen Spiele platt walzen konnte. Er war schon seit einem Jahrhundert an diesem Ort, und es würde ihn immer noch geben, wenn unsere Knochen längst unter der Erde lagen.

»Wir können nicht aufgeben. Nicht jetzt.« Ich streckte ihm meine Hand hin. »Was sagst du?«

»Ich würde sagen ...« Er lächelte und verschränkte seine Finger mit meinen. »Ich trete mit Katarina Shaw an, und es gibt nichts, was sie nicht schafft.«

»Wir sind Shaw und Rocha«, sagte ich. »Und es gibt nichts, was wir nicht schaffen. *Zusammen.*«

KIRK LOCKWOOD: Sie betraten das Eis, und jeder im Eisberg-Eislaufpalast hielt den Atem an. Ich eingeschlossen.

Katarina Shaw und Heath Rocha nehmen ihre Startpositionen für den Kürtanz bei den Olympischen Winterspielen 2014 ein. Sie lächeln nicht in die Menge. Sie konzentrieren sich ausschließlich auf einander.

ELLIS DEAN: Man darf dabei nicht vergessen, dass bis dahin noch niemand das abgeänderte Programm zu Gesicht bekommen hatte.

INEZ ACTON: Taylor Swift! Absoluter Kult. Unfassbar viele Leute schlafen bei *The Last Time* ein, aber echte Swifties wissen, dass es ein totaler Knaller ist. Meine Mädels und ich haben gleich mitgesungen.

NICOLE BRADFORD: Mein Mann und ich haben uns die Live-Übertragung angesehen. Es war unglaublich, wie weit sie es gebracht hatten: von Kindern, die über das Eis gestolpert sind, zu Olympia-Superstars.

VERONIKA VOLKOVA: Jelena und Dmitri hatten beiden amerikanischen Teams Tor und Tür geöffnet. Ich habe nicht die geringste Vorstellung, was in dieses Mädchen gefahren war. Es war, als wollte sie unbedingt scheitern.

GARRETT LIN: Gaskell und Kovalenko waren auf Platz eins, danach kamen Volkova und Kiprijanov. Wenn Kat und Heath ihre Sache gut machten, war ihnen Gold sicher.

FRANCESCA GASKELL: Wir hatten getan, was wir konnten. Alles, was wir noch tun konnten, war abzuwarten.

Eine Nahaufnahme von Katarina und Heath, wie sie einander unverwandt in die Augen sehen, bis die Musik einsetzt. Im Stadion herrscht andächtige Stille.

GARRETT LIN: Das war der Moment, auf den alles ankam. Vier Minuten, und das war's dann.

KAPITEL 82

In unserem Song ging es um Liebeskummer, aber das war so ziemlich das Letzte, was Heath und ich fühlten, als wir unser Programm tanzten.

Fast alles an der Choreografie hatten wir selbst entwickelt und während der endlos langen Wintertage in Boston einstudiert, daher war sie auch perfekt auf uns zugeschnitten – jedes Element haarscharf ausbalanciert zwischen Zartheit und Power.

Während des düster-romantischen Klavier-Intros umkreisten wir einander langsam und mit brennenden Blicken. Unsere Beine arbeiteten im Takt zu den kraftvollen Bogenstrichen der Geiger, und Heath umfasste mit federleichten Händen mein Kinn. Während der Song mit Gesang und Violinen-Tremolo wieder zurückhaltender wurde, bauten wir Spannung auf, um passend zur Instrumentierung zu einer triumphalen Hebung als Höhepunkt anzusetzen.

Diese Kür zeigte unsere Geschichte: Heath und ich, wie wir uns in einem Moment voneinander entfernen, nur um im nächsten wieder unzertrennlich zu sein. Nie gab es Stillstand, es war ständige Anziehung mit unvermeidlicher Abstoßungsreaktion, immer wieder zerstörten und heilten wir einander.

Wir waren erwachsen, wir waren Kinder, wir tanzten bei der Olympiade und auch auf dem zugefrorenen See zu Hause, wir lachten und wirbelten herum und umarmten uns. Es fühlte sich an wie Fliegen und Fallen und Aufgefangenwerden, alles in ein und demselben Augenblick.

Sekunden und Stunden und Jahre vergingen, und dann war es mit einem Mal vorbei. Die Musik vibrierte noch in mir, und Heath presste seine Stirn an meine, und es gab nur eines, das ich tun konnte, um den Moment noch schöner zu machen.

Also tat ich, was ich am Abend zuvor unterlassen hatte.

Ich küsste ihn.

ELLIS DEAN: *Die Halle tobte. Sogar die russischen Fans.*

GARRETT LIN: Bella und ich schrien herum, weinten, umarmten uns – bis ich sie daran erinnerte, dass sie auf ihren Blutdruck achten musste, und sie mir ein Kissen an den Kopf warf.

INEZ ACTON: Sogar vor dem Bildschirm zu Hause konnte man spüren, welche Energie in der Arena herrschte. Es war elektrisierend.

FRANCESCA GASKELL: Ich habe nicht hingesehen. Ich konnte nicht.

NICOLE BRADFORD: Ich wäre zu gern dabei gewesen. Ich kann nur ansatzweise ahnen, wie es gewesen sein muss, das live mitzuerleben. Ich war so stolz auf die beiden.

JANE CURRER: Shaw und Rocha konnten arrogant sein, unzuverlässig, aufsässig, regelrecht draufgängerisch. Aber wenn sie tanzten, dann tanzten sie. Und an jenem Abend war ihre Darbietung makellos.

VERONIKA VOLKOVA: Die Preisrichter hatten noch gar nicht ihre Wertung bekannt gegeben, und alle taten schon so, als hätten sie gewonnen. Bei den Olympischen Spielen geht es doch nicht um Beliebtheit beim Publikum.

GARRETT LIN: Sie hatten es geschafft. Sie hatten es tatsächlich geschafft. Und als sie sich küssten, dachte ich ... nun ja, ich will nicht sagen, dass ich die Beziehung zwischen Bella und Heath verstehe, aber ich hatte befürchtet, dass Bella verärgert sein würde. War sie aber nicht. Sie hat gar nicht mehr aufgehört zu lächeln.

KIRK LOCKWOOD: Wir mussten gar nicht erst die Wertung abwarten. Wir waren uns alle sicher – einhundertprozentig, unzweifelhaft sicher: Shaw und Rocha waren Olympiasieger.

KAPITEL 83

Trotz des Tumults, der um uns losbrach – die schreienden Fans, das Blitzlichtgewitter, der Regen aus Blumen und Plüschtieren, der über uns niederging –, gab es in dem Moment nur uns beide auf der Welt.

Mein Leben bestand nur noch aus Heaths warmen Lippen, seinem schweißnassen Nacken unter meiner Handfläche und seinem Körper, der sich mit seinem vollen Gewicht an mich lehnte, als könnte er mir nicht nah genug kommen.

Ich zog ihn enger an mich heran und öffnete ihm meinen Mund. Mir war völlig gleichgültig, wer zusah. Alles, was zählte, waren er und ich und was wir soeben gemeinsam auf dem Eis vollbracht hatten.

Als ich Blut schmeckte, brach er bereits zusammen.

Als die Zuschauer nach ihrem Kürtanz in Sotschi wie verrückt zu jubeln beginnen, geben sich Katarina und Heath einen leidenschaftlichen Kuss. Er beugt sich zu ihr, die Hand an ihrer Taille.

Dann geben seine Beine nach, und er bricht auf dem Eis zusammen.

KIRK LOCKWOOD: Niemand wusste, was da gerade passierte.

INEZ ACTON: Auf den ersten Blick sah es aus, als hätte er Lippenstift am Mund. Dieses dunkle Rot, das Kat immer benutzte. Bei dem Public Viewing hatte ich übrigens genau das gleiche aufgelegt.

Die Kamera zoomt näher an Heath heran. Seine Haut ist aschfahl, seine Lippen leuchten rot.

FRANCESCA GASKELL: Ich hätte nie gedacht – ich meine, er spuckte *Blut*.

ELLIS DEAN: Die Stimmung kippte von einer Sekunde auf die andere von Triumph zu griechischer Tragödie.

Katarina sinkt auf die Knie und hält seinen Kopf, während er von heftigem Husten geschüttelt wird.

GARRETT LIN: Ich habe meine Schwester in den Arm genommen, und dann ... saßen wir in Schockstarre da.

KIRK LOCKWOOD: Zum ersten Mal in meiner Laufbahn wusste ich nicht, was ich sagen sollte.

Die Übertragung schwenkt auf das Publikum im Eisberg-Eispalast – zunächst im Ganzen, dann fokussiert das Objektiv einzelne Perso-

nen. Ein erschrockener kleiner Junge weint und verschmiert die rote, weiße und blaue Bemalung in seinem Gesicht. Eine Frau in einem Team-Russland-Pullover presst die Hand auf den Mund, als wäre ihr schlecht geworden. Ein junges Paar steht mit offenem Mund da, eine schlaff herunterhängende US-Flagge zwischen sich.

GARRETT LIN: Wir waren Tausende Meilen entfernt. Es gab nichts, was wir hätten tun können.

Heath spuckt einen Mundvoll Blut aus, direkt auf die Olympischen Ringe. Tränen laufen über Katarinas Wangen, und sie drückt ihn noch enger an sich. Er liegt reglos da und starrt in ihre Augen.

ELLIS DEAN: Niemand konnte etwas tun.

KAPITEL 84

Als er auf die Knie sank, war das wie eine grausam verzerrte Wiederholung jenes Abends vor fünf Jahren, als er mir auf der Eisbahn in Cleveland einen Heiratsantrag gemacht hatte, und schon wieder konnte ich nur denken, *oh nein, bitte nicht.*

Wir hatten gewonnen, da war ich völlig sicher. Das hier sollte der glücklichste Augenblick unseres Lebens sein. Wir hätten lächeln und winken und zur Tränenecke laufen sollen, anstatt zu Boden gestreckt auf dem Eis zu liegen. Ich hätte Heaths Hand halten sollen und ihn nicht an mich drücken, während er Blut auf mein geborgtes Kostüm mit der imposanten Goldborte hustete.

Nicht so.

Um uns herum wimmelte es von Menschen – Sanitäter, Offizielle, Presseleute, wer auch immer. In dem heillosen Chaos, das um uns herum herrschte, löste Heath keinen Moment seinen Blick aus meinem, als wollte er sichergehen, dass ich das Letzte war, das er sehen würde.

Ich weigerte mich, ihn gehen zu lassen, auch als Hände aus der Menge versuchten, meine Hände von ihm zu lösen. Ich weigerte mich zu glauben, dass das alles tatsächlich gerade passierte.

Da war noch so viel, das ich ihm nicht gesagt hatte. Ich hatte ihm nicht gesagt, wie sehr ich ihn liebte, selbst wenn ich ihn hasste. Ich hatte ihm nicht erzählt, dass ich beim Renovieren in dem alten Steinhaus, wo wir aufgewachsen waren, wo wir schwere Zeiten durchlebt, wo wir uns ineinander verliebt hatten, nie das

Kopfteil meines Bettes angerührt hatte, in das wir unsere Namen geschnitzt hatten.
So durfte es unmöglich enden.

Katarina Shaw sitzt auf dem blutbeschmierten Eis in Sotschi und hält Heath Rocha in ihren Armen.

ELLIS DEAN: Wir befürchteten das Schlimmste.

Sanitäter hasten auf die Eisbahn und heben Heaths leblosen Körper auf eine Trage.

INEZ ACTON: Wir dachten, wir würden gerade Zeugen, wie ein Olympionike live im Fernsehen tot umfällt.

Die übrigen Eistänzer stehen entgeistert hinter der Bande. Jelena und Dmitri sind wie versteinert, während Francesca hemmungslos an der Schulter ihres Partners Evan weint.

FRANCESCA GASKELL: Es war ein Albtraum. So hatte ich mir das nicht vorgestellt.

PRODUZENT (aus dem Off): Wie meinen Sie das? Was hatten Sie sich vorgestellt?

FRANCESCA GASKELL: *(Sie blinzelt und lächelt dann.)* Meine ersten Olympischen Spiele natürlich. *(Ihr Lächeln friert ein.)* Wieso, was dachten Sie, wovon ich spreche?

KIRK LOCKWOOD: Als ihre Wertung auf der Anzeigetafel erschien, waren Shaw und Rocha im Krankenwagen, der die Triumfalnaja-Straße entlangschoss, um die nächstgelegene Notaufnahme zu erreichen.

Der Arzt des US-Olympiateams Dr. Kenneth Archer hält eine Pressekonferenz vor dem Krankenhaus in Sotschi ab.

»Mr. Rocha hat ein kardiales Ereignis mit akutem Lungenversagen erlitten, einschließlich erheblichen Blutungen in der Lunge. Bei Tests wurde eine bislang nicht identifizierte Substanz in seinem Blut nachgewiesen.«

Darauf folgt eine Flut von Fragen seitens der anwesenden Reporter. Dr. Archer erteilt einem Journalisten das Wort, der fragt: »Ist es möglich, dass diese bislang nicht identifizierte Substanz der Leistungssteigerung diente?«

»Darüber möchte ich nicht spekulieren«, *antwortet er.* »Mr. Rocha ist weit davon entfernt, außer Gefahr zu sein.«

ELLIS DEAN: »Leistungssteigerung« – am Arsch!

GARRETT LIN: Es grenzt an ein Wunder, dass er es bis zum Ende des Programms geschafft hat, geschweige denn eine Leistung abliefern konnte, die die Goldmedaille verdiente.

VERONIKA VOLKOVA: Vorschrift ist Vorschrift. Heath Rocha hat betrogen.

ELLIS DEAN: Nie im Leben hat er das Zeug absichtlich genommen. *Never ever.*

GARRETT LIN: Irgendjemand hat ihn vergiftet – und ist ungestraft davongekommen.

FRANCESCA GASKELL: Und Kat hat sich geweigert, ihr Blut testen zu lassen – das spricht doch irgendwie für sich, oder nicht?

KIRK LOCKWOOD: Ich habe noch nie erlebt, dass die Mühlen der Eiskunstlauf-Bürokratie derart rasant mahlen.

JANE CURRER: Wir mussten ein Disziplinarverfahren einleiten. So steht es in der Satzung.

ELLIS DEAN: Sie haben nicht einmal gewartet, bis Heath aus diesem verdammten Krankenhaus raus war.

GARRETT LIN: Ich wäre gern dabei gewesen, um sie zu unterstützen, aber ich konnte meine Schwester nicht allein lassen.

Mehrere Wochen später fährt Katarina vor dem Hauptsitz des Internationalen Olympischen Komitees in Lausanne, Schweiz, vor, wo die Anhörung der IOC-Disziplinarkommission stattfindet. Sie trägt ein elegantes schwarzes Kostüm und würdigt die vor dem Gebäude versammelten Reporter keines Blickes.

GARRETT LIN: Kat ist ebenfalls keinen Moment von Heaths Seite gewichen. Erst als sie dazu gezwungen war.

KAPITEL 85

Heath und ich hatten eine öffentliche Anhörung beantragt, die erst stattfinden sollte, wenn er gesundheitlich wieder in der Lage war, daran teilzunehmen.

In seiner unendlichen Weisheit hat das Internationale Olympische Komitee unserem Antrag nicht entsprochen. Über das Schicksal unserer sportlichen Laufbahn würde also in irgendeinem Konferenzraum hinter verschlossenen Türen entschieden, und ich würde für uns beide sprechen müssen.

»Halten Sie sich an das, was wir besprochen haben«, ermahnte mich mein Anwalt, als wir uns hinsetzten. Der Tisch war oval, vermutlich um Gleichheit und Transparenz zu versinnbildlichen, doch ich fühlte mich eher an eine Schlinge erinnert, die sich bald um unseren Hals legen würde.

Die Regeln, die mein Anwalt mit ernster Miene bei unserem Treffen vor der Anhörung dargelegt hatte, unterschieden sich kaum von den Regeln für Eiskunstläufer während eines Wettkampfs: stets respektvoll und höflich sein. Nur sprechen, wenn man an der Reihe ist. Und was auch immer passiert, niemals zu lächeln vergessen.

Im Gänsemarsch betraten die Mitglieder der Disziplinarkommission den Konferenzraum: vorneweg der Präsident mit Brille und Hängebacken, der das Verfahren zu überwachen hatte. Ihm folgten zwei andere Männer mittleren Alters, die ich nicht kannte. Als Letzte kam Jane Currer, die viele Jahre am Tisch der Preisrichter gesessen hatte und deren dichte rot gefärbte Locken und strenge Miene ich nur zu gut kannte. Sie hatte Heath und mich immer sehr hart bewertet, und ich konnte mir nicht vorstellen, dass sie sich plötzlich großzügig zeigen würde.

»Vielen Dank, dass Sie sich heute zu uns bemüht haben, Ms. Shaw«, begann Jane. »Ich hoffe, dass Mr. Rochas Gesundheitszustand weiterhin Fortschritte macht?«

Sobald er stabil genug gewesen war, um transportiert zu werden, hatten wir ihn von dem staatlichen russischen Krankenhaus in eine hochmoderne Privatklinik in Genf verlegen lassen. Aber auch in den Händen von Spezialisten blieb er schwach und ans Bett gefesselt. Nachts wachte er Dutzende Male auf und hustete Blut aus seiner geschädigten Lunge. Unnötig zu sagen, dass auch ich kaum Schlaf bekam. Nach den ersten Nächten drängte er mich, in ein Hotel zu gehen, damit ich mich ein wenig ausruhen konnte. Doch ich dachte gar nicht daran, ihn auch nur einen Moment allein zu lassen.

»Danke der Nachfrage«, erwiderte ich – so respektvoll und höflich, dass mir vor Anstrengung der Kiefer wehtat. »Heath ist auf dem Weg der Besserung. Er lässt ausrichten, wie sehr er bedauert, heute nicht hier sein zu können.«

»Natürlich«, sagte sie. »Sollen wir dann beginnen?«

Ein Vertreter der Welt-Anti-Doping-Agentur wurde zuerst aufgerufen sich zu äußern. Er präsentierte eine Reihe von Slides und chemischen Formeln, um darzulegen, dass die Substanz, die in Heaths Blut gefunden worden war, mit keinem der derzeit verfügbaren Labortests eindeutig bestimmt werden könnte.

»Es scheint sich um eine Designer-Droge unbekannten Ursprungs zu handeln«, erklärte er, »die in Überdosis zweifellos zu den kardiovaskulären Schädigungen geführt haben könnte, die Mr. Rocha erlitten hat.«

Die Tatsache, dass die Substanz nicht identifiziert werden konnte und daher nicht auf der Verbotsliste der WADA stand, rettete uns nicht. Weit gefehlt. Jeder Wirkstoff, der nicht bereits für medizinische Zwecke genehmigt war, galt automatisch und unabhängig von seiner Wirkung als in Wettkämpfen verboten.

Als Nächster kam mein Anwalt zu Wort. Er beschrieb, wie Heath und ich in Sotschi Opfer einer ausgeklügelten Sabotage geworden waren – obwohl er auf Mutmaßungen verzichtete, *wer* unsere persönlichen Sachen mutwillig beschädigt und Heath ohne sein Wissen oder seine Einwilligung zur Einnahme einer schädlichen Substanz verleitet haben könnte.

»Wie die vorgelegten Nachweise eindeutig belegen«, – mein Anwalt hielt inne, damit die Kommissionsmitglieder in den Schnellheftern blättern konnten, die vor ihnen lagen –, »wurden Ms. Shaw und Mr. Rocha in Boston bei ihrer Abreise zu den Spielen getestet, und dann erneut bei ihrer Ankunft in Russland. Beide Tests waren negativ.«

Man konnte mir nicht nachweisen, ob ich etwas genommen hatte, aber meine Weigerung, mich nach dem Wettkampf einer Dopingkontrolle zu unterziehen, machte mich verdächtig, ebenfalls gegen die Regeln verstoßen zu haben. Ich war damals vollkommen überfordert gewesen – überall Blitzlichter und Sirenen und die Ansammlung von Ärzten, die auf Russisch herumschrien und versuchten, mich zur Seite zu drängen. Weg von Heath, der auf der Trage lag und nicht ansprechbar war und dessen Gesicht so leichenblass war, dass ich Angst hatte, er wäre schon tot. Ich beharrte darauf, nicht von seiner Seite zu weichen, und ließ mich von niemandem anfassen. Erst viel später verstand ich, welchen Eindruck ich damit hinterlassen hatte.

Was auch immer Heath eingenommen hatte, ich hatte es ebenfalls geschluckt – auch wenn die Dosis offenbar so gering gewesen war, dass ich keine spürbare Wirkung bemerkt hatte. Wir hatten *trotz* dieser Substanz eine gute Leistung gezeigt und nicht *wegen* ihr. Aber das schien niemanden zu beeindrucken.

»Bedauerlicherweise und unabhängig davon, wie und warum Mr. Rocha die fragliche Substanz eingenommen hat«, sagte

Jane, »bleibt es eine Tatsache, dass sie während eines Olympia-Wettkampfs in seinem Blut gefunden wurde. Aus diesem Grund fürchte ich, dass wir keine andere Wahl haben, als ...«

»Und wie erklären Sie sich die anderen negativen Tests?«, platzte ich heraus. Mein Anwalt zuckte spürbar zusammen.

»Sie müssen verstehen, Ms. Shaw«, hob Jane an, »dass wir für Sie keine Ausnahmen machen können. Andernfalls wird jeder von uns erwarten, dass wir eine Ausnahme machen.«

Mein Anwalt legte eine mahnende Hand an meinen Ellenbogen. Ich ignorierte ihn. Ich war dieses ganze Getue um Höflichkeit und korrektes Verhalten gründlich leid. Dass alle so taten, als wäre irgendetwas an dieser Situation fair. Ich hatte genug.

»Glauben Sie im Ernst«, setzte ich an, »dass wir uns bis ins Finale der Olympischen Spiele durchkämpfen und uns im letzten Moment überlegen, irgendwelche gefährlichen Substanzen einzuwerfen, einfach so aus Quatsch?«

Jane kräuselte die Lippen. »Ms. Shaw, dürfen wir Sie bitten, keine Obszönitäten vor diesem ...«

»Heath wäre um ein Haar *gestorben*. Sie glauben doch nicht wirklich, dass er das Zeug freiwillig genommen hat?«

Mein Anwalt verstärkte seinen Griff. »Katarina, ich schlage vor, dass Sie ...«

»Ach, verdammt noch mal, als ob irgendjemanden hier interessieren würde, was ich zu sagen habe.« Ich schüttelte ihn ab und wandte mich an die Kommissionsmitglieder. »Sie wissen sehr genau, wer das getan hat, aber warum sollten Sie die Wahrheit sagen, wo Sie doch Heath und mich dafür drankriegen können? Sie alle haben schon vor Jahren Ihr Urteil über uns gefällt.«

Einerseits waren wir nicht genug, andererseits zu viel. Was wir auch taten, in ihren Augen würden wir niemals würdig sein, olympisches Gold zu erringen.

»Ich vermute, Sie spielen auf Behauptungen an, die Ellis Dean gepostet hat«, sagte Jane. »Seine Theorien entbehren zweifelsohne nicht ... einer gewissen Fantasie. Hier müssen wir uns jedoch auf Fakten stützen und nicht auf wilde, verleumderische Unterstellungen.«

Bislang war Ellis der Einzige gewesen, der sich öffentlich getraut hatte, mit dem Finger auf Francesca und Dmitri zu zeigen. Beide hatten sich seit den Spielen aus allem herausgehalten und lediglich getrennt voneinander Erklärungen abgegeben, in denen sie ihre Hoffnung zum Ausdruck brachten, dass die Angelegenheit rasch geklärt werden könne und sie volles Vertrauen in das IOC hätten, die richtige Entscheidung zu treffen.

»Wenn die Anschuldigungen so wild sind«, versetzte ich, »wie kommt es dann, dass Gaskell Pharmaceuticals ihm eine Unterlassungsklage um die Ohren gehauen und versucht haben, seine Website vom Netz nehmen zu lassen?«

»Ms. Shaw«, setzte Jane an.

»Warum erhält er nächtliche Anrufe von Männern mit russischem Akzent? Er hat im letzten Monat zweimal den Wohnsitz gewechselt und erhält *immer noch* Drohungen.«

»Wir sind nicht hier, um über Mr. Dean zu sprechen oder Ihre Konkurrenten.« Sie fixierte mich mit strengem Blick. »Wir sprechen hier über ...«

»Wir sind Opfer einer gezielten Sabotage geworden und haben dennoch gewonnen.« Ich stand auf. Mein Bleistiftrock war hochgerutscht, aber ich machte mir nicht die Mühe, den Saum herunterzuziehen. »Die Goldmedaillen stehen von Rechts wegen uns zu. Das wissen Sie ganz genau, und alle, die uns an jenem verfluchten Abend laufen gesehen haben, wissen es auch.«

»Setzen Sie sich, Ms. Shaw«, ermahnte Jane Currer mich. »Wir sind hier noch nicht fertig.«

»Oh doch«, erwiderte ich. »Das sind wir.«

Ich nahm den nächsten Zug nach Genf. Als ich in Heaths Krankenzimmer ankam, hatte die IOC-Kommission bereits eine Presseerklärung mit ihrer Entscheidung veröffentlicht.

Das Urteil war einstimmig gefallen. Wir würden sanktioniert werden. Unsere Medaillen würden uns aberkannt, die von uns erzielten Punkte aus den Aufzeichnungen gelöscht werden. Wir waren nicht mehr länger Goldmedaillengewinner von Sotschi.

An dem Nachmittag sah Heath ein wenig besser aus. Er saß aufrecht im Bett, und der strahlende Sonnenschein verlieh ihm ein wenig Farbe im Gesicht. Seine Miene verriet mir allerdings, dass er die Nachrichten schon gehört hatte.

»Alles in Ordnung bei dir?«, fragte er.

Seine Stimme war so heiser und schwach, dass ich über die Frage beinahe lachen musste.

»Mach dir keine Sorgen um mich.« Ich warf die Kostümjacke auf einen Stuhl in der Ecke, auf dem ich den größten Teil der vergangenen Wochen verbracht hatte. »Wie geht es dir heute?«

»Wir können gegen die Entscheidung immer noch Widerspruch einlegen. Wir können vor das Internationale Sportschiedsgericht gehen oder ...«

»Nein.« Ich setzte mich aufs Bett, und meine Hüfte berührte seine. »Sollen sie doch machen, was sie wollen, ist mir egal.«

»Schon klar.«

Doch dann merkte er, dass ich es ernst meinte. Er starrte mich an, als sähe er mich gerade zum ersten Mal.

»Aber ...« Er schluckte. »Wir haben gewonnen.«

»So ist es. Ich weiß es, du weißt es. Die ganze Welt weiß es.« Ich nahm seine Hand. »Wen interessiert also, ob wir ein paar glänzende Metallscheiben haben, die das beweisen?«

Es war mir ernst. Die Medaillen interessierten mich nicht mehr. Mich interessierte nicht mehr, ob wir in die Geschichtsbücher eingingen oder am nächsten Tag bereits vergessen waren. Eine Bande abgehalfterter Bürokraten hatte nicht die Macht zu entscheiden, ob wir Champions waren oder nicht. Ich bestimmte, wer ich war. Ich bestimmte, was ich wollte.

»Bist du dir sicher, Katarina?«, fragte Heath. »Bist du dir sicher, dass dir das reicht?«

Du bist mein Zuhause, hatte Heath einmal zu mir gesagt. Obwohl wir so viele Jahre getrennt gewesen waren, obwohl wir so viel Zeit vergeudet hatten, war er mein Zuhause, war es immer gewesen.

»Wir haben noch so viel Leben vor uns. Das ist mehr als genug.«

INEZ ACTON: Alles richtig gemacht.

JANE CURRER: Ms. Shaw wurde umfassend Gelegenheit gegeben, eine vernünftige Erklärung für die Vorkommnisse in Sotschi abzugeben. Sie hat es vorgezogen, diese Gelegenheit nicht zu nutzen.

INEZ ACTON: Sie hat ihr ganzes Leben diesem Sport gewidmet, und wie haben sie es ihr gedankt? Scheiß auf sie.

JANE CURRER: Schlussendlich ließ sie uns keine andere Wahl.

Kirk Lockwood berichtet auf NBC: »Den amerikanischen Eistänzern Katarina Shaw und Heath Rocha wird ihr Sieg bei den Olympischen Winterspielen in Sotschi, Russland, aberkannt – obwohl ihnen die Goldmedaillen nie verliehen worden waren, da sich Mr. Rocha seit dem Finale im Eistanz im Krankenhaus befindet. Der US-Eiskunstlaufverband wird in den kommenden Monaten zusammentreten, um über künftige Disziplinarmaßnahmen zu beraten, einschließlich eines möglichen Berufsverbots.«

VERONIKA VOLKOVA: Die Medaillenzeremonie hat sich um Wochen verzögert.

Für die verbleibenden Medaillengewinner wird eine kurze, nüchterne Zeremonie abgehalten. Francesca Gaskell und Evan Kovalenko erhalten Gold, während Jelena Volkova und Dmitri Kiprijanov von Bronze auf Silber aufrutschen.

FRANCESCA GASKELL: So wollten wir nicht gewinnen. Das müssen Sie mir glauben.

Sobald die Zeremonie beendet ist, schleudert Jelena die Medaille ihrer Tante vor die Füße und stürmt davon.

VERONIKA VOLKOVA: Es waren für uns alle sehr aufwühlende Tage.

Die Aufnahme von der davoneilenden Jelena friert ein und verblasst zu einem Schwarz-Weiß-Bild. In einem darübergelegten Text heißt es: »Im Nachgang zu den Olympischen Spielen in Sotschi hat sich Jelena Volkova überraschend aus dem Eistanzsport zurückgezogen. Wir hatten versucht, sie vor Produktionsbeginn zu kontaktieren, aber ihr aktueller Aufenthaltsort ist unbekannt.«

ELLIS DEAN: So ist die kleine Frannie Gaskell dann doch noch Olympiasiegerin geworden.

FRANCESCA GASKELL: Hätte ich mich zu diesem Interview bereit erklärt, wenn ich etwas zu verbergen hätte?

ELLIS DEAN: Und in der darauffolgenden Saison haben die Gaskells ihre jährliche Zuwendung an den US-Eiskunstlaufverband verdreifacht. Völlig korrekt und keine Spur von himmelschreiend korrupt.

FRANCESCA GASKELL: Die Frage, die Sie besser stellen sollten, ist: Wenn Kat und Heath so unschuldig sind, warum weigern sie sich dann, mit Ihnen zu reden? Warum bin ich hier und sie nicht? Warum wohl?

JANE CURRER: Wir werden die Wahrheit vielleicht nie erfahren. Unter den gegebenen Umständen haben wir die richtige Entscheidung getroffen.

INEZ ACTON: Kat und Heath wurde der Sieg gestohlen. Mir ist egal, was die anderen sagen.

FRANCESCA GASKELL: Ich für meinen Teil wüsste schrecklich gern, was sie zu sagen hätten. Weil ich mich nämlich offenbar *für den Rest meines Lebens* für das verteidigen muss, was ich erreicht habe.

ELLIS DEAN: Ich weiß, was *wirklich* in Sotschi gelaufen ist. Die Welt verdient es, die wahre Geschichte von Shaw und Rocha zu erfahren.

FRANCESCA GASKELL: Ich bin Olympiasiegerin. Ich bin ein *guter Mensch.*

PRODUZENT (aus dem Off): Niemand hat etwas anderes behauptet, Ms. Gaskell. Doch zurück zu meiner eigentlichen Frage: Wie würden Sie Ihr Verhältnis zu Dmitri Kiprijanov beschreiben?

FRANCESCA GASKELL: Wissen Sie was? *(Sie beginnt, ihr Mikrofon abzunehmen.)* Das reicht jetzt.

PRODUZENT (aus dem Off): Ms. Gaskell, bitte, wir ...

FRANCESCA GASKELL: Ich hätte mir denken können, dass Leute wie Sie nicht an der Wahrheit interessiert sind.

ELLIS DEAN: Ich schätze, an der wahren Geschichte seid ihr gerade dran, was? *(Er zwinkert in die Kamera.)*

Die nächste Einstellung zeigt wieder Francesca, die aufsteht und aus dem Bild geht. Zurück bleibt ein leerer Stuhl vor einer Reihe von Rosensträuchern. Die Kamera zoomt dicht an einen Busch mit goldgelben Blüten heran.

GARRETT LIN: Ich glaube nicht, dass Kat und Heath noch irgendetwas an den Medaillen lag. Ganz ehrlich.

KIRK LOCKWOOD: Einige Tage nach der Anhörung haben die Ärzte erklärt, dass Heaths Gesundheitszustand es zulassen würde, in die Vereinigten Staaten zurückzukehren.

Aufnahmen einer Sicherheitskamera zeigen Katarina und Heath, als sie inkognito am Logan International Airport in Boston ankommen. Heath wirkt schmal und schwach, und Katarina schiebt ihn in einem Rollstuhl.

KIRK LOCKWOOD: Sie kamen genau rechtzeitig zur Geburt.

Schnappschüsse aus der Klinik zeigen Bella und Heath mit ihrer Tochter auf dem Arm. Garrett, Andre und Kirk dürfen sie abwechselnd halten. Schließlich wird das Baby auch Katarina in die Arme gelegt. Katarina wirkt verkrampft und unbehaglich, aber sie lächelt zu Heath hinüber.

GARRETT LIN: Sie war so unfassbar winzig! Das schönste Baby, das ich je gesehen hatte, und selbst das beschreibt es nicht annähernd. Bella und Heath haben sich überlegt, ihr den Namen unserer Mutter zu geben. Nicht den Namen, den alle kannten, sondern ihren alten Namen. Ihren richtigen Namen.

In einem Post auf Kiss&Cry wird die Geburt von Mei Lin-Rocha bekannt gegeben und der Familie viel Glück gewünscht.

GARRETT LIN: Ich hatte gedacht, dass wir alle zusammen nach Kalifornien zurückgehen. Aber als meine Schwester uns dann verkündet hat, was sie vorhat, waren alle erst mal total geschockt.

KIRK LOCKWOOD: Bella wollte nicht, dass ihr Baby in demselben Hollywood-Rampenlicht aufwächst wie sie und ihr Bruder. Deshalb beschloss sie, nach Illinois zu ziehen und dort ein neues Trainingszentrum für Eistanz aufzubauen.

GARRETT LIN: Bella und Heath waren ja nie so ein richtiges Liebespaar gewesen, aber sie sind großartige Eltern geworden und teilen sich die Erziehung. Und Kat macht sich erstaunlich gut als Stiefmutter.

ELLIS DEAN: Ich will nicht sagen, dass sie eine Dreiecksbeziehung hatten, aber es sah ganz danach aus.

GARRETT LIN: Was Kat und Heath angeht ... *Und sie lebten glücklich bis ans Ende ihrer Tage,* trifft es vielleicht nicht so ganz. Aber ich würde sagen, sie hatten sich und allen anderen bewiesen, dass sie auf Dauer nichts und niemand trennen konnte.

PRODUZENT (aus dem Off): Was, würden Sie sagen, ist das Vermächtnis von Katarina Shaw und Heath Rocha?

JANE CURRER: Sie hatten so viel Potenzial. Ein Jammer, dass sie daraus nichts gemacht haben.

KIRK LOCKWOOD: Im Verlauf der letzten zehn Jahre hat sich meiner Meinung nach definitiv etwas beim Eistanz verändert. Die meisten Athleten folgen inzwischen ihren eigenen Vorstellungen, sind selbstbestimmter und gehen neue Wege in diesem Sport. Das heißt nicht, dass das alles dem Einfluss von Shaw und Rocha zu verdanken ist, aber sie hatten sicher einen Anteil daran.

INEZ ACTON: Katarina Shaw war ein Vorbild – nicht nur für Athletinnen, für alle Frauen. Sie hat vorgemacht, wie wir öffentlich unsere Meinung sagen können, die Dinge auf unsere Weise handeln und nach unseren eigenen Regeln gewinnen.

ELLIS DEAN: Kat und Heath sind sich immer treu geblieben. Man konnte sie lieben oder hassen, aber man konnte sie auf keinen Fall ignorieren.

NICOLE BRADFORD: Die beiden waren immer mit unbändiger Leidenschaft bei der Sache. Das war ihre große Stärke, aber auch ihre große Schwäche. Sie liebten sich und sie liebten den Eiskunstlauf. Ich glaube, dass die Leute sich vor allem an ihre Liebe erinnern werden.

GARRETT LIN: Mir gefällt die Frage nicht. Das klingt ja fast so, als wären sie schon tot. Ich sage Ihnen, was ich denke: Falls Sie glauben, Katarina Shaw und Heath Rocha hätten sich zur Ruhe gesetzt, dann haben Sie nichts verstanden. Ich wäre nicht überrascht, wenn sie gerade erst so richtig loslegen.

EPILOG

»Oh! Mein! Gott! Hast du das gesehen?«

Die Sonne ist noch nicht aufgegangen, aber die beiden Mädchen sitzen schon an der Eisfläche und ziehen ihre Schlittschuhe an.

»Ja. Das war doch voll crazy, oder?«

Sie sind zu beschäftigt, um mich zu bemerken. Leise schließe ich die Tür hinter mir und lehne mich dagegen, um einen Moment der lebhaften Unterhaltung und den aufgeregten jungen Stimmen zuzuhören.

»Das, wo sie Dornen in ihren Schlittschuhen hat? *Autsch.*«

»Diese Francesca-Lady war ja übelst strange. Wie die am Schluss einfach abgehauen ist?«

»Total. Oh! Und dann das Video, wo Coach Shaw mit dem Stuhl auf ...«

»Das findet ihr crazy?«, sage ich.

Die Mädchen fahren zusammen, als sie meine Stimme hören. Sie sind noch so jung. Sie erinnern mich an Bella und mich – außer, dass wir nie derart schreckhaft waren.

»Glaubt mir, ihr habt keine Ahnung, was crazy ist.« Ich deute auf die frische Eisfläche. »Geht und tanzt euch ein.«

»Okay, Coach Shaw«, murmeln beide unisono.

Als Bella mich fragte, ob ich bei ihrem neuen Trainingszentrum mitmachen wollte, dachte sie gar nicht daran, etwas anderes als meine Zustimmung zu akzeptieren. Und als kurz darauf einige Eltern damit drohten, ihre Kinder aus dem Training zu nehmen, wenn die berüchtigte Katarina Shaw mit ihnen arbeiten sollte, stellte

Bella sie vor die Wahl: Klappe halten oder Leine ziehen. Damit meine skandalträchtige Vergangenheit sich nicht allzu stark auswirkt, verzichte ich darauf, die Kids auf Wettkämpfe zu begleiten, obwohl ich nicht behaupten kann, dass ich den ständigen Stress, die ewige Reiserei vermisse. Inzwischen bin ich viel lieber zu Hause.

Madison Castro trifft am Eis ein, gefolgt von Bella mit einem Thermobecher Kaffee in der Hand. Madison hilft uns mit den jüngeren Teams und bekommt dafür ein Stipendium und den Titel einer Assistenztrainerin. Sie und ihr Partner Jacob sind bei den Olympischen Spielen 2022 angetreten und haben es auf Platz zehn geschafft. 2026 wollen sie es nochmals versuchen, aber sollte das nicht klappen, hat sie eine reelle Chance als Trainerin.

Bella und ich sehen Madison zu, wie sie mit den Tänzerinnen und Tänzern Aufwärmübungen macht und mit ihnen kreuz und quer über die Eisfläche flitzt. Die alte North-Shore-Eishalle, in der Heath und ich angefangen hatten, ist kaum wiederzuerkennen – Bella hat ihr eine gründliche Verjüngungskur verpasst, als sie sie übernommen hat. Jetzt gibt es Tageslicht statt der niedrig hängenden Neonlampen, und auch der Hot-Dog-Geruch und die orangen Pylone gehören der Vergangenheit an.

»Haben sie schon wieder über diese Doku geredet?«, erkundigt sich Bella.

»Na klar. Aber mach dir keine Sorgen, irgendwann wird das auch langweilig.«

»Ja, wenn dann irgendwann die Doku zum zwanzigsten Jubiläum rauskommt.« Bella nimmt einen Schluck Kaffee. »Vielleicht lasse ich mich dann interviewen und erzähle allen die schockierende Wahrheit, dass Katarina Shaw eigentlich gar nicht so angsteinflößend ist, wenn man sie erst mal besser kennt.«

Ich ziehe scharf die Luft ein. »Das würdest du nicht wagen.«

Wir waren überrascht, dass Garrett sich bereit erklärt hatte, bei dem Dokumentarfilm über uns mitzuwirken, der zehn Jahre nach unserer Olympiateilnahme herauskam. Garrett war derjenige von uns, der das Rampenlicht am meisten scheute. Aber er meinte, es wäre ihm wichtig, die menschliche Seite hinter dem Skandal zu zeigen – und aufzuzeigen, unter welchem enormen Druck Spitzensportler stehen.

Bella reicht mir ihren Kaffee, damit ich probieren kann. Seit ein paar Jahren ist sie mit einem prominenten Küchenchef aus Chicago zusammen, der außerdem ein Zauberer an der Espressomaschine ist. Er ist viel auf Reisen und hat sein eigenes kleines Apartment in der Stadt, was für Bella die perfekte Lösung ist. Auf diese Weise hat sie Gesellschaft, wenn ihr danach ist, doch ohne ihre Unabhängigkeit zu verlieren.

Eine kleine Geschmacksexplosion von komplexen Aromen trifft auf meine Zunge, und ich stöhne genüsslich auf.

»Du solltest den Typen heiraten«, sage ich. »Sonst tue ich es.«

»Ich fürchte, dass Heath da Einwände haben könnte«, erwidert Bella.

»Einwände wogegen?«, fragt Heath.

Er kommt gerade durch die Tür, seine Tochter an der Hand.

Mei zieht ihren Vater am Ärmel. »Darf ich aufs Eis?«

»Natürlich, mein Schatz.«

In ihrem Alter sah Heath ernst und bedrückt aus. Jetzt mit vierzig hat er immer ein Lächeln im Gesicht – vor allem wenn Mei in seiner Nähe ist. Er hat sich jedoch nie vollständig erholt. Manchmal tanzen wir ein bisschen auf der privaten Eisbahn hinter meinem – nun unserem – Haus, aber Heath ist schon nach wenigen Minuten außer Atem. Dann setzt er sich und sieht mir zu.

»Tante Katie, guck mal!«, schreit Mei, als sie auf das Eis rennt, und streckt ihren kleinen Körper zu einer perfekten Biellmann-Pirouette, dass die Zöpfe nur so fliegen.

»Schön vorsichtig!«, ruft Bella aus. Ich klatsche und feuere sie an, das bin ich meinem Ruf als schlechter Einfluss schuldig.

Heaths und Bellas Tochter ist eine viel wagemutigere und bessere Läuferin, als ich es mit neun Jahren war. Wer weiß, vielleicht wird sie diejenige in unserer kleinen, seltsamen Familie sein, die irgendwann den Olympiasieg holt.

Vielleicht wird sie auch etwas völlig anderes tun. Das bleibt ganz ihr überlassen.

Nach unserer Rückkehr aus Sotschi habe ich meinen Verlobungsring wieder an den Finger gesteckt, aber wir haben nie geheiratet. Ein Stück Papier sagt nichts darüber aus, was wir füreinander sind. In den vergangenen zehn Jahren waren wir mal zusammen und mal nicht und auch beides gleichzeitig. Auf irgendeine Art und Weise werden Heath Rocha und ich bis zu unserem Tod im Leben des anderen ein wichtiger Bestandteil sein. Und sei es, dass wir uns irgendwann gegenseitig umbringen.

Jetzt gerade könnte es nicht besser sein. Erste Sonnenstrahlen strömen durch die Lichtkuppeln und tauchen alles in goldenes Licht. Bella reicht mir erneut ihren Kaffeebecher, und Heath legt seine Hand in meine.

Es ist mir egal, was die Leute über mich sagen. Ob sie mich Miststück, Betrügerin, Verliererin oder Flittchen nennen. Kann schon sein, dass ich keine Olympische Goldmedaille habe, aber ich habe etwas viel Wertvolleres: ein Leben, in dem ich jeden Tag mit genau den Menschen verbringe, die ich liebe, und genau das tue, was ich liebe.

Wenn das nicht der größte Sieg ist, was dann?

DANK

Ehe ich begann, *The Favourites* zu schreiben, habe ich nicht ein Romanprojekt aufgegeben, sondern ZWEI. Darin steckten jahrelange Arbeit, Zehntausende von Wörtern und mehrere Existenzkrisen. Deswegen möchte ich damit beginnen, all denen zu danken, die während dieser persönlichen Krise mein Meckern und Jammern ertragen haben – insbesondere meine Agentin Sharon Pelletier, die sämtliche meiner entfesselten E-Mails und tränenreichen Anrufe mit Langmut, Mitgefühl und ausnahmslos klugen Ratschlägen beantwortet hat. Sharon, in Sachen Geduld bist du eine Heilige und hast dir ein Ständchen von Harry Styles persönlich mehr als verdient.

Mir ist bewusst, was für ein unglaubliches Glück und Privileg es war, dass dieses Buch (und ich!) die nötige Zeit und den Raum zur Verfügung hatten, um sich zu entwickeln. Ich danke meinen Großeltern June und Howard für ihre Großzügigkeit und ihre Unterstützung, nicht nur in dieser seltsamen und anstrengenden Zeit, sondern während meines gesamten Lebens. Dank gilt auch meinem ehemaligen Arbeitgeber, der meine kreativen Leidenschaften mehr als zehn Jahre lang gesponsert und mich dann mit vielen guten Wünschen – und Aktien! – weggeschickt hat, als ich mich dazu entschloss, den Sprung zum Schreiben in Vollzeit zu wagen.

Als der Roman dann endlich (ENDLICH) abgeschlossen war, hatte ich das Gefühl, er sei etwas Besonderes. Doch die Reise zu seiner Veröffentlichung hat meine kühnsten Erwartungen übertroffen. Caitlin McKenna, du warst die erste Lektorin, mit der ich in jener atemberaubenden Woche sprach, in der Abgabe und Geburtstag zusammenfielen, und am Ende unseres Gesprächs war ich mir verdammt sicher, dass du die Richtige für mich bist. Jeder Tag, an dem wir seither zusammengearbeitet haben, hat mein erstes Bauchgefühl zu hundert Prozent bestätigt. Du und Kaiya seid ein unschlagbares Team, und gäbe es Goldmedaillen für LektorInnen, hättet ihr beide es mehr als verdient, ganz oben auf dem Siegertreppchen zu stehen. Ein großes Dankeschön geht auch an dich, Noa Shapiro, für deine große Expertise und dein unfassbares Organisationstalent – noch nie ist eine meiner Veröffentlichungen derart entspannt und ruhig über die Bühne gegangen, und ich weiß, das ist zu einem großen Teil deiner harten Arbeit hinter den Kulissen zu verdanken.

Auch dem übrigen Team von Random House – Andy Ward, Rachel Rokicki, Ben Greenberg, Alison Rich, Erica Gonzalez, Rebecca Berlant, Benjamin Dreyer, Robert Siek, Windy Dorresteyn, Madison Dettlinger, Keilani Lum, Maria Braeckel, Rachel Ake, Denise Cronin, Sandra Sjursen, Caroline Cunningham und Pamela Feinstein – möchte ich danken, dass ihr mich so herzlich aufgenommen habt, und für alles, was ihr bisher dafür getan habt und noch tun werdet, dass *The Favourites* ein Erfolg wird. Ich bin überglücklich, Autorin bei Random House zu sein, und hoffe, dass wir noch bei vielen weiteren Büchern zusammenarbeiten werden. Genauso überglücklich (oder sollte ich sagen *außerordentlich erfreut*?), dass mein Buch im Vereinigten Königreich bei dem legendären Verlag Chatto & Windus erscheint, also ein riesengroßes Dankeschön an Kaiya Shang, Clara Farmer und das gesamte Team dort.

Danke, liebe Lauren Abramo, dass du meinen Reisepass immer um so viele Stempel bereicherst: Jedes Mal, wenn ich deinen Namen in meiner Inbox lese, vollführe ich ein kleines Freudentänzchen. Ebenso vielen Dank an Gracie Freeman Lifschutz, Andrew Dugan, Nataly Gruender, Kendall Berdinsky und all die anderen bei Dystel, Goderich & Bourret, die dank ihrer unermüdlichen Arbeit eine der besten Agenturen in diesem Geschäft ist.

Ich danke meiner Filmagentin Dana Spector und ihren fantastischen AssistentInnen Eliza Jevo und Oliver Sanderson dafür, dass sie für mich so unglaubliche Termine auf die Beine gestellt haben, dass ich mich immer noch kneifen muss. Hoffentlich muss ich nicht länger Stillschweigen darüber bewahren, wenn dieses Buch endlich in allen Regalen steht!

Halley Sutton, ich danke dir, dass du an dieses Buch geglaubt hast, als ich gar nicht davon überzeugt war, und meinen Ideen zu vielen verschiedenen Versionen Gehör geschenkt hast, die dann schließlich zu der vorliegenden geführt haben. Ich danke Wendy Heard, meiner besseren Arbeits-Hälfte, Co-Kritikerin und platonischen Seelenverwandten, die immer recht hat. Megan Collins, danke, dass du eine so phänomenale Agenten-Schwester und Rundum-Cheerleaderin bist und außerdem jederzeit für ein Plauderstündchen im Gruppenchat bereitstehst. Allerliebste Grüße an die anderen *Young Rich Widows* (alias Kimberly Belle, Cate Holahan und Vanessa Lillie) – ihr seid die besten Co-Autorinnen. Ich habe so viel von euch allen gelernt, und das gemeinsame Schreiben mit euch hat mich bei Verstand (und nicht zuletzt finanziell über Wasser) gehalten, als ich über dem Roman brütete.

An meine Freundin/Lehrerin/liebste gute Hexe Andrea Hannah: Ich bin nicht mehr die, die ich war, als ich dir begegnete. Ich weiß wirklich nicht, wo ich heute ohne deinen Rat und die Orientierung wäre, und ich will es auch nicht wissen. Danke, Taylor Jenkins Reid – nicht nur für deine Romane, die mir Ansporn sind, meine Schreibfähigkeiten immer weiter zu verbessern, sondern auch für dein großartiges Recherche-Webinar, das mich erst darin bestärkt hat, so ein ehrgeiziges Projekt überhaupt in Angriff zu nehmen.

Wendy Walker, ich danke dir, dass du mich an deiner Vergangenheit als Eiskunstläuferin hast teilhaben lassen. Danke auch an Danielle Earl, Jordan Cowan und all die anderen FotografInnen, VideografInnen und Eislauffans, die mich mit ihren vielen Posts an den Rand einer Eislaufbahn versetzt haben, als ich in meinem Haus festsaß und draußen eine Pandemie wütete. Und wer auch immer die vielen alten Ausgaben des Magazins *Skating* eingescannt und archiviert hat – ich bin zutiefst dankbar dafür, denn ich habe sie förmlich verschlungen. Ein Hoch auf meine Lieblings-Eiskunstläuferinnen, einschließlich, aber nicht beschränkt auf Madison Hubbell, Kaitlyn Weaver und Amber Glenn – danke für all das Wunderbare, das ihr auf und jenseits der Eisfläche vollbringt. Und ein besonderes Dankeschön an Jason Brown, denn dieses Buch hätte womöglich ganz anders geendet, wenn ich nicht das Vergnügen gehabt hätte, dich bei *Stars on Ice* zu sehen. Ich war absolut hypnotisiert von deiner Kunst und der spürbaren Freude an dem, was du tust, und ich hoffe, dass ich meinen Leserinnen und Lesern meine Freude am Schreiben auf die gleiche Weise vermitteln kann.

Zu guter Letzt möchte ich mich von ganzem Herzen bei denen bedanken, die mir die Nächsten und Liebsten sind: bei meiner Mutter Linda und meinem Partner Nate, der mehr Eiskunstlauf geguckt hat als irgendein anderer nicht schwuler Mann. Du bist wirklich etwas Besonderes, Honey.

Und ganz zum Schluss: Dank an das Medikament Cymbalta, denn jemand mit Depressionen hätte das hier nicht zustande gebracht.